죽음의 가시

SHI NO TOGE

Toshio SHIMAO

대산세계문학총서

184

죽음의 가시

死の棘

시마오 도시오 이종은 옮김 　　　　　문학과지성사

대산세계문학총서 184

죽음의 가시

지은이   시마오 도시오
옮긴이   이종은
펴낸이   이광호
주간   이근혜
편집   박솔뫼 김은주
마케팅   이가은 허황 맹정현
제작   강병석
펴낸곳   ㈜문학과지성사
등록번호   제1993-000098호
주소   04034 서울 마포구 잔다리로7길 18(서교동 377-20)
전화   02) 338-7224
팩스   02) 323-4180(편집) 02) 338-7221(영업)
전자우편   moonji@moonji.com
홈페이지   www.moonji.com

제1판 제1쇄 2023년 4월 12일

ISBN 978-89-320-4144-5 04830
ISBN 978-89-320-1246-9(세트)

이 책은 대산문화재단의 외국문학 번역지원사업을 통해 발간되었습니다.
대산문화재단은 大山 愼鏞虎 선생의 뜻에 따라 교보생명의 출연으로 창립되어
우리 문학의 창달과 세계화를 위해 다양한 공익문화사업을 펼치고 있습니다.

차례

제1장 이탈   7

제2장 죽음의 가시   38

제3장 벼랑 끝   107

제4장 하루하루   151

제5장 흘려보내다   216

제6장 매일의 의례   250

제7장 오그라든 하루   299

제8장 아이들과 함께   333

제9장 과월제過越祭   361

제10장 한참 뒤   394

제11장 이사   467

제12장 입원까지   495

옮긴이 해설 · '나는 왜 소설을 쓰는가'에 대한 고백   535

작가 연보   550

기획의 말   558

일러두기
1. 이 책은 島尾敏雄의 死の棘(東京: 新潮社, 2013)를 우리말로 옮긴 것이다.
2. 본문의 주는 모두 옮긴이의 것이다.

제1장 이탈

　우리는 그날 밤부터 모기장을 치지 않았다. 무슨 까닭인지 모기가 보이지 않았다. 아내도 나도 사흘이나 잠을 자지 못했다. 그게 가능한 일인지 모르겠다. 나도 모르게 깜빡 졸았는지 모르지만 잠을 잔 기억은 없다. 11월에 집을 나가 12월에는 자살할 것이다. 그게 당신 운명이었다. 아내는 그런 이상한 확신을 가졌다. "당신은 분명 그렇게 되었을 거예요." 아내는 말한다. 하지만 심판의 날은 그보다 조금 빨리, 여름이 끝날 무렵 찾아왔다.

　그날, 외박을 하고 정오가 지나 귀가해보니 대나무가 삭아 쓰러져가는 겐닌지 울타리* 문에 자물쇠가 채워져 있었다. 가슴이 철렁해 옆집 가네코네 대문을 통해 슬며시 우리 집 좁은 마당으로 들어가 현관이며 복도며 다 흔들어보았지만 문은 끄

---

* 대나무를 네 쪽으로 쪼개 껍질이 바깥쪽으로 오게 수직으로 빈틈없이 세우고 대를 다시 가로로 대어서 단단히 얽어맨 울타리. 교토의 절인 겐닌지建仁寺에서 유래되었다.

떡도 하지 않았다. 다다미 넉 장 반* 크기의 서재 유리창은 옆집과 겨우 경계만 지은 말뚝 바로 옆에 있어 가네코네나 아오키네 집 쪽에서 훤히 들여다보이기에, 깨진 유리창 틈에 눈을 바짝 대고 방 안을 보니 책상 위에 잉크병이 쓰러져 있었다. 숨이 막혀 집 뒤편 부엌으로 갔다. 두 마리뿐인 닭이 알을 낳아놓았지만 도저히 꺼낼 기분이 아니다. 집 뒤편으로 작은 공장이 있었는데, 그 사이에는 몸을 비스듬히 하지 않으면 지나갈 수 없을 정도로 좁은 골목만 나 있다. 기계 돌아가는 진동을 온몸으로 느끼고 귀로는 철이 쪼개지는 굉음을 들으면서 주위에 굴러다니던 기왓장을 들어 부엌 유리창을 깨고 나니 내 모습이 범죄자처럼 보일까 봐 발끝부터 몸이 떨려왔다. 개수대에 내동댕이쳐진 식기를 보니 마침내 그날이 왔다는 생각에 몸도 마음도 공중에 붕 뜬 것 같았다. 현관 옆의 다다미 두 장짜리 방과 여섯 장짜리 방을 정신없이 지나 서재 앞에 멈추니 눈앞에 벌어진 광경은 생생한 사건 현장이라 해도 무방하다. 책상과 다다미 바닥과 벽에 피처럼 끼얹어진 잉크. 그 가운데 너저분하게 내버려진 내 일기장. 몸이 부들부들 떨려 멍하니 담배만 뻐끔거렸다. 두 아이를 데리고 어디론가 멀리 떠날 작정이었던 아내는 일단 역 앞 영화관에 들어가 영화를 반도 보지 못한 채 창백한 얼굴로 돌아왔는데, 사흘이 멀다 하고 외박하는 남편에게 애원하던 어제까지의 모습은 전혀 남아 있지 않았다. 아내 앞에 꼼짝없이 붙들린 나는 언제 끝날지 모를 심문의

---

* 다다미 한 장은 91×182센티미터로, 다다미 두 장이 1평이다.

나날과 마주해야 했다.

"대체, 무슨 말을 하는 거예요?" 추궁을 거듭하던 아내는 몇 번이고 같은 질문으로 돌아와 그렇게 말했다. "당신 마음은 어디 가 있는 거죠? 어쩔 생각인데요. 난 당신한테 불필요한 존재잖아요. 맞잖아요, 10년이나 그런 취급을 했으니. 난 더 이상 참지 않을 거예요. 이젠 무슨 말을 해도 소용없어요. 10년이나 참다 폭발한 거라고요. 더 이상 몸이 못 버텨요. 해골처럼 마른 것 좀 보라고요. 난 지금 사는 게 아니에요. 이러고 어떻게 살겠어요. 하지만 당신을 성가시게 하는 일은 없을 거예요. 아무도 모르게 나 하나쯤 처리하는 건 문제없으니까. 난 줄곧 그것만 연구했어요. 당신을 해방시켜줄 테니 당신은 원하던 대로 그 여자랑 살면 되겠네요." 그리고 결론을 보겠다는 듯이 말했다.

"그래도 이건 도저히 모르겠네. 당신, 날 사랑하긴 한 거예요? 확실히 말해줘요."

"그건." 아무 효과도 없이 공허하게 대답한다. "사랑해."

"그런데 어떻게 그런 짓을 할 수 있죠? 정말 사랑하면 그런 짓을 할 리 없을 텐데요. 당신, 둘러대지 않아도 돼요. 날 싫어하잖아요. 싫으면 싫다고 해요. 그건 당신 자유니까 그래도 상관없어요. 분명 싫어했잖아요. 당신, 솔직히 말해봐요. 이번만이 아니죠? 훨씬 더 많잖아요. 대체 몇 명의 여자와 관계한 거죠? 차 마시고 영화만 봤다 해도 마찬가지예요."

나는 하나하나 세어봤다. 그때는 신나게 활개 치고 다녔지만 이제는 썩어 악취를 풍기는 어둠의 행위가 수북이 쌓인다. 그렇지만 차마 말하지 못하고 생각이 안 나는 척 그냥 넘어간 것도 있다. 일일이 세어보니 좋지 못한 과거의 행태가 한둘이 아니라 스스로도 놀라 입을 다문다.

"난 말이죠, 당신 일기를 보고서 내가 한 결심, 바꾸지 않을 거예요. 당신, 정말 그것뿐이라고요? 아직 숨기는 거 있잖아요. 하지만 이젠 상관없어요. 내 결심은 변치 않을 테니까. 당신, 날 막지 말아요. 당신이란 사람은 진짜."

"자기, 정말 기어이 죽을 작정이야?"

"자기라니, 그런 말 듣고 싶지 않아요. 다른 누구랑 착각하지 말아요."

"그러면 이름을 부를까?"

"당신 철면피예요? 어떻게 속 편히 내 이름을 입에 올릴 수 있죠? 차라리 여보님이라고 부르든가."

"여보님, 기어이 죽을 작정이야?"

"죽을 거예요. 그러는 게 당신도 편하잖아요. 당장 그 여자한테 가지 그래요. 하지만 당신과는 달리 난 이날 이때까지 당신밖에 몰랐어요. 이것만은 분명히 말해두죠. 똑똑히 기억해요. 당신은 내 삶의 전부였어요. 당신을 위해 내 몸과 마음을 다 바쳤다고요. 난 거짓말 안 해요. 그건 당신도 인정하잖아요. 그런데 그 대가가 이거라니. 이런 곤욕이나 치르고, 개나 고양이처럼 버림받지 않나."

"버리지는 않았어."

"그럼 당신한테 난 뭐죠?"

10

"아내지."

"이런 게 아내라니, 언제 아내다운 대접이나 해줬어요? 당신이 나한테 해준 게 없잖아요. 날 식모로 생각한 거예요? 아내 대접을 안 했으면 버린 거나 마찬가지죠."

"어쨌든 죽지 않았으면 좋겠어."

"당신, 말로만 그러는 거잖아요. 죽지 않는 게 나을 거라는 보장도 없으면서. 지금까지의 나와는 다를 거예요. 돈도 들 텐데, 당신 같은 삼류 문사文士가 날 변변히 먹여 살릴 수나 있을까."

"노력할게."

"뭘 어쩔 생각이기에."

"이제 외박은 안 할게. 혼자서는 외출하지 않을 거야. 외출할 때는 당신과 아이들을 데리고 다닐 거고. 당신 외의 다른 여자는 만나지 않을게."

"당연한 거 아녜요, 그런 것쯤은? 옆집 아오키 씨 좀 보라고요. 일요일에는 가족들끼리 단란한 시간을 보내잖아요. 언제나 가족들과 함께 영화를 보거나 피크닉을 가고. 당신은 가족을 위해 헌신한 적이 있기나 해요? 날 어디 데려간 적이나 있었냐고요. 아이들도 돌봐준 적 없으면서."

"한 번 있었던 것 같은데."

"언제?"

"있잖아, 고베에 살 때 신이치를 데리고 다이마루 옥상정원에 목마 타러 갔잖아."

"아, 그러네. 그런 적도 있었네. 그렇게 말한다면 좋아요, 그

건 인정하죠. 10년 동안 단 한 번뿐이었지만 그런 적도 있었나 보네. 근데 잠깐만, 그때라면 당신 여행 준비 때문에 쇼핑하러 간 거였잖아요. 난 가족들과 단란한 시간을 가지고 싶어 안달이었는데 당신은 마지못해 따라 나왔죠. 그때 당신이 간 데가 어느 온천이었더라. 거기서 뭘 한 거죠? 숨기지 말고 어서 말해봐요."

"알았어, 알았다고. 지금부터 가정을 돌보는 걸 최우선으로 할게."

"과연 당신이 그럴 수 있을까요? 당신같이 지저분한 생각만 하는 사람이."

문답은 밤낮없이 계속되고, 아내는 집안일에 손도 대지 않는다. 우리야 물론 식욕이 없었지만, 놀다가 배가 고파져 집에 돌아온 아이들까지도 부모의 험악한 얼굴을 보고는 작게 발소리를 내며 다시 밖으로 나간다. 심문이 잠시 중단되자 허기진 아이들이 걱정되어 여섯 살짜리 신이치에게 돈을 주며 마야랑 밥 대신 먹을 만한 걸 사 오라고 심부름을 보냈더니 호루라기 사탕이나 뻥튀기 같은 걸 사 온다. 이런 건 식사가 안 된다고 타이르며 밥상 앞에 앉히지만, 신이치는 어느새 막대사탕을 물고 밖으로 나가버린다. 옷이며 얼굴이며 꾀죄죄했지만 도리가 없다. 아내가 매일같이 그런 것들을 챙겼기에 생활이 유지될 수 있었다는 걸 드디어 알게 되었지만, 아내는 예전과 달리 아이들에게 자상한 나를 낯설게 바라봤다.

점차 해가 기울어 방 안이 어둑어둑해지는데도 전등 스위치를 켜야겠다는 생각조차 들지 않는다. 이야기가 겉돌 뿐 결말이 나지 않는 가운데 아내의 태도만 점점 확고해진다. 전에는 내가 시선만 돌려도 아내가 겁을 내는 바람에 오히려 기분이 상하곤 했다. 내가 언짢은 내색을 하면 아내는 모든 것을 용서해줬고, 사실이 들춰질까 두려운지 더 상냥한 모습을 보였다. 딱 한 번만 더 용서해주는 것이 생활의 지혜일 텐데. 너무 괴로운 나머지 나는 마음속으로 기도했다. 그렇게만 해준다면 새로 태어날 거라고, 용서해주지 않아도 되지만 이렇게 끊임없이 심문을 반복해봤자 아무 소용 없다고 말이다. 이럴 때일수록 주눅 들면 안 되지만, 과거라는 송장이 자꾸 떠올라 도저히 얼굴을 들 수 없다. 내 행위를 자세히 말해야 할 때는 군데군데 건너뛰고 기억이 나지 않는 척하거나 숨기고 말하지 않는 것들이 자꾸 생겼는데 내가 봐도 미심쩍다.

"확실히 그것뿐이라고요? 숨기는 거 있잖아요."

"아냐, 숨기는 거 없어. 이제 와서 숨긴들 무슨 소용이겠어." 나는 부인한다. "거짓말하지 말아요." "거짓말은 안 해." "절대로?" "절대 아니라잖아." 나는 또 부인한다. 하나를 말하나 둘을 말하나 달라질 건 없지만 모르는 눈치면 나중 건 말하지 않고 그냥 넘어가고 싶은데 그 마음까지 불식시킬 수는 없다. 그러나 결국 다른 대목에서 다 털어놓아야 할지 모른다고 생각하니 두려웠다. 아내는 정곡을 찔렀고, 나는 말을 더듬으며 앞뒤 안 맞는 거짓말을 하고는 그걸 번복하기 위해 비열한 표정을 지었다. 부부 생활을 오래 했는데도 나는 왜 아내가 이토록 뛰어난 추궁 기술을 가졌다는 걸 여태 몰랐을까. 오직 단정적인 말로 일관하면서 상대의 주장을 애매한 입장으로 기필코 몰아가는 기막힌 로직. 사흘이나 잠도 안 자고 옥신각신 심문했는데도 피로한 기색 하나 없는 아내의 얼굴을 보니, 나는 도저히 변명할 여지 없는 비열한 인간 같았다. 아내 말대로 나는 부정한 짐승임에 틀림없다. 그 긴 세월 나는 대체 무슨 마음으로 짐승 같은 생각을 하며 살았을까.

"당신, 군대에서 순 그런 것만 배워 온 거예요?" 아내는 그렇게 말했지만 군대에서 배운 것이 아니다. 그전에도 그랬다. 학생 때부터 문란한 생각만 했다. 하지만 나도 마냥 좋아서 그런 건 아니다. 그쪽에 경도된 모습을 보이면 리얼리스트연할 수 있겠다고 나 혼자 착각한 것뿐이다. 나는 아내의 복종을 추호도 의심하지 않은 채 아내는 내 피부의 일부라고 견강부회하며 내 나약함이나 어두운 성격을 아내에게 전가하면서도 그걸 지금껏 깨닫지 못했다. 지난 10년간의 세월에 대해 아내가 지적하는 말을 들어보니 나는 나 자신만 생각하며 번민한 반면, 아내는 줄곧 자기 자신을 희생했다는 건 의심의 여지가 없었다. 때로는 혐오감이 치밀어 당신은 스스로 헌신하는 모습에 만족했던 것 아니냐고 말해보지만 아귀가 맞지 않는 공허한 말일 뿐이다.

밤이 되자 아이들은 낮에 입은 옷 그대로 이불 속으로 들어갔다. 아직도 뺨에 두려운 기색이 남은 신이치와 마야는 전에 없이 날카롭게 대립하는 우리를 힐끔힐끔 쳐다보다가 어느새 잠에 빠져든다. 나는 그런 모습에 다소나마 위로를 받는다. 그래서 가녀린 아이들을 이용해 아내의 관심을 끌어볼까 계획해

보지만 금세 그 생각을 지우고 싶어진다. 20년 전, 아니 25년도 더 지난 일이리라. 어머니가 집을 나가시자 우리를 끌어안고 때늦은 눈물을 흘리는 아버지를 보고 어린 마음에 아버지 편을 든 것 같아 부끄러웠는데, 그 꼴사나운 모습을 방금 내가 재현하려 한 것이다. 아내는 사고 현장을 멀찌감치 바라보는 사람처럼 수수방관했다.

"거봐요, 아이들만 불쌍하지. 하지만 난 이제 아이들도 돌보지 않을 거예요. 당신이 직접 해요."

아내는 말을 끝내기도 전에 벌떡 일어나 부엌으로 가더니 마룻바닥에 주저앉아 꼼짝하지 않는다. 아내 곁에서 떨어지면 안 될 것 같아 얼른 뒤따라가 옆에 앉았는데 바닥에서 냉기가 올라왔다. 몸에 안 좋다고 말해도 아내는 들은 척도 하지 않는다.

"진짜 우습네요. 내가 추울까 갑자기 걱정을 다 하다니. 나야 여기서 이러고 있는 게 어울리죠. 요 2, 3일 당신한테 여러 말을 했는데, 다 틀린 말이었어요. 당신은 하나도 잘못한 게 없어요. 심사숙고 끝에 오직 한길만 추구한 거죠. 아내와 아이들을 희생시키고 자신의 몸을 망쳐가면서까지 자기 일만 중시하잖아요, 당신이란 사람은. 그런데 이제 와서 나처럼 세속적인 사람이 무슨 말을 하겠어요. 그렇지 않아요? 그러니까 당신은 이제 누더기같이 너덜너덜해진 나 따위는 상관할 필요 없으니, 그렇게 좋아하던 그 너저분한 문학 생활이나 계속해요. 난 겨우 이런 마룻바닥이 어울릴 테니. 내가 그런 고매한 예술 활동 같은 걸 어떻게 알겠어요. 여기는 내가 벽장을 허물고 만든 부엌이에요. 내가 직접 만들었다고요. 당신은 손 하나 까딱하지 않았잖아요. 아, 맞다. 돈은 당신이 다 냈죠. 그 귀한 돈을 쓴 건 미안하군요. 하지만 난 당신의 아내가 아니었으니까. 그렇잖아요, 당신은 날 아내 취급도 안 했으니. 식모 월급이라 생각하면 내가 그 정도쯤은 자유롭게 써도 되는 거였죠. 이렇게 싼 식모를 어디서 구해요? 전 세계를 다 뒤져봐요." 아내는 걸레질하듯 마룻바닥을 손으로 살살 문지르며 말을 이어갔다. "난 여기서 매일 삼시 세끼 밥을 짓고 빨래를 했어요. 당신이 돌아오지 않는 밤이면 내내 이렇게 앉아 있었다고요."

밤하늘은 공장과 이웃집 기와지붕 사이의 아주 좁은 공간에 갇혀 있었기에 바싹 야윈 달이 꼭 칼날같이 보였다. 낮에는 고동치던 소음도 밤이 되자 어둠 속으로 빨려 들어갔는지 이따금 타이어를 아스팔트에서 떼어내듯 질주하는 택시 소리만 들릴 뿐이다. 때마침 심야의 대기가 내 과오를 흡수해버렸는지 끝없이 이어지는 아내의 말소리가 한 편의 긴 서사시처럼 들리는 바람에 심판은 이미 종말을 고했다는 생각이 팽배해진다. 전에는 미처 알지 못했던 아내의 가혹함에 녹다운당한 뒤 패배를 인정하고 얻은 평온함. "봐요, 여기. 피 났던 상처가 남아 있잖아. 여기 보라고요. 언젠가 자꾸 피가 나는데 도무지 멈추지 않는 거예요. 그래도 난 꾹 참고 앉아 있었어요. 그때도 당신은……" 아내의 독백은 끝날 것 같지 않다.

"잠깐 뭐 좀 사 올게요." 아내는 그 말을 남기고 현관을 나갔다. 나는 무심결에 그냥 내보내고 말았다. 정말 거짓말 같은 겨를이다. 사흘 밤이나 새웠더니 머릿속에 허연 공백이 생긴 것

16

같다. 잠깐 변소에 갔을 때였나. 나는 분명 한시도 아내 곁을 떠나지 않았다. 아내는 내 마음의 빈틈을 노리고 있다가 집을 뛰쳐나가려 했다. 전에는 식물 같았던 아내의 몸이 점차 광물질로 변하는 듯하다. 하지만 그걸 멈출 방법이 없다. 나와 아내의 위치가 뒤바뀌었기 때문이다. 나는 그 새로운 자리가 아직 낯설어 지금껏 나를 덮고 있던 잿빛의 기운이 달짝지근한 우유로 바뀌어버린 듯한 이 상황에 곧바로 동화되어도 좋을지 망설여졌다. 내 숙명을 착실히 잘 굴러가던 궤도에서 스스로 이탈시켜놓고, 그때 놓쳐버린 숙명이 멀어져가는 모습을 지켜보고만 있자니 마음이 쓰라리게 아프다. 등을 돌린 숙명이 배신자, 배신자라고 입을 삐죽거리며 아우성이다. 그런 생각을 하다 보니 정신이 괴리되고 하복부에서는 내장이 얼어붙는 듯하다. 잠자코 있을 수 없어 게다*를 대충 신고 대문 밖으로 뛰쳐나갔다. 울타리 문을 열어젖히자 삐걱거리는 소리가 울려 퍼진다. 미로처럼 구불구불한 골목길을 달려가니 영화관 옆으로 바로 큰길이 나온다. 삼각형 모양의 역 앞 광장 너머를 응시하며 눈앞의 상황을 한눈에 파악하려 애쓴다. 매표소 창구 안을 들여다보며 뭔가를 말하는 아내의 뒷모습을 보니 싸늘해진 몸속에서 별안간 뜨거운 피가 역류한다. 나뭇가지에 앉은 잠자리를 잡을 때처럼 도망가지 못하게 조심스레 아내에게 다가가서 어깨에 손을 올려놓는다. 매표구에서 역무원과 이야기를 나누던 아내의 목소리는 평소처럼 상냥했는데, 나는 그 목소리를 지난

---

* 일본 나막신.

2, 3일 동안 들을 수 없었다. 뒤를 돌아본 아내는 포기한 듯이 입을 오므리고 생쥐처럼 웃었으나 어느덧 얼굴에 어두운 표정이 뒤덮였다. 아내와 나는 말없이 광장을 가로질러 영화관 뒤의 구불구불한 골목길을 지나 집으로 돌아왔다.

"난 아무래도 이해가 안 가요. 당신이란 인간은 왜 그런 짓을 한 거죠?"

아내의 추궁이 그 지점으로 되돌아오면 나는 또다시 그 논리에 휘말리지 않을까 겁부터 났기에 아내를 논리적으로 설득할 수 있을 거라는 희망은 버렸다. 당장 내가 할 수 있는 일은 아내의 가출을 감시하는 것뿐이다. 어쨌든 당분간 자살을 유보해달라고, 앞으로의 내 모습을 지켜봐달라고 몇 번이나 부탁한 끝에 겨우 아내의 단단한 응어리가 조금 풀린 듯했다. 마음을 돌린 아내는 당분간 집에 남아 지켜보기로 했다.

"하지만 이제 예전의 내가 아니에요. 음식을 만들거나 당신과 아이들 뒷바라지를 해도 그건 그냥 기계적으로 하는 걸 테죠. 한번 엎질러진 물은 두 번 다시 주워 담을 수 없어요. 그건 알아두세요. 난 왜 이 지경이 된 걸까요. 당신이 뭘 하더라도 당신만 괜찮다면 나는 그걸로 만족한다고 생각했는데. 내가 염려했던 건 당신 몸이었어요. 당신을 건강하게 만들려고 지난 10년간 내 심신이 얼마나 소진되었는지 몰라요. 이런 부부가 또 있을까요. 결혼식 당일부터 당신한테는 나쁜 병마가 씌워져 있었어요. 그 후 다발성 신경염으로 거동이 힘들 때, 당신이 요강은 더러워 쓰지 않는다고 해서 내가 당신을 업고 고베 집

2층에서 아래층 변소까지 오르락내리락한 거 기억나죠? 그런데 그 상황에서 당신 아버지는 어떻게 그러실 수 있죠? 말 한마디라도 따뜻하게 건네시던가요? 엿을 사 와 혼자 드시질 않나. 나야 미운 며느리니까 그렇다 쳐도, 피를 나눈 손자가 옆에 있는데도 뭐 하나 먹어보라고 권하시는 걸 본 적이 없어요. 그러면서 식모한테는 뒤에서 몰래 주시곤 했죠. 이런 어처구니없는 얘기가 또 있을까요. 그런 박정한 사람이 당신 아버지예요. 질색하겠지만 당신은 아버지를 쏙 빼닮았어요. 그러니까 10년이나 자기 아내를 버려두고 자기 하고 싶은 대로 했겠죠. 그래도 난 당신을 사랑했어요. 요즘 당신이 하도 어둡고 처참한 얼굴로 다니기에 혹시 당신을 잃게 될까 그게 가장 두려웠어요. 당신, 자살할 생각이었죠? 숨긴다고 모를 줄 알아요? 당신이 점점 어두운 늪에 빠져도 난 별수 없었어요. 만약 내가 무슨 말이라도 했다면 당신은 분명 집을 나갔겠죠. 그러다가 머지않아 정신을 차리고 진상을 파악하면 분명 깨닫는 바가 있을 테니 스스로 수치를 느끼고 자살했겠죠. 하지만 이제라도 당신이 본인의 상태를 깨닫고 진짜로 마음을 고쳐먹겠다면 나도 좀 생각해보죠. 대신 지켜야 할 게 있어요. 여자와의 관계를 끊을 것, 절대 자살하지 말 것, 아이들 양육을 책임질 것. 이 세 가지 맹세할 수 있겠어요?"

나는 맹세하지 않으면 안 되는 걸까 잠시 망설였지만 얼른 그런 생각을 떨쳐버리고 대답했다. "맹세할게."

"정말이죠? 그럼 당분간은 집에 있을게요."

사흘간의 규명을 용케 헤치고 나오니 내 몸이 마치 빈껍데기가 된 것 같았다. 큰 수술을 받은 것 같기도 했고, 전에는 미처 몰랐던 삶의 다른 층위를 경험한 탓인지 정체 모를 병에 걸려 내 몸 하나 가누지 못하는 것 같기도 했다. 아니면 지난 사흘간 받은 조련의 여파로 그저 열이 나는 건지도 모른다.

아니나 다를까 피곤이 몰려와 서재 침대에서 꾸벅꾸벅 졸았다. 몸의 마디마디가 다 떨어져 나가는 듯하다. 눈을 뜨는 순간 가슴이 덜컥 내려앉아 집 안 분위기를 살피는데 아내와 아이들이 보이지 않는다. 큰일 났다는 생각에 벌떡 일어나니 때마침 부서진 울타리 사이로 아내가 두 아이의 손을 잡고 들어왔다. 그 모습을 보니 시원한 물을 뒤집어쓴 양 마음이 착 가라앉았다. 아내는 외출용 오시마 남염藍染* 기모노 차림이었는데 하얗고 여리여리한 자태가 처녀 때처럼 아름다워 보여 한마디 했다.

"깜짝 놀랐어. 도망갔나 했거든." 내가 생각해봐도 의외다 싶을 정도로 경쾌하게 말했는데, 아내는 대답이라는 듯이 방긋 미소를 지었다. 그러자 언 시냇물이 녹아 흐르듯 휘리릭 뭔가 내 혈관을 지나갔다.

"들어가도 되죠?" 여전히 미소를 머금고 서재에 들어온 아내는 평소처럼 아이들이 나를 부르는 호칭을 썼다. "아빠, 부탁이 있어요. 전에 쓰던 만년필과 속옷, 모두 버려요. 보기 싫

---

* 가고시마현 아마미 군도 오시마섬에서 나는 명주 옷감. 쪽 염색을 하여 붓으로 살짝 스친 것 같은 가스리 무늬가 있다.

으니까. 대신 이거." 그러면서 내 앞에 새 만년필을 내놓았다. "8백 엔이나 하는 거예요. 꽤 무리했어요. 하지만 상관없어, 아빠의 새 출발 기념이니까. 그리고 이건 당신이 좋아하는 전병."

나는 아내가 시키는 대로 버리라는 것을 버렸지만, 책상과 벽의 잉크 자국은 망막에서 사라지지 않는다. 마치 무언가 가슴에 불쑥 들이대는 듯한 느낌인데, 광선의 밝기에 따라 잉크가 많이 묻은 곳은 타액처럼 반짝거렸다.

저녁 식사 후, 가까운 공중탕에 가려고 혼자 집을 나섰는데 바깥 공기가 완연히 달라진 까닭인지 몸이 새털처럼 가볍게 떠오르는 듯하다. 역 앞 큰길로 나가니 길 양쪽에 빽빽이 늘어선 점포에는 유리창마다 상품이 가지런히 진열되어 있고 전통 축제 때도 아니건만 세로 광고 깃발이 세워져 있다. 가게마다 켜놓은 밝은 조명에 도로가 부옇게 번져 보였고, 일정한 간격으로 달린 방송용 확성기에서는 선전 문구와 경쾌한 음악이 흘러나왔으며, 행인들의 끊임없는 구두 소리와 게다 소리, 그리고 요란한 파친코 구슬 소리까지 가세해 싱숭생숭한 사람 마음을 잡아채려 한다. 폭이 좁은 길에는 쌀집, 야채 가게, 생선 가게, 과일 가게, 제과점, 이발소, 소바집, 스시집, 대중식당, 된장 가게, 정육점, 책방, 장의사, 선술집, 시계방, 양복점, 생활용품점, 철물상, 잡화상, 양품점, 구둣방 등 하나같이 자그마한 점포들이 모여 있었는데, 평상복 차림의 주부나 퇴근길의 샐러리맨들이 얼른 일만 보고 빠져나가는 통로 같았다. 이 근처로 이사 왔을 때, 서민 동네의 민낯이 드러나듯 혼잡한 모습을 보자 별안간 나는 볼 안쪽에 붉은 전구가 켜진 것처럼 정처 없는 그리움에 휩싸였다. 상점가는 역 앞 광장에서 방사형으로 뻗어 있어 어느 방향이든 다 엇비슷하게 흥청망청한 얼굴을 하고 있었는데, 우리 집은 그 상점가 사이에 끼어 마치 이름 모를 골짜기의 사각지대에 놓인 은신처 내지는 일루미네이션으로 장식된 낡고 커다란 여객선 밑바닥에 달라붙은 굴 껍데기 같았다. 나는 그런 우리 집이 어느덧 좋아져 고이와小岩역 일대의 환경에도 마음이 설레었던 것 같다. 네온사인으로 붉게 타는 밤하늘 아래, 누에 시렁처럼 왁자지껄한 역 앞의 번잡함 속에서 고독을 즐긴 것이다. 하지만 그 뒤로는 황급히 빠져나가기만 하고 이 동네를 돌아보지 않았다. 그리고 오늘에야 비로소 거대한 수도 동쪽 끝 변두리 동네의 주민에 걸맞은 의식이 생겼다. 이 동네를 좀더 알고 싶은 욕심이 생긴다. 가정의 위기라는 상처 때문에 외부 세계가 절실히 필요해진 걸까.

사람들로 붐비는 점포 뒤의 대중목욕탕은 엄청나게 큰 건물을 가로로 눕혀놓은 듯했는데, 높다란 굴뚝으로는 연기를 길게 내뿜으며 근처 도랑으로 예스러운 냄새가 나는 비누 오수를 흘려보내는 모습이 마치 나를 환영하는 것 같았다.

목욕을 끝내고 다시 번화가를 빠져나와 골목에 발을 들이니 무대 위에서 나락으로 뚝 떨어진 것처럼 믿을 수 없이 고요하다. 큰길가의 도회지 같았던 표정이 순식간에 사라지고 벌레나 개구리 울음소리까지 들려오니 논으로 둘러싸인 고향 집에 간 기분이다. 하긴 그렇게 멀리 갈 것도 없이 얼마 전까지 이 일대는 다 논이었던 듯 한낮의 광선만 걷어버리면 옛날 분위기가 되살아날 것 같았다. 집 뒤 철공장에서 일하는 아오키네와 가네코네 판자 울타리 쪽으로 들어가니 아담한 우리 집과 마당, 지붕의 기와와 다 쓰러져가는 대나무 울타리가 보이고, 골짜기의 외딴집처럼 집 안에서 어슴푸레한 등불이 새어 나왔다. 옆집 판자 울타리 너머로 서재를 보니 언뜻 사람 그림자가 유리창에 비치는 것 같아 혹시 밤에 나다닐 수 없게 된 내 그림자인가, 실없이 그런 생각을 했는데 문득 지난 2, 3일간 집에서 벌어진 일들이 역류하듯 떠올라 급히 안으로 뛰어 들어갔다. 지금 집 안에서 평소와 같은 생활이 전개될지 확신할 수 없다. 지레 숨이 막힐 듯한 불안감 속에서 방 안을 살펴보니 볼과 입술에 화장을 한 아내가 메이센*으로 지은 긴소매 옷을 잠옷처럼 걸친 채 생글생글 웃고 있다. "나 화장했는데 어때요? 이상해요?" 자고 있는 아이들의 머리맡에는 낮에 입었던 옷들이 반듯이 개켜져 있고, 그 옆에는 아내가 손님용으로 아껴뒀던 깃털 이불이 깔려 있어 가슴이 덜컥했다. 밤늦게 집에 돌아와보면 작은 이불 세 채가 바다 밑의 돌멩이처럼 방에 깔려 있던 정경이 떠오른 것이다. 아내의 이불도 아이들 이불 크기로 깔려 있었는데, 그 모습을 보면 가슴이 뜨끔해져 발소리를 죽인 채 서재로 들어가서 맹장지**를 단단히 닫고 침대로 기어 들어가 혼자만의 생각과 여운에 깊이 침잠하곤 했다. 하지만 이제

---

* 굵고 마디가 많은 쌍고치실이나 방적견사 등으로 촘촘히 평직으로 짠 견직물. 질기고 값이 싸다.

** 방과 방 사이에 칸을 막아 끼우는 미닫이문. 문살에 종이를 바른 형태인 장지障子와는 달리 맹장지襖는 종이로 두껍게 안팎을 싼다.

는 나도 누항陋巷 밑바닥에 던져진 돌멩이 세 개에 합류해 항해를 떠나기 위해 달랑 네 식구만 하수상한 날씨에 닻을 풀었다. 아니다, 순서가 바뀌었다. 그 작업은 이미 10년 전에 시작되었을 터이다. 나는 어디로 불지 모르는 풍랑 속에서 배를 위험한 소용돌이에 휘말리게 했다. 어느 바위 모퉁이에 배를 들이받으려고 했던 걸까. 아내는 자신의 화장이 엉망이라는 걸 정말 모르는 걸까. 믿기지는 않았지만 오히려 치장하려는 아내의 의지가 노골적으로 드러난 것 같아 피식 웃음이 나왔다. 하지만 웃고 나니 내가 한 방 맞았다는 걸 인정해야 했다.

"궁금한 게 하나 있는데 물어봐도 되죠?" 조심스레 물었지만 아내는 이미 까마귀처럼 검은 날개를 달고 있다. 나는 반사적으로 멀리 도망치고 싶어진다. 하지만 도망치지 못하고 꼼짝없이 기다린다. "당신, ○○에 간 적 있어요?" "⋯⋯" "누구랑 갔어요?" "⋯⋯" "누구랑 갔냐고요." "⋯⋯" "숨길 필요 없어요. 다 아니까." "알고 있으면 된 거 아니야." "아뇨, 당신 입으로 똑똑히 듣고 싶어요. 나한테 숨기지 않기로 맹세했잖아요. 말해봐요. 있는 그대로 전부 다 말해줘요. 거기만 간 게 아니잖아요. 당신 대체 여행을 몇 번이나 간 거죠? 어디어디 갔어요? 어디에 머물렀고, 뭘 먹고, 무슨 책을 읽었어요? 영화도 봤겠죠? 무슨 영화죠? 어디서 몇 번이나? 어떻게 봤죠? 재미있었어요?" 나는 질문에 대답한다. 숨김없이 정확히 대답하려 애쓴다. 그러나 모든 과거를 전부 말하지는 못한다. 그런 건 애초에 불가능하다고 스스로 변명해가며 슬쩍 넘어간 것도 있다.

아내의 반응이 없으면 과감히 숨기거나 애매한 것들은 모호하게 대답하자 아내는 나를 비난하면서 좀 다른 것까지 죄의 항목에 기입하는 바람에 몸이 떨린다. 나는 검증을 위해 아내에게 내 몸을 전부 맡겼는데, 아내의 몸은 정밀한 거짓말 탐지기나 다름없다. 겁에 질린 내 반응이 나타나는 족족 정확히 아내의 몸에 기록되어 내가 아무리 아니라고 외쳐도 아내는 그걸 허용하지 않는다. 기록이 내 애매모호한 진실과 어긋나 흔적을 남기면 반드시 꼬리를 물고 또 다른 어긋남을 불러들인다. 아내가 '거짓말'이라는 판정을 내리면 나는 초조해져 부재증명을 내놓지만 그럴 때마다 거짓의 깊이는 한층 깊어진다. 더 이상 도망치는 건 불가능했다. 결국 나는 절규한다. "잉크병이 엎어지고 난 다음부터 이야기하자고. 그 후의 나를 봐달라고." "무슨 말이에요? 당신은 지금껏 10년이나 그런 거라고요. 10년간의 부정을 단 사흘 안에 대체 얼마나 증명할 수 있다고. 말도 안 되는 소리 좀 작작 해요. 그러니까 당신이 인간사에 무책임한 거예요. 당신 친구들이 당신에 대해 뭐라고 말하는지 알기나 해요? 얼치기라는 둥 모자란 자식이라는 둥 그렇게들 말한다고요. 얼마나 유치한지 모르고 자신의 난잡한 생활을 문학적 탐구의 소산이라고 떠벌리니 기가 찰 노릇이죠. 당신 소설은 무엇 하나 인간의 진실을 그려내지 못하잖아요. 순 지저분한 것들이나 세밀히 묘사할 뿐이고. 그러니까 여태까지 유명해지지도 못했죠. 그래서 그때 그 여자랑은 좋았어요?" "그래, 좋았다. 젠장." 내가 그렇게 말하자 아내는 이불에서 벌떡 일어나 눈꼬리를 치켜세우고 나를 노려봤다.

"어떻게 내 앞에서 그런 말을 할 수 있죠?" 어딘가 멀리서 들리는 목소리 같다. 만약 이 낡은 변두리 판잣집 지붕에 환기 창이 달려 있었으면, 그 주위에서 아내는 내게 낚아챈 말을 모조리 입에 물고 나를 저주하며 도망칠 것 같다. 잔뜩 위축되어 얼결에 따라 일어서는데, 아내는 다시 부엌 마룻바닥에 앉아 말한다. "나한테 수돗물 좀 들이부어줘요." 다시 밤이 돌아왔다. 유리창에 쳐진 커튼 사이의 좁은 틈새로 흘러들어 온 어둠이 개수대와 찬장으로 둘러싸여 비좁은 부엌 마룻바닥을 가득 채웠다. 부엌은 아내가 상습적으로 밤을 새우는 장소이기에 모든 것들이 스크럼을 짜서 일사불란하게 아내의 변호에 나설 듯했다. 심야 택시 타이어의 비명 소리와 모래사장을 걷는 듯한 남자 발소리, 고가철도와 운하 위의 구불구불한 철교를 지나가는 국유철도 막차의 덜그럭거리는 바퀴 소리. 만약 차에 치인다면 화물열차가 좋겠다고 생각하는 찰나, 머릿속에서 손바닥 위에 올라갈 만큼 작아진 내가 붉은 미등尾燈처럼 서서히 뒤로 물러나다니 갖가지 소리가 나를 공격하기 위해 발길을 돌려 다가온다. 일을 마치고 가사假死 상태에 빠진 집 뒤편 철공장에서는 높다란 환기구의 깨진 유리창과 선반, 컨베이어벨트가 우리의 동향을 살피고, 흙바닥에 있는 이름 모를 기계들이 우리 집 쪽으로 덮치듯이 몸을 기울여 귀를 쫑긋 세우고 비밀 얘기를 들으려 한다. 채근을 이기지 못하고 나는 당번병처럼 양동이에 물을 채워 아내의 머리에 들이부었다. "더, 좀더." 아내의 말에 거역하지 않고 물을 거듭 들이부으니 아내는 이를 딱딱 부딪쳐가며 몸을 떨었다. "내 머리 좀 힘껏 쳐줘요." 아내가 말했다.

"머리에 무거운 철가마를 뒤집어쓴 것 같아. 당신이 집을 비우는 밤이면 언제나 그랬어요. 빨리빨리 쳐줘요." 주먹을 쥐고 아내를 힘껏 쳤더니 둔탁한 살 소리가 나는 바람에 군대에서 하급자를 패던 손이 떠오른다. 두 번 세 번 반복하니 손이 저렸다. "아아아아아악." 아내는 오래 헤엄치다 입술이 시퍼레져 물 밖으로 나온 여자아이처럼 아무 의욕 없는 얼굴로 말한다. "이제 됐어요. 감기 걸리면 안 되니까 옷 갈아입을래." 주위에 흥건히 고인 물이 마치 철철 흐르는 피 같았다.

"오늘 밤은 영 진정이 안 되네. 머리를 식혀야겠어. 산책 좀 다녀올게요." 하지만 그 상태로 밤에 혼자 집을 나가게 내버려 둘 수는 없었다.

아이들 쪽을 돌아보니 깨지 않고 잘 자고 있다. 몸이 이불 밖으로 다 빠져나온 신이치는 볼이 틀 정도로 발그레한 데 비해 이마는 깨질 듯이 창백하다. 마야는 어디가 답답한지 엎드려 손발을 오그린 채 자그마한 엉덩이를 높이 들고 있는데, 그런 우스꽝스러운 자세를 보니 가슴이 얹힐 것 같다. 우리는 현관문을 잠가놓고 축제 구경 하러 몰래 나가는 젊은이들처럼 게다를 손에 들고 일렬로 서서 툇마루 쪽으로 나갔다. 큰길가로 가지 않으려고 어둑어둑한 골목만 골라 걷는데, 아내가 오늘은 당신이 함께 있어 다행이라고 한다. 그 말을 들으니 미지의 일들이 차례로 입을 벌리고 상처 속을 헤집는 것 같아 두려움이 앞선다. 혼자 있을 때 아내는 이 괴상한 발작을 가라앉히려 인적 없는 곳을 헤맨 것이다. 동네 외곽의 지바千葉 가도, 갈대로 덮인 에도가와江戶川 제방, 그리고 길 건너 동네 외곽에서 공사 중인 인공 방수로 신설 현장. 그런 곳들이 발작에 시달리던 아내에게 이리 오라고 손짓했을 것이다. 아내는 택시를 잡아타고 멀리 가보기도 했을 것이다. 발이 저려 걷기 힘들어지면 바닥을 기어서라도 계속 걸었을 것이다. 그런데 나는 다음 날 한낮이 되어서야 피곤이 역력한 얼굴로 귀가하곤 한 것이다. 아내는 전날 밤 광란의 찰과상과 퍼런 멍이 남겨진 내출혈 부위를, 팔을 걷어붙였다 소매를 말아 올렸다 하며 내게 보여준다. 나 요즘 왜 이렇게 상처가 많이 나는 걸까요? 둔해서 그런지 당신은 어디 부딪쳐도 잘 모르더군. 언젠가 내가 "저것 좀"이라며 성냥을 달라고 했더니 당신이 아무렇지도 않게 시뻘건 숯불을 쥐고 건네줬잖아. 아, 틀림없이 그런 것 같네요. 내가 어디 부딪치고도 잘 몰랐나 봐. 그런 대화를 주고받았던 생각이 떠올라 얼굴이 화끈거린다.

"당신, 정말 그렇게 생각했던 거예요? 둔한 사람이네. 전혀 눈치채지 못했나 봐." 그렇게 말하며 아내는 고양이가 쥐 노리듯 나를 노려봤다. "아, 또 머리가 지끈거려. 이번에는 쇠바퀴가 머리를 조여와요. 어떻게 설명하면 좋을지, 밀폐된 방에서 몇백 개나 되는 드럼통을 누가 한꺼번에 두드리고 있는 것 같아요. 괴로워. 아, 너무 괴로워. 이번에는 얼굴이 점점 부풀어 올라. 큰일이네, 어쩌죠? 얼굴이 터질 것 같아요. 당신이 좀 쳐줘요, 빨리."

빽빽이 들어선 단층집들이 조용히 잠든 어두운 골목에서 아내의 몸을 몇 번씩이나 쳐주고 있자니 고행하는 것 같아 허무함이 수그러들지 않았다. "이제 됐어. 그만, 이제 그만 때려요."
아내의 목소리는 기세가 약간 꺾인 것 같다. 만약 그렇다면 제
정신이 돌아왔을지 모르니 다행이지만, 금방 또 "여기가 어디
죠?"라며 엉뚱한 소리를 한다. 우리 옆을 지나쳐 간 몇몇 사람
이 먼발치에서 경계하며 우리 쪽을 힐끔힐끔 쳐다봤다. 머플러
로 입을 가리고 피하면서도 호기심 어린 시선을 보내는 모습에
가슴이 찔린 듯 따끔거린다. 아내가 점점 이해할 수 없는 행동
을 하는 걸 보니 한밤중이라도 이쪽은 안 되겠다 싶어 일단 방
향을 바꿔 큰길로 나갔다. 길을 가로질러 예전 저습지 터를 헤
매다가 집들이 즐비한 골목으로 들어가니 전에는 한 번도 안
와본 곳이 나타났다. 고이와 같은 동네에 이런 낯선 곳이 있으
리라고는 예상치 못해 마음을 단단히 먹고 앞으로 돌진하는데
느닷없이 묘지가 나왔다. 석탑이나 스투파率堵婆*가 첩첩이 있
으리라 예상했는지 아내는 몸을 움츠리며 지레 겁을 냈다. 너
무 구색이 갖춰진 상황이라 불안하게 주위를 두리번거렸지만
눈앞에 확연히 보이는 걸 어찌할 수 없다. 등줄기가 서늘해져
발걸음을 재촉하던 중, 길을 가로질러 묘지로 달려가던 새카만
고양이가 우리를 의식한 듯 별안간 멈춰 서서 천천히 돌아보기
에 저 눈은 어느 빛에 어떻게 반사되어 저렇게 인燐같이 타오
르는 걸까 생각하는데 으스스하게도 고양이 머리만 희끗 부풀
어 올랐다. 아내는 헉 하고 깊은 신음을 내더니 반사적으로 내
팔을 붙잡고 뛰었다. 그리고 아무 말 없이 어둠을 빠져나가 큰

---

* 추선공양을 위해 무덤 위에 세우는 좁고 긴 판자로, 위를 탑 모양으로 꾸민다.

길로 들어선 뒤에야 겨우 물었다. "당신, 봤어요? 아까 그 기분 나쁜 것. 대체 무슨 의미일까요, 머리 없는 짐승은." 그러면서 아내도 고양이 같은 눈매를 하며 어깨를 곧추세우는 바람에 나는 더욱 그 속을 알 수 없다고 생각했다. "그건 분명 밤깨비일 거야(라고 아내는 고향 말을 썼다). 나 소름 끼쳤어요. 어머, 그런데 머릿속에 있던 쇠바퀴가 사라졌네." 아내는 홀가분한 표정을 지었다. 벌써 자정이 넘은 걸까. 문 닫은 상점이 많고 낮과는 달리 거리가 텅 비어 있어 폐허가 된 마을 같았다. 아이스크림과 빙수를 파는 가게는 그 시간에도 영업을 했는데, 이미 여름철은 지난지라 돌이킬 수 없는 허물을 보는 심정이다. 그러나 아내와 단둘이 뭘 먹었던 기억이 없어 한번 시도해보고 싶은 마음에 별로 내키지 않아 하는 아내를 설득해 가게로 들어갔지만, 문 닫기 직전의 썰렁함이 느껴져 느긋이 먹을 기분이 들지 않는다. 발작이 끝나면 윗물처럼 맑은 기분만 남는 걸까. 갑자기 한기가 몰려온 듯 옷깃을 여민 채 골똘히 생각에 잠겨 있는 아내를 보니, 혹시 아내가 다른 여자와 바뀐 것은 아닐까, 하는 생각마저 든다. 힐끔힐끔 아내를 살피다 보니 당장이라도 면상을 돌려 찢어진 눈으로 나를 쳐다볼 것 같아 진득하게 있을 수 없다. 탁자 아래로 발을 꼬기도 하고 탁자 위에 한쪽 팔꿈치를 괴어보기도 하는데, 그런 행동은 과거를 연상시키기 때문에 아내 앞에서는 절대 해서는 안 된다는 것을 깨닫는다. 또 곤경에 빠지기 전에 무슨 말이든 꺼내려 하지만 조급해지니 더 의기소침해져 화제가 다 달아나버린다. 에라 모르겠다 싶어 주문한 딸기 빙수를 억지로 반이나 퍼먹었더니 한기가 드는지라 마찬가지로 먹기 난감해하는 아내를 데리고 가게에서 나와서 집집마다 문을 걸어 잠근 채 잠에 빠진 거리를 바삐 걸어 집으로 돌아왔는데, 그날 밤은 아무 일도 일어나지 않았다. 피로가 상당히 누적되었던 터라 우리 부부는 사건이 터진 이래 처음으로 숙면을 취했다.

8일째 아침, 잠에서 깨어나 벌써 대낮인가 두려워하며 슬며시 눈을 뜨는데 물끄러미 나를 바라보는 아내의 메마른 눈과 마주쳤다. 아무래도 아내는 한숨도 자지 않고 잠에 취한 나를 빤히 지켜본 듯했다. "나 꿈꿨어요." 아내가 불쑥 꿈 이야기를 꺼내는데, 나는 공포부터 밀려왔다. 내용인즉슨, 아내와 나 둘이서 스이도바시水道橋에 갔는데 여자가 미리 와 있었다고 한다. 내가 이제는 만나지 말자고 하자, 여자는 영문도 모르고 헤어질 수 없으니 확실히 말해줬으면 좋겠다고 했단다. 그때 아내가 끼어들어, 계속 이런저런 말을 하다 보면 양쪽 모두 힘들어지니까 그냥 헤어지는 게 나을 거라고 말하며 가지고 온 과자 상자를 열어 이거라도 드시라고 하니 여자가 어떻게 하면 좋을까 망설였다는 것이다. 눈을 뜬 아이들도 부모가 함께 잔 것이 기뻤는지 무슨 사정인가 궁금하다는 듯이 양 팔꿈치로 턱을 괴고 엎드려 듣고 있었다. "엄마, 나도 꿈꿨어." 신이치가 말했다.

"오, 우리 아들이 벌써 꿈을 꾼 모양이구나. 어떤 꿈이었는데?" 일단 위기는 벗어난 것 같아 아내의 관심을 그쪽으로 돌리려 했다. "다마 무덤이 움직였어. 그리고 있지, 다마가 살아났어."

신이치가 숨을 가쁘게 쉬면서 말하는데, 꿈 이야기로 치면
그게 더 안 좋다. 다마는 아내가 적적함을 달래려 기르던 고양
이였는데, 얼마 전 죽어 마당 구석의 무화과나무 아래에 묻었
다. 다마 이야기를 하면 귀여운 고양이뿐 아니라 그때 내 모습
도 불쑥불쑥 떠오를 것이다. 다마를 기를 때가 가장 절망적인
시기였을 텐데, 어떤 자극도 견디지 못하는 아내의 상태를 생
각하면 지금 화약고 옆에서 성냥을 켠 셈이다. 어디든 온통 내
게 손가락질할 것뿐이다.

그 전날 오후, 나는 영화가 보고 싶어 아내에게 물었다. 웬일
인지 나나 아내나 기분이 꽤 괜찮아 보였기 때문이다. 아내는
웃으며 보러 가도 된다고 했다.

"음, 좀 걱정되는데 가지 말까?" 내가 결정을 내리지 못하자
아내가 말했다. "괜찮아요, 아빠. 보고 와요. 일하는 데 도움이
될지 모르잖아요." 나는 길 건너 영화관으로 갔다. 하지만 영화
를 보는 내내 뭔가 불길한 것으로 장이 꽉 차는 듯했다. 아마
존 오지의 어느 종족과 브라질 정부의 탐험대가 접촉하는 과정
을 찍은 다큐멘터리였는데 왠지 전에 본 영화 같았다. 전편은
협상에 실패하자 실패한 시점을 기준으로 그간 촬영한 필름을
편집해서 보여주었는데, 이번 신작은 탐험대의 의도대로 부락
안을 대담한 카메라워크로 촬영했다. 탐험대가 아니라 그 미개
한 부족민들의 생활에는 인생에 매진하다가 균형을 잃어버린
사람들의 상처를 치유해주는 뭔가가 있었다. 거기까지만 보고

32

돌아왔으면 좋았을 텐데 결국 영화 한 편을 더 봤다. 사람과 사람 사이의 구체적인 관계를 다룬 영화는 아무리 단순한 형태라도 지금 내 상태로는 받아들이기 힘들다. 하지만 이제 돌아가야지 생각하면서도 엉거주춤하다 끝까지 보고 말았다. 밖에 나오니 해가 완전히 기울었다. 붉게 문드러진 하늘을 보니 밤이 제 임무를 수행할 차례다. 땅이 울리고 국유철도 연결 열차 몇 량이 다가오면서 헤드라이트가 갑자기 내 쪽을 비추자 탐조등 불빛에 얼굴을 피하려 웅크리고 있는 또 다른 내가 보이는 듯했다. 지금 영화를 보고 나온 저 녀석을 용서할 수 없다고 생각하니 불안이 목까지 차올라 게다를 덜그럭거리며 집까지 달려갔다. '큰일 났다, 큰일 났다.' 이명이 들리고 창자까지 무감각해지는 것 같아 도저히 나 자신을 추스를 수 없었다. 현관에 들어서니 식탁 위에 차려진 저녁밥이 눈에 띄었다.

"미안해, 늦었어. 영화를 보고 나오니 밖은 이미 어두워져 있더라고. 깜짝 놀라 달려왔어." 숨이 차서 말하는데도 아내는 아무 말 없다. 아내의 어두운 표정에 집 안은 얼어붙는다. 나는 혼자 떠들며 식탁에 앉았다. "아, 맛있겠다. 미안 미안, 이제 밥 먹자." 내가 아내의 기분을 풀어주려고 하자 신이치가 웃음기 없는 얼굴로 말했다.

"아빠, 밤이 너무 늦어지니까 엄마가 정신 나간 듯이 집을 나갔어. 나도 마야랑 착 달라붙어 따라다녔어." "아니야, 신이치. 그런 게 아니야, 아빠는 영화를 보고 온 거야. 엄마가 다녀와도 된다고 했어. 길 건너 영화관 있잖아, 거기서 아마존강 오지의 토인土人(이라고 말하고 주춤했다)이 나오는 영화를 보고 왔어." 열심히 해명하는데 나를 뚫어져라 쳐다보던 마야가 말했다. "압빠, 고짓말하면 때찌하는데."

가족을 데려가지 않을 거면 외출을 하지 마. 어디선가 그런 소리가 들렸다. 철칙 같은 약속이니 꼭 지켜야 하지만 하나둘씩 지장이 생길 듯하다. 일주일에 두 번, 네 시간씩 수업하는 야간 고등학교 시간강사 일도 사전에 양해도 구하지 않은 채 쉬고 있는 형편인데 어떻게 처리해야 할까. 쓰던 소설이나 에세이를 출간할 때 협상은 어떻게 하고, 그 자리에 처자식을 데려가면 어떻게 행동해야 하나. 하지만 점점 그래야 하는 이유가 처자식이 아니라 근본적으로 나 자신에게 있다는 생각이 들었다. 가족이라 해봐야 고작 넷밖에 안 되는데 화해할 수 없는 의혹과 두려움에 짓눌려 계속 작은 성채 안에만 갇혀 있으면 세간의 계략에는 어떻게 대응할 수 있을지 예측조차 할 수 없는 불안이 밀려온다.

이 사실을 어떻게 설명해야 할지 모르겠지만 아내가 아침에 한 꿈 이야기는 조짐이 심상치 않았다. 두려워했던 '것들'이 하나둘 어김없이 찾아온다.

우편함을 없애버리고 싶지만 거기 집착하는 걸 아내가 눈치채면 위험하다. 그러나 아내도 우편함을 예의 주시하는 건 분명하다. 우편함은 불과 얼마 전까지 원고 의뢰처럼 행복한 소식을 전해주는 아주 소중한 곳이었다. 그 때문에 아내는 아무리 큰 우편물도 빠져나오지 않게 커다랗고 튼튼한 우편함을 특별 제작해줬다. 그건 지금도 변함없지만 반가운 소식과 함께 살모사 같은 것이 섞여 들어오지 않으리라는 보장이 없다. 그것들은 나나 아내, 또는 아이들이 거두어 가기를 기다렸다.

무심코 바깥 울타리 쪽으로 눈을 돌리는데 때마침 우편배달부 제복과 모자가 보였다. 배달부도 나를 봤기에 문 앞으로 와서 직접 편지를 전해줄 줄 알았는데, 우편함에서 덜컹 하는 소리가 들린다. 신기하게도 언제나 그 소리를 놓치지 않고 듣는 건 마야다. 그리고 꼭 "폰지"라고 혼잣말을 한다. 나도 모르게 자리에서 일어날 뻔했으나 꾹 참고 기다렸다. 아내가 거기로 간다. 달그락 소리를 내며 배달된 우편물을 꺼낸 뒤 잠시 그 자리에 서 있는 모양이다. 아내가 방으로 들어온다. 밝고 경쾌한 발걸음이다. 아무것도 아니었나 보다. 서재 쪽으로 온다. "여기요, 당신 편지." 그렇게 말하며 문틈에 놓고 갈 것이다. 그러나 내가 들은 건 흥분을 억지로 가라앉힌 아내의 목소리다. "여보, 왔어요." 나는 갑자기 땀이 흥건해진다. "같이 읽기로 약속했죠?" 아내가 봉투를 뜯는다. 먼저 읽은 뒤 말없이 내게 건네준다. 낯익은 글씨가 눈에 들어왔다. 화요일에 스이도바시로 갔지만 당신은 안 왔던데 무슨 일 있어요? 별일 없기를 바라면서도 차라리 별일이 있는 거였으면 싶기도 해. 그렇게 적혀 있었다. 화요일은 야간 수업 때문에 나가는 날이다. 전에는 그랬다. 아내의 꿈에 나왔다던 스이도바시 이야기가 기묘한 예고였나 보다. 말없이 아내에게 편지를 다시 건넨다. 아내는 그걸 들고 변소에 갔다.

편지를 우편함에서 꺼내 변소로 가져갈 때까지 두 아이는 아내의 움직임을 조용히 눈으로 좇았다. 아내가 변소에 들어가자 마야는 무섭다는 듯이 얼굴을 찡그리며 혼잣말을 한다. "마야, 보고 싶지 않아." 신이치는 엄마가 나오자 물었다. "변소에 폰지를 버린 거야?" 아내가 대답한다. "종이야."

"폰지 쓴 종이?" 신이치가 한 번 더 물었다.

"그냥 종이."

아내가 얼버무리자 신이치가 내뱉듯 말했다.

"거짓말쟁이."

하지만 그때 아내는 아무런 변화도 보이지 않았다. 아내만 동요하지 않는다면 앞으로도 이런 식으로 처리할 수 있을지 모른다. 그건 일단 안심이었지만 신이치가 내뱉듯 한 말이 마음에 걸린다.

아무리 집안이 콩가루가 되었어도 이런 상태라면 굶어 죽기 십상이다. 아침저녁으로 꽤 추워진 걸 보니 확실히 여름도 다 갔나 보다. 온종일 비가 내렸는데, 이제 가을이 깊어지고 겨울이 오는 것도 머지않은 듯했다. 추적추적 내리는 비가 흙 속으로 스미는 소리를 듣고 있으니 마음이 좀 차분해져 내가 선 자리가 어디인가 상념이 오간다. 마야가 혼자 인형놀이를 하며 중얼거린다. 압빠가 바보 같아서 우리가 실타면서 따른 집에 가버렸어. 우리는 기회만 생기면 주저앉아 긴 대화를 나눈다. 이런저런 이야기를 꽤 많이 주고받았다. 결혼 이후 처음 있는 일이다. 그런 상태에 조금씩 익숙해진 걸까. 하지만 아내의 어두운 표정이 조금도 사라지지 않아 걱정이다. 어떻게든 집안일을 하려는 아내가 애처롭게 느껴지지만, 정작 아내 곁에 다가가면 과거의 체취가 스멀거리는 것 같아 마음이 떠난다. 아내도 가끔 염탐하듯 서재에 와서 찌를 듯한 눈초리로 노려보고는 "당신 말이에요" 같은 말을 하며 내 얼굴을 찬찬히 살피곤 한다. 아내의 그런 눈과 마주치면 어느 정도 치유된 줄 알았던 자아가 산산조각 난다. 언젠가는 또 부리나케 뛰어오더니 "사랑해, 사랑해, 사랑해"라고 말하며 눈물이 그렁그렁해진다. "미안해요. 미안, 용서해줘요. 이런 모습 보여 부끄러워." 그러면 나도 어느덧 눈물이 왈칵 쏟아지고 긴장이 풀린다. "압빠는 나쁜 사람 아니야." 마야의 말을 듣고 우리는 무심결에 웃고 말았다. 그렇기에 조금씩 좋아져 안정을 찾아가리라고 생각했다.

제2장 죽음의 가시

다음 날, 문득 책상 위를 보니 줄곧 멈춰 있던 자명종이 움직였다. 기계를 만진 것도 아니고 충격을 준 것도 아닌데 어째서 다시 움직이는지 영문을 모르겠다. 전에는 우악스럽게 흔들어봐도 반응이 없었는데 이제 와서 부지런히 움직이다니, 아내의 의지가 시계로 옮겨 간 건가 하는 생각마저 든다.

하루 종일 비가 내려 질퍽해진 마당 흙에 빗발이 떨어지는 소리를 듣노라니, 어느 날 누군가 빈지문* 닫힌 집에 흙 묻은 구둣발로 올라와 동반자살한 일가족의 시체를 검증하는 장면이 눈앞에 어른거린다. 일주일에 이틀 밤만 근무하는 야간 고등학교 시간강사 수당으로는 네 식구의 생계를 감당할 수 없다. 다른 일도 구해야 하지만 사흘간 아내에게 숨겨왔던 행위를 털어놓은 뒤로는 갓 탈피를 끝낸 매미나 새우처럼 살갗이 얇아져 사람들 앞에 나서지도, 세간의 일격에 맞서지도 못하게 되었다. 하지만 변변히 다른 재주도 없는 형편이라 당장은 전

---

* 비바람을 막기 위해 설치한 덧문으로 널판을 한 짝씩 끼웠다 뺐다 할 수 있다.

처럼 원고를 맡겨줄 편집자를 찾을 수밖에 없다. 아내도 그걸 알지만 지금은 상황이 변했다. 예전처럼 몸을 축내가며 남편을 걱정해주고, 일거리를 구했나 마음 졸이며 알뜰하게 살림하는 모습을 기대할 수 없다. 이제는 남편이 궁지에 몰려 쩔쩔매더라도 남의 일인 양 수수방관할 것이다. 근본적인 변화는 분명 아내에게 충격을 안겨준 그날 생겼을 것이다. 내가 일을 구하지 못하면 그 모든 책임이 내게 있다며 힐난할 것이다. 전에는 내 눈동자만 좇던 아내였지만 신뢰의 눈빛은 실낱만큼도 남아 있지 않다.

무턱대고 편집자를 찾아간다고 일을 주는 것이 아니라서 기회가 오길 기다리고 있다. 그렇더라도 친구들과 만나면 연줄이 닿아 일이 성사되는 경우가 더러 있으므로 두문불출하면 안 되지만 지금은 사정이 용이치 않다. 설령 나 혼자 외출하지 않겠다는 결심을 잠시 유보하더라도 밖에 나가 있는 시간이 조금만 길어져도 불안해 견딜 수 없다. 영화를 보러 갔다가 저녁 식사에 약간 늦은 날도 몸이 떨릴 정도로 두려웠다. 온몸을 엄습해오는 스산함에 맥을 못 추었다.

이대로는 안 되겠다고 생각했지만 날짜가 자꾸 갔다. 그 와중에 아내가 아빠 얼굴에 어두운 그늘이 사라졌다고 말한 날도 있었고, 나 역시 그날 이후 아내의 눈이 촉촉하게 누그러졌다고 생각했다. 이런 것들이 과거의 좋지 못한 상태에서 벗어나 우리 둘 다 비로소 다른 국면을 맞이한 증거라 생각하고 싶었고, 제발 그렇게 되기를 바랐다. 하지만 잠시 평범한 일상으로 돌아간다 해도 또 어떤 계기로 말짱 도루묵이 될지 몰라 걱정이다. 한 가정에서 일어난 사건에 관심을 보일 사람이 이 세상에 있을 거라는 기대는 하지 않는다. 연일 그런 날이 계속되는 바람에 집 안에서 가만히 머물던 공허감이 몰래 침투한 것 같다. 계절이 여름에서 가을로 바뀐 탓도 있지만 지금 우리 부부는 한낮인데도 일식 때문에 열기를 품지 못하는 햇볕 아래에서 바짝 몸을 맞대고 있는 기분이다. 이렇게 차가워진 공기 속에서 언제까지 남몰래 둘만 마주 보며 살 수 있을까. 평범한 일상으로 돌아가려면 때 묻은 세상에 발을 들여놓아야 한다고 속삭이는 소리가 들린다. 그 소리는 호시탐탐 내 마음이 약해지는 순간을 노린다.

그렇지만 너무 갑갑해 큰맘 먹고 외출했다. 아내는 신이치와 마야를 개찰구 철책 위에 세우고 여느 때처럼 손을 흔들었다. 내가 계속 그쪽을 돌아보며 열차 안으로 들어가자 곧 문이 닫히고 전철이 움직였다. 마야는 다른 곳을 보며 나를 향해 손만 흔들었고, 아내는 여전히 웃는 얼굴이었다. 열차가 움직이면서 장애물로 변한 건물 벽이 개찰구를, 그리고 아내와 아이들의 얼굴을 차례로 가리니 잔상으로 남아 있던 아내의 웃는 얼굴에 돌연 그늘이 졌다. 내 목구멍에서 공기 비슷한 것이 밀려 올라오는 것까지 예전과 똑같다. 아내와 아이들에게 싱글벙글 웃는 얼굴을 보이며 집을 빠져나와 여자를 만나러 갈 때의 뒷모습에서 전혀 변한 것이 없다. 어쩌면 지금 나의 또 다른 모습은 활어조에서 망망대해로 풀려난 물고기인지도 모른다. 그걸 다 꿰뚫고 있는 아내가 개찰구에 서서, 문 너머에서 전과 다름없이 자신을 보고 웃던 남편의 뒷모습이 전철과 함께 사라지는 걸 다시금 확인하며 무슨 생각을 할까 상상해보니 파도가 밀려 나가듯 손발에서 힘이 쫙 빠진다. 예전과 같은 모습일 거라 생각하니 가슴이 뜨끔해진다. 복잡한 출근 시간이 지나고 어중간한 오전 시간대였기에 차 안에는 서 있는 승객이 없다. 마침 옆에 빈 좌석도 있었지만 앉고 싶지 않았기에 덧대어진 철판이 서로 부딪치며 흔들리는 열차 연결부를 통과해 앞 차량으로 이동하면서 이 외출은 아내가 보증한 거라고 스스로 다독인다.

얼마 전 사흘간의 갈등이 최고조에 다다랐을 때 Q지 편집부에서 어느 공장의 르포 기사를 써달라는 전보를 보내왔다. 하지만 자칫 아내에게서 눈을 뗐다가는 생활이 붕괴될지 모르는 극한 상황이라 나중 일까지 생각할 여력이 없기에 일을 맡을 수 없었다.

가파른 목조 계단을 올라 사무실에 들어가니 편집자들은 각자 업무를 하고 있어 내 쪽을 보지 않는다. 일을 할 수 없어 유감이라고 내가 먼저 거절 의사를 밝히고 나니 더 이상 화제가 없었다. 그건 이미 예견한 바다. 지금 나는 외양상으로는 설령 2주 전이라 해도 별 차이점을 찾아볼 수 없는 모습일 것이다.

"그럼 실례 많았습니다."

그 말을 하고 일어서는데, 슬슬 발을 빼려는 그룹의 동인 Z가 들어왔다.

"어, 자네 와 있었네?"

인사를 하더니 그가 황급히 덧붙였다.

"자넨 이야기가 끝난 모양이군. 나도 금방 끝나니까 잠깐만 기다려. 같이 가세."

평소와 달리 활기차 보였다. 그들과 거리를 둔다고 해도 갑자기 손바닥 뒤집듯 다르게 대할 필요는 없을 것 같아 사무실 출입구 옆에서 그를 기다렸다. 다짜고짜 조건부터 말하는 듯한 자세로 편집자와 이야기를 나누는 Z의 뒷모습이 눈앞에서 떠나지 않았다.

"자네가 거절한 르포 일이 내게 왔어."

점심이나 같이 먹자며 Z가 말했다.

"덕분에 살았어."

"다행이군."

그는 내 대답을 듣더니 요즘 몸 상태는 어떠냐고 물었다. 그러고 보니 내가 결핵에 걸렸을지도 모른다고 떠들어대던 것이 생각났다. 미열이 계속되고 잔기침이 멎지 않는 걸 비관해 우울한 나날을 보내던 것이 불과 열흘 전이다. 그 전에는 신약으로 화학치료도 받았고, 각혈까지도 각오했었다. 하지만 이제는 나와는 아무 상관 없는 남의 일 같다. 몸이 안 좋다고 말하면 억지를 부려도 아내가 다 받아주던 것도 돌이킬 수 없는 과거지사일 뿐이다. 아내는 내가 약을 복용했다는 사실도 잊은 듯했다. 속 시원히 털어놓고 싶은 마음이 목까지 올라온 걸 겨우 참으며 말했다.

"우리 집 ○○가 극심한 노이로제야. 난 괜찮아. 그때는 어떻게 되는 줄 알았어. 아니, 나 말고 집사람 얘기야. 그래도 이젠 괜찮아. 많이 안정된 것 같아. 그렇지만 전처럼 외출하는 건 위험해. 오늘 처음 나온 거야."

단숨에 말하고 나니 그가 궁금해하는 건 좀 다른 방면의 사생활일 거라는 생각이 들었다. 그러자 아내의 심문에 나가떨어져 과거의 행실을 낱낱이 고백하던 내 모습이 떠올라 이런 식으로 말해도 될까 마음이 영 찜찜했다. 참지 못하고 흥분해 그에게 말해버리면 위험하다고 생각하면서도 오랜만에 다른 사람과 대화한다는 사실을 깨닫는다.

"그런데 어쩌다 또 그렇게 된 거야?"

Z가 물었다. 무심코 또 아무 말이나 하려는 나 자신을 의식하고 멈칫했다. 정직한 사람처럼 곧이곧대로 표정을 드러내면 안 된다. 내 친구들이 나에 대해 뭐라고 떠드는지 아냐고 묻던 아내의 차가운 눈시울이 떠오른다.

"그게 말이지, 너무 고생시켰나 봐."

비록 혼자 외출하지 않겠다는 말은 지키지 못했지만, 선의로 내 속내를 드러내는 건 이제 안 한다. "오늘은 내가 낼게. 방금 원고료 받았으니까." Z가 그렇게 말하는 바람에 결국 그의 뜻을 따랐다. 하지만 내가 전부 낼 필요는 없어도 내 몫은 확실히 계산해야 한다. 내 손바닥에서 빠져나가려는 의지를 붙잡아 아내에게 보여줘야 한다. 내 곁에만 조용히 붙어 있던 아내는 이미 변모했다. 이제는 내가 다방면에서 노력하는 모습을 아내에게 보여줘야겠다는 자각이 생겼다. 그 어두웠던 사흘 밤낮을 거치면서 아내에게는 내 수중에서 절대 놓치고 싶지 않은 뭔가가 있다는 것을 발견했다. 아내를 처음 봤을 때 정신없이 빠져들었던 매력과는 달랐다. 하지만 긴 세월 아내를 방치해둔 채 밖에서 추구했던 황홀감이 아직 몸에서 빠져나가지 않아 영 거

추장스럽고 두려웠다. 꽁꽁 숨겨놓았던 체취는 운하의 오수처럼 거품을 일으키며 아무 때고 수면 위로 떠오른다. 애써 부정하려 해도 떠오르는 기억을 억지로 짓누를 수도 없고, 심신을 다른 데 빼앗겼던 긴 세월도 없어지지 않았다. 그 세월에 대한 가책이 점점 복수의 얼굴로 굳어진다.

언제 또 나올 수 있을지 몰랐기에 그냥 빈손으로 돌아갈 수는 없었다. 어떻게든 일을 성사한 뒤 아내에게 웃으며 "거봐, 일을 구해 왔잖아. 역시 밖에 나가고 볼 일이야"라고 말하고 싶다. 밖에 나와 있는 시간이 길어질수록 명치 언저리에서는 불안의 뿌리가 돋아나는 것 같았는데, 헤어진 Z와 나눈 대화가 마치 물걸레로 몸을 닦은 것처럼 뒤끝을 남겨 기분이 좋지 않다. "누구라고 이름을 대지는 않겠지만 당신의 오랜 친구들이 모두 당신을 비웃는 거 알죠? 당신 앞에서는 무슨 말을 하는지 모르지만." 아내는 분명 그렇게 말했다.

그런 건 흘려버려야 마땅하다고 생각하지만, 지금 나는 약해진 상태라 모든 것에 격렬히 반응한다.

그 후 다른 그룹 친구를 찾아가 꾹 참고 있던 말을 터뜨리고 말았다.

"마침내 올 것이 오고야 말았어."

"거참, 안된 일이네."

A의 대꾸에 나는 한술 더 떠, 눈을 떼면 자살할 것 같아 옆에 꼭 붙어 있다는 둥 이러고 있어도 견디기 힘들다는 둥 떠들어댔다. 스스로 생각해봐도 뜨악할 정도로 너무 흥분했다. 하

지만 그에게는 평소에도 인사치레 같은 건 생략하고 단숨에 컵의 물을 비우듯 꾹꾹 눌러뒀던 감정을 털어놓곤 했다.

"B와 C가 오기로 했네."

A의 말에 나는 그 친구들을 만난다면 어쩌면 일할 기회를 얻을지도 모르겠다고 생각했다. 곧 올 때가 되었다는 A의 말을 주술 삼아 감정을 가라앉혔지만, 기다리는 동안 엉덩이가 들썩거렸다. 어느덧 2시가 넘어 그만 돌아갈까 속을 바작바작 태우며 혀에 퍼지는 씁쓸한 시간을 맛보고 있는데 B가 들어오며 말했다.

"좀 늦었네."

그 뒤로 간발의 차로 도착한 C가 말없이 방에 들어왔다. 나는 그 기회를 틈타 자리에서 일어났다. 몸에서 초조함이 분출되는 것 같았다.

"먼저 실례하겠네."

내가 그렇게 말하며 일어섰더니 A가 말했다.

"왜? 겨우 다 모였는데."

나는 그의 눈을 보며 말했다.

"갑자기 집이 걱정되어서."

그리고 뒤에 있던 두 사람에게도 양해를 구했다.

"얼른 집에 돌아가야 할 것 같아."

"그럼 다음에 보세."

B는 그렇게 대답했지만, C는 말이 없었다.

밖으로 나오니 장사를 접고 야반도주하는 기분이 들어 심한 패배감에 휩싸였다. 남은 세 사람은 보통 때와 달리 허둥지둥 자리를 뜨는 친구를 보고 무슨 일 있냐고 한두 마디 하겠지만 오늘 그들을 모이게 한 주제로 금세 옮겨 갈 것이다. 설사 미리 준비한 화제가 없더라도 모두를 사로잡는 긴장감 있는 대화를 나누며 각자의 삶을 살아갈 것이다. 나는 밖에 나와서야 비로소 세 사람 모두 작품이 세간의 호평을 받으며 상승세라는 걸 깨달았다. 그 생각을 하니 낯이 뜨거웠는데, 이윽고 마음이 가라앉자 이마 위를 비추던 해가 빛을 깜빡이더니 그림자를 드리웠다. 층적운이라도 끼었나 하늘을 올려다보며 태양을 살폈지만 그런 것 같지 않았다. 오지 말 걸 그랬다는 생각이 강하게 들었지만, 이곳으로 발길을 돌린 것도 Q지 편집부에서 만난 Z와의 석연치 않은 뒤끝 때문인 걸 보면 그때의 우연이 화근이다. 1, 2분만 빨리 나왔더라면 그와 마주치지 않고 그대로 집으로 돌아갔을 텐데. 한 번 외출할 때 하나의 용무만 처리해야 한다. 지금은 친목을 위해 여러 사람들과 만나도 좋을 것 없다.

가까운 전철역은 플랫폼이 수로 변에 있어 건너편으로 넘어가는 육교가 머리 위에 있고, 개찰구는 계단을 내려가야 나오기에 지하철로 착각할 만했다. 플랫폼 지붕보다 높은 콘크리트 측벽 때문에 공기가 차가웠다. 사람들의 시선을 피해 한참 외진 곳으로 걸어가 전철을 기다렸다.

나 혼자만 세상 밖으로 쫓겨난 듯했다. 다른 사람들은 온갖 짓을 저지르고도 별지장 없는데 나만 하나도 허용되지 않는다. 전철이 긴 차체를 번쩍이며 굽이쳐 들어와 고지식하게 각진 얼굴을 가까이 들이미니 불안이 화염처럼 번진다. 내 마음이 아무리 급해도 플랫폼에 정차해 문이 열리고 사람을 태운 뒤 다시 닫힐 때까지는 전철이 움직이지 않는다. 자동 개폐문은 시험하듯 두세 번 열렸다 닫혔다 반복한 후에야 확실히 닫힌다. 그 후에도 열차는 그 자리에 붙들려 영원히 움직이지 않을 것처럼 완강한 정지의 순간을 맞이한다. 앞 차량부터 차례로 가벼운 진동이 전달되어 열차가 움직여야 비로소 방향이 정해지는데, 그 유장한 속도에 애가 탄 나는 조금이라도 앞으로 가려고 차 안에서 걷는다. 그 상황은 외출할 때와 똑같다. 중간에 반드시 거쳐야 하는 고가와 철교, 공장 굴뚝을 떠올리며 내가 내릴 고이와역에 언제 도착할지 예측할 수 없어 종종걸음으로 걸어가보지만 끝내 넘을 수 없는 간극에 앞이 가로막힌다. 아까 나올 때처럼 맨 앞 칸까지 가면 더 이상 앞으로 가지 못하겠구나 생각하니 견디기 힘들었다. 그래서 차 안을 조금씩 걸어 다음 역에 도착하기 전에 앞쪽 문으로 가서 열차가 정차할 때까지 기다렸다가 플랫폼에 내려 앞 칸으로 옮겨 타는 방법을 생각해내고는 그 과정을 반복한다. 역을 하나씩 소거해갈 때마다 내 몸은 확실히 차량 한 칸씩 집에 가까워진다는 계산이 나온다. 살살 하복부를 간질이다 사라진 불안감이 또다시 엄습했다. 마침내 맨 앞 칸에 도착해 차창을 내려다보니 아래쪽으로 레일을 뒤덮으며 벼랑이 다가왔다. 바로 그때, 방수로 신설 공사 때문에 가설한 낯익은 임시 철로로 열차가 빨려 들어가 위를 올려다보니 고이와역 과선교跨線橋가 시야에 들어왔다. 공터와 논밭, 들판의 실개천을 지나 마을 어귀에 이르자, 건널목을 건널 때마다 속도가 떨어지고 쇠바퀴는 잔혹한 무게를 회수한다. 차단기 너머로 조바심을 내며 서 있는 주부와 배달부의 피곤한 얼굴이 눈을 찌른다. 몇 번 커브를 돌며 미끄러지듯 진입하는데 의외로 플랫폼이 길었다. 덜컹거리던 차체가 간신히 멈췄지만, 문이 완전히 열릴 때까지 기다리지 못하고 뛰쳐나갔다. 처음에는 성큼성큼 큰 보폭으로 걷다가 참지 못하고 결국 뛰었다. 불안이 한번 구르면 형체가 부풀고 힘도 붙어 감당이 안 된다. 이렇게 불안한데 외출은 어떻게 했을까 생각하며 과선교를 두 계단씩 뛰어 올라가고, 내려갈 때는 네다섯 계단씩 뛰어 내려간다. 혹시 개찰구에 가보면 아내가 아이들을 데리고 마중 나와 있지 않을까 생각해보지만 헛된 기대에 불과하다. 역 앞 광장을 가로질러 영화관 옆 골목으로 들어가 모퉁이를 두 번쯤 더 도니 다 쓰러져가는 대나무 울타리가 보인다.

대문이며 현관문이며 복도 유리문까지 죄다 열려 있는 건 무슨 까닭일까? 아내는 깔끔한 성격이라 날씨가 좋은 날은 문을 활짝 열어 실내를 환기하고 할 일이 그것밖에 없는 양 빨래를 한 뒤 이웃집 울타리에까지 이불을 널어 말렸다. 하지만 지금 열려 있는 대문을 보니 간담이 서늘해져 일부러 톤을 높여 밝은 목소리로 말했다.

"다녀왔어."

집에 들어갔지만 대답은 없고 밖에서 놀다가 방금 돌아왔는지 신이치와 마야가 엉거주춤하게 앉아 대야 안의 장난감만 뒤적였다. '미호가 없다!' 눈앞이 캄캄해지고 팔이 후들거렸지만 아이들이 놀라지 않게 별일 아닌 것처럼 물었다.

"신이치, 엄마는?"

그러자 신이치가 장난감에서 눈을 떼지 않은 채 대답했다.

"몰라."

마야가 눈치챘는지 장난감을 내려놓고 내 안색을 살피기에 나는 억지로 웃으며 물었다.

"마야는 알아?"

"멀라."

마야의 대답도 같았다.

"모르는구나. 신이치, 여기 좀 봐. 아빠를 잘 보라고. 그래, 그렇게. 엄마, 혼자 어디 간 거야?"

"응."

"목욕탕? 가게?"

그렇게 물었더니 신이치가 대답했다.

"으으응."

대답이 어정쩡해 부엌의 놋대야와 수건을 확인해보니 목욕간 건 아닌 것 같다. 변소와 벽장문도 열어보고 집과 공장 사이의 좁은 골목도 살펴봤지만 그래봐야 소용없었다.

"신이치, 엄마가 나갈 때 넌 집에 있었니?"

"응."

"어디 가는지 말 안 하고?"

"응."

"기모노 입었어? 아니면 양장? 예쁘게 하고 나갔어?"

"기모노 입었어."

"이상하네, 화난 것 같았어?"

"몰라. 그냥 말없이 나갔어."

"하르방 집에 갔을지도 모르겠네."

하르방은 아이들이 아내의 숙부를 부르는 호칭이었다. 그 말을 하고 보니 아내는 달리 의지할 친척이 없었기에 방금 말한 숙부 댁에 간 것이 틀림없는 듯했다. 일단 숙부 댁에 가서 나중 일은 그때 가서 걱정하기로 한지도 모른다고 생각하니, 아내가 숙부와 숙모 앞에서 집안의 분란 같은 건 전혀 내색하지 않고 신나게 이야기꽃을 피우는 광경이 떠올랐다. 내가 데리러 가면 아내는 아무 일 없었다는 듯이 "어, 아빠? 날 데리러 온 거야?"라고 말하며 아이들 선물을 잔뜩 사서 같이 집으로 돌아올 것만 같았다. 나는 마냥 기다릴 수 없어 아이들에게 말했다.

"신이치, 아빠 하르방 댁에 가볼게. 엄마 분명 거기 있을 거야."

아이들은 빈집에 둘만 있는 것이 익숙해 괜찮을 듯했으나 지금은 측은한 마음이 앞서 최근 친해진 이시가와를 떠올리고는 역 앞 큰길 약방 뒤에 있는 하숙을 찾아가 부탁하니 그가 바로 승낙해줬다. 이시가와가 동료인 스즈키와 함께 우리 집에 처음 왔을 때 둘 다 게다에 유카타* 차림이라 직업을 가늠할 수 없었기에 무위도식하는 청년이라 생각해 「꿈속의 확신夢の中の確信」이라는 내 단편소설이 어떤 과정을 통해 나왔는지 꼬치꼬치

---

* 목면으로 된 홑겹 옷으로 주로 여름에 일상복으로 입는다. 원래는 목욕 후 입는 옷이었다.

물어보는데도 대답할 필요를 못 느꼈다. 나중에야 둘 다 초등학교 교사라는 사실을 알았는데, 스즈키는 거의 말도 하지 않고 과묵했던 인상이 강해 이시가와에게 부탁했다. 집안싸움에 다른 사람을 끌어들여서는 안 된다고 생각했지만 도저히 참을 수 없어 그를 집으로 데리고 와서 아이들을 맡기고 나는 또 전철을 탔다.

국철國鐵에서 도철都鐵로 환승했다가 하차해 숙부 댁으로 걸어가는 동안 아내는 남에게 부부 사이의 일을 절대 발설하는 사람이 아니라는 생각이 들었다. 이럴 때 가면 두 분이 눈치채시므로 숙부 댁에는 가지 않았을 텐데 왜 이쪽으로 발길이 향했는지 모르겠다. 길은 철로를 벗어나 도로로 접어들었는데 자동차만 왕래하기에는 길이 지나치게 넓은 걸 보니 과거 번화했던 시절의 전차 궤도가 철거된 듯했다. 그뿐 아니라 주변에 절의 경내와 풀이 무성한 공터도 있어 교외로 빠진 것처럼 인적이 드물었다. 이에 비해 숙부 댁 근처로 가니 장사하는 가게도 모여 있고 높이 치솟은 목욕탕 굴뚝도 보여 어두운 길가에서 다소 번화한 역참으로 발을 들여놓는 듯했지만, 낯익은 숙부 댁 유리창을 보자 갑자기 발길을 되돌리고 싶어졌다. 그래도 일단은 행인인 척 집 앞을 지나가는데, 길가 쪽으로 난 유리창에 커튼이 내려지고 전등이 꺼진 걸 보니 아내가 오지 않은 듯했다. 나는 죄지은 것처럼 심장이 두근거렸지만 혹시 손님이 온 기색이 없는지 한 번 더 살펴본 뒤 걸음을 재촉해서 왔던 길을 되돌아갔다. 혹시 아내가 식칼을 들고 여자 집에 찾아간 것 아닐까. 밑도 끝도 없이 반사적으로 그런 생각이 들면서 아직 한 번도 사용하지 않은 칼을 내보이며 죽여버리겠다고 말하는 아내의 얼굴이 떠올랐다. 발작이 일어나 무조건 여자 집으로 달려갔으면 이미 참극이 벌어졌을 수도 있다. 왜 처음부터 그 생각을 하지 못했을까. 내가 마음만 고쳐먹으면 저절로 사태가 수습될 거라 생각하지는 않았지만, 누구 하나 피를 흘려야 결말이 난다는 걸 왜 좀더 일찍 깨닫지 못했을까. 이 사건은 아직 아무것도 해결되지 않았다. 그럼에도 불구하고 나는 개과천선한 얼굴로 잠시 자세를 낮추고 있으면 안정된 미래가 찾아올지 모른다고 생각하며 시간을 보냈다. 여자가 갑자기 협박조로 나올까 두려워 생각 자체를 회피했던 것이다.

해결은 아직 시기상조라고 생각해 망설이는 동안 가장 나쁜 상황을 맞이한 것 아닌가. 어차피 한 번은 여자와 부딪쳐 내 마음이 변했다는 걸 알려야 했지만, 아내의 흥분이 가라앉은 뒤로 미루고 싶었다. 그러나 아내 입장에서는 미적지근하게 시간을 끌며 갈등을 푸는 방식을 참지 못하고 충동적으로 칼을 쓸 생각을 했는지도 모른다. 아내가 부엌 뒤편의 좁은 골목에 쭈그리고 앉아 뭔가 딴생각을 하며 왼손 집게손가락으로 아래를 받치고 오른손 세 손가락으로 닭의 목을 지그시 눌러 죽이던 고독한 모습이 눈앞에서 떠나지 않았다. 처음에는 주변만 멀뚱멀뚱 쳐다보던 닭도 아내의 손가락에 힘이 들어가자 소리 한번 못 내고 숨통이 끊기는 장면을 내 눈으로 봤던 것이다.

밖에 나오니 시야가 트여 그런 생각도 드는 걸까. 아내가 꽉 움켜쥔 식칼로 여자를 푹 찌르자 여자의 좁은 셋방에 피가 홍

건하고, 이미 숨을 거둔 여자가 피 웅덩이에 가로누워 있는 광경이 눈에 보이는 듯했다. 아내는 단번에 숨통을 끊지 어설프게 반죽음 상태로 만들지는 않을 것이다. 하지만 그 후에 아내가 어떤 행동을 할지는 전혀 짐작할 수 없었다. 적을 죽였으니 환희할까. 아니, 어쩌면 여자가 반항하자 방에 함께 있던 남자가 가세해 아내를 다치게 하지 않을까. 이름을 밝히지 않았지만 여자에게는 남자가 한둘이 아니라고 아내에게 들은 적이 있다. 어쨌든 지금 내가 할 수 있는 일은 칼부림을 미연에 방지하는 것뿐인지도 모른다. 모든 자아가 송두리째 쓸려 나가버린 뒤로는 나도 어쩌면 속아 넘어간 피해자일지 모른다는 생각으로 간신히 버텼지만, 설령 그렇다 해도 결과적으로 내가 아내와 아이들을 속인 가해자라는 사실은 부정할 수 없기에 만회가 불가능하다. 아내가 속기만 한 것이 아니라 먼저 내 뒷조사를 해놓고 모르는 척 시치미를 뗀 것이라 해도, 아내에게 내 행위를 숨기려 밥 먹듯 거짓말한 사실까지 덮을 수는 없다. 그 부채감이 내 선택을 변호하는 데다가 이 기회에 여자와의 관계를 싹 정리하면 되겠다는 속셈이 생기니, 여자 집에 가지 않으면 안 될 것 같았다.

사건이 터진 그날까지도 오갔던 익숙한 코스에 발을 들여놓으니 그 거리가 한층 열망을 부추기는 데 일조했다. 전철 환승 장소 하나하나가 요 며칠 비루했던 시간을 저 멀리 떠내려 보내주는 듯했다. 오가며 부딪치고 어깨를 밀치면서 지나가는 낯선 사람들의 입김이 나를 과거의 흥분 속으로 강렬히 끌어들이는 것 같다. 조금만 생각을 비약해보니, 지금 나는 영락없는 자유의 몸인데 뭐가 두려워 스스로 속박하는 걸까 이해할 수 없다. 전철이 도심에서 벗어난 교외 역에 나를 떨궈놓고 멀리 떠나자, 열차 소음이 사라지면서 인가가 드문 어두운 풀숲 부근에서 가을벌레들의 울음소리가 엄청나게 들린다. 어둠 속에서 저수지와 실개천, 흙다리 등을 하나하나 눈으로 더듬어가며 걷는데 심장박동이 점점 빨라지더니 억제가 되지 않는다. 혹시나 아내가 몰래 숨어 있다가 불쑥 튀어나올지 모른다는 공포. 더 이상 만나지 말아야 할 여자 집에 도착하면 형언할 수 없이 끔찍한 현장을 마주칠지 모를 상황임에도 불구하고, 긴 세월 푹 빠졌던 여자와 다시 만나면 짜릿했던 그 말을 그녀의 목소리로 다시 들을 수 있다는 기대가 생긴다. 의식의 밑바닥에는 그처럼 하루아침에 버릴 수 없는 은밀한 것에 대한 집착이 남아 있다 하더라도 당장의 두려움, 그러니까 만약 이미 참사가 벌어진 뒤라면 눈앞의 정체는 해소될지 모른다는 엄청난 생각이 싹트는 통에 그 생각을 애써 감춘 채 아직 유혈 사태만큼은 내 힘으로 막을 수 있을지 모르고, 또 무슨 일이 있어도 막아야 한다고 결심한다. 그렇게 머릿속이 열기를 품은 두려움으로 꽉 차는 바람에 현장에서 어떻게 대처할지 준비도 못 하고 걸어가는 사이 여자의 집이 보였다.

현장 돌아가는 상황에 따라 식칼에 내 하복부를 찔려도 괜찮지 않을까 각오를 다졌지만, 막상 여자의 셋집이 눈앞에 보이니 지금 내 행동에는 심상치 않은 의미가 내포된지라 몸이 움츠러든다. 지난날 창문에 비친 전등 빛을 확인하며 안도하곤 했던, 이제는 잊어야 하는 기억이 마당의 화초 향과 어우러져 내 몸을 감쌌지만, 동시에 그런 유혹에 빠지면 안 된다는 역심도 소용돌이쳐 몸속에서 야릇한 흥분이 느껴졌다. 하지만 여자의 방은 참사로 어수선한 기색이 없는지라 한껏 격앙된 흥분은 헛물을 켜고, 오직 나만 그 앞에 남아 서성이는 꼴이다. 긴 세월 헤아릴 수 없이 무수한 밤, 여자 집을 들락거리던 내 뒷모습이 어느새 나를 쫓아온지라 내가 여기에 온 정당성 따위는 삽시에 퇴색한다. 이대로 철수하라는 목소리가 성난 파도처럼 귓가에 울렸지만 유혹을 떨치지 못하고 문 앞으로 다가갔다. 잎이 무성한 나무 그늘에 숨어 아내가 나를 엿보고 있을지 모른다. 이 기회에 관계를 끊자고 여자에게 말해야 하지만, 아무리 급박한 이유가 있더라도 여자와 만나는 모습을 아내에게 보여서는 안 된다. 하지만 지금 내 의지를 여자에게 전달하지 못하면 앞으로 생활이 계속 불안정해진다. 어찌할까 망설이는 동안 체온이 방출되어 온몸이 얼어붙었는지 마음만 어수선하다. 방 안에서 누군가와 나지막이 대화를 나누는 여자의 목소리가 들리는 것 같아 기분이 이상했지만, 나는 출입문 옆에서 지금까지 무수히 그랬던 것처럼 여자의 이름을 불렀다. 그러자 귀에 익은 대답이 들리고 잠시 물건 정리하는 소리가 나더니 장지문을 열고 나오는 여자의 얼굴이 보였다. 여자는 살해당하지 않았다! 피를 흘리지 않는다! 이유는 모르겠지만 별안간 강한 실망감이 밀려왔다. 하지만 여자를 보자 끓어오르는 욕망 때문에 몸이 경직되었다. 나는 헛된 저항을 하면서 가까스로 입을 떼었다.

"아내가 오지 않았어?"

"왜 그래? 아닌 밤중에 홍두깨처럼. 무슨 일 있어?"

여자가 그렇게 묻자 나는 얼떨결에 앞뒤가 안 맞는 말을 하고 만다.

"나는 이제 여기 못 와. 아내가 자기를 죽이러 올지도 몰라."

"대체 왜 그래. 지난번엔 나타나지 않더니 뜬금없이 부인 이야기나 하고."

"아내가 가출했어. 나는 이제 여기 못 와. 자세한 사정은 이야기할 수 없지만 아내가 한참 전부터 자기랑 내 사이를 알고 있었어. 그래서 지금 내 생활이 엉망이야. 이러는 동안 집은 괜찮은지 모르겠네. 파멸해가고 있거든. 아내가 자살했는지도 몰라."

"잠깐만. 무슨 일 있어? 파멸이니 자살이니. 아무튼 거기 그렇게 서 있지 말고 들어와."

여자는 차분한 목소리로 말했다. 전에는 보지 못하던 윗옷을 걸치고 있었는데 잘 어울렸다. 나는 들어가면 큰일 난다고 현관에 서서 버텼다. 아까 들린 대화는 라디오 소리였나, 아니면 누군가 벽장에 숨었나. 망상에 살이 붙다 보니 급기야 아내가 장난치며 벽장에서 뛰어나오는 광경마저 떠올랐다. 하지만 빨리 돌아가야 한다는 생각에 마음이 급해졌다.

"꽤 오랜 세월을 함께했지만, 나는 이제 안 올 거야."

나는 답답하게 같은 말만 되뇌었다.

"무슨 말인지 모르겠네. 내 편지는 받았지? 그때 왜 안 왔어?"

"어쨌든."

여자에게 끌려갈까 봐 바삐 내 할 말만 거듭했다.

"이제 못 와. 지금 내 생활은 언제 끝장날지 몰라. 이제 안 올 거야."

그러자 여자가 말했다.

"안 온다, 안 온다 하는 걸 보니 역시 무슨 일이 있었나 보네. 누구한테 무슨 말을 들었어?"

얼핏 여자의 그늘진 표정을 봤다. 왠지 기분이 찜찜해 정색하고 또박또박 말했다.

"아냐, 그건 우리 가정 내부의 문제야. 누구한테 무슨 말을 들어서 그러는 게 아냐. 누가 나에 대해 어떻게 말하는지 전혀 모르고, 관심도 없어. 어쨌든 앞으로는 자기 집에 못 와."

그래도 진정이 되지 않았다.

"좀 더 자세히 설명해줘. 그런 데 서 있지 말고 들어오라니까."

"그냥 여기 있을 거야. 얼른 가야 해. 이제 안 온다니까."

"그만해, 알았으니까. 내가 싫어진 거지?"

"싫어진 게 아니야."

"사랑해?"

"응, 사랑해."

그 말을 하고 나니 스스로도 놀랐는지 끊임없이 눈물이 흘러나왔다. 그러자 여자는 내 손을 부여잡았다.

"나도, 사랑해."

마찬가지로 눈물을 쏟으며 여자가 말했다.

"한 달에 한 번 정도는 와줘."

"못 올 거야."

"그럼 편지를 쓰든가."

"그것도 안 돼."

"내가 편지를 쓰는 건 되고?"

"그러지 않는 게 좋겠어."

실랑이를 하다가 여자는 눈동자를 좌우로 움직이며 내 시선을 좇았다. 그리고 무슨 계산을 하는지 잠깐 생각을 하더니 내게 말했다.

"내가 할 수 있는 거라면 뭐든지 말해줘. 당신을 돕고 싶어."

어서어서, 하며 재촉하는 소리가 귓가에 맴돌고 몸이 자꾸 들썩였다. 슬그머니 잡고 있던 손을 빼서 돌아가려는 의지를 드러냈더니 여자가 편지를 보내겠다고 한다. 내가 안 된다는데도 자꾸 보낸다고 해서 그러지 말라고 거듭 만류하지만 결국은 여자의 말을 따르기로 한다. 그러나 교외 전철역까지 가는 동안 내내 감시당하는 기분을 떨칠 수 없을뿐더러 옆구리를 칼로 찔린 듯한 통렬한 아픔을 몇 번이나 느꼈다. 여자를 만나러 와서 늘 밟았던 수순에서 알맹이가 빠지니 빨리 여자 곁을 떠나고 싶다는 생각밖에 안 든다. 혀에 남는 씁쓸함은 결국 내 이기심의 잔재일 뿐 그런 이기심은 여자나 아내에게도 당연히 있을 테지만 그걸 지적할 수는 없다. 여자가 걸으면서 또 편지 이야기를 하기에 내가 대답했다.

"이것만은 약속할게. 내가 어딘가에 소설을 쓰면 매번 그 잡지는 자기한테 꼭 보내줄게."

하지만 여자는 아무 말도 하지 않았다.

"그럼 안녕. 건강하길."

잠시 손을 잡고 있다가 물가의 조각배를 바다로 떠나보내듯 헤어지고 한산한 역 플랫폼으로 올라가니 철도 건널목에 여자가 서 있었다. 전구의 광선이 미치지 않는 어두운 곳이라 여자의 형상이 거무스레하게 보였다. 손에 들고 있던 담배를 피울 때마다 붉은 불이 커다랗게 퍼져 희미하게나마 얼굴 윤곽이 보인다. 헤어질 때 여자가 불을 붙여 건네준 담배를 나도 플랫폼에서 피우며 여자의 담뱃불을 보니 반딧불이 떠다니는 듯하다. 비슷한 간격을 두고 점멸하는 그 불빛은 마치 형편이 나빠지자 등을 돌리고 허둥지둥 도망치는 사내를 어떻게 심판할까 궁리하는 여자의 의지처럼 보였다.

돌아오는 전철 안에서 나는 꼭 열병 환자 같았다. 참사를 미연에 방지한다는 사명을 부여받은 것처럼 의기양양하게 길을 나섰지만, 결과는 그저 여자를 만나는 데 그쳤다. 여자 집에 가서 거짓을 막아보려던 계획도 영 불안하더니 모호하게 변질되고 말았다. 해서는 안 되는 금기를 누차 어긴 것이나 다름없다. 훗날을 생각해 여자에게 내 의지를 전달했으니 종지부를 찍은 것이라고 스스로 설득해보지만, 그러기 위해 내가 얼마나 단호히 이야기했는지, 여자가 납득했다는 증거는 있는지 무엇 하나 확실한 것이 없다. 지금까지의 방문에 그저 횟수를 한 번 더 보탠 흔적이 너무 흉측하고 한심한 데다가 담배 냄새도 몸에 밴 탓에 열차가 고이와역에 가까워지는 것이 달갑지 않았다. 떠날 때는 엄연히 존재했던 이유들이 어디로 다 가버렸을까. 다시 원점으로 돌아가 이시가와에게 아이들을 부탁하고 집을 나선 시점부터 새로 시작하면 안 될까, 그런 말도 안 되는 생각을 하면서 집에 돌아왔는데, 마야는 이미 잠든 상태고 이시가와는 내년 4월에 입학하는 신이치에게 히라가나를 가르치고 있다. 아내가 아직 돌아오지 않은 걸 보고 당장은 안도했으나 오히려 불안이 누적되는 듯했다. 그렇더라도 아내에게 여자 집에 간 사실을 말할 수는 없다. 하나라도 거짓을 떼어내려 애썼는데 그걸 말하면 위험한 비밀을 또 하나 덧붙이는 셈이다. 아직 숨기고 있는 거짓이 몇 개 더 있지만 그걸 전부 아내에게 밝히는 건 망설여져 그냥 넘어갈 수만 있다면 그대로 묻어두고 싶은 마음이 드는 걸 보면 스스로도 미심쩍다.

난처할 때 나오는 볼썽사나운 표정으로 이시가와를 바라보며 오늘 밤 자고 가달라고 부탁했는데, 그가 승낙해줘 마음 같아서는 무릎이라도 꿇고 싶었다. 여자가 상황을 깨닫도록 내 의지를 전달했으니 공평해진 거라고 몇 번이나 스스로 타일렀지만 오점은 씻기지 않고 남아 있다. 상황이 불리해지면 목소리가 갈라지는 것도 아버지와 닮았다. 아버지가 싫지만 나도 그런 상황에 처하면 아버지와 똑같아진다. 딱히 이시가와와 할 말도 없어 서재에 잠자리를 준비해놓고 나는 역 개찰구까지 몇 차례 왕복했다. 역 앞 큰길의 상점들은 모두 문이 굳게 닫힌 채 조명이 꺼져 있고 차츰 사람들의 통행도 끊기는 걸 보니 막차가 지나갈 시간도 그리 멀지 않았다. 아내가 어디 갔는지 모르겠지만, 예전에는 아내가 나를 이렇게 기다렸구나 생각하니 복수, 복수 하는 소리가 들리는 듯하다. 집에 들어갈 때마다 대문 삐걱거리는 소리를 냈더니 뭔가를 열심히 읽던 이시가와가 얼굴을 들었다. 어라, 이시가와가 안경을 썼었나? 얼핏 그런 생각이 들었으나 집에 가만있을 수는 없으므로 또 역으로 가본다. 떨어져 있으니 배시시 웃으며 밝은 목소리로 나를 부르던 아내의 모습이 자꾸 떠올라 대체 무엇 때문에 이렇게 위험하고도 무모한 짓을 반복하고 있는지 알 수 없어진다. "이제 끝"이라고 외치며 숨바꼭질을 끝내듯 과거를 꽁꽁 싸서 옆으로 밀어내면 안 되는 걸까.

막차가 도착해 아내가 타고 있지 않은 건 확인했으니 이제 또 뭘 할 수 있을까. 기운이 빠져 광장 한구석에 있는 노점상에서 아내와 함께 라멘이 먹고 싶다는 생각도 들고, 개 짖는 소리를 내가 흐느끼는 소리로 착각했다는 아내의 말도 떠오른다. 인적이 완전히 끊긴 길을 걷다 보니 내가 역에 온 사이에 아내가 집으로 돌아갔을지도 모른다는 생각이 들어 숨을 죽이고 어두운 뒷골목에 있는 우리 집 대문과 현관 유리문을 차례로 열어보지만 집 안에서 아내의 기척은 느껴지지 않았다. 다만 안쪽 방에서 이시가와가 책으로 향하던 시선을 들어 나를 쳐다볼 뿐이다. 시간이 늦어 어찌해야 할지 혼란스러워 이러다 날이 밝기를 기다려 경찰서에 가야 하는 것 아닌가 불길한 생각도 든다. 도저히 잠이 올 것 같지 않아 이시가와의 잠자리를 봐주려고 벽장을 열어 이불을 꺼내는데, 이시가와가 발소리를 죽이고 옆으로 다가왔다.

"사모님께서 돌아오신 것 같습니다."

현관문이 열리는 소리를 못 들은 것 같아 의아하게 그를 쳐다보며 물었다.

"어디?"

이시가와는 버릇인 듯 잠시 생각에 잠긴 포즈를 보이더니 말했다.

"틀림없습니다. 분명히 사모님입니다. 울타리 바깥에서 누군가 안을 슬쩍 들여다보는 것 같았는데, 방금 저 방 창가를 지나 집 뒤편으로 가더군요. 괜찮아요, 사모님입니다."

"자네, 같이 좀 가주겠나?"

발치도 살피지 않고 허둥지둥 게다를 신고는 발소리에 주의하며 공장과 이웃한 집 뒤편으로 가보니 숯 가마니가 쌓인 헛간에 외출용 기모노를 입은 아내가 서 있다.

나도 모르게 아내의 어깨를 잡았다.

"미호, 돌아와서 다행이야. 이제 됐어, 다행이야."

그러면서 아내를 끌어안으려 하자, 아내는 팔꿈치를 뻗대며 가까이 오지 못하게 했다. 그때 양손으로 안고 있던 종이 꾸러미에서 장난감 방울 소리가 났다.

"손대지 마! 당신같이 더러운 사람은 질색이니. 짐승, 아니 짐승보다도 못한 놈."

그렇게 말하며 증오에 찬 눈을 번뜩이는 모습이 어둠 속에서도 똑똑히 보이는지라 내게도 차가운 떨림이 일어난다. 여자와 만난 것 때문에 아내의 말이 몹시 찔리긴 했다. 하지만 오늘 아침 웃으며 나를 배웅하던 아내가 격변해 처음 사달이 났던 열흘 전보다 더 절망적인 상태가 된 셈이라 왜 사사건건 어긋나기만 하는지 이해할 수 없었다. 잠시 마주 보고 섰는데 둘다 몸이 떨렸다.

"어쨌든 집에 들어가지."

하지만 아내는 내 말을 듣지 않았다.

"아뇨, 난 오늘만큼은 무슨 일이 있어도 떠날 거예요."

"어째서?"

"어째서라니? 뻔히 다 알면서 그런 말이 나와요? 가슴에 손을 얹고 생각해봐요. 난 더 이상 할 말 없으니. 당신이 마음을 고쳐먹은 줄 알고 나도 마음을 다잡고 산송장이나 다름없는 상태로 겨우 버텼는데, 당신은 순 말치레뿐이잖아요. 2시까지 꼭 돌아온다며 나가더니 약속대로 2시에 돌아왔나요? 안 왔잖아요. 그럼 예전 그대로죠. 여자 집에 드나들 때와 어디가 달라진 거죠? 이젠 날 말려도 소용없어요."

그때 닭장 옆에 서 있던 이시가와가 조심스럽게 다가와서 말했다.

"저, 저는 먼저 실례하겠습니다."

"늦었는데 자고 가지. 내 방 침대를 쓰면 되는데."

이시가와가 있으면 아내의 심문이 좀 느슨해질 것 같아 붙잡았지만 소용없었다.

"아닙니다. 괜찮아요. 사모님도 돌아오셨으니 이만 가보겠습니다."

그는 게다 소리를 남기고 돌아갔다. 2시까지 돌아온다고 말한 기억이 없다. 하지만 가까스로 입을 떼었다.

"Q사에서 나와 A의 집에만 들렀다가 바로 집으로 돌아왔어."

그러고 나니 달리 설명할 말이 없었다. 파멸을 막기 위해 때로 둔감한 척할 필요도 있다.

"오늘은 정말로 돌아오지 않을 작정이었는데. 아, 난 왜 이렇게 약해빠졌는지, 구제불능이야."

아내는 정신을 차렸다는 듯이 자성하더니 갑자기 울먹였다.

"앞으로는 못 만나니 내일 아침, 아이들한테 이 장난감들을 좀 전해줘요. 마야와 신이치 얼굴이 눈에 밟혀 그냥 갈 수가 있어야죠. 아이들도 낳지 말 걸 그랬어요. 하지만 이제 다 끝났어요. 부탁이니 날 보내줘요. 그리고 이건 당신 위스키."

그러면서 땅바닥에서 기다란 상자 하나를 들어 올려 내게 건네준다.

"비켜요. 오늘 밤은 정말 결심했으니까."

"대체 어디로 갈 생각인데?"

"당신한텐 말 안 해요."

"어디로 갈지도 모르는데 그냥 나가게 내버려둘 수는 없어."

"정말 당신을 보는 것조차 지긋지긋한데 내가 어디 가는지 말하겠…… 아, 아파요, 아프다니까!"

아프다고 해서 반사적으로 아내의 팔을 움켜쥐고 있던 손에 힘을 뺐는데, 그렇게 온몸으로 모멸의 빛을 내뿜는 아내의 모습은 처음 본다. 지금까지 아내의 심판이 아무리 가혹해도 남편에 대한 집착이 강하니 그런 반응을 보일 수 있다고 생각했지만, 오늘 밤은 전혀 양상이 달랐다. 깨달음은 언제나 한발 늦는다. 오늘 아침만 해도 지지부진할지언정 상처가 치유되는 듯했지만 반나절 만에 상태는 급격히 악화되었다. 내가 누군가와 맞설 때마다 왠지 모르게 불편한 상황이 생기고 관계가 뒤틀려 피로해지는 까닭에 결국 절망하게 된다. 아내에게 짐승보다도 못한 놈이라는 소리를 들으니 그에 딱 들어맞는 내가 만들어지는데, 그게 내 존재 가치라고 인정해준다면 오히려 자살 못 해 안달인 아내를 단념시킬 수 있을 듯했다. 아내가 동의하지 않더라도 내가 아내 앞을 무리하게 가로막는 행동이 내 존재에 대한 유일한 증명처럼 여겨졌다. 여지껏 공허하게 붙들고 있던, 누구에게도 보일 수 없었던 은밀한 다짐은 무참히 무너졌지만, 그 대신 아내가 내뱉은 짐승이라는 말을 받아들이고 나니 오히려 힘이 솟아 아내를 끌어안고 집 안으로 들어왔다. 그러자 아내가 순종의 습격이라도 받았는지 얌전해지더니 끄떡도 않던 경멸의 기운마저 사라졌다. 어차피 자살도 못 할 주제에. 무심코 그런 생각이 드는 바람에 나는 부끄러워져 얼굴을 붉혔지만, 속으로라도 그런 말을 내뱉고 나니 신기하게도 마음이 안정되었다.

　　그날 밤 우리는 뜬눈으로 밤을 지새웠다. 정확히 열흘 전의 사흘 밤이 또다시 돌아온 셈이다. 하지만 이번에는 전보다 구렁이 훨씬 깊어 빠져나올 가망이 보이지 않았다. 당신은 2시까지 돌아오기로 해놓고 약속을 깼어요. 아내는 그 말을 반복하며 나를 다그쳤다. 당신이 앞으로는 거짓된 모습을 보이지 않을 거라는 기대 하나로 하루하루를 버텨요. 아내가 말했다. 아무리 사소한 거라도 철석같이 한 약속도 안 지키는데 그 많은 과거의 기만을 어떻게 용서할 수 있겠어요. 나도 2시까지는 아무 불안감 없이 기다렸어요. 하지만 시곗바늘이 2시를 가리키는 순간 회오리치듯 무서운 의혹이 일어나 도저히 가만있을 수 없었죠. 내가 그런 생각을 하는 것도 당연하잖아요. 당신한테 무려 10년이나 속았으니까.

"당신, 정말로 Q사에 갔어요?"

"갔어."

"Q사에서 그렇게 오래 있었다고요? 뭘 했기에."

"Q사에만 간 게 아니야. 여느 때처럼 A의 집에도 들렀어."

"나, 거기 갔었어요."

아내의 말에 나도 의기양양하게 대답했다.

"내가 왔었다는 말을 했을 텐데."

"방금 돌아갔다더군요. 나를 아주 묘한 눈으로 쳐다보는 사람이 있었어요. 대체 누구죠, 그 사람? 보나 마나 당신의 불결한 친구들 중 하나겠죠. 그리고 또 어딜 갔죠?"

"바로 집에 돌아오니 당신이 없던데."

"거짓말 말아요. 걔네 집에 갔겠죠."

"아니야. 바로 집에 돌아왔어."

"당신이 하는 말을 믿을 수가 있어야죠. 입에 발린 소리야 잘하지만 뒤에서 무슨 짓을 할지 모르니까."

"이제 와서 당신한테 숨긴들 무슨 소용이 있다고 그러겠어."

"그런데 왜 내가 추궁하면 거짓이 들통나죠?"

"워낙 많으니까. 그중에는 잊어버린 것도 있고, 그러다 또 나중에 생각나는 것도 있고. 하지만 난 근본적인 건 거짓말하지 않았어. 거짓말할 거면 이렇게 당신 곁에 있지도 않지."

"어쨌든 내 곁에는 있고 싶지 않은 거겠죠. 당신도 참 희한한 사람이에요. 오늘 밤만 해도 그래요, 왜 날 그렇게 끈덕지게 말린 거죠? 나 같은 건 상관 말고 당신 하고 싶은 대로 하면 되잖아요. 이제 와서 속 보이게 내 비위를 맞춰봤자 당신이 저지른, 사람 같지 않은 짓들이 사라지는 게 아니라고요."

"내가 한 행동을 숨길 생각은 없어."

"당연하죠. 당신이 숨긴다고 다들 모를 줄 알았어요? 무엇보다 그 여자가 당신과의 관계를 퍼뜨리고 다니는데, 그걸 몰랐다고요?"

"몰랐어."

"참 속 편한 사람이네. 그러니까 당신이 바보 취급을 당하는 거죠. 선물로 고작 담배 한 갑밖에 안 가져왔다며 닥치는 대로 당신 친구들을 붙잡고 떠들어 웃음거리로 만들고."

"······"

"그래도 부럽네요. 담배 한 갑이라도 좋아요. 난 당신한테 선물이라는 걸 받아본 적이 있었나."

"······"

"당신, 그 여자한테 또 뭘 가져갔죠? 숨기지 말고 전부 말해봐요."

"별로 가져간 것도 없어."

"또 거짓말을 하네. 내가 알려줄까요? 그럼 또 잊어버렸다고 하겠죠. 그 여자에 관한 거라면 내가 다 알아봤어요. 7만 엔이나 들여 사람을 시켜 조사했다고요. 그 조서調書를 태워버린 게 아까울 따름이죠. 당신은 믿지 않겠지만 걔는 무서운 여자라고요. 당신 눈에는 순진한 스무 살짜리 여자애처럼 보이겠지만. 내가 7만 엔이라는 거금을 어떻게 마련했는지 알아요? 궁금하

지 않겠지만 벽장 한번 열어봐요. 내 기모노가 남아 있나. 하지
만 당신 건 속옷 한 장 안 건드렸어요. 왜 그런 엄청난 일을 했
는지 알아요? 모두 당신을 위해서예요. 당, 신, 을, 위, 해, 서.
그 여자의 정체를 알아보고 괜찮은 사람 같으면 난 그만 빠져
주려고도 생각했어요. 하지만 조사해보니 마음이 싹 바뀌었죠.
그 여자한테 맡겨두면 당신을 죽이겠더라고. 내가 거짓말을 하
는 것처럼 보여요?"

"아냐, 당신 말이 맞을 거야."

"그렇죠, 난 당신 같은 거짓말쟁이와는 달라요. 개, 대단한
여자더군요. 개,라고 하니 당신, 표정이 이상해지네요. 미안하
군요, 당신이 애지중지하는 사람을 개라고 불러서. 근데 개라
고 불려도 감지덕지죠. 당신이 머지않아 후회하고 자살할 수밖
에 없는 상황으로 내몰릴 게 뻔해 보였는데. 난 그게 무서웠다
고요. 어서 생각해내요. 담배 말고 또 뭘 선물로 줬죠?"

"초콜릿을 가져간 적 있어."

"몇 번?"

"횟수까지는 기억이 안 나."

"불리한 건 뭐든지 기억이 안 난다고 말하나 보네. 참 편리
하군요, 당신이란 사람은. 나카무라야에 간 적 있잖아요. 뭘
샀죠?"

"아, 맞다. 아이스크림을 샀어."

"누구 주려고요?"

"여자 집에 가서 함께 먹었어."

"잘하는 짓이네. 나도 그 여자한테 한 것처럼 해줘요. 그때랑

똑같이, 한 치의 어긋남도 없이 똑같이 해줘요. 그것도 선물이 잖아요. 별로 가져간 것도 없다더니, 어디를 누르면 그런 대사가 튀어나오죠? 당신, 나한테 매달 생활비를 얼마 갖다줬는지 알아요?"

"만 5천 엔이었던 거 같아."

"그걸로 우리 네 식구가 살 수 있다고 생각했어요?"

"그런 걸로 불평한 적 없었잖아."

"뭐라고요? 돈이 충분해서 불평을 안 한 줄 알아요? 거기다 5백 엔, 천 엔씩 또 가져갔잖아요. 그 돈은 어디에 쓴 거죠? 당신, 걔한테 매달 얼마씩 갖다준 거예요?"

"돈 같은 건 안 줬어."

"거짓말 말아요. 저금한 돈을 만 엔이나 찾은 적 있잖아요. 통장 다 봤어요. 난 땡전 한 푼 받지 않았는데, 그럼 그 돈은 어디에 쓴 거죠?"

"……"

"똑똑히 말해봐요. 거짓말하지 말고요. 거짓말 않겠다고 맹세했잖아요. 사실 난 당신이 그 돈을 어디에 썼는지 다 알아요. 내가 뭐든지 다 아는 게 신기하죠? 그래도 당신 입으로 말하는 걸 들어야겠어요."

"……"

"말해봐요."

"……"

"끝까지 숨길 작정인가 본데, 그럼 내가 말하죠. 여자 입원비로 쓰려고 가져갔죠? 여자를 시부야 산부인과에 데리고 간 거

맞잖아요.”

“……”

“아니에요? 그럼 어디에 썼어요?”

“맞아.”

“나쁜 자식.”

느닷없이 아내가 내 뺨을 때렸다. 어떤 일이라도 묵묵히 받아들여야 한다고 생각했지만, 아차 하는 순간 나도 아내의 뺨을 치고 말았다.

“설마 날 친 거야? 잘하는 짓이다. 어떻게 날 때릴 수가 있어. 도시오가 날 때리다니.”

아내가 눈을 치켜뜨고 내게 덤벼들었다. 나는 얼떨결에 일어나 현관으로 도망쳤다. 부엌과 작은방 쪽과 마주 보는 이웃집 거실에 전등이 켜져 있었다. 누군가 깨서 들으려나. 언제 끝날지 모를 옆집 부부의 가시 돋친 언쟁에 잠을 설쳐 신경이 잔뜩 곤두서 있을지도 모른다. 그래도 중간에 그만둘 수 없었다. 도망칠 생각은 아니었지만 이미 현관까지 와버렸으니 일단 철로 쪽으로 가보기로 했다. 온몸에 살벌한 기운을 뿜으며 현관 바닥에 맨발로 내려와 신발을 찾고 있으니 맘대로 하란 듯이 지켜만 보던 아내가 큰 소리로 외쳤다.

“신이치, 일어나렴. 마야도 일어나고. 너희들 아빠가 도망치신다. 어서 일어나.”

그리고 내게 달려들었다.

“짐승 같은 자식. 도망치는 거야? 도망은 내가 쳐야지.”

아내가 그렇게 말하며 문을 여는 나를 막는 바람에 서로 밀치락달치락했다. 엄마 목소리에 놀라 잠에서 깬 아이들은, 머리가 다 헝클어진 채 윗옷 주머니를 잡아 뜯으며 현관에서 으르렁대는 우리를 보고는 동시에 울음을 터뜨렸다. 아이들이 그렇게 대성통곡하는 건 처음 본다. 겁에 질린 두 아이의 눈매를 보니 우리 몰골이 귀신처럼 흉측한가 보다. 아내의 추궁을 피하기 위해 정신 나간 척하는 내가 너무 한심하게 느껴져 기운이 빠졌다.

"이제 그만하지. 나 안 도망가. 사라지지도 않을게."

내가 적당히 힘을 빼지 않았으면 아내를 바닥에 내동댕이쳤을지도 모른다. 하지만 그러지 않고 적당히 뒤엉켜 싸운 저의가 뭔지 스스로도 미심쩍었다. 옥신각신하며 서로 체취를 느낀 뒤라 한없이 나긋나긋해졌는지 아내는 힘 빠진 내 두 팔을 붙잡고 계속 가냘프게 떨었다.

"신이치, 마야, 울지 마. 아빠 아무 데도 안 가."

나도 호흡을 가다듬었다. 이걸로 모두 다 잘라낼 수 있으면 얼마나 좋을까. 격정의 순간 차오르는 충실감은 모든 갈등을 연소시켜줄 것 같지만, 발작이 차갑게 가라앉고 나면 아무것도 해결되지 않은 현실이 얼떨떨할 따름이다.

"아이들까지 나한테 떠맡기고 도망치려 하는데, 난 절대 당신이 그러도록 내버려두지는 않을 거예요."

아내는 숨을 헐떡이며 말했다.

"앞으로 아이들은 당신이 길러요. 지금까지 나 혼자 기른 거나 다름없잖아요. 자기 자식을 한 번이라도 안아주기나 했어요? 애가 울기라도 하면 어찌나 싫은 내색을 하던지 내가 얼마나 노심초사했는지 알기나 해요? 당신 건강을 위해 난 정말 신경 많이 썼어요. 내가 얼마나 당신을 성심성의껏 돌봤는지 당신은 모르는 것 같지만."

아내는 기둥처럼 나를 양손으로 안더니 몸을 훑듯이 쓸어내리며 주저앉았다.

"이 손도 이 발도 내가 다 돌본 건데. 내가 영양에 신경 쓰지 않았으면 당신은 진즉에 죽었을 거라고요. 아무한테도 주고 싶지 않아요. 못 줘요, 절대 못 줘. 그런데도 이런 날 버리고 제멋대로 굴다니. 한두 달이 아니잖아요. 자그마치 10년이라고요. 참고 또 참았는데 결국 난 쓸모없어지고 말았죠."

아내는 반쯤 흐느끼며 대사 연습하듯 가락을 넣어 말했다. 현관 바닥에 앉아 내 발등을 쓰다듬고 나서 뺨을 들이댄 채 한없이 눈물을 흘리는 아내를 보니 문득 전쟁 때가 떠올랐다. 당시 나는 아내의 고향에 세워진 해군 기지에 주둔했는데 밤이 깊어진 뒤 아내를 찾아가면 그때는 통통했던 아내가 어둠 속에서 내 계급장을 만지작거리며 군복을 더듬다가 쪼그리고 앉아 군화를 쓰다듬었다. 그 기억이 떠오르자 도쿄 변두리 뒷골목의 기와지붕 아래에도 문주란 향이 감도는 듯했다. 패전 후 어수선한 세상에서 어떤 원인이 누적되어 아내와의 관계가 파열되었는지 모르지만, 지금 내 발치에 웅크리고 앉아 오열하는 아내의 작은 몸에는 내가 통과해온 더할 나위 없이 소중한 이력이 보인다.

"미호, 그만 울어. 앞으로는 절대 집을 나가지 않을게. 미안해, 내가 잘못했어. 이제 당신이랑 나는 아이들과 함께 사이좋게 살아가야 해. 어쩔 수 없어. 누가 우리를 돌봐주겠어. 앞으로 이런 바보 같은 싸움은 그만두자. 하나만 부탁할게. 나보고 거짓말하지 말라고 하는데, 그래, 지금까지는 내가 전부 잘못했어. 짐승 같다는 말을 들어도 별수 없어. 내가 한 짓을 부정하지는 않겠지만, 난 어느 한쪽을 선택하는 걸 견딜 수 없었어. 내가 옳은 듯한 얼굴을 보이고 싶지도 않았고. 하지만 이제 그런 덜떨어진 몽상에서 깨어났어. 어느 쪽이라도 좋다는 망상은 당신이 박살 내준 거야. 제발 과거는 다 잊어줘. 아냐, 내가 당장 올바른 사람이 될 수 있다는 게 아니야. 그 토대가 거짓인데 과거를 아무리 추궁해본들 거기서 나올 건 썩어빠진 거짓말밖에 없다는 거지. 이제부턴 사소한 거라도 절대 거짓말하지 않을게. 그러니 과거만 후벼 파지 말고 앞도 좀 봐줘. 안 그러면 당신도 격분하고 나도 뭘 어찌해야 할지 모르게 돼. 한번 이렇게 해보자. 내가 당신을 10년이나 힘들게 했어. 그러니까 앞으로 10년은 당신한테 헌신할게. 당신이 원하는 거라면 뭐든지 다 할 거야. 다만 과거를 추궁하는 건 좀 그만둬줘. 제발 부탁이야. 지금 우리는 작은 배에 탄 거나 다름없어. 키를 잡은 내가 미숙하다고 당신이 배 안에서 날뛰면 작은 배가 뒤집혀 우리 모두 전멸할 뿐이야. 당신 마음에는 다 안 차겠지. 그래도 말만 해, 당신이 하라는 건 뭐든지 다 할 테니. 물론 하지 말라는 건 절대 안 할 거야."

아내는 꼼짝 않고 내게 붙잡혀 있었다. 나는 아내를 끌어안고 방에 들어갔다. 아이들은 각자 자기 이불에 누워 부모의 동정을 살피다가 곧 잠이 들었다. 이미 날이 밝은 듯한 기운이 느껴져 열이 오른 머리로 차가운 새벽바람을 쐬고 있는데, 우유병 달그락거리는 소리가 점점 가까워진다. 날카로운 자전거 브레이크 소리에 이어 우유 배달함 여닫는 소리가 두세 번 들리더니 다시 멀어지고, 이윽고 아무 소리도 들리지 않는다. 다른 사람들에게는 하루 일과를 예고하는 소리로 들리겠지만 나는 그걸 들으며 사건이 끝난 뒤 노곤한 가운데 행위를 확인하는 듯한 기분에 빠져 깊은 잠에 이끌린다. 아내는 내 옆에 바짝 붙어 있고, 나는 아내의 바늘 끝만 한 변화에도 몸이 과민하게 반응할까 두려워 시험 때처럼 긴장을 풀지 못한다. 하지만 아내는 그제야 피로를 느끼는지 긴장 때문에 경직된 내 옆에서 팔다리 근육에 가벼운 경련을 일으키며 잠이 들고, 나는 그 가볍고 규칙적인 숨소리에 비로소 마음이 편안해져 긴장이 풀리는데, 수면에 빠진 아내와 나 사이에 가사假死나 다름없는 단절이 끼어드는 걸 내 눈으로 확인하고 나니 잠시나마 스스로 통제할 수 있는 자유를 돌려받은 것 같아 그걸 품속에 꼭 끌어안으려 뒤쫓다가 잠이 들었다.

무엇에 이끌려 잠에서 깨는지 모르겠으나, 방금 전까지 단절되었던 현실은 눈을 뜨는 순간 전부 잠들기 전의 현실과 이어진다. 그 이후의 시간을 어떻게 잠에 위임했는지 기억해내기는 힘들다. 하지만 눈을 떠보면 현실은 하나도 생략되지 않고 되살아난다. 어제까지의 일은 이만 묻혀버리면 좋으련만 연관성은 쉽사리 종지부를 찍지 않아 지금 당장 해방을 바랄 수는 없다. 웬일인지 아내를 찾으러 나간 경위에 대해서는 추궁당하지 않았지만, 머지않아 그것 때문에 추가적인 구속이 생기리라는 건 명약관화했다.

그다음 날부터, 딱 꼬집어 말할 수는 없었지만 아내의 상태에 변화가 생겼다. 기상 전에 아내가 어떤 상태일지 가늠해보고 나서 눈을 뜨는 건 고통스럽다. 잠에서 깨어나는 경계에 다다르면 불안해져 즉시 무장해야 하는 생활이 시작되었다. 그렇지만 높은 곳에 올라가 지금까지 걸어온 길을 내려다보며 앞으로 나아갈 길을 예측하고 나서 길을 걸을 여유는 없다. 사태가 전개되는 대로 그때그때 눈앞에 보이는 상황에 맞춰 하루하루를 처리해가는 것이 내게 부여된 길이었다.

앞뒤를 가늠할 수 없는 생활이 시작되었다. 2, 3일은 이시가와가 우리 집에 들르기도 하고, 나도 신이치를 데리고 그의 집을 방문하기도 했다. 하지만 금세 마음이 불안해져 허둥지둥 집에 돌아오곤 했다. 구부정한 자세로 역 앞 큰길의 보도를 지나던 중 아내가 옷장 밑에 처박혀 있던 처녀 때 기모노를 차려입고 그늘진 얼굴로 나를 마중 나온 모습을 본 뒤로는 아내를 놔두고 이시가와를 찾아가는 것도 그만뒀다. 나나 아내나 뭐라도 해야 했지만 그럴 마음이 생기지 않는다.

"그냥 이렇게 있어도 괜찮을까. 정말 이대로 괜찮을까."

며칠째 날씨가 추운 날, 아내가 냉랭하게 말했다. 편집자에게 의뢰를 받지 못하면 소설을 쓸 기회조차 없지만, 만약 이야기가 잘 끝나 마감 날짜까지 정해진다 해도 지금 이 상태로 일을 할 수 있을지 의심스럽다. 소설에 뭔가 묘사하려 해도 내

스타일대로라면 겨우 과거가 된 세상이나 친구들과의 복잡한 관계 속에 또 머리를 처박아야 하는데, 지금은 마음의 안식처를 잃어 과거의 기억에서 멀어지고 싶을 때라 소설에 대해 생각하기 괴로웠다. 내가 어쩌다 뭔가를 쓰더라도 구체적인 표현이 단 한 글자라도 나온다면 아내는 분명 노골적인 반응을 보일 것이다. 그것이 머지않아 나를 구속해 꼼짝달싹 못 하게 할 건 자명했다. 내가 소설을 써야 간신히 생활이 유지되는 실정인데 그 일을 안 하면 당장 생활비는 어떻게 마련할지 막막했다.

아내의 불안정한 상태는 날이 갈수록 악화되었다.

"아빠, 이렇게 건강해진 것 좀 봐. 좋아졌죠? 오늘은 기분이 아주 좋아. 점점 좋아질 거예요. 예전의 미호가 될 거라고."

하지만 그 말이 끝나기도 전에 아내는 씻던 쌀을 왈칵 쏟았다. 심상치 않은 소리가 나서 황급히 가보았더니 아내가 험악한 표정으로 노려봤다. 등골이 서늘해 나도 모르게 하나 마나 한 질문을 했다.

"무슨 일 있어?"

"아무것도 아니에요."

"그럼 씻던 쌀은 왜 쏟아."

"우니마*가 오니까. 우니마 때문에 이상한 게 연상된단 말이에요. 우니마가 나한테 자꾸 말을 건다고. 우니마다! 우니마가 온다니까."

---

* 악마라는 뜻의 아마미奄美 지역 방언.

아내는 쭈그리고 앉아 엎질러진 쌀을 모으려 한다. 나는 하는 수 없이 방으로 돌아가 책상 앞에 앉는데, 벽에 선명히 남아 있는 물결 모양의 잉크 자국이 눈에 띈다. 두려움 때문에 잠시 멈칫하는 순간, 발소리를 죽이고 걸어오는 아내의 기척이 느껴진다.

"있잖아요, 궁금한 게 하나 있는데, 물어봐도 되죠? 알려 줘요."

"물어봐도 되는데, 내가 무슨 대답을 해도 당신은 만족하지 않을 거잖아. 결국 싸움만 할 텐데 다 끝난 일은 좀 잊어줘."

나는 마음의 준비를 하며 대답했다.

"딱 하나만. 그것만 알려주면 더 이상 묻지 않을게요."

"그걸 알아도 또 다른 게 궁금해지겠지."

"그것만 알면 더 안 묻는다니까요. 당신은 왜 뭐든지 숨기려 하죠? 내가 싫으니까 그러는 거잖아요. 걔한테는 뭐든지 다 털어놓으면서. 됐어요, 아무것도 안 물을 거니까."

"알았어. 알았으니까 물어봐."

"당신, 사진을 몇 장이나 찍어준 거죠?"

"갑자기 그런 질문을 받으니 몇 장인지 정확히 모르겠어. 하지만 전부 당신한테 줬잖아. 당신이 그걸 어떻게 처리했는지는 모르지만."

"그거 말고 다른 거. 아직 가지고 있잖아요."

"그게 전부인 것 같은데……"

"더 있으니까 생각해봐요. 시간이 걸려도 되니까. 하지만 한 장도 빠짐없이 다 생각해내요."

"……"

나는 몇 번이나 골치 아픈 시험에 빠졌던 걸 기억한다. 잘 피해야 하는데 또 빠져든다. 아내에게는 과거를 다 털어놓았다고 말했지만 아직 몇 개 더 남았다. 일단 들키지 않고 넘어간 걸 다시 문제 삼는다고 생각하니 이상하게도 남은 부분을 새로 끄집어내 다 밝히기란 쉽지 않았다. 사실대로 말하면 되지만 그러지 못하고 자꾸 숨기거나 슬그머니 넘어가려 한다. 여자 사진만 해도, 아내 몰래 감춰둔 것이 네댓 장 있다. 그때는 자료라고 생각했던 건지 기억이 나지 않는다. 다툼의 소지가 될 건 전부 없애버리고 싶지만, 나는 주술에 걸려 현재 상태를 조금도 바꾸지 못한다. 아내의 집념과 비상한 감각이라면 내 주위의 물건은 모두 빠짐없이 확인했을 것이다. 아무리 작은 물건이라도 숨겨둔 장소를 옮기면 또 얼버무릴 책략을 꾸며야 하므로 사태만 더 악화될 뿐 변명조차 할 수 없어진다. 그러므로 다 털어놓았어야 했는데, 아뿔싸 나는 또 말을 하고 말았다.

"전부 다 내놓았잖아. 발각되면 분명 야단날 테고 괜한 의심을 받을 게 분명한데 왜 그걸 숨기겠어? 무엇보다 내가 당신 눈을 속여 뭔가 숨기는 짓을 할 리 없잖아."

하지만 목적한 바가 있어 나를 추궁하는 아내는 학문을 탐구하는 자처럼 평온하고 침착하다. 안색은 창백했지만 한마디 한마디 주도면밀하고, 노련한 낚시꾼처럼 나를 안심시키며 위험한 곳으로 몰아간다. 애초에 그렇게 기를 쓰고 숨길 필요가 없는 사진이다. 내가 지친 나머지 불현듯 생각났다는 듯이 사진을 놔둔 장소를 어색하게 폭로하자 아내는 언제 끝날지 모를 심문에 들어갈 태세다.

"당신, 몰래 편지 보낸 거 아니죠?"

아내의 말에 움찔하며 허둥지둥 대답했다.

"아냐, 편지 안 보냈어."

"그럼 다행이지만."

그 말을 듣자 아내는 부엌으로 갔다. 곧이어 쌓인 설거지를 하는 소리가 들렸다. 아내는 물일을 할 때면 늘 배수구를 적당히 막으며 수돗물을 흘려보냈기에 수도꼭지에서 나오는 물소리가 작은 폭포수 소리처럼 들리곤 했다. 예전에는 안정된 생활을 상징하던 물소리가 이제는 언제 갑자기 멈춰 형상을 바꾼 뒤 아내의 발작을 유발할지 모르는 소리가 되었다.

이윽고 수돗물 소리에 섞여 아내의 흥얼거림이 들리기에 오늘은 기분이 괜찮은가 보다 생각했는데, 귓결에 들려오는 노랫말이 좀 이상했다.

그냥 다 집어치우자
술이나 마시며
고생 따윈 잊고
취해버리면 되지

편지는 보내지 않았지만, 잠깐 서점에 다녀오겠다며 나가긴 했다. 2, 3일 전에 내 소설이 실린 P지가 발간되자 그걸 사서 우체국에 가 여자에게 우송한 것이다. 나는 이로써 여자에게 과거는 덮어버리자는 메시지를 보낸 거라 생각하고 싶지만 과연 여자도 그렇게 받아들일지는 알 수 없다. 잡지만 보냈지 편지는 단 한 통도 보낸 적 없다고 변명한들 아내가 그걸 인정해 줄 리 없다. 여자 앞에서는 옳다구나 싶었는데 결국은 도망치기 힘든 구속으로 변한 걸 보니 말도 못 하게 두려웠다.

"나를 속이지 말아요." 아내가 여러 번 말했다.

　목숨까지 바쳤건만
　그 사랑은 거짓인가

아내가 부르는 노랫말은 고약한 가시를 품고 있어 세속적인 멜로디가 그걸 감싸면 내 가슴이 부글부글 끓었다.

　검은 백합, 꽃처럼 보이건만
　그 그림자 쓸쓸해서
　무정한 그대의……

알았어, 알았다고. 이제 좀 그만해. 그렇게 소리치고 싶었지만 아내의 발작을 유발할까 봐 그럴 수도 없었다. 우리 고양이 다마가 죽었을 때 아빠는 집에 없었는데, 대체 어디 간 거지? M코가 미국인을 데리고 왔을 때 아빠는 어디 있었지? 모두들 내 눈을 들여다보는데, 주위에 집어삼킬 듯이 매서운 심판의 눈이 가득 찼다.

"우리 집은, 압빠는 엄마를 혼내지 않는데 엄마는 압빠를 맨날 혼내. 그런 압빠 싫어져." 마야가 나를 똑바로 쳐다보며 말했다. 그 말을 들으니 동네 아이들 사이에서 점차 거칠어지는 신이치의 모습이 눈앞을 떠나지 않았다. 신이치가 고함을 치며 조약돌을 치켜들자 주위를 둘러싸고 있던 손위 아이들이 쏜살같이 도망치고, 그 아이들을 쫓아 골목 안까지 갔다가 담벼락에 조약돌을 던지며 돌아오던 외톨이 같은 신이치의 모습. "가정 사정 때문에 싸우면, 엄마가 도망칠까 봐 걱정하니까 아빠가 싸움에 지는 거야." 신이치는 아이답지 않게 그런 말도 했다.

슬슬 생활비가 떨어져가는데 당장은 얼마 전 P지에 실린 소설의 원고료를 받으러 가는 것 외에는 다른 방법이 없었다. 왕복 전철비도 없어 아내가 옆집 아오키에게 60엔을 빌리고, 혹시 원고료를 못 받을까 봐 값을 잘 쳐줄 것 같은 책을 두어 권 골라 온 가족이 집을 나섰다. 아이들에게는 단벌 나들이옷인 미제 중고 외투와 아내가 조각 천을 덧대어 만든 멜빵바지를 입혔다.

P사까지 가장 가까운 길이라 별생각 없이 스이도바시역에 내렸는데, 아내가 발걸음이 느려지더니 핸드백을 떨어뜨렸다. 핸드백을 주워 아내의 손에 들려주지만 제대로 잡으려 하지 않는다. 각자 한 아이씩 손을 붙잡고 걷는데 아내가 자꾸 딴 데 정신을 팔기에 왜 그러냐고 물었지만 대답도 없이 볼썽사납게 얼굴을 찡그린 채 저만치 떨어져 가시 돋친 눈으로 나를 쳐다보기만 했다. 야간 수업을 마치고 돌아오는 길에 플랫폼 의자에서 여자를 기다리다 지친 내 모습, 플랫폼으로 들어오는 열

차 안을 바라보는 강렬한 눈빛, 여자를 알아보고 활짝 웃는 얼굴, 둘이 어깨를 감싸고 개찰구 쪽으로 나란히 내려가는 뒷모습. 아내의 머릿속에 그런 생각이 휘몰아쳐 피가 솟구쳤다는 걸 미처 눈치채지 못한다. 다만 나는 처자식을 데리고 그곳을 걷는 것이 혐오스러워 빨리 지나가려는데 아내가 일부러 그런 행동을 하는 것이 못마땅해 참을 수 없다. 개찰구를 나와 고가 철도 철교 아래에서 전철을 기다리는 동안에는 밝은 대낮에 얼굴 들고 있기도 역겨웠다. 자기 행실 하나 제대로 처리 못 해 쩔쩔매는 남자가 여기 있다 생각하니 머릿속이 하얘지고 입안에 모래가 씹히는 것 같아 삶을 버텨야 한다는 생각마저 사라진다. 일가족 동반자살이라는 신문 활자가 또다시 떠오르면서 망막에 얼룩진 것처럼 눈앞에서 떠나지 않아 늘 보는 친숙한 얼굴처럼 여겨진다. 붐비는 전철에서 아이들을 데리고 승객들 틈에 끼여 있다 보니 허리뼈가 아파와 참담한 기분이 온몸으로 퍼진다. 아내가 연거푸 핸드백을 떨어뜨리자 신이치가 나를 힐끔 쳐다보며 핸드백을 주워 건넸으나 아내는 제대로 받아 들지 않는다. 나도 그 모습을 봤지만 도와주고 싶지 않았다.

P사는 규모가 큰 철근 콘크리트 건물로, 안내 데스크에서 편집부에 연락한 뒤 응접실로 이동해야 했기에 리놀륨 바닥으로 된 복도를 지나 엘리베이터도 탔지만 아내와 아이들이 마냥 즐거워하는 기색을 보이지 않아 서운했다. 다행히 편집자가 바로 원고료를 줬기에 수표를 현금으로 바꾸려고 지정 은행이 있는 이케부쿠로池袋로 갔다. "돈이 필요한가 봐. 돈만 있으면 부들부들 떨리던 몸도 바로 나을 텐데." 그러면서 한숨 쉬던 아

내의 얼굴이 떠올라 은행에서 천 엔짜리 지폐를 받자 임시방편에 불과해도 일단은 마음이 놓였기에 스이도바시역의 위태로운 상황은 잊을 수 있었다.

내게는 이제부터의 생활이 모두 첫 경험이나 다름없으니 아내의 쇼핑도 참을성 있게 잘 따라다녀야 한다. 내가 조금이라도 화난 표정을 보이면 아내는 바로 쐐기를 박고 전에 내가 저질렀던 박정한 행동을 끄집어낼 것이다. 하지만 아이들을 식당에 데리고 가서 맛있는 음식을 먹이거나 아내가 예전부터 탐내던 전등갓이나 맹장지용 한지를 한가로이 같이 고르러 다녀도 아내와 아이들은 그런 내 태도가 아직 낯선 모양이다. 내 옆에 바짝 붙은 여자의 모습이 또 떠오르는지 아내는 어느새 어두운 발작의 구렁을 떠돈다.

그러고 나서 잠깐 전철을 탔다가 환승하느라 승강장 계단을 오르락내리락한 뒤 전철이 오기를 한참 기다렸다가 또 흔들리는 전철에 몸을 싣고서 지칠 대로 지쳐 귀가하는데, 다 썩어 허물어져가는 대나무 울타리가 눈에 띈다. 집안 사정을 그대로 드러내듯 피폐한 모습이다. 아무리 사정이 있다 해도 너무 낡은지라 아내가 판자 울타리로 새로 바꾸자고 하면 찬성해야 한다. 만약 그 비용으로 오늘 받은 원고료의 절반이 들어가더라도 더 이상 그냥 놔두자고 할 수 없다. 혹시라도 전에 내가 돈을 허투루 쓴 걸 들키면 반론 한마디 할 수 없을 것이다. 게다가 아내는 이제 가계에 신경 쓰지 않는다. 예전에는 몸이 수척해지면서까지 고집하던 부업에서도 완전히 손을 떼고 가급적 멀리 도망치려 했다. 세끼 식사도 아무렇게나 때운다. 특히 외출에서 돌아와 식사 준비를 할 때면 나나 아이들은 우니마의 기운이 아내를 덮치지 않도록 눈치를 보며 숨죽이고 기다려야 했다. 하지만 우니마는 반드시 찾아왔다. 아무리 상태가 괜찮아 보여도 언제 또 "아—아—악" 하고 엄청난 소리를 지르며 검게 푹 꺼진 눈으로 나를 노려볼지 알 수 없었다.

"당신, 개랑 이케부쿠로에 간 적 있죠?"

일단 심문에 들어가면 차례로 의혹이 튀어나오므로 결말을 예측할 수 없는 게임을 해야 한다. 식사는 이제 물 건너갈 듯하니 신이치가 마야에게 눈짓을 한다.

"가정 사정이네, 가정 사정."

그리고 우리를 흘겨보며 말했다.

"가정 사정 같은 건 집어치워!"

신이치가 거칠게 말해도 멈출 수 있는 상황이 아니다. 아내는 닥치는 대로 질문하며 해명을 요구했다.

"당신이 무슨 마음인지 잘 알겠어요. 나도 당신에 대한 사랑을 잃었으니 그냥 죽게 내버려뒀으면 좋겠어."

결국 그 말을 하기에 나도 모르게 입을 잘못 놀렸다.

"죽는다, 죽는다고 계속 협박만 하지."

"지금 협박이라고 했어요?"

눈빛이 변한 아내가 벌떡 일어섰다. 그러자 신이치가 아내의 허리를 끌어안고 외친다.

"걱정 마, 걱정 말라니까. 내가 안고 있으니까 못 나갈 거야."

나는 자제력을 잃고 큰소리친다.

"당신이 죽기 전에 내가 죽을 거야."

현관으로 나가려는데 이번에는 아내와 신이치가 나를 붙들고 놓아주지 않는다. 서로 옥신각신하는 동안 아내의 표정이 부드럽게 풀렸다. 애처로운 표정을 보니 이제 그만 끝내자는 눈치지만, 나는 마음의 동요가 가시지 않아 대꾸하지 않았다.

"부탁이니 집 나가지 말아요. 그게 무서워 나쁜 생각을 하게 되잖아."

어느새 입장이 역전되었다. 그래도 내가 계속 볼멘 얼굴을 하고 있자 아내는 크게 하품을 했다.

"와아아아아아, 와아아아아아!"

신이치와 마야가 기뻐하며 미친 듯이 뛰어다녔다.

"엄마가 하품을 했어. 끝났다, 다 끝났어. 이제 끝이다! 가정 사정이 끝났다."

그 말에 나도 모르게 웃음이 나와 아내를 보니 아내 역시 웃음으로 화답해 꼭 끌어안고 등을 쓰다듬었다.

"다행이야. 정말 다행이야."

말을 끝내기도 전에 눈물이 쏟아졌다. 아내도 곧바로 그 말에 동의한다.

"아빠, 울지 말아요. 울지 말라니까."

아내의 눈에도 눈물이 그렁그렁하다. 우리는 밤늦게야 저녁밥을 먹을 수 있었다. 발작이 또 언제 들이닥칠지 모르기 때문에 그 평온함은 갈증 날 때의 물 한 방울처럼 달콤했다.

"아빠가 도망치려고 하면 나랑 엄마랑 말리고, 엄마가 도망치려고 하면 나랑 아빠랑 말려."

신이치가 그렇게 말해 우리도 웃고 만다. 실랑이를 하느라 피곤했는지 아내는 금방 잠이 들었다. 아내의 숨소리를 들으니 마음이 안정되어 나도 스르르 잠이 든다.

"착한 미호가 될게. 어젯밤에는 미안해요."

다음 날 아침 눈을 뜨니 여전히 밝은 표정으로 아내가 말했다. 내 눈은 참을성 없이 바로 눈물을 보인다.

"나도 사과할래."

어느새 잠에서 깬 신이치가 말한다.

"어제는 싸움한 거 아니었어. 그냥 이야기한 거지. 엄마, 가정 사정인 거지?"

온 식구가 일어나면 아내가 부엌일을 하는 동안 이불을 개고 방 청소를 하는 것은 내 일이 되었다. 가족의 일상을 따르지 않고 개인 시간을 가지면 아내가 예전 생활을 떠올릴 위험이 있으므로 그런 습관은 버려야 한다. 내 일이 우선이고 가족의 생활을 거기 맞추는 것이 아니라 아내나 아이들의 생활을 먼저 고려한 뒤 내가 보조를 맞춰 일하기로 우리끼리 방침을 정했다. 고양이가 죽은 뒤로는 쥐가 또 기승을 부리는 듯해서 이불을 정리하며 벽장 천장에 쥐구멍이 없나 살피다가 손님용으로 마련해둔 이불에서 얼룩을 발견했다. 아내를 불러 이불을 다 꺼내보니 쥐가 물어뜯고 오줌 싼 자국이 여기저기 남아 있어 몹시 더러웠다. 아내는 자신이 언제 죽어도 상관없게끔 1년 전에 꿰매고 빤 뒤 커버까지 싹 다 갈아 씌워놓았다고 했다. 그 말을 하고 나니 과거 일들이 다시 떠오르는지 아내의 얼굴에 그늘이 드리운다.

"어디 가서 고양이를 또 데려와야겠네."

나는 이 말 저 말 하며 아내의 기분을 다른 곳으로 돌리려고 기를 쓴다.

"언제 올지 모르는 손님 때문에 모셔두지 말고 평소에 우리가 좋은 걸 쓰자."

일을 즐기는 아내는 얼마든지 밤새울 수 있으니 집안만 잘 돌아갔으면 좋겠다며 부지런히 빨래를 하고 이불 정리를 하곤 했는데, 불과 얼마 전 일이라 그 모습이 손에 잡힐 듯했다. 하지만 눈앞의 아내는 곧바로 의혹의 눈초리를 보낸다.

"나 몰래 편지 보냈죠?"

아내의 심문이 시작되면 무슨 대답을 해도 일련의 과정을 거쳐야 풀려날 수 있다. 그런데 그 공격이 점차 빈번해진다. 자꾸 궁금한 게 생겨 자신도 견딜 수 없이 괴롭다고 하는데, 아내에게 그런 징후가 보이면 나 역시 침착을 잃고 마음의 동요가 생겨 두려웠다. 아내의 불안을 진정시키기 전에 내 마음이 먼저 경직되어 집을 뛰쳐나가고 싶어지므로 또 큰소리를 치게 된다. 아내가 편집증적인 눈초리로 과거 행적에 대해 심문하면 나는 혐오감에 몸이 떨려온다. 날이 갈수록 하지 말아야 할 행동도 늘어난다. 담배 연기로 원을 만들지 말아요. 라디오를 켜지 말고요. 그러면 잠시 후 연기로 원을 만드는 것뿐 아니라 담배를 피우는 것 자체가 저주스러운 행위가 된다. 과거와 차별된 태도를 새로 만들어내지 않으면 정상적인 생활을 할 수 없을 것 같다.

계속 야간 학교를 쉴 수는 없는 노릇이라 출근하는 날은 일찌감치 저녁을 먹은 뒤 온 가족이 단벌 외출복을 차려입고 전철을 탄다. 특히나 마흔 넘어 보이는 여자 곁에는 가지 않으려고 신경 쓰지만 아내는 홀린 듯이 그런 여자 옆으로 다가가 내 주의를 끈다.

"알아보겠죠? 한번 잘 봐요."

"저쪽으로 가지."

내가 다른 쪽으로 가려 하면 더 집요해진다.

"괜찮으니 잘 보라니까요. 똑같죠? 눈매나 입술을 봐요. 어떻게 저리 빼닮았을까."

목덜미가 뻣뻣해져 그쪽을 보지 않았다.

"여기 좀 보라니까요."

목소리가 심상치 않다. 마지못해 그쪽을 쳐다봤는데 닮았다고 하기에는 좀 지나친 감이 있다. 몸에서 힘이 다 빠져나간 듯 허탈해진다.

"안 닮은 것 같아."

결국 대답을 했더니 아내가 말했다.

"걔가 더 예쁘다고 말하고 싶은 거죠? 미안해서 어쩌나, 당신이 귀하게 여기는 사람을 저런 추레한 여자랑 닮았다고 해서."

"……"

"하지만 아무리 봐도 쏙 빼닮았는데."

아내는 입술을 떨었다. 밖에 나가면 눈에 보이는 사람의 반이 여자인 건 어쩔 수 없겠지만 여자라면 아무도 보고 싶지 않고, 특히 옆에 아내가 있으면 눈가리개라도 하고 싶다. 어떤 여자든 여자라는 요소가 예리한 방사선으로 변해 민감해진 나를 꿰뚫고 지나가므로 식중독을 앓은 것처럼 컨디션이 저조해지기 때문이다.

"있다, 있어. 개가 탔어. 여기를 보고 있잖아. 어머, 무서워라."

반대쪽 플랫폼을 지나는 전철을 보고 아내가 소리치며 계단쪽으로 뛰어간 적도 있다. 얼른 쫓아가서 아내를 붙잡아 흥분을 가라앉혀야 하지만, 그럴 때 나는 아내 눈에 그저 여자 편드는 사람에 불과해 발작만 더 부추기곤 한다. 아이들도 별수 없다고 생각했는지 고집불통이 된 엄마에게 붙들리면 그 상태를 벗어나게 해줄 사람은 없다는 듯 만사 포기한 표정을 보인다. 잠시만 불쾌한 시간을 견디면 아내가 하품을 하고 **가정 사정**이 끝난다는 걸 아이들은 오히려 잘 알고 있지만, 정작 내가 그 상황을 참지 못한다.

너무 힘들어 수업 시간만이라도 아내와 아이들을 숙부 댁에 맡길 생각을 했다. 숙부 댁에 갈 때 스이도바시를 지나는 길이 가장 빨라도 그것만은 피해야 했다. 아키하바라秋葉原에서 우에노上野 쪽으로 돌아 다바타田端에서 내리는 길은 과거를 소환하는 기억이 적어 안전하지만, 다바타에서 숙부 댁까지 꽤 많이 걸어야 했다. 해 질 무렵 어린아이들을 앞세우고 양쪽에 돌담이 높이 쌓인 길을 걷던 중, 가정의 혼란 때문에 편치 않을 아이들의 처지가 생각났는데, 그런 불행한 운명 속에서도 온 힘을 다해 견뎌내는 아이들의 뒷모습을 보니 마음이 암담하다. 어느덧 흥청거리는 도철 교차점에 가까워지니 저마다 손님들의 구매욕을 부추기며 경쟁적으로 늘어서 있는 가게들이 보였지만, 나는 지금 가족들에게 아무것도 사줄 수 없다. 뒤에 오는 부모에게 따라잡히지 않으려고 신이치가 마야의 손을 거칠게 끌어당기며 걸음을 재촉하자 마야는 금세 지치는지 비틀거리며 걸었다. "냐코(마야의 애칭), 빨리 걸어." 초조해진 신이치가 매정하게 말하자 마야가 울상을 해서 나는 마야를 등에 업는다. 교차점을 지나니 언덕길이 나오고 언덕 중간쯤 인가들 사이의 지장당地藏堂에서는 향 연기가 끊이지 않았다. 그 모습을 보니 나무들만 무성하고 인적 없이 어둡고 휑한 언덕길이 떠올랐는데, 실제로 본 적도 없는 그 일대의 옛 풍경이 눈에 선하다. 그 길을 지나가며 아내가 정신을 차렸다.

"아빠, 아이들을 위해 힘내요. 신이치의 뒷모습을 보면 왠지 힘이 솟는 것 같아. 아빠가 지치면 큰일 나요."

그러면서 자신이 마야를 업겠다고 한다.

"아냐, 괜찮아."

만류해도 아내는 들으려 하지 않는다.

내가 학교에 출근하는 날은 다행히 숙모가 밤에 이웃 사람에게 꽃꽂이를 가르치는 날과 겹쳐 아내도 함께 강습을 받는다는 구실이 생겼다. 가족 이외의 사람과 만날 때는 아내의 표정에서 금세 그늘이 사라진다. 남편이나 아이들을 보살피던 예전 상태로 돌아가기에 그 급격한 변화가 어리둥절할 정도다. 아이들도 그걸 아는지 우리 네 식구 외에 다른 사람이 한 명이라도 끼면 이제 살았다는 듯이 떠들썩해지는데, 그때만은 부모의 통제도 통하지 않는다. 그러면 그제야 나는 안심하고 숙부 댁에서 그리 멀지 않은 야간 고등학교에 다녀올 수 있다.

4학년과 1학년 일부 반에서 '세계사'와 '일반사회' 수업을 하는 것이 내 일로, 매점 주위에 모여 있는 남녀 학생들 틈을 헤치고 계단을 올라가 교실로 들어가는데 심한 피로감을 몰아내고 수업을 시작해야 한다고 생각하니 몹시 부담스러웠다. 가슴에 커다란 구멍이 생긴 탓에 불확실한 지식을 그러모아 학생들을 가르치는 내 처지가 전보다 훨씬 견디기 힘들었다. 결근이 잦아 학생자치회에서 불평이 나왔다는 말을 서무에게 들을 때 내가 고개를 똑바로 들고 있었는지 확실히 기억나지 않는다. 낮에는 모두 어엿한 직장인이라도 밤이 되면 학교에 다니는 학생인지라 내 눈에는 일반 고등학생이나 다를 바 없었기에 개중에 경찰관이나 간호사도 있는 걸 깜빡하고 실언한 적도 있다. 교단에 올라갔는데도 삼삼오오 잡담을 나누고 있는 학생들을 보니 내가 수업을 시작한다는 의사를 보이지 않으면 수업 개시가 힘들 듯했다. 출석부를 앞에 두고 잠시 멍하니 있다가 본의 아니게 학생들의 대화를 들었다. 그 자리에서 뒤돌아 나가고 싶은 걸 가까스로 참고 학생들의 이름을 일일이 불러가며 출석 체크를 하다 보니 겨우 내가 설 자리가 생기지만, 수업 후 스이도바시에서 여자와 만나거나 아내에게 추궁당하며 구차하게 앉아 있는 모습이 자꾸 눈앞에 어른거려 힘이 쭉 빠지고 현실감이 사라져 내가 무슨 말을 지껄이는지도 알 수 없어진다. 4학년 세계사는 전에도 서너 번은 한 수업이라 중간중간 에피소드를 섞어가며 능숙하게 진행하니 학생들도 조용히 잘 들었지만, 일반사회는 어설픈 지식이 드러나 수업의 흐름이 깨지자 학생들의 태도가 산만해졌다. 1학년이라는 걸 감안해 이해하기 쉽게 설명하려다 보니 오히려 곁가지만 치는 바람에 학생들의 가시 돋친 기분이 고스란히 느껴진다. 이 반에서 불평이 나왔을지 모른다는 의심이 들자 몸이 더 굳는 것 같아 긴장을 풀기 위해 4학년 교실에서 반응이 좋았던 농담을 던져봐도 전혀 웃지 않을뿐더러 오히려 학생들의 반감 어린 얼굴과 마주해야 했다. 결국 그 반에서 시간을 다 채우지 못하고 교무실로 돌아와 보니 누가 나를 힐끔거리며 쳐다보는 듯하다. 수업이 없는 교사들은 각자 자신의 업무를 하느라 내 쪽을 볼 리가 없는데도 그런 기분이 떨쳐지지 않는다. 어차피 상근직도 아니고 지금은 위기에 노출된 상황이라 어쩔 수 없다고 스스로 변명하면서 출근 카드를 붉은색 쪽으로 옮겨놓고 밖으로 나왔다.

어두운 교정을 가로질러서 교문을 나와 인도로 걷지 않고 바로 철도 건널목부터 건너는데, 아내가 어디선가 쓱 다가와 묻는다.

"어디 가요?"

흥분을 억누른 목소리다.

"어, 마중 나왔어? 어디 가긴, 집에 가는 길이지."

"반대쪽으로 가려 했잖아요. 더구나 아직 수업하고 있을 시간인데."

"아냐, 오늘 피곤해서 수업을 좀 일찍 끝냈어."

변명을 해도 허사라는 걸 깨달으니 입이 무거워지고 아무 말도 하고 싶지 않다. 검정 차이나칼라 코트를 입은 아내가 꼭 박쥐처럼 보인다.

"몰래 연락을 하고 기다리는 거죠? 아까 개랑 닮은 여자가 지나가던데."

그 말을 들으니 오싹하다.

"먼저 철도 건널목부터 건널 생각이었어. 그럼, 어느 길로 다닐지 미리 정해두자. 숙부님 댁 앞에서 인도로 직진하다가 철로가 나오면 왼쪽으로 가고, 학교 앞에서는 철도 건널목을 건널 거야. 그러면 당신이 마중 나와도 중간에 엇갈리지 않겠지."

아내는 수긍이 가는지 고개를 끄덕이더니 금세 다른 생각이 떠오른 것처럼 말한다.

"신이치와 마야 모두 신발 끝이 입을 벌리고 있어요. 걷기 힘들어하는데 불쌍해 보여요."

신발 가게에 들러 더 형편없이 낡아 긴요한 신이치의 신발만 사 들고 숙부 댁으로 돌아갔더니 아이들이 축제일처럼 들떠 시끌벅적했다. 숙모께 폐를 끼치는 것 같아 죄송했으나 달리 좋은 수가 떠오르지 않는다. 차라도 마시며 천천히 가라고 권하셨지만 너무 늦었다고 말씀드린 뒤 서둘러 아이들에게 옷을 입히고 현관에 쭈그리고 앉아 신발을 신겨주는데 아내가 발을 쑥 내밀었다.

"나도 신겨줘요."

그래서 아내에게도 신발을 신겨줬다.

"도시오, 오늘 밤은 피곤하니 택시를 부르죠."

아내의 말에 나는 큰길에 서서 빈 택시를 잡았다.

"미호, 택시 왔다, 나와."

차가 왔다고 알리니, 택시를 처음 타보는 아이들은 신이 나서 재잘거렸다. 밖에까지 배웅 나오신 숙모가 신발을 신겨달라거나 남편을 도시오라고 부르는 아내에게 의아한 표정으로 물으셨다.

"너는 남편한테 늘 그렇게 말하니? 어쨌든 행복하긴 하겠네, 남편이 다정해서."

그 말을 듣자 아내는 만족스러운 눈치였지만 나는 얼굴을 들 수 없었다. 개와 놀러 다닐 때는 택시를 타면서, 우리는 늘 걷게 한다는 아내의 말에 대답도 못 하고 고개를 푹 숙이는 내 모습이 떠올랐기 때문이다.

환승역인 아키하바라까지는 전철 안이 비어 있어 여유 있게 자리에 앉았다. 네 식구가 나란히 앉은 모습이 반대편 창문에 비쳤는데, 마치 주말 나들이를 나가 신나게 놀다 지친 몸으로 귀가하는 가족 같았다. 하지만 환승 후에는 사람들에게 부대껴서 있기도 힘들 정도로 혼잡한 데다가 스이도바시를 지나가는 전철이었으므로 아내의 이마에는 벌써 그늘이 드리운다. 겨우 자리가 나서 아내를 앉히자 마야가 엄마에게 기대더니 금세 잠든다.

나는 너무 피곤해 방심하고 있다가 뜨거운 시선이 느껴지는 바람에 흠칫 아내 쪽을 보니 역시 아내가 나를 뚫어지게 쳐다보고 있다. 발작의 기미가 보이는 눈빛이다. 외출로 몹시 지친 다음에는 편히 잠들 수 있는 휴식처가 간절했지만, 지금 우리의 행선지는 자물쇠를 잠가놓고 나온, 쥐가 날뛰는 빈집이다.

타인이 개입할까 긴장할 필요 없이 아내가 마음껏 발작에 전념할 수 있는, 우리 네 식구만의 비좁은 집으로 돌아간다고 생각하니 다리가 얼어붙고, 쉴 틈 없이 나를 추궁할 아내가 무서운 괴물처럼 보인다.

신이치는 수마睡魔를 이기지 못하고 선 채로 졸았다. 무릎이 꺾이는 통에 깜짝 놀라 눈을 떴다가 바로 잠들고, 또 무릎이 꺾이기를 반복한다. 무심결에 웃었더니 주위 승객들도 따라 웃으며 재미있다는 듯이 쳐다봤다. 나는 신이치가 깨지 않고 잘 수 있도록 내 다리 사이에 기대게 했다. 어느덧 고이와역에 도착해 아내와 내가 잠든 아이들을 등에 하나씩 업고 플랫폼에 내리니 때마침 짙게 낀 안개 사이로 흙냄새가 코를 찔렀다. 안개는 당장이라도 오늘의 피로를 씻어줄 정도로 상쾌했다. 개찰구를 나와 역 앞 큰길을 보니 붉은 네온사인 빛이 짙은 안개에 섞여 이변의 전조처럼 동네를 에워싸고 있어 바로 앞의 영화관조차 형체가 명확히 보이지 않았다. 고독한 피로가 다시 느껴져 곤하게 자는 아이가 시체처럼 무거웠다.

아내는 영화관 뒷골목까지 말없이 걸어가다가 갑자기 마야를 흔들어 깨웠다.

"마야, 인나. 이제 내려놓을 거야. 얼른 내려서봐. 엄마 죽을 것 같아. 집에 도착했으니 인나라고."

그리고 신이치에게도 말했다.

"신이치도 아빠한테서 내려와. 혼자 걸어."

그 말을 듣고 나도 신이치를 내려놓으려고 흔들어 깨우는데 고양이 한 마리가 다가와 한바탕 울었다. 우리가 걸어가자 고양이가 두세 걸음 떨어져 쫓아오기에 아내가 혀 차는 소리로 부르니 계속 뒤따라온다. 골목을 돌자 우리 집 대나무 울타리가 보였는데 골목 주위에도 안개가 자욱했다. 옛날 옛적 황야 시대로 돌아간 것처럼 한밤중의 정적 속에서 열쇠를 만지작거리는 차갑고 미세한 소리를 내며 대문과 현관문을 열고 들어 갔다.

"다마, 다마."

아내가 죽은 고양이 이름을 부르자, 고양이는 야옹 하고 울음소리를 내며 안으로 들어왔다. 아내가 고양이를 붙잡는다면 당장은 폭풍우 같은 발작을 피할 수 있기에 마치 고양이가 뭔가의 화신으로 보인다. 급히 고양이에게 밥을 준비해줬더니 스스럼없이 먹었다.

"다마가 살아 돌아온 거 아닐까요? 저것 봐, 다마랑 쏙 빼닮았잖아요."

아내가 그렇게 말해도 나는 다마의 모습이 기억나지 않는다. 그 대신 다마가 죽던 무렵의 내 모습이 떠올라 더 깊은 이야기로 들어가지 않도록 조심했다.

"정말 다마랑 쏙 빼닮았어."

신이치가 맞장구치자 마야도 말했다.

"이건 내 다마야."

"한 마리뿐이니까 둘이서 사이좋게 길러야 해. 그래, 오늘은 신이치 다마로 하고, 내일은 마야 다마로 하자. 그렇게 하루씩 교대하자."

나는 이야기를 그쪽으로 몰고 갔다.

"하지만 다른 집에서 기르는 고양이면 어떻게 해요. 고양이가 없어지면 그 집 사람들이 힘들어할 거예요. 아무래도 원래 있던 곳에 두고 와야겠어요."

그렇게 말하며 고양이를 안고 밖으로 나갔지만, 잠시 후 아내는 고양이를 안은 채 돌아왔다.

"아무래도 떼어놓지 못하겠어요. 아빠, 그냥 우리 집에서 기를까 봐요."

아내가 그렇게 말해 나도 대답했다.

"이 고양이도 분명 우리 집을 택한 걸 테니 그래도 될 것 같아."

그 고양이도 '다마'로 부르며 집에서 기르기로 했다. 나는 꺼림칙했으나 아내가 그 이름에 집착했다. 고양이를 위해 가다랑어포를 새로 갈아준 뒤 우리도 저녁을 일찍 먹어 배가 고팠으므로 간단히 야식을 먹었다. 안방에 아이들 이불을 따로 깔아주고 나서 겨우 한 이불에서 자는 데 익숙해진 아내와 나도 잠자리에 들었다. 아이들은 내일 아침 다시 입을 수 있도록 옷을 머리맡에 개놓고 바로 잠이 들었는데, 아내가 말을 걸었다.

"요즘 심장이 마구 뛰어요. 전기가 오르며 몸이 저린데 어떻게 하죠."

잠자리에서 이야기를 나누면 다툴지도 모르니 되도록 말하지 말고 빨리 자자고 설득해보지만 쉽사리 잠이 들지 않는다. 아내는 몸으로 나를 시험하는데 나는 긴장이 너무 심하다 보니 불안한 마음에 서두르다가 실패하곤 한다. 그러면 아내는 시의 심猜疑心이 더 불거져 남편에게 확신을 얻을 때까지 몇 번이고 다시 시도한다. 좌절은 도처에 도사리고 있어 점화만 되면 발작을 일으키는 상황이 반복된다. 나를 둘러싼 현상 중 시험 아닌 것이 없었지만 그 시험을 피할 방안이 도무지 떠오르지 않는다. 그날 밤도 매번 그렇듯 불안한 시험을 앞두고 쩔쩔매고 있는데 어느새 다마가 이불 위에 올라왔는지 그 언저리에 적당한 무게감이 느껴졌다. 처음에는 발로 차서 쫓았지만 어느새 또 올라와 있다. 두세 번 그런 행동을 반복해 별일 다 있다고 생각하며 그냥 내버려뒀더니 아예 이불 속으로 기어들어 왔다. 아내도 싫어하는 기색은 아니라 우리가 개다래나무*라도 되었나 하는 착각이 들어 온몸 구석구석까지 힘이 솟는 듯했다.

옆집 아오키의 사촌이 목수라고 해서 불러달라고 부탁했다. 목수가 와서 삭은 대나무 울타리를 판자로 교체하는 작업을 하면 아내는 그에게 대접할 간식이나 식사 준비에 신경 쓰느라 바쁠 뿐 아니라, 가족이 아닌 사람과 함께 있으면 우울한 기색을 보이지 않아 한시름 놓을 수 있다. 그 틈에 나는 다음 일을 시작해야 한다. 마침 모르는 잡지사에서 25매 분량의 소설을 의뢰한다는 편지를 받았는데 이 일이 성사된다면 당분간 그 원고료로 생계를 꾸릴 수 있다. 일반 잡지가 아닌 걸 보니 누군가가 나를 편집자에게 소개해준 듯하다. 생활이 파탄 나기 직전이었는데 고비에 이르니 잇달아 구원의 일감이 생기는 것 같

---

* 깊은 산속이나 계곡에서 자라는 낙엽성 넝쿨식물. 환각작용을 일으키는 액티니딘 성분 때문에 고양이가 몹시 좋아한다.

아 신기할 따름이지만, 친구들 중 누군가가 주선해준 덕분이라는 걸 명심해야 한다. 나는 대충 세 그룹의 친구들과 교류했는데 그중 한 그룹은 동인들 이름만 입에 올려도 아내가 히스테릭한 반응을 보였다. 또 한 그룹은 그 정도는 아니었고, 나머지 한 그룹은 오히려 그 친구들이 내 일에 도움을 준다고 여겼다. 그런 반응은 당연히 각 그룹에서의 내 행동이 투영된 결과지만 내 심정은 갈가리 찢긴다.

울타리는 사흘 만에 완성되었고, 나도 단편소설을 탈고했다. 그렇다고 책상에만 내리 앉아 있지는 않았다. 밥도 짓고, 방 청소도 하고, 겨울에 대비해 장지문을 새로 바르기도 했다. 낮에는 목수 때문에 긴장하던 아내도 밤이 되면 마음이 너울거린다. 내가 장지문을 바르는 걸 보더니 작년에는 밤을 지새우며 기다려도 돌아오지 않았다는 말을 꺼내고는 끝없이 연상을 이어간다.

"여자와 같이 간 장소를 낱낱이 말해봐요."

또 시작인 것 같아 한 군데만 말하고 나머지는 덮어두려 하지만 결국은 궁지에 몰려 다 털어놓게 되고, 그 오점은 도쿄 지도 위에 퍼져간다. 그런 장소가 늘어나면 앞으로 그쪽은 피해 다녀야 하므로 머지않아 도쿄 전역을 통행하지 못할 수도 있다. 일주일에 두 번 학교 가는 날도 가는 길이 모두 금기의 장소로 둘러싸여 있기에 살얼음판을 걷는 듯했다. 시간이 지날수록 안 좋은 기억이 흐려지는 것은 인지상정이건만 우리 부부는 점점 날이 서고 선명해진다.

"아아아, 우리 집은 망했어. 이제 다 틀렸어."

신이치는 혼잣말을 했다.

"당신 노트에 아내, 불구라고 적혀 있는 걸 봤는데 그거 무슨 말이죠?"

아내가 그런 말을 했는데, 느닷없이 무슨 말인지 도통 모르겠다.

다음 날 눈을 뜨니 기다렸다는 듯이 아내의 의혹이 쏟아졌다. 이어서 심문이 시작되었는데 복도 커튼도 열지 않은 채 한낮을 맞았지만 심문은 끝나지 않는다. 식사도 못 하고 나간 아이들은 놀다가 가끔 분위기를 살피러 집에 들어왔지만 가정 사정은 좀처럼 끝날 줄 모른다. 집 뒤편 공장에서는 기계가 가동 중이라 그 소리와 진동 때문에 집이 흔들렸다. 아내는 아직도 내가 숨기는 게 있다며 과거로 거슬러 올라가 추궁하더니 결혼 이후의 비행을 다 털어놓으라고 한다. 하지만 그 내용을 내게 직접 듣고 나서는 지난 10년간의 외로운 생활이 뇌리에서 불거지는지 반드시 복수하겠다고 말한다. 그래서 날마다 이렇게 복수하고 있지 않냐고 했더니 아내는 거듭 부인했다. 복수는 이런 게 아니죠. 이건 절대 복수가 아니에요. 복수라고 한 건 실언이니 취소하죠. 당신이 지난 10년간 내게 어떤 짓을 했는지 생각해봐요. 그런 당신을 난 어떤 태도로 대했죠? 난 당신 말고 다른 남자는 생각조차 한 적이 없어요. 당신이 만족한다면 난 스스로 물러나려 했다고요. 그래도 전혀 불만 없었으니까. 그날 밤 이렇게 되어버렸지만 나도 뭐가 뭔지 모르겠어요.

당신을 못살게 굴고 나면 딱하긴 하지만 도저히 못 참겠거든 요. 나도 괴롭다고요. 하지만 예전의 나로 돌아가고 싶어도 도저히 그럴 수가 없어요. 그런데 이건 절대로 복수가 아니에요. 당신, 설마 이걸 복수라고 생각한 거예요? 복수가 이렇게 쉬운 줄 알아요? 겨우 이런 걸 복수라고 생각하니까 내 고통을 없애주기는커녕 당신도 덩달아 소란을 피우는 거라고요. 난 당신이 집을 뛰쳐나가려 하거나 미치광이 같은 행동을 하면 정말 분노가 치밀어요. 내 어디가 마음에 안 드는지 당신 본심을 말해봐요. 그걸 모르면 앞으로 단 하루도 당신과 함께 살 수 없으니까 내 어디가 불만인지 알려달라고요. 고칠 수 있는 거면 고칠 테니까. 사실은 불만 있잖아요. 그걸 숨기고 겉으로는 간사한 목소리로 지금 바쁘니까 나중에,라며 손사래 치면서 거부했잖아요. 나도 여자라고요. 2년, 3년 독수공방했는데 가만있는 아내가 세상천지에 어디 있어요. 나라고 당신한테 만족한 줄 알아요? 아내의 말이 언제 끝날지 몰라 벌떡 일어섰더니 아내가 도망칠 생각 말라고 해서 책상다리를 하고 앉으니 이번에는 무릎 꿇고 들으라고 한다. 그 와중에 마야가 빼꼼히 얼굴을 내밀며 들어왔다.

"꼬꼬가 죽었어."

그 말을 듣자 아내는 황급히 집 뒤편으로 갔다. 나는 도저히 가볼 마음이 들지 않고 한숨만 나왔다. 복도 커튼조차 걷을 기운이 없어 이불도 개지 않은 안방에 멍하니 앉아 있는데 아내가 방으로 돌아왔다. 닭 한 마리가 물통에 머리를 박은 채 죽어가기에 얼른 끄집어내서 목을 꾹 눌렀더니 살아났다는 것이다. 잠시 후 다마가 집에 돌아와 밥 달라고 울자 아내는 추궁을 멈추고 고양이 먹이를 주러 나갔다. 혹시 그걸 계기로 아내의 기분이 바뀔까 기대했으나 용무가 끝나자 아내는 다시 주저앉아 추궁을 이어간다. 상황이 이런데도 당신이 자꾸 감추니 내 불안이 사라지지 않는 거예요. 난 지난 10년간 순수하게 당신만 사랑했다고 자신 있게 말할 수 있어요. 지금까지 그 마음으로 버틴 건데 요즘은 당신을 정말 증오하는 것 같아 두렵다고요. 그럼 내 인생은 끝난 거니까. 이제 내가 이 세상에서 진심으로 사랑할 수 있는 사람은 돌아가신 아방과 어멍(아내는 부모님을 고향 사투리로 그렇게 불렀다) 둘밖에 없을지도 몰라요. 아내는 그 말을 하고는 세상 떠나가게 울었다. 아내는 철이 들고 나서는 한 번도 부모님께 혼난 적이 없다고 했다. 아내가 우는 모습을 보니 양친 슬하에 애지중지 자란 귀한 외동딸을 고향 섬에서 편히 살게 놔둘 걸 괜히 무리하게 도쿄 변두리까지 데려와 빈궁한 생활 속에 방치해서 절망만 준 것 같다. 지금 아내의 몸에서 처녀 때의 볼륨 같은 건 조금도 찾아볼 수 없었다.

"당신, 일기에, 뭔가를 지키지 못해 아내에게 어쩌지,라고 쓴 적 있던데 무슨 의미죠?"

아내가 묻기에, 그런 말을 썼을 리 없고 쓴 기억도 없다고 대답했더니 잠가놓은 옷장 서랍에서 내 일기장을 꺼내 그 부분을 보여줬다. 분명 내 글씨로 쓰여 있었지만 그때와 지금의 마음이 전혀 달라 잘 연결이 되지 않았고, 내가 무슨 짓을 했는지 기억도 확실히 안 나면서 덮어놓고 부정하는 나 자신이 두려웠다. 나는 두세 마디 변명을 하다가 아내에게 뺨을 맞았다. 요전에 된통 당해 이번에는 반격하지 않았지만 흥분을 참지 못하고 다짜고짜 장롱에 머리를 들이박았다. 둔탁한 소리가 나더니 통증이 머릿속까지 퍼졌다. 한 번 더 들이박으려고 뒤로 물러나 자세를 가다듬는데 아내가 소리를 지르며 달려들었다.

"바보 같은 짓 그만둬요!"

잠시 몸싸움을 하다 보니 너무 무지막지한 기분이 들어 서로 부둥켜안았다. 기세가 꺾이니 얼굴을 마주할 면목이 없었는데, 놀다 지쳐 집에 돌아온 아이들은 우리가 휴전 상태인 걸 보자 배고픔을 호소했다. 밖은 어느덧 해가 저물어 있고, 하루 종일 방에 틀어박혀 언쟁한 것이 새삼 후회스러운지 아내가 뜬금없이 말했다.

"나, 배고파."

그 말을 듣자 나도 아이들도 숨통이 트이는 듯했다. 신이치와 마야는 방 안을 뛰어다니며 외쳤다.

"와, 웃었어. 엄마가 웃었어!"

아내가 장바구니를 들고 시장 갈 채비를 하기에 아이들은 집에 놔두고 나도 따라나섰다. 새로 교체해 희멀건 판자 울타리가 주변과 어우러지지 않고 튀는 것 같아 부끄러운 기분마저 든다. 식빵과 피넛버터를 산 가게에서도, 정육점에서도, 사과를 산 청과물상에서도 아내는 생기가 넘쳐 하루 종일 암울하게 발작하던 사람 같지 않았다. 밖에서는 활달한 모습을 보이므로 점원들과도 친해져 가게마다 에누리를 해준다는 것을 아내와 함께 다니면서 처음 알았다. 하지만 나는 그날 밤도 풀려나지 못하고 또 한바탕 소동을 겪었다. 겨우 식사 준비를 끝내고 즐겁게 밥을 먹으려던 참이었는데 별안간 아내가 그릇이며 젓가락이며 다 내던졌다. 그러자 이글이글 타던 태양이 갑자기 거대한 암막에 가려 주위가 온통 얼음 벌판으로 변한 것처럼 순식간에 집 안이 황량해진다.

"당신은 늘 우리랑 따로 살고 싶다고 했는데, 따로 살면 어쩔 생각이었죠?"

적절한 대답이 떠오르지 않았다. 점점 이야기가 꼬이는 바람에 속이 타고 낮에 했던 행동이 떠올라 벌떡 일어나 장지문에 머리를 들이박았다. 바른 지 며칠 안 된 장지는 문살까지 다 부서졌지만 성에 차지 않아 안방 장롱으로 돌진했다. 하지만 어찌 된 일인지 아내는 말리러 오지 않았다. 벼랑에서 굴러떨어진 듯 처참한 기분이 들었으나 여기서 그만두면 체면을 구기므로 고함치며 머리를 두세 번 더 들이박았더니 두피가 부르트고 피도 나는 것 같다. 장롱은 끄떡없었지만 통증으로 두개골이 울리고 깨진 종을 치는 듯한 소리가 귓가에 들려 두려웠다. 다다미에 아무렇게나 두 발을 뻗고 숨을 고르지만 흥분은 쉽게 가라앉지 않아 주위에서 잘 깨질 것 같은 물건을 집어 들어 사정없이 내던지고 싶었다. 내가 적당히 다치면 아내도 당황할지 모른다는 생각이 들었지만, 아쉽게도 나는 손끝에 작은 찰과상만 입어도 금세 곪고 잘 아물지 않는 체질이라는 것이 떠올라 마음이 무너질 것 같았다. 밥상 앞에 앉아 내 어리석은 행동을 말없이 지켜보는 아내와 아이들의 기색을 살폈더니 신이치가 내 눈을 똑바로 쳐다보며 말한다.

"아빠, 꼴 보기 싫어."

그리고 아내 쪽을 보더니 이렇게 말했다.

"아빠 저러는 거, 이젠 질렸어. 솔직히 말해버렸네."

난타를 당하자 신이치가 전에 했던 말까지 생생하게 떠오른다. "아빠, 엄마 속치마가 죄다 너덜너덜하니까 새거 사줘." 그 말이 나를 옭아매는 바람에 나는 완전히 나가떨어졌다.

밖에 비가 내려 빗방울이 땅에 떨어지는 소리가 밤새 들렸지만 아내의 기분은 풀릴 것 같지 않다.

"엄마는 죽어버릴지도 몰라. 너희들은 아빠가 길러줄 거야. 아빠는 나처럼 무서운 엄마 대신 훨씬 상냥하고 예쁜 새엄마를 데려올 거야. 새엄마는 깨끗한 옷도 입혀주고 맛있는 것도 만들어줄 텐데 너희도 그런 게 더 좋지? 그래도 엄마 따라올 사람? 신이치는 어떻게 할래?"

아내가 묻자 신이치가 대답한다.

"난 이미 볼 장 다 봤으니 하는 수 없지. 살아도 별수 없으니 엄마 말대로 할래. 난 엄마 따라갈 거야. 엄마가 죽자고 하면 같이 죽을게."

아직 학교도 들어가지 않은 아이가 할 말은 아니다. 모두 당신 탓이니 부끄러워하든 괴로워하든 알아서 하세요. 아내의 눈이 그렇게 말하고 있었다.

"마야는 주꼬 싶지 않아."

마야는 주저앉아 울음을 터뜨렸다. 그 후 지친 아이들은 잠들었다. 하지만 아내는 나를 자게 내버려두지 않았다. 여자와 만나지 않는다고 맹세해요. 맹세, 맹세하라니까. 맹세를 강요하던 아내는 벼루에 물을 담아 와서 붓글씨로 서약서를 쓴 뒤 도장을 찍게 하더니 그래도 의혹이 남았는지 또 추궁하며 대답을 강요했다. 내가 여자와 처음 가까워졌을 때부터 눈치가 이상해 흥신소 사람을 시켜 미행했을 뿐 아니라, 내가 여자와 함께 있을 때 자신이 직접 그 집 마루 밑에서 밤을 새운 적도 있고, 그 그룹 친구들을 찾아가서 나와 여자에 관한 뒷말이나 소문, 그리고 모멸의 말까지 다 듣기도 해서 사건의 전모를 자신의 눈과 귀로 똑똑히 파악한 셈이라고 했다. 아내가 때때로 그런 말을 흘렸기에 대충 짐작했지만, 아내에게 직접 그 내막을 전부 들으니 새삼 기분이 이상했다. 지금 돌이켜보니 과거의 일이나 친구들의 모습이 내가 기억하는 것과 묘하게 다른 까닭에 그간 나는 사람들이나 세상에 관해 무엇을 보고 무엇을 받아들였는지 알 수 없어져 기운이 빠지고 심신이 허탈했다.

"도시오도 이제 진실을 알았으니 난 죽어도 되겠지?"

하루 종일 떠들어 피곤했는지 아내는 그 말을 한 뒤 바로 잠들었다. 나는 생각이 뒤죽박죽된 까닭에 과거의 단편적인 장면이나 사람들의 얼굴이 뇌리에서 떠나지 않았다. 머릿속이 차갑게 식어 좀처럼 잠들 수 없었기에 아내와 아이들의 숨소리를 들으며 밤을 꼬박 새웠다. 밤새 비가 내린 듯했는데, 우유가 배달되는 새벽 무렵 변소에 가다가 무심코 작은 창을 내다보니 새로 교체해 희멀건 판자 울타리가 빗물을 머금고 부풀어 있다.

제3장 벼랑 끝

내가 일부러 실성한 척한다는 사실을 깨달았다. 몹시 꼴불견이지만 아내가 발작을 일으키면 그럴 수밖에 없다. 아내는 실성한 것 같지 않다. 발작처럼 보여 걱정이지만, 아내의 정신을 끊임없이 자극한 건 나다. 피부를 손가락으로 누르고만 있어도 그 부분이 짓무른다는 것을 이해한다면 아내가 평소와 다른 반응을 보인다 해도 이상하지 않다. 하지만 시간이 꽤 흘렀는데도 어째서 증상이 떨어져 나갈 기미가 보이지 않는지 알 수 없다. 서로 해야 할 이야기는 벌써 다 했다. 나는 더 이상 할 말이 없었지만, 아내는 내가 숨기는 것이 있다며 막무가내다. 사실 숨기는 것이 전혀 없는 건 아니다. 하지만 내가 남김없이 다 털어놓는다면 드러난 사실 앞에서 아내가 어디까지 참을 수 있을지 모르겠다. 틀림없이 발작을 일으켜 큰 소동이 날 것이다. 아내가 발작을 일으키면 우리는 병의 법칙에 지배받으므로 평소처럼 서로 양해해줄 수 없다. 아내를 그런 곤경에 빠뜨렸다고 추궁당하면 작은 도피처조차 찾을 수 없어진다. 그런 까닭에 아내가 좀 이상해진 것 같다는 의심이 생겨도 그걸 해소할 여유가 없다. 아내가 소란을 피우면 그걸로 끝장이다. 한번 발을 헛디디면 원상 복구는 힘들다는 세상의 이치만 절실히 깨달을 뿐 앞날은 물론 이미 지나간 과거조차 알 수 없다. 너무 궁지에 몰린 나머지 새로운 비밀만 만들지 않는다면 이제 그만 용서해달라고, 그래야 앞으로 살아갈 수 있지 않겠냐고 간청하지만 아내에게는 통하지 않는다.

"나 좀 살려줘!"

결국 그런 말을 하고 말았다.

"누구한테 살려달라는 거예요? 여기서 고함쳐봐야 누가 듣는다고. 아, 알았다. 그렇지, 걔가 들었으면 하는 거구나. 맞다. 당신, 걔한테 살려달라고 한 적 있다고 했죠. 언제 그 말을 했다더라. 어서 기억해내요. 난 잊고 있었는데 왜 살려달라고 했죠? 그래서 걔가 살려줬어요? 어떻게 살려줬는데요? 그렇게 도움받고 싶으면 편도 요금을 줄 테니 지금 당장 걔네 집에 가지 그래요. 가도 돼요. 가서 또 살려달라고 해봐요. 걔는 분명 깔깔거리고 웃을 테니."

무의식적으로 나온 말이지 정말 누구에게 살려달라는 의미겠느냐고 대꾸하지만, 내가 혹시 살려달라는 제스처를 취한 것 아닌가 스스로도 의심스러웠다. 솔직히 누가 도와줄 거란 기대가 없었기에 내 성격에 장벽만 더 치는 셈이라 희망은 끊긴 것이나 다름없다. 무슨 수를 써서라도 여기서 탈출해 가시 없는 새 인생을 살고 싶지만, 아내의 상태가 나빠져 과거를 들춰내면 도저히 참을 수 없다. 나는 점점 미칠 것 같아 두려움과 혐오에 온몸을 떨며 아내 못지않게 흥분해 큰소리로 난동을 피우거나 여기저기 몸을 들이박는다.

"아빠가 시꾸럽게 굴면 이 따끌 때 얼굴이 돼."

네 살짜리 마야가 그렇게 말하자 아이들에게 양치할 때의 표정을 보이다니 아버지답지 못하다고 생각했지만 멈출 수 없었다. 아내가 급격히 우울해지는 증상은 점차 악화되기도 하고 조금씩 호전되는 기미도 보여 어느 쪽이라 단정할 수 없었다. 하지만 하루에도 몇 번씩 그 상태가 되니 함께 소동을 피우게 된다. 나까지 소란을 피우면 안 되므로 무슨 일이 있어도 아내에게는 초조한 얼굴을 보이지 말자고 스스로 타이르지만 뒤돌아서면 바로 아내의 말에 정색하고 화내게 된다. 더 이상 상처를 헤집지 않겠다는 구실로 고백하지 않은 과거가 남아 있는데, 가급적 그걸 묻어두려 하니 말에 자꾸 힘이 들어간다. 아내를 설득해보지만 성공한 적이 없다. 나는 변명할 수 없는 지점까지 몰리고 그게 반복되면 실성한 척한다. 거부하기 힘든 유혹이다. 만약 내 머리가 이상해진 걸 깨달으면 아내는 적당한 선에서 추궁을 멈출지 모른다. 내가 궁지에 몰려 실성하면 아내 역시 좋을 게 없다는 사실을 알게 될지도 모른다. 그런 전후 맥락까지 고려하지 않더라도 대답이 막힐 때 장롱이나 장지문에 머리를 들이박으면 웬지 아내가 주춤하는 듯했다. 좀 더 본격적으로 그런 행동을 하면 아내는 모든 걸 용서하고 휴전의 제스처를 보일지 모른다. 아내가 언제까지 집착을 보일지 알 수 없지만 나는 도무지 이해할 수 없다. 내가 예전의 태도를 버리지 않는다면 저항이 필요할지 모르지만, 이미 두 손 다 들고 무조건 항복한 상황이라 배배 꼬인 과거를 원래대로 복구하는 것도 불가능한 일이 아니다. 조금이라도 그럴 마음이 있으면 결혼 후 아내가 줄곧 바라던 생활 방식으로 가정을 꾸려갈 수 있다. 아직까지는 견디고 있지만 만약 변고가 생겨 내가 죽으면 어쩌려고 저러는지 모르겠는데, 아내가 내 부정과 배신을 들춰내 썩은 살덩이를 까발리는 데 혈안이 되어 전혀 멈출 기미가 없는 광경이 눈앞에 펼쳐진다.

하루하루 지날 때마다 지옥도가 쌓이는 것 같다. 가부키의 한 장면처럼 주인공이 끔찍한 고문에 맞서 고통을 견뎌내는 형상은 아니지만, 그렇다고 혼자 뚝 떨어져 심판받는 상황도 아니다. 내가 심판받는 장소는 모든 인간관계가 단절된 곳이 아니라 아내와 두 아이의 일상을 품고 있는 집이다. 아내는 내 폐부를 찌르며 사정없이 잘못을 쪼아대지만, 나를 떠나 아내 혼자 살 수 없다는 걸 알기에 아내를 놓아줄 수 없다. 확실히 어느 한쪽을 택해 집 안에 틀어박힐 때 나는 바깥을 살피지 않고 방기했다. 따라서 밖은 텅 빈 암흑으로 남아 있었기에 언제 또 유혹과 심판이 함께 몰려와 집 안을 기습할지 알 수 없다.

아침 일찍 눈을 뜨면 되도록 빨리 잠자리를 벗어나고 싶지만 아내가 허락하지 않으면 그럴 수 없다. 이불 밖으로 나오면 어떻게든 우울을 유발하고 만다. 아내는 그 생각만 할 뿐 다른 데 관심을 돌리지 않기에 상태가 안 좋아지는 걸 막을 수 없다. 그런 기미가 보이면 예전에는 집을 나가 여자 집에서 머물렀다. 집에 있더라도 점심 무렵 기상해 불쾌감이 가시지 않은 채 아내를 대했지만 요즘은 과연 그런 날이 존재했는지조차 의심스럽다. 그때는 그런 게 왜 걱정되지 않았어요? 아내는 그렇게 말할 것이다. 그때 내가 그런 걱정을 하지 않았기에 지금 아내가 의심의 시선을 거두지 않는 것이다. 나는 몸을 경쾌하게 움직여 살랑살랑 상쾌한 공기를 아내 쪽으로 보내야 하지만, 대기 속에 몰래 숨은 적군이 언제 모습을 드러낼지 알 수 없다. 눈을 떴을 때 아내에게 우울한 기색이 보이지 않으면 해군 때부터 입던 낡은 네이비블루 서지serge 바지와 커다란 다갈색 체크무늬의 미제 중고 홈스펀 상의로 후다닥 갈아입고 복도에 나와 유리문의 커튼을 열어놓은 뒤, 잠겨 있던 현관과 판자울타리 문을 열고 골목길로 나간다. 아직 탁해지지 않은 새벽공기에 밥 짓는 연기가 섞여 메케한 냄새를 들이마시니 뇌리에 묻혀 있던 어린 시절의 기억이 떠오른다. 잠이 덜 깨 몽롱한 머릿속 어딘가에는 미래의 알찬 생활을 향해 숨을 깊이 내쉬는 어린 내가 있다. 점원이 졸린 얼굴로 가게 앞 도로에서 쓰레기를 쓸어 모으는 광경을 바라보던 그 옛날. 나는 언제부터 막다른 골목에 발을 들여놓은 걸까. 빗자루를 들고 집 앞을 쓰는데, 언제나 램프 같은 희미한 불빛을 통해서만 바깥세상을 보던 과거가 끼어드니 떨쳐지지 않는다. 길 한복판에는 문 옆 판자 울타리에 놓아둔 쓰레기통 뚜껑이 내팽개쳐져 있고 휴지들은 여기저기 흩날렸다. 매일 아침 그런 모습을 보니 마치 세간에서 날아든 비판처럼 느껴진다. 어두워지면 누군가 쓰레기를 헤집는 걸까. 아니면 개가 파헤쳤을 수도 있지만, 어둠이 걷히고 새벽이 밝아오는 집을 향해 누군가 악의적인 표식을 해놓은 듯했다. 무슨 사정인지 며칠째 이 구역을 도는 쓰레기차가 오지 않왔다. 다시 정신을 가다듬고 구석에 쓸어 모은 휴지를 태우던 중, 어떤 여자가 골목 모퉁이에서 내 쪽을 향해 걸어오는 모습이 눈에 띄었다. 갑자기 분위기가 긴장되며 얼굴이 화끈거리고 가벼운 경련이 일어나 어쩐지 떳떳지 못한 기분이 든다. 그렇다고 바로 집으로 피할 수도 없기에 예전처럼 '다른 곳'에서 나를 보호할 수 있다는 확신은 흰 눈이 무너져 내리듯 사라진다. 부단히 과거로 떠내려가는 순간 결단하지 못한 것이 절망스러웠지만, 마흔 넘은 여자가 내게 어떤 태도를 보일지 확인하고픈 유혹이 뿌리쳐지지 않았다. 만약 아내가 밖으로 나오면 어색하게 가라앉은 분위기를 감지하고는 안절부절 수줍어하는 나를 추궁하면서 미묘한 마음의 살랑임까지 공연히 책잡고 설명을 요구할 것이다. 그건 이미 우리 사이의 관례이기에 파괴를 용인하지 않으면 거기에서 벗어날 수 없다. 하지만 나는 그 여자에 관해 별로 아는 것이 없다. 친자식인지 확실치 않은 혼혈 소녀를 데리고 다니는 걸 봤는데 아이를 대하는 태도가 어쩐지 매몰차 보였던 기억 정도. 어느 날 저녁, 우연히 앞에 가는 그녀를 뒤따라 걷다 보니 북적거리는 역 뒷골목의 이층집으로 들어가는 것이 보였다. 우리 집 근처라 산책 중에 무심코 그쪽으로 발길이 가곤 했는데, 피부가 희고 입술이 유난히 빨간 혼혈 소녀가 부드러운 머리카락을 바람에 나부끼며 집 앞에서 놀고 있었다. 아이도 나를 보긴 했지만 약간 적대적인 눈초리로 낯선 사람 보듯 그냥 지나쳤다. 문패에는 흔한 일본 남자 이름이 적혀 있었고, 작은 마당에 온통 흰 속옷이 걸려 있는 모습이 눈에 띄었는데, 지나치게 자주 빨아 변색된 옷에서 은밀한 이질감이 느껴져 가슴이 두근거렸다. 고이와 일대에는 단정하고 수수한 옷차림이 많았기에 남루한 속옷들이 유난히 포근해 보였다. 어떤 날은 혼혈 아이 말고 다른 아이도 함께 있는 걸 보고 두 소녀에게서 닮은 곳을 찾으려 했으나 성공하지 못했다. 그 후로도 서너 번쯤 우연히 마주쳐 그때 눈여겨본 것이 전부인데, 새삼 뭘 기대하기에 마음이 밝아지는지 모르겠다고 생각하던 중 여자가 쓰레기를 태우느라 눈이 매캐해진 내 앞으로 다가와 아랫볼이 볼록한 얼굴로 목례를 하고 지나갔다. 얼굴이 달아오르고, 한편으로는 가슴에 뚫린 구멍이 점점 커지는 것 같아 두려운 나머지 나도 모르게 주위를 둘러봤다. 혹시 아내가 밖을 내다보는 것 아닐까. 아니면 그 모습을 본 마야가, 압빠한테 딴 아줌마가 머리 숙여 인사했다고 일러바치지 않을까. 내 마음속에 죄의 낌새가 없었다고 설득할 자신이 없다. 아내에게 숨겨왔던 여자를 들켜 가정이 붕괴되고 다툼이 끊이지 않는 때에 이렇게 가라앉은 분위기는 위험하다. 이제 아내가 아침 식사 준비를 성실히 마칠 거란 기대는 접어야 했다. 아내가 우울에 빠지더라도 내게는 그걸 저지할 묘수가 없지만, 잠깐이라도 아내에게서 눈을 떼고 있으면 견디기 힘들다. 하지만 지금 당장 아내와 마주치면 내 안색이나 행동이 어색해 보일 테니 대충 쓰레기 소각을 마무리하고 집에 들어갈 수도 없다. 더구나 귓가에는 계속 피아노 곡조가 맴돌아 마치 취한 것처럼 성가신 쾌감이 남았는데 서둘러 그 감정을 몸 밖으로 쫓아내려다 보니 오히려 과거의 기억만 더 불거져 마음이 위축된다.

아내는 생선을 고르고, 마음에 드는 야채를 찾고, 사연 있는 양 건어물 가게 앞에서 생각에 잠기고, 몇 번이나 청과물상과 정육점 사이를 오가며 젠체하는 말투로 점원들과 이야기를 나눴다. 장바구니를 들고 아내 뒤를 따라다니는 것도 내 새로운 임무 중 하나다. 고이와역에서 외곽을 향해 방사형으로 뻗은 상점가는 어느 방향이든 가로등이나 가게 장식등이 거리를 환하게 밝히고 있어 인공적인 활기가 느껴졌다. 큰길 사이에 낀 골짜기 같은 뒷골목을 걷다가 상점가로 나가면 갑자기 나락에서 무대 위로 올라간 것처럼 낙차가 느껴져 군중들의 떠들썩한 리듬에 휩쓸리는 듯했기에 가급적이면 비좁고 아케이드로 덮여 전등 없이는 조도가 밝게 유지되지 않을 것 같은 시장 쪽으로 발걸음을 옮긴다. 시장은 여자들이 많이 모이는 곳인 까닭에 아내의 발작을 유발할 법했지만, 대부분 화장기 없이 수수한 일상복 차림에 게다를 신은 동네 여자들이라 남편의 여자를 떠올리지 않았다. 아내는 단골 식료품점에서 식용유와 피넛버터, 설탕, 잼, 마요네즈 등을 사며 구김살 없이 화사한 표정을 짓기도 했는데, 요즘 집에서는 통 볼 수 없는 표정이었다. 그런 우리 모습을 보며 갸름한 얼굴에 마르고 옷맵시가 예쁜 식료품점 여주인이 한마디 했다.

"사모님은 좋으시겠어요. 바깥양반과 함께 다니시잖아요. 부럽네요."

몸을 뒤로 젖히고 아내와 나를 우러러보듯 올려다보며 말해 마치 연극 대사를 읊는 것 같았다. 그래서 나도 몸만 장성했지 아직 서생 기분에 젖어 있는 청년이 어린 아내의 손에 끌려 마지못해 나온 걸 들킨 듯한 몸짓을 하고 말았다. 아내는 눈에 생기를 띠며 중키에 얼굴이 각진 식료품점 남자에게 말했다.

"늘 활기차게 일하시잖아요."

아내도 지지 않고 대사처럼 읊더니 물건마다 두세 번씩 수량을 번복한 끝에 너무 많다 싶을 정도로 물건을 잔뜩 사서 내손에 들려줬다.

"전부 바깥양반이 들고 가시는 거예요? 나도 한번 그래보고싶네."

"하지만 사장님이야말로 하루 종일 남편분과 알콩달콩 장사하시잖아요. 저야말로 부럽네요."

"에이, 이건 장사니까 어쩔 수 없는 거죠. 우리 집 양반은 나를 밖에 데리고 나간 적이 한 번도 없는걸요."

식료품점 여주인은 자기 남편을 흘겨보더니 뭐가 그렇게 재미있는지 아내와 둘이서 자지러지게 웃기에 그 모습을 잠자코지켜보았다. 방금 아내는 소소한 과시를 하고 인정도 받았다. 하지만 남편이 사귀는 여자에게 혼을 빼앗겨 집을 비운 처참한 시기에는 어떤 표정으로 이 가게에 물건을 사러 왔을까. 고이와에 사는 3년 동안 한 번도 아내와 시장에 장 보러 간 적이없었는데, 아내는 아마 이 가게에 신이치와 마야를 데리고 와서 어두운 얼굴로 궁색한 예산을 쪼개가며 장을 봤을 것이다. 아내는 한번 단골 가게를 정하면 바꾸기 싫어했는데, 특히 이가게는 여주인이 어릴 적 친구와 많이 닮았다며 친구 이름을따서 '하짱네 가게'라 불렀고 몇 번 에누리해준 걸 고마워하며자주 들렀다. 여기 말고도 냄비만 맡겨두면 젊은 점원이 회를

한 번 더 떠도 될 정도로 생선을 큼직하게 잘라주는 생선 가게
나 아내가 가면 새 사과 상자를 따서 마음껏 균일가로 골라 가
게 해주는 청과물상 주인도 있다고 했다. 매달 정해진 날 구매
가격별로 경품을 주는 된장 가게에서는 사기그릇을 덤으로 주
고, 단골 정육점에서는 로스를 일반 고기 가격으로 준다고도
했다. 전에는 아내가 그런 말을 해도 흘려들었으나 시장에 따
라와 직접 그 현장을 보니 앞으로 '하짱네 가게' 말고는 그런
서비스를 안 해주면 어쩌나 불안했다. 아내는 그런 것도 눈치
채지 못하고 나를 이리저리 끌고 다녔다. 그때 나는 옷감이 두
툼한 미제 중고 상의를 헐렁하게 걸치고 있었는데, 그런 차림
때문에 기둥서방처럼 보일 거란 생각이 떠나지 않았다. 그래도
아내가 가게에서 흥정하는 동안 말없이 옆에 서 있거나, 이것
저것 뒤적이며 살 물건을 고를 때까지 약간 떨어진 곳에서 무
료한 시간을 기다리는 법을 터득하니 점차 그 역할에 익숙해진
다. 키가 작은 여자를 끌어안다시피 하고 물건을 사러 다니던
기억이 자꾸 떠올라 숙취를 떨쳐내듯 손사래를 치다 보니, 문
득 10년 넘게 부부로 살면서 내 아이도 둘씩이나 낳은 아내를
쳐다보지도 않으려 했다니 내가 너무 심했다는 생각이 들었다.
지금까지의 자세를 다 허물고 어디까지 흘러가야 새 삶을 살
수 있을지 알 수 없었다. 지금은 나를 내세울 처지가 아니다.
바깥에 정신이 팔린 동안 속죄해야 할 씨앗을 무수히 뿌려놓
음에도 나는 이미 거기서 후퇴한 다음이라 깊이 개입했던 전선
이 지금은 어떤 상황인지 알 수 없다. 위험한 추격자들에 둘러
싸여 부상당한 아내와 아이들을 끌어안고 한발 더 후퇴하는 길

을 택하지만, 아내와 아이들은 나를 믿지 못하고 내게 심판의 총구를 들이댄다. 아내의 착란이 가라앉을 때까지 기다릴 수밖에 없다는 사실이 점점 명확해진다. 시장에서 장을 볼 때는 아내가 긴장을 유지하므로 우울에 빠지는 걸 어느 정도는 억제할 수 있지만 늘 그러리라는 보장은 없다. 이제 조건만 갖춰지면 아내는 길가나 시장 한복판에서도 갑자기 태도가 돌변해 발작을 일으킨다. 나는 그런 아내를 막을 수 없으므로 그 상황에 같이 휘말린다. 처음에는 주위 사람들의 눈을 의식하고 어떻게든 수습해보려 했으나 우리 사이에 개입된 갈등 앞에서 구속은 전부 사라져버린다. 집에서 다툴 때보다 더 완강하고 난폭한 태도가 나와도 억제되지 않는 것은 어쩔 수 없다.

일감이 하나 들어왔으니 어떻게든 잘 끝마쳐야 한다. 이번 일도 지난번과 마찬가지로 일반 잡지가 아니라 어느 협회 기관지에서 의뢰받은 원고다. 장당 고료가 얼마인지는 몰라도 돈을 받으려면 반드시 약속한 기한 내에 단편소설을 완성해야 한다. 집 안에 틀어박혀 아내나 아이들하고만 얼굴을 맞대고 생활하는 요즘, 모르는 잡지사에서 일이 들어오는 건 정말 흔치 않은 기회였다. 친구 중 누군가가 소개한 것 같은데 그 추천 덕분에 편집자가 내게 일을 주었을 것이다. 얼마 전 P지에 실린 단편소설 원고료는 아내의 의사대로 삭아 쓰러진 대나무 울타리를 판자 울타리로 교체하느라 반 이상 썼다. 지금 이 일은 목마른 내게 사막의 오아시스나 다름없다. 이렇게 마음이 혼란할 때에는 글이 성에 차지 않아도 꾸준히 써서 어떻게든 작품의 얼개를 갖춰야 하는데, 내가 그런 지속성이 필요한 일을 잘해낼 수 있을지 불안하다. 낮에는 일을 하려 해도 집 안팎을 청소하고, 식사 준비를 돕고, 장 보러 시장에 가는 등 집안일이 끊이지 않아 책상 앞에 앉는 것조차 쉽지 않다. 아내의 상태가 나빠져 발작을 일으키면 순서대로 가던 시간이 뚝 끊기므로 그 습격이 지나가기를 기다려야 한다. 어쩌다 짬이 생겨 책상 앞에 앉더라도 마주 보는 벽에는, 요즘처럼 암울한 날의 첫 장을 열어 젖히기라도 하듯 아내가 끼얹어놓은 잉크 자국이 있다. 지워지지 않게 각인된 그 흔적을 보면, 그날 밤도 다른 무수한 날들과 마찬가지로 가정을 도외시한 채 귀가하지 않은 남편을 기다리며 밤을 새우던 아내의 짐승 같은 울부짖음이 들리는 듯하다. 넓은 유리창 밖으로 보이는 가네코네 마당에는 그 집 중학생 아들이 친구들을 데리고 와서 팽이놀이를 한다. 싸울 듯이 거칠게 말하는 소리가 귀에 꽂히니, 겨우 단서를 찾아내 거기에 생각을 집중시키던 마음이 사정없이 고꾸라진다. 그 집 중학생은 원래도 내게 악감정이 있었다. 동생뿐 아니라 도쿄 동북부의 보건소에서 일하는 그의 누나도 내게 노골적으로 악의를 드러냈다. 내가 주 2회 수업을 나가던 야간 고등학교 학생 중에 자기 친구가 있어 내 단편에 얽힌 소문을 들었다고 말을 걸어온 적도 있다. 하지만 그 집 어머니가 모습을 감추고 곧바로 그 아버지가 다른 여자를 집에 들인 뒤로는 누나나 동생이나 모두 나를 피했다. 아니다. 그때부터가 아닐 수도 있다. 나가기만 하면 외박을 하거나 막차로 돌아오곤 하던 내가 세상이 흉흉하다는 이유로 우리 집 문은 잠가놓으라고 하고, 다행히 가네코네 문은 열려 있다며 그 집 마당을 가로질러 집에 들어올 때부터였는지도 모른다. 당시 그 집 아내와 아이들 역시 집을 비우고 밖으로 떠도는 가장을 기다리며 매일 수렁 같은 밤을 보냈을 터이다. 그러던 어느 날, 밤늦게 귀가하던 나는 가네코네 뒷문 안쪽에 자물쇠가 채워졌음을 알게 되었다. 아마도 그 무렵 그 집 가족들도 내 행적을 알아차렸기 때문이리라. 공교롭게도 아내가 집 한쪽에 만들어놓은 닭장의 악취가 그 집까지 흘러 들어가는 바람에 하루는 한밤중의 무단통행까지 한꺼번에 싸잡아 비아냥거리는 말을 들었다. 당장 그때는 흘려 넘겼다가 나중에 그 의미를 깨닫고는 치욕감에 몸을 부르르 떨었지만, 나는 이내 남의 집 일까지 신경 쓸 여유가 없는 상황에 처했다. 혹시라도 주말에 그 집 중학생 아들이 지붕 위 배관함에 올라가 온종일 내려오지 않으면, 아내의 시선이 거기로 향하지 않도록 주의해야 한다. 새로 튼튼하게 달아 울타리에 비해 유난히 튀는 가네코네 나무문이 보이면, 행여 소리라도 날까 조심스레 문을 연 뒤 켕기고 불안한 마음에 두근거리는 심장을 진정시키며 발소리를 죽인 채 울타리를 돌아서 아내가 뜬 눈으로 기다릴지 모를 집을 향해 한 걸음 한 걸음 옮기는 내 어두운 그림자가 눈앞에 떠올라 과음한 것처럼 속이 울렁거렸다. 중학생의 팽이놀이 역시 유리창을 닫고 흥분을 가라앉히는 수밖에 없다. 야간 고등학교에 출근하지 않는 날도 일을 해야 하지만, 전처럼 아내와 아이들을 안방에 멀리 두고 나 혼자 서재에 틀어박혀 자유롭게 일할 수 없기에 아내를 서재 책상 옆에 재워야 한다. 옆에 붙어 있으면 아내의 발작을 유발할까 걱정되지만, 아내와 떨어져 있으면 불안해서 견딜 수 없기에 결국 아내와 꼭 붙어 있게 된다. 언제 발작을 일으킬지 몰라 노심초사하다가 나도 모르게 발작을 부추겨 자발적으로 다툼에 뛰어든 적도 있지만, 옆방에 떨어져 있다가 발작을 일으키는 아내의 얼굴과 갑자기 마주치는 것도 견디기 힘들다. 새 단편 작업에 대해서는 아내에게 몇 번이나 알아듣게 말했다. 그걸 쓰지 못하면 우리 네 식구가 굶어 죽을지도 모른다고 끈질기게 말하니 수긍한 아내가 일에 방해되지 않게 일찍 자겠다며 잡지를 들고 페이지 넘기는 소리를 냈는데, 어느새 잠든 모양이다. 아내가 잠든 걸 확인하니 온몸에 안도감이 퍼진다. 그러고 나면 잠시지만 혼자 아무 구속 없이 자유로운 광장에 나가 밧줄을 풀고 차가운 물과 상쾌한 산들바람의 향응을 받는 기분이다. 눈만 뜨면 신경 불안 때문에 안색이 어두워지는 아내도 잠이 들면 아이처럼 온화한 민낯을 드러낸다. 그 모습을 바라보노라면 아무리 참기 힘든 발작이라도 별것 아닌 것처럼 느껴진다. 깨어 있을 때의 완강한 공격도 일단 잠이 들면 무방비 상태의 작은 새처럼 맥을 못 추고, 목숨을 부지하기 위해 잠잘 때도 숨을 쉬어야 되는 것이 애처롭게 느껴진다. 상처 입은 멧돼지처럼 미쳐 날뛰는 행동이 예사롭지 않지만, 아내는 아직 내게서 도망치지는 않았다. 아내가 잠이 들면 흰 이마가 넓게 드러나는데, 저 작은 머릿속에 처리할 수 없을 정도로 복잡한 상념이 얽혀 있다고 생각하니 설령 아내가 무슨 짓을 하더라도 내게는 그걸 거역할 권리가 없는 듯하다.

하지만 나는 일을 해야 한다. 일의 입구에는 샘으로 끌려가 억지로 물을 마시는 것과 다름없는 공허함이 존재하지만, 무조건 다 마시라고 명령하는 목소리가 들리는 까닭에 마음이 내키지 않아도 일을 시작해야 한다. 과거에는 아무리 부지런히 써도 무수히 남아돌 줄 알았던 미래의 시간이, 별안간 빽빽이 간격을 좁히더니 나중은 없다고 재촉한다. 남아 있는 삶에서 일을 할 수 있는 시간이 미리 정해져 있다는 생각이 강렬히 들더니 머릿속에서 떠나지 않는다.

가끔 아내의 숨소리를 살펴가며 원고지 칸 안에 가까스로 '전투의 공포'라고 써넣었으나 어떤 관용구나 단어를 써봐도 그 뒤에는 불순한 생각이 이어진다. 해변에 밀려오는 파도처럼 자꾸만 파멸, 파멸, 하는 소리가 나를 덮쳐온다. "야옹." 가냘픈 고양이 울음소리가 때마침 아내가 잠들어 있는 마루 아래에서 들려와 나도 모르게 귀를 곤두세우는데 더 이상 소리가 들리지 않는다. 얼마 전 야간 고등학교 수업 날, 온 가족이 외출했다가 돌아오는 길에 우리를 따라와 함께 살게 된 두번째 다마는 낮 시간은 집에 머물렀지만 밤만 되면 사라졌다. 그런데 오늘 밤은 무슨 일로 나가지 않고 집에 있나 궁금해진다. 두 아이가 자고 있는 안방과, 부엌과 현관 사이의 작은방을 살폈지만 다마는 보이지 않았다. 잠시 귀를 기울였으나 그 뒤로는 아무 소리도 들리지 않았다. 틀림없이 마루 밑에서 소리를 들었는데 대체 거기는 뭐 하러 들어갔을까. 이상하다는 생각이 들어 다시 방으로 가보니 아내가 눈을 크게 뜨고 의심스러운 눈초리를 보낸다.

"뭐 하는 거예요."

아내가 힐난하는 투로 일격을 가하자 내 주위가 곧장 참을 수 없이 초조한 공기로 뒤덮였다.

"다마가 없는 것 같아서……"

말이 끝나기도 전에 아내가 끼어들었다.

"이번 다마는 밤에는 집을 나가잖아요."

그 바람에 하려던 말이 쏙 들어가고 혈관의 피는 졸아드는 것 같았다. 아내의 말은 나를 뿌리째 뒤흔들었다. 변명하려는 족족 말이 의미 불명의 활자로 변해 목구멍을 틀어막았다.

"날 속이려 들지 말아요."

아내는 그렇게 말하고 눈을 감았다. 아내가 잠든 것 같아 나는 다시 긴장을 풀고 얼마간 일할 수 있었다.

아내도 나도 계속 악몽을 꾸는 듯하다. 무엇이든 내가 호불호의 감정을 드러내는 말을 하게 되면 아내의 발작을 유발하므로 절대 꿈 내용을 이야기하지 말아야 하는데, 아내는 의심스러운 눈초리로 나를 바라보며 세세한 부분까지 빠짐없이 이야기하려 한다. 우체국 직원에게 몰래 부탁해 여자에게 부친 내 편지를 찾아왔다는 둥, 어디론가 도망치려는데 내가 필사적으로 막아 왜 그러냐며 나를 뿌리쳤다는 둥, 내가 여자와 작당하고 자신을 죽이려 해서 플랫폼 밑으로 뛰어내리려는데 옆에서 두 사람이 끌어안고 있었다는 둥 사건이 끊이지 않았는데, 이야기를 하다 보니 어디까지가 꿈인지 점점 분간이 가지 않는다.

"걔한테 편지를 보냈잖아요. 사실대로 말해봐요. 난 그 편지를 확실히 봤단 말이에요."

그러면서 봉투는 어떻고 주소는 어디 적혀 있었는지 자세히 설명했다. 내가 아무리 편지를 보내지 않았다고 말해도 아내는 의혹을 풀지 않는다.

"보내지 않는 게 오히려 이상하죠. 나와 아이들을 희생시키고 자신의 수명까지 갉아먹으며 사랑한 애인인데 어떻게 그리 냉정하게 자를 수 있겠어요. 자기 본심을 끝까지 관철하는 믿음직한 사람이잖아요, 당신이란 사람은. 걔한테 울며 매달리면 걔가 말한 대로 되겠죠. 내가 마침 선수를 쳐준 거네. 말해봐요. 몰래 한 통은 보냈죠? 만약 한 통도 안 보냈다면 당신은 정말로 냉혹한 기회주의자죠."

점진적이긴 했으나 내가 자살 방법을 궁리하는 빈도가 늘었다는 걸 깨닫고 스스로를 다시 보기로 했다. 아내는 시체가 절대 나오지 않게 자살하는 방법을 안다고 했는데, 아내라면 분명 그 방법을 알고 있어 내게서 모든 희망을 잃고 나면 실행에 옮기리라. 하지만 나는 그런 것에 대해 아무것도 모르고 결심도 서지 않는다. 일단 면도칼로 손목 긋기, 목매달기, 열차에 뛰어들기 같은 방법이 떠오르지만 그중 무엇을 택하더라도 실행에 옮기지는 못할 것 같다. 독약을 단숨에 들이켜는 것만이 내게 남은 유일한 방법인지 모른다. 청산가리는 질색이니 수면제를 조금씩 사 모아 한꺼번에 삼켜야겠다. 그 방법은 꽤 유혹적이었고 나도 할 수 있을 것 같았다. 그렇게 생각하니 나도 가능한 자살 방법이 생긴 것 같아 마음이 안정된다. 속이지 말아요. 내가 당신 곁에 있어도 될까요? 그게 당신 본심이에요? 그렇게 손가락질하며 마음을 들여다보는 아내의 시선에 둘러싸이면, 과연 이러는 게 내 본심인지 허위인지 알 수 없어져 결국 독약을 들이켜고 죽는 것이 내 인생의 적당한 결말 같았다.

누군가 집에 오면 아이들이 떠들썩해진다. 이는 넘치는 기쁨을 숨길 수 없어서인데, 외부인 덕분에 아내가 정신의 긴장을 유지해 발작을 일으키지 않을지도 모르기 때문이다. 그래서 나나 아이들은 손님이 와 있는 동안은 마음이 편했다. 「전투의 공포戰いへのおびえ」를 틈틈이 써가며, 일주일에 두 번 야간 고등학교로 출근하는 날은 이른 저녁을 먹은 뒤 문을 잠가놓고 온 가족이 외출했다. 아이들이 하르방 집이라 부르는 아내의 숙부 댁에 일단 아내와 아이들을 맡겨놓은 뒤 학교에 가서 수업을 마치고 다시 숙부 댁으로 돌아가 가족들을 데리고 나왔다. 그리고 혹시나 전철에서 아내가 발작할까 노심초사하며 밤늦게 피곤한 몸을 이끌고 귀가하는 일을 반복했다. 소설이 거의 끝나갈 무렵에는 수중에 현금이 떨어지는 바람에 팔릴 것 같은 책 몇 권을 골라 가슴에 안고 아내와 함께 철로 건너 북쪽 길가에 있는 헌책방에 가서 2백 엔을 받았다. 금액도 얼마 안 되는 데다가 혹시라도 예전에 책 판 돈을 주머니에 넣고 여자 집에 갔던 기억이 일깨워지면 아내의 얼굴이 흙빛으로 변할 테니 나는 가급적 다른 곳으로 화제를 돌렸다. 집에 돌아왔더니 숙부의 딸인 사촌 준코가 와 있었다. 선물을 받은 신이치와 마야는 신이 나서 들썩였다. 얼굴이 둥글고 건강해 보이는 준코는 소싯적 아내와 닮았는데, 평소에도 그녀가 오면 집 안 분위기

가 밝아졌지만 오늘 방문은 그야말로 어두운 밤을 밝혀주는 등불 같았다.

"오늘 우리 집에서 자고 가면 어떨까? 신이치와 마야 좀 봐, 좋아서 어쩔 줄 모르잖아. 미호 언니도 요즘 고향 섬을 그리워하는데 준코가 활력을 주는 것 같아서."

나도 모르게 그런 말이 나왔다. 상태가 안 좋던 아내도 준코를 보고는 금방 얼굴에 그늘이 사라지더니 반가운 기색을 보이며 예전에 집안일을 부지런히 하던 시절로 돌아간 것처럼 부엌에 가서 바삐 음식 준비를 하는데, 발작의 흔적은 온데간데없다. 잠시 후 오전 우편물이 배달되었다. 그 안에는 목수가 울타리를 수리하러 왔을 때 썼던 단편소설 원고료 1만 엔이 현금서류로 끼여 있어 기쁨은 배가 되었다. 아내도 활기가 되살아난 듯한 목소리로 말했다.

"준코가 오니 갑자기 우리 집이 밝아졌어. 이것 봐, 아빠 원고료까지 들어왔잖아. 사실 우리 오늘 좀 아슬아슬했거든. 하지만 이게 들어왔으니 이젠 괜찮아. 맛있는 거 먹자. 오늘 밤은 자고 가, 그럴 거지?"

"그래볼까? 그럼 신나게 먹어보자."

준코도 농담을 했다. 한동안 잊고 있던 일상이 집 안을 가득 채운 듯해 눈물이 글썽거린다. 아내가 준코와 얼른 시장에 다녀오겠다고 하자 시끌벅적 따라 나가는 아이들을 보니 참 오랜만에 불안한 감정 없이 아내를 밖에 내보낸다는 생각이 들었다. 좋은 조짐이건 아니건 소식은 한꺼번에 몰려오는지 모두들 즐겁게 점심을 먹고 있는데 방송국에서 일하는 친구 B에게 전보가 왔다. 같은 그룹 소속인 친구 C와 함께 대담에 초대한다는 내용이다. B와 C의 작품들은 요즘 한창 세간에서 좋은 평가를 받고 있다. 아내는 아무 근심 없는 목소리로 말했다.

"아빠, 가봐요. 우린 준코가 함께 있어서 괜찮으니 다녀와요. 그러면 또 돈이 생길 테니."

전에도 그런 말을 듣고 외출했다가 아내가 없어져 밤새 불안에 떨었다. 그게 불과 얼마 전 일인데도 또 나가기를 바란다니 신기할 따름이다.

결국 4시 약속에 맞춰 전철을 타고 도심의 방송국으로 향했다. 준코가 함께 있어 안심이라고 했지만 아내 곁을 떠나자마자 여지없이 불안이 싹트고 점점 부풀어 오르더니 주위를 맴돈다. 사람들이 집 밖을 혼자 돌아다니는 모습이 이상해 보이고, 그러면 불안하지 않을까 의아했다. 지금 나도 혼자이긴 하지만 되도록 짧은 시간 내에 필요한 일을 마치려 기를 쓰고 있다. 혼자 바깥을 돌아다니는 것은 일시적인 변칙일 뿐이다. 불과 한 달 전만 해도 아무런 불안 없이 가고 싶은 곳에 가고, 자고 싶은 곳에서 잤다는 사실이 믿기지 않았다. 그런 세상이 존재하고 그곳에는 자유도 있을 테지만 거기로 다시 돌아갈 수 있을 거라는 기대는 접었다. 그곳에서는 방향키를 잡을 수 없기에 유열愉悅이 손짓하는 듯한 착각에 빠지겠지만 거기에 다시 발을 들여놓는다고 생각하니 이상하게 고통스러웠다. 그런데도 밖에 나오니 빽빽한 건물이나 왕래하는 사람들, 소리, 공기, 냄새, 전등 같은 것이 모두 뒷짐을 진 채 유혹의 곤충망을 숨기고 나를 잡겠다는 일념으로 살금살금 다가오는 바람에 나는 취한 것처럼 머릿속이 혼란스러워졌다. 빌딩 엘리베이터 안에는 화장품 냄새가 코를 찔렀고, 문이 열려 밖으로 나오니 인공조명으로 밝게 장식된 복도가 길게 뻗어 있다. 왜 아무 소리도 안 날까, 얼핏 그런 생각을 하면서 안내 데스크로 가서 B의 이름을 말한 뒤 그가 나오기를 기다렸다. 구석에 있는 소파에 앉으니 몸이 푹 꺼지면서, 그럴 리는 없겠지만 무릎이 귀까지 올라온 듯했고 앞에 지나가는 사람의 허리가 내 눈보다 높아 보인다.

"갑자기 불러내서 미안하네. 마침 적당한 기획이 생겨서 자네와 C에게 대담을 부탁하면 되겠다 싶었지. 테마는, 그렇지, 글쓰기와 소설에 관한 거야. 자네가 이야기를 끌어내는 역할을 맡아줬으면 하는데, 괜찮지? 가급적이면 어려운 말은 사용하지 말아주게. 주부들이 많이 보는 시간이니까. 시간은 15분. C도 곧 올 걸세. 방금 전화 왔어."

앉아 있던 내 앞으로 낯익은 B의 얼굴이 다가와 그렇게 말했다. 내가 그의 말을 얼마나 정확히 알아들었는지 미심쩍었다. 아까 그 불안이 꽤 많이 부풀어 있다. B는 아침부터 저녁까지, 때로는 늦은 밤까지 가정을 떠나 혼자 여기서 일한다. 학교 선생인 C 역시 아내나 아이들을 근무처로 데리고 다니지는 않을 것이다. 그 사실이 나를 압박해 머릿속이 혼란스러워진 탓에 글쓰기와 소설이라는 주제에 대해 뭐라고 떠들어야 할지 더욱 감이 잡히지 않았다. 얼빠진 것처럼 말없이 있었더니 B가 옆에 앉아 얼굴을 바짝 대고 말했다.

"그래서 그 후론 어때? 자네 부인 상태 말이야. 자네도 힘들 텐데, 괜찮은가?"

"처음만큼은 아니야. 하지만 완전히 좋아진 것도 아니고. 오늘은 아내의 사촌이 놀러 와서 나올 수 있었던 거지."

대답은 그렇게 했지만 줄곧 집안일이 마음에 걸렸던 참에 그 말을 하고 나니 갑자기 위구심危懼心이 현실성을 띠는 듯하다. 준코가 오늘 자고 간다고는 했지만 마음이 변해 자기 집에 가서 편하게 자겠다며 돌아갈 수도 있는데, 그러고 나면 아내는 외출에서 돌아오지 않는 남편을 기다리던 무수한 밤들이 떠올라 두 아이를 집에 놔둔 채 밖으로 나가 에도가와강과 전철 철로 부근을 헤매고 다닐지도 모른다.

잠시 후 C가 도착했다. 녹음실에 들어가니 귀가 먹먹해져 큰 유리창 너머에서 손짓하며 칠판에 글씨를 써서 신호를 보내는 B에게 다 그만두자고 소리치고 싶었다. 마이크가 단죄기斷罪器처럼 놓여 있는 테이블을 앞에 두고 C와 마주 앉으니 그가 난생처음 보는, 속을 알 수 없는 로봇처럼 느껴져 마치 내 발언을 묵살하기 위해 벼르고 있는 듯했다. 유리창 너머로 B의 커다란 동작이 눈에 들어왔는데, 이제 시작하라는 의미일 것이다. 입을 떼려는 순간 허무감이 엄습해 적당한 말을 찾지 못하고 애태우던 중, C의 침 넘기는 소리가 작지만 확실히 들렸다. 이 친구도 지금 엄청나게 긴장하고 있다고 생각하니 갑자기 열이 내렸고, 요전에도 비판받을까 두려워했으나 결과적으로 제 몫을 했던 기억이 떠올라 겨우 혀가 풀렸다. 내가 두세 마디 하니 자기주장이 뚜렷한 C가 곧바로 반대 의견으로 맞받아쳤는데, 걱정과 달리 이야기는 막히지 않았고 정해진 시간은 어느덧 훌쩍 지나 있었다. 상대의 의견을 잘 듣지도 않은 채 각자 자기 하고 싶은 말만 쏟아내는 식으로 대화하다가 녹음이 중단되었기에 내 안에 억눌러둔 수다는 발동이 걸려 멈추지 않는다.

퇴근 준비를 마치고 나온 B에게 출연료 봉투를 받아 든 뒤, 어느 틈엔가 밤 치장을 마친 거리로 함께 나왔다. 고가 부근에는 술을 마실 수 있는 가게가 셀 수 없이 많아 낮과는 유혹의 차원이 달랐고, 나도 덩달아 죄를 저질러볼까 망설이는 셈이라 흥분이 가라앉지 않았다. B와 C는 뭔가 앞다퉈 할 이야기가 있는지 약속이라도 한 것처럼 단골 술집의 포렴을 젖혔다.

"오늘 밤은 내가 계산하기로 한 것 같은데."

C가 B는 알 거라는 투로 말했는데, B가 조금만 있다 가라고 권해 거부할 수 없었다. 아내의 허락 없이는 오늘 밤에 받은 출연료를 단돈 1엔도 쓰면 안 된다. 용무가 끝나면 바로 아내 곁으로 돌아가야지 안 그러면 위험하다. 머릿속에는 온통 그런 걱정뿐이라 이야기가 제대로 들릴 리 없었다. 그들의 대화나 행동에 끼지 못하니 소외감이 들어 재미없기도 했고, 그동안 이 친구들도 내게 염증을 느껴 관계가 소원해졌을 거라 생각하니 더 이상 두 사람을 방해하면 안 될 것 같아 먼저 돌아가겠다고 말했다.

"나도 곧 갈 건데."

B는 그렇게 말하며 마음에 걸리는 기색을 보였지만, C의 눈은 네가 그런들 나와 무슨 상관이냐고 말하는 듯했다. 대담 중에 무슨 말을 했는지 기억나지 않지만, 내가 뭔가 잘못을 저지

른 듯한 기분이 들었다. 한동안 술을 입에 대지 않았더니 고작 다섯 잔에 취기가 돌았고, 이렇게 잠시 취해 있는 동안 집에서는 돌이킬 수 없는 사건이 벌어졌을지 모른다는 낯익은 체념이 나를 물고 늘어졌다. 정말 10분만 있을 생각으로 들어왔는데 어느새 한 시간은 지난 듯하다. 역시 술집에 따라간 것이 실수다. 내가 마신 다섯 잔 값을 C가 낸다고 생각하니 마음이 무거웠다. 하지만 오늘 출연한 대담도, 아내가 발작하지 않는 틈에 겨우 끝마친 단편소설도, 다 친구가 호의를 베풀어준 덕분이라고 생각하니 끝없이 수동적인 자세가 되어 마음이 나약해진다.

거리로 나와 고가 플랫폼에서 전철을 기다리는데 주위의 빌딩들이 즐비하게 늘어서서 밤하늘에 도전하는 듯하다. 빌딩 실내에서 비추는 조명과 외부에서 점멸하는 광고 네온사인이 건물 사이사이의 골목에서 왁자지껄 들끓는 음파와 조화를 이뤄, 장대하지만 유혹의 공허함도 느껴지는 형식의 음악을 연주하는 듯했다. 그 울림 사이사이에 전광판 뉴스는 가로로 띄엄띄엄 글자를 흘려보내며 화재나 사고, 살인 발생 소식 등을 전달했다. 그걸 읽다 보니 문득 세계의 종말을 예고하는 문구가 딱 한 번 몰래 끼어든 듯했는데, 그렇게 공공연히 보여주는데도 모두들 그냥 지나치고 나 혼자만 그걸 읽은 것 같아 두려웠다.

취기가 가시지 않은 채 집에 들어가면 추레해 보일 것 같다. 겨우 다섯 잔밖에 안 마셨지만 술이 원망스럽다. 술이 깰 때쯤 후회해봤자 마시기 전의 상태로 돌아갈 수 있는 것도 아니고, 기를 쓰고 귀가하는 의미도 없을 듯하다. 심호흡을 해서 취기를 몸 밖으로 쫓아내려는데 전철이 생각보다 빨리 고이와역에 도착했다. 고이와역을 지날 때면 명치 언저리가 움츠러들고 습관처럼 불안에 시달린다. 흥분을 가라앉히며 과선교 계단과 개찰구, 역 앞 광장, 세 갈래로 뻗은 상점가 입구, 영화관 옆 골목, 자전거 거치대, 골목 안의 모퉁이를 정신없이 지나 최근 교체한 판자 울타리가 보이는 곳에 다다라야 겨우 한시름 놓을 수 있다. 늘 우리 집이 홀연히 사라졌을지 모른다는 생각에 사로잡히므로 집이 보여야 비로소 그 안에 들어갈 마음의 준비를 할 수 있다. 설령 안에 무슨 변고가 생겼더라도 밖에서 보이는 집의 윤곽이 그대로면 마음이 차분해진다. 집 안에 전등이 켜져 있는 것 같아 한결 편안한 기분으로 문 앞에 가보니 그건 가로등과 맞은편 집에서 반사된 빛일 뿐 집 안은 캄캄했다. 반사적으로 심장박동이 빨라져 여벌 열쇠로 급히 문을 열고 들어갔더니 집 안은 묘지처럼 조용하고 다마조차 기척이 없다. 하지만 평소 외출했을 때와는 달리 준코가 와 있으니 아직은 여유가 있다. 밥상에 정강이를 부딪쳐가며 전등 스위치를 켰는데, 아내가 광고 전단지 뒤에 큰 글씨로 흘려 써놓은 편지가 밥상 위에 놓여 있어 얼른 읽어봤다. "아이들을 데리고 준코랑 도네利根 극장에 가요. 「셰인」을 볼 거예요. 걱정 말아요. 일찍 들어오면 이리로 오세요. 부탁해요. 가장 사랑하는 사람에게, 미호." 그렇게 적혀 있기에 나는 다시 문을 잠가놓고 방금 지나온 길을 역행하는데, 아직 취기가 남긴 했으나 다행히도 얼큰하게 취한 모습을 들키지 않았다는 생각에 휘파람까지 불어가며 걸음을 재촉했다. 전철 선로 북쪽으로 넘어가는 건널목

옆 영화관에 도착해 어두운 장내로 들어가니, 미국 서부의 광활한 벌판에 세워진 허름한 이주 농가에서 기운 옷을 입은 여주인공이 마당 가득 빨래를 너는 장면이 보였다. 관객이 적어 앞쪽에서 네 사람이 고개를 젖히고 화면에 몰입해 있는 뒷모습이 금세 눈에 띄었는데, 가운데 아이들을 앉히고 아내와 준코가 양옆에 앉아 있다. 이미 본 영화인 데다 마침 내가 좋아하는 장면이었다. 아마 투박하고 가난한 생활 속에서도 여주인공이 솔직담백한 마음 씀씀이를 보여줘 감동했는지도 모른다. 또한 여주인공의 질끈 묶은 머리 모양도 인상적이었는데 '와이오밍 폭포'라는 헤어스타일로 유행했다고 들었다. 전에 이 영화를 본 뒤 아내에게 무슨 이야기를 했더라. 내가 이 영화를 누구와 봤는지 아내가 의심하면 과거의 위험한 기억들과 연결되고 의문이 속출해 밤새도록 재앙의 실마리를 끄집어낼지 모른다. 아직도 술 냄새가 나는지 걱정하며 마야를 내 무릎에 앉히고 아내 옆에 앉았더니 아내는 마야를 자신의 무릎에 앉혔다. 아내가 발작을 일으킬 때는 그런 행동을 하지 않았지만 그래도 신경 쓰여 자주 동정을 살폈다. 다행히 침울해진 기색은 없다. 시선을 느낀 아내가 나를 돌아보며 미소를 지었는데 아무래도 준코가 옆에 있기 때문인 듯하다. 비록 오늘 밤은 일상을 되찾았지만 그건 일시적인 평온일 뿐, 손님이 돌아가면 다시 발작이 끊이지 않는 비정상적인 시간에 주리를 틀릴 수밖에 없다.

다음 날 아침, 길을 쓸면서 어느 집 라디오에서 흘러나오는 바이올린 연주를 듣다 보니 문득 아내가 내 친구들을 찾아가 확인했다며 여자와 내 관계에 대한 소문이나 험담, 조롱 같은 것을 속속들이 들려준 기억이 떠올랐다. 그때의 너덜너덜한 심정이 떠올라 몸이 화끈거렸으나 멜로디를 듣다 보니 차라리 사람들이 비웃는다는 걸 확실히 알게 된 지금이 더 적절한 상황인 것 같아 마음이 가라앉았다.

아내는 준코와 함께 빵을 사러 갔으니 아침까지는 평온한 시간이 지속될 것이다. 아침 식사를 하려고 작은방에 차려진 밥상에 둘러앉았는데, 발작만 없으면 이렇게 화기애애하게 식사할 수 있다고 생각하자 눈물이 핑 돈다. 손님이 있는 동안은 발작의 기미를 보이지 않는 아내의 정신 구조를 도저히 이해할 수 없다.

지금 당장 「전투의 공포」를 퇴고해서 보내고 싶지만 준코가 와서 마음이 느슨해졌는지 갑자기 피로가 몰려와 서재 침대에 누웠다. 일요일이라 아침부터 옆집 중학생의 친구들이 몰려와 싸우는 듯한 말투로 팽이놀이를 하는 소리가 바로 마루 밑에서 쿵쾅거리는 것처럼 크게 들렸다. 몹시 짜증이 났으나 어느새 스르르 잠들었다.

아스팔트 길이 끝없이 펼쳐져 있고 사람들이 여럿 걸어간다. 아는 얼굴이 보여 어디 가느냐고 물어도 외면하며 대답하지 않는다. 조야한 흰 블라우스와 찢어진 스커트 차림에 와이오밍 폭포 헤어스타일을 한 아내가 사람들 틈에 숨어 나를 돌아본다. 증오에 찬 눈빛으로 나를 보더니 그냥 내버려두고 바삐 걸어간다. 미호! 이름을 부르며 쫓아가니 아내가 뛴다. 나도 얼른 뒤따라가 아내의 스커트를 움켜쥐었더니 아내가 차갑게 말했다. 새삼스럽게 왜 이제 붙잡는 거죠? 내 손을 뿌리친 아내는 사람들의 행렬에 휩쓸려 에스컬레이터를 탄 것처럼 점점 멀어지더니 더 이상 보이지 않는다. 자네는 비겁한 사람이야. 이 그룹 저 그룹 할 것 없이 친구들이 한결같이 입을 삐죽이며 퉁명스럽게 말하고는 나만 혼자 남겨두고 떠난다. 그냥 있으면 모두에게 버림받을 것 같다. 기다려봐! 대체 내 어떤 점이 싫은 건데! 그렇게 소리치며 잠을 깼다. 내가 지금까지 어디에서 자고 있었는지조차 금방 떠오르지 않았다. 꿈속의 혼돈 상태를 가라앉히기 위해 머리를 갸웃한 채 생각에 집중했더니 그제야 골목과 새로 교체한 판자 울타리, 그리고 가네코네 마당의 문이 차례로 보인다. 시계를 보니 벌써 3시가 넘었다. 큰일 났다! 기계인형처럼 벌떡 일어나 안방과 부엌을 살펴보니 아내와 아이들이 없다. 당황해서 현관에 가보니 아내가 구석에 쪼그리고 앉아 구두를 닦고 있다.

"아, 깜짝 놀랐어. 어디 간 줄 알았잖아."

내가 한숨 돌리는데도 아내는 말없이 나와 아이들의 신발을 닦을 뿐이다. 아무래도 상태가 안 좋은 것 같아 간담이 서늘했지만 스스로 다독이며 아내에게 물었다.

"준코는?"

"아까 돌아갔죠."

퉁명스러운 대답이 돌아왔다.

폭포수는 결국 용소龍沼로 떨어질 테지만 나는 조금이라도 앞으로 나아가려고 허우적거렸다. 그럴 때는 서로 대화하지 않는 편이 나아서 내 방에 돌아가 「전투의 공포」를 퇴고했다. 작업에 진척이 없이 계속 같은 행만 맴돌고 있는데 서재 맹장지 쪽으로 살며시 다가온 마야가 농담처럼 말한다.

"엄마, 어디 가버렸어. 그래도 돼?"

헐레벌떡 현관에 가보니 아내가 없다. 구두는 가지런했다. 황급히 게다를 끌고 뛰쳐나와 큰길에 나가보니 아내가 장바구니를 들고 걸어가고 있었다. 나는 얼른 뒤따라가 말을 걸었다.

"시장에 가는 거였으면, 말을 하지."

"당신은 일하고 있었잖아요. 일 좀 하고 싶다면서요. 나도 가끔 자유롭게 혼자 걷고 싶으니까."

아내는 미간을 찌푸리며 말했다.

"요즘은 혼자 내보내면 걱정되니까."

"난 안 그래요. 당신과 다니는 게 지겹다고."

"그건 어쩔 수 없지만, 혼자서는 안 돼."

"이제 와서 왜 자꾸 내게 달라붙는 거예요? 당신은 거짓말을 했잖아요. 내가 좀 다그쳤다고 갑자기 그렇게 변한 거예요?"

"……"

"좀 떨어져서 걸어요. 당신이 날 달래듯 다정하게 말해도 전혀 미덥지 않으니까. 아무리 충정을 바치는 척해도 난 믿을 수 없어요. 당신, 정말 간사해."

그 말을 들으니 내 얼굴이 간사해지고 거무죽죽한 추악함으로 뒤덮이는 것 같다.

자반고등어를 사서 돌아올 때는 아까와 달리 아내가 아무 말도 하지 않았다. 뒤편 철공장 골목을 통해 집에 들어가 곤로 불을 켜고 저녁 준비를 하자니, 아내가 언제 발작할지 몰라 전전긍긍하는 시간을 견디기 힘들었다. 머리가 이상해졌는지 어차피 발작을 피할 수 없다면 빨리 해치웠으면 좋겠다는 생각이 들었다. 아내가 갑자기 비명을 지르며 쌀을 엎거나 그릇을 던질지 모른다고 생각하자 차라리 내가 선수를 치고 싶어 좀이 쑤시는 통에 공장 기계의 진동이 끊이지 않는 골목으로 나갔더니 아내가 불쑥 뒤를 돌아봤다. 잔혹하게 인형 머리를 들이댄 듯한 형상이라 내 심장은 요동을 쳤다.

"이봐, 대체 왜 날 못 잡아먹어 안달이야. 내가 뭘 어쨌다고."

아내는 울상이 된 나를 보고도 안색을 바꾸지 않았다.

"난 당신을 잡아먹으려 한 적 없어요. 나 자신이 싫은 거지. 다만 결심이 서지 않았을 뿐이에요."

"정말 아직도 석연치 않은 게 있어? 그래서 그렇게 어두운 얼굴을 하고 있는 거야? 그런 거야? 그런 식으로 서서히 주리를 틀 것처럼 말하지 마. 괴롭히고 싶으면 단번에 끝내. 벌을 내리든 죽이든 하라고. 나는 당신한테 완전히 항복했잖아! 내가 보잘것없는 인간이라는 걸 이젠 확실히 안다고. 나는 이제부터라도 당신과 아이들을 보호하며 평범하게 생활하길 바라는 거야. 지금 당장이야 힘들겠지만 한 10년 정도면 가능하지 않을까. 그때까지 지난 10년간 당신한테 심어준 불신을 조금씩이라도 줄여나갈 작정이라고. 알아, 아이들이 나를 어떤 눈으로 보는지. 앞으로 내 태도를 바꾸면서 해결할 거야. 하지만 당신이 그렇게 어두운 얼굴로 내 과거 행동을 파헤치면 어쩔 수 없어. 온 식구가 동반자살이라도 해야지 별수 없잖아."

"당신, 요즘 부쩍 날 협박하는 말을 하네요. 스스로 속죄할 생각은 안 하고 온 식구가 동반자살을 하자고요? 게다가 아이들까지 끌어들여요? 그런 부끄러운 말을 하다니 제정신이 아니네."

"그런 게 야냐, 그건 이를테면 말이지…… 아냐, 됐어……"

"되긴 뭐가 돼요."

"그건 됐고, 아직도 궁금한 게 있는 거야?"

"하나 있어요."

"어떤 건데?"

"당신이 일기에 엠이라고 쓴 건 누구예요?"

느닷없이 그런 질문을 받으니 기억이 나지 않는다.

"그거 엠이라는 글자잖아요. 나도 그 정도는 읽을 수 있어요. 소문자로 작게 끄적거려놓았던데. 카페에도 같이 갔나 본데 누구예요, 그 사람?"

강요에 못 이겨 과거에 관계했던 여자를 한 명씩 기억해봤다. 망각의 오수를 휘저으니 몇몇 얼굴이 떠올랐다. 내가 어떤 입장이든 그 여자들과 관계했다는 사실이 없어지지 않을 텐데 지금 와서 무리하게 현실로 소환해내면 내 마음속에서 각기 자신의 존재를 주장한다는 걸 정말 모른단 말인가.

"이런 곳에 서서 이야기할 수 없으니 집에 들어가지."

우리는 집에 들어가 안방 장롱 앞에 앉았다. 아내에게 한바탕 닦달당하는 건 피할 수 없을 것 같다. 한 사람씩 이름을 대고 어느 정도 관계인지를 털어놓으라고 해서 나는 할 수 없이 학생 시절까지 다 따져보다가 결국 정신 줄을 놓고 소리치며 다다미 바닥을 뒹굴었다. 오른손 새끼손가락이 어딘가에 긁혀 피가 났지만 아내는 못 본 척했다.

밖이 어두워지자 아이들도 주뼛주뼛 집에 들어와 작은방에서 조용히 지켜보다가 우리가 잠시 다툼을 멈추자 배고픔을 호소했다. 아내는 부엌으로 가서 우리가 싸우는 동안 불길이 잘 살아난 숯불에 고등어를 구워 간단히 상을 차렸다. 나는 맥이 풀려 큰방 다다미 바닥에 드러누워 천장을 바라보고 있는데 고등어 굽는 냄새가 솔솔 흘러 들어왔다. 홀연 어느 변두리 가정의 한가로운 저녁 식사 광경이 떠올라 손만 뻗으면 그 행복을 잡을 수 있을 것 같았지만 뭐가 가로막고 있는지 도통 잡히지 않는다.

"당신, 밥 먹을 거예요?"

아내의 목소리가 들렸지만 나는 대답하지 않았다.

"당신이 안 먹으면 나도 안 먹을 거니까."

아내가 혼잣말하듯 말하기에 마지못해 승낙하듯 일어섰다. 밥상 앞에 앉았더니 마치 흉물 보듯 내 얼굴을 쏘아보는 신이치와 마야의 시선이 옆에서 느껴졌다. 식사를 마칠 때까지 모두 한마디도 하지 않았다.

아이들을 재운 뒤에도 응어리는 풀리지 않았다. 우리는 밥상 앞에 마주 앉아 계속 알맹이 없는 대화를 해야 했다. 아내는 그 끝에 당신이 과거에 얼마나 추잡한 생활을 했는지 대충 예상했지만 그 정도일 줄은 몰랐다고 말한다. 그래서 나는 이미 여러 번 말한 것처럼 지나간 과거를 말한들 아무 소용이 없고, 미래에 대한 희망이 없다면 별수 없으니 헤어지자는 말을 하고 만다. 자연히 감정은 격해졌다.

"얼마나 괴롭히면 만족하겠어? 나는 더 이상 못 참겠어. 헤어질 거면 헤어진다고 확실히 말해."

나는 넘어뜨릴 것처럼 어깨를 세게 눌러 아내를 앉혔다. 아내는 눈물을 흘렸다.

"나도 그런 생각을 하던 참이에요. 내가 마야를 데리고 갈게요. 하지만 이조차 당신을 위한 거예요. 난 정신이 좀 이상해졌나 봐요. 이런저런 일들, 이해는 하는데 순간 나도 모르게 당신을 괴롭히게 돼요. 난 예전으로 돌아갈 수 있을지 자신이 없어요. 당신, 솔직히 내 몸에 흥미를 못 느끼죠?"

그 말끝에 아내는 틀림없이 내가 자신과 아이들을 호적에서 파버릴 거라고 의심했다. 그리고 나를 따라오기 위해 파혼한 약혼자 이야기를 꺼내더니, 자신을 열렬히 사랑했던 마사아키 씨와 만나 "당신과 함께 살았더라면 행복했을 거예요"라고 고백하며 울고 싶다고 했다. 신이치가 몇 번이나 변소를 들락날락하는 소리는 피부가 따가울 정도로 울려 퍼졌다. 잠시 후 또 일부러 부스럭거리며 일어난 신이치가 지나가며 말했다.

"아빠, 이제 그만해."

하지만 아내가 끝을 내야 자리에서 물러날 수 있다.

그날 밤 12시쯤, 내가 한지에 붓글씨로 아내와 아이들에게 충성한다는 다짐을 쓰고 몇 번이나 맹세한 뒤에야 겨우 아내가 마음을 고쳐먹고 서재 책상 옆에 이불을 깔고 잤다. 나는 「전투의 공포」를 정서해야 한다. 피곤했는지 아내는 금세 쌔근거리며 잤는데, 그 소리를 들으니 말로 표현할 수 없는 조화가 몸 안에 축적되어 아내가 하는 말이라면 어떤 요구든 거스르지 말고 따라야 할 것 같고, 그런 생각에 사로잡히니 아내의 말과 행동에 일일이 반응하며 소란을 피우는 내가 원망스러워 견딜 수 없다.

정서 도중 배가 고파 부엌 찬장을 뒤지다가 가계부가 든 서랍에서 메모를 발견했다. 처음 내용을 봤을 때는 한 방 크게 맞은 듯해 표정이 경직되고 안색이 창백해졌지만, 잠시 후 종이쪽지를 쥐고 마룻귀틀에 앉아 소리 죽여 웃고 말았다.

내가 사랑했던 것은 대체 무엇일까. 사랑받지 못하는 것은, 그저 버려지 취급을 당하는 것은. 나는 마음을 갖지 못해 인간으로서 아무 가치도 없다. 마음, 소중한 진심을 갖지 못해 지금까지 버려지나 다름없는 취급을 당했다. 돈이 생기면 돈만 갖다주면 되는 줄 안다. 그러면 내 마음은, 내 육신은, 평생토록, 살아 있는 시체였나, 버려지였나.
　모든 것은 끝이 있지, 아아 그것을
　밤마다 꿈꾼다네.
　사랑이여, 희망이여, 기쁨이여,
　빛이 비추질 않네, 내가 가는 곳에는.

다음 날 오후, 아내와 아이들을 데리고 전철을 탔다. 정서한 「전투의 공포」를 들고 도심에 있는 편집부를 찾아간 것이다. 바로 원고료를 줄지 모른다고 기대했으나 받지 못해 다시 전철을 타고 빈손으로 돌아왔다. 편집부는 관청가에 있었다. 편지 봉투에 적힌 주소를 보고 길을 찾아가는데, 한 빌딩에서 다음 빌딩으로 이동하려 해도 넓은 찻길을 건넌 뒤 길게 늘어선 건물들 사이의 골짜기 같은 도로를 한참 걸어야 했다. 잘 걷지 못하는 아이들을 데리고 다니느라 피로가 더 심하게 엄습했다. 버스 노선이 헛갈려 오래 기다리거나 역 구내의 계단을 오르락내리락해야 했고, 걷지 못하는 마야를 중간중간 등에 업고는 심통이 난 신이치의 손을 잡고 걷다 보니 나도 녹초가 되었다. 아내는 미간을 찌푸린 채 시종일관 어두운 표정이었고, 밖에 나오자 다리가 풀려 마흔 넘은 여자를 보면 시선을 떼지 못하고 좇아갔는데, 밖에서 그런 모습을 보면 집에서 심하게 다툴 때보다 앞날에 대한 희망을 더 잃게 되고 다시금 눈앞에 '독약을 들이켜다'라는 글자가 짙게 아른거린다. 아니, 그보다는 단도 말고 커다란 식칼로 '할복'하는 건 어떨까 생각해본다. 평소 할복에 대한 반감이 있어 불가능할 줄 알았지만 지금은 차라리 칼을 쓰는 것이 깨끗한 결말처럼 여겨진다. 꼴사나운 임종의 현장에 흩뿌려지는 핏방울이 내 추악함을 어느 정도 씻어줄 것 같은 기분이 들면서도 한편으로는 내가 과연 할 수 있을까, 할 수 있을까, 몇 번이고 질문을 던져보게 되는데, 당장 독을 베어 두 쪽 내는 쾌감까지 느껴져 할 수 있을지도 모른다는 생각이 들었다. 돌아오는 전철에서 아내는 선잠을 잤다. 고이와역에 도착하자 아내의 기색이 밝아진 것 같아 시장에 들러 '하짱네 가게'에 갔다.

"어머, 오늘은 온 식구가 출동하셨네요. 즐거우셨겠어요."

식료품점 여주인의 말에 아내는 부활한 것처럼 설탕을 받아

들었다. 그리고 다른 가게에도 들러 자반고등어와 사과, 무청, 요구르트 등을 사서 집으로 돌아갔다.

별 탈 없이 저녁 식사를 끝낸 뒤 아내는 아까 산 요구르트를 분유로 만든 우유에 섞어 빈 맥주병 세 개에 나누어 담고 나서 고향 섬의 노래를 부르며 요구르트 발효가 잘되도록 병을 낡은 헝겊과 모포로 감쌌다. 예전에는 위가 약한 내게 좋다며 집에서 요구르트를 만들곤 했는데, 그 생각이 떠오른 걸 보니 아내가 예전 상태로 돌아갔을지 모른다는 기대가 생겼다. 피로도 누적되었으니 오늘 밤 푹 자면 기분이 풀리지 않을까 생각하는데 돌연 부엌에서 뭔가를 바닥에 내동댕이치는 소리가 들렸다.

"부리나케 부애가 나."

얼른 뛰어가보았더니 갑자기 흥분된다며 반쯤은 고향 사투리를 섞어 말하고는 머리가 지끈지끈 쑤시니 손가락으로 좀 눌러달라고 한다. 아내 말대로 했더니 다행히 통증이 가라앉아 그날 밤은 일찌감치 잠들었다.

다음 날, 날씨가 갑자기 나빠지더니 하루 종일 찬바람이 불었다. 마음뿐 아니라 몸도 움츠러들었는데, 초겨울인데도 벌써 이러니 다가오는 겨울을 어떻게 보낼지 막막하다. 더구나 신이치와 마야는 기침까지 했다. 천식 증상이 있는 신이치는 기침이 빨리 멎지 않으면 또 고통스러운 발작을 일으킬 수도 있다.

아침에 이불 속에서 아내가 먼저 다가오던 중 갑자기 등을 획 돌렸다. 나는 암담한 기분으로 자리에서 일어나 밖에 나갔더니 문 앞의 웅덩이에 수북이 쌓인 휴지 조각들이 바람에 날

142

려 작은 소용돌이를 일으켰다. 대나무 빗자루로 골목을 쓸고 있으니 아내가 밝은 표정으로 다가오기에 일단 한시름 놓으며 아침밥을 함께 지었다. 찬 공기가 피부에 스미는 것 같아 스웨터가 그립다고 했더니 아내가 꺼내다 줬다.

오전에 아내와 빵을 사러 나갔을 때는 바람이 꽤 잠잠해졌다. 아내가 함께 걷지 않으려고 걸음을 재촉하기에 또 시작인가 싶어 뒤따라가면서 물었다.

"무슨 일 있어?"

"당신, 요즘 자꾸 거짓말을 하잖아요."

그 말을 납득할 수 없었다.

"전에는 거짓말도 했지. 하지만 당신한테 하나하나 지적당한 뒤로는 고치고 있잖아. 난 요즘 의식적으로는 거짓말한 적 없어."

"그럼 자기도 모르는 새 거짓말하나 보네요."

"그런 식으로 말하면 대답할 수 없잖아. 내가 무슨 거짓말을 했는지 구체적으로 말해줘."

"스스로 잘 생각해봐요."

"생각해보라니, 생각이 안 나니까 그러지. 무엇보다도 거짓말 때문에 당신이 날 얼마나 몰아세웠는지 몸서리쳐질 만큼 잘 아는데."

"정말 거짓말 안 했다고 맹세할 수 있어요?"

"당신이 맹세하라고 하면 그러지."

"그럼 맹세해요."

아내가 새끼손까락을 내밀기에 나도 오른손 새끼손가락을

걸었다.

"앞으로도 절대 거짓말하지 말기."

아내의 말에 그러겠다는 표시로 고개를 끄덕였더니 아내가 말한다.

"당신에게 물어보고 싶은 게 또 하나 생겼는데, 어쩌죠?"

"계속 하나만, 하나만이라니. 당신 궁금증은 끊이질 않네."

미처 마음의 준비도 못 했는데, 아내가 고개를 숙이고 묻는다.

"당신, 걔는 만족시켜줬어요?"

오늘 아침 일을 생각하니 불길한 예감이 들어 겁이 덜컥 났다.

"말해봐요, 만족시켜줬어요? 난 전혀 아니던데."

"……"

"어땠는지 말해봐요."

"그런 건 내가 모르지."

도망치고 싶은 마음을 억누르며 간신히 대답했다.

"거짓말! 거짓말하지 않겠다고 방금 맹세했으면서. 거봐, 거짓말쟁이잖아!"

아내가 큰소리를 내자 앞에 가던 장바구니를 든 여자가 불쾌한 표정으로 뒤돌아봤다.

"당신, 나랑 어땠는지 알 거 아니에요. 그런데 걔랑은 모른다니, 거짓말 말아요."

"모르는 걸 어떻게 해."

"또 시치미를 떼시네. 그럼 다른 여자랑은 어땠죠? 당신은 난잡한 인간이니까 이런저런 여자들 많이 알 거 아니에요."

"……"

"말해봐요."

"몰라."

"거짓말, 거짓말, 거짓말. 진짜 거짓말쟁이네."

자전거를 타고 가던 점퍼 차림의 청년이 우리를 돌아봤다. 우리는 빵집을 지나쳐 어느새 상점이 즐비한 큰길을 건너 집 반대쪽 외곽으로 가고 있었다. 같은 모양의 신축 주택들이 죽 늘어선 모습이 눈에 띄었다. 빠져나갈 수 없는 막다른 골목에 몰린 것처럼 옴짝달싹할 수 없었다.

"대답을 듣기 전에는 용서하지 않을 거예요."

"미호, 그건 아주 개인적인 거잖아. 그리고 난 그 정도로 냉정하지도 않아."

"거짓말. 왜 나한테만 말을 못 하는 건데요. 당신 이상한 책 많잖아요. 그건 다 어떻게 하고. 누구랑 연구했죠? 나하고는 그런 연구 못 하나 보죠? 다 알아요. 당신은 내 몸이 싫은 거잖아요. 그러니까 난 당신을 믿을 수 없는 거고. 숨기지 말고 사실대로 말해봐요. 뭐든지 당신이 내게 숨기는 거 못 참겠어요. 거짓말은 정말 지긋지긋하니까. 당신이 거짓말하는 버릇 고칠 때까지 난 절대로 당신을 용서하지 않을 거예요."

동네 외곽 쪽으로 왔나 보다. 더 이상 집들은 보이지 않고, 폭이 5미터 정도 되는 강이 흐른다. 다리 건너로는 시모코이와 下小岩 초등학교 분교 교문이 보이고, 별로 넓지 않은 운동장에서 아이들이 놀고 있었다.

"얼른 말해요. 정직하게 대답하면 이런 쩨쩨한 말싸움 같은 건 그만둘 테니. 사실대로 말하지 않으면 내가 마음을 정할 수 없으니까. 정말 말하지 않을 거예요?"

아내의 목소리는 점차 떨렸고, 얼굴은 고치를 만들기 전의 누에처럼 투명해졌다. 공포에 질려 나도 모르게 큰 소리로 외쳤다.

"아아아아악."

실성한 척하면 아내의 발작을 잠재울 수 있지 않을까. 마음 한구석에 그런 마음이 들어 정신 나간 사람처럼 냅다 소리를 지르니 저절로 감정이 북받쳐 나는 또 포효하는 사자처럼 소리를 질러댔다. 분교에서 놀던 두어 명의 아이들이 그 소리를 듣고 "어이" 하고 맞받아쳤다. 하지만 곧바로 분위기가 심상치 않은 걸 눈치챘는지 자기들끼리 어색하게 농담을 주고받으며 이쪽 낌새를 살피는데, 마치 의사소통이 불가능한 사물을 바라보는 눈길이다. 아무래도 이대로는 수습이 어려울 것 같아 강에 뛰어들 생각으로 강을 쳐다봤다. 흐름이 멈춘 얕은 강바닥에 검은 진흙이 층층이 가라앉은 걸 보니 뛰어들어봤자 허리춤 정도 잠길 깊이다. 나무토막이나 유리 파편이 보이니 가벼운 상처쯤은 입을 수 있겠다. 얼른 뛰어들라는 유혹의 손짓이 강렬해 강가로 다가갔다. 쾌감이 온몸으로 빠르게 퍼져 마치 누가 대나무 주걱으로 등을 긁어주는 듯했다. 상류 쪽에서 객차 여러 량이 연결된 전철이 경적을 울리며 지나가는 소리가 들려 흘깃 아내의 얼굴을 보니 불안에 떠는 모습이라 좀더 골탕을 먹이고 싶어지는 통에 다시 고함을 지르며 강변길을 따라 상류로 달렸더니 아내도 내 뒤를 쫓아 달려왔다. 길 한쪽에는 공영주택인지 같은 모양의 단층집들이 죽 늘어서 있었는데 사람이 보이지 않았다. 이런, 아무도 없으면 안 되는데. 속으로 그런 생각을 하며 뒤돌아보니 새파랗게 질린 아내가 고꾸라질 듯 뛰어온다. 나는 머리카락이 산발이 되도록 전력 질주했다. 그런 몰골은 내가 무엇을 시도하는지 아내에게 일깨우는 효과가 있었다. 급기야 아내가 소리쳤다.

"아빠, 안 돼요. 거기로 가면 안 돼!"

아빠! 그 호칭이 몹시 정겨웠다.

"잠깐만요, 아빠, 기다려요."

아내는 가쁜 숨을 내쉬며 뜨문뜨문 외쳤다.

이대로 내리 뛰다가 시간 맞춰 열차가 돌진해 오면 그냥 뛰어들어버릴까. 한쪽 귀에서는 뛰어들면 안 된다고 하고 다른 쪽 귀에서는 뛰어들라는 소리가 들린다. 어느 쪽이건 치욕적이라 심신의 힘이 다 빠졌지만, 나는 멈추지 않고 달렸다.

"거기로 가면 안 돼!"

멀리서 들리는 소리처럼 아내의 외침이 가냘프고 애잔했다.

"누가 좀 말려줘요. 저 사람 좀 붙잡아줘요."

마침내 아내가 울음을 터뜨렸다. 괜스레 가여운 마음이 들어 이쯤에서 그만둘까 생각했지만, 한편으로는 젠장, 죽는 게 대수인가 하는 마음도 든다. 결국 뛰어드는 건 한순간이다. 할 수 있을까, 할 수 있을까, 할 수 있을까, 끊임없이 나 자신을 부추겼다. 집들이 더 이상 보이지 않는다. 상류와 하류 쪽 철로가 한눈에 보이는 곳까지 온 것이다. 신설 방수로와 교차하는 곳에는 철교 공사를 하느라 땅을 파헤쳐놓은 공사장이 있는데 사람은 보이지 않는다. 재빨리 주위를 둘러봤지만 전철은 오지 않았다. 안도감과 실망감이 동시에 들어, 발이 걸린 척 철로 옆에 적재된 모래 위로 곤두박질쳤다. 생각보다 내 뒤에 바짝 다가와 있던 아내가 함께 쓰러지며 나를 꽉 붙들었다. 모래 산을 기어올라 철로 쪽으로 갈 작정이었지만 아내가 붙들어줘 정말 다행이다. 그러면서도 젠장, 이번에는 내 의지대로 뛰어들 수 있었는데, 하며 원망이 치미는 것이 우스웠다. 하지만 '기세'는 이미 냉담하게 뒷모습을 보인 채 내 추악한 저의만 수면에 떠오른 것 같아 스스로가 한없이 혐오스러울 따름이다. 그걸 감추기 위해 아내 손을 뿌리치며 발버둥을 치지만 아내는 내 두 다리를 꽉 끌어안고 꼼짝하지 않는다. 두세 번 엉기다가 아내의 손바닥에 상처를 입힌 듯하다. 장바구니는 그 주변에 내팽개쳐져 있고, 꽤 먼 거리를 달린지라 둘 다 숨이 차서 말도 나오지 않았다. 하늘에는 험상궂은 구름이 빠르게 지나가고 찬바람이 부는데도 땀이 흥건했다. 우리는 잠시 우스꽝스럽게 나자빠진 꼴로 번갈아가며 숨을 가다듬었다.

"아빠, 부탁이야, 죽지 말아요. 내가 잘못했어, 이제, 자꾸 이것저것 물으며 괴롭히지 않을 테니."

아내는 한마디 할 때마다 숨을 가쁘게 몰아쉬었는데, 아무래도 내 연극을 눈치채지 못한 듯해서 그런 아내가 내 손에는 닿을 수 없는 고상한 존재처럼 보였다. 상기되어 혈색이 돌아온 아내의 얼굴은 땀으로 촉촉해 아름다웠다. 문득 이게 행복인가 싶어 이대로 영원히 있고 싶다는 생각을 하지만, 무슨 영문인지 수심 가득한 내 표정은 풀리지 않는지라 아내의 얼굴을 노려보듯 쳐다보는데 아내의 얼굴에 살며시 웃음이 떠올랐다. 하지만 아내는 웃는 것이 아니다. 회사원으로 보이는 양복 차림의 청년이 수상쩍다는 듯이 이쪽으로 다가오는 모습이 시야에 들어오자 그 청년에게 말을 걸려고 입을 뗀 것이다.

"도와주세요. 이 사람이 전철에 뛰어들려고 해요. 부탁이에요. 도와줘요."

아내의 애원을 차마 못 본 척할 수 없었는지 청년이 조심스레 다가왔다.

"무슨 일입니까? 저 사람은 왜 저러는 겁니까?"

적당한 말을 찾지 못해 에둘러 말하던 청년은 상관하고 싶지 않다는 태도로 엉거주춤 모래 산 옆을 지나치려 했다.

"이 사람은 내 남편이에요. 내가 너무 괴롭혀서 정신이 좀 이상해졌어요. 내가 붙들고 있는 손을 놓으면 열차에 뛰어들 거예요. 부탁이니 좀 도와주세요."

아내는 그 청년에게 거듭 부탁했다. 나는 맹수라도 된 기분이었다. "괜찮으십니까, 그래도 꼼짝 않고 계시네요." 건성으로 물어볼 뿐 청년은 더 이상 아내에게 가까이 오지 않았다. 본의 아니게 마주친 괴이한 상황에서 한시라도 빨리 벗어나려 애쓰는 청년을 나는 가만히 지켜봤다.

그러는 동안 전철은 한 대도 오지 않았다. 긴장이 풀리자 온몸의 힘이 다 빠지는 듯했다.

"뛰어들지 않을게."

아내에게 말했다.

"거짓말 말아요. 나를 속이려 들지 말라고요."

아내가 재차 확인하는지라 나도 대답했다.

"거짓말 아냐. 이젠 겁나."

우리는 일어나 먼지를 털었다. 여기저기 나뒹구는 신발을 찾아 신은 뒤 장바구니를 챙겨 집으로 돌아가는데, 아내는 내가 도망가지 못하게 자신의 오른팔을 내 왼팔에 끼고 걸었다. 철로를 건너서 철로 변을 따라 고이와역 과선교를 향해 걷던 중 나도 모르게 엉엉 소리 내어 울었다. 곧이어 일곱 량쯤 되는 거대한 열차가 무시무시한 차바퀴를 노골적으로 삐걱거리며 우리 옆을 지나갔다. 나는 결코 자살 같은 건 할 수 없는 인간이지만 아내는 결심만 하면 틀림없이 실행에 옮길 것이다. 그런 생각을 하니 내가 한없이 비열한 인간처럼 여겨져 어떻게 처신을 해야 할지 알 수 없었고, 울컥 비애감이 들어 울음이 멈춰지지 않았다. 길을 가던 사람들과 상점 앞에 있던 사람들이 호기심 어린 시선으로 우리를 쳐다봤지만, 아내는 팔짱을 낀 채 어린애 달래듯 같은 말만 반복했다.

"울 필요 없어요."

역 앞의 건널목을 건넌 뒤 북적이는 상점가 거리를 가로질러 역 앞 영화관 골목으로 들어갔다. 나는 그 길을 지나가면서도 계속 울었다. 사람들이 일부러 가던 길을 멈추고 쳐다보는데도 격앙된 감정은 좀처럼 식지 않았고 목구멍에서 끊임없이 오열이 흘러나오는 걸 멈출 수 없었다.

제4장 하루하루

　삼면의 벽에 사과 상자를 쌓아 만든 좁고 어두운 간이 서고에 꽤 오래 서 있었다. 전에 살던 사람이 부엌으로 사용했던 방이라 벽 한구석에는 전기 사용량을 측정하는 검침기가 설치되어 있다. 검침기는 뚜껑이 투명해 밖에서 내부 구조가 훤히 들여다보인다. 붉은 화살표는 정확히 정면에 멈춰 있었다. 집 안 어디선가 전등을 켜면 붉은 화살표가 뒤로 이동하여 잠시 보이지 않았다가 다시 정면으로 돌아온다.

　발작이 한창일 때 아내가 당신의 모습이라며 생생히 묘사해 준 내 심신의 상태. 결혼 후에도 아내 몰래 여러 여자와 어울렸고, 아직도 어울리는지 아닌지도 확실히 부정할 수 없는 상태. 그런 것들이 점점 나를 막다른 곳으로 몰아가는 바람에 죽음을 생각한다. 지난날의 행동이나 그때의 심경을 낱낱이 고백하라고 강요하면 말을 더듬거나 위장하려 하지만 결국은 다 털어놓고 만다. 목매다는 대신 목에 끈을 감고 내 두 손으로 직접 잡아당기면 기분 좋게 마비가 올 테고, 몽롱해진 머릿속을 헤치고 마지막으로 끈을 좀 세게 잡아당기면 시신이 되어 거기

누울 수 있을 것 같다. 오래된 벨트나 얇은 끈은 끊어졌지만 목면 수건은 비교적 단단히 매어졌다. 전기스탠드 코드를 사용하면 호흡이 거칠어지는 만큼 목덜미를 꽉 죌 수 있으므로 손에 힘을 약간만 더 주면 성공했을지 모른다. 하지만 아내가 달려와 손등을 붙잡고 늘어지는 통에 줄을 놓쳤다. 더 이상 실행하지 못하고 서로 엇비슷한 힘으로 엎치락뒤치락하다가 아내 마음대로 하게 놔두니 마음이 편해져 이후에도 그 과정을 반복했다. 수면제를 삼키거나 철로에 뛰어들어 자살하려 해도 결정적 순간에 내 부족한 지식이 약점으로 작용해 실행할 수도 없다.

눈가로 뭔가 획 지나가는 듯했다. 검침기의 붉은 화살표인가 확인하지만 그건 정면에 그대로 멈춰 있다. 이 방의 전등 스위치를 켜고 검침기를 보니 서가의 박명 속에서 붉은 화살표가 귀신처럼 쓱 뒤로 돌아갔다가 잠시 후 꼬리를 남기며 정면을 가로지른다. 전등을 끄니 다시 정면에 나타난 붉은 화살표는 착각이 이동의 궤적을 뒤쫓으려 하는데도 꼼짝하지 않고 정지해 있어 그 모습이 마치 입술을 꾹 다문 채 웃음을 흘리는 것처럼 보였다.

서재 벽에서 책장, 책상, 병실용 1인 침대, 그리고 옆집 정원이 보이는 큰 유리 장지문으로 시선을 옮기던 중 또 뭔가가 눈가로 획 지나갔다. 잔뜩 벼르고 있었기에 이번에는 범인을 잡았다. 서재와 안방 사이의 맹장지 손잡이 구멍이다. 거기로 속눈썹이 긴 아이의 눈이 보였다. 한참 전부터 손잡이가 빠져 문에 동그란 구멍이 나 있었는데, 그 구멍에 신이치가 눈을 대고 내 거동을 보고 있었다. 신이치의 세번째 깜빡임이 내 눈에 포착되었다. 실없이 술래잡기 놀이를 하는 기분이다. 지금이라도 맹장지 건너에서 엉덩이를 빼고 나를 엿보던 신이치가 아빠를 찾았다며 문을 열고 들어올 것 같아 미친 시늉을 관두려고 신이치에게 눈웃음을 짓는데 그만 눈 주위에 악의가 드러나고 말았다. 코드 줄을 한 손에 길게 늘어뜨린 채 헐렁한 미제 중고 상의를 걸친 내 모습이 이상해 보일 거라 생각하니 마음이 더 격앙되었다. 그 모습이 아내와 편을 먹고 의지를 잃은 채 헤매는 나를 웃음거리로 만든 것 같아 증오가 치미는 바람에 입 주위에 흉한 주름이 생겼다. 나를 비웃는 것처럼 보이던 신이치의 눈이 구멍에서 툭 떨어지듯 뒤로 물러나더니 다다미를 딛는 발소리가 점차 멀어졌다.

집의 또 다른 부분인 안방과 작은방, 그리고 현관, 부엌, 변소가 아내와 아이들과 두루뭉술하게 한데 뭉쳐 그 경계인 서재 맹장지 끝까지 바싹 몰려왔다. 나는 맹장지 건너의 소리를 들으려 귀를 기울였다. 조금씩 경계가 없어지는 것 같다. 아내와 아이들의 킥 하는 웃음소리가 들리는 듯하다. 발소리가 작게 나더니 구멍에 신이치의 눈이 또 나타났다. 이미 웃음은 사라지고 두려움이 엿보이는데, 그 두려움이 내 눈을 잠시 즐겁게 해준다. 용서가 고갈되어 증오를 감추지 못한 채 노려보는데도 신이치는 눈도 꿈쩍하지 않는지라 내 마음이 모질어졌다. 지금이라면 가능할지 모른다. 일부러 얼빠진 표정을 지으며 손에 쥔 코드를 어디에 매달까 찾는 시늉을 했다. 아직 여물지 않은 아이의 두뇌에 좋지 않은 인상이 각인될 거라 생각하니 신이치의 말랑말랑한 몸을 꼭 끌어안고 사과하고 싶었지만 행동이 멈춰지지 않는다. 발소리가 또 멀어지고 숨을 죽인 채 소곤거리는 기척이 났다. 신이치에게 무언가를 명령하는 아내의 음성이 들리더니 구멍에 신이치의 눈이 다시 보였다. 아내의 발작은 이미 진정되었는지도 모른다.

"아빠, 괜찮아?"

신이치가 맹장지 뒤에서 말했다. 나는 대답하지 않고 코드를 매달 곳을 물색했으나 몸무게를 지탱할 만한 장소를 찾지 못했다. 속으로는 요전처럼 신이치가 뇌부종 때문에 헛소리라도 하게 되면 그 통한을 씻지 못할 거라고 생각했지만 그런 태도가 나오지 않는다. 기이한 갈등에 빠진 부모 사이에서 마음고생이 이만저만 아닐 신이치를 보니 차라리 문제를 더 부풀려 터뜨리는 편이 나을 듯해서 튀어나와 있는 못에 코드를 걸고 신이치의 눈에도 잘 보이게 힘주는 시늉을 한다.

"아빠, 위험해. 전기가 오를 거야."

신이치는 가라앉은 목소리로 말했지만 희한하게도 그 말이 오히려 나를 자극했다. 나는 못에 걸린 코드 아랫부분을 원형으로 묶어 그 안에 목을 천천히 집어넣었다.

"위험해, 안 돼, 아빠."

신이치가 맑은 목소리로 그렇게 외친 뒤 아내에게 뛰어가 위급 상황을 알리자, 아내가 맹장지를 열고 방으로 들어왔다. 곤혹스럽게도 아내의 차가운 표정이 망막에 클로즈업되었는데 발작의 압박은 사라진 뒤다.

"부탁이니 멈춰요. 저기 신이치를 보라고요. 아빠가 걱정된다며 울고 있잖아요."

신이치는 흥분해 눈이 휘둥그레졌고 마야의 얼굴에도 두려움이 엿보였다.

"계속 거기 서 있지 말고 저 방으로 와요. 간식 준비해놓고 모두 기다리고 있으니까. 부탁이니 그런 끔찍한 짓 하지 말고요."

"아무 짓도 하지 않았어. 그냥 서 있었을 뿐이야. 나는 자살할 수 없으니까."

"아뇨, 요즘 당신 눈을 보면 겁이 나요. 죽어도 상관없다고 생각하는 게 틀림없으니까."

아내는 재빨리 못에서 코드를 빼더니 둘둘 말아 아래에 감추며 말했다.

"아이들에게 그런 모습 보이지 말아요. 시로짱과 얏짱이 너희 아빠 돌았다는 말을 했다며 신이치가 창피해했어요. 똑바로 행동하세요. 당신이 죽으면 우린 어쩌라고요. 힘내요. 저기로 가요, 어서."

"아빠, 여기는 위험해. 저기로 가."

신이치도 그렇게 말한다. 늘 감기 기운이 있는 마야가 뾰로통해진 입으로 괴로운 듯 기침을 하더니 열이 나서 울긋불긋해진 얼굴로 우리를 번갈아 본다.

아내는 나를 잡고 끌듯이 안방 고타쓰* 앞으로 데려갔다.

"아빠, 춥죠. 얼른 고타쓰 안에 들어가요. 미안해요. 여러 가

---

* 상에 이불이나 담요를 덮고 아래는 화덕이나 난로를 놓은 일본의 온열 기구.

지로 자꾸 괴롭혀서."

아내는 고타쓰 안에 발을 넣으라며 연신 내 등을 떠밀더니 신이치에게 좌식 의자를 가지고 오라고 해서 나를 거기 앉힌다.

"토스트 먹을래요?"

아내의 말에 나는 고개를 끄덕였다.

"햄 끼워줄까요?"

아내가 묻기에 또 끄덕인다.

"더요?"

"하나 더요?"

아내가 물을 때마다 나는 목각인형처럼 고개를 끄덕이며 아내가 준 것을 거부하지 않고 일부러 입을 크게 벌려 무표정한 얼굴로 다 먹는다.

"꽤 많이 먹었는데 아직도 배가 안 불러요?"

아내가 더 이상 참지 못하고 웃었다.

내 입을 보고 있던 아이들도 아내를 따라 웃는다.

"신이치한테 더 사 오라고 할까요?"

나는 고개를 끄덕인다.

"그냥 이 정도로 끝내죠."

또 고개를 끄덕인다.

"찬밥 남았는데 그거 먹을래요?"

그 말에도 고개를 끄덕였더니 신이치가 말했다.

"어떻게 해, 엄마가 너무 야단치니까 아빠 머리가 이상해졌나 봐."

다시 정상적인 모습을 보여야 한다고 생각했지만 자제할 수 없다.

새해가 다가오는데 어떻게 하면 좋을까. 네 살짜리 마야는 늘 겁먹은 얼굴로 나를 물끄러미 쳐다봤다. 작은 칼을 가지고 놀다 손가락을 베여도 휴지로 둘둘 말고 있다가 피 묻은 휴지는 침대 밑이나 장롱 뒤에 처박아 숨겨놓고 우리에게는 알리지 않는다. 두 살 많은 신이치는 이 무렵부터 나를 백안시했다. 눈을 그렇게 뜨는 건 대체 어디서 배웠을까.

"장지는 조용히 닫아야지."

장지를 거칠게 닫기에 좀 나무랐더니 신이치가 심술궂게 돌아서서 나를 빤히 쳐다보고는 주춤하는 기색도 없이 말한다.

"내일 어디로 멀리 가버릴 거야."

아내는 매일 밤 악몽을 꾸고 아침에 일어나 기억나는 대로 꿈 이야기를 들려줬다. 나는 주리가 틀리는 것 같아 반사적으로 큰소리를 치고 싶었지만 간신히 진정한다.

"어젯밤, 난 섬으로 돌아갔어요. 하늘은 푸르디푸르렀는데 이런 몸으로는 도저히 집에 들어갈 수 없는 거예요."

아내는 일부러 내 얼굴을 보지 않고 천천히 말한다. 이야기인즉슨, 문간(그에 해당하는 섬 사투리로 말했다)에서 뜰을 들여다보니 큰 구덩이가 있었는데 그 안에는 사람들이 엄청 많았고, 벌레들은 꿈틀거리며 구덩이 가장자리에서 밖으로 기어 나와 밖에는 벌레들이 우글우글했으며, 구덩이 안은 사람들로 꽉 차 있다는 것이다. 그 많은 사람들 틈에는 돌아가신 장인 장모도 계셨는데 두 분의 얼굴이 참혹하게 핏기 없이 창백했다고 한다. 아내는 숨이 멎을 정도로 깜짝 놀라 "기맥혀!"라고 외치며 구덩이로 달려갔다. 그런데 장모가 난생처음 보는 무서운 표정으로 손사래를 치며 말하더란다. "여기 오면 안 돼. 네가 그 고통에서 벗어나지 못하면 우리도 이 구덩이에서 기어나갈 수 없어. 어쩌자고 섬에 돌아올 생각을 했느냐. 네가 돌아올 계제가 아닌데, 가엾은 것." 장인은 뺨과 턱에 온통 흰 수염이 자라 있었고, 눈매는 예전 그대로 다정했으나 얼굴은 야윌 대로 야위셨다고 했다. "어멍은 소개지疏開地에 가라고 말씀하셨어요. 난 그 의미를 알아요. 내가 태연히 그런 무서운 짓을 저질렀던 거죠. 전쟁 때 해군 기지에서 당신이 언제 찾아올지 모르는데 아방이 걸리적거렸어요. 그래서 그런 불편한 소개지의 오두막집으로 쫓아냈는데 돌아가셔도 상관없다고 생각했나 봐요. 어멍은 날 그런 곳에 보낸 거예요. 난 그곳에 가서 울었는데, 아무리 울어도 눈물이 멈추지 않는 거예요. 결국 눈이 짓물러 벌겋게 되었고, 그러는 동안 하반신이 썩어 들어갔어요. 천벌을 받은 거죠. 다 인과응보예요. 하늘 같은 아방을 희생시키고 얻은 당신한테 이렇게 끔찍한 꼴을 당하는 걸 보면. 내 몸이 썩는 건 마땅한 귀결이라 난 가만있었어요. 그런데 그곳에 누가 왔는지 알아요? 걔예요, 걔가 온 거예요. 난 너무 무서워서 소리도 안 나왔죠. 당신과 한통속이 되어 나를 이런 꼴로 만들어놓고 아직도 부족한 게 있는지 섬까지 쫓아온 거잖아요. 걔는 강아지 같은 걸 넝마에 싸서 들고 있었어요. 그게 뭔지 확인하려는데, 걔가 말이죠, 글쎄, 입을 삐죽거리며 요상하게 웃는 거예요. 그리고 내 눈앞에서 그걸 높이 들어 올리더니 땅바닥에 내동댕이치지 뭐예요. 그러자 그게 말도 못 하게 소름 끼치는 소리를 내더니 더 이상 움직이지 않았어요. 난 봤어요, 그건 갓난아기였어요."

그렇게 말하고 아내는 빤히 내 얼굴을 쳐다봤다. 그리고 한마디 툭 내뱉었다.

"당신 아이겠죠."

나는 사색이 되어 대답이 안 나온다.

"소름이 끼쳐 도망치려는데 발이 떨어지지 않아 도망칠 수도 없었어요. 악마들이 차례로 다가와 이런저런 말을 속삭였죠. 그 악마들은 어느 틈엔가 루비콘강의 손님으로 변신해 모두들 자신과 자면 썩은 몸을 낫게 해준다고 제안했어요."

내가 동요하지 않고 참으면 다 그냥 넘어갈 수 있다. 신이치가 옆집 아오키네 아이에게 했던 말이 귓가에 맴돈다. "돗코짱, 좀 참는 거야! 그러면 아프지 않아!" 무슨 일인지 작은 눈에 얼굴은 희지만 시골 아이처럼 볼이 빨간 아오키네 아이가 주저앉아 있는데, 신이치가 얼굴을 가까이 들이대고 열심히 격려하던 모습이 생각나 버틸 수 있었다. 혹여 부정은 속죄할 수 있다 해도 내 삶을 따라다니는 미수未遂의 결핍은 제거할 수 없으리라. 아내의 추궁으로 허울을 한 꺼풀씩 벗은 뒤로, 아내에게 대항할 수 있는 것은 그것이 충족될 만한 곳에 들어가서 밖으로 끄집어낼 수 없다. 충족은 손이 닿지 않는 먼 곳에 있다. 앞으로는 죽음이 찾아올 때까지 도저히 채워지지 않을 아내의 조바심과 대면해야 한다. 그 안에 있을 때는 도취되어 확신했던 행위도 결국 인과응보의 구렁텅이였지만 그걸 인지하지 못했다. 그 엄청난 사실을 깨닫고 나니 점점 돌이킬 수 없는 과오처럼 보인다. 이제는 아내가 평소의 감정을 되찾기를 바랄 뿐이지만 어찌하면 좋을지 간단한 방법조차 떠오르지 않는다. 아내의 논리 체계는 손상되지 않았다. 병자의 정당성 앞에서는 내 몸에 있는 거짓을 전부 짜내야 한다는 걸 깨닫고 최선을 다하지만 성공하지 못한 채 결국 히스테리를 부린다. 내 행위가 아내를 그런 곳으로 내몰았지만 지금은 내 손을 벗어난 상태라 나를 절망으로 몰고 간다. 친구나 친척에게 사실대로 말하고 도움을 청하자고 해도 아내는 완강히 거부하며 자신의 숙부나 숙모, 사촌들에게도 말하지 않은 채 숨겼다. 아내의 의사를 무시하는 것은 지금 간신히 지탱하고 있는 관계를 해체하자는 말이나 다름없다. 만약 해체를 택하면 어떻게 될까, 생각만 했는데도 몸이 화끈거리고 얼굴이 붉어진다. 일반적으로는 가능한 일인지 모르지만 나로서는 상상조차 할 수 없으므로 선을 넘을 수 없다.

12월에 들어서자마자 큰길 상점가의 광고방송용 스피커에서 줄기차게 흘러나오던 「화이트 크리스마스」나 「징글 벨」 멜로디도 크리스마스가 지나니 들리지 않았는데, 집들을 뒤덮은 오염된 하늘에 스며들어 달콤한 추파를 던지듯 공허하게 뿔뿔이 흩어지는 사람들을 향해 메아리치던 멜로디가 흔적도 없이 사라지니 적적했다. 바깥에서 일어나는 모든 현상이 추위에 뻣뻣해진 비닐 수지의 감촉처럼 아무 감흥도 느껴지지 않는 걸 보면 아직 사람들 틈에 섞여 새해를 맞이할 준비가 되지 않은 듯하다.

하지만 아내는 의식儀式에 쉽게 자극받으므로 하루하루 발작이 반복되는 나날에 새해가 한 획을 긋는다면 아내의 상태를 전환시킬지 모른다.

아내가 오세치御節 요리*를 만든다고 해서 막연한 희망이 생겼다. 30일에는 복도가 모래 먼지로 서걱거릴 정도로 강풍이 심했지만 함께 시장에 갔다. 아내는 예전으로 돌아간 것처럼 상태가 양호했지만, 아내의 기분이 좋으면 좋은 대로 나는 한층 다루기 힘든 불안과 마주해야 한다. 아내의 피부 아래 숨겨진 또 다른 얼굴을 잊을 수 없기에 오히려 안절부절못하고 아내의 안색만 살피게 된다. 아내의 양호한 상태는 전례 없이 오래 지속되었다. 이 정도면 새해도 무사히 맞이할 수 있을 것 같다. 저녁 식사를 마친 뒤 나는 고타쓰에 앉아 먹을 갈아서 연하장을 썼다. 몇 장 안 되는 연하장을 누구에게 보낼까 정하다 보니 마치 유서 수취인을 고르는 기분이었다. 화로에 콩 냄비를 올려놓아 잠자리에 들 수 없었던 아내는 고타쓰에 엎드려 졸다가 가끔씩 눈을 떴는데 얼굴은 아직 멀쩡해 보인다.

섣달그믐 오전, 신이치를 데리고 다카노 이발관에 갔다. 다소 멀었지만, 아내는 전부터 이발은 다카노에서,라고 말했다.

---

* 일본의 정월 음식. 국물이 없고 보존성이 높은 음식들을 찬합에 담아놓고 먹는다.

집 앞에 흐르는 하수로를 따라가며 골목 모퉁이를 몇 번 도니 K 영화관 옆의 개골창이 나왔다. 느리게 흐르던 오수는 고약한 냄새가 나는 시커먼 진흙덩이에 막혀 부글부글 거품을 뿜고 있다. 그 옆이 번화가인데도 초가집이 남아 있는 걸 보니 이 개골창도 예전에는 분명 인가 뒤에 흐르던 맑은 개천이었을 것이다. 가만히 멈춰 서서 수면을 바라보는데 오수가 아주 천천히 이동하는 모습이 눈에 띈다. 오수는 대로변 상점가 아래 매복된 도랑을 빠져나가 콘크리트로 보강된 주택가 둔덕을 지나서 도로에서 벗어나 신사가 있는 소나무 숲으로 들어간다. 거기서 물가를 벗어나 큰길 건너로 좀더 걸으면 얼마 전 새로 지은 목욕탕이 나오고, 그 옆에는 역시 지은 지 얼마 안 되는 다카노 이발관의 밝고 아담한 모습이 보인다. 새해를 하루 앞두고 있어 이발관에는 손님이 많았기에 부부가 모두 부지런히 손을 놀리는데도 한 시간 이상 기다려야 했다. 신이치부터 먼저 머리를 자르게 하고 남향 유리창에 드는 햇볕을 쬐며 사진 화보를 보고 있는데 은연중에 피부 위로 피로가 배어 나오는 듯했다. 전에는 하루하루 어느 정도 통제 가능했지만 최근 넉 달가량 심상치 않은 나날을 보내다 보니 당장 눈앞의 일은 물론이고 앞날이 어떻게 될지 도무지 예측되지 않는다. 요즘 내 모습을 바탕에 놓는다면 그 위에 어떤 이미지를 그릴 수 있을지 전혀 떠오르지 않는다. 이대로 얼마나 더 버틸 수 있을지 눈앞이 깜깜했다. 신이치의 등 뒤로 아이의 짧은 인생이 후광처럼 떠오르는 것 같아 나는 잠시 회한에 젖었다. 회한은 바늘 끝으로 등을 찌르는 듯한 고통을 수반해 온몸에서 힘을 다 뽑아 가

는 듯했다. 이틀간 아내는 발작하지 않았지만 불안은 사라지지
않고 내재해 있다. 지금은 잠시 양지에서 자유를 누리며 나만
의 시간을 갖지만 과연 이래도 되나 하는 의문이 머리 한구석
에 서려 있다. 바깥에 나와 있는 동안 빈집 주위가 온통 푸른
해원海原이 될지 모른다는 생각이 눌어붙어 뇌리에서 떠나지
않은 지도 한참 된다. 다카노 부부는 손님들 시중에 바빠 오늘
점심을 거를지도 모른다. 정신없이 놀던 아이들이 돌아와 일에
쫓기는 부모에게 배고프다고 보채자 애가 타고 신경이 쓰이는
듯했다. 남편이 아이들에게 너그럽게 말하니 부인이 그 말을
부정하며 인정머리 없게 쏘아붙였다. 남편은 가만있었다. 그대
로 침묵이 흐르는 가운데 가위 소리만 났다. 가위가 내 머리카
락을 자르는데 방금 부인에게 들은 말이 머릿속에서 무장을 하
더니 점점 부풀어 올랐다. 머리를 감겨줄 때는 다른 아이가 유
리문을 열고 들어와 안방으로 올라가면서 무슨 말인가 했다.
남편이 그에 대답을 하자 부인이 혀를 차더니 내 머리를 감기
다 말고 안방으로 올라가는 바람에 나는 잠시 그대로 방치되었
는데, 물방울이 목덜미를 타고 등으로 들어가 성가시게 겨드랑
이 아래를 간지럽혔다.

선달그믐이라 한층 분주해진 번화가를 지나 집으로 돌아왔
다. 현관문을 여니 작은방 벽장을 허물고 만든 부엌에서 아내
가 요리를 하다가 고개를 들고 미소를 지었다. 밝은 상태를 유
지하고 있는 걸 보니 아직 우울에 빠지지 않은 듯하다. 바라던
대로 연말연시의 긴장이 아내의 신경에 좋은 영향을 주었는지

모르겠다. 앞으로 반나절이다. 힘내자. 기도하는 마음으로 게
다를 벗는데 아내가 하던 일을 멈추고 내 곁으로 다가왔다. 뭔
가 좋은 소식이 있나. 이를테면 출판사에서 큰 건을 의뢰받았
든가, 아니면 지금까지 쓴 소설 몇 편을 인정받아 새로운 출판
기획에 포함되었다는 통지라도 전하려는 건가. 하지만 아내는
전혀 다른 소식을 전해 왔다.

"이상한 전보가 왔어요."

순간적으로 대답이 나오지 않아 안방 장롱 쪽으로 가는 아내
를 따라가는데 심장이 두근거렸다. 유일하게 잠금장치가 있는
장롱 서랍에서 아내는 전보 한 통을 꺼내더니 내게 건넸다.

"미호 언제 나가? 이야기하러 1일에 감." 가타카나* 글자가
눈에 확 들어왔다. 마지막에는 내 성이 여자 이름 앞에 나란히
타이핑되어 있다. 반사적으로 아내의 얼굴부터 살폈다. 나는
외부의 습격보다도 당장 처리할 수 없는 아내의 발작이 더 두
렵다. 막연히 생각했던 외부의 의지가 지금 내 눈앞에 모습을
드러냈는데도 선뜻 이해가 가지 않는다. 나와 여자의 관계는
일부 친구들과 복잡하게 얽혀 있기에 여자가 그저 자신의 존재
를 드러낸 것이 아님은 아내의 말을 단서 삼더라도 어느 정도
추정할 수 있었지만, 갑자기 이런 내용으로 전보를 보낼 때 여
자가 어떤 모습일지 쉽게 떠올릴 수 없었다. 나는 아내를 쫓아
낸다거나 그 후에 여자를 내 호적에 올린다는 이야기를 여자와

---

* 일본 문자 체계의 하나로 한자의 일부분을 떼어 만든 표음 문자. 한자 전체
를 초서화해 간략하게 만든 히라가나에 비해 글자 모양이 직선적이며 주로 외
래어를 표기하거나 음성적, 시각적인 면을 강조할 때 사용한다.

나눴던 기억이 없다. 만약 여자에게 그럴 의지가 있다면 이 전보를 통해 처음으로 내게 자신의 의사를 통지하는 셈인데, 어째서 법정 다툼 중인 사건을 재차 확인하는 듯한 논조인지 이해할 수 없다. 하지만 그건 나 혼자만의 생각일 수도 있다. 아내가 가슴에 식칼을 품고 여자 집에 찾아간 줄 알고 급히 달려갔을 때, 더 이상 못 온다고 밝히고 앞으로는 내 소설이 실린 잡지만 보내겠다는 의사를 전달했으니 여자도 이해했을 거라 생각했는데 그게 아니었나 보다. 그렇다면 여자는 세간에서 통용되는 방식으로 납득시켜달라고 요구하는 건가. 내 직감대로 그때 내가 여자 집에 들어갔다가 나오는 모습을 아내가 숨어서 전부 본 것이다. 나는 아내의 발작이 두려워 그 일을 쉬쉬했지만, 아내는 은근슬쩍 넘어가려는 내 모습을 관찰하고 있었다. 결국 나는 아내의 끈질긴 추궁에 고백했다. 나는 아내의 손안에서 거짓의 영역을 더 넓히고 아내의 우울은 한층 깊어지기만 한다. 아내 앞에서 거짓말하지 않는 것을 내 태도의 근본으로 삼기로 했을 때 여자에게 잡지를 보내는 것도 그만뒀어야 했다. 그런 생각을 하니 과거의 도취에 대한 배신감이 얼굴을 빼꼼 내미는 듯했다.

어떤 표정이었는지는 모르지만 나를 위로하려는 아내의 배려에 나는 깜짝 놀랐다. 아내는 타이르듯 말했다.

"아빠, 알았죠? 그게 걔 본심이에요. 어차피 그냥 그렇게 끝나지 않겠죠. 상황을 지켜보기만 하면 결말이 안 날 것 같으니 협박하는 걸 테니까요. 우리도 확실히 해야 해요. 사실 난 이렇게 될까 봐 너무 무서웠어요. 그래서 감정이 풀리지 않았던 거예요. 당신의 본심을 믿을 수 없었고, 걔도 어떻게 나올지 알 수 없었으니까요. 하지만 이렇게 분명한 태도를 보이니 오히려 용기가 나네요. 당신은 참 가엾은 사람이에요."

내 신변에서 일어난 사건이 최악의 상황으로 변해가는 걸 보면서 아주 잠깐이지만 고통스럽더라도 정확한 게 낫겠다고 생각했다. 그런 생각도 안 하면 견디지 못할 정도로 무방비 상태였다. 전부문을 통해 전달한 요구가 그저 표면적인 구실에 불과하다면 여자가 구체적으로 무엇을 요구하는지 모르겠다.

"내가 무엇보다도 걱정하는 건," 나는 아내에게 말했다. "당신이 발작을 일으키는 거야. 걔가(아내가 부르는 호칭을 따랐다) 만약 나한테 아무 요구도 안 하면 오히려 내가 힘들어. 오랫동안 가졌던 감정인데 하루아침에 없앨 수는 없는 노릇이잖아. 그건 이해해줄 거지? 당신 덕에 그동안 내가 무슨 짓을 했는지 잘 알게 되었어. 그 후로 나도 단단히 결심했어. 오래 묵은 오점이니 단숨에 없어지지는 않겠지만 하나하나 교정하고 있잖아. 당신이 거짓을 결코 허용하지 않아 단련에 단련을 거듭해 이렇게 좋아졌어. 혈색도 좋아지고, 거짓말처럼 살도 붙고, 오히려 젊어진 것 같아 부끄러울 따름이야. 마음의 동요로 밤에 잠을 이루기 힘들었고 밥도 여러 끼 걸렀는데 왜 살이 오르는지 모르겠어. 여자만 해도 그래. 화내지 마, 솔직히 함께 파멸해도 좋다고 생각했던 상대였어. 그렇기 때문에 만약 여자가 내게 선의만 보인다면 석연치 않은 감정이 남아 꿈자리가 사나웠을 거야. 하지만 걔가 나를 어떻게 생각하는지 이제 확실히 알게 되었잖아. 그걸로 내 부정이 줄어들 수는 없겠지만, 어쨌든 그때는 내가 아무것도 보지 못하는 소경이었다는 걸 알게 되었어. 걔는 전후 사정을 다 생각했겠지만 나는 눈앞에 보이는 것에만 몰두했거든. 내가 비웃는 입장이 아니라 웃음거리인 것이 오히려 천만다행인 것 같아. 나는 그런 사람들과 정면으로 맞서 싸울 자세를 갖췄어."

그날은 햇볕이 약해 남향으로 난 툇마루에 내리쬐던 해도 금세 저물었다. 아내는 일단은 허리를 꼿꼿이 펴고 외부의 적에 맞서는 모습을 보였지만 조금씩 이상해졌다. 아내가 음식을 만들고 나는 아내를 도와 불에 올려놓은 한천을 저었는데 내가 일에만 빠져 있는 모습이 아내를 자극한 듯하다. 의혹이 꼬리에 꼬리를 물고 솟구치면 나를 닦달하며 생각만 해도 눈앞이 깜깜해지는 과거의 꺼림칙한 행위들을 내 입으로 다 털어놓게 할 것이다. 그러면 늘 그러듯 소동이 벌어진다.

나는 전처럼 견뎌낼 자신이 없어 곧바로 실성한 척했다. 사실 그게 시늉인지 아닌지도 잘 모르겠다. 아내가 심문하는 말투를 쓰니 몸속에서 뭔가 울컥 올라와 장지에 머리를 짓찧고 말았는데, 금세 정신을 차리고 망가진 장지를 수리했다. 아내는 음식을 만들며 잠자코 그 모습을 지켜보다가 잠시 틈이 생기자 추궁을 재개했다. 나는 반사적으로 딱따구리처럼 현관 벽에 머리를 박으며 벽토를 모조리 떨어뜨린다. 점점 기세가 고조되어 유리문에 머리를 박을 뻔했는데 제압에 나선 아내가 내 양쪽 손목을 붙들어 다다미 위에 꿇어앉혔다.

"수갑은 채우지 마! 수갑은 채우지 말아줘!"

나는 울음이 섞인 목소리로 외쳤다. 아내는 아무 말 없었다.

(몇 번이나 아내에게 잡힌 손을 빼려 했지만 희한하게도 손목이 빠지지 않았다.)

"노모토인가 네모토인가 하는 남자 알아요? 자동차 운전사 말이에요. 또 뭐더라, 맞다, 쓰무라라는 대학생은요? 당신 같은 머저리가 알 턱이 있나. 모두 개 남자 이름이에요. 아직 더 있는데 가르쳐줄까요?"

아내는 그 밖에도 남자 이름을 몇 명 더 댔다. 나는 그런 아내가 형사처럼 보여 큰 소리로 외쳤다.

"무서워, 무섭단 말이야. 수갑을 채우려고 그러는 거지! 도와주세요, 수갑을 채우려고 해요!"

"바보 같은 소리 집어치워요."

아내가 목소리를 깔고 제압하듯 말하더니 내 손목을 꽉 쥐었다. 복도 끝 툇마루에는 마야가 이웃 아이들 서너 명과 함께 있었다.

"바바, 우리 아빠 돌았지."

마야가 방긋방긋 웃으며 말하는 모습이 마치 뽐내는 것처럼 보였다.

"애들은 보는 거 아냐!"

아내가 호통을 치자 깜짝 놀란 아이들이 도망친다. 요란스럽게 흙을 밟고 지나가는 발소리가 온몸에 전달되는 듯하다.

하지만 아내의 발작이 사라지면 좀 전의 이상한 상황은 안개처럼 흩어질 것이다.

소동이 절정에 이를 때쯤 아내가 웃거나 하품을 하면 우리는 정신을 차리고 부둥켜안은 채 눈물범벅이 되어 서로 너무 딱하다고, 미안하다고 말할 것이다.

모처럼 안정을 찾은 일상이 여자의 전보로 엉망이 되었다. 이럴 때는 아무리 짧은 시간이라도 다음 발작에 휘말리기 전에 식사를 하거나 일을 수습할 계획을 세워야 한다. 하지만 전보에 적힌 "*이야기하러 1일에 감*"이 뭘 의미하는지, 그 생각이 머릿속에서 부풀어 올라 악몽에서 허우적거리는 듯한 기분이 떨쳐지지 않는다.

저녁 때 아내와 함께 시장에 가서 물건을 사다가 간단한 제물과 설날 장식을 준비해놓은 뒤, 늦은 저녁으로 해넘이 소바에 대체 어디 풍습일지 모를 위스키를 곁들여 마시며 묵은해를 보냈다.

아내가 라디오로 제야의 종소리를 듣고 싶다고 해서 그때까지 깨어 있었다. 여자가 보낸 전보로 자꾸 이야기를 몰아가는 통에 또 실랑이를 했으나 큰 소동으로는 발전하지 않은 채 자정을 맞았다. 평소에는 기억의 연쇄반응이 일어날까 봐 되도록 라디오를 듣지 않았으나 제야의 종소리를 듣기 위해 오래간만에 스위치를 켰다.

스피커를 통해 들리는 종소리는 머릿속에서 상상했던 소리보다 훨씬 시시했다. 아득할 정도로 오랜 세월이 지나고 보니 상처 없이 깨끗하던 젊은 시절, 라디오로 제야의 종소리를 들으며 새해를 맞았던 기억이 이루 말할 수 없이 공허한 추억처럼 여겨졌다. 시간의 흐름이 느껴지지 않는 소용돌이 속에서 과거를 생각하니 망원경 속의 경치처럼 아련했다. 추억은 금세 허물어져 내리고, 작년 섣달그믐에 오후 늦게 집을 나가 새해 아침이 되어서야 피곤에 전 몸으로 돌아왔던 즈음의 내 행동을 샅샅이 캐내려는 아내의 골똘한 눈과 마주쳤다. 우리는 2시가 넘어 겨우 잠들었다. 출격하기 전날 밤처럼 들썩거리는 공기가 주위를 둘러싸고 있었다.

설날은 맑게 개어 날이 따뜻했다.

하루하루가 그 전날의 연장이라 생각할 뿐이지만 우리는 가급적 새해 첫날을 특별하게 맞이하고 싶다. 아내는 들뜬 마음으로 나와 아이들에게 깨끗이 빨아놓은 속옷을 건넸으며 도소주屠蘇酒* 대신 위스키를 마시라고 했다. 아내가 식구들에게 틀에 박힌 새해 인사말을 건네는 바람에 나와 아이들도 겸연쩍게 인사를 주고받은 뒤 조니雜煮**를 먹었다. 아침 햇살은 장지를 밝게 비췄고, 관습이 주는 안정감이 차가운 공기와 함께 우리 네 식구를 둘러쌌다. 얼마 후 사방을 비추던 햇빛이 가차 없이 이동했다. 이대로 있으면 안 된다. 하지만 아내는 일부러 그에 대해 언급하지 않는 듯했다. 아내의 기분이 좋아 보였으므로 자극할 말은 꺼내지 않는 것이 좋을 것 같아 그저 시간 가는 소리만 들었다. 하지만 조바심이 나서 내가 먼저 말을 꺼냈다.

"계속 이대로 있기도 뭐하니 어디라도 갈까?"

아내는 찬성하며 기다렸다는 듯이 행선지를 말했다. 여학생 때부터 한번 꼭 가고 싶은 곳인데 아직도 가보지 못했다고 했

---

* 연초에 한 해 동안 액을 쫓고 장수하기를 기원하며 마시는 술.
** 맑은 장국이나 된장국에 찰떡을 넣어 끓인 일본식 떡국.

다. 아무리 사소한 일이라도 과거는 돌이킬 수 없는 회한에 덜미를 잡히는 것 같다. 고베에 살 때 아내가 요시노산吉野山에 가보고 싶다는 말을 입버릇처럼 했지만 그냥 한 귀로 흘려버렸다. 딱 한 번, 임신한 아내와 단둘이 센리산千里山에 기쿠닌교菊人形* 구경을 간 게 전부던가. 아니, 집 근처에 있는 이치노산一王山에 쑥을 캐러 간 적도 있다. 마음이 허했는지 아내는 어린애처럼 내 옆에 꼭 붙어 다녔는데, 스스로 미숙한 줄도 모르고 건방을 떨던 내 무뚝뚝한 얼굴도 떠오른다. 오후에 히라카다枚方 유곽 거리를 지날 때는 난간에 기대어 우리를 구경하는 여자들 때문에 나는 아내와 약간 떨어져서 걸었고, 요도가와淀川 제방을 건너 넓은 자갈밭으로 내려가서는 눈앞에 흐르는 강물만 하염없이 바라보며 말없이 조약돌을 던졌다. 아내가 말을 걸어도 건성으로 대답하던 나. 집에서 싸 간 도시락을 이치노산 기슭의 소나무 언덕에 펼쳐놓고 먹던 어느 초봄의 쌀쌀한 날. 그 후 긴 세월이 흘러 드디어 오늘에야 아내가 가고 싶어 하는 곳에 온 식구가 함께 가는 것인데, 마냥 즐겁기는커녕 세간에 쫓겨 도망치는 기분이다. 일단 결정을 하니 조바심이 생겨 한시라도 빨리 나가고 싶었지만 아내의 외출 준비로 시간이 지체되었다. 어지럽혀진 집을 다 정돈해놓은 뒤 입고 나갈 옷을 고르느라 또 한참 망설인 끝에 집을 나올 수 있었는데 아직 안심하기는 이르다. 여자가 정말 집에 찾아올 작정이었다면 고이와역으로 가는 도중 길에서 마주칠지 모른다. 성가신 일이

---

* 색색의 국화꽃이나 잎으로 의상을 장식한 등신대 인형.

생기기 전에 서둘러야 하지만 급한 마음에 거친 말이 나오면 아내의 발작을 유발할 수도 있으니 조심해야 한다. 페인트칠을 하지 않아 나무색 그대로인 판자 울타리 문에 자물쇠를 채우고 살얼음판 걷듯이 발을 내딛는데 하수구를 덮은 널빤지에 발이 걸려 아내가 뒤뚱거렸다. 얼른 번화가로 가려고 지름길인 S 대로 상점가를 지나던 중 아내가 지갑을 안 가지고 왔다며 멈춰 섰다. 이제 돌이킬 수 없다고 생각하니 등골이 휘는 듯하다. 예측할 수 없는 괴이한 정경이 당장이라도 눈앞에 나타날 것 같기도 했다. 아내는 두려운 나머지 동작이 굼뜨고 안절부절못했다. 나도 그 상태에 전염되었는지 사람들 틈에서 얼핏 여자의 모습을 본 것 같아 눈앞이 캄캄했으나 지갑이 없으면 아무 데도 갈 수 없었다. 네 식구가 흩어지면 안 되기에 다 함께 골목길을 걸어 집으로 돌아가 자물쇠를 열고 집에 들어갔더니 현관 문지방에 지갑이 보인다. 얼른 집어 들고 문을 다시 잠근 뒤 골목을 돌아서 큰길로 나가 우여곡절 끝에 역 플랫폼에 도착했는데, 어찌 된 일인지 눈앞에 펼쳐지는 광경이 모두 최후의 풍경처럼 느껴져 기분이 이상하다. 낡은 주름상자 사진기를 들고 역명이 히라가나로 적힌 기둥을 배경으로 아내와 아이들의 스냅사진을 찍어주다 보니 나중에 누군가 그 사진을 보고 감개 어려 하는 장면이 눈앞에 아른거렸다. 전철에 오르자 밤늦게 귀가하기 전까지는 집 주변에서 무슨 일이 벌어지더라도 나와는 상관없을 것 같아 비로소 안도감이 들었다. 아내는 이따금 어두운 표정을 지었지만 감정이 폭발해 소동을 피우는 상황까지 이르지는 않을 것이다. 지바千葉에서 발차 벨이 울릴 때

기차를 갈아타야 했는데 하마터면 놓칠 뻔했다. 객차 안은 승객으로 만원이었다. 남녀 할 것 없이 나들이옷을 차려입고 있었지만 다들 조금씩 옷매무새가 흐트러진 탓에 도소주에 취한 것처럼 보였다. 체구가 크고 우락부락한 청년들도 많았는데 햇볕에 그을려 붉게 상기된 볼 때문인지 태평해 보였다. 도쿄를 벗어나자 도호쿠東北를 연상시키는 묵직한 흙내음이 향수를 부추겼다. 나는 도회지에서 태어났지만 도호쿠의 피를 물려받았고, 아내의 고향은 오키나와 근방의 머나먼 남쪽 섬이다. 지금 우리가 위기에 처한 것도 어느 정도 그것과 관계있을까. 한 청년이 신이치를 안아줬다. 밖에 데리고 나오니 신이치는 겉모습처럼 영락없는 어린아이로, 내 꼴사나운 행동을 눈 하나 깜짝하지 않고 지켜볼 때와는 모습이 달랐다. 몇 차례 역에 정차할 때 본 마을의 모습이나 서리를 맞으며 봄을 기다리는 차창 너머 논 풍경이 고향 땅의 풍광과 흡사했고, 논 사이의 자그마한 숲에 둘러싸인 농가의 초가지붕이나 대숲과 산울타리 같은 것들이 그 고장에서 자란 사람들의 호흡과 잘 어우러진다고 생각했다.

나리타成田역에 내리니 시간은 이미 3시 가까이 되었기에 돌아가는 사람이 많아 이제부터 나들이에 나서려니 왠지 기분이 위축되었다. 하지만 몬젠마치門前町*로 들어가니 돌아가는 사람뿐 아니라 지금 출발하는 사람도 적지 않았다. 게다가 신쇼지

---

* 유명한 절이나 신사 주위에 형성된 마을이나 거리.

新勝寺에 가까워지니 다들 어디서 몰려왔는지 기념품 가게나 여관, 음식점 등이 늘어선 도로가 양쪽 모두 발 디딜 틈 없이 혼잡해 우리는 인파가 움직이는 대로 쓸려 갈 수밖에 없었다. 태양이 구름을 벗어나면 무리 지은 사람들 쪽으로 강한 광선이 비쳤고, 다시 구름이 태양을 가리면 한겨울의 차디찬 그늘로 가득 찼다. 길가에 양갱을 늘어놓고 지나가는 사람들을 향해 목이 쉬도록 호객하는 광경을 보니 저절로 흥이 났다. 사람들 틈에 끼어 굽이굽이 비탈길로 내려갔다가 돌층계를 한참 올라가니 그 끝에 광장이 나왔다. 사람들은 곁눈질도 하지 않고 이 건물 저 건물 사이를 바삐 걸어 다녔는데, 이미 구체적인 이야기는 사원 측과 다 끝난 모양으로 일부러 여기까지 멀리 찾아온 소기의 목적을 이룬 듯했다. 사람들이 움직이는 대로 꼭대기까지 올라왔기에 길은 잘 모르지만 이곳을 빠져나가려면 왔던 길을 그대로 되돌아가는 수밖에 없었다. 우리는 별수 없이 멀찌감치 서서 몇 군데로 나눠져 있는 등록처를 지켜봤는데 등록한 순서든, 아니면 다른 요인이 작용하든 차례가 돌아오면 가야 할 장소와 이름을 큰 소리로 호명해주는 시스템인 듯해서 마음이 초조했다. 우리는 그곳을 벗어나 현장에서도 바로 살 수 있는 부적을 넉 장 구했는데, 안에서 경문經文 읽는 소리가 들리는 넓은 건물의 출입구 앞을 서성이면서 그 문으로 사람들이 들고 나며 방에 앉은 사람들이 조금씩 교체되는 것을 한참 지켜본 뒤에야 겨우 안에 들어갈 수 있었다. 방 안쪽에 자리 잡은 독경자들은 장식이 많은 옷을 입고 나직한 목소리로 의미 모를 경문을 줄기차게 읊고 있었다. 주위 환경에 적응이 빠른 아내는 우리를 적당한 곳에 나란히 앉힌 뒤 잠깐 머리를 숙이고 묵상했다. 그러는 동안 흔한 옷차림이라고 생각했던 독경자들의 복장이 갑자기 처음 보는 것처럼 생소했는데, 그 옷을 입은 사람들이 평소 이웃에서 흔히 마주치는 얼굴 같아 더 의아했다. 내가 대체 무엇 때문에 그곳에 앉아 있는지 영문을 알 수 없었고, 사람들 틈에 끼어 컨베이어벨트 위를 미끄러지듯 막다른 곳에 도달했지만 활로가 열리는 것도 아니었다. 비어 있는 우리 집 판자 울타리가 눈앞에 어른거리는데, 누군가에게 습격당한 건 분명했으나 어떻게 습격당했는지 모습이 그려지지 않는다. 그런데도 습격당한 감각만은 비린내처럼 몸속에 스며들어 축축하게 손바닥에서 사라지지 않는다. 온 식구가 무장해서 외부와 맞서 싸우려 해도 신이치는 소총을 들기에는 어린 나이고, 결속을 위해 연대해야 할 아내는 적을 본 순간 고통스러운 발작을 일으켜 내게 총을 겨눌지 모른다. 내게 신뢰감을 갖기에는 아이들의 인상에 내 얼룩진 과거가 너무 뚜렷이 남았을 것이다.

돌연 아내가 눈물을 흘려 나는 다시 긴장했다. 하지만 달리 방법이 없었고 흥분이 가라앉을 때까지 기다릴 수밖에 없었다. 아내가 집에서처럼 발작을 시작하면 내가 그 상황을 견디지 못할까 봐 두려웠다. 지금까지의 경험으로 보면 다른 사람들이 있을 때는 발작을 일으키지 않았으니 그걸 기대할 수밖에 없었다. 울 만큼 울었는지 이윽고 아내가 손수건으로 눈과 코를 닦으며 말했다.

"아빠, 여기서 맹세해줘요. 나도 오늘부터는 절대로 소동 부리지 않을 테니까. 이제부터 완전히 새사람이 될 거예요. 이번에는 정말이에요. 방금 아방과 어멍이 내게 말했어요. 도시오를 그렇게 추궁하지 말라고. 난 정신 차렸어요. 신이치, 마야, 지금까지 엄마가 미안했어. 용서해줄래? 다시 전처럼 좋은 엄마가 될게. 우리 함께 기도해요. 아방과 어멍에게 좋은 가정을 만들어달라고 부탁해봐요."

아내가 무엇 때문에 그런 마음을 먹었는지 모르지만 우리는 겉으로 드러난 모습에 의지할 수밖에 없었다. 실제로 아내의 표정 아래 도사리던 어둠이 걷히니 기대했던 나리타 부동존不動尊*의 은성殷盛이 비로소 우리 앞에 나타나 경내에 펼쳐졌다. 우리는 아이들에게 기념품을 사줄 여유가 생겼지만 눈에 띄는 가게가 너무 많다. 어느 가게에 들어갈까 망설이는데 어느덧 기울어버린 해가 마음에 걸렸다. 이제는 여기를 떠나야 할 시간이다. 해가 빨리 지는 겨울철이라 왔던 길을 따라 역 근처로 돌아왔을 때는 날이 저물어 이미 상점가의 불은 밝혀져 있었다.

우리가 외출한 동안 집에 무슨 일이 일어났을지 모르기에 귀가를 서두르고 싶지 않아 식당에 들어가 텅 빈 방 안쪽에 편히 앉았다.

아빠, 내가 맥주를 살 테니 원하는 만큼 마셔요. 아내가 간만에 다정하게 말했다. 그렇게 낭비할 여유가 없다고 대답하자

---

* 지바현 나리타산 신쇼지의 부동명왕상. 여덟 방위 가운데 중앙을 지키며 번뇌와 악마를 굴복시키는 왕이다.

아내가 말한다. 당신이 아는 것 외에도 내가 따로 가져온 돈이 있으니 걱정 말고 마셔요. 난 언제든 도망칠 생각이라 혼자 원하는 곳에 갈 만큼 돈을 가지고 다녔는데 이제 필요 없어졌으니 당신한테 한턱내고 싶어요. 평소 한난류 교차수역에 빠진 것처럼 의혹과 신뢰를 오가는 눈빛으로 나를 바라보며 불안해하던 표정이 신기하게 사라진 듯했으나, 아내가 그 상태를 언제까지 유지할 수 있을지 의심스러워 긴장을 풀 수 없다. 그래도 모처럼 좋아진 아내의 기분이 상하지 않도록 나베 요리와 돈부리를 주문하고, 아내의 권유대로 연신 맥주를 마시다 보니 두 병도 마시기 전에 벌써 취기가 돌았다. 장지문을 여니 아담한 뜰이 벼랑과 맞닿아 있고, 어둠 속으로 눈앞을 거무스름하게 가로지르는 얕은 골짜기가 보였다. 골짜기 건너로는 들판이 펼쳐졌는데 자동차 통행이 잦은 도로가 있는지 헤드라이트가 시야를 가로지르며 좌우로 움직였다. 저녁 안개가 골짜기를 덮자 묽은 먹으로 그린 듯 온통 사물의 윤곽이 뭉개진 풍광을 보니 눈이 즐거웠다. 비록 취한 상태였지만 그런 곳에서는 나와는 무관하게 자유로운 삶을 보장받은 사람들이 자동차를 달리고 있을 거라는 생각이 들었다. 맥주를 입에도 대지 않은 아내와 달리 나만 동작이 무뎌지는 것 같아 씁쓸한 후회가 스민다. 아내는 술 취한 내 모습을 싫어한다. 그 모습이 여자 곁에 있을 때의 행동을 상기시키기 때문이다. 요세나베에 어떤 재료가 들어가는지 당신 노트에 써보세요. 아내가 불러주는 대로 닭고기, 구운 두부, 어묵, 전복, 굴, 시금치, 배추, 은행, 조개관자, 표고, 삼엽채, 죽순, 곤약이라고 쓰다 보니 스냅사진을 찍을 때도, 노트에 무언가를 끄적거리는 지금도, 왜 자꾸 최후의 장면이 떠오르는지 알 수 없었다. 찌를 듯이 내 얼굴을 들여다보는 아내의 어둡고 험악한 눈초리는 견디기 힘들지만, 아내가 그런 행동조차 하지 않는다면 전략을 바꿔 눈에 띄지 않는 은밀한 방법으로 자살을 시도할 것만 같다. 아무래도 쥐도 새도 모르게 복수당할 것 같다고 생각하니 심장이 마구 뛰어 평상시의 안정감은 사라지고, 발작을 억지로 참는 아내에게서 차디찬 외로움이 느껴져 더 미칠 것 같다. 어린아이 둘을 돌보느라 바쁜 생활은 일상의 무게를 일깨웠지만 그 때문에 우리 가정의 적적함은 더 심해졌다.

자칫 지바행 기차를 놓칠 뻔했다. 막차가 예상보다 이른 시간에 발차했기 때문인데, 다행히 금방 알아채고 기차에 승차할 수 있었다. 우리는 좌석에 앉아 기차에서 구입한 도시락과 이 고장 특산물인 양갱을 펴놓고 먹었다. 승차 시간이 고작 한 시간 남짓인데도 어디 멀리 떨어진 고장으로 이사를 가는 기분이었다. 오늘 나들이로 아내가 다시 쾌활한 모습을 보여 신나게 떠들며 왔지만, 깨지기 쉬운 유리 장난감을 손에 쥔 것처럼 걱정이 끊이지 않는다.

피로가 심했는지 아이들은 반쯤 졸았다. 집에 돌아오니 판자 울타리는 낮에 외출할 때 모습 그대로고, 반나절 비워둔 집은 전등이 꺼져 있어 바닥이 가라앉아 보이는 것 말고는 별다른 변화가 없어 이상했다. 차마 눈 뜨고 보기 힘든 흔적이 남아 있지 않아 오히려 의아했고, 혹시라도 어딘가 독기가 숨어 있을지 몰라 우리 집인데도 꺼림칙했다. 울타리 문 자물쇠를 열고 평소처럼 우편함을 확인하니 역시나 안쪽 깊숙이 흰 종이가 들어 있었다. 불길한 조짐이 등줄기를 타고 올라와 몸을 움직일 수 없었다. 아내가 고개를 내밀며 순식간에 옆으로 다가오기에 더러운 물건을 집듯 종이를 꺼내 아내에게 건넸다. 아주 잠깐 심상치 않은 기류가 흘렀는데 예리하게도 신이치가 알아차린다.

"뭐야아, 뭐가 들어 있는 거야."

"아냐, 아무것도 아냐, 편지가 들어 있었어."

"누가 보낸 건데?"

"누구건."

아내와 아이들의 대화를 듣자 순간 나는 적막으로 떨어졌다. 마치 해가 진 황야 같았다. 집 안은 냉동실처럼 차갑고 어쩐지 곰팡이 냄새가 나는 듯했으며 어두컴컴한 구석부터 사방으로 강렬한 어둠이 밀려온다. 전등을 켰더니 방 한가운데 고양이 다마가 소리 없이 웅크리고 있어 얼결에 소리칠 뻔했다. 아내는 종이를 전등 가까이 대고 뚫어져라 글자를 들여다봤는데, 다마가 슬그머니 발치로 다가와 나지막한 울음소리를 내는데도 매정하게 발로 밀어냈다. 말없이 내게 건네준 종이에는 가타카나로 휘갈겨 쓴 글씨가 보였다. *비겁한 사람, 내일 반드시 이야기할 거야, 기다리고 있어.* 갑자기 머리가 뜨거웠다. *철면피, 부끄러운 줄도 모르고.* 그런 소리가 속삭이듯 귓가에 맴돌았다. 글자가 한 자 한 자 도드라져 보여 문장의 의미가 금세 파악이 되지 않았다. 이게 바로 그동안 두려워 피하기만 했던 결과란 말인가. 흐릿하게 갈겨쓴 글씨라 형체가 불분명했기에 의미가 확연히 들어오지 않는다. 하지만 당장 아내가 광기를 드러내면 곤란할 것 같아 이 일은 시간을 두고 천천히 생각해보기로 했다. 잠시 후 마음을 좀 가라앉히고 보니 결국 사건이 이런 식으로 전개되는구나 이해할 수 있었다. 정사의 결말이 판에 박힌 추잡한 얼굴을 드러낸 채 엷은 미소를 띠고 다가왔다. 아주 고약한 냄새가 풍겼기에 두려워 피하고 싶었으나 이제는 도저히 피할 수 없다. 지금은 무슨 일이 있어도 멍하니 생각에 빠진 모습을 보이면 안 된다. 아내가 발작을 일으킬지 몰라 일단 전열기로 물을 끓이고, 온 식구가 손과 얼굴을 닦아내며 외부의 먼지를 씻어냈더니 좀 살 것 같아 찬합에 넣어둔 조림과 과일을 먹었다. 아내가 결혼 전 큰 병을 앓을 때 나리타산의 부적을 지닌 덕분에 목숨을 구했다는 이야기를 해서 오늘 사 온 부적을 요 밑에 깔고 자기로 했다. 전적으로 아내의 생각을 따르는 것이 중요하다. 아내가 집에 날아든 종이쪽지에 반응하지 않았으니 나로서는 최고의 선물을 받은 셈이다. 그런 글자에 무슨 의미가 있겠는가. 잠을 잘 수 있을 때 최대한 자야 한다. 그날 밤 아내는 발작을 하지 않았고, 우리는 서로 꼭 끌어안은 채 잠들었다.

2일도 날은 맑았지만 해가 중천에 뜬 뒤에도 복도 커튼을 닫아놓고 이불 밖으로 나가지 않았다. 먼저 일어난 아이들은 기다리다 지쳐 놀러 나갔다. 그도 그럴 것이 아내가 눈을 뜨자마자 발작을 일으켰기 때문이다. 새벽녘에 잠이 깬 뒤 다시 잠들지 못하고 괴로워하는데 당신은 정신없이 잘 자더군요. 너무 태평해 보여 걷어차서 깨울 생각도 했어요. 잠이 안 와서 곰곰 생각해보니 믿을 수 없는 일들이 엄청 많던데요. 그런 일이 있은 뒤에도 단 한 번이지만 여자의 집에 간 것과 잡지를 두 권이나 보낸 것, 절대 용서할 수 없어요. 그건 전에 한 짓과 비교할 수 없을 정도로 질 나쁜 배신이에요. 여자가 슬슬 협박을 해오는데 대체 어쩔 셈이에요? 오늘쯤은 틀림없이 걔가 불량배들을 데리고 올 것 같은데. 아내가 그렇게 말했다. 지금까지 발작하던 모습과 변한 것이 없다. 더 이상 소동 부리지 않겠다고 어제 나리타산에서 빌지 않았느냐고 히스테릭하게 외쳐도 그 소리는 공허하게 내게 되돌아올 뿐 발작하는 아내에게는 아무런 효과가 없었다. 하는 수 없이 아내의 말대로 여자가 불량배를 동반하고 쳐들어오면 어떻게 처리할까 생각해보지만 적당한 방법이 떠오르지 않는다.

커튼과 유리창을 닫아놓았더니 몰래 숨어 있는 기분이라 몸이 위축되는 듯하다.

"쉿, 조용. 밖에서 누가 불러요."

아내는 몇 번이나 안색을 바꾸며 얼어붙은 듯이 꼼짝하지 않았다. 그 모습을 보니 나도 차츰 마음이 약해지고 두려움이 엄습한다.

"걔가 왔나 봐. 무서워라."

아내는 혼잣말을 했다.

"이 집을 팔아 돈을 주면 더 이상 안 찾아올까요?"

그러면서 내 얼굴을 가까이 들여다본다.

"그 돈, 당신이 가져가요? 아니면 내가 가져가요? 어떻게 할까요? 당신은 위험하니까 아무래도 내가 가지고 가야겠네."

그때 옆집 가네코네 마당 쪽에서 걸걸한 여자 목소리가 시끄럽게 들려왔다.

"봐요, 걔가 와서 당신을 부르고 있잖아요."

아내는 새파랗게 질려 두려움에 떨었다. 알고 보니 근교 농가에서 야채를 팔러 온 농사꾼 아낙의 소리였다. 아내는 고구마를 사러 밖으로 나갔다. 잠시 후 아내의 해맑은 웃음소리가 다른 사람 소리에 섞여서 들렸다. 잃어버린 줄 알았던 일상이 아직 남아 있어 짠한 마음이 들면서도 아내의 마음을 헤아릴 수 없었다.

여자가 찾아오는 것이 두려우면 얼른 집을 나가 어디로든 가야 하지만, 쓸데없이 몸이 나른하고 동작이 늘어졌다. 정오가 가까워오자 아내가 목욕탕에 가자고 했다. 나는 목욕 같은 건 나중에 하고 한시라도 빨리 외출하자고 했지만, 아내는 더러운 몸으로 다른 집을 방문하면 안 된다며 고집을 부린다. 아내의 말을 따라야 했으므로 가까운 라듐탕에 갔다. 신이치는 내가 데리고 들어가고, 마야는 아내를 따라갔다. 높은 창에서 들어온 햇살이 증기 때문에 부옇게 비치는 가운데 욕탕에 몸을 담그고 있는데 본의 아니게 낯익은 사람들이 이웃의 소문을 쑥덕거리는 걸 듣게 되었다. 처자 있는 남자가 남의 아내를 건드렸는데 그 남편에게 협박을 받아 몹시 난처하다는 내용이었다. 나는 굳은 얼굴로 욕탕 밖으로 나가 불편한 심정을 꾹꾹 누르며 신이치의 몸을 닦아줬다. 얼마 전만 해도 목욕탕에 아이들을 데리고 가기 싫어 마야뿐 아니라 신이치까지 아내에게 맡겼던 기억이 떠올라 나 자신에 대해 혐오가 치민다. 신이치는 요즘 나를 대할 때 체념하는 듯한 태도를 보였기에 내가 씻겨주는 대로 따르긴 했지만, 툭하면 눈도 깜짝하지 않고 차가운 시선으로 빤히 바라본다. 뭘 해줄까 물어도 아무래도 상관없다고 대답해 나는 마음의 상처를 입었다. 여탕에서 아내가 누군가와 크게 이야기하는 소리가 들렸는데 목소리가 평소보다 어리게 느껴졌다. 아직 앳된 아내가 통통하고 밝은 얼굴로 사람들과 스스럼없이 친해지는 모습이 떠올라 힘이 불끈 솟는 듯하다. 그런 아내의 모습은 다시 바깥출입을 시작한 요즘에야 알게 되었지만, 나는 아주 오래전에도 그 비슷한 목소리를 들은 적이 있다. 그때도 비스듬히 내리쬐는 햇빛 속에서 증기가 피어오르는 가운데 주위에서 기운을 북돋는 나무통 부딪는 소리가 났으며, 평소와 달리 밖에서만 들을 수 있는 점잔 빼는 목소리가 어린 내 귀를 간지럽혔다. 아마 그건 돌아가신 어머니에 대한 기억일 것이다. 그때는 나도 독립된 존재였지만 모든 것을 종속당한 지금의 나는 사람들이 욕탕 안에서 쑥덕거리는 이야기에도 차마 얼굴을 들 수 없다.

그날, 2시가 넘어서야 겨우 집을 나설 수 있었다. 아내는 누가 찾아올까 봐 전전긍긍했고 나도 그런 심리에 물들었지만 아무도 집에 찾아올 리 없었기에 우리는 그날의 목적지로 향했다. 전철 안에서 아내는 발작하는 표정을 지으며 나를 추궁했다. 그건 깨뜨릴 수 없는 하나의 논법이었는데 아내는 자신을 사랑하는데도 왜 다른 여자를 만들었는지 몇 번이나 캐묻더니 결국 자신은 사랑받지 못하므로 더 이상 못 살겠다는 결론을 냈다. 증거가 자꾸 쌓이고 그때마다 내가 한 행위에 대해 자세한 설명을 요구받았으므로 나는 습관처럼 실성한 척했다. 아키하바라역에서 환승할 전철을 기다리며 말했다. "그래, 내가 분명 그런 짓을 했어. 그런데 어쩌라고. 과거의 잘못을 뉘우치고 사과했는데도 계속 날 못살게 굴면 견딜 수 없잖아. 내가 그렇게 더러우면 날 떠나면 되잖아. 맞아, 난 당신 말대로 불결한 인간이야. 새삼스러운 일도 아니잖아. 나한테는 그게 어울리니까 더 추악해질 수도 있어. 더럽다, 더럽다 그러면서 나한테 딱 붙어 있는 당신은 대체 뭐야. 사태를 수습할 생각이 있으니까 당신 말대로 뭐라도 하겠다는 거잖아. 그렇게 마음에 안 들면 어디 마음대로 해봐. 나도 내 멋대로 할 테니까. 더러운 게 뭐 대수라고. 난 당신처럼 순, 결, 하지 않으니까." 그렇게 말하며 있는 대로 아내를 노려보던 중 전철이 플랫폼으로 들어오기에 내가 비틀거리며 전철에 다가가자 아내가 당황하며 내 양복 소매를 잡았다. 아내는 얼굴이 창백해져 덜덜 떨었지만 자신이 지금까지 무슨 말을 했는지도 모르는 모양이었다.

그러나 시간이 지나자 아내의 발작은 사라졌고, 조금 전과 달리 아내는 내게 친절했다. 그걸 거부하지 않은 채 마구 휘저어 흐트러진 것을 다시 그러모아 붙여놓듯 발작 때문에 중단된 생활을 계속 이어가려 한다.

우리는 그날 방문한 W 선생 댁에서 하룻밤 묵었다. 임야의 단차 일부까지 정원으로 만들어 W 선생의 집은 널찍했다. 옹색한 우리의 생활공간을 벗어나 그곳에 가니 마음이 넓어진다. W 선생 내외의 거리낌 없는 환대를 받다 보니 우리가 비정상적인 나날을 보내는 것조차 사실이 아닌 것 같았다. 아내의 숙부 댁이나 사촌 집을 제외하면 도쿄에서 우리가 자러 갈 곳은 W 선생 댁밖에 없었고, W 선생의 부인이 경영하던 바에서 아내를 종업원으로 잠시 써준 적도 있었다. 작년 초가을부터 생활이 쪼들려 딱 한 번 돈을 빌린 뒤 아직 갚지 못해 상환 날짜를 좀 연기해달라고 부탁할 셈이기도 했다. 앞으로 어떻게 생활을 꾸려갈지 아무 대책이 없다. 지금 사는 집이 작긴 해도 분가할 때 아버지가 사주신 집인데, 남은 재산이라곤 그 집 하나밖에 없기에 점점 파는 쪽으로 생각이 기운다.

그날 밤 W 선생 댁에는 바에서 일하는 바텐더와 여종업원들도 새해 인사를 왔기에 모두 고타쓰에 둘러앉아 흥겨운 술자리를 가졌다. 다른 사람들이 있으면 발작을 하지 않는 아내는 한때 같이 일하던 동료들과 잡담을 나눴고, 나도 사람들의 권유로 아내의 승낙을 받고 거듭 술잔을 기울였다. 마침 취기가 돌던 중, 진수성찬에 과자까지 양껏 먹은 신이치와 마야가 W 선생의 막내와 여러 장난감을 가지고 재미있게 노는 모습이 보였다. 좌중의 화제가 바에 오는 손님들의 소문으로 옮겨 가자 유혹에 도취되었던 시절의 내 모습이 떠오르고 취기까지 더해져 점점 과거로 돌아가는 듯했다. 예고한 대로 여자가 집에 찾아온다면 이미 도착했을 시간이다. 여자는 자기 집에서 나와 전철을 몇 번 갈아타고 도쿄 변두리인 고이와까지 먼 길을 찾아오지만 굳게 닫힌 남자 집 문은 커튼까지 내린 채 잠겨 있어 엄청나게 무거운 촛불을 들고 빈집 주위를 배회하며 험악한 얼굴로 어디 열린 입구가 없을까 찾는다. 매일 밤 묘지에서 빠져나와 날뛰는 옛날이야기 속 노파를 연상시키는 그 모습은 평소와 같은 분위기가 남아 있을지라도 내가 알던 여자의 모습과는 딴판인, 남자를 협박하는 이상한 여자다. 내 감각에 남아 있는 여자는 애욕에 빠져 처자식을 돌보지 않은 남자에게 안식처가 되어주는 여자인 까닭에 아내를 쫓아내라며 담판 지으러 간다는 전보를 보내는 여자와는 서로 연결이 되지 않는다. 내 몸에서 빠져나가 몇 번이나 전철을 갈아탄 뒤 여자 집에 겨우 도착해 두근거리는 마음을 진정시키며 안으로 들어가는 또 다른 나의 희미한 그림자가 느껴져 얼결에 아내의 눈치를 살폈다. 아내는 상기된 얼굴로 눈을 가늘게 뜨고 웃고 있다. 그 모습을 보니 가게에 나가던 시절 일이 익숙지 않아 손님을 향해 어색하게 웃는 모습이 어땠을지 상상할 수 있었다. 많이 마신 줄 몰랐는데 속이 울렁거릴 정도로 취기가 돌았고 자꾸 나 자신에 대한 혐오가 치밀었다. 이윽고 이야기의 화살이 나에게 향했는데, 누군가 설마 이 사람이 바람을 피우겠냐고 하자 또 다른 누군가가 사람은 겉모습만 봐서는 모른다며 장담할 수 없다고 말한 것 같다. "어느 쪽일까요. 저야 모르죠." 웃으면서 그렇게 대답하는 아내의 얼굴이 눈앞에서 떠나지 않는다.

방 하나에 따로 잠자리가 마련되어 있어 아이들은 바로 잠들었다. 우리 둘만 남게 되자 아내는 곧바로 발작을 일으켰다. 그렇게 취한 모습은 처음 봤다며 '포기한다고 헤어져봤지만' 그 노래는 왜 몇 번씩이나 불렀냐고, 종이쪽지에 연필로 끄적이던

러시아어 같은 글자는 뭐냐고 자꾸 묻는데도 기억이 나지 않는다. 그걸 계기로 최근 넉 달 동안 줄기차게 추궁하던 심문이 또 시작되어 한 이불 속에서 뻣뻣이 누운 채 한숨도 못 자고 아침을 맞았다. 해가 뜨면 W 선생의 가족들도 잠에서 깰 텐데 다른 사람들과 함께 있을 때는 아내의 발작도 가라앉으니 일찍 기상하기를 바랐지만 워낙에 야행성이라 일어날 기미가 보이지 않는다. 내 몸은 막대기처럼 뻣뻣했고 아내와의 사이는 얼어붙은 듯했다. 우리는 이것밖에 안 되는 인간이다. 다른 사람은 어떠할지 모르지만 이게 우리의 한계라고 생각했다. 비로소 아내의 사고에는 다소 억지스러운 부분이 있다는 걸 깨달았다. 잘못을 용서하는 것이 아니라면, 이 세상에서 없애버릴 수 있는 것도 아니고 같은 질문을 반복해봐야 아무 소용이 없지 않은가. 그걸 알아도 아내의 반복되는 추궁을 막을 방법이 없다. 아무리 험한 꼴을 당하더라도 나는 아내 곁을 지켜야 한다. 하지만 아내에게 밤새도록 시달리면 혐오감에 온몸이 얼어붙는다. 복도에 달린 빈지문의 옹이구멍으로 아침 햇살이 흘러 들어올 즈음에야 아내가 꾸벅꾸벅 졸기 시작했는데, 신이치가 이불 위에 서서 당황스럽게 주위를 두리번거렸다. 왜 그러냐고 물었더니 "오줌 쌌어"라고 말한다. 우리는 얼른 일어나 욕실로 가서 요와 이불을 빨았다. 신이치는 이제껏 한 번도 그런 적이 없었다. 안타까운 마음이 앞섰고, 부모의 불화가 아이들에게 안 좋은 영향을 미친 것 같아 마음이 위축된다.

늦은 아침 식사를 마친 뒤 W 선생의 권유로 산책을 따라나섰다. 그곳도 도쿄 변두리지만 저지대인 고이와 외곽과는 달리 낮은 언덕과 골짜기가 뒤섞인 평원이었다. W 선생은 예전부터 시골길을 다니며 절의 경내나 길가에 방치되어 있는 돌부처를 사진에 담았다. 집 밖으로 나가면 눈에 보이는 모든 것들이 먼 풍경처럼 아련했고 모두 병든 신경에서 풀려난 것처럼 활기가 느껴져 지금의 나와는 무관하다. 주변에는 토목공사 계획에 따라 도로를 새로 포장해 '지방자치단체'라든가 '예산'처럼 근엄하고 낯선 글자가 눈앞에서 번쩍일 것 같은 곳도 있었지만, 나머지 곳들은 옛날 촌락 모습 그대로라 어제 나리타행 기차 안에서 본 시골 풍경과 비슷했다. 그 모습을 보니 어린 시절 마음속에 각인된 채 그대로 변치 않은 도호쿠 지방의 풍광이 떠올랐다. 그 고장 사람들에게는 생활에 대한 강한 의지와 더불어 자세가 흐트러지지 않는 안정감이 있었는데, 나는 더 이상 그런 것과는 상관없는 곳으로 떠나오고 말았다. 남쪽 섬이 고향인 아내의 신경을 다치게 한 탓에 내 몸이 어디 소속인지도 생각할 수 없는 구렁에 빠져 기어 나올 수 없는 상태다.

정성을 다해 돌부처 사진을 찍는 W 선생의 모습이 내 눈에는 더없이 쓸쓸해 보였으나 그렇다고 내가 직면한 상황을 선생에게 털어놓을 수도 없다. 나는 공연히 혼자 있고 싶어졌다. 돌부처도 형태가 다양했는데 그런 것을 알아보는 W 선생이 부러웠다. 돌이 깨지고 이끼까지 덮인 조각들은 볼품없고 조야했지만 신기하게도 각기 나름의 개성이 드러나 이 근처 주민들의 건전한 생활을 짐작할 수 있었다. 그 틈에서 매끈하게 여자 얼굴이 각인된 조각을 발견했을 때는 나도 모르게 얼굴이 화끈거렸다. 어쩐지 죄의 냄새가 풍기는 것 같아 가만히 보고 있을 수 없었는데, 여러 각도에서 사진을 남기려는 W 선생의 행위가 두렵게 느껴졌다. 갈림길에 서 있는 지장보살의 머리를 만져보니 약한 겨울 햇살에도 뜨뜻미지근한 자비가 느껴져 무심결에 손을 움츠릴 정도로 깜짝 놀랐다. 아무래도 나는 또 양심의 가책에서 헤어나지 못할 것 같다.

걷다가 지쳐 포장도로로 나와 빈 택시를 잡아타고 W 선생 댁으로 돌아와보니 아내가 멍한 표정으로 고타쓰에 앉아 있었다. 그 모습을 보니 결혼하려고 홀로 섬에서 나왔을 때의 앳된 얼굴이 떠올랐다. 잠시나마 아내 곁에서 벗어나 혼자 마음을 가라앉혔을 뿐인데 왜 죄지은 기분이 드는지 모르겠다.

4일은 잠에서 깨어보니 아내가 이미 발작을 일으킨 뒤다. 오전 내내 옥신각신하다가 정오 무렵에야 간신히 이불을 치웠다. 아내나 나나 이대로 밖에 나가지 않고 하루 종일 집에만 머무를 수는 없을 것 같았다. 누군가 자꾸 다그치는 것 같아 좌우지간에 3시 넘어 집에서 나왔다. 처음에는 도자카動坂에 사시는 숙부 댁에 갔지만 안 계셔서 무사시사카이武藏境의 사촌 집으로 행선지를 바꿨다. 신주쿠에서 지하철을 환승할 때는 아내가 괴성을 지르며 출구 계단으로 뛰어갔다. 역이 혼잡해 사람들과 마구 부딪치는데도 마치 혼자만 질주하는 것처럼 개의치 않았다. 나도 사람들과 부딪쳐가며 뒤따라가 아내를 붙잡았다. "걔가 있어, 걔가 있다니까." 아내는 한곳만 바라보며 소리쳤다. 고이와로 다시 돌아갈 수는 없었기에 다치가와立川행 전철을 탔으나 아내는 차 안에서 소리 높여 울었다. 승객들이 우리를 쳐다보았지만 신경 쓸 여유가 없다. 아이들도 얌전히 부모 옆에 앉아 있었다. 미친 사람이라고 손가락질하는 것은 나나 아이들이나 이골이 났다. 오른손으로 아내의 몸을 감싸고 왼손으로 아내 손을 잡은 채 흥분의 파고가 가라앉기를 기다릴 수밖에 없다. 하지만 진정될 기미는 전혀 보이지 않고 울음소리가 점점 커지는 바람에 일단 다음 역에서 내려 플랫폼 의자에 앉아 아내에게 무릎베개를 해주고 몸을 쓰다듬어줬다. 코트 속으로 찬바람이 들어와 뼈에 스미고 이가 딱딱 부딪쳤다. 전철 몇 대가 눈앞에 정차해 내리는 사람과 타는 사람이 자리를 바꾸자 다시 발차했다. "머릿속이 차가워졌어요." 잠시 후 아내가 몸을 일으키고 눈물을 닦기에 다음 전철을 탔다. 무사시사카이에 내리자 아내가 말했다. "이제 다 나았어. 괜찮아요." 우리는 역 앞의 찻집에 들어가 아이스크림을 먹었다. 스토브가 켜져 있어 따뜻해진 몸으로 찬 아이스크림을 삼키니 아내는 한결 정신이 드는 모양이었다. 간신히 마음을 다잡고 걸어서 사촌 집에 갔다. 연로하신 숙모도 계셨는데 정겨운 섬 사투리를 들으니 아내의 마음이 누그러진 듯했다. 그날 밤 우리는 그 집에서 묵었다. 잠이 들 때까지 아내는 발작을 일으키지 않았다. 섣달그믐 밤부터 잠을 제대로 자지 못했지만 그날 밤은 둘 다 숙면을 취할 수 있었는데, 다음 날 아침 눈을 떠보니 아내의 메마른 눈이 내 얼굴을 빤히 쳐다보고 있었다.

"당신은 무서운 사람이에요."

아내는 안색도 변하지 않고 말했다. "난 아무래도 더 이상 못 살겠어요."

"나도 못 살아."

나도 맞받아쳤다.

"그러면 아이들은 어쩌라고요."

"이 세상에 아이들만 남겨두고 가면 불쌍하니까 다 같이 독약을 마시지 뭐."

"그런 막돼먹은 말을 어떻게 그리 태연하게 할 수 있어요!"

"그럼 어쩌라고."

"어쩌라고,라니……"

"당신이 더 이상 못 살겠다고 했잖아."

"그래요."

"나도 못 살겠어. 언제 죽어도 거리낄 것 없다고. 각자 알아서 죽어도 상관없지만 허구한 날 이렇게 싸우기만 하니 이 기회에 같이 죽어버리자. 아이들이 가엾지만 이렇게 한심한 인간을 부모로 두었으니 할 수 없지. 조금만 더 컸으면 두고 가도 상관없을 것 같은데 아직 너무 어리니까. 어쩔 수 없지."

"난 혼자 죽을래요."

"정 혼자 죽고 싶으면 그러든가. 나도 아이들과 같이 독약을 마시고 죽을 거니까."

"당신은 살아서 아이들을 키워요."

"아, 지긋지긋해. 이제 모든 게 다 넌덜머리가 나. 당신은 죽고 싶지 않으면 죽지 마."

"그래도 당신은 죽을 거고요?"

"응."

"그럼 어쩔 수 없네. 함께 죽어요."

우리는 숙모와 사촌에게 들리지 않도록 소리를 낮춰 상의했다. 그러고 나니 피곤해져 잠이 들었다. 염치없었지만 정오 무렵까지 이불 밖으로 나가지 않았다. 1시가 다 되어서야 휴대한 카메라로 숙모와 사촌 가족들에게 사진 몇 장을 찍어줬다. 참사慘事 후에 사촌 가족들의 기분이 언짢을 수도 있겠다는 생각이 언뜻 머리에 스쳤다. 아내가 사촌의 아이인 두 살 위 여자아이를 쫓아다니며 못된 장난을 치는 신이치를 말렸지만 신이치는 들은 척도 하지 않았다. 신이치가 옆에 왔을 때 아내는 엉덩이를 때리려 했으나 신이치가 눈을 치켜뜨며 반항하자 흥분해 아이를 붙잡고 눈에 핏발까지 세우며 때렸는데, 아이를 나무라는 것 이상으로 살기가 돌았다. 신이치도 제정신이 아닌 것처럼 날뛰었다. 아내가 정신을 차리고 신이치를 놓아준 뒤에도 신이치는 한참을 몸부림치며 뱃속의 소리까지 다 쥐어짜듯 울부짖었다. 너무 억울해서 도저히 참을 수 없는 모양이었다. 그 모습을 보고도 나는 가만있었다. 세상만사 끝장난 것 같았다. 3시가 넘어 우리는 사촌 집을 나왔다. 신주쿠를 지나가면 아까처럼 소동을 피울까 봐 전철이 오기쿠보荻窪역에 정차할 때 아내와 아이들을 쿡쿡 찔러 내리게 했다. 내가 거칠게 대하자 아내는 처녀 때처럼 두려운 표정을 지었는데 그 모습이 아름다웠다. 신주쿠를 피하기 위해 역 앞에서 버스를 타고 시모이구사下井草에 가서 전철을 탄 뒤 다카타노바바高田馬場에서 다른 노선으로 갈아타고 이케부쿠로 쪽으로 돌아 아키하바라에서 한 번 더 환승한 끝에 겨우 고이와로 돌아올 수 있었다. 위험한 물건인 양 긴장하며 우편함을 살피는데 아내가 말없이 내 곁으로 다가오더니 우편함 속에서 흰 종이를 꺼냈다. 내용도 새로울 것 없었다. *왜 매일 도망치는 거야, 비겁한 놈. 혼쭐을 내줄 테니.* 가타카나로 개발새발 써놓은 추악한 말들이 혼란한 머릿속에서 요동쳤다. 마음이 시끄러웠지만 저녁 식사를 해야 할 시간이라 찬합에 보관해둔 찬 음식들로 식사를 마쳤다. 오세치 요리를 만들어놓았으나 찾아오는 손님들에게 대접할 틈도 없이 계속 집을 비웠다. 내 죄업의 대가라는, 정체 모를 커다란 보자기 꾸러미가 등에 업힌 것처럼 저절로 머리가 숙여지는 바람에 아내나 아이들의 얼굴을 똑바로 쳐다볼 수 없었다.

"이럴 때 온 가족이 동반자살하면 개한테 지는 거잖아. 난 이제 죽는다고 하지 않을 테니 아빠도 더 이상 죽는다는 말 하지 말아요. 죽을 생각이면 뭐든 다 할 수 있어요. 난 죽으려면 개를 죽이고 나서 죽을 거예요. 개는 반드시 죽일 거라고."

아내가 그렇게 말하기에 나도 그 의견에 적극 찬성하는 것처럼 말했다.

"당신이 그렇게 마음먹어준다면 나도 죽을 생각 없어."

결국 아침에 사촌의 집에서 상의했던 위험한 계획은 간단히 무산되고 말았다.

우리가 집에 돌아오면 언제 들어왔는지 다마가 신기하게도 곁에 웅크리고 앉았다. 다마는 전에 야간 고등학교 수업 때문에 온 가족이 외출했다가 돌아올 때 역 앞 영화관 뒷골목에서 만난 고양이인데, 우리를 따라와 그날부터 함께 살게 되었다. 정초부터 식사가 불규칙했고 집을 비워둔 채 연일 다른 집에서 자고 왔기에 먹이도 챙겨주지 못하고 방치한 셈이다. 그래도 다마는 우리가 돌아오자 금방 모습을 드러냈다. 찬합에는 다마에게 먹일 만한 음식이 없어 우동을 사다가 끓여줬다. 다마에게 밥을 주다 보니 집 뒤편에 있는 닭 두 마리도 생각나 배합사료를 주러 갔다. 닭장 청소를 하지 않아 냄새가 지독했지만 닭들은 아직 죽지 않고 살아 있었다. 잦은 바깥출입으로 아이들이 감기에 걸려 기침을 하기에 루골액과 용각산을 사 와서 목에 바르고 마시게 했다. 냉랭한 집에도 어느 정도 일상의 온기가 도는 듯했지만, 그럴수록 요즘 집 안에 도는 이상한 기류가 몸에 스며드는 것 같아 비참한 기분에 휩싸인다.

  아침이 오면 아내는 취한 사람처럼 된다. 어디로든 외출해야겠다고 생각하지만 신속히 실행에 옮길 수 없다. 더 이상 갈 곳이 없기 때문이다. 이런 생활을 계속하는 건 불가능하다. 이런 식이라면 나는 일도 제대로 할 수 없다. 집을 파는 것으로 이야기는 마무리되었다. 도쿄를 떠나 어디 먼 곳에서 일거리를 찾아 조용히 살자. 우리는 대충 그쯤에서 타협했다. 하지만 논의 중에도 발작이 오면 그런 생각은 도루묵이 되고 아내는 변함없이 내 과거를 질타했다. 지금도 당신은 개와 연락하며 나를 위협해 죽이려는 것이 틀림없어요. 그 말을 하면서 아내는 역병에 걸린 것처럼 와들와들 떨었다. 하루하루의 날씨가 일상적으로 체감되지는 않았지만, 매서운 추위에도 날은 연일 화창해 다행이었다. 아내가 발작하면 무슨 말을 해도 의미 없으므로 실성한 척했으나 그것도 여러 번 반복하니 별로 효과가 없었다. 나는 잠옷을 벗으며 다다미 바닥에 앉는다. "폐렴에 걸려주지." 그렇게 말하니 아내가 맞받아친다. "그런 돼먹지 않은 말을 하려면 아예 벌거벗든가." 나는 벌거벗는다. 말라서 보기 흉한 육체를 드러내고 있는데 이가 딱딱 부딪쳤다. "좋아요, 나라고 못 할 것 없죠." 아내도 윗옷을 벗는다. 둘 다 물러서지 않았으므로 결말이 나지 않았다. 나는 코드를 목에 감는다. 예상한 대로 아내는 나를 말리려고 내 몸을 붙잡고 늘어졌는데 서로 몸싸움을 하던 중 아내가 맹장이 아프다고 하는 바람에 나는 허겁지겁 손을 놓고 아내의 고통이 수그러들 때까지 기다렸다. 이런 어리석은 짓은 그만두고 싶지만 멈춰지지 않는다. 마음을 다잡기 위해 커튼을 여니 햇빛이 방에 한가득 들어왔다.

울타리 너머에서 우편배달부가 방문을 알렸다. 엽서 한 통을 내밀며 요금이 부족하다고 했다. 부끄러울 정도로 얼굴이 창백해진다. 하지만 일단 울타리 문을 열었다. 엽서를 받아보니 W 선생 댁에 갔을 때 신이치가 그림엽서에 장난으로 자기 이름과 우리 집 주소를 적고는 우표도 붙이지 않고 그냥 우체통에 넣은 것이라 안도한다.

오후에는 아픔이 가신 아내가 자리에서 일어났기에 아이들까지 데리고 육교 건너 철도길 북쪽 국도의 부동산 중개소를 방문했다. 집을 팔아달라고 부탁하고 오는 길에 영화관에 들렀다가 어두워진 뒤에 귀가하니 우편함에 또 종이가 처박혀 있다. 더 이상 보고 싶지 않다. *악마, 비겁한 겁쟁이, 계속 도망치는구나. 자신의 행동에 책임지고 마지막까지 싸워라. 각오해라.* 아내는 여자가 집 안에 숨어 있기라도 한 것처럼 부들부들

떤다. 공포에 질린 아내의 표정을 보니 견딜 수 없다. 아무래도 어디 먼 곳으로 이사를 가는 수밖에 없다. 이 으스스한 느낌. 추운 건 진저리 칠 정도로 싫다. 그래, 남쪽이 좋겠다. 아내의 고향인 남쪽 섬으로 가자. 나는 차츰 그런 생각이 들었다. 하지만 아내는 찬성하지 않는다. 초라해진 상태로 섬에 돌아갈 수 없다며 절대 승낙하지 않았다.

7일에는 바람이 불었다. 아내와 밤새도록 꼭 끌어안고 잤더니 어깨와 팔이 쑤셨다. 신이치는 아침에 우리가 자는 서재 맹장지로 와서 손잡이 뒤의 구멍에 눈을 대고 말했다.

"안녕하세요. 아침이 밝았어요. 공장도 시작했어요. 아침이에요."

집 뒤편 공장은 사흘 연휴가 끝나자 바로 업무를 개시했다.

"어떤 여자가 우리 이름을 불렀는데 들어본 목소리야."

신이치의 말에 아내는 또 겁을 내며 입술을 바르르 떨었다. 아내는 요 며칠 공포에 떨었다. 발작은 계속되었지만 추궁을 해도 이전 같은 예리함이 사라진 것 같아 어처구니없게도 묘한 쓸쓸함이 느껴졌다. 눈빛이 흐릿하고 맥이 빠져 있었다.

"걔가 온다, 걔가 온다고."

눈빛이 변한 아내가 소리치며 내게 덤벼들었다. 아무래도 당분간 이 집을 떠나 있어야 할 것 같다. 중개사가 와서 집을 둘러보더니 금방은 안 팔린다는 말을 하고 돌아갔다.

연말 이후 쓰레기차가 한 번도 오지 않는다. 쓰레기통은 넘치고 문 주위에는 종이 뭉치들이 바람에 날려 소용돌이쳤다.

소마相馬에 가자! 문득 그런 생각이 들었다. 왜 진작 그 생각을 못 했을까. 소마는 부모님의 고향이다. 어린 시절, 나는 거의 소마에서 여름방학을 보냈기에 친가나 외가의 친척들과 친했다. 아내의 상태가 진정될 때까지 어디 농가 별채의 조용한 방을 빌려 살아보자. 아내와 아이들에게 내 고향을 알릴 좋은 기회인지도 모른다. 만약 운 좋게 그쪽 학교에 일자리가 있으면 한동안 시골 생활을 해도 나쁘지 않을 듯하다. 평소에는 잊고 있었던, 오래도록 변하지 않은 내 고향, 도호쿠의 땅 내음이 내 마음을 감쌌다. 육교 옆의 한적한 정류장과 하얗게 얼어붙은 도로, 수호신을 모신 숲과 뽕밭이 있는 언덕, 그리고 초가집과 뒷문 주위의 대숲이 눈에 선했다. 생활이 정상화될 때까지 준비 자금으로 집 매도금을 쓰면 된다.

아내도 찬성할 줄 알았다.

"내가 뭘 어쨌다고 그래요! 나나 아이들은 아무 짓도 하지 않았는데 왜 내 집에서 마음 편히 있을 수도 없는 거죠? 세상에 이런 비참한 꼴이 어디 있어요."

아내는 하염없이 울었다.

"모두 당신이 한 짓이잖아요."

나는 화제를 전환해야겠다고 생각했다.

"그렇게 결정했으니 당장 내일이라도 출발할까?"

"아무리 그래도 처음으로 당신 고향에 함께 가는 건데 빈손으로 갈 수는 없어요."

아내는 일언지하에 반대했다. 목욕을 하면 기분이 상쾌해질 거라는 아내의 말에 온 식구가 라듐탕에 갔다. 목욕탕이 내 유일한 도피처 같다. 거기 있는 동안은 아내의 발작이나 여자의 위협에서 자유롭고 아내가 도망칠 위험도 없다. 탕 안에서 신이치를 물끄러미 바라보고 있는데 신이치가 말했다.

"아빠, 내 마음속에서 **가정 사정**이 벌어지고 있어."

나는 당황했다.

"아빠 고향에 데려갈게. 재미있을 거야."

그런 말로 기운을 북돋우려 했지만 신이치는 아이답지 않게 입가에 메마른 웃음만 지었다.

"왜 그래, 즐겁지 않아?"

그렇게 물으니 신이치가 대답했다.

"난 이제 재미 같은 건 몰라. 재미있어도 마음속에서 웃음이 안 나와."

아내를 기다려 함께 집으로 돌아갔다. 우편함을 보니 아무것도 들어 있지 않아 한시름 놓았다. 하지만 저녁 식사 후 닭 모이를 주러 갔던 아내가 혼이 빠진 듯 겁에 질려 어두운 얼굴로 방에 돌아왔다.

"무슨 일이야."

내가 물었지만 대답하지 않고 가만히 편지를 건네줬다.

"당신, 직접 마주친 거야?"

용기를 내어 물었더니 고개를 젓는다.

"도대체 어떻게 된 거야? 빨리 말해봐."

차츰 목소리에 날이 선다. 나는 진정할 수 없었다.

"닭에게 모이를 주는데 아오키 씨 부인이 나와서 건네줬어요."

드디어 아내가 입을 열었다.

우리가 라듐탕에 간 동안 여자가 옆집 아오키네로 찾아가 우리 집 사정을 꼬치꼬치 물은 모양이다. 아오키 말로는 설날에는 여자 외에 남자 서너 명도 함께 와서 울타리를 탕탕 치며 일부러 주변에도 다 들리게 내 사생활에 대해 크게 떠들어대더니 오늘은 아내가 아픈지 끈질기게 물었다고 한다.

나는 안절부절못하며 말했다.

"어떻게 집을 비운 날만 찾아왔을까."

"그야, 우리가 계속 도망 다니니까 그럴 수밖에 없죠."

아내가 심술궂게 말했다.

"아니지, 오늘만 해도 그래. 목욕탕에 간 사이에 온 거잖아. 마치 망을 보고 있다가 우리가 나간 걸 확인하면 오는 것 같아. 우리를 덮치려면 이른 아침이나 밤에 찾아오면 될 거 아냐."

"왜 나한테 그런 얘기를 하죠? 내가 가르쳐줘요? **당신이 가장 사랑하는 아내가 쓰는 수법이 뭔지?** 하긴, 그 종이에 다 쓰여 있었잖아요. *재판을 해서라도 미호를 쫓아낼 거야. 결혼하겠다고 약속한 건 어떻게 할 거야. 당신이 가장 사랑하는 아내로부터.* 걔는 나를 쫓, 아, 내, 고, 싶, 어, 하니까. 너무 빤하잖아요."

"······"

"걔는, 자꾸 간다고 협박하면 내가 미친다는 걸 아나 봐요. 그러니까 아오키 씨한테 나에 대해서만 물어본 거겠죠. 당신은 아직도 걔 진짜 정체도 모르니까."

"그런 이야기는 이제 그만하자. 그보다 고향으로 가는 것에 대한 의논이 먼저야."

"당신, 그렇게 도망칠 필요 없어요. 거기 가는 것보다 이게 더 근본적인 거예요. 걔는 그냥 물러서지 않을 거예요. 그러니까 당신도 결심을 해야죠. 여차하면 우리가 먼저 걔네 집에 찾아가 결론을 내야 한다고요. 이 집을 넘겨줄 거예요? 한 달에 2만 엔씩이라도 보증해줄 거예요? 당신한테 그런 주변머리가 있기나 해요? 아니면 나를 내쫓고 걔를 데려올 거예요?"

"나는 그런 방법에는 찬성하지 않아. 어쨌든 당신이나 나나 당분간 시골에 가서 신경 끄고 있는 게 좋겠어."

대답을 하지 않은 채 잠시 고타쓰에 엎드려 있던 아내가 고개를 들더니 아주 피곤한 얼굴로 말했다.

"사실은 나, 미칠 것 같아요. 너무 무서워요. 더구나 요즘은 자꾸 몸이 늘어지는 것 같아 아무것도 하고 싶지 않단 말이에요. 이럴 때 그렇게 추운 곳으로 여행을 가도 될지. 몸이 약한 아이들도 걱정되고요. 우리 아이들은 감기에 잘 걸리는데."

그래도 고향에 가고 싶냐고 내게 묻더니 아내는 무겁게 몸을 일으켜 풍로에 끓인 물로 설거지를 한 뒤 섣달그믐부터 산더미처럼 쌓아놓은 빨래 중 당장 필요한 것을 골라 세탁했다. 흰 앞치마를 입고 있는 모습이 눈에 밟혔지만 그냥 보고 있을 수밖에 없다.

자는 줄 알았던 마야가 눈을 휘둥그레 뜨고 응시하고 있기에 무슨 일이냐고 물었다.

"걱정돼서 잘 수가 없어."

그렇게 대답하기에, 아이들은 걱정하지 않아도 되니까 얼른 자라고 하자 마야가 내 얼굴을 힐끗 보더니 웃지도 않고 말했다.

"나한테도 생각이 있으니까."

신이치는 눈을 감고 있었지만 자는 것 같지 않다. 노래를 부르는지 아내의 가느다란 목소리가 수도꼭지에서 흘러나오는 물소리와 섞여 한참 들렸다.

다음 날, 나는 9시쯤 먼저 일어나 불을 피웠다. 휴지통은 아직 그대로고, 넘친 쓰레기가 주위에 흩어져 있어 눈에 거슬렸다. 아내와 아이들을 깨워 간단히 조니로 아침 식사를 때웠다. 문에 못을 박아놓고 갈 테지만 옷 같은 건 고리짝에 넣어 아오키에게 맡기기로 했다. 물건을 펼쳐놓으니 대청소를 하는 것 같았는데 이렇게 한창 일하는 중에 여자가 찾아오면 어떻게 할거냐는 이야기가 나와서 티격태격하다가 결국 아내가 발작을 일으켰고 나 역시 자제할 수 없었다. 몇 번씩이나 반복했는지 모를 어리석은 행동. 누구 하나가 목을 매려고 하면 그걸 말리려 몸싸움이 시작되고, 집을 나간다고 하고, 장지문을 부수고, 흩어져 있는 물건을 걷어차는 등 걷잡을 수 없어진다. 아내가 이제 함께 살아갈 수 없을 것 같다고 몰아세우는 바람에 그럼 물건도 나누고 각자 아이들도 한 명씩 데려가자며 서로 증오를 발산하고 있는데 신이치와 마야가 돌아왔다. 아이들은 부모의 험상궂은 얼굴을 보자 꼼짝달싹 못 한다.

"이제 아빠와 엄마는 갈라서기로 했어. 신이치, 넌 누구 따라갈래? 마야는 어떻게 할 거야?"

노려보며 물었더니 신이치가 대답했다.

"난 엄마랑 갈 거야."

"그래? 그러면 너는 엄마 따라가고, 마야는 아빠랑 살자."

그렇게 말하고 마야를 보자 금방이라도 울 것처럼 입술을 바르르 떨며 고개를 세차게 저었다.

"너도 엄마가 좋으면 엄마 따라가."

그렇게 말하는데도 한사코 고개만 저었다.

"가. 너도, 너도, 다 가버려."

나는 흥분해서 넘어뜨리듯 아내를 밀고는 신발을 던졌다. 그리고 엄청난 몰골로 날뛰었다.

아내는 침착하게 코트를 입더니 물건 두세 가지를 보자기에 싸면서 말했다.

"전철을 타거나 숙소를 잡으려면 당장 돈이 필요하니 2천 엔 정도 주세요."

"그래, 2천 엔이건 1만 엔이건 다 가져가."

내가 가지고 있던 현금을 내던지자 아내는 침착하게 천 엔짜리 지폐 두 장을 집었다.

"그동안 고마웠어요."

아내는 정중히 인사했다.

"신이치, 엄마랑 함께 가려면 이리 와."

그리고 현관 쪽으로 빠르게 걸어갔다. 평소와는 달리 내가 막지 않자 갑자기 마야가 불이라도 붙은 양 울음을 터뜨렸고, 엄마와 아빠를 번갈아 쳐다보며 어쩔 줄 몰라 하던 신이치도 큰 소리로 울부짖었다.

"아빠, 제발 그만해. 엄마 죽으면 어떻게 해."

신이치는 아내에게 매달렸다. 공포에 질려 내게 애원하며 울부짖는 아이들을 보니 비참했다. 너무 비참하다! 이런 짓은 하면 안 된다! 신이치가 아내에게 매달려 꼭 붙들고 있었지만 몸은 계속 떨린다.

격정을 발산하고 나니 분노가 가라앉은 것 같았다. 굳이 말을 하지 않아도 서로 마음을 알 것 같아 우리는 부둥켜안고 눈물을 흘렸다.

"그럼 기운 내서 짐을 꾸려볼까."

아내와 내가 장난하듯 악수를 하자 신이치는 기쁜 나머지 덩실덩실 주위를 뛰어다니고, 마야도 오빠 흉내를 내며 그 뒤를 따라다녔다. 그 모습을 보니 아이들을 위해서라도 힘을 내야 될 것 같아 기운이 솟구치는 듯하다. 어쨌든 내일 꼭 고향에 가야겠다. 당분간 인위적으로라도 과거의 뒤엉킨 실타래를 끊어내지 않으면 집 안에서부터 엉켜버려 바로 서 있기도 힘들 것이다.

정오가 지나서야 정리가 끝났고 아오키에게 맡길 물건은 전부 고리짝에 넣었다. 짐을 옮기려면 가네코네 집 마당을 지나가야 했는데 복도 쪽 창문이 닫혀 있는 걸 보니 집에 없는 듯해서 그 틈에 아내와 함께 고리짝을 짊어지고 아오키네 툇마루에 옮겨놓았다. 전에 대충 사정을 이야기했지만 이제 곧 보름에서 한 달 정도 집을 비울 테니 짐 좀 맡아달라고 또다시 부탁했다. 아오키의 아내에게는 니가타新潟 억양이 남아 있었는데, 어렸지만 정직하고 성실한 그녀가 흔쾌히 허락해주니 마음이 놓였다. 뒤편 공장에서 일하는 아오키네 가정의 때 묻지 않은 일상이 내 얼굴을 가격하는 것 같아 그녀의 건강한 시선이 부담스러웠다.

묵은 떡을 넣은 조니와 상하지 말라고 여러 번 다시 끓여둔 오세치 요리로 늦은 점심을 때운 뒤 어지럽혀진 방을 그대로 놔두고 3시가 넘어 온 가족이 외출했다.

고향에 가져갈 선물을 사러 나갔는데, 매일 그 시간쯤 되면 아내나 나나 몸속 깊이 불안이 들끓어 집에 가만있을 수 없었다.

전철을 탔는데, 가까스로 진정되었던 아내가 또 이상해졌다. 아내는 승객들을 둘러보다가 키가 작고 통통한 여자를 발견하면 내 몸을 쿡쿡 찌르며 보라고 한 뒤 눈매나 코, 입, 몸매가 얼마나 닮았는지 편집증적인 시선으로 집요하게 지적한다. 오카치마치御徒町에서 전철을 내려 백화점에 들어가서도 아내는 그런 행동을 멈추지 않아 나는 욱하는 마음에 아내가 무슨 말을 해도 대답하지 않으며 백화점 안을 이리저리 돌아다녔다. 내가 에스컬레이터나 엘리베이터를 타거나 계단을 오르락내리락하자 아내도 별수 없이 아이들 손을 잡고 나를 따라다녔지만, 갑자기 안면이 창백해지며 주저앉는 바람에 아내를 계단 모퉁이에 있는 소파로 데려가 앉혔더니 안기듯이 착 달라붙어 자세를 바꾸지 않았다. 바로 눈앞에 많은 사람들이 지나다니는데도 내 머릿속에는 온통 어두운 상념만 고여 있어 이럴 때는 언제라도 죽음에 다가가도 상관없을 것 같았다. 아이들은 이런 부모의 모습이 익숙한지 각자 자기 하고 싶은 대로 행동했다.

신이치는 장난감 매장에 가서 좋아하는 기차와 자동차를 집어 삼킬 듯이 들여다봤고, 마야는 몇 번씩이나 계단을 오르내리며 손잡이에 기대어 미끄럼 타듯 내려가는 걸 반복했는데 그걸 재미있어하는 모습이 한없이 외로워 보인다. 아내는 마음이 좀 가라앉았는지 정신을 차리고 여기저기 돌아다니더니 고민 끝에 보자기를 사기로 마음을 정했다. 선물할 친척 집이 몇 군데인지 내게 확인한 뒤 보자기를 열네다섯 장쯤 사려 했는데, 한 장 한 장 정성껏 무늬를 고르며 흠집 난 곳은 없는지 샅샅이 살피는 모습을 보니 결정하려면 시간이 꽤 걸릴 것 같았다. 마침내 보자기를 다 고른 뒤 신이치의 양말, 내 반소매 옷과 버선, 그리고 신이치의 신발을 사서 그곳을 나왔다. 식당에 들어가자고 했더니 아직 떡과 조림이 많이 남았으니 낭비하지 말자고 해서 아메야요코초アメ屋横丁에서 선물용 과자를 몇 봉지 사 들고 집으로 가는 전철을 탔다. 빈 좌석에 아내를 앉혔는데 고이와에 도착할 때까지 나를 올려다보며 의혹에 찬 시선을 거두지 않았다. "글쎄 이 사람이 말이죠!"라고 말하듯 원망이 가득한 눈빛은, 다시 재기해보려고 힘들게 축적한 기력을 송두리째 뽑아버린다.

우편함에 아무것도 들어 있지 않은 것을 확인한 뒤에야 안도하며 문을 열었다. 집으로 들어가 전등을 켰는데 어지럽게 놓여 있는 짐 사이에 다마가 앉아 있다.

"다마, 다마."

신이치가 다마를 안아 올려 볼에 부비며 물었다.

"우리가 시골에 가면 다마는 어떻게 되는 거야?"

"혹시 데려가지 못하게 되면 아오키 아저씨네 돗코에게 기르라고 하면 어떨까."

그렇게 대답하니 마야가 깜찍하게 말했다.

"구래, 구러는 게 좋겠어."

아내도 찬성했다. 그리고 이런저런 성가신 일들만 잔뜩 부탁해서 미안하니 닭 두 마리도 닭장째 아오키에게 주자고 제안했다. 아내가 일어난 김에 그 말을 전하러 현관을 나가는데 마야도 까불면서 따라갔다.

"나두 갈래."

잠시 후 아내가 돌아왔는데 얼굴이 유령처럼 사색이 되어 있었다.

"걔, 오늘도 왔어요."

아내가 툭 내뱉은 말 한마디에 누그러졌던 공기가 갑자기 얼어붙는다. 나 역시 뭐라도 해볼 의욕이 사라져 무슨 질문이라도 받으면 큰소리로 난동을 피울 것 같았다.

분위기가 심상치 않은 걸 파악하고 신이치가 말한다.

"자자, 기운 내요."

익살을 부려도 소용이 없자 신이치는 정말 지긋지긋하다는 듯이 말한다.

"아빠 또 미칠 거잖아. 정말 지겨워."

그 소리에 나는 가까스로 마음을 다잡는다.

"이제 내일 출발이야. 고향에 가면 더 이상 이런 일도 없을 거야. 미호, 힘내. 당신 표정이 어두우면 모두 힘 빠지잖아. 뻔히 다 알면서 덫에 걸리는 거야. 그러니까 힘내자! 내일이 출발이야!"

내가 그렇게 객기를 부리며 짐을 대충 구석에 정리해놓은 뒤 방을 쓸고 풍로에 불을 피우자 아내도 마음을 잡았는지 평상복으로 갈아입고 식사 준비를 했다. 열흘 가까이 삼시 세끼를 조니와 찬합에 넣어둔 조림만 먹었는데 그날도 그걸로 또 늦은 저녁을 때웠다.

식사를 하다 보니 평정을 찾은 아내가 온화한 얼굴로 "내일의 새로운 출발을 위해서"라고 말하며 위스키를 따라줬다. 정말 얼마 안 마셨지만 살짝 취기가 돌아 말수가 많아지자 말이 꼬이는 통에 서로 다투다가 아내를 발작으로 몰아넣었다. 그러면 안 된다고 몇 번이나 스스로 타일렀음에도 이야기가 여자 문제로 흐르면 참지 못하고 험한 말을 하게 되는데 요즘 들어 부쩍 정도가 심해졌다. 게다가 아내의 발작도 훨씬 빈번해졌다. 그날 밤도 또 목을 매겠다고 위협하며 알몸으로 대치하던 중 아내가 작년 8, 9월 무렵 내가 쓴 일기의 사본을 가지고 왔다. 일기장은 변소에 버렸어도 어느 틈엔가 그 부분을 베껴 써놓은 모양이다. 함께 읽어보자고 해서 거부했으나 아내의 요구는 강경했다. 하는 수 없이 고타쓰에 나란히 앉아 읽었는데 아무래도 내가 쓴 것 같지 않았다. 지금과 전혀 다른 마음인 데다가 자극적인 표현이 적나라하게 쓰여 있었다. 아내의 추궁에 내가 완강히 부인했던 내용도 거기 확실히 적혀 있었는데 정말 내가 쓴 것인지조차 기억이 나지 않았다. 읽는 중간에 아내가 옆에서 내 얼굴을 힐끔힐끔 쳐다보는 바람에 두려움과 혐오로 몸이 근질근질해져 나도 모르게 "으악" 하고 소리 지를 뻔했다. 아내는 자신이 베껴 써놓은 말을 내가 다 읽었는지 확인한 뒤 말했다.

"잘 기억해요. 이건 모두 당신이 쓴 거니까. 모른다고 하면 안 돼요. 당신이 얼마나 파렴치한 내용을 써놓았는지 똑똑히 봤죠? 내가 이렇게 된 것도 무리가 아니잖아요."

나는 할 말이 없었다. 근간부터 무너져 내리는 것처럼 현기증이 났다. 어느새 비가 오는지 마당의 점토질 흙 위에 부슬부슬 빗방울 떨어지는 소리가 들렸다.

다음 날은 가랑비가 오락가락했다.

나는 어젯밤에 잠을 제대로 자지 못해 머리가 지끈지끈 아프고 심사도 뒤틀렸다.

아내도 어젯밤의 발작 때문에 여전히 표정이 어두웠다. 아무리 그래도 기차를 탄 뒤에는 여자가 쫓아와 협박하지 못할 테니 아내의 공포도 사라져 평정심을 찾을 거라 생각했다. 이제 와서 아내가 소마행을 주저하는 모습을 보였지만 나는 개의치 않고 착착 준비했다. 떠날 채비가 완전히 끝났을 때 아내가 며칠 치라도 아오키에게 닭 모이를 주고 싶으니 배합사료를 사왔으면 좋겠다고 말해 큰길가의 가게로 갔다. 용무만 보고 바로 돌아왔는데 아내와 아이들이 현관 앞의 작은방에 우두커니 서 있다.

"방금 개가 왔었어요."

영문을 몰라 아내에게 물었다.

"내가 모이를 사러 간 지 5분도 안 지났어. 길에서 아무도 못 만났고. 당신, 헛것을 본 거 아냐?"

말을 하면서 스스로도 섬뜩한 기분이 들어 아내의 얼굴을 물끄러미 쳐다봤다.

"아니에요, 정말 개가 왔었어요. 아빠가 나가자마자 갑자기 개가 뛰어들어 와 현관에 있던 신이치한테 무서운 목소리로 너희 아빠 어디 갔냐고 물었단 말이에요. 난 무서워서 서고에 숨어 있었고요. 신이치, 너 그 아줌마 무서웠지?"

신이치는 얼굴이 시뻘게져 아무 말도 하지 않았다.

"어디로 도망쳐 숨더라도 반드시 찾아낼 거야, 평생 쫓아다닐 테니 너희 엄마한테 말해, 그렇게 말하고 갔대요. 나도 들었어요. 확실히 개예요. 개가 틀림없다니까요. 신이치를 봐요. 벌벌 떨잖아. 이렇게 어린아이인데도 멱살을 움켜쥐고 그런 무시무시한 말을 하고 간 거예요. 무서워요, 난 정말 무섭다고요."

아내가 이를 덜덜 떨며 이상한 눈초리로 쳐다봤다.

"무서워할 필요 없어. 개가 왔다고 해도 설마 우릴 잡아먹기야 하겠어. 어쨌든 출발하자. 당분간 이 집에 없을 거잖아. 무서울 게 뭐 있다고."

문단속을 철저히 하고 곳곳에 못을 박은 뒤 아오키에게 인사하고 골목길을 지나 큰길로 나갔다. 필요한 물건은 도착해서 살 생각이라 가급적 짐을 줄였지만 선물용 보자기를 한 장씩 따로 상자에 포장하니 부피가 꽤 늘었다. 아이들에게도 일상용품을 넣은 배낭이나 가방을 들리고, 아내와 내가 짐을 양손에 드는 것으로도 모자라 일부를 나눠 어깨에 졌더니 옹색함을 숨길 수 없다. 가랑비가 또 한차례 내렸지만 우산도 쓸 수 없었다.

"가는 길에 개가 기다리고 있으면 어떻게 할 건데요."

아내가 겁을 내서 불안했지만 입으로는 호기롭게 말했다.

"후려갈겨 쫓아버리면 되잖아."

고이와역까지 가는 길은 지척이지만 몸이 휘청거려 중간에 몇 번이나 쉬었다. 전철에 타서도 아내의 상태는 좋아지지 않았고 걷잡을 수 없는 의혹 때문인지 예의 찌를 듯한 눈초리로 나를 쳐다본다.

평소에는 아무 생각 없이 지나쳤지만 조반선常磐線 기차를 타러 가니 우에노역이 보통 때와 달라 보인다. 어느덧 아득한 옛 기억 속으로 끌려 들어간다. 어린 나는 조반선 아오모리행 야간열차를 타기 위해 졸린 눈을 비벼가며 한참 동안 개찰구 앞의 행렬 속에서 기다리고 있다. 너는 짐이 없으니까 개찰이 시작되면 얼른 뛰어라. 아버지가 말씀하신다. 알았지? 얼른 앞쪽으로 뛰어가서 어디라도 빈 좌석을 차지해라. 긴장과 불안감 때문에 나는 고향에 가지 말고 집으로 돌아가 푹 잤으면 좋겠다고 생각한다. 드디어 행렬이 술렁인다. 조반선 아오모리행 열차의 개찰이 시작된 것이다. 개찰구를 통과하기 전의 숨 막히는 초조함. 자, 이때다. 나는 정신없이 뛴다. 기관차가 플랫폼에 하얀 증기를 자욱하게 내뿜는다. 짐을 든 아버지가 나보다 빠르다. 뚱뚱한 어머니가 저만치 뒤쪽에서 뒤뚱거리며 뛰어오신다. 가엾은 어머니. 나는 숨이 차고 다리가 꼬여 넘어질 것 같다. 아버지가 창밖으로 손을 흔들었다. 간신히 기차에 탔지만 좌석마다 사람이 꽉 차 있다. 아버지는 좌석을 하나밖에 차지하지 못해 심기가 불편한 표정이다. 나는 그렇게까지 애써 좌석에 앉을 필요는 없다고 생각한다. "조—반선 아오모리행—" 역무원이 리듬을 넣어 외치는 소리가 들린다.

우에노역에 도착한 뒤에도 아내의 얼굴은 여전히 어두웠다. 아내는 겁먹은 것처럼 인파 속에서 누군가를 찾아 내 얼굴과 견줘보는 행위를 멈추지 않는다. 하지만 나는 약간 기분이 들떴다. 우에노역에 와보니 내게도 존재했던, 결코 짧지 않은 미혼 시절의 기억이 세세히 떠올라 마음이 고무되었기 때문이다. 고향은 내게 분명 엄청난 야성을 불어넣어줄 것이다. 아내의 쇠약, 아니 어쩌면 내 쇠약까지 치유될지도 모른다는 희망이 생기는 듯했다.

"미호, 일등석에 타자."

나도 모르게 의기가 충만해져 말했다. 아내도 방긋 웃으며 찬성할 줄 알았다. 아이들에게 여유로운 여행을 시켜주고 싶었다. 하지만 아내는 냉담한 표정을 거두지 않았다.

"바보 같은 소리 집어치워요. 지금 우리에게 돈이 어디 있다고. 당장 돈 들어올 데라도 있어요? 있을 리 없잖아요. 앞으로 어떻게 살지도 막막한데 실없는 소리 작작 해요."

막상 거부당하니 대꾸할 말이 없다. 예전처럼 개찰구 앞에 서서 기다릴 필요도 없이 바로 플랫폼으로 들어갔는데, 기차는 이미 도착해 있고 차 안은 승객들로 꽉 차 빈자리가 없었다. 가까스로 짐을 선반에 올리고 나서 네다섯 역쯤 서서 가다보니 간간이 사람들이 내리고 군데군데 빈 좌석이 생겼다. 휴

대한 문고본을 읽다가 잠시 책에서 눈을 떼고 아내 쪽을 바라보다가 눈이 마주쳤는데, 아내는 여전히 미간을 찡그린 채 나를 빤히 쳐다보고 있다. 내가 빙긋 웃어 보이는데도 불쾌한 표정은 그대로다. 혹시 열이 있나 일어서서 이마를 짚어보려 하자 매정히 내 손을 뿌리쳤다. 객차 안의 난방 때문에 상태가 안 좋아졌나 싶어 정차역에서 아이스크림을 사줬지만 먹으려 하지 않고 아이들에게 줘버린다. 지루해하는 아이들을 달래기 위해 귤과 과자를 사서 일부러 과장된 몸짓으로 차창 밖에서 건네줬더니 아이들은 즐거워했지만 아내는 탐탁지 않은 표정으로 말한다. "아이들에게 아무거나 먹이지 말아요. 배탈 나잖아요. 출처도 모르는 지저분한 음식을 아무 생각 없이 사 먹이다니!" 몇 번씩이나 아내를 보고 웃는데도 마음을 풀지 않아 나는 점점 어찌하면 좋을지 알 수 없어진다. 아내가 나를 완전히 포기했을지 모른다고 생각하니 지금까지 느껴보지 못한 적막이 기습한다. 얼굴이 상기된 아내는 피부에 윤기가 돌아 아름다웠다. 하지만 나를 거부하고 혐오하는 감정이 표정에 역력히 느껴져 고이와의 집에서 서로 맞붙어 싸울 때의 증오가 차라리 그립다. 왜 이 지경이 되었는지 모르겠지만 사전에 양해도 구하지 않고 추위를 많이 타는 아내를 낯선 곳에 데려가는 것이라 여느 때와는 달리 친척들에게 폐만 끼칠 것 같다. 어떤 기대나 희망도 없이 병에 지쳐 도피하는 이런 방문에 어느 친척이 흔쾌히 마음을 열까. 점점 안 좋은 쪽으로 상상이 불거지는 바람에 누구 집으로 가야 하나 망설여진다. 방문할 친척이 너무 많아 고민이던 과거와 달리 이제는 찾아갈 곳조차 마땅치 않다고 생각하니 머릿속에 불신과 불안이 거무스름하게 퍼졌다.

예전에 아버지는 기차가 잠깐 미토水戶에 정차하는 동안 차창 밖의 판매원을 재촉하여 그 고장 명물인 매실 양갱을 한가득 사들이곤 했다. 아버지는 친척들 앞에 양갱을 수북이 쌓아놓고 호탕하게, 그러나 약간 귀찮다는 듯이 나눠줬다. 하지만 나는 양갱을 겨우 두세 통밖에 사지 못했다. 다이라平, 히사노하마久之濱, 도미오카富岡. 그리운 역 이름이 귀에 스친다. 태평양의 맑고 푸른 바닷물이 보여 아내의 관심을 돌려보려 했지만 아내는 혼이 빠진 사람 같았다. 겨울이라 해가 빨리 떨어져 차창 밖이 순식간에 짙은 어둠으로 물들었다. 차 안에 빈 좌석이 많아져 우리가 어유로이 앉을 수 있게 되자 이미 빌작의 기미가 보이던 아내는 끝없이 애정을 확인하며 심문에 돌입했는데, 어딘지 모르게 평소와 좀 다른 모습이라 의아했다. 다른 칸 승객에게 다 들리는데도 개의치 않고 큰소리로 작년 늦여름부터 줄기차게 하던 추궁을 또 시작했다. 나를 사랑했어요? 사랑했는데 어떻게 다른 여자와 관계를 가질 수 있어요? 지금은 어때요? 앞으로는요? 잃어버린 내 마음을 돌릴 수 있겠어요? 만약 되돌릴 수 없다면 산송장이나 다름없을 텐데 죽는 것밖에 길이 없지 않겠어요? 아내는 그렇게 따지면서 내가 했던 행위를 내 입으로 상세히 설명하게 한 뒤 일일이 다 확인하고는 감히 그런 짓을 한 사람이 자신을 사랑했을 리 없다며 처음으로 돌아가 추궁을 되풀이했다. 패턴은 전과 마찬가지였지만 이상하게 말투가 건조했고, 내게 많은 설명을 요구했던 전과 달리

한곳만 응시하며 혼자 떠들어댔는데 그렇게 떠들면서도 피곤한 기색조차 없었다. 나는 갑자기 등줄기가 싸늘해졌다. 지금까지 아무리 심한 말다툼을 하고 절망에 허덕여도 서로 감정이 통하지 않은 적은 없었다. 하지만 지금은 왜 이리 싸늘하게 식은 사물을 마주한 것처럼 불통이 느껴질까. 기분 탓인가. 아내는 앞섶이 벌어졌는데도 창피하지 않은지 옷매무새도 고치지 않고 건조한 목소리로 계속 떠들어댄다. 혹시나 하는 마음에 나는 간담이 서늘해졌다. 어쩌면 좋을까. 아내가 발작을 일으키면 속이 타서 혐오감이 치밀었지만 이제는 그럴 수도 없다. 갑자기 먹통이 된 기계를 설마설마하며 몇 번씩 점검해보는 것처럼 아내의 말투나 눈동자의 움직임을 유심히 살펴봤다. 결국 아내는 각서를 쓰라고 했고, 내가 말을 듣지 않자 직접 문구를 만들어 어서 수첩 한쪽에 받아 적으라고 종용했다. "변치 않는 정열과 애정, 그리고 서비스 정신으로 미호에게 도시오의 일생을 바칩니다. 일시적인 마음으로 이 약속을 하는 것이 아닙니다. 평생 변치 않겠습니다." 아내가 부르는 대로 받아 적고 나니 암담했다. 때마침 기차가 정차해 창밖의 역명을 보니 다음이 하차할 역이다. 아내에게 그 사실을 알리고 나서 한 좌석씩 점령하고 앉아 조는 아이들을 깨워 내릴 준비를 시키는데 배가 살살 아팠다. 예전부터 이 역을 지날 때면 아랫배에 가벼운 동통을 느꼈던지라 마음이 불안하다. 터널을 두 개쯤 지나고 나니 마을 초입의 인가에서 아련한 빛이 흘러나와 차창에 이마를 대고 바깥을 확인했는데, 어린 시절 놀던 일대의 지형이 기억 그대로 형체를 드러낸다. 밤눈에도 도로와 친척 집 유리창

언저리의 빛, 수호신을 모시는 숲과 낮은 언덕, 건널목, 신호기 같은 것이 다 보였다. 잠시 철교를 건너자 유리 공장과 창고가 있는 커다란 건물이 성큼 다가왔고, 쿵 하는 진동 소리와 함께 갑자기 속력이 떨어지자 마침내 열차가 정차했다. 역명을 외치는 역무원의 고독한 목소리가 플랫폼 자갈 밟는 소리와 뒤섞여 들려 우리는 짐을 한가득 끌어안고 허둥지둥 기차에서 내렸다. 나는 몸이 살짝 떨렸다. 누구보다 나를 사랑해준 돌아가신 외할머니를 비롯해 외삼촌과 외숙모, 그리고 사촌들이 왁자지껄 개찰구에 고개를 내밀고 도회지에서 여름방학을 지내러 온 나를 웃는 얼굴로 맞이하던 옛 모습이 눈에 선하지만, 지금은 아무한테도 방문을 알리지 못한 채 병든 아내와 어린 두 아이를 이끌고 길을 떠나 가까스로 고향 땅에 발을 내딛는다. 역무원은 스토브가 켜진 방에서 방금 나와 추운지 어깨를 움츠리고 승객들이 나오기를 기다리는 개찰구 쪽으로 걸음을 옮겼다.

제5장 흘려보내다

아내와 함께 슬슬 외삼촌 댁을 나서려는데 신이치와 마야가 보이지 않았다. 아마 길가에서 놀고 있을 것이다. 부모가 죽으면 아이들이 얼마나 처참할지 알지만 나나 아내나 이런 상태로는 견딜 수 없다. 어린아이들만 도쿄에 남겨두면 험한 꼴을 당할지 모르지만 고향이라면 외삼촌이나 사촌들이 있다. 면목 없지만 친척들이 아이들을 돌봐줄 테니 조금이라도 충격을 덜 수 있으리라.

이번에는 시늉에 그치지 않고 해낼 수 있을 것 같다. 아내가 나를 책망하는 건 감수한다 해도 여자 이름으로 자기를 불러달라고 하는 건 견딜 수 없다. "난 걔가 부러워죽겠으니 앞으로는 날 걔 이름으로 불러줘요. 미호,라고 부르면 대답하지 않을 테니까요." 그렇게 고집을 피우는 걸 보면 좀 아내가 이상해진 것 같다. 이야기 중에 어쩔 수 없이 여자의 이름을 입에 올릴 때도 몸서리치던 사람이 그 이름으로 자신을 불러달라니. 농담이 아니라 아내는 "미호!"라고 부르면 대답하지 않았다. 대체 몇 번째 하는 말인지 모르겠지만 아내가 과거를 잊어주지 않으면 함께 살아갈 수 없으니 내가 자살하는 수밖에 없다. "이제 결심했어. 지난 넉 달 동안 계속 같은 말을 반복했는데, 아직도 당신이 나를 용서할 수 없다면, 더 이상은 함께 못 살겠어. 하지만 나는 당신과 함께 살기로 했으니 죽음밖에는 방법이 없겠네."

"당신이 죽으면 나도 죽을 거예요."

"각자 죽자고?"

"같이 죽어요."

"그것도 괜찮지. 어쨌든 지금까지 10년 가까이 함께 살았으니까. 하지만 전처럼 또 막판에 그만두자고 하면 안 돼. 이제 다 지긋지긋해. 이번에는 정말 실행에 옮길 거야."

그다음부터는 아내가 아무리 나를 질타해도 어차피 죽을 거니까 아무래도 좋다고 맞받아쳤다. 고이와에서 종종 아내에게 맞았던 왼쪽 귀가 아팠다. 도쿄에서 갑자기 추운 북부 지역으로 온 탓인지도 모른다. 감기 기운 때문에 머리가 무겁고 오한이 났으며 속도 안 좋아 토할 것 같다.

미호에게 사당과 산소를 구경시켜주러 간다고 외삼촌께 말씀드리고 문을 나섰다. 집 뒤편의 붉은 진흙으로 덮인 비탈길을 잠시 오르자 전망 좋은 고지대가 나왔다. 뒤돌아보니 가도를 따라 집들이 호젓이 모여 있는 마을이 내려다보였고 그 건너편에 철로 제방이 가도와 나란히 뻗어 있었다. 그 앞으로는 3백 미터 정도 길이 나 있는 해변의 소나무까지 논이 죽 펼쳐져 있었는데, 벼를 벤 밑동이 논에 그대로 남아 있었다. 철로에 다다르니 시야의 왼편으로 과선교가 가운데 놓여 있는 커다란 정거장 건물이 보이고 그곳을 기점으로 마을 쪽으로 기와 집들이 일렬로 늘어서 있었다. 마을 앞을 흐르는 큰 강은 보이지 않았지만 신사가 있는 성터의 동산이 희미하게 보였다. 이는 어린 시절부터 수차례 보았던 풍경이다. 까맣게 잊고 있던 오르골이 느닷없이 튀어나온 것처럼, 세월이 흐른 뒤에도 이곳에 올라와 아래를 내려다볼 때마다 부드러운 선율에 감싸여 거짓말같이 펼쳐지는 풍경에 마음을 빼앗기곤 한다. 멀리 떨어져 어디에 살더라도 그 풍경은 내 마음속에 고정된 무대 장면처럼 필요할 때마다 반드시 모습을 드러낸다. 가도의 새하얀 길과 철도길 제방, 역의 과선교, 사당이 있는 숲, 그리고 경지가 정리된 넓은 농토와 해변의 성긴 소나무 숲이 보인다. 태평양의 성난 파도가 둔덕으로 밀려왔다가 부서져 내리는 소리가 모래사장에서 아스라이 들리고, 일정한 시간이 되면 바쁘게 증기를 뿜고 경적을 울리는 열차가 여기저기 굉음을 퍼뜨리며 풍경을 가로지른다. 타향 출신의 아내를 맞이한 뒤로는 더 이상 못 볼 풍경이라 생각했는데 다시 보니 아련한 조바심이 풍광에 녹아 있다. 금속 부딪치는 듯한 소리와 아이들의 새된 목소리가 갑자기 가까이 들리는 바람에 지금 내가 딛고 선 발판이 기우는 듯하다. 그렇지만 아내에게는 처음 보는 흔한 풍경에 불과할 뿐 기억이 존재할 리 없다. 오히려 아내가 당면한 문제는 고향에 온 뒤 묘하게 고자세가 된 남편의 변화다. 아내는 파도처럼 질정 없이 밀려오는 불신을 견디지 못해 자신을 확실히 다잡고 싶어 했지만, 치밀어 오르는 광기를 억제할 수 없어 부질없는 슬픔을 드러내고 있다. 추위를 막기 위해 기모노 위에 결혼 전부터 입던 낡은 롱코트를 껴입고 어깨에도 폭이 넓은 숄을 걸쳤는데, 밤새 운 것처럼 눈동자가 흐리멍덩해 초점이 맞지 않는다. 가끔 가벼운 사시인가 헛갈릴 정도로 원래도 위태로운 눈빛이었지만 더 심해졌다. 혹시라도 작년 여름까지 그랬듯 남편이 아무리 방탕한 행동을 해도 순종하며 자신의 불찰에 대해 용서를 구하면 안 될까. 사당 쪽으로 방향을 바꿔 무성한 나뭇잎 때문에 유달리 어두컴컴한 숲을 지나는데 언덕 위로 뽕밭이 펼쳐졌고, 앙상해진 가지를 다발로 만들어 곳곳에 새끼줄로 묶어놓은 모습이 눈에 띄었다. 길에는 서리가 내려 검붉은 진흙이 신발에 자꾸 달라붙는다. 게다를 신은 아내는 잘 걷지 못했지만 나는 좀 떨어져 그 모습을 냉담하게 바라만 봤다. 어린 시절부터 여름방학을 비롯해 시시때때로 찾아갔던 고향이건만 언덕에서 이 길을 따라 끝까지 가면 어디인지 확인해본 적이 없음을 새삼 깨달으니 대부분 한정된 시야 내에서만 마음이 움직이는 것 같아 신기했다. 언덕에는 몇 군데 굴곡이 있었지만 시야 끝까지 같은 지세가 펼쳐졌다. 오래전 일이라 확실하지는 않지만 어린 시절 시골 아이들 무리에 끼어 도회지 아이들과 결투를 했던 기억이 문득 선명한 이미지로 떠올랐다. 나는 손위 아이들에게 떠밀려 외삼촌이 러일전쟁에 참전했을 때 쓰던 군대용품을 어깨에 걸치고 비장한 결투를 해야 했다. 아마 이 언덕에서 도회지 아이들의 진지로 기습할 계획이었을 것이다. 나는 양검을 등에 메고 일장기를 들고 있었다. 그런 기억이 드문드문 떠올라 도중에 길이 헛갈린다. 지도상으로 이 일대를 확인하지는 않았지만 이 길로 내려가면 낯선 곳이 나올 듯했다. 앞에 보이는 갈림길에서 일단 골짜기 쪽으로 내려가 조금 더 걸어가니 마을 근처에 선산이 있었다. 나는 도로에서 갈라져 들어가는 참배로가 아니라 경사가 급한 뒷길로 가서 풀뿌리를 붙잡고 내려가는 방법을 택했다. 꼬박 하루 일정이 필요한 척량산맥脊梁山脈 쪽으로 가지 않는 한, 인적 없는 산속으로 들어갈 방법이 없었기에 이 일대에서 우리 둘의 몸을 처분할 만한 장소를 찾기는 힘들다. 마을에서 한참 떨어진 안쪽으로 걸어가봐도 의외의 장소에서 인가와 마주치는 데다가 우회하는 철로도 있다. 위험한 물건을 처분해야 할 때의 당혹감처럼 막상 닥치니 적당한 장소를 찾을 수 없다. 아무리 생각해도 경작지만으로도 땅이 남아나지 않는 일본에서 사람들의 이목을 피할 만한 곳은 없었다. 내 머릿속에 저장된 풍경에도 가는 곳마다 농사일을 하는 사람들의 모습이 존재했고 어린 아이들이 나를 향해 아장아장 걸어왔다. 산소는 인적 드문 장소라며 나를 유혹한다. 그곳에서는 가도가 보이지만 평일에는 사람들의 통행이 빈번하지 않다. 한쪽 길에는 수종은 모르지만 잎이 무성한 나무가 골짜기까지 즐비해 낮에도 어둑어둑할 것이다. 그곳에 많은 손자들 중 나를 특히 편애하시던 외할머니가 잠들어 계신다. 외할머니의 비석 앞에서 숨통을 끊은 아내와 창자를 한칼에 벤 내가 거뭇한 흙 위에 쓰러져 피바다를 만들어놓은 모습이 눈앞에 선하게 떠오르는 듯했다. 하지만 나는 지금 칼을 가지고 있지 않다. 살에서 쏟아져 내리는 피도 견디기 힘들 것 같다. 선로에 뛰어들지도 못하니 가지가 튼튼한 나무를 찾아 목매다는 방법밖에 없을 것이다. 그거라면 어떻게든

220

할 수 있을지 모른다.

　뽕밭을 지나 바로 산소가 보이는가 싶었는데, 기억에 없는 전망 좋은 골짜기가 앞을 가로막았다. 골짜기는 금방 생각났지만 예전에는 없던 집 한 채가 기슭에 보였다. 만듦새가 튼튼하고 어딘지 모르게 외양이 고풍스러워 농가 같지 않다. 큰길에서 갈라진 오솔길로 들어가니 서릿발이 녹아 진창에 자꾸 발이 빠졌다. 휘청거리며 그 집 앞으로 내려가는데 조금 전 지나친 뽕밭 근처에서 어린아이의 새된 목소리가 들렸다. "엄마!" 그 소리를 들으니 나도 모르게 몸이 떨렸다. 언덕 위에서 뛰어내려오는 남자아이를 보니 갑자기 가슴이 두근거린다. 혹시 신이치 아닐까. 양팔과 머리카락을 좌우로 크게 흔들며 가늘고 긴 다리를 힘차게 뻗어 달려오는 모습이 여섯 살짜리 내 아들과 똑같았다. 도로 쪽에서 놀고 있다가 우리 뒷모습을 보고 이상한 예감이 들어 허겁지겁 쫓아온 걸까. 핏기를 잃고 창백해진 내 눈앞에 느닷없이 생기 넘치는 무언가가 난입했다. 진공 상태에서 부유하는 것처럼 시간이 앞뒤로 멈추고 다음 장면에서 우리 둘이 목매다는 모습에 사로잡혀 아무 소리도 들리지 않는 가운데, 아이 목소리가 불쑥 침입하니 시간이 빠른 박동으로 흐르기 시작했다. 아이들 특유의 머리카락 냄새가 풍기자 겹겹이 일그러졌던 형상이 사방에 흩날리는 듯했다. 하지만 몸집이 너무 다부져 보여 가까이 올 때까지 기다려 확인해보니 신이치가 아니다. 아이는 우리 쪽은 쳐다보지도 않고 마당에서 일하는 그 집 아낙에게 갔다. 옆을 지날 때 보니 신이치와 조금도 닮지 않았다. 아까는 왜 그런 생각이 들었을까. 신

비한 힘이 작용해 순간 모든 것이 변질되었나. 아내도 그 자리
에 멈춰 고개를 돌려 그 아이를 바라봤다. 서늘하도록 창백한
표정으로 나를 보던 그 눈빛이다. 나는 희망을 잃은 채 말없이
걸었다. 되돌아가지 않고 무조건 실행할 수 있는 곳까지 가볼
테다. 비참한 마음이 솟구쳐 생각을 번복할 수도 없었다. 지난
넉 달 동안의 일을 생각하면 매듭지을 힘도 없다. 하지만 아내
와 아이들을 버리고 떠나 나 혼자만 살 수 없다면 아내와 서로
얽힌 채 신세를 망칠 수밖에 없다는 생각만 든다. 아내가 과거
를 잊거나 감정을 삭여주면 만사 해결되겠지만, 그게 불가능한
이상 수습할 방법이 없다. 심지어 아내의 언행에는 이치에 맞
지 않는 부분도 있다. **사람을 미치게 한다.** 남의 일이라 생각했
던 그런 엄청난 사건이 내 신상에 발생한 건가. 그래도 조금만
더 참자. 모든 것이 과거의 일부가 될 것이다. 순간의 공포만
이겨낸다면 마비가 일어나 황홀한 상태에서 죽을 수 있으리라.
설령 아내와 내가 함께 목을 맨다고 해도 영원히 화해하지 못
하고 침묵에 잠길 것이다. 그렇다 해도 결의를 바꿀 수는 없다.
적어도 내가 바꿀 수는 없다. 지나가는 길에 보았던 집은 건물
형태상 아무래도 농가가 아닌 듯했다. 식민지에서 철수한 귀환
자가 낡은 무가武家저택을 사들여 다시 지었는지도 모른다. 아
이의 모친으로 보이는 아낙도 이 지역 사람들과는 다른 행색이
다. 콕 집어 말하기는 힘들지만 어린 시절처럼 이 고장 특유의
견고한 관례가 느껴지지 않았다. 도처에 정돈되지 않은 삶이
넘쳐나고 이 집만 해도 겉으로는 빛바랜 세월을 감추고 있는데
생활은 세월에 따라 변하는 듯했다. 나 역시 신경의 흥분을 억

제하지 못해 발작하는 아내에게 질질 끌려다니다 보니 살아갈 방도를 잃은 채 지금은 고집스레 목매달 곳을 찾고 있다.

선산 뒤쪽은 길다운 길이 없어 오르막길에서 아내가 자꾸 미끄러졌다. 혼자 걷기 힘들어하기에 손을 내밀었더니 아내는 별수 없다는 듯이 내게 기대어 눈을 들이대며 무슨 말을 하려 했지만 나는 모른 척 받아주지 않았다. 벼랑을 기어오르던 중 귓가에 아내의 가쁜 숨소리가 포근하게 울렸는데, 세상에 이토록 가까운 사람이 어디 있다고 이렇게 고집을 부릴까 생각하니 마음이 옥죄이는 듯했다. 초록색 솔에 파묻혀 더욱 희어 보이는 아내의 얼굴과 마주하고 보니 대체 이 작은 생명끼리 왜 이렇게 의지가 일치하지 않고 충돌하는지 알 수 없었다. 한번 저질러진 행위는 속죄하기 힘들다는 걸 어느 정도 이해하니 단단한 돌멩이가 가슴 아래 가라앉는 듯하다.

산소라면 훨씬 넓고, 묘석도 많고, 망자가 묻힌 곳을 감추기 위해 나무도 무성할 줄 알았지만, 내 눈앞에는 협소한 묘역이나 이장을 한 것처럼 드문드문 남은 묘석, 그리고 깡마른 나무 몇 그루만 보일 뿐이라 이미 기억 깊숙이 숨겨져 있던 특별한 장소가 아니었다. 여기는 안 될 것 같아 마음이 위축되었지만 어딘지 모르게 어렴풋한 정적도 느껴졌다. 눈앞에 전혀 가로막히는 것 없이 독립된 사화산死火山 꼭대기처럼 고독한 적막에 둘러싸인 채 예전에 방문한 성묘객이 놔두고 간 종이쪽지만 얼룩처럼 남아 있었다. 먼저 돌아가신 외할아버지 이름 옆에 당시만 해도 살아 계시던 외할머니의 이름이 새겨져 있는데, 돌아가신 지 거의 20년이 지났음에도 불구하고 아직도 이름에

금박을 채워 넣지 않았다. "여기가 나를 가장 귀여워해주신 할머니 묘소야." 그렇게 말하고 아내와 함께 합장을 했는데, 그건 내가 돌아가신 분께 인사를 드리는 방식이다. 내가 생각해도 신빙성은 없었지만 이렇게 하면 아내를 보신 적이 없는 외할머니도 당신 앞에 아내를 데리고 왔다는 것을 아시지 않을까. 그때 문득 어머니도 외할머니 곁에 묻히고 싶었을 거라는 생각이 떠올랐다. 하지만 어머니의 유골은 자신이 낳기만 하고 키우지는 못한 아기의 시신과 함께 친가 근처의 산소에 묻혔다. 낯선 사람들 사이에 불순물처럼 끼어 있는 그 산소가 생각났다. 인가에서 더 떨어진 그곳은 광활한 지대에 걸쳐 있었다. 절벽과 연못도 있었다. 어머니는 도회지의 대학병원에서 수술을 하다 의식을 잃고 두 번 다시 눈을 뜨지 못했기에 고향까지 시신을 그대로 이송할 수 없어 화장을 한 뒤 고향 땅에는 유골의 일부만 묻었는데, 돌아가신 어머니가 이 세상과 연결된 접점은 아마도 그곳이 유일할 것이다. 외할머니의 묘석을 보니 어머니의 묘소에 가지 못한 것이 마음에 걸렸지만 3백 미터나 위로 올라가야 하는 그 산소까지 가기는 내키지 않았다. 가는 도중 인가는 물론 마을 중심가도 지나가야 할 텐데, 지금 같은 상황에서 각자 자기 방식을 고수하며 살아가는 사람들의 얼굴이나 행동을 보는 것은 괴롭다. 묘석들 앞에는 봉분 몇 개가 봉긋 솟아 있었는데 거기 누가 묻혀 있는지 기억이 모호했다. 어린 시절 외할머니를 따라 성묘 왔을 때 각각의 산소에 대한 사연을 소상히 들은 기억이 났다. 그중에는 철로에서 놀다가 열차에 휩쓸려 죽은 사촌도 있었다. 점차 죽은 사람이 늘어나 어쩔 수 없이 누군가 산소를 정리하고 이장하는 등 처리 방법을 생각했을 터이다.

"아무래도 여기는 안 되겠다." 나는 아내 쪽을 보지 않고 말했다. 아내는 대답이 없었다. 잠시 후 아내를 보니 변함없이 맥없는 표정인 데다가 얼굴에는 공포의 그림자까지 드리워 있었다. 내가 과연 자살할 수 있을까. 이 순간에도 자살하는 사람을 이해할 수 없다고 생각한다. 더 이상 물러날 수 없는 상황이지만 결정적인 순간이 오면 실행하지 못할 걸 생각하니 비참했다. 이미 많이 누적된 비겁 위에 또 한 번 비겁이 더해질 뿐이라는 생각이 떨쳐지지 않는다. 전부터 느꼈지만 아내는 유사시에도 기가 죽지 않을 것이다. 까마귀가 큰 나무에서 날아와 두세 번 울자 아내가 몸을 떨었다. 나는 용수철에서 튕겨 나오듯 얼른 할 것을 해치우자는 마음에 서둘러 걸었다.

"어디로 가는 거예요." 아내가 가냘픈 목소리로 물었다.

"목을 매기 적당한 나무를 찾고 있어." 나는 일부러 굳은 표정을 지었고 다시 절벽 쪽으로 가서 산을 내려갔다. 논두렁이건 밭이건 가리지 않고 올 때와 반대 방향으로 앞에 보이는 수풀을 향해 걸었다. 가면 갈수록 산소 주변이 가장 후미지고 더 걸어가면 금방이라도 인가가 나올 것 같았다. 이 방향으로는 온 적이 없고 눈에 익은 지형도 없어 마음이 불편했는데 마침 잘됐다. 아내가 오든 말든 아랑곳 않고 걸어갔는데 뒤에 처져 따라오는 듯했다. 약간 높은 제방으로 올라가보니 걱정했던 대로 아래로 집 한 채가 내려다보였다. 인기척 없이 빈지문이 닫혀 있었는데 변소처럼 생긴 작은방 유리창이 눈에 띄었다. 빈

지문 바깥쪽 처마에는 더러운 양동이가 매달려 있다. 죽을 장
소를 찾으면서도 계속 인가 주위를 떠도는 것 같아 맥이 빠졌
지만, 꼭 산속일 필요는 없다. 마음만 먹으면 어디서나 죽을 수
있으니 빨리 적당한 장소를 찾아 해치우자. 불현듯 어떤 감정
에 사로잡혔는데 그게 뭔지 파악할 수 없다. 과거를 향해 공중
제비를 도는 것처럼 기억이 떠오를 듯 말 듯 하다. 유서 깊은
가문의 오래된 저택 별채에 혼자 하숙했던 때 느꼈던 감정인가
생각하지만, 딱 들어맞지는 않아 의문이 후련히 해소되지 않는
다. 장갑을 낀 오른손으로 코트 주머니 안의 삼노끈을 만지작
거리다가 꺼냈다. 낡은 가방을 묶었던 끈으로, 집에서 나올 때
얼른 풀어가지고 나왔는데 고리 모양으로 묶는 방법조차 모른
다는 사실을 깨달았다. 여지껏 끈을 매듭짓는 방법도 모르고
어떻게 살았는지 참으로 낭패다. 아내라면 알 것 같아 뒤를 돌
아 삼노끈을 보여주었다.

"당신, 정말 죽을 작정이에요?"

아내가 잠긴 목소리로 힘없이 묻기에 나는 회유하는 듯한 표
정을 지었다.

"우리 이미 그러기로 했잖아."

"신이치와 마야는 어떻게 하고요."

"어떻게 될까, ……그건 나도 몰라."

"어떻게 그런 무책임한……"

"아니지, 이미 넉 달이나 이야기했잖아. 당신은 받아들일 수
없나 보군. 이번에도 똑같이 반복하려는 거야? 우리가 원래대
로 돌아갈 수 없다는 건 당신도 잘 알잖아. 그래서 죽을 수밖

에 없다는 말을 한 거고. 너(말이 또 거칠어졌다)만 또 그러지 않으면 아무 문제 없지. 하지만 못 그러는 거잖아. 난 요만큼도 죽고 싶지 않아. 알다시피 겁쟁이의 최후니까. 하지만 계속 끈질기게 나를 몰아세우니까 목을 맬 수밖에 없는 거라고. 앞날까지 알 게 뭐야. 신이치와 마야는 어떻게 되겠지. 부모가 죽더라도 자식은 클 테니까."

"난 그만둘 거예요."

"그만둬도 돼. 그러면 할 수 없지, 나 혼자 죽지."

"나 혼자서 아이들을 떠맡으라는 거예요?"

"아니지, 그런 게 아니잖아. 당신도 함께 죽겠다고 했잖아. 난 농담이나 위협을 하려고 그런 말을 한 게 아냐. 그런 대단한 결정을 하고 어젯밤부터 오로지 그 일만 생각했는데 갑자기 그만두자고 하니 난감하군."

"난 이제 죽고 싶지 않아요. 아방이 나타나서 그러면 안 된다고 하셨어요."

"아방이든 어멍이든 나타나서 말씀하시라고 해. 어쨌든 나는 목을 맬 거니까."

우리는 수풀 속 오솔길로 들어갔다. 양쪽에 관목이 무성하게 둘러싸인 곳으로 더 들어가보니 쓰러진 지 얼마 안 된 듯한 굵은 소나무가 다른 나무 위에 비스듬히 걸쳐 길을 막고 있었다. 지금이 갈림길인 듯했으나 이상하게 기세가 붙어 물러설 수 없다. 저 멀리 두껍게 층을 이루며 아른거리는 무언가가 점차 포위망을 좁히며 나를 에워싸더니 내 시야를 가린다. 고이와 집에서 소동을 벌이다가 몇 번이나 목을 맬 때의 황홀한 상태가 나를 유혹한다. 정말로 죽음의 경계를 넘을 때는 더 강렬한 도취감이 들지 모른다. 아내가 곁에서 지켜보고 있어 오히려 기세가 붙었다. 멈춰 서서 소나무를 올려다봤다. 끈이야 어떻게 묶든 무슨 상관이랴. 줄기에 걸어 고리를 만들고 발판으로 쓸 것만 찾으면 나머지는 별일 아니다. 아내가 남처럼 멀게 느껴졌지만 이제 내가 할 일에만 전념할 뿐이다.

"부탁이에요. 그만둬요." 갑자기 울음을 터뜨리며 아내가 외칠 때는 인생의 쓴맛이 느껴졌다. 조금 떨어진 곳에 있던 아내는 곁으로 다가오지는 않은 채 꾹 참듯 몸을 수그리고 애원했다.

"그런 무서운 짓은 이제 그만둬요. 나도 이제 안 그럴 테니." 그 자세 그대로 아내가 말했다. 갑자기 빗장이 열린 것처럼 위축된 마음속에 외부 물질이 우르르 밀려들어 왔다. 언젠가도 이런 기분이었다. 내가 말없이 다가가자 아내는 내게 기대며 쓰러졌다. 아내를 안은 내 양팔과 가슴에는 살아 숨 쉬는 생명체의 온기가 느껴졌다. 마치 아이에게 심하게 으름장을 놓은 듯했다. 아내가 소리를 참지 않고 흐느껴 우는 걸 보니 갑자기 나도 친근한 감정이 들어 몸이 따뜻해졌다. 하지만 누군가 불쑥 우리 앞을 지나갈 것 같다.

"지난 일은 파헤치지 않는 거야." 내가 의기양양하게 말하자 아내는 말없이 고개를 끄덕였다.

"이제 당신 이름을 불러도 되겠지?" 내가 다짐을 받자 아내가 살짝 웃었다. 그러나 생각이 바뀌었는지 미소를 거두더니 어디를 보는지 알 수 없는 멍한 표정으로 돌아왔다.

"미호만 그렇게 생각해준다면 나는 정말 기쁠 거야. 힘내서 억척스럽게 일해야지." 내 말에 아내는 "신이치와 마야를 둘이서 키워봐요"라고 대답했지만 다소 넋이 나간 표정이었다. 이제는 비스듬히 기울어진 소나무 밑을 지나도 별다를 것 없는 평범한 소나무로 보인다. 그럼 아까 유혹당하듯 바짝 다가간 그 순간은 뭐였을까. 나는 자살도 못 하는 사람이라 생각하니 마음이 무너져 내렸다. 최후의 순간이 되면 반드시 아내가 막아줄 테니 결국 그만두리라 예상하고 궁지로 몬 것이나 다름없었다. 그 생각이 나를 괴롭히며 질책했다. 모퉁이를 돌자 바로 넓은 길이 나왔다. 오랜 세월 사람들에게 밟혀 단단히 굳은 길이다. 숲이 끊기자 시야가 트여 집 뒤편의 뽕밭 주위부터 골짜기 기슭의 외딴집과 산소까지 한눈에 담겼다. 저 멀리 길이 끝나는 곳까지 훤히 다 보였다. 죽음에 연루되어 손상당한 개인적인 편력이 관객들의 눈으로 둘러싸인 작은 무대에 전시된 듯한 착각이 들었다. 그 광경은 떠들썩한 이승의 충실함을 전달했다. "괜찮아질 거야." 나는 스스로 부추기듯 말했다. "이제 과거처럼 이도 저도 아닌 생활은 관두자. 과거와는 연을 끊는 거야. 도쿄에서 살고 싶지 않아. 그래, 당분간 여기서 살까?" 그 말을 하고 나니 아이들을 데리고 이 언덕 주위를 산책하는 모습이 눈앞에 아른거렸다. 솔직히 나는 아무 확신도 들지 않는다. 힘든 일을 마친 뒤의 허탈감 비슷한 피로가 몰려와 아내가 이제는 안 그런다고 하는데도 그 말을 곧이곧대로 믿을 수 없었다.

그날 우리는 외삼촌 댁에서 읍내 고모 댁으로 거처를 옮겼다. 시냇가를 따라 국도 쪽을 걷다 보니 어린 시절의 추억들이 떠오른다. 벌거숭이가 되어 강에서 붕어와 메기를 건져 올리는 신이치 나이쯤의 나. 강 옆에 있던 술고래 할아버지 집은 뽕밭으로 변해버렸고 강을 가로지르는 나무다리만 남아 있다. 마르고 눈이 큰 가오루 누나가 할아버지에게 맞았다면서 목면 기모노 옷자락을 나부끼며 다리로 도망쳐 왔다. 나는 연상의 사촌들 앞에서 강한 척하며 안장을 얹은 말에 올라탔는데 갑자기 말이 달리는 바람에 멈출 수 없었다. 아무리 고삐를 당겨도 말을 듣지 않던 말은 마을을 제멋대로 돌더니 되돌아왔다. 왠지 모두들 외지에서 아내를 데리고 온 나에게 볏짚 냄새를 풍기며 반감을 드러내는 듯하다. 신이치도 마야도 입고 있던 옷이 더러워져 보기 흉했지만 당장은 별수 없다. 아까 분명히 새로운 삶을 살기로 약속했건만 아내는 안개처럼 주위를 맴도는 어두운 기억에서 완전히 해방된 것 같지 않다. 지금은 애써 피하고 있지만 만약 발작을 일으키면 자제가 안 될 것이다. 그럴 때는 약속과 다르지 않느냐고 아무리 소리쳐봐야 소용없다. 고모 댁은 골목에서 정미소를 했는데, 쌀도 빻고 기름도 짜며 생계를 꾸렸다. 어린 시절 내가 고향에 간다는 것은 외가에 가는 걸 의미했다. 외할머니나 외삼촌 댁에서 긴 휴가를 보내고 친가에는 의무적으로 얼굴만 내비쳤다. 고모 댁에도 할 수 없이 방문했다. 외할머니가 돌아가신 지금, 아내를 데리고 고향에 오니 내 마음은 예기치 못한 혼란에 내동댕이쳐졌다. 내가 불쑥 찾아가 신세 질 수 있는 곳은 고모 댁밖에는 없는 듯했다. 어릴 적에는 외할머니를 따라 어쩔 수 없이 방문했던 곳인 데도 말이다. 작은 마을이지만 고모 댁은 장사를 했기에 모두들 하루 종일 바쁘게 일했다. 그런 분위기 때문에 아내는 긴장감을 유지했고, 고모의 물레가 기분을 전환시켜준 듯했다. 덕분에 나는 근처 이발소에 가서 머리 다듬을 여유도 생겼다. 이발소는 협소했는데 부부가 함께 일하고 있었다. 이발하는 남편을 도와 스팀 타월을 건네주거나 가위와 면도칼을 바꿔주는 모습을 보니 내가 잃어버린, 병들지 않은 일상이 환기되었다. 그들의 삶도 어쩌면 별다를 것 없을지 모르지만, 일상을 지탱하는 강인한 신경이 느껴졌다. 가게에 들어온 또 다른 손님과 이지방 사투리로 대화를 주고받는 걸 들었는데 지금의 내게는 온통 위험한 영역을 오가는 내용이다. 하지만 그런 것에 반응해 공연히 불안을 북돋고 싶지 않다. 외삼촌 댁에서 사촌들이 모여 이야기할 때에도 아내가 억지로 참고 있는 듯했기에 언제 기분이 뒤집힐까 조마조마했다. 사촌들이 어린 시절 내 모습이나 성격, 그때 있었던 에피소드 같은 걸 이야기하다가 당시 같이 놀던 친구들의 소문을 들려줬다. 한 명은 친구 아내를 데리고 타지로 도망쳐 결국 살림을 차렸으며, 다른 한 명은 아이 하나가 본인 자식이 아니라는 사실을 모르는 것 같다는 이야기다. 목탄 스토브에서 타던 불길이 좁은 이발소 안을 따뜻하게 덥혔다. 마치 초봄의 햇볕을 쬘 때의 느낌이라 내가 지금 세상과 유리된 무시무시한 장소에 있다는 것을 깨닫지 않을 수 없었다.

어두워진 뒤 촛불을 켜놓고 아내와 아이들을 데리고 함께 목욕을 했다. 간이 가옥에 가마를 걸어놓은 목욕통이라 온도 조절이 어려워 처음에는 들어가지 못할 정도로 물이 뜨거웠기에 옆에서 우물물을 길어 부었더니 살을 에는 추위에 몸이 오그라든다. 여유로운 목욕과는 거리가 멀었고, 뜨거운 철판을 주의하면서 좁은 가마 안에 다 같이 들어가 있다 보니 서로 몸이 닿을 수밖에 없었는데, 별안간 아내의 몸이 뻣뻣이 굳으며 어두운 얼굴로 기회를 노리는 모습을 보자 나도 그에 반응해 소리치며 도망가고 싶어진다. 그 순간 과거의 모든 표정들이 덮어씌워지는 바람에 진땀이 나서 참을 수 없다. 낮에 내내 뛰어놀던 아이들은 피곤해서 졸음이 쏟아지는 모양이지만 이미 분위기를 눈치챘는지 혐오와 불안의 눈빛으로 우리를 바라본다. 우리는 서둘러 목욕을 끝내고 방에 들어가 친척들과 늦은 저녁을 먹었다. 고모의 푸짐한 고향 음식에도 손이 잘 안 가고, 도쿄 생활에 대한 질문을 받아도 건성으로 대답할 수밖에 없었는데, 자칫 또 흐트러진 삶에 연루될까 좌불안석이었다. 고모 댁은 아침 일찍 하루를 시작하므로 가족들은 식사가 끝난 뒤 바로 잠자리에 들 준비를 했다. 묵직한 목면 이불을 주셔서 신이치와 마야를 한 이불에 재웠는데 둘 다 볼이 새빨개져 금세 잠들었다. 부모의 비정상적인 생활에 익숙해져 칭얼거리지도 않고 지시에 따르는 아이들의 모습이 너무 가엾어 보인다. 하지만 고이와에서처럼 누구의 개입도 없이 부모의 발작에 지속적으로 노출되던 때에 비하면 고향에 온 뒤로는 다소 안정감을 찾았을 거라고 위안하기도 했다. 낮에 힘든 시간을 보냈으니 혹시라도 밤에는 느긋하게 잠들 수 있지 않을까 간절히 바랐다. 하지만 아내가 "난 좀 산책을 해야겠어요. 혼자 천천히 생각할 일이 있으니까요"라고 말할 때 그런 기대는 가차 없이 깨졌다는 걸 알 수 있었다. 평소처럼 방어 태세를 취하자 가슴에 땀이 찼다. 이제 주변과의 관계가 모두 단절되고 오직 나와 아내, 단둘만 있는 장소에 남겨질 것이다.

"당신 혼자 나가면 길을 잘 모를 테니까." 나는 서둘러 벗어 놓은 옷을 입고 코트로 무장한 뒤 아내와 함께 밖으로 나갔다. 밤길은 얼어붙고 거리의 가게들도 거의 문을 닫은 채 저 멀리 가로등 불빛만 어슴푸레하게 보였다. 아내를 데리고 마을에서 떨어진 큰 강으로 가서 성터 쪽 신사로 가는 긴 다리를 건너지 않고 제방으로 나갔다. 마을에서는 깨닫지 못했지만 강바람이 꽤 강하게 불어 한기가 코트를 뚫고 뼈에 스며들었다. 세차게 부는 바람 소리가 두려웠고 귀가 떨어져 나갈 것 같았다. 기다랗게 생긴 마을은 거대한 뱀이 길게 누워 있는 형태라 밤에 보면 점멸하는 전등 빛이 반짝이는 비늘 같았다. 예전에는 때때로 물이 범람해 홍수도 났지만 오랫동안 하천 공사를 한 끝에 강폭이 넓어지고 제방도 높아졌다. 멀리 상류 쪽으로 어떤 마을인지 빛이 가물거리는 모습이 보였고 강물 흐르는 소리도 바람 소리에 섞여 들려왔다. 강변의 마른 갈대가 살랑대며 도깨비처럼 몸을 휘었다. 마치 잊고 있던 무언가를 억지로 생각해내라는 듯이 어둠을 향해 일직선으로 펼쳐진 제방 길을 우리는 잠시 아무 말 없이 걸었다. 아내는 초록색 숄로 두건처럼 머리를 완전히 감쌌다. 내가 추위를 견디지 못하고 먼저 입을 뗐다.

"이 길은 어느 쪽으로 가도 끝이 없어. 그만 돌아가자."

아내가 냉랭한 어조로 말했다. "돌아가고 싶으면 당신 혼자 돌아가도 돼요. 난 좀더 산책할 거니까."

"그런 말 말고 그만 돌아가자. 목욕을 하고 난 뒤야. 감기 걸리면 어쩌려고."

"뭐라고요? 내가 감기 걸릴까 봐 걱정이라니. 그토록 오랫동안 아무 상관도 안 한 주제에."

"그건 말이 좀 이상하잖아. 미호, 잊지 말았으면 좋겠어. 낮에 산소 옆에서 앞으로는 절대 안 그럴 거라고 맹세했잖아."

"난 지금 그러는 게 아니에요. 맹세한 건 잊어버리지 않아요. 난 거짓말하는 걸 몹시 싫어한단 말이에요. 지금도 당신을 전혀 비난하지 않잖아요. 다만 난 모르겠다는 거죠. 당신이 나를 사랑하는지 그걸 모르겠다고요. 진짜는 싫은 거죠? 싫으면 싫다고 확실히 말해요. 사람을 반쯤 죽여놓고 오도 가도 못하게 하는 거, 난 못 견디겠으니."

"그건 이미 여러 번 말했잖아. 계속 그런 말을 하면 끝이 없어. 신이치와 마야를 생각해." 무의미한 저항이라고 생각했지만 무슨 말이라도 해야 한다.

"역시 난 모르겠어요. 이상하죠, 그토록 오래 신이치나 마야를 나 몰라라 하던 사람이 갑자기 왜 그런 말을 하는 거예요. 신이치와 마야는 이렇게 추운 겨울날에도 한밤중에 잠옷만 입은 채 고이와역 앞에서 땅따먹기 놀이를 했어요. 무슨 말인가 싶겠죠. 내가 당신 뒤를 쫓아 걔네 집에 갔다는 거예요. 밤이 늦었는데도 내가 돌아오지 않자 신이치와 마야가 역 앞까지 마중 나온 거고. 당신은 그때……"

"알았어, 알았다고. 이제 알았다니까. 어쨌든 과거는 잊는다고 했잖아. 그만 좀 해, 제발 그만둬. 역시 또 시작이잖아. 절대 그러지 않겠다고 하더니 또 그러잖아. 말짱 허사야, 또." 가슴에 거무스름한 뭔가가 치밀어 오르는 것 같아 나는 와락 소리를 지르며 내달렸다. 아내도 내 뒤를 쫓아왔다. 아무 데도 갈 곳이 없다. 가슴이 터질 것 같다. 몸에 상처라도 내야 겨우 진정될 것 같은 광폭한 마음이 솟구쳐 몹시 고독했다. 그동안 아내는 수치스러운 사건이니 우리끼리 해결해보자고 우겼다. 누군가 옆에 있으면 정상적인 얼굴로 돌아왔다가 사람이 없으면 발작을 일으켰다. 나는 어디에도 풀어놓을 수 없는 무거운 물건이 몸 전체를 짓누르는 것 같아 머리에 피가 몰리고 가슴이 답답해진 나머지 짐승같이 소리를 내지르며 강물을 봤다. 저기로 가려면 자갈밭을 건너야 한다. 마을에서 비치는 등불인지 별빛인지 시야에 어른거리는 가운데 발을 헛디뎌 제방의 경사면을 뒹굴어가며 강바닥 쪽으로 내려갔다. 밤이슬에 젖은 풀 냄새가 온몸을 감쌌는데, 멈출 것 같으면 또 기세를 몰아 뒹굴었다. 아내는 나를 쫓아 엉덩방아를 찧어가며 경사면을 미끄러져 내려왔다. 돌덩이에 등을 세게 부딪쳐 그 고통으로 호흡이 멎는 줄 알았는데, 그때 아내가 몸을 던져 나를 붙들었다. 그 상태로 나는 잠시 하늘의 별을 바라봤다. 눈에 익은 별자리가 온 하늘에 펼쳐져 있다. 나는 말없이 일어나 아내를 안아 일으켰다. 그리고 땅바닥을 기어 다니며 흩어져 있는 게다를 찾았다. 제방을 지나는 사람도 있겠지만 멈춰 서서 우리에게 말을 건네지는 않을 것이다. 설사 우리를 알아보더라도 기분이 섬뜩해 발길을 재촉할 것이다. 오른쪽 무릎이 부딪쳤는지 다리가 저릿저릿해 서 있기도 힘들었다. 자꾸 미끄러지며 위로 올라오지 못하는 아내를 내가 뒤에서 밀어 올렸다. 둘이 뒤엉켜 가까스로 제방 위로 올라와 아까 온 길로 되돌아가는데, 나는 잠시 걷다가 험한 말이 나오는 걸 참지 못하고 또 아내에게 퍼부었다.

"삶이 겨우 제자리를 찾아가려는데 당신이 이런 식으로 망가뜨린다면 나도 생각해볼 거야. 정말로 생각해볼 거라니까. 내가 왜 이렇게 추궁받아야 하는 거지? 성실한 인간이 되려는 거잖아. 나도 그걸 원하니까 노력해온 거고. 그런데 내 마음이 아무리 그런들 당신이 인정해주지 않으면 도리 없잖아. 내가 다 털어놓길 바란다고? 이제 당신이 원하는 대로 내 본성을 숨기지 않고 다 드러내지. 좋아, 지금부터 나는 내가 하고 싶은 대로 할 거야. 지쳤어. 정말 지쳤어. 모든 게 진절머리 나. 어때, 당신이 그렇게 잘난 것 같아? 당신이 좋아서 지금껏 내 곁에 붙어 있던 거잖아. 이렇게 추악한 나한테 말이지. 못 참겠으면 당신 맘대로 해, 떠나도 상관없어. 당신이 그렇게 이해를 못 하겠으면 나도 별수 없지. 내가 한 행동은, 그래, 내가 했어. 그게 뭐 어떻다고."

무대에서 열연하듯 말이 술술 나왔다. 별빛 아래라 어렴풋했지만 아내는 증오에 불타는 눈으로 나를 노려보는 듯했다. 지금까지 보지 못한 눈빛이라 마음이 암담했으나 나는 내 오른팔로 아내의 왼팔에 팔짱을 끼었다. 귀를 에는 바람이었지만 피부에 한기가 스미는 것도 느끼지 못하며 고모 댁으로 돌아와 한 이불에서 잤다.

다음 날, 잠에서 깨어보니 눈이 쌓여 있었다. 아이들은 신이
나서 밖으로 나갔다. 반짝이는 눈이 얼굴에 반사되어 기분이
밝아지니 아내를 똑바로 볼 수 없다. 거리가 또 멀어진 듯하다.
아내는 자진해서 나에 대한 질타를 거두고 움막 안에서 기회를
엿보는 듯한 표정을 지었다. 일부러 그런 행동을 하는 걸까. 일
부러 그러는 거라면 안심이지만, 만약 그게 아니라면 내가 아
내를 자꾸 이상한 방향으로 몰아가는 건가. 고모가 천 조각을
보여주자 아내는 놀고 있는 물레로 길쌈을 하며 무료한 시간을
보낼 요량인지 내 쪽은 쳐다보지도 않았다. 자기 안에 함몰되
어 말라 죽으려는 속셈인가. 기분 탓인지 아침 식사 때는 음식
도 거의 입에 대지 않은 듯했다. 고모가 걱정하며 먹으라고 권
하는데도 아내는 식욕이 없다고 핑계를 대며 아이들 수발만 들
었다. 내게는 관심을 딱 끊은 모양이다. 그 모습을 보니 어젯
밤 큰 강 제방에서 거침없이 말하던 내 윤곽이 선명히 그려지
는 듯했다. 하지만 바닷물에도 한류와 난류가 교차하듯 앞으로
생활을 꾸려갈 계획이 떠올랐다. 외삼촌 댁에서도 잠시 나왔던
이야기인데 그걸 본격적으로 준비해보기로 했다. 오래된 무가
저택 별채를 임시로 빌려 고향에 살면서 내가 할 수 있는 교사
자리라도 알아보려는 것이다. 이 겨울만 견디면 학기가 시작
되는 4월에는 근무할 학교를 찾을지도 모른다. 고종사촌도 내
의견에 동의하며 현縣 교육위원회에 원서를 내보라고 권했다.
"난 아무래도 상관없으니까 당신과 아이들의 장래에 좋은 쪽으

로 하세요." 아내는 그렇게 말하며 더 이상 마음을 열지 않는다. 대화를 나누다 보면 다툴 것 같아 그날은 하루 종일 이력서를 쓰며 보냈다. 다음 날도 아내의 마음은 굳게 닫혀 있었다. 아내는 식사도 제대로 하지 않고 뭔가 결심이 섰는지 몰래 실행하는 눈치였다. 뭘 하느냐고 물어도 대답은 한결같았다. "아뇨, 아무것도 안 해요." 아이들은 부모 곁을 피해 밖에 나가 놀았다. 이 고장에 처음 와서 말도 익숙지 않을 텐데 다른 아이들이 잘 끼워줄까 걱정되지만 내가 해줄 것이 없다. 아내는 아이들이 곁에 오면 습관처럼 돌봐주긴 하지만 태도를 보면 전과 같이 극진한 마음이 없었다. 점점 거칠어지는 신이치가 염려되어 뒷문이나 길가로 나가보면 나무 막대기를 들고 시골 아이들을 뒤따라가는 뒷모습이 보이기도 했다. 때로는 양지바른 판자벽에 마야와 둘이 따분한 기색으로 몸을 기대고 있는 모습도 보였다. 마야는 하루 종일 고모나 고종사촌들의 일터 주위를 맴돌며 구경했다. 저녁 때 신이치의 왼쪽 볼에 피가 맺혀 있어 자세히 보니 이빨에 물린 자국이었다. 왜 그랬는지 물었더니, 놀고 있는데 건방지다는 이유로 물어뜯겼다고 대답한 뒤 동정을 거부한다는 듯이 얼굴을 획 돌렸다.

고모 댁에 계속 머무를 수 없어 이튿날 친가로 옮겼다. 고종사촌이 우리 네 식구를 오토바이에 달린 리어카에 태우고 마을 뒷길을 지나 논길로 나왔다. 오토바이는 철로를 넘어 큰 강의 제방을 따라 달리다가 다리 건너 외삼촌 댁과는 반대 방향의 국도를 타고 해변 근처에 있는 친가로 향했다. 모두들 솥이

나 머플러로 귀가 안 보이게 머리를 꽁꽁 싸매 차가운 바람을 피했다. 고종사촌도 두꺼운 모피가 달린 방한모를 썼다.

친가는 국도변 언덕 위에 있었는데, 큰아버지가 돌아가신 뒤 사촌이 집을 물려받아서 큰아버지가 계실 때처럼 편히 머무르지는 못할 것이다. 심지어 처음 보는 조카들도 있을뿐더러 이미 세월에 따라 어린 시절의 그리운 기억은 변해버렸다는 걸 인정해야 한다. 흙으로 만든 광이나 헛간, 마구간, 우물, 목욕탕은 옛 모습 그대로 변함없겠지만, 그걸 매일 사용하는 사람은 내 기억에 존재하지 않는 어린 조카들이다.

지금까지는 환경이 바뀌면 긴장감 때문에 아내도 평상심을 찾았다. 하지만 그제부터는 우울증이 나아지기는커녕 더 심해지는 걸 보니 점점 먼 곳으로 뒷걸음치는 기분이다.

다음 날 고종사촌이 안내해준다기에 큰맘 먹고 아내와 아이들은 집에 둔 채 나 혼자만 나왔다. 문교위원장을 맡고 있다는 근처 현 의원 댁을 방문한 뒤 기차를 타고 S시에 있는 현 교육위원회 출장소에 가는 코스였는데, 그 짧은 여정이 불안하면서도 이상하게 휴식 같았다. 고종사촌은 일부러 말도 걸지 않고 나를 혼자 있게 해줬다. 열차에 손님이 얼마 없는 가운데 창가 좌석에 앉아 유리창 너머로 바깥 풍광이 계속 변해가는 걸 바라보고 있으니 내가 지금 잔뜩 웅크리고 있는 이 장소가 더 기묘하게 여겨진다. 철로 양쪽으로 펼쳐진 광활한 논, 튼실한 억새지붕 농가, 사람들의 발길이 미치지 않은 곳 없는 얕은 동산, 숲속을 똑바로 가로지르는 산길, 선로와 교차했다 평행하기를 반복하며 몇 갈래로 갈라져 저 멀리까지 뻗어 있는 마을 길.

겨울철이라 산속의 나무는 가지가 앙상했고, 오그라든 벼 밑동만 남은 논은 온통 칙칙한 잿빛이었다. 흙내음 나는 풍광은 어린 날의 기억과 이어진 탓에 과거가 그대로 영속되는 듯했지만 그런 안정된 분위기 속에서도 날이 거듭될수록 조금씩 세월의 흐름이 보였다. 그러나 그 모습도 나와는 상관없는 일 같아 나는 그 흐름의 일부가 되지 못하고 거부당하는 듯하다. 내일도, 조금씩 다가오는 미래의 날들도 예측할 수 없다. 미래의 일거리를 위한 수속을 밟으러 외출한 지금조차 다가올 미래에 대한 확신을 갖고 일을 추진하는지 의심스러웠다. 나는 잠시라도 아내 곁을 떠날 구실을 만들기 위해 외출한 것 아닐까. 그러면 일시적이나마 내게 주어지지 않을 것 같던 무위無爲의 시간에 몸을 의탁할 수 있으니까. 어린 시절부터 느꼈던 혼자 하는 여행의 자유, 특히 이런저런 성가신 일들에서 벗어나 차 안에 틀어박히는 해방감을 이렇게 다시 만끽할 거라고는 생각지 못했다. 시시때때로 엄습해 오는 생활비에 대한 불안이 이만큼 아내의 양보를 이끌어낸 걸까. 그러나 아내와 아이들 곁을 떠나자마자 뱃속에서 양심의 가책이 올라오더니 시간이 지날수록 가슴에 엉긴다. 외출한 사이 불길한 사고가 일어난 건 아닐까. 돌아가보니 이미 돌이킬 수 없는 사태가 벌어진 뒤라면 앞으로 내가 살아갈 이유를 찾을 수 있을까. 아내의 허락을 받은 외출이므로 나 혼자 책임지지 않아도 된다는 검은 목소리도 들린다. 아내나 아이들이 돌이킬 수 없는 상황에 처하면 오히려 형편이 나아질 수도 있다. 무거운 인연이 끊어지면 어찌 되었든 앞으로는 세상에 홀로 뛰어드는 셈 아닌가. 유리창에 흐릿하게 비친 얼굴은 흉측하게 불어터진 몰골로, 풍경 안의 사물들이 그 눈과 코, 입, 볼을 스쳐 지나간다. 그와 반대되는 여러 생각들도 떠올랐다가 사라졌다. 모든 사람이 다 그런 건가, 아니면 나만 그런가. 유리 속의 얼굴이 바로 그자의 얼굴이라 생각하니 어느 틈엔가 수평선 주위에 나타난 등불을 발견하듯 내 저의를 간파한 아내가 나를 일부러 S시에 보낸 것 같았다. 자신의 결심을 실행에 옮기기 위해 나를 떼어놓은 것이다. 아내가 나를 해방시켜주려나 보다. 우리가 함께 있으면 의혹과 불신 때문에 발작을 일으킬 수밖에 없고, 불가피하게 서로 다투고 상처를 입히게 되므로 틀림없이 자기 혼자 죽으려는 것이다. 며칠 전 죽고 싶지 않다고 말한 것은 아내의 본심이 아니었나 보다. 거짓말로 그 상황을 모면한 뒤 내 손이 미치지 않는 기회를 틈타 실행에 옮기려는 것이 분명하다. 아내는 자신이 죽더라도 나는 따라 죽지 못하고 나중까지 오래오래 살 거라는 사실을 아는 듯했다. 나는 왜 그런 것도 알아채지 못했을까. 이런 중요한 때 아내 곁에 없으면 몹시 위험하다는 걸 어떻게 잊을 수 있을까. 아내의 발작을 견딜 수 없었던 적이 부지기수지만 지금은 그때의 꼴사나운 모습이나 표정도 전혀 떠오르지 않는다. 그런 광란의 모습 저편에는 언제나 옷깃을 얌전히 세우고 몸뻬를 가슴께까지 올려 입고는 연신 고개를 숙이면서도 수줍은 얼굴로 미소 지으며 나를 바라보던 아내의 처녀 때 모습이 계속 눈앞에서 어른거렸다. 만약 아내의 신변에 이상이 생기면 나는 꼭 산 채로 거꾸로 매달리는 기분이리라. 가슴이 두근거려 가만있을 수 없었다. 눈에 보이지 않는 안정과 평안은 이제 필요 없다. 정말 지긋지긋하지만 아내의 광기 어린 신경이 판치는 세계로 돌아가고 싶다. 역마다 꼬박꼬박 정차하던 기차가 드디어 S시에 도착했다. 주위에 온통 그늘이 드리운 듯 불안했지만 교육위원회 출장소에서 원서 용지를 교부받아 채용 관련 사항을 확인한 뒤, 고종사촌의 추천대로 인구가 3만 명 남짓한 성시城市*를 방문했다. 얼마간 전통의 향기가 남은 거리를 걸으며 성터를 구경한 뒤 기차를 타고 돌아왔다. 역부터는 주사위를 던지는 심정으로 1킬로가 좀 안 되는 길을 걸어 집으로 돌아왔는데, 뜻밖에도 아내는 아무 일 없는 것처럼 미소를 지으며 나를 맞이했다. 차 안에서의 생각이 망상으로 끝난 데 대해 안도하면서도 끝없는 진흙탕 길이 눈앞을 가로막은 듯한 기분을 떨칠 수 없다. 친사촌은 우리와 눈을 마주치지 않았는데, 우리 가족의 기묘한 여행이 친척들의 입방아에 올랐다는 암시 같았다. 정직해서 감정을 잘 숨기지 못하는 사촌은 어찌 대응해야 할지 난감한 모양이다. 갑자기 온 가족이 보자기를 선물로 들고 고향을 찾아오면 나 같아도 뜬금없다고 생각할 것이다. 그날 밤, 몸에 스미는 적막감을 안은 채 초봄부터는 양잠실로 사용될 다다미방에서 잠이 들었는데 밤이 깊어지자 아내가 발작을 일으켰다. 지금까지 수없이 반복했던 질문 공세에 나는 욱해서 뛰쳐나갔다. 아내가 쫓아와 매달리는 통에 또 꼴사납게 뒤엉켜 싸웠지만 아무도 와보지 않았다. 밤새도록 다투느라 한숨도 자지 못한 채 새벽이 밝아 피곤하고 졸렸

---

* 봉건 영주인 다이묘의 성곽을 중심으로 형성된 마을.

지만, 농가의 아침은 일렀다. 넓은 부엌에서는 이미 하루가 시작된 눈치라 우리도 일어나 어색하게 아침 인사를 하고 차려진 식사를 마쳤다. 현 교육위원회 교원 채용 시험이 2월 초라 현청이 있는 F시에서 시험을 보려면 2주 정도 기다려야 했으므로 여기 계속 머무를 수는 없었다. 채용이 된다 해도 현 내의 어느 학교에 배정될지 알 수 없으므로 일단은 도쿄로 돌아가야 한다. 의견을 명확히 밝히지 않았지만 아내도 여기 있기는 싫다고 했다. 아내는 볼이 몹시 야위고 눈에 힘도 없어 얼이 빠져 보였다. 머리도 헝클어진 상태였고, 자신의 옷은 물론 도쿄에서부터 계속 입은 우리 속옷조차 빨아주려 하지 않았다. 정오가 가까워질 때쯤 우리는 친가에서 나왔다. 어머니 산소에 성묘한 뒤, 읍내에 있는 고모 댁에 가서 하룻밤 묵고 그다음 날 기차로 돌아갈 예정이었다. 힘겹게 걷던 아내는 이따금 신음하며 고통을 호소했는데, 나를 괴롭히려고 일부러 그러는 것 같아 신이치와 마야의 손을 잡고 저만치 앞서 걸었다. 산소까지 가려면 언덕 위의 밭을 거쳐 꽤 긴 길을 걸어야 했다. 공기는 찼지만 연일 맑게 갠 하늘 덕에 봄이 성큼 다가온 양 활기가 느껴졌다. 여기 온 지 열흘이 다 되도록 눈뜨자마자 눈 오는 풍경을 본 날은 단 하루뿐이었다. 그날만 눈이 약간 흩뿌렸을 뿐 다음 날부터는 계속 맑은 날씨였다. 오랜 도회지 생활 탓인지 수목으로 둘러싸인 대지의 정취를 느낄 수 있고, 금속성 음향이 들리지 않으며, 흙이 있고 광활한 전망이 펼쳐지는 시골로 이주한다면 활기찬 생활을 영위할 수 있겠다는 기대가 생겼다. 한동안 고향에서 살아보자. 과거의 기억이 얽힌 도쿄에서는 분명 아내의 쇠약해진 신경을 회복할 수 없으리라. 벌써부터 마음이 설레지만 막상 눈앞의 아내를 보면 절망에 빠질 거라고 생각하며 걷던 중 왠지 낌새가 이상해 뒤돌아보니 저만치 뒤에서 걸어오던 아내가 픽 쓰러졌다. 마치 횃대에 걸린 빨래가 다다미 바닥으로 와르르 쏟아지듯 흙 위에 쓰러지는 아내의 모습이 무성영화의 한 장면 같았다. 나는 천천히 아내 곁에 가서 양쪽 겨드랑이에 손을 넣어 안아 일으켰다. 핏기를 잃은 아내가 멍한 얼굴로 일어나 내게 몸을 기대고 잠시 걸었지만, 곧 내 손을 힘없이 뿌리쳤다. 나는 그 자리에 멈춘 채 잠자코 우리 모습을 바라보고 있던 두 아이에게 돌아가 아이들 손을 잡고 다시 걸었다. 붉은 흙이 드러난 비탈길이 보이기에 드문드문 나무가 있는 작은 연못 옆 수풀 사이로 들어갔더니 산소가 있었다. 가족 묘역 끄트머리에 양자로 가서 죽은 동생과 어머니의 묘석이 보였다. 낙엽을 모아 불을 피우고, 준비해 간 향에 불을 붙이는 동안 아내는 어머니의 묘 앞에 앉아 다른 곳만 바라봤다. 네 식구가 향을 나눠 묘석 앞에 놓고 합장을 했다. 어머니 앞에 며느리와 손자를 데리고 왔는데 며느리가 이렇게 생뚱맞은 모습인 건 다 내 탓이라고 마음속으로 읊조렸다. 주위에 사람은 얼씬도 하지 않았으며 조금만 시선을 돌리면 깎아지른 절벽이 보이고 언덕 위에는 작은 사당이 있었다. U자형으로 길게 갈라져 점토질이 드러난 골짜기를 보니 사당에서 제사를 지낼 때 거기에서 말을 밀어 떨어뜨리는 행사를 하던 기억이 떠올랐다. 말을 양 옆구리로 떠받친 청년들이 말과 함께 추락해 크게 다치는 경우도 있었는데, 지금은 상상할 수도 없는

일이고 장소도 좁아 그런 행사는 불가능해 보였다. 읍내 고모
댁에 가는 도중 아내가 못 걷겠다고 주저앉으면 꼼짝없이 아
내를 따라 온 가족이 아무 데나 앉아 말없이 쉬었다. 눈앞에서
시골 사람들이 지나가는 걸 멍하니 보고 있다 보면 아내가 기
운을 차려 일어났고, 우리도 따라 일어나 걷기를 반복한 끝에
고모 댁에 도착할 수 있었다. 고종사촌이 친척들이 준 쌀과 떡
을 꾸려 역에서 미리 수하물로 부쳤기에 내일 아침에는 기차를
타는 일만 남았다고 생각하며 잠자리에 들었다.

그날 밤 아내는 별 동요 없이 잠들었다. 연일 피로가 누적되
어 나도 깊은 잠에 빠졌다. 꿈도 꾸지 않고 정말 잠깐 졸다가
눈을 떴는데 옆이 허전해서 둘러보니 아내가 보이지 않았다.
벌떡 일어나 머리맡을 살폈더니 아내 옷이 없다. 나는 허겁지
겁 옷을 입고 밖으로 나갔다. 동트기 전이라 아직 어스레했다.
마당 구석의 변소도 살폈지만 보이지 않는다. 게다를 걸쳐 신
고 문밖의 길로 나가니 문 닫은 가게들만 빽빽이 있을 뿐 시야
에 걸리는 사람은 없다. 이발소 유리창에 내려진 흰 커튼이 보
이는데, 고이와라면 아내가 갈 만한 장소를 대충 알지만 여기
서는 전혀 짐작할 수 없었다. 혹시 몰라 전날 밤 둘이서 옥신
각신하던 큰 강 제방 쪽으로 갔다. 얼어붙은 길에 게다 부딪치
는 소리가 메마르게 울려 퍼지고, 시원한 새벽 공기가 몸에 스
미는데도 머릿속에는 어두운 안개가 소용돌이쳤다. 제방 위에
서 주위를 둘러봐도 이렇다 할 모습이 발견되지 않았다. 강변
의 돌망태 주위로도 시선을 돌려봤지만 흐르는 강물만 반짝일

뿐이다. 좀더 찬찬히 찾아봐야겠다고 생각하지만 마음이 조급해져 긴 나무다리 건너 신사가 있는 성터 돌계단으로 올라갔다. 아내를 데려간 적이 없으니 거기까지 가지는 않았을 것 같았지만 숨을 헐떡이며 끝까지 올라갔다. 돌계단을 오르는 도중 동녘 하늘이 밝아져 고요한 경내로 들어가 마루가 높은 본당 뒤쪽까지 갔다가 정문으로 돌아 나왔다. 예전에 기부금 모집 때 이름을 써놓은 팻말이 눈에 띄었고 큰아버지를 비롯한 친척들 이름 사이에 아버지 이름도 보였는데, 그때는 이미 해가 중천에 떠서 아침 공기의 기운이 느껴졌다. 성터였기에 전망도 좋았다. 눈 아래로 큰 강이 가로지르고, 장방형의 마을과 그 주위의 논, 여기저기 자리 잡은 인가들, 그리고 철로와 역에 놓인 과선교의 풍경이 한눈에 담겼다. 인가 쪽에는 여기저기 잠에서 깨어난 사람들이 작게 보였다. 나는 눈물이 와락 쏟아지는 바람에 입속으로 아내의 이름을 부르며 돌계단을 내려와 나무다리를 건너 일단 고모 댁으로 돌아왔다. 고모와 사촌들은 일어나 있었다. 나는 아내가 없어졌다고 간략히 알린 뒤 자전거를 빌려 외삼촌 댁을 향해 페달을 밟았다. 귀가 찢어질 듯 아프다. 왼쪽 귓속이 욱신거린다. 바람을 가로지를 때 들리는 소리가 꼭 아내의 속삭임 같았다. 힘내라고 응원하는 듯했는데 혹시 이번에 붙잡지 못하면 어쩌나 불안해 또 눈물을 흘렸다. 시냇가 길로 오니 4, 5일 전 어두운 마음으로 네 식구가 여기를 걸어가던 생각이 났다. 그때만 해도 아직 좋을 때였다. 그조차 어린 날의 추억처럼 먼 과거로 여겨질 지경이다. 외삼촌 댁의 돌담이 보이자 돌아가신 어머니 생각에 가슴이 울컥했다. 문을 열고 닭장과 마구간을 지나 외삼촌이 은거하시는 별채로 가서 닫혀 있는 장지문 앞에 자전거를 세웠다.

"마쓰노스케 삼촌."

자전거를 탄 채 외삼촌을 부르니 울컥 어릴 적 마음이 역류했다.

"그래, 도시오구나. 일찍 왔네." 외삼촌이 말씀하셨다.

"미호,는 오지 않았어요?" 말하던 중 갑자기 숨이 찼다.

"미호? 안 왔어. 무슨 일 있는 게냐?"

"없어졌어요."

"언제?"

"오늘 아침요."

"그럼 잠깐 어디 이웃에 간 거 아녀?"

외삼촌 말을 들으니 고향 사투리가 피부에 스미는 듯해 사정을 말씀드렸다. 신경쇠약 같은 용어를 써가며 외삼촌께 설명해봤자 소용없다는 걸 알기에 허무하기 짝이 없었다. 외삼촌은 난감한 표정으로 말씀하셨다. "참 난처하겠구나." 나는 어머니가 돌아가셨을 때 시골에서 달려오신 외삼촌의 무릎에서 한참 울었던 기억이 떠올랐다.

"제가 당황해서 일단 나와본 거라 지금쯤은 분명 돌아왔을 거예요. 오늘 아침 9시 반 기차로 돌아가요. 건강해지면 다 같이 또 올게요. 외삼촌도 건강하세요."

나도 사투리를 섞어 말하고는 다시 페달을 밟았다. 여름방학에 놀러 왔을 때가 떠올라 눈물이 났지만 닦을 수도 없었기에 가급적 그런 생각을 털어버리려고 휘파람을 불며 돌아갔다.

하지만 아내는 돌아오지 않았다. 고종사촌도 갈 만한 곳은 다 찾아보았지만 보지 못했다고 한다. 고모가 미심쩍은 점을 물었지만 대충 대답하고 뒷문 쪽으로 나가봤다. 마음이 느슨해지면 안 될 것 같아 곰곰이 생각해보니 리어카를 타고 친가에 갈 때 논길을 지나 철로를 건넜던 기억이 떠올라 자연스레 발길이 그쪽으로 향했다. 터널 밖으로 나온 철로가 큰 강 철교를 지나자마자 바로 건널목이 있다. 물론 그 건널목은 차단기도 없이 제방 위로 철로만 교차할 뿐이다. 거기서 보면 터널이 검은 입을 벌리고 유혹하는 듯했다. 건널목에 도착할 때까지 기차가 오지 않기를 바라면서도 이제 만사 다 끝났다는 생각도 들었다. 하지만 멀리 보이는 제방 주위에 사람들이 모여 있는 것 같지는 않다. 이런저런 생각에 시달리며 겨우 도착했으나 아무도 없었다. 제방 위에 올라가니 차갑게 빛나는 철로가 터널 쪽으로 빨려 들어가듯 뻗어 있다. 반대쪽으로는 역의 모습이 아주 가까이 보였다. 갑자기 시야에 뭔가 걸리는 것 같아 자세히 보니 시냇가 철교 아래쪽에 아내가 웅크리고 앉아 있다. 흐르는 강물을 바라보는 아내의 뒷모습이 조그마하게 보였다. 나는 여느 때처럼 조용히 다가가 아내를 꽉 붙든 뒤 끌어안아 일으켜 세웠다. 그리고 아무 말 없이 아까 온 길로 되돌아갔다. 아내는 얼이 빠진 듯 근심에 찬 표정이었지만 내가 하는 대로 따랐다.

그날 예정대로 상행 열차를 탈 수 있었다. 기차 안에서 아내는 침울한 얼굴을 한 채 한마디도 하지 않았다. 저녁 때 우에노역에 도착했는데, 여자의 협박 편지가 우편함에 들어 있을지 모른다고 생각하니 곧장 고이와의 집으로 돌아가기 싫어 아내의 숙부 댁에 먼저 들렀다. 마침 그날이 야간 고등학교에 나가는 날이라 수업을 마치고 숙부 댁에 갔더니 피붙이인 숙부와 사촌을 만난 덕분인지 아내의 기분이 좀 풀린 듯했다. 늦었지만 마음을 다잡고 집으로 돌아가 박아놓은 못을 빼고 열흘 만에 현관문을 열었다.

제6장 매일의 의례

1월 하순으로 접어든 금요일부터 아내를 병원에 데려가기
전날인 목요일까지 한 주 동안 생활이 파열될 조짐이 보였다.
시골로 도피했던 열흘이 아내를 더 깊은 구렁으로 빠뜨린 듯
했다. 어쩔 수 없이 도쿄로 돌아왔지만 고이와 집이라고 시골
보다 나을 바 없다. 여자가 마음만 먹으면 언제라도 찾아올 수
있었고, 그 의도가 무엇이든 수신인 이름만 정확히 써서 우체
통에 넣으면 우편배달부는 편지를 틀림없이 우편함에 전달해
줄 것이다. 그런 것에 정신을 빼앗기니 우편함이 점점 흉기로
보인다. 우편함을 없애고 싶지만 그런다고 편지가 안 오는 것
도 아닐뿐더러 우편함을 통해 일거리를 받아야 생활을 유지
할 수 있다. 혹시라도 내가 우편함에 집착하는 것을 아내에게
들킨다면 쓸데없는 의혹만 불거지므로 오히려 갈등을 불러들
이게 된다. 재앙이 언제 덮칠지 모를 골목 안의 비좁은 집에
서 불안한 나날을 보내는 건 섬뜩했다. 도저히 못 살 것 같았
던 고향이 여기보다는 나을 것 같다. 빌리기로 약속한 집은 옛
날 무가저택의 나가야長屋*를 증축한 별채 2층으로, 볕 잘 드는

밭이 정원처럼 남쪽에 넓게 펼쳐져 있고 삼면이 가파른 벼랑으로 둘러싸여 언덕으로 이어져 있기에 지금 우리 상황에는 적당한 은신처로 여겨진다. 빨리 고향의 취직자리나 집 매매 문제를 해결하고 도쿄를 떠나자. 아내와 나, 그리고 아이들의 예민해진 신경을 위협하는 요인들이 도처에 도사리고 있어 더 이상 도쿄에서는 못 살 것 같다. 하지만 아내가 흔쾌히 찬성할지 그게 문제다. 고향에 가 있는 동안 내 머릿속의 고이와 집은 불길한 느낌이 드는 거무스름한 외딴집이었다. 부연 안개 때문에 어른어른하게 보였지만 일부는 극도로 선명했고, 낯익은 집 안 곳곳에는 독충이 떼로 모여 득실거렸다. 그때는 이 집에서 다시는 못 살 것 같았으나 막상 돌아와보니 외부에서 어떻게 보이건 사람 사는 온기가 느껴지긴 했다.

고이와에 돌아온 뒤로도 날씨는 줄곧 맑았고, 남쪽으로 난 좁은 툇마루에는 햇볕이 내리쬐었다. 방 청소를 하고 나서 시골로 가기 전날 밤 옆집 아오키에게 맡겨뒀던 고리짝과 중국 가방을 찾아온 뒤 대문 앞에서 거적을 태워 재를 만들어서는 양철 화덕을 가지고 나와 집과 철공장 사이의 좁은 골목길에서 오래된 신문과 잡지로 불을 지펴 밥을 지었는데, 문란한 애욕의 범죄나 가정을 파괴하고 자살한 작가의 기사에 혹시라도 무슨 표식이 있어 아내가 알아채지 않을까 걱정하다 보니 집 안에 틀어박힌 귀신을 푸닥거리로 쫓아내는 기분이었다. 아내도

---

* 에도 시대 영세 상인이나 직공들이 거주하던 일본의 전통 다세대 주택. 무사들의 주거지인 무가저택에 딸린 나가야는 하인들의 거처였다.

돕기는 했으나 건성이었고 금세 얼굴이 어두워지는 걸 보면 즐겁게 일하던 다섯 달 전의 모습은 더 이상 기대하지 말아야 했다. 예전에는 날이 맑으면 아내는 울타리에 이불을 말리고 더러운 옷들을 한 아름 끄집어내 빨래를 했으며, 좁은 집이지만 내 서재와 안방, 작은방 할 것 없이 창문이나 문을 활짝 열어놓고 청소를 했다. 여전히 내 눈에는 그 모습이 각인되어 있지만 지금 눈앞에 있는 아내는 전혀 다른 모습이다. 염료 때문에 손끝이 붉게 물들어가며 밤늦게까지 조화造花를 만들던 예전의 모습이 거짓 같다. 아내는 발작을 일으키기 전날까지 부업으로 만들던 조화를 빈 깡통에 그대로 집어넣은 채 옷장 위에 올려놓고 버리지 않았으며, 버리지도 못하게 했다. 과거의 생활과 관계된 건 모조리 버리고 싶었으나 여의치 않았다. 붉은 염료는 아내의 손끝에서 흔적 없이 사라졌지만 아직도 옷장 위에 남아 있는 조화 다발은 마치 그 당시 아내의 시체 같다. 아내는 호시탐탐 기회를 엿보며 틈만 나면 내게 덤벼들어 고양이처럼 눈을 치켜뜨고 당당하게 잔혹함을 드러낸다. 저주에 걸린 나는 그 곁을 떠나지도 못하고 언제 발톱을 세울지 모를 긴장 속에서 심신이 위축된 채 집안일을 하면서 조금이나마 아내의 상태가 좋아지기를 기다렸다. 그리고 당장 고향으로 생활의 기반을 옮길 궁리를 해야 했는데, 그때 가서 몸만 달랑 움직일 수 없기 때문이다. 고이와 집을 처분하는 것이나 향후의 일자리, 고향의 기후 환경이나 사람들의 태도 등 신경 써야 할 것 투성이지만, 판단이 명확히 서지 않아 결정이 쉽지 않았다. 무엇 하나 확실히 기대할 만한 것이 없다. 아내는 모두 당신 탓이라며 비난의 화살을 내 과거로 돌린다. 아내가 눈을 반짝이며 그쪽으로 몰고 가면 나는 아내의 시선을 다른 곳으로 돌리기 위해 전전긍긍하다가 결국은 흥분하게 된다.

저녁 때, 아내와 함께 수많은 인파를 헤치며 시장에 갔는데 역 앞 광장에서 사방으로 뻗은 상점가는 통행하는 사람이 많았다. 집에서 나오기만 하면 그 인파에 휩쓸릴 수 있다고 생각하니 온몸에 기쁨이 흘러드는 것 같다. 아무리 장사치레라도 상점마다 문을 활짝 열어놓고 사람들을 어우르는 모습은 나를 흥분시킨다. 서민 동네의 그런 생활이 사람들과 어울릴 수 있도록 나를 격려해주기 때문이다. 시골에서 돌아온 지 얼마 안 되어서 그런지 상점가의 술렁거림이 더 친근하게 다가왔다. 하지만 왜 그걸 양손 가득히 받아 들 수 없을까. 나는 이미 서민 동네 한가운데에서 아내와 두 아이를 품고 작은 집을 지키면서 마음을 밖으로 드러낸 가게들에 둘러싸여 살기로 마음을 먹었는데도, 아내는 끝까지 내 과오와 배신만 추궁하며 그걸 용인하지 않는다. 아내는 내게 자신의 상처가 아물지 않았다는 걸 보여주려는 걸까. 지금 내 눈에는 많은 사람들이 혼자 걷는 광경이 신기해 보인다. 어쩔 수 없다. 그건 내가 이해하지 못하는 피안의 일이고, 쇠사슬로 꽁꽁 묶인 내 상황만 더 악화될 뿐이다. 외부에서 활기찬 빛과 소리를 듬뿍 받아도 모두 반사되어 몸이 완전히 식는다. 기쁨과 즐거움이 먼지처럼 주위를 날아다니는데 내 피부에 돋은 비늘 때문에 그걸 흡수하지 못한다. 아내가 저주를 풀지 않는다면 비늘은 사라지지 않을 것이다. 아내는 단골 정육점과 야채 가게, 과일 가게를 돌며 친한 주인이

나 점원과 마주칠 때는 웃는 목소리로 즐겁게 농담을 나눴다. 가게에서는 모두들 아내를 친절하게 맞이했고 덤을 많이 준다는 걸 알 수 있었다. 나는 왜 지금껏 아내가 혼자 있을 때를 생각하지 못한 걸까! 지금은 눈앞에서 아내의 구김살 없는 미소를 볼 수 있지만 집에는 가져가지 못한다. 예전처럼 빛나는 미소는 그저 단골 가게에서만 반짝할 뿐, 금세 사라지고 말 것이다! 그렇게 희망 없이 아내를 바라보는데 아내가 명령조로 말했다. "당신, 이거 들어요." 그렇게 나를 끌고 다니는 모습을 가게 사람들에게 보여주었다.

흥청망청 밝은 큰길가와는 달리, 사람들의 발길이 끊긴 뒷골목은 외등 때문에 오히려 어둠과 고요함이 두드러진다. 바꾼 지 얼마 안 되는 판자 울타리는 페인트를 칠하지 않아 나무색 그대로였기에 주변과 유리된 모습이 외부의 어둠으로부터 작은 집을 보호하는 것처럼 보였다. 집에는 어리광 부리는 것도 잊어버린 남매가 각자 따로 놀면서 배를 곯은 채 우리를 기다릴 테지만, 그 울타리 안에 들어가면 나는 또 아내의 신경증과 마주해야 하므로 여유가 생길 틈이 없다.

저녁 식사로 오랜만에 스키야키를 먹었다. 작년 11월쯤 신이치가 성홍열이 의심되어 실비진료소*에 왕진을 청했는데, 그때 온 소아과 의사가 온도계 수은주가 10도 아래로 내려가면 고

---

* 건강보험법이 시행되기 이전인 1911년, 빈민들이 저렴한 비용으로 의료 혜택을 받을 수 있도록 의사 가토 도키지로가 사업가이자 정치가인 스즈키 우메시로의 도움을 받아 도쿄 교바시에 개업한 것을 시초로, 이후 아사쿠사, 요코하마, 오사카 등에도 개설되었다.

기를 먹어야 병에 걸리지 않는다고 농담을 했다. 아내의 불면
증에 대해서 물어보니 자신도 심한 불면증에 시달린다고 말해
의아했다. 의사는 체격이 작고 뚱뚱한 데다가 수다스러워 불면
증처럼 보이지 않았기 때문이다. 아내도 원래는 밝고 활달한
성격이었다는 걸 깨닫고 의사에게 그 말을 했더니 그런 사람이
오히려 우울증 성향이 강하다는 대답을 들었다. 한동안 진료소
에 다니며 신경의 긴장을 이완시키는 주사를 맞으라고 했는데,
한두 번은 효과가 있는 듯했으나 이후로는 별 변화가 없어 더
이상 주사를 맞지 않았다. 그 후로 가족들 사이에서 "10도 아
래로 내려가면 고기"라는 말이 통용되었다. 온도는 연일 10도
아래였지만 저녁으로 고기를 먹는 것은 오랜만이었다. 아이들
은 고기를 먹으면서도 연방 "10도 아래로 내려가면 고기, 고기,
고기"라고 했다. 나는 흠칫흠칫 아내의 기분 변화를 살폈다.
언제 발작이 시작될지 몰랐기에 마음이 들썩인다. 거기에만 신
경을 곤두세우고 있으니 참을 수 없어져 차라리 빨리 발작을
일으켰으면 좋겠다고 생각한다. "또 그러는 건 아니지?" 그 말
이 은연중에 입 밖으로 나왔는데 낭패. 도리어 아내를 부추
긴 셈이지만 그 말을 하지 않고는 견딜 수 없었다. "악착같이
그런 말을 하면, 그러지 않으면 안 될 것 같잖아요. 모처럼 그
런 생각이 들지 않았는데." 아내가 농담처럼 말해 안심했다. 당
면 과제는 잠시 소마로 생활의 터전을 옮길지 여부였으므로 이
야기가 그쪽으로 흘렀다. 아내는 소마라고 하면 악몽처럼 추운
곳이라는 기억밖에 없다고 말한다. 앞으로 그런 곳에서 살 생
각을 하면 소름이 끼치니 가능하다면 이대로 고이와에 있고 싶

다는 것이다. "이상하잖아요, 왜 우리가 여기서 도망칠 생각만 하는 거죠? 이 집은 우리 집이니 여기 그냥 살면 되잖아요." 그 말을 한 뒤 아내의 눈빛이 바뀌더니 갑자기 나를 흘겨본다. "모두 당신이 한 짓이잖아요. 그런 무서운 여자와 얽히지 않았으면 이런 일도 안 생겼죠." 나는 온몸에서 진땀이 난다. 아내는 고개를 갸웃하더니 갑자기 기세등등하게 말했다. "맞아요, 난 개를 무서워할 하등의 이유가 없어요. 무섭다고 지레 겁냈던 거죠. 겁낼 필요 없잖아요. 내가 동요하지 않으면 개의 협박 같은 건 의미가 없으니까. 안 그래요, 아빠?"

"그래, 맞아. 그런 거야. 우리만 협박에 넘어가지 않으면 문제없지. 당신이 두려워하니까 말짱 허사였던 거야. 이제야 그걸 깨달았단 말이지? 좋아, 당신만 그렇게 마음먹고 힘내준다면 나는 열심히 일할 거야. 우리 둘이 한편이 되어 온 식구가 힘을 똘똘 뭉친다면 외부에서 아무리 무서운 적이 쳐들어와도 어렵없지." 나는 아내가 마음을 바꾸기 전에 단단히 다짐을 받듯 밝은 목소리로 말했다.

"그럼 이제 소마에 가지 않고 고이와에서 사는 거예요?"

"그건 좀더 생각해보자. 잠시 새로운 곳에서 새로운 마음으로 새로운 일을 해보는 것도 좋지 않을까?"

"이제 나 멀쩡해요. 왠지 몸도 가벼워진 거 같아요. 이제 괜찮으니 여기서 살아요. 당신도 당당해져요. 정신 차리고요. 개가 와도 난 눈 하나 까딱하지 않을 거니까 상관없어요. 당신은 내 편이죠? 설마 개 편을 드는 건 아니겠죠?"

나는 얼른 말했다. "당연하지. 이제 과거의 나와는 다르다고.

어떤 사람도 절대(라고 말하고 약간 가책을 느꼈다) 우리한테 접근하지 못하게 할 거야." 하지만 여자가 끼어들면 상황이 어떻게 변할까 생각해보니 각오가 그 정도는 아니었다. 연쇄반응이 오는 듯했는데 억제할 수 없었다. 두려움은 결국 서로 육체에 상처를 내거나, 둘 중 한 사람을 미치게 할 것이다. 지금 상태라면 아직은 일상을 회복할 가능성이 있지만 거기까지 가버리면 내 행위에 대해 속죄할 범위가 너무 넓어져 수습할 길이 없다.

"빨리 신이치와 마야가 자라주면 좋겠어. 우리 네 식구만 황야에 살다가 누군가 우리 목숨을 빼앗으러 오면 나와 신이치는 소총으로 응징하고, 당신과 마야는 총알을 나르고."

뜬금없이 그런 말이 나왔는데 왜 그런 생각이 들었는지 나도 모르겠다. 스스로 한 말에 고무되어 안간힘을 쓰더라도 집 주위에 토담 하나 변변히 쌓지 못하는 내 쇠약한 삶에 절망할 뿐이다. 그래도 신이치와 마야가 활기 넘치는 소년 소녀로 성장하여 허약한 부모를 열심히 비호해주는 모습이 눈앞에 떠오른다. 그때는 우리 네 식구도 외부의 갈등에 휘말리지 않는, 단순하고 날것 그대로의 삶을 살 수 있을 듯한 착각이 든다. 하지만 그런 상황이 되더라도 나는 워낙 불결한 사람이라 아무리 노력해도 얼룩을 씻어낼 수 없을 것 같다. 지난 세월 내가 관여한 부분에 얼마나 부패와 해악이 퍼졌는지 확인하기 힘들뿐더러 그 부패가 언제 내게 돌아올지 예측할 수 없다. 과연 그 부분이 잘 아물어 딱지가 떨어질 날이 오기는 할까.

"그래서 생각해봤는데요, 내 결점을 말해줘요. 전—부 다, 아주 속 시원히 말해봐요. 예를 들어 내 몸 어디가 싫은지, 어떤 버릇이 싫은지, 말버릇이든 걸음걸이든 좋고 싫은 게 있을 거 아니에요." 아내의 말에 막연히 그려봤던 미래가 날아가고 말았다.

"왜 또 그런 얘기를 하는 거야." 나는 별안간 몸이 굳었다. 하지만 아내는 천진난만한 미소를 지으며 말한다.

"난 어떻게든 당신의 사랑을 받으려는 거예요. 사실 난 미움받는 것 같아 불안해서 견딜 수 없거든요. 그러니까 당신이 내 어디가 싫은지 말해줘요. 그럼 고치도록 노력할 테니."

"갑자기 그렇게 말하면……" 나는 조심스레 시간의 흐름을 헤아리며 그에 대해 언급하지 않고 이 사태를 끝낼 말을 찾았다. "그런 건 딱 집어 말할 수 있는 게 아니잖아. 더구나 난 전과는 다르니까. 예전에는 대체 뭘 생각했는지 모르겠어."

"내 어깨뼈를 깎아주고 싶다고 한 적이 있잖아요."

"전과는 달라졌다니까. 지금은 그런 생각 안 해."

"진짜 부탁하는데, 거짓말하지 말아요. 당신은 이런 상황에서도 은근슬쩍 넘어가려 하잖아요, 그렇지 않으면 거짓말이나 하고. 내가 참을 수 없는 게 바로 그거예요. 진짜 마음이 안 놓인다니까요. 나한테는 아무것도 숨기지 말아요. 진짜 부탁인데 아무리 심한 말이라도 있는 그대로 솔직히 말해줘요. 그게 속이는 것보다 훨씬 나아요. 아무리 사소한 거라도 당신이 자꾸 숨기려고 하면 내 상태가 나아지지 않으니까."

"이제는 전혀 숨기는 거 없어."

"진짜 숨긴 게 없어요?"

"인간의 기억이라는 게 그렇게 확실하지 않잖아. 게다가 무의식적인 행위도 있고. 그런 식으로 추궁하면 내가 어떻게 대답해야 할지 모르겠어."

"무의식이니 인간이니 그런 어려운 걸 물어보는 게 아니잖아요. 당신, 나한테 숨기는 거 진짜 없어요?"

"없는 것 같은데."

"그래요? 그럼 내가 어디가 싫은지 말해줘요. 부탁이니까. 당신은 개를 사랑했잖아요. (그렇게 말하고 잠시 나를 빤히 쳐다봤다.) 그걸 생각하면 미칠 것 같으니까. 나도 개처럼 당신을 홀리고 싶다고요. 내 싫은 점을 숨김없이 말해줘요. 최선을 다해 고칠 테니까."

그런 식으로 몰아붙이는 게 싫어. 나도 모르게 그 말을 할 뻔했지만 참았다. 경험상 아내의 논리 체계는 이미 닥친 발작 앞에서 무기력하다. 게다가 정확히 열거해보려 해도 그 시도가 성공할지 보장할 수 없었다. 좋고 싫은 점은 서로 맞닿아 있다. 아내에게 마음이 떠났다가 다시 돌아가는 중이라는 것도 인정하고, 여자에게 끌렸던 것도 부정하지 않겠다. 둘을 비교해서 아내의 결점을 찾아내 하나하나 열거할 수 있지만, 그것이 꼭 내가 그 결점을 싫어한다는 의미는 아니다. 그런 마음을 솔직히 털어놓은들 아내가 받아들일 것 같지 않아 강하게 잡아떼다가 차츰 거짓 표정이 드러나고 만다. 결국 나는 항복하는 심정으로 아내의 결점 몇 가지와 싫다고 느꼈던 것 몇 가지를 말하고 말았다. 외출할 때 아이들을 데리고 역 개찰구까지 배웅하러 나오는 것, 우유와 달걀을 먹으라고 강요하는 것…… 그런 걸 하나하나 열거함으로써 용케 잘 빠져나간 듯했지만, 한편으로는 그런 말 자체가 돌이킬 수 없는 단절을 만드는 것 아닌가 걱정이었다. 아내의 얼굴은 점점 굳었다. 구슬려서 본심을 알아냈으니 결정적인 선언이라도 할 것처럼 아내의 얼굴에는 긴장감이 엿보였지만 그날 밤은 아무 일 없이 지나갔다. 아내는 자신이 말한 대로 아무렇지 않은 척하는 데 성공한 것이다.

토요일 새벽이 밝았다. 뒤편 철공장에 기계 스위치가 켜지고 진동 때문에 집이 흔들릴 무렵, 늘 그렇듯 옆집과 경계를 이루는 담장 주변에서 어린아이 발소리가 뒤엉키더니 점차 가까이 들린다. 점성이 강한 토질 탓인지 대낮에 얼음이 녹은 연못을 걷는 것처럼 질척한 울림이 잠자고 있는 내 베개 아래로 전달되었다. 현관까지는 통통 튀는 듯한 규칙적인 리듬이었지만 상황을 탐색하려는지 발소리가 거기서 멈춘다. 잠시 후 아오키네 돗코의 목소리가 들린다. "냥코짱, 놀자." 그리고 바로 뒤따라온 동생 목소리도 들린다. "난코딴, 노오자."

각자 자기 이불에서 따로 자던 아이들은 이미 잠을 깼으면서도 이불에 누운 채 오늘은 부모가 어떤 태도를 보일지 기다리고 있다. 통상 냥코로 불리는 마야가 흘낏 오빠 신이치의 기색을 살피고는 "이따가"라고 대답하는 것도 그 무렵 매일 반복되는 일과였다. 아오키네 아이들은 금세 미련을 버리고 현관에서 물러나 아까처럼 질척한 발소리로 마당을 밟으며 돌아간다. 온 식구가 일어나서 밥상에 둘러앉아 아침 식사를 하든지, 우리는 잠자리에 누운 채로 빵을 사 오게 해서 적당히 아침을 때운 뒤

신이치와 마야는 아오키네 아이들이 허탕 치고 돌아간 길을 따라 놀러 가겠지. 아내도 아까부터 깨어 있지만 참고 있다는 걸 온몸으로 느낄 수 있었다. 분명 꽤 오랫동안 그러고 있었을 것이다. 나는 매번 늦잠을 잤는데 오늘 아침도 또 한발 늦은 것 같다. 작은 물고기가 잔뜩 손에 달라붙어 손가락을 파닥거리던 중 누군가 나를 부르는 소리에 눈을 떴다. 의식이 들자마자 여기저기 스치는 아내의 폐쇄적인 기운이 차갑게 피부에 스며들었다. 불가피한 상황이었지만 어제 자기 전에 아내의 결점을 털어놓았다는 사실이 목까지 차오르더니 돌이킬 수 없는 회한이 되어 마음을 좀먹는다. 일단 말을 하면 그 즉시 실체가 모호해지는 까닭에 내가 그런 말을 했다는 사실조차 믿기지 않지만, 입 밖으로 나온 말은 부동의 위엄과 착실한 예리함으로 위장한 채 쓸쓸히 걸어간다. 아내는 분명 그 말이 짓는 표정 때문에 깊이 상처 입고 거리감을 느꼈을 것이다. 아내의 몸이 닿으면 뜨겁게 탈 것 같아 더 이상 다가갈 수 없었지만 더 떨어질 수도 없다. 어떤 쪽이건 아내를 안 좋게 자극해 새로운 말을 내뱉는 결과를 낳을 것이다.

얼마나 그러고 있었을까. 관절이 녹슨 듯한 기분이 들었는데 아내가 혼잣말을 했다. 그저 사랑받고 싶었을 뿐인데, 그건 자만심이었나, 애원해도 받지 못하는 슬픔,이라고 한 것 같다. 아주 작게 중얼거렸지만 그 소리가 차가운 아침 공기와 유리되어 거짓말처럼 귀에 또렷이 들리자 나도 모르게 바르르 떨었다. 일상적인 말이 아니라 주문呪文 같은 강압이 느껴졌지만 나는 꾹 참았다. 아무리 사소한 말이나 몸짓이라도 과거에 방출했던 언행을 연상시키므로 자꾸 반응하면 격렬한 동요가 생길 수 있다.

"난 **구도마**는 하지 않을 거니까." 아내가 어린아이 같은 말투로 중얼거릴 때 공기를 감싸는 아교 같은 막이 마구 떨리다가 날아가버렸다. 갑자기 경계가 풀린 나는 아내의 부드러운 몸을 끌어안으며 수선을 떨었다. "다행이야, 정말 다행이야. 드디어 발작을 이겨낸 거잖아. 지금처럼 힘을 내줘." 숨어 있던 태양이 다시 모습을 드러내 얼어붙은 세계를 녹이자 즉시 이불을 박차고 나온 아이들은 머리맡에 벗어둔 때 묻은 옷을 다시 입었다. 나와 아내도 일어났다. 이불 위에서 속옷을 껴입다 보니 점점 뚱뚱해 보이는 아내의 모습에 나도 모르게 재채기하듯 웃고 말았다.

"정말 구도마 같네. 미호가 몸을 오그리고 발작을 하면 완전 구도마야." 구도마는 조개를 뜻하는 아내의 고향 사투리인데, 아내를 보니 조개가 바위틈에 단단히 달라붙어 밖으로 나오려고 하지 않는 모습이 떠올랐다. 별안간 아까 엄습했던 두려움과 혐오가 허무하게 느껴질 뿐 아니라 너무 어이가 없어 피식 웃음이 나온다.

"구도마는 하지 말았으면 좋겠어. 그걸 관두니 이렇게 밝아지잖아. 좋았어, 일어나서 힘차게 일해보자. 신이치, 식빵 사와. 식빵 한 줄에 피너추버터도." 신이치의 말버릇을 흉내 내어 말하며 돈을 건네줬더니 신이치가 강아지 같은 소리를 내며 빵을 사러 달려 나갔다. "미호는 스키야키 남은 걸 데워주지 않을래? 청소는 내가 할 테니까." 이불을 개는 도중 나는 등이 칼에 비스듬히 베이는 감촉을 느꼈다. 벌써 몇 번이나 반복되었는지 모를 발작과 평정의 교차. 하지만 아내의 기분이 풀리면 발작으로 인한 어두운 절망은 즉시 날아가버린다. 남쪽 복도의 커튼과 유리창을 열고 안방에 들어가는데 전기 검침원이 찾아왔다. 게다를 신은 청년은 무뚝뚝했지만 나는 두 팔 벌려 환영하고픈 심정이다. 그는 낯선 나라에서 온 사람처럼 손이 닿지 않는 일상의 확고함을 몸에 두른 채 언짢은 표정으로 툇마루에 올라와 안방을 통해 서재로 들어가더니 책장 대용으로 사과 상자를 쌓아놓은 어두운 구석으로 가 기둥에 달린 미터기에 회중전등을 비추고 발돋움으로 숫자를 확인한 뒤 전표에 적었다. 그리고 비질을 멈춘 채 서재 맹장지 옆에 서 있던 내게 말없이 전표를 건네주고는 마루 앞에 벗어놓은 게다를 신더니 앞쪽 울타리 문을 열고 밖으로 나갔다. 일을 처리하는 동안 희한하게도 집 안의 다른 곳에는 일절 한눈팔지 않았는데, 보지 않는 척하며 슬쩍 봤을 수도 있다. 하루에 몇 집을 들르는지 모르지만 이런저런 가정의 모습을 많이 보았을 것이다. 시골에서 올라와 도시의 변두리 셋집에 살며 밤에는 야간 고등학교에 다닐지도 모른다. 말 한마디 하지 않고도 일방적으로 자기 일에 대한 불평불만을 매정하게 여운으로 남기고 간 그 청년에게 나는 부러운 감정이 들었다. 그처럼 모르는 사람의 생활에 발을 들여놓을 기회가 이제 내게 없으리라는 예감 때문에 전율한 걸까. 아내는 한창 발작하다가도 누군가 찾아오면 거짓말처럼 잠잠해지므로 그가 불쑥 집으로 들어올 때 은연중에 그에게 매달리고 싶었다. 범접할 수 없는 큰 힘을 가진 그가 집에 들어오

자마자 단박에 나와 아내 사이에 일어난 사태를 눈치채고 그
문제를 해결할 수 있는 관청에 중재를 신청해주지 않을까. 그
런 이상한 생각이 드는 것은 무슨 연유일까. 서재를 낱낱이 보
여준 이유가 단순히 전기 사용량을 검침하기 위한 것만은 아니
었기에 분노가 일었지만, 숨김없이 다 보여주고 나니 한편으로
는 후련하기도 했다.

  팔아서 돈이 될 만한 것은 분가를 할 때 아버지가 사주신,
지금 살고 있는 집밖에 없다. 그렇더라도 빨리 이 집을 처분해
내 고향인 소마로 가지 말고 아내의 고향인 남쪽 섬으로 갈까.
그런 마음이 가끔씩 강하게 들었다. 아내의 부모님은 다 돌아
가셨기에 섬에 가도 기댈 사람은 조카의 건강을 걱정해 꾸준
히 편지를 보내시는 숙모뿐이다. 가고시마鹿兒島에서도 배로 꼬
박 하루가 걸리는 남쪽 섬이라 겨울에도 추위가 심하지 않고,
무엇보다도 본토에서 멀리 떨어져 있어 아내의 기억 속에는 온
통 잿빛일 결혼 생활을 연상시키지 않을 것 같아 마음이 강하
게 끌렸다. 하지만 섬에 가면 먹고살 방도가 확실치 않았기에
결심이 서지 않아 일단은 소마에서 4월부터 근무할 수 있는 교
사직을 구하기로 했다. 얼마 남지 않은 생활비를 충당하기 위
해 당장 일거리를 찾아야 한다는 사실을 깨닫고 오후에 가족들
을 이끌고 돈을 마련하러 나갔다. 고이와역에서 전철을 타자마
자 아내가 이상한 조짐을 보였고, 그에 대한 반응인지 나는 갑
자기 피부 밑이 근질거린다. 바이러스가 몸에 침투했는지 아무
리 근육의 이완과 수축을 반복해도 응어리가 풀리지 않는 변칙

적인 상태가 된 듯했고, 침착을 잃으니 빛과 소리에도 견딜 수 없어진다. 결국 나는 아키하바라역에서 출구로 향하는 계단을 오르다가 멈춰서 짜증스럽게 소리치고 만다.

"미호, 대체 무슨 일이야?"

그러자 아내는 건성으로 대답한다. "아무것도 아니에요."

"아무것도 아니에요!" 나도 아내를 흉내 내어 말한다. "그런데 아무것도 아니라는 사람이 왜 그렇게 뚫어져라 지나가는 사람과 내 얼굴을 번갈아 보는 거야. 그래, 나는 어차피 더러운 인간이야. 아무리 그래도 아침부터 밤까지 잠도 자지 않고 누가 계속 그런 눈초리로 쳐다보면 당연히 이상해지지 않겠어? 그런 눈으로 보지 마."

"봐요, 또 그렇게…… 큰소리를 내잖아요. 화를 내는 건 바로 당신이죠. 화내지 말아요."

"화내는 게 아니잖아!"

"아니, 화내고 있어요. 당신은 화낼 이유가 없죠."

"그렇지 않아. 내가 부탁하고 있잖아."

"그렇다면 좀더 부드럽게 말해요."

"생각해봐, 우리 지금 중요한 때라고. 돈이 없잖아. 그러니까 어떻게든 돈을 구해야 할 거 아냐. 외출할 때만이라도 그런 눈으로 나를 보지 말아줘. 감정이 뒤틀린 상태에서 사람을 만나면 내가 배겨낼 수 없어. 우리 지금 놀러 가는 거 아니잖아. 일 때문에 어쩔 수 없이 머리 조아리러 가는 거라고. 아무리 기분이 안 좋더라도 내 생각도 좀 해줘. 안 그러면 너무 힘드니까."

"시끄러워요, 시끄러워요, 시끄럽다고." 아내는 집게손가락으로 양쪽 귀를 막았다. "그런 말 해도 난 몰라요."

"그냥 돌아가자. 이런 기분으로는 아무 데도 못 가. 처자식을 줄줄이 데리고 일 얘기 하러 가는 남자는 이 세상에 나밖에 없을 거야. 그냥 가, 돌아가자고." 내가 마야의 손을 잡아끌고 매몰차게 돌아서자 아내는 어깨가 축 처진 채 얼이 빠져 보였다. 얼굴에 핏기가 없어 당장이라도 쓰러질 듯한 쓸쓸한 모습을 보자 나도 어찌하면 좋을까 망설이며 허탈한 마음으로 서 있었다. 지나가는 사람들 중에는 의아한 눈빛으로 뒤돌아보는 사람도 있었는데, 우리와 관계없는 모든 사람들에게 경미하게 증오심이 느껴졌다. 마야는 내게 잡혀 꼼짝 안 했지만, 할 수 없이 가만있는 듯했다. 부모의 우스꽝스러운 모습을 번갈아 보던 신이치는 오른쪽 어깨를 으쓱하더니 내 곁에 다가와서 말했다. "아빠, 증말 부탁이야. 제발 그러지 말아줘. 엄마가 너무 불쌍하잖아."

내가 생각을 고쳐먹고 가던 길을 가자 아내도 말없이 따라왔다. 마쓰즈미초松住町에서 전철을 타고 R쇼보書房에 갔더니 「귀택자의 우뇌歸宅者の憂惱」를 2천 부 찍자고 한다. 나로서는 5년 만의 출판이었지만 가운데서 다리를 놓아준 C에게 인세는 어려울 것 같다는 말을 들었다. 지금 내 상황을 약간 설명하고 매달 5천 엔씩이라도 받았으면 좋겠다고 말했으나 확답은 받지 못했다. 앞으로 일주일 후면 교정쇄가 나오니 정리해서 보낸다는 말을 들었는데도 교정을 보는 내 모습을 상상할 수 없었다. 앞으로는 형편이 더 힘들어질지 모르니 좀더 끈질기게 말해볼까 싶었지만 결국 그러지 못하고 밖으로 나왔더니 길모퉁이에 멍하니 서 있는 아내가 보였다. 양옆에 아이들을 세워 놓고는 손도 잡지 않고 있다.

"그럼 이제 B가 있는 방송국으로 가자. 일을 받을 수 있을지도 몰라." 준비체조하듯 가슴을 활짝 펴고 웃었지만 아내는 대답하지 않는다. 지도상으로는 그물망처럼 연결되어 있는 전철 노선이라도 막상 이용하려고 가까운 역을 찾다 보니 별로 편리하지 않았다. 빈 차 팻말을 올린 택시를 눈앞에서 몇 대 지나보내며 꽤 멀리 떨어진 역까지 묵묵히 걸어가 전철을 탔다. 환승하러 잠깐 내렸을 때 마침 공중전화 박스가 있어 B에게 전화를 걸었더니 모친이 위독해 고향에 갔다고 한다. 계획이 거기서 중단되니 더 이상 앞으로 나아갈 수 없다. 피곤이 가중되니 스산한 기분이 떨쳐지지 않는다. 집에 돌아가야 했지만 순간 돌아가는 길조차 떠오르지 않았다. 그냥 서 있기도 힘들어 긴자 쪽으로 걸어갔다. 빈틈없이 빽빽이 늘어선 상점, 그리고 거리를 오가던 무수한 사람들의 행렬이 점차 시야에 흐릿해져 열기가 사라진 빛 속의 풍경 같다. 하지만 사람들의 움직임에는 작은 계기만 생겨도 스파크가 일어 우리의 약한 마음에 불붙기도 한다. 아무래도 다들 엷게 비웃음을 띠고 우리를 엿보는 것같아 더 이상 사람들 많은 곳에서 산책하고 싶지 않지만, 그렇게 말하면 아내는 반대로 더 걷자고 할 것 같다. 아내의 마음을 알아내려 고심하던 중 아내가 어떤 가게의 진열창 앞에 멈춰 섰다. 입구 폭도 넓고 내부 깊이가 충분해 가게 안은 빛도 온화하게 잘 들고 조도도 적당했지만 손님은 없었고, 유리 진열장과 선반에 있던 갑옷과 칼, 도자기, 그리고 각양각색의 특이한 가구들은 방금까지 신나게 떠들다가 돌연 정지 호령을 받고 흐트러진 자세 그대로 멈춰, 명령이 풀리기를 기다리는 것처럼 불안한 안정감을 드러내며 우리에게 침묵의 손길을 내밀었다. 아내가 빨려 들어가듯 가게 안으로 들어가는 바람에 아이들과 함께 따라 들어갔다. 안쪽에서 인기척과 함께 양복 차림의 중년 남자가 모습을 드러냈는데 그 모습이 마치 둥지에 걸린 먹잇감에 가까이 가려고 조금씩 방향을 틀며 살피는 것 같았다. 그는 문전박대할 생각은 없다는 듯이 어깨를 늘어뜨린 채 양손을 앞으로 모으고 서 있었는데 우리가 신호만 보내면 바로 다가올 기세다. 우리의 초라한 행색 탓에 멀리서 지켜만 보는 것 같아 마음이 불편한 나와 달리 아내는 물건 하나하나에 크게 관심을 보이며 질리지도 않는지 벽에 기대어진 흔들의자 같은 걸 하염없이 바라봤는데, 내가 모르는 아내의 모습이 거기 있었다. 언젠가 중고 시장에서 산 미제 코트는 칼라 폭이 좁고 소매가 넓게 퍼진 모양이 얼추 중국풍으로 보여 이마가 넓은 아내에게 잘 어울렸으나 다른 옷이나 구두, 핸드백과는 조화가 이루어지지 않아 우리의 생활 형편을 노골적으로 드러냈기에 더욱 질타당하는 기분이었다. 아이들은 이미 체념했는지 군소리 없이 미덥지 않은 부모를 따라다녔다. 가게는 외부의 수상한 활기가 들어오지 않아 번화가에 있는 상점 같지 않았다. 왜 여기 이런 가게가 있을까 의아했는데 부유한 외국인을 위한 상점인 듯했다. 우리가 이 물건들을 살 수 있는 날이 올 것 같지 않았지만 오랜만에 누그러진 아내 얼굴을 보니 갑자기 마음이 들뜨고 남쪽 끝의 섬 구석에 있는 부락이 생각났다. 산호석회암을 쌓은 돌담으로 둘러싸인, 오래되었지만 튼튼한 집에 큰 거울과 흔들의자, 상감항아리 같은 물건을 가져다 놓고 가급적 사람들과 교류하지 않은 채 우리 네 식구만 사는 모습이 눈앞에 떠오른다.

중간까지 지하철을 타고 가기로 한 뒤 일단 플랫폼 벤치에 앉아 피곤을 풀었다. 전철 두세 대를 그냥 보낸 뒤, 눈앞에 멈춘 열차의 에어브레이크 문이 공기 밀어내는 소리를 내며 움직이자 아내가 용수철처럼 벌떡 일어나서 전철 뒤를 따라 달리면서 소리쳤다. "걔가 탔어. 걔가 우리를 봤어. 분명 걔야." 나는 황급히 아내를 붙들어 귓가에 입을 바짝 대고 강요하듯 말했다. "미호, 괜찮아. 괜찮다니까. 그 차는 이미 떠났어. 만약 걔가 탔더라도 이젠 못 내려."

"당신은 걔가 아니라고 생각하는 거죠?"

"아냐, 분명 걔 맞을 거야. 그러니까 우리를 알아보기 전에 얼른 전철 타고 집에 가자."

"그래요, 분명 걔예요. 남자가 옆에 있는 것 같았단 말예요. 분명 ○○라니까요." 아내가 앞으로 절교하기로 약속한 내 친구의 이름을 말하는데 눈빛이 좀 이상했다.

"구도마는 안 돼, 미호. 제발 정신 차려. 빨리 돌아가자. 우리 네 식구뿐이야. 돌아가자." 오른팔로 아내를 억지로 안고 왼손으로는 마야의 손을 잡았다. 신이치는 아내의 오른쪽에 바짝 붙어서 말했다.

"가정 사정은 안 돼. 건강해야지." 아내가 다닌 여고 교가에

'건강하게, 몸도 마음도……'라는 구절이 나오는데, 마음이 울적할 때 아내가 부르는 걸 신이치가 귀담아들은 모양이다. 마침 플랫폼으로 들어온 전철을 타고 그 후로도 두 차례 더 환승해 고이와에 도착했을 때는 이미 해가 진 뒤였다. 역 앞 큰길에서 골목으로 들어가니 나무색 그대로인 새 판자 울타리가 보여 안도했지만, 한편으로는 피로가 한숨처럼 밀려 나왔다. 잠겨 있던 대문과 현관문을 열고 곰팡이 냄새가 침잠한 방으로 들어가 전등을 켜니 앞발을 세우고 앉아 있던 고양이 다마가 나지막이 울었다. 신이치가 웬일인지 내 곁으로 와서 내 허리에 볼을 비볐는데, 평소에는 그런 행동을 한 적이 없고 늘 마뜩잖은 눈으로 나를 보던 아이였기에 내 마음이 함께 누그러진 것 같았다.

저녁은 남은 스키야키 국물에 두부와 떡, 찬밥을 넣어 간단히 먹었다. 아내는 좀 안정된 듯했으나 아이들을 재운 뒤 내게 말했다.

"당신한테 부탁이 있어요. 이런 말을 해도 될지 모르겠지만, 말하지 않으면 앞으로도 찜찜한 마음 그대로일 테니 오히려 안 좋을 것 같아서요."

분명 뭔가 추궁할 것이다. 말하지 않았으면 좋겠지만 내가 막을 수 없다는 걸 잘 안다. "응, 뭐든 상관없어. 말해봐."

"화내지 말아요. 미안한데 말이죠, 당신 아직 숨기고 있는 사진 있잖아요. 그거 다 내놔요."

점점 창백해지는 내 얼굴이 보이는 듯했다. 내 마지막 비밀이 지금 폭로된다! 폭로되는 건 괜찮지만, 비밀스러운 행위는 이미 아내 앞에서 다 몰아냈을 텐데. 발작이 시작되면 변신하는 아내는 그동안 내가 숨긴 행동을 용서할 수 없기에 이제껏 몰랐던 행위를 모두 끄집어내어 확인하고 싶은 모양이다. 그런 걸 자꾸 소급해 올라가면 끝이 없을 것이다. 전쟁 때 고향 섬에서 우리가 처음 만난 지 벌써 11년이나 흘렀는데, 아내는 그 사이에 일어난 일들을 하나도 빠짐없이 알고 싶어 했다. 나는 전선을 수습해가며 후퇴하는 것처럼 궁지에 몰려 아무리 사소한 것이라도 숨기지 않기로 결심했다. 처음에는 불가능하다고 생각했으나 아내에게 주리를 틀리듯 낱낱이 추궁당하다 보면 털어놓지 못할 이유도 없을뿐더러 차라리 아내 앞에서 투명해지는 편이 나을 것 같았다. 세월과 함께 누적된 비밀을 완전히 몰아내면 그 후에는 어떻게 살아야 할지 경험이 없었으므로 상상조차 할 수 없었지만, 지금까지와 다른 상태가 될 건 분명했다. 아무리 그렇게 마음을 먹어도 덜미를 잡힐 때마다 고함치며 싸우느라 난리법석이었고, 같은 질문을 몇 번씩 반복하는 바람에 결국 참지 못하고 큰소리치며 실성한 척한다. 그러다 보면 구태여 언급하지 않은 것도 결국 다 탄로 나기에 내 몸에서 불쾌한 냄새가 풍길까 두려웠다. 싸움에 고전하는 내 모습을 견딜 수 없고, 그저 타는 목마름을 참지 못해 헤매고 돌아다니는 개에 불과하다는 생각이 들 뿐이다. 아내의 발작에 쫓겨 바닥에 패대기쳐진 기분이지만 뜻밖에 한결 심신이 가벼웠다. 아내는 배신한 사실을 밝혀내는 것보다 그것이 얼마나 정확한지에 더 집착한다. 일부를 덮고 지나가면 추궁은 더 무자비해지고, 낱낱이 다 밝혀질 때까지 끝나지 않는다는 걸 이제는 안다. 유야무야 빠져나가는 걸 찾아내는 아내의 직감은 섬뜩할 지경이다. 그때마다 입이 얼어붙어 타인의 입술 같은 감촉을 느껴가며 말로 하면 추잡하기 이를 데 없는, 사귀던 여자들과의 일을 세세히 털어놓다 보면 흥미진진해질 정도다. 그러고 보니 나는 기억이 흐려진 옛일이 아니라 바로 눈앞의 일을 무리하게 숨기며 무마하려 한 것이다. 왜 처음부터 아내에게 건네주지 않았을까. 그 방에서 여자를 찍어준 사진과 아내가 첫 발작을 일으킨 뒤에 여자가 남자 이름으로 보내온 편지 한 통, 그리고 여자의 세세한 동작을 기록해놓았던 수첩. 그것들을 보통 때는 잘 안 보는 책 사이에 끼워 서재 안쪽의 책장 대용으로 쓰는 사과 상자 뒤쪽에 꽂아놓았다. 여자와 관계된 것을 아내 모르게 버리면 혹시라도 나중에 해소할 수 없는 의혹의 씨앗이 될까 넌덜머리가 나기도 했지만 아직까지 숨겨둔 건 그 때문은 아니었다. 3, 40년 뒤의 일을 고려해 내 경력이 담긴 자료라 생각한 거였나, 아니면 반복적인 추궁에 반사적으로 방어하느라 나도 모르게 감춘 건가. 팔이 떨리고 심장박동이 빨라지면서 얼굴이 화끈 달아올랐다. 나는 잠시 불길한 공포에 사로잡혀 몸서리쳤다. 이미 몇 번의 검증을 거쳤고 증거품을 제출했기에 아내와 나 사이에는 더 이상 숨기는 것이 없다. 그게 내 주장이었고 아내는 납득한 듯했지만, 숨긴 장소는 내 마음에 검게 탄 자국을 남겼다. 갑자기 그걸 아내에게 알려주고 싶다는 생각이 들었지만 겨우 참고 그대로 있었다. 아내를 마주하면 우울이나 의지가 다 사라지고, 그 때문에 훤히 들여다보이는 듯한 무력감 속에서 그 비밀이 최후의 보루인 것 같아 자꾸 눈을 내리뜨게 되기에 아무리 시간이 흘러도 자립의 자세가 생기지 않는 모양이다. 뭔가 숨기는 게 없는지 아내가 살피는 기색이 느껴지면 나는 고개를 숙이고 큰소리치며 부인했다. "이미 이렇게 된 이상 뭘 숨기겠어." 그 말대로 이미 숨길 이유가 퇴색했는데도 그 사실을 드러낼 기회를 찾지 못할 줄이야. 숨겼다는 사실보다 오히려 그 뒤에 숨기지 않았다고 우기던 말들이 굳은 표정으로 나를 옭아맸다. 아내는 그걸 어떻게 아는 걸까. 미안한데 말이죠,라고 배려하며 내게 마지막 비밀을 내놓으라고 요구할 때 그게 마지막 남은 거짓말이라고 인정했으면 좋았으련만, 그동안 쌓인 거짓의 무게에 지레 겁먹고 도랑을 뛰어넘듯 또 거짓말을 하고 말았다. 결국 내놓게 될 걸 알면서도 시치미 떼며 시간을 끌고, 그렇게 해서라도 거짓을 지키려는 내 어두운 정열에 심한 절망감이 든다. 밤이 깊어지자 머리인지 귀인지 구분되지 않는 곳에서 고압선 파고 같은 울림이 자꾸 느껴지는 통에 점점 될 대로 되라는 마음이 된다. 위장도 비정상적으로 수축되어 목구멍에서 곰팡내 나는 메탄가스가 올라온다. 아내의 얼굴은 투명할 정도로 새하얘져 기름이 배어 나오고, 피로해져 눈썹이 가늘어지자 오히려 선명해진 눈이 이상한 광채를 띠었다. 아내는 끊임없이 같은 말만 반복했다. "부탁이니 생각해봐요. 걔를 찍은 사진이 분명 있잖아. 내가 알아요. 시침 떼도 소용없어요. 난 뭐든지 다 아니까. 숨긴 장소를 생각해내요. 그게 나올 때까지 난 안 잘 거니까."

숨겨놓은 장소가 가까이 다가갈 수 없는 어마어마한 곳인 양 무겁게 내리누르고 있어 더더욱 입을 열 수 없었다. 고타쓰를 사이에 두고 몇 시간이나 마주 앉아 있으니 익숙한 아내의 얼굴이 차츰 낯설어지고 관계가 서로 흔들려 내가 처한 상황조차 확인할 길이 없어진 듯해서 큰맘 먹고 입을 떼려고 침을 삼키는데, 아내의 말 때문인지 계속 말문이 막혀 말할 기회를 놓치고 말았다.

"계속 이러고만 있으면 끝이 안 나요. 이제 고백해요. 부탁이에요. 사실 당신이 그 사진을 정확히 어디에 감췄는지 난 알지만, 그걸 당신 입으로 듣고 싶은 거라고요. 지금까지 당신이 언제 말할까, 언제 말을 꺼낼지 그것만 기다리고 있었죠. 대체 당신은 언제까지 날 속일 셈이죠? 당신이 잡아떼는 얼굴을 보면 절망한다고요. 아무리 생각해봐도 희망이 없어요. 부탁이니, 제발 작작 좀 해요!"

나는 쇠사슬을 끄는 심정으로 자리에서 일어나 서고 앞에 쳐진 커튼을 열었다. 아내는 내가 등지고 있던 그곳을 줄곧 정면으로 바라보고 있었던 것이다. 아내의 시선이 내 등을 관통해 내 얼굴과 등, 배 주변의 살들이 지저분하게 흘러내리는 것 같았지만, 나는 웅크리고 앉아 사과 상자 깊숙이 오른손을 넣어 낡은 봉투를 꺼냈다.

"뭐야, 여기 이런 게 있었네. 뭔가 처박아놓지 않았을까 혹시 몰라 찾아봤더니 이런 게 있었어."

볼썽사납게 적당히 둘러대며 에라 모르겠다는 태도로 마치 부정한 것인 양 아내에게 내밀었다. 사실 나는 비명을 지르고 싶었다. 봉투에서 사진을 꺼내며 "미호, 이거 말하는 거야? 왜 이런 곳에 들어갔을까?"라고 말하는데, 입꼬리의 주름이 없어지지 않았다. 그런 내 얼굴에서 눈을 떼지 않고 물품을 건네받던 아내는 내 앞에 사진과 수첩을 펼쳐놓고 천천히 하나하나 점검에 들어갔다. 조금 전까지 반복하던 애원의 목소리가 여전히 귓가에 울리는 가운데 드디어 아내가 입을 열었다. 애매한 입장 덕에 여태 유지할 수 있었던 우위가 갑자기 사라지자 아내는 말도 붙일 수 없을 정도로 단호히 거부하는 태도를 보였다. 나는 용서를 구할 발판을 잃은 채 아내를 바라보며 위엄 있어 보이는 아내의 입에서 어떤 말이 튀어나올까 기다리는데, 피부 밑에 무수히 많은 벌레들이 기어 다니는 것처럼 가려움증이 생긴다.

"이런 건 변소에 버리자. 늦었으니까 이제 그만 잘까." 두려움에 떨며 말했으나 그 말을 받아들일 리 없었다. 아내는 수첩에 쓰인 글을 훑으면서 내 얼굴을 번갈아 봤다.

나도 모르는 새 고타쓰 앞에 웅크린 채 잠이 들었다. 아내는 감독관처럼 손에 넣은 자료를 열심히 살펴봤다. 나는 자면 안 된다고 생각하면서도 피곤과 뻔뻔함을 이기지 못해 달콤한 잠에 몸을 맡기고 말았다. 그럴 여지가 있다는 데 아득한 자유를 느끼면서.

이런, 난리 났다. 이미 늦었다는 압박감에 눈을 떴다. 잠깐 잔 줄 알았는데 벌써 창밖이 밝았다. 잠시 방향을 잃었으나 곧바로 현실이 내 이마 위에 껄끄러운 얼굴을 붙여주었다. 그렇다, 아직 해결된 건 없다. 혹시 아내가 사라졌을지도 모른다는 생각을 하니 갑자기 심장이 오그라드는 것 같았다. 벌떡 일어나보니 아내는 어젯밤 그대로의 모습으로 거기 있었다. 방구석을 멍하게 바라봤는데, 아침이 밝으니 양상이 완전히 바뀐 듯하다.

"밤새 안 잔 거야?" 물어도 대답이 없었다.

"피곤할 테니 일단 자는 게 어떨까?" 나는 또 물었다.

"내가 어떻게 자요. 지금 생각하고 있어요."

"생각은 나중에 천천히 해도 되잖아…… 너무 피곤해 보여."

"내버려둬요." 아내는 나를 보지 않고 다른 곳만 응시했다.

"모두 변소에 버렸어요." 사진과 수첩과 편지가 안 보여 의아해하는 걸 간파했는지 아내가 말했다.

"거짓말인 것 같으면 보고 와요."

"거짓말이 아니겠지."

"보고 와요."

"안 봐도 돼."

"아뇨, 보고 오라니까요. 똑똑히 봐둬야죠."

나는 변소로 가서 찢겨 있는 걸 확인했다.

"보고 왔어."

"당신은 왜 그런 지저분한 걸 그토록 자세히 적어둔 거죠?"

"……"

"그걸 읽게 해 날 비참하게 만들고 싶었던 거예요?"

"……"

"난 밤을 새워 몇 번씩 읽었어요. 노트는 변소에 버렸지만 거기 적혀 있던 말들은 평생 잊지 못할 거예요. 당신은 그걸 써서 숨겨놓은 거예요. 잘 기억해둬요."

276

"……"

"그리고 또 하나, 당신에게 물어볼 게 있어요. 걔 편지를 보니 부재중에 당신한테 전보가 왔다는 말이 있던데, 언제 또 전보를 보낸 거죠?"

"전보 같은 거 보낸 기억 없어."

"또 그러네, 기억이 없다고. 기억나지 않는다, 잊어버렸다, 모른다! 더 이상 아무것도 숨기지 않기로 했는데도 사진이 나왔잖아요. 난 당신이 하는 말을 신용할 수 없어요. 어째서 그런 거짓말을 하는 거죠?"

"아니, 정말로 전보를 보내지 않았어."

"이상하잖아요. 어떻게 받지도 않은 전보 이야기를 편지에 쓰죠?"

"하지만 보내지 않은 건 보내지 않은 거야. 걔가 만들어놓은 올가미가 분명해."

"무엇 때문에요? 작작 좀 속여요. 당신이 그렇게 속이니까 내 마음이 안 풀리는 거예요. 금방 들통날 거짓말을 태연하게 잘도 하잖아요."

"아니야, 그런 게 아냐. 전보 같은 건 보내지 않았어. 그것만은 절대 거짓말이 아니야."

"그럼 다른 건 전부 거짓말이고요?"

"……"

"어쨌든 당신에 대한 의혹은 점점 깊어지고 있어요. 이런 거짓말쟁이를 대체 왜 사랑한 건지. 이런 비참한 일이 어디 있겠어요. 내 목숨을 바칠 정도로 사랑한 당신이 뭐든지 숨기는 사람이라니……"

갑자기 아내의 얼굴이 달아오르고 눈시울이 붉어졌다. 전에
도 그렇게 접근해 뿌리치며 거부했더니 소동을 일으켜 수습되
지 않았다. 그 실패를 반복하면 안 된다. 하지만 심신이 위축되
어 아내에게 안정감을 줄 수 없었으므로 두려움은 더 커진다.
용이하게 감지할 수 있도록 온몸을 탐지기로 바꾼 아내가 나를
붙잡고, 거기 걸려 고꾸라진 나는 아내를 기아의 사막 한가운
데 남겨놓는다. 그러고 나서 우리는 어쨌든 잠을 잤다. 눈을 떠
보니 뒤편 공장에서 기계가 돌아갔고 아이들은 아직 잠에서 깨
지 않았다. 아내는 몇 번이나 나를 시험했다. 피곤이 나를 느슨
하게 만들었던 걸까, 그걸 알아차리지 못한 척했다. 아내와 나
는 잠시나마 안도하며 다시 잠들었다.

다시 눈을 뜨니 아내의 발작은 이미 진행 중이었다. 아내는
내가 거짓말을 하고 뭐든지 숨긴다며 입을 삐죽거리고 어두운
눈초리로 나를 노려봤다. 신이치는 허물을 벗듯이 이불에서 빠
져나와 아침도 먹지 않고 놀러 나간 모양이다. 마야는 열이 오
른 얼굴로 이불에 누워 가끔씩 심하게 기침을 했다. 신문 배달
부가 수금하러 왔기에 잠옷 위에 코트를 걸치고 현관으로 나
가서 신문 대금을 지불한 뒤 내일부터는 신문을 넣지 말라고
했다. 한가하게 신문을 읽을 형편도 아니거니와 기사들이 모
두 나와 관계없는 먼 세상 이야기 같았다. 일어난 김에 우편함
에서 신문을 꺼내(그 안에 여자가 보낸 편지가 끼여 있는 걸 보
고 얼른 감췄다) 그 자리에서 펼쳐봤는데, 페이지 하단의 신인

278

문학상 결정 기사에 B와 C의 이름이 올라 있었다. 다들 유명해졌구나 생각하니 마음이 너무 황폐해 마치 새싹이 파릇파릇 돋아날 때 뒤늦게 피어난 철 지난 꽃들을 보는 듯했다. 암담함 때문에 우울이 훨씬 짙어져 뺨이라도 맞은 기분이었다. 업보다, 네 업보다. 그런 속삭임이 들렸다. 아내의 마음은 구도마처럼 닫혀 집 안에는 압박감이 흥건했다. 쌀집에서 주문했던 떡이 배달 오자 밖에서 놀다 들어온 신이치가 말없이 떡을 베어 먹었다. 정오가 지나자 더 이상 참을 수 없었다. 아내 곁에서 벗어나 어디든 가려고 옷을 갈아입은 뒤 찬밥과 연어절임 남은 것을 먹고 있는데, 아내가 잠옷 바람으로 나와서 말했다. "어디 갈 생각인 거죠?" "아무 데도 안 가." "그럼 왜 옷은 갈아입고 혼자 밥을 먹는 거예요." "배고파. 벌써 정오가 지났잖아." "거짓말 말아요. 우릴 내버려두고 혼자 나갈 작정이었잖아요." "아니라니까." "걔네 집에 갈 거죠?" 피가 거꾸로 솟아 벌떡 일어섰더니 아내가 내 발을 붙들고 늘어졌다. "순순히 도망갈 수 있을 것 같아요?" 상황을 알고 다가온 신이치도 아내에게 가세해 내 발을 붙들었지만, 매달리지는 않고 조심스레 손만 대고 있었다. 나는 아내와 신이치를 매몰차게 뿌리치고 서재 벽 쪽으로 가서 수건으로 목을 매려 했다. 어쩔 수 없는 상황이 되면 결국 그런 시늉을 하게 된다. 아내가 틀림없이 막을 테고 신이치도 아내를 도와 진지한 얼굴로 내 우스꽝스러운 행동을 저지할 것이므로 그날 오후도 또 그런 짓을 반복하고 말았다. 아내가 침묵을 지키면 무슨 말을 할까 초조해지지만, 막상 한마디라도 하면 온몸에 벌레가 기어 다니는 것 같아 참을 수 없다. 한두 마디 하다 보면 아내를 이겨낼 재간이 없어지고 막다른 곳으로 몰린 것 같아 결국 목매다는 시늉을 하게 된다. 내 마음의 응어리가 풀려야 그런 행동을 멈추게 되므로 나는 그에 따를 뿐이다. 아내의 표정이 풀리고 구도마가 끝나는 기미는 금방 알 수 있다. 그때는 굴욕이 다 사라지고, 툰드라 같던 집 안은 태양이 갑자기 얼굴을 드러낸 것처럼 반짝이는 햇살에 얼음이 녹는 듯했다. 아내는 완강한 거부를 해제하고 내 곁에 바짝 다가와 말했다. "이제 뭘 해도 좋아요. 죽지 말고 우리 곁에 있어줘요." 눈물을 흘리는 아내가 아름다워 보였다. 아주 잠깐이겠지만 구석구석 내 몸을 옭아매던 결박이 풀려 무슨 일이든 다 하겠다는 각오로 이불을 개고 청소를 한 뒤 쌀밥을 짓고 감자수프와 카레라이스를 만들어 오랜만에 식사다운 식사를 했다. 아내의 웃는 얼굴에 마음이 느슨해져 신이치와 목욕탕에 다녀와보니 아내가 방구석에 앉아 훌쩍거리고 있었다. 외출할 때 "아빠, 오랜만이니까 느긋하게 탕에 들어가서 피로를 풀고 와요. 난 괜찮아요. 봐요, 이렇게 건강하잖아요"라고 말하며 미소 짓던 얼굴이 생생했지만 아무것도 보증할 수 없다. "무슨 일 있어?" 아무 소용도 없는 질문을 해봐야 아내의 대답은 빤하다. "아무것도 아니에요." 몇 번이나 물어도 "아무것도 아니에요"라는 대답만 돌아왔다. 그래도 나는 굴하지 않으며 집요하게 물었다. "아무것도 아닌 사람이 그렇게 울 리 없잖아." 그날 밤은 우는 아내를 그대로 내버려둔 채 가슴을 쓸어내리며 침착하자, 침착하자, 스스로 타일렀다. 안방에 이불을 깔고 신이치와 마야를 재운 뒤 서재에 아내와 내 잠자리를 마련하고는 이제 그만 자자고 재촉했더니, 아내가 조용히 곁에 와서 잘 준비를 했다. 바깥에서 돌아온 고양이 다마가 한쪽 뒷발을 절뚝이며 걸었다. 요새 부쩍 힘이 없는 걸 보면 어디가 아픈지도 모른다.

새벽녘에 아내가 곁에 다가왔다. 이러다가는 시험에 들 것이다! 그렇게 속단하고 피곤하다며 피했더니 발작을 유발하고 말았다. "전보 보낸 거 맞죠? 당신은 뭐든지 숨기려 하잖아요. 거짓말쟁이." 나는 말없이 일어나 마치 일과라도 되듯 또 목매다는 시늉을 한다. 지금까지 몇 번이나 반복했는지 모른다. 아내가 나를 추궁할 기색이 보이면 그런 행동을 하지 않고는 배길 수 없다. 그러면 아내는 반드시 저지하고 신이치에게 외친다. "신이치, 빨리 와! 빨리, 빨리. 아빠가 죽으려고 해!" 그리고 신이치와 함께 와서 수건이나 끈으로 목을 매려는 내 팔에 매달려서 막으려 하다 보면 아내와 몸싸움을 하게 된다. 그런 반복이 지겨워지면 훨씬 위험한 가죽 벨트나 코드를 사용하고, 목이 더 세게 조여져 경계가 점차 흐릿해진다. 여기서 조금만 더 힘을 주면 저승에 갈 수 있겠다 싶을 때까지 목을 졸랐더니 아내도 힘을 세게 줘 몸싸움이 더 격렬해졌다. 가래가 끓어 말다툼을 중지하고 손수건에 가래를 뱉는데 붉은 피가 섞여 있었다. 이것 보라는 듯 의기양양하게 내밀었더니 아내는 깜짝 놀란 기색으로 살살이 살피고 종이 쪼가리로 쿡쿡 찔러보고는 갑자기 웃음을 터뜨렸다. "아, 웃겨. 이걸 자랑스럽게 나한테 건네다니. 객혈이라고 생각했나 보죠? 걱정 말아요. 그건 엿이에요. 붉은 엿이 변색된 거라고요. 당신 아까 엿을 핥아먹고 있었잖아요." 아내는 한참 웃음을 멈추지 못했다. 덕분에 아내의 울적함은 날아가고 다시 정상으로 돌아왔다. 나는 불을 피웠고, 아내는 머리를 고쳐 묶은 뒤 식사 준비를 했다.

잠시 후 옆집 아오키네 두 아이가 현관 입구에서 마야를 불렀다. "냥코짱 놀자." "난코딴 노오자." 내가 대신 대답했다. "냥코는 감기에 걸렸으니 나중에 놀아라." 아침 식사 후 마당과 골목길을 쓸기 위해 밖에 나갔더니 청명한 하늘이 지붕 위에 높게 펼쳐져 있고, 해가 판자 울타리를 밝게 비췄다.

"우와, 날씨 정말 좋다. 미호! 문 열어놓을까?" 방 청소를 하는 아내에게 들뜬 목소리로 물었다. 하지만 아내는 쌀쌀맞은 말투로 이상한 대답을 했다. "아뇨, ○○ 님이 올 거예요." 나는 화가 불끈 났다. 감정의 뚜껑이 헐거워지니 별것도 아닌 아내의 말을 듣자마자 손을 치켜들고 만다. "언제까지 그런 말을 지껄이며 날 괴롭힐 거야." 나는 버럭 소리를 질렀다. 그리고 현관 바닥에 있는 게다를 집어 아내에게 던지고는 쭈르르 달려가 몸을 움츠리고 있던 아내의 머리를 밀어 넘어뜨렸다. "뭐야, 날 친 거야?" 아내가 악을 쓰며 맹렬히 달려들었으나, 그때 누군가 찾아온 기척이 느껴져 아내를 떼어놓은 뒤 옷매무새만 고치고 험악한 표정 그대로 나갔더니, 오랜만에 보는 사촌이 제수씨와 함께 현관 앞에 서 있었다. 제삼자가 끼어들면 아내의 발작이 가라앉으니 은연중에 안심하면서, 흥분하는 바람에 흐트러진 호흡을 애써 가다듬고 사촌 내외에게 들어오라고 권하는데, 마야가 방에서 불쑥 나와 말했다. "아빠와 엄마가 싸워요. **가정 사정이라 엄마가 울었어요.**" 네 살짜리 마야의 험상궂은 표정에 사촌과 나 사이에 어색한 기류가 흘렀다. 아내는 어느새 멀쩡한 얼굴로 돌아와 옛날 사진을 보여주고, 라멘을 배달시켜 대접했다. 대화 중에 불면증이 화제로 올랐는데 제수씨도 심한 불면증으로 한참 고생했다는 말을 들었다. 내가 중요한 부분을 빼놓고 말하긴 했으나 듣고 보니 증상이 아내와 매우 흡사했다. K 병원에서 진찰하고 수면제를 처방받아 먹었더니 히스테릭한 증상이 씻은 듯이 나았다며 꼭 한번 의사에게 진찰을 받아보라고 권유했다. 좀더 머무르면 좋으련만 일찌감치 자리를 정리하고 작별 인사를 하는 사촌을 만류할 수 없다. 신이치는 놀러 나갔고, 옆에 있던 마야도 과자 선물을 받은 뒤 콜록거리며 밖으로 나갔다. 사촌이 돌아가고 또 둘만 남게 되자 곧바로 싸움은 중지된 지점으로 돌아간다. 부드럽게 말하자, 부드럽게. 마음속으로 기원하지만 벌컥 화가 치밀어 본의 아니게 입 밖으로 험한 말이 튀어나오는 걸 참을 수 없다.

"아까는 방해꾼이 있어 흐지부지되었는데 이제 다시 시작해도 좋아." 기어이 그 말을 하고 만다. "자알 생각해봐. 당신 무엇 때문에 지금까지 구도마를 되풀이했는지. 괴롭다, 괴롭다, 그렇게 말할 뿐이지 당신은 고통을 즐기는 거잖아. 그게 아니면 매번 같은 말을 반복할 이유가 없지. 이봐, 어쩌자는 거야. 당신이 나를 추궁한 지도 벌써 다섯 달째라고."

아침부터 공연히 시비를 걸고 싶어지는 나 자신이 두렵다. 별거 아닌 말에도 꼬투리를 잡으며 전과는 차원이 다르게 난폭한 언행을 서슴지 않는다. 겁이 난 아내는 내가 퍼붓는 말을 듣기만 하더니 결국 쭈그리고 앉아 흐느꼈다. 그 모습이 구질구질해 보여 속이 더 부글거리는 바람에 아내를 납작 엎드리게 해 아무 자백이나 시키고 싶다는 생각까지 든다. 자백해야 할 사람은 아내가 아니라 나였지만, 이상하게도 바짝 고문하면 아내 몸속의 악귀를 쫓아낼 수 있을 것 같다.

다다미 바닥에 쭈그려 울던 아내는 기어이 "아아—아—악" 하고 끝을 늘어뜨려 소리를 쥐어짠 뒤 장롱 작은 서랍에서 노끈을 꺼내 부엌 뒤편과 공장 사이에 난 골목으로 나갔다. 몸을 비스듬히 해야 지나갈 수 있을 정도로 좁은 골목에는 장작이나 숯가마니 같은 걸 넣어두는 창고가 있었는데, 창고 안은 앞이 보이지 않을 정도로 어두웠다. 잠시 어두침침한 감정의 소용돌이 속에 방치되어 있다가 겨우 마음을 고쳐먹고 들어갔더니 아내는 예상대로 대들보에 노끈을 걸고 목을 매려 했다. 말없이 노끈을 풀며 저지하니 아내가 온 힘을 다해 소리쳤다. 나는 하염없이 흐느껴 우는 아내를 지켜볼 수밖에 없었다. 아내가 한바탕 울고 나서 말했다. "난 나쁜 사람이에요. 당신을 괴롭히는 나쁜 사람. 미안해요, 정말 미안해요. 내게 전기쇼크를 받게 해주세요. 그간의 일들을 전부 잊고 싶어요!"

나는 책상에 앉아 다음 일에 관해 생각해야 했다. 당장은 원고를 보낼 곳도 없지만 조금씩 일을 해놓지 않으면 수입이 전부 막힐지도 모른다는 걱정 때문에 마음이 위축되었다. 갑자기 어디서 소설이나 에세이 청탁을 받을 수도 있으니 미리미리 준비해둬야 한다. 계속 이런 상태라면 언제라도 아내의 발작이 끼어들 수 있으므로 제때 일을 끝내지 못할 수도 있다. 그런 걸 고려하면 요즘은 순서에 맞춰 사고하는 걸 포기해야 했지만, 앞으로 길이 더 좁아질 걸 생각하니 암울하다. 아내가 심하게 내성적이 된 상황도 역으로 마음에 걸렸다. 의자에서 일어서는데 아내가 양쪽 무릎을 허리띠로 단단히 묶고 부엌 바닥에 앉아 있는 모습이 보였다. 부엌은 아내의 담당 구역이라 식사를 준비하거나 빨래를 하는 등 아내가 하루 중 대부분의 시간을 보내는 곳이기에 아내와 분리해서는 생각할 수 없다. 내가 집을 도외시한 채 다른 여자에게 마음이 빼앗겨 집에 돌아오지 않는 밤에도 아내는 부엌 바닥에 앉아 스스로를 들볶으며 밤을 지새운 적이 많았다. 아내가 그곳에 집착하는 걸 모르지 않기에 마음이 아팠지만 야멸찬 말투로 저녁을 준비하라고 말하자 아내가 순순히 그 말에 따랐다. 하지만 갑자기 내게 달려와서 개의 다른 남자는 ○○와 ○○라고 말했다. "난 어차피 죽을 생각이니 죽기 전에 당신에게 알려주려고요." 그렇게 변명하며 내 친구의 이름을 알려줬다.

주위가 완전히 어두워졌지만 저녁 식사 준비는 아직 끝나지 않았고, 아이들은 집에 돌아와 대야에 넣어둔 망가진 장난감을 꺼내 놓고 있었다.

구름이 없었지만 갑자기 해가 기우니 아내의 이마 주위에 그림자가 드리우고, 내 마음은 혼자서 빙글빙글 돈다. "어떻게 하면 좋겠어? 대체 나보고 어쩌라는 거야." 윽박지르듯 물으니 아내가 돌연 태도를 바꿨다. "당신, 정말로 더 이상 나한테 숨기는 것 없어요?"

"그 사진과 수첩과 편지가 마지막이었어. 그것도 얼떨결에 숨긴 거지. 짐처럼 부담스러웠지만 기회가 없어 내놓지 못한 것뿐이라고. 그게 다야. 전보도 보내지 않았어. 잉크병이 엎어진 이후로는 당신이 집에 돌아오지 않은 날, 아무래도 당신이 걔네 집에 간 것 같아 딱 한 번 가봤을 뿐이지. 그리고 그 후에 내 소설이 실린 잡지를 두 권 보낸 것뿐이고. 그 외에는 모두 당신과 함께 처리했잖아. 아, 맞다, 야간 학교에서 돌아올 때, 안개가 심하게 낀 밤 있었잖아, 그때 우리 네 식구가 숙부 댁에서 돌아오는데 고이와역 플랫폼에서 걔 모습이 힐끗 보인 적이 있었어. 날 보지는 못한 듯했고. 그것뿐이야. 이제는 내 뇌를 깨고 찾아보더라도 아무것도 안 나올 거야."

"그렇다고 믿고 싶어요. 하지만 당신이 지금까지 날 너무 많이 속여서 요만큼도 믿을 수 없는 걸 어쩌라고요."

"좋아. 그럼 거짓말이 아니라는 증거로 손가락을 자르자. 그럼 당신도 확실히 믿을 수 있을 거 아냐."

나는 궁지에 몰려 그렇게 말했다. 왜 피를 흘려야 끝날 거라 생각했을까. 왜 그런 말을 했는지 모르겠지만 어쨌든 그 말을 입 밖에 내고 나니 신기하게도 그러고 싶어졌다.

"가정 사정, 하지 마." 신이치가 우리를 똑바로 쳐다보며 심통 부리듯 메마른 목소리로 말했다. 태도가 불손했지만 별수 없다.

모두들 말 한마디 하지 않고 식사를 마친 뒤 아이들을 재우고 나서 우리는 손가락을 자를 손도끼를 사기 위해 역 앞 큰길로 나갔다.

어둑어둑한 막다른 골목 끝에서 몸을 비스듬히 하고 집들 사이의 비좁은 공간을 지나 번화한 역 앞의 큰길로 나간다. 가게마다 전등이 켜져 밝은 빛에 노출되니 집 밖으로 나오기 전이 얼마나 어두웠는지 확연히 깨닫는다. 집 안은 점차 어두워져 맥없이 사라지기 직전의 상태 같았다. 바깥은 이렇게 정체되지 않고 잘 흘러가는데, 우리 머리 위로만 쏟아져 내리는 정체감이 야속하다.

철물점 앞에 가보니 진열장의 칼들이 반사된 빛에 반짝거려 장난감처럼 보이는지라 이 가게 사람들은 이렇게 많은 흉기에 둘러싸여 있으면 무서울 것 같다는 생각이 들어 무심코 주위를 둘러보니 한기가 느껴졌다. 주인이 가겟방에 있다가 급히 게다를 신고 나왔는데 예상과는 달리 온후한 인상이라 혼란스러웠다. 주인에게 진열된 도끼 중에 가장 큰 것을 달라고 했다. 아내는 어깨를 움츠린 채 내 의견에 고분고분 따랐다. 큰 것이 무거운 만큼 힘이 많이 가해져 훨씬 자르기 쉬울 듯했다. 오랫동안 아내는 날이 무딘 도끼로 힘들게 장작을 팼다. 진즉에 이렇게 잘 드는 큰 도끼를 사줬더라면 아내가 평소에 훨씬 편하게 일할 수 있었을 텐데. 도끼를 사서 가게를 나오는데 옆에 소바집 포렴이 보여 갑자기 소바가 먹고 싶어졌다. 만약 불시에 뭐가 먹고 싶냐는 질문을 받는다면 소바가 가장 먼저 떠오를 것이다. 아내에게 그 말을 했더니 내가 좋아하는 음식을 먹게 해줄 수 있어 기쁘다는 듯이 찬성했다. 비좁은 가게 안은 사람들로 꽉 차 있었다. 옷차림은 다양했지만 모두들 맞은편 벽의 거울에 초라한 모습을 비추며 앉아 있다. 빈자리를 찾아

비집고 들어가면서 우리는 말없이 의미 없는 웃음을 주고받았다. 주문한 온소바를 먹은 뒤 집들 사이를 빠져나와서 막다른 골목을 지나 집으로 돌아왔다.

아내는 아주 안정된 모습을 보였다. 나는 당장이라도 실행에 옮길 것처럼 서둘렀으나 그럴 수 없었다. 아내는 그냥 자르는 건 소용없으니 이 기회에 평생 유효한 맹세를 했으면 좋겠다고 말한다. 이미 언덕길에서 미끄러졌으므로 나는 멈춰 설 능력이 없다. "문구는 미호가 생각해줘. 나는 머리가 흐리멍덩해져서 아무것도 안 떠올라." 내 말을 듣자 아내는 천천히 하나하나 생각해가며 여섯 개의 조항을 만들었다. 나는 그걸 하나씩 받아 적은 뒤 붓글씨로 다시 정서했는데, 가능하다면 안 쓰고 싶다는 마음이 수시로 들었다. 그 내용에 반대하는 건 아니지만 맹세는 익숙지 않은 데다가 아무리 사소해도 일단 맹세를 하고 나면 예측 불가능한 미래에 계속 속박될 텐데 그런 상황은 상상만 해도 두려운 마음이 앞섰다. 우선 여자의 성과 이름을 썼다. 혀가 마비되고 근육이 수축되어 이제는 아내 앞에서 말할 수 없는 이름인데도 그걸 몇 번씩이나 받아쓰게 하는 아내 때문에 내 마음이 뒤집혔다. *○○와 말하지 말 것, 편지를 보내지 말 것.* 방금 받아 적어놓은 걸 다시 베껴 썼다. *그 여자와 특별한 관계를 맺지 말 것, 예를 들어 영화, 놀러 가는 것, 육체관계 등을 갖지 말 것.* 글로 써놓으니 더 가관이었다. 그때는 기를 쓰고 했던 일들이지만 지금은 종이 위에 적힌 시들한 내용일 뿐이다. *부도덕한 거짓말을 하지 말 것. 외박할 때는 내용을 꾸밈없이 다 밝힐 것, 가정의 행복을 위해 노력하고 그걸*

깨뜨리지 말 것. 다 쓰고 나서 물었다. "이제 더 없어? 이걸로 된 거야?" 무슨 말이라도 더 쓸 수 있을 것 같았다. 아내는 종이를 들고 잠시 글자를 훑어보며 생각하더니 말했다. "이제 됐어요. 하지만 손가락을 자른다고 말한 건 당신이에요. 그것도 확실히 써요. 난 그런 야쿠자식 화해는 생각해본 적 없으니까. 오직 당신 생각이었던 거예요." 아내는 재차 다짐을 받았다. 하지만 정작 내가 그 말을 꺼냈는지 확실치 않아 의아할 따름이었다. 설사 내가 먼저 말을 꺼냈다 해도 그 말을 하게 된 원인이 아내에게 있다고 생각해서 그런 걸까. 더 의기소침해져 자포자기의 심정으로 말했다. "문구는 당신이 생각한 거니 그 말도 써둘게." 나도 부질없는 다짐을 받으며 다음과 같이 썼다.

단, 위의 서약서를 만들고 손가락을 자르자는 제안은 도시오가 했으며 그에 찬성한 미호가 문구를 생각해냈다. 위의 맹세를 어겼을 때는 이실직고하고 둘이 상의해 처리한다. 아내의 희망대로 문구를 추가하고 날짜를 쓴 뒤 아내에게 건네는 식으로 서약서 작성을 끝마쳤다.

"그럼, 시작하자." 내가 불안해하며 서두르자 아내는 천천히 일어나 도마와 약상자를 가져왔다. 그리고 요오드액과 붕대를 늘어놓은 뒤 도마를 다다미 바닥에 놓았다.

"오른손을 자르면 앞으로 일하기 곤란할 테니까 왼손 새끼손가락을 잘라도 될까?" 내가 물어보자 아내는 그러라고 했다. 왼쪽 새끼손가락을 도마 위에 올려놓으니 아직 손가락을 자르지 않았는데도 피비린내가 나는 듯했다. 지금껏 도끼를 사용해본 적이 없는데 한 손으로 들기에는 너무 무거운 감이 있었다.

그래도 팔에 별로 힘을 주지 않아도 된다고 생각하니 마음이 다소 가벼워졌다. 아내가 이런 끔찍한 장면에 쇼크를 받아 기질이 전환되는 요행이 벌어졌으면 좋겠다고 생각하며 내리칠 준비를 하는데, 아내가 단호하게 "그 도끼, 이리 줘요. 내가 자를 테니"라고 말하며 도끼를 빼앗아 갔다. 코트를 껴입고 앉아 있던 아내가 소매를 걷어붙이는 모습이 뭔가 큰일에 착수하는 것처럼 보였다. "도시오, 눈을 감고 그대로 있어요. 내가 됐다고 말할 때까지는 절대 눈을 뜨면 안 돼요. 알았죠? 절대로요." 아내는 강한 어조로 말하며 내 왼팔을 꽉 붙들었다. 최면술에 걸린 것처럼 순순히 따르니 내 팔을 쥔 아내의 손가락에서 부드럽게 평온함이 흐르는 듯했다. "좋아요, 눈을 감아요." 그 말과 함께 내 새끼손가락 위에 차가운 금속의 무게가 실렸다. "에이!" 저 멀리서 가냘픈 소리가 들리는 듯했다. 끔찍한 고통을 각오했지만 실제로는 손가락에 힘이 약간 가해졌을 뿐이다. "아직 눈을 뜨면 안 돼요." 아내는 새끼손가락에 붕대를 두르더니 꽉 동여맨 뒤 말했다. "이제 눈 떠도 돼요." 자르는 척했구나! 그렇게 생각하니 왠지 맥이 빠졌다. 평온한 분위기에서 눈을 떠보니 새끼손가락에 커다란 붕대가 감겨 있고, 도마 위에는 피가 묻지 않은 도끼가 놓여 있었다. 다다미 넉 장 반짜리 서재가 갑자기 낯선 곳처럼 느껴지고 긴장이 풀려 얼떨떨했다. 아내는 마술을 부리는 것처럼 시치미를 뗐다. "지금 도시오는 나한테 손가락을 잘렸어요. 자른 시늉을 한 게 아니에요. 난 정말로 잘랐으니까. 맹세를 하고 그걸 지키겠다고 해서 그 증거로 손가락을 자른 거예요. 아프죠?" 아내는 촉촉한 눈망울로 나를 쳐다봤다. "상처가 완전히 나을 때까지 붕대를 풀지 말아요. 알았죠? 붕대를 풀면 맹세를 깨는 거예요. 난 분명 당신의 손가락을 잘랐으니까." 그렇게 말하며 아내는 붕대 감은 내 새끼손가락을 받들듯이 양손으로 들어 올렸다. 나는 새끼손가락이 잘린 것처럼 그 끝이 욱신욱신 아파와 심장이 두근거렸다. 정면충돌 없이 틈새로 잘 빠져나간 듯했지만 영문 모를 허탈함 때문에 절망의 나락으로 떨어졌다.

다음 날인 화요일 아침, 눈을 뜨니 둘 다 식은땀을 흘리고 있었다. 뒤편 공장에서 기계 작동하는 소리가 들려 이불 밖으로 나왔는데 아내는 그날 하루 종일 기력이 없었다. 손가락을 자른 여파일지도 모르겠다고 생각하니 아주 잠깐은 평소와 다름없이 행동하려 애쓰는 아내의 모습이 가슴 쓰라릴 정도였다. "모르겠어. 정말 모르겠어." 아내는 방 안에 우두커니 서서 혼잣말을 했다. "당신이 미운 건 아니에요. 전에는 걔가 찾아올까 봐 두려웠지만 이젠 아무래도 좋아요. 걔가 와도 두렵지 않은데 내가 왜 이리 괴로워하며 당신을 괴롭히는지 모르겠네요. 정말 어쩌면 좋죠? 당신이 알려줘요. 난 이제 어쩌죠?"

나는 아내의 기분에 휘말리지 않으려고 안간힘을 썼다. "좋아, 내가 가르쳐주지. 그래, 빨래를 하면 되겠네. 뭔가 몸을 활기차게 움직이는 일이 좋겠어. 우선 빨래를 해봐. 꽤 쌓여 있을 거야. 그게 끝나면 점심 식사 준비를 하고. 오늘 바쁘겠네. 일은 잔뜩 있을 테니." 나는 일부러 발랄하게 이야기했다.

"그래요, 한번 그래보죠." 수도 쪽으로 간 아내가 노래를 부르며 빨래를 하는 기척이 들렸다. 그때 나는 서재에서 문학상을 받은 B와 C에게 축하 편지를 쓰고 있었는데 갑자기 소리가 멈추더니 아내가 서재로 뛰어왔다. 아내의 얼굴은 무섭도록 어두웠다.

"아빠, 걔 생각을 하면 맴이 나쁘죠? 그렇지 않아요?"

고향 사투리를 섞어가며 아내가 물었다.

"물론이야, 기분 나쁘지." 대답을 하는데 가슴이 좀 메었다.

"그렇죠? 맴이 나빠요. 나 어떻게 해요. 빨래를 해도 자꾸 걔 얼굴이 떠올라요! 아무래도 당신 고향에 가야 할까요? 하지만 요사이는 안 찾아왔잖아요. 걘 어떻게 할 생각일까요? 아빠, 어떨 거 같아요?"

아빠, 하고 아이들처럼 나를 부를 때는 안심할 수 있지만 아내가 한 말 중에 좀 의아한 부분도 있어 불안하다. "걔가 이런저런 말을 하러 올 거예요." 아내는 몸을 부르르 떨며 우두커니 서서 말했다. "아빠, 점심밥은 어떻게 하죠? 알려줘요."

아이들은 거의 온종일 밖에 나가 놀았지만 가끔씩 동정을 살피러 집에 돌아왔다. 부모의 대화가 껄끄러운 걸 바로 알아차린 신이치가 눈을 흘기며 어깨를 으쓱하고 대들듯 말한다. "내가 증말로 부탁했는데도 말을 듣지 않으니, 삐뚤어질 수밖에."

주 2회 야간 고등학교에 출근하는 날이 돌아와 저녁에 네 식구가 외출했는데 전철 안에서도 아내는 영 기력이 없었다. 녹색 숄을 목까지 감싼 채 호시탐탐 날 선 눈초리로 나를 훔쳐보던 아내는 역에 정차할 때마다 걔가 어떤 남자와 함께 플랫폼을 걷고 있다고 말했다. 늘 그랬듯 아내의 숙부 댁에 들러 숙모께 아내와 아이들을 맡겨놓고 학교에 갔다. 내키지 않았지

만 '세계사'와 '일반사회' 두 과목 수업을 간신히 마친 뒤 녹초가 되어 숙부 댁으로 가던 중에 아내가 신이치를 데리고 내 뒤를 밟는 낌새가 느껴졌다. 내가 학교 주변의 어두운 곳에서 이상한 여자와 어슬렁거리는 걸 지켜봤다고 한다. 고이와에 가는 전철 안에서도 아내는 줄기차게 나를 힐끔거렸다. 아내의 눈은 불신의 화염으로 불탔다. 아내의 상태가 계속 이러면 사촌이 알려준 병원에 데리고 가야 할 것 같다.

하지만 다음 날이 되자 병원에 가기는커녕 나 자신도 추스를 수 없었다. 아내를 위로해야지 내가 흥분하면 안 된다는 걸 알지만 아내가 소란을 피우면 나도 참을 수 없었다. 울분이 치밀어 큰소리로 대꾸하다가 게다를 벗어던지고, 아내의 몸을 치거나 들이받아 넘어뜨린다. 흥분해서 고함을 지르던 아내는 대체 몇 번을 반복했을지 모를 내 과거의 비행을 또 열거했고, 나도 덩달아 막말을 지껄였다. 이불을 뒤집어쓰고 끈으로 목을 매는 아내를 말리다가 결국 엎치락뒤치락 몸싸움까지 했다. 한쪽이 그만두려 해도 상대가 계속 싸우려 들면 멈출 수 없기에 대체 어디까지 추락해야 결말이 날지 가늠할 수 없다. 식사 준비는 생각할 수도 없었고 밖에 나간 아이들은 집에 얼씬도 하지 않는다. 대체 아내는 어디서 저런 힘이 나오는 걸까. "아, 아파. 말로 해." 나는 아내에게 눌려 꼼짝달싹도 못 하며 소리치는데 언제 돌아왔는지 신이치가 내 옆에서 싸늘하게 말한다. "옆집 돗코쨩이 마당에서 듣고 있어." 뒤따라온 마야도 의심스러운 표정으로 나를 들여다보며 묻는다. "압빠, 자살, 하는 고야?"

아내가 내 머리카락을 움켜쥐고 억지로 꿇어앉혔으므로 내 자유는 박탈된다. 하지만 나는 아내를 완력으로 밀어젖혀 제압하고 싶지는 않았다. 일부러 힘을 빼지는 않았어도 아내의 기세에 눌려 머리카락을 잡히니 도리가 없었다. 하지만 서로 몸싸움을 하면 추궁당할 걱정도 없고 아내의 완력에는 상냥함이 감춰져 있어 기댈 수도 있었다. 집 안은 이루 말할 수 없는 거친 기운으로 가득 찼다. 장지와 맹장지를 마구 가격했더니 산산조각으로 부서졌고, 밥상으로 쓰는 응접 테이블도 몸으로 들이받았더니 상판이 빠지고 다리가 부러졌다. 2시 정도 되었을까. 누가 먼저랄 것도 없이 둘 다 나가떨어져 잠시 휴전했다. 아침부터 먹은 것이 없어 배가 고팠기에 자연스레 싸움이 마무리되었다. 펼쳐져 있던 이불을 개고 대충 방 청소를 하는 동안 아내는 식사 준비를 했다. 아내가 상반신을 구부린 채 걷는 걸 보고 왜 그러냐고 물었더니 맹장이 아프다고 한다. 마야를 낳은 뒤 만성 맹장염을 앓았는데 몸이 쇠약해진 데다가 거친 몸싸움을 해서 증상이 악화되었는지도 모른다. 똑바로 서지 못할 정도의 통증이라면 상당히 안 좋은 상태일 텐데 화가 나니 그저 과장된 몸짓으로 보인다. "걷지 못할 정도로 아프면 위험한 상태일지도 몰라. 병원에 가서 수술해야 하나." 데면데면하게 물어보자 아내는 허리를 깊이 숙이며 잠긴 목소리로 대답했다. "괜찮아요. 내 몸은 내가 알아요." 그러더니 막무가내로 그 자세로 돌아다니며 불을 피우고 떡을 넣어 조니를 끓였다. 머리가 헝클어졌는데도 가다듬지 않아 수상쩍은 노파처럼 보였다. 우리는 동정을 살피러 돌아온 아이들과 부서진 밥상 대신 서재 책상에서 밥을 먹으며 끝까지 한마디도 하지 않았다. 그때는 이미 밖이 어두워진 뒤였다. "밥상은 어쩌고? 아하, 부러졌네. 누가 부러뜨린 거야?" 내게 얼굴을 가까이 들이대며 신이치가 묻는다. 식사를 마친 뒤 곧장 이불을 깔고 아이들을 재웠다. 아내는 허리를 굽힌 자세로 아이들 옆에 자기 이불만 깔아놓고는 찡그린 얼굴로 뜨거운 물주머니를 준비하며 연신 아프다는 말을 했다. "으미― 으미―" 아내는 다다미에 누워 새우처럼 몸을 웅크리고 신음하며 괴로워했다. 평소 아내가 사투리를 섞어 썼기에 나나 아이들은 그런 아내의 말투를 흉내 내곤했는데, 그렇게 끝을 슬프게 끌어가며 괴롭게 신음하는 소리는들어본 적이 없었다. 어쩐지 난생처음 보는 이상한 장면과 마주친 기분이라 가슴이 아팠으나 뾰족한 수가 있는 것도 아니어서 잠자리로 기어 들어갔다. "신이치, 신이치." 아내는 몸을 웅크리고 힘없는 목소리로 신이치를 불렀다. 마음에 가득 핀 곰팡이를 털어내기라도 하듯 나는 아내에게 다가가서 손을 뻗어천천히 아내의 등을 어루만져줬는데, 몸이 뻣뻣이 굳은 아내가말했다. "이제 됐으니까 당신 일이나 하세요. 부탁인데 이런 모습을 보이고 싶지 않으니까." 그래도 멈추지 않고 아내의 등을어루만져주었다. 그러는 사이 잠이 들었는지 아내가 조용한 것같아 서재로 갔다. 책상 앞에 앉았지만 자꾸 오늘 일이 떠올라 정신을 집중할 수 없다. 앞으로 어찌하면 좋을까. 전망이 보이지 않았는데 당장 내일 있을 야간 수업이 마음을 무겁게 짓누른다. 학생들의 잡담, 웃음소리, 수업 중에도 제멋대로 교실을 들락날락하는 행위, 준비가 부족하면 이야기가 막히고 애쓸

수록 주제에서 벗어날 때의 꺼림칙함. 그런 생각을 하다 보니 이런 상태라면 앞으로 수업도 못 할 것 같았다. 사람들에게 이렇다 할 뭔가를 보여줄 수도 없는 처지라 우울감이 가시지 않고 온몸 구석구석에 응어리를 만든다. 우연히 아내와 몸이 스쳤는데 서로 몸을 부대끼며 싸운 기억이 되살아나 반가운 감정이 울컥 들었다. 아내가 무슨 말을 꺼내더라도 그에 반응해 소동을 벌이면 안 된다. 절대 난폭하게 굴어도 안 된다. 그런 생각이 가슴에 스미자 감정이 격해졌는데, "아빠" 하고 예전처럼 나를 부르는 아내의 밝은 목소리가 들렸다. 황급히 달려가보니 잠에서 깨어난 아내가 꿈을 꾼 것 같다고 했다. 꿈이라는 말을 듣자 주눅이 들어 마음을 단단히 먹었다. 하지만 걱정한 대로 아내는 여자에게 뭘 해줬는지 빠짐없이 다 말하라고 추궁한다. 이미 셀 수 없이 여러 번 질문을 받았고 그때마다 전부 다 이야기했다고 변명해도 아내는 지금 다시 똑똑히 말해보라고 한다. "난 또 의문이 생길까 두려운 거예요. 의문이 생기면 걔 얼굴이 눈앞에 나타나고 목소리가 들려 미칠 것 같단 말이에요. 지옥에 빠진 나를 구해줄 사람은 당신밖에 없어요. 그러니까 궁금한 걸 물어 의혹을 완전히 해소하려는 건데 당신은 왜 그렇게 두려운 얼굴을 하는 거죠? 왜 정신 나간 사람처럼 소동을 부리며 나를 치는 거예요? 당신이 왜 그러는지 난 진짜 모르겠어요." 그런 말을 들으니 할 말이 없었다. 하지만 아내가 의혹을 품고 추궁하면 여자와의 관계를 또 하나하나 구체적으로 열거해야 했고, 같은 말을 반복하다 보면 혐오가 일어 스스로 멈춰지지 않는다. 여기가 중요한 대목이야. 입술을 깨물고 가슴을 쏟아내리면서 이미 여러 번 반복한 이야기를 또 한다. 여자를 산부인과에 데려갔던 이야기를 하면 아내가 눈꼬리를 치켜세울 테지만 그렇다고 생략하면 안 된다. 온몸에 좁쌀 같은 돌기가 돋는 기분을 느끼며 겨우 이야기를 마치니 아내가 말한다. "우리 별거해요. 당신한테 이 인간이 말이야, 하는 마음이 안 들 때까지. F시 교원 채용시험 때는 당신 혼자서 가세요. 아이들만 데리고 당신 고향에 가서 셋이 살면 되겠네요." 아내는 대화 도중에도 맹장의 통증이 도지는지 신음하며 괴로워했다. "도쿄에 와서 지난 3년 동안 매일 밤 얼마나 고통스러웠는지 알아요? 그거에 비하면 지금 아픈 건 몇 분의 일에 불과하죠." 아내가 통사정하듯 말했다. "그때 당신은 뭘 하고 있었죠? 내가 무슨 죄가 있어 이렇게 고통스러워해야 하냐고요. 죽어버렸으면 좋겠어요." 아내는 하염없이 울었다. 나는 별수 없이 연극대사를 듣는 심정으로 누워 있는 아내 옆에 한참을 가만히 앉아 있었는데, 시계를 보니 벌써 밤 12시가 넘어 잠옷으로 갈아입고 아내 옆에 누웠다. 고문 기계에 몸을 집어넣은 기분이었지만 할 수 없었다. 아내는 범죄자처럼 뒤에서 내 팔을 조이며 여자에게 돈을 얼마 줬는지 꼬치꼬치 물었다. 나는 아내의 마음을 다른 데로 돌리려 맹장의 통증은 괜찮냐고 물어보지만 소용없었다. 통증은 간격을 두고 오는 듯했다. 아내는 우체국 저금통장과 금전출납부를 가지고 와서 엎드린 자세로 여자와 사귀고부터 내가 쓴 금액을 계산했다. 일일이 그 용도를 물었고, 내가 잊어버렸다고 대답하면 생각날 때까지 기다린다고 했다. 예전 일이라 지금은 모르겠다고 해도 소용없었다. "나도 임신한 것 같으니 만 엔 줘요." 그 말을 듣고 나는 벌떡 일어나 옆에 있던 바지에서 벨트를 풀어 목에 감고 힘줘서 잡아당겼다. "신이치, 일어나. 아빠가 또 제정신이 아닌가 보다. 어서 일어나." 아내가 신이치를 깨웠다. 갑자기 잠에서 깬 신이치는 몽롱한 상태였지만, 내가 벌게진 얼굴로 목을 조르는 모습을 보고는 벌떡 일어나 나를 뒤에서 꽉 껴안았다. 아내도 내 팔에 매달려 벨트를 풀며 훼방 놓았다. 나는 힘이 빠져 몸이 축 처졌다. 아내는 갓난아이를 달래듯 이불 속에 들어가라고 내게 손짓했다. "어떡해, 어멍." 아내는 고향 사투리로 돌아가신 장모에게 하소연하며 오열했다. 우울이 바닥을 치니 아내를 진찰받게 해야겠다는 생각이 들었다.

제7장 오그라든 하루

2월이 되기 전에 아내를 병원에 데려가야겠다고 생각했다. 불면증에 시달리던 제수씨가 K 병원 신경과에서 주사를 맞고 많이 좋아졌다는 말을 들었기 때문이다. 그 주사는 신경의 긴장을 풀어주는 작용을 한다니 효과가 있을지도 모르겠다. 전에도 가까운 실비진료소 소아과 의사의 권유로 긴장을 푸는 주사를 몇 대 맞았는데 처음에는 효과가 있는 듯했으나 이후 별 차도가 없어 중지했다. 약에는 여러 종류가 있으니 어떤 약이 효과를 보일지 알 수 없다. 제수씨의 불면증은 원인이 무엇인지 이야기를 듣지 못했으므로 결과적으로는 둘 다 불면증이라 해도 아내가 그 주사로 확실히 낫는다는 보장이 없었다. 아내의 불면증은 실로 집요했다. 신경이 곤두서 내게 의심을 거두지 않은 채 말로 질책하며 한 꺼풀씩 가죽을 벗기듯 밤낮없이 추궁하는 탓에 정말 참을 수 없었고 생활을 지속하기도 힘들었다. 예전 같은 일상을 되찾기 위해 여러모로 노력했으나 별 효과가 없었다. 종국에는 논리적인 사고도 불가능할 정도라 앞일은 어떻게 되든 눈앞의 고통만 사라진다면 뭐든 하고 싶었다.

1월이 며칠 안 남은 27일, 7시쯤 일어나 병원에 갈 채비를
했다. 탈진한 아내가 얌전히 행동해서 오히려 옥신각신하지 않
았다. 발작을 일으킨다면 견디지 못하겠지만 아마 마음 한구석
으로는 그런 심문을 애타게 기다렸는지 모른다. 어쩌면 아내는
병든 것이 아닐지도 모른다. 병원에 가면 의사가 화난 얼굴로
아내를 데리고 온 나를 비난할 수도 있다. 일부러 먼 길을 나
서는 것이 썩 내키지 않아 망설였지만, 달리 방법도 없는데 이
대로 주저앉으면 아내의 추궁에 얽혀 옴짝달싹 못 할 것이다.

K 병원은 주오선 노선이라 자연스레 그 방면으로 가는 전철
을 탔는데, 스이도바시를 지날 때부터 아내가 좀 이상했다. 밖
에만 나오면 언제나 집요한 눈길로 중년 여자를 좇거나 어두
운 눈초리로 목석처럼 완강하게 나를 노려봤기에 어느 정도 각
오는 했다. 나를 꿰뚫는 듯한 아내의 시선은 불가피하다 해도
좌석에서 벌떡 일어나 운전대 쪽으로 비틀비틀 걸어가는 행동
은 내 이해를 넘어섰다. 순간 내 머릿속은 새카매졌다. 내게 덤
비는 행위로 버티던 아내는 이제 내게 등을 돌린 채 손이 닿지
않는 곳으로 도망친다. 곧바로 내가 아내를 쫓아가자 아이들
도 할 수 없이 나를 따라왔다. 어두운 구석으로 뒷걸음치는 짐
승의 모습이 아내에게 엿보였다. 맨 앞 칸으로 가니 레일 위에
고정되어 있긴 했지만 차량이 좌우로 흔들려 배의 조타실에 있
는 것처럼 멀미가 났다. 쇠기둥에 매달려 떨던 아내는 내가 다
가가자 퀭한 눈으로 겁을 내며 연신 거친 숨을 내쉬었다.

"대체 왜 이러는 거야."

내 입을 떠난 말은 반향 속에서 교활한 울림을 남긴다.

"무서워, 무서워. 무서운 사람이에요, 당신은. 날 내버려둬요. 내 곁에 오지 말아요."

아내는 느릿느릿한 말투로 농담처럼 말한다. 세상에서 떨궈진 것처럼 불안한 목소리가 귀에 들려 나도 떨며 옆에 서 있었다. 아이들은 차분했지만 추위 때문에 얼굴을 찌푸린 채 상태가 심상치 않은 부모 옆에 꼭 붙어 있었다.

하차할 역에 전철이 도착해 플랫폼으로 나왔다. 오른팔로 아내를 끌어안고 왼손으로는 아이들의 손을 잡은 채 입을 꾹 다물고 느린 걸음으로 과선교 계단을 올라가 개찰구를 나갔다.

역전 큰길 앞에는 좁은 광장이 있고 양쪽으로 꽃집과 찻집, 과자점, 책방 등 상점들이 나지막하게 늘어서 있었지만 그건 그저 눈앞에 비친 광경일 뿐, 나는 가파른 벼랑 끝에 내몰린 심정이다. 어떤 삶을 영위하건 벼랑 끝에 빨려 들어가는 우리를 도와줄 사람은 없을 것이다. 뭔가 특이한 모습에 흥미를 느끼고 다가오기는 해도 그 누구도 우리를 여기서 빼내주지는 않으리라. 결국 이 상황을 공유할 사람은 우리 네 식구밖에 없으므로 스스로 도망치는 수밖에 없다. 예전에는 가족들과 나란히 걸은 적이 없었기에 낯설고 겸연쩍지만 별수 없다. 표류하는 소형 선박에서 네 식구가 떨어질 수는 없기 때문이다. 아내는 공포 때문에 발을 잘 내딛지도 못해 살얼음판을 걷는 형국이다. 하지만 그러다가 갑자기 다른 곳으로 뛰어갈 수도 있어 나는 아내를 약간 들어 올리듯이 붙잡고 걸었다. 커다란 병원 건물이 눈앞에 우뚝 솟아 있었는데 넓은 구내 전경이 시침을 떼고 있는 것처럼 보였다. 안에는 접수창구라는 여러 관문과 자신감 넘치는 의사와 간호사의 거절이 기다리고 있을 듯하다.

아내가 돌연 울음을 터뜨렸다. 처음에는 웃는 줄 알았지만 그게 아니라 우는 것이었다. 오른팔을 내게 잡혀 있던 아내는 나머지 손도 늘어뜨린 채 큰 소리로 울었다. 주위에 모여드는 사람들이 가까이 오지 못하게 손짓하고 싶었지만, 아내와 아이들 때문에 양손이 다 자유롭지 않은 데다 머릿속의 모든 문이 꽉 닫혀 아무 생각도 나지 않았다. 남의 이목도 아랑곳을 않는 아내의 울음소리 때문에 갑갑했지만 현실을 대충 익살로 흘려보내고 싶었다. 만약 누군가 지나가며 의아한 표정을 짓는다면 나는 기대에 부응하기 위해 일부러 기이한 행동을 했을지도 모른다. 위협하려는 것이 아니라 무해함을 증명하기 위해서 말이다. 내 예상대로 아내는 울음을 그치지 않았고, 아이들과 나는 만사 포기한 얼굴로 아내의 울음 세례를 받았다.

"무서워, 무섭단 말이에요."

아내의 말에 문득 내가 팔을 꽉 누르고 있어 두려워할지 모른다는 생각이 들었다. 그래도 내가 단단히 두른 팔을 풀지 않자 아내도 포기했는지 힘을 빼고 있었는데, 세게 밀면 나가떨어질 정도로 맥 빠진 상태라는 걸 알 수 있었다.

느린 걸음으로 구내를 가로지를 때뿐 아니라 건물 안에 들어가서도 아내는 계속 울었다. 몇 가지 수속으로 장벽을 친 종합병원의 접수창구는 풀리지 않는 수수께끼를 앞세워 우리를 위협한다. 수속을 하다 보니 약간이라도 방심한 틈을 보이면 무시당하고 버림받을 것 같아 더욱 거리감이 느껴졌다. 흰 작업복에 흰 스타킹을 신고 가슴에 서류를 안거나 카트를 밀며 바쁘게 오가는 간호사들이 주위에 있어 일단은 안심이었지만 누가 언제 병원에 올지 알 수 없었다. 예측 불가능한 위기가 언제 덤벼들까 호시탐탐 기회를 엿보며 숨어 있는지도 모른다. 정신을 차리고 보니 울음을 그친 아내가 벤치에 앉아 멍한 눈빛을 하고 있었다. 아이들은 엄마 옆에서 끊임없이 오가는 사람들의 흐름을 물끄러미 지켜보고 있었다. 접수처에서 이름이 불리기를 기다리는 동안 나는 제발 중년 여자가 지나가지 않기를 기도하며 아내의 시선만 좇던 중 공중전화 부스가 눈에 띄어 겁이 났다. 나를 호출하는 소리에 아내가 발작을 일으키면 어쩌나. 그런 염려가 도처에 숨어 있는데, 아내의 민감한 탐지력, 즉 흉사의 접근을 알아채는 감응 능력은 인정하지 않을 수 없다. 순간적으로 포착한 낌새를 놓치지 않고 그쪽으로 몸을 돌려 고개를 갸웃한 채 사태를 헤아리는 모습이 눈앞에서 떠나지 않았다. 그 모습이 아기의 행동과 닮은 구석이 있어 마음 깊숙이 스며든다. 그 마음은 아내를 차단할 수 없다는 공포와 맞닿아 있다. 우연히 전화 부스 쪽을 바라보는 아내의 시선이 내 염려를 끄집어내어 나를 마구 들쑤신다. 전화를 걸기 위해 부스 안에 들어가는 사람들의 수심 가득한 얼굴은 모두 보기 싫게 얼룩져 있어 기회만 주어지면 태도가 돌변할 것 같다. 나는 어디를 가더라도 협박에서 벗어나지 못할 것이다.

첫번째 접수는 끝났지만 그다음 접수가 남아 당장은 진찰실에 들어갈 수 없다. 2층의 두번째 접수창구에서 간호사가 서류를 수리했지만, 과연 그 서류가 잘 처리되고 있는지 의심이 생겨 한없이 불안했다. 간호사가 다른 생각을 하느라 무의식의 세계에 빠져 실수로 서류를 다른 서랍에 넣었으면 진찰 시간이 끝나고 담당 의사가 퇴근한 뒤에도 호출을 받지 못하리라. 그러면 간호사가 접수창구 앞의 긴 의자에 계속 앉아 있는 우리를 이상하게 여기고 이유를 물을 것이다. 설사 간호사가 실수를 인정하더라도 그날 진료는 포기해야 한다. 시간이 그렇게 지나갈 걸 생각하니 아찔했다. 그뿐 아니다. 집까지 머나먼 길을 어떻게 가야 하나. 아내의 발작은 시도 때도 없었고, 일단 발작이 시작되면 가라앉을 때까지 속수무책이다. 발작은 반드시 기복이 있고 도중에 어디서 긴장이 끊어질지 모르는데, 그 후 줄줄이 일어날 사태를 생각하면 마음이 점점 공허한 곳으로 곤두박질친다. 스스로 처리할 수 없기에 될 대로 되라고 포기하니 자꾸 심술궂은 마음만 생긴다. 만약 누군가가 내 몸에 손만 대도 괴성을 지를 것 같다.

고개를 푹 숙이고 있던 아내가 퀭한 눈으로 나를 노려보며 자꾸 혼잣말을 했다. 왠지 상태가 더 심해지는 것 같다. 집에서는 아무리 대책 없는 상태까지 가더라도 사람이 찾아오면 손바닥 뒤집듯 발작을 멈췄다. 밖에서는 가끔 꽤 대담하게 날뛰다가도 곧 정신을 차렸는데, 그때만 해도 아내의 눈빛에는 내 동정을 살필 정도의 여유는 있었다. 연초 무사시사카이의 아내 사촌 집에 가는 도중 전철 안에서 울음을 터뜨렸을 때도 아내의 행동에는 교훈적인 기색이 숨어 있었다. 나도 마음 한구석으로는 이해할 수 있었고, 한쪽으로 기운 진자가 다시 반대쪽으로 돌아오리라 예상할 수 있었다. 하지만 이번에는 어딘가 달랐다. 이해도 예상도 불가능해서 불안한 마음으로 아내를 지켜보는데, 그 느릿한 변신이 마음뿐 아니라 피부로도 표출되는 바람에 응시할 때마다 세포가 터지고 내부에 숨어 있던 이상 징후가 표면에 드러나는 것 같다. 아내는 나와 마음이 통하지 않는 곳으로 가버릴 심산인지 나를 떼어놓기 위해 피부에 딱딱한 껍질을 두르고 일부러 내 앞에서 난생처음 보는 낯선 표정을 짓는다. 나는 돌연 혐오감이 치밀어 그때까지 삶을 회복하기 위해 반복해온 노력을 내팽개치고 싶어진다. 아무리 고민해봤자 다 지나갈 일인데 무리해서 되돌리느라 애쓸 필요가 있을까. 무슨 반응을 하더라도 잠시 눈을 감고 그저 흘러가는 대로 내버려두면 내가 연루된 여의치 않은 상황에서 벗어날 수 있으리라. 남편을 심판하기 위해 한없이 무자비해진 나머지 일상을 잃어버린 아내에게 끌려다닐 필요는 없다. 피부에 버짐이 핀 듯한 혐오감이 피에 섞여 들어 온몸을 돌아다니는 것 같아 어떻게든 아내 곁에서 도망치고 싶었다. 표정이 험악하게 변하는 걸 나 자신도 느낄 뿐 아니라 눈도 바늘에 찔린 듯했다. 혹시 이러다가 돌이킬 수 없는 상태가 되면 어쩌나 걱정하면서도 어찌 되건 상관없다고 자포자기하게 된다. 아내 곁을 벗어나고 싶어 계단 근처의 창가 쪽으로 가니 바라던 대로 아내의 모습이 복도 모퉁이에 가려 보이지 않았다. 아내는 늘 두터운 검정 롱코트의 칼라를 반 정도만 세워 입었는데, 그 모습이 눈앞에서 사라지니 머릿속의 풍경이 확 바뀐다. 비록 코트 안감의 담홍빛 색채는 잔상에 남아 사라지지 않았지만 아내의 모습이 시야 밖으로 나가니, 즉시 그 무게가 내게서 빠져나가 반동에 의해 천칭의 또 한쪽 저울추에 무게가 실리면서 나는 사뿐

하게 높은 데로 뛰어오를 수 있을 것 같았다. 복도 모퉁이 너머의 암흑 같던 아내의 세계가 거짓말처럼 금세 저만치 멀어진다. 병원 안을 활보하는 여자들이 안 보이는 것은 아니었지만, 무슨 영문인지 그 모습이 아내와 있을 때처럼 가면을 쓴 무서운 얼굴이 아니라 악의 없는 상냥함을 두른 것처럼 보여 의아했다. 곧이어 몸에 열이 나고 눈가가 붉어지는 듯하다. 이는 지나간 쾌락을 다시 끌어들이려는 자세로 이어졌고, 그쪽으로 마음이 기울지 않도록 멈추려 하니 곧바로 두려움이 회귀하는지라 세상 모든 것이 반복되는 허무에 휘말린 듯하다. 두꺼운 벽에 둘러싸여 내 힘으로는 그걸 무너뜨릴 수 없다고 생각하니 속수무책 피로감이 밀려든다. 지금 내가 무엇을 할 수 있을까. 목전에 둔 진료조차 받지 못할지도 모르지만, 그렇다고 내가 상황을 바꿀 수 있는 것도 아니다. 집으로 돌아가더라도 도중에 개입될 온갖 것들이 앞길을 가로막는 장애물로 작용할 것이다. 그러는 사이 아무리 작은 물건이라도 전부 쇠사슬로 묶여 있어 하나를 옮기려면 그 무게를 밀어젖힐 수 있을 만큼 힘을 내야 한다. 또한 무위無爲의 상태를 동경한다 해도 이루어질 리 만무하다. 설령 어느 정도는 허용된다 해도 아내가 발작을 일으키면 그런 내 행동을 놓칠 리 없다. 그렇게 생각하니 사방팔방 출구가 막혀 내 능력과 천성으로는 아무리 발버둥 친들 우물 바닥에서 기어 올라올 수 없을 듯하다. 상처로 날개와 다리가 꺾인 나방이 여기저기 치사량만큼 비늘가루를 뿌려대는 것처럼 주위의 석벽에 내 몸을 마구 부딪는 모습이 생생한 활인화*가 되어 눈앞에 보일 정도다. 나는 넘쳐흐르는 좌절감에 스스로 긍정할 이유를 찾지 못하고 변덕스러운 마음이 생겨 창가나 계단으로 달려가 투신하고 싶어진다. 그러면 아내는 각성하고 발작을 멈출지 모른다. 하지만 그조차도 매번 내 의지를 시험해볼 뿐 결국 실행으로 옮기지 못할 거라 생각하니 심사가 더 사나워진다. 아이들은 엄마 옆에 얌전히 있지 않았다. 신이치가 심술궂게 벽이건 손잡이건 닥치는 대로 손으로 쓸어가며 걸으니 뒤따라가던 마야도 같은 행동을 한다. 신이치가 동생을 성가셔하며 매정하게 굴자, 마야는 보란 듯이 일부러 큰 소리로 운다. 도발당한 신이치는 동생을 더 구박하고, 마야는 어른 같은 콧소리를 내며 오빠를 따라다닌다. 언뜻 보면 어린아이의 천진한 행동 같지만 전혀 다르다. 내 귀에는 불협화음 같은 삐걱거림이 들렸고 서로 공모하는 듯한 육성이 신경을 긁었다. 장난에 정신이 팔려 있는 것처럼 보여도 아이들은 부모의 동정에 민감하게 반응하며, 특히 엄마의 기분에는 달이나 조수 간만처럼 연결되어 있는 듯하다. 아내의 발작이 심해지면 침착을 잃게 되는 마야는 오빠 곁에 꼭 붙어 다니며 귀에 거슬리는 소리를 낸다. 사실은 엄마에게서 멀리 떨어지고 싶지만 그러지도 못하고 온몸으로 독기를 받아들여 주위 사람들에게 보란 듯이 최대한 꼴사납게 재현하는 것 같다. 신이치 역시 동생에게 협력해 그 흉측함을 북돋는 데 집착한다는 생각밖에 들지 않는다. 아이들의 무의식이 만들어낸 올가미에 끌려 들어가니

---

* 19세기 유럽 사교 모임에서 유행하던, 살아 있는 사람들이 분장을 하고 정지된 모습으로 역사적 장면들을 연출하는 놀이. 타블로 비방tableaux vivant이라고도 한다.

내 마음도 북새통이 되는지라 무심결에 아이들처럼 소리를 빽 지를 뻔했다. 아내의 마음에 붙은 신령, 아니 그 얼빠진 나방이 마야와 신이치의 심장에 몰래 들어가 안달복달하며 소동을 연출하는 건지도 모른다. 실수로 한번 잃어버린 것은 영원히 되 찾을 수 없다는 점을 결코 잊지 말라고, 주위에 있던 모든 것 들이 기분 나쁜 파열음을 내면서 그 소동이 일어나는 동안 뚫 어지게 동정을 살피고 있다.

아주 짧은 도피의 환각에서 바로 깨어났다. 정신을 차리면 위험한 쪽은 내가 아니라 아내라는 사실이 고통스러웠다. 내게 는 무자비한 아내지만 멀찌감치 떨어져 생각해보니 곁눈질하 지 않고 하나에만 몰두하는 아내를 용인 못 할 것도 없다. 아 내 스스로 이해나 통제를 할 수 없어 필사적으로 자신의 존재 를 외부에 드러낸 것임을 확실히 알게 되니 갑자기 화해하고 싶은 마음이 든다. 심지어 아내에게는 무구한 매력까지 감도 는 통에 나는 그 향유가 허락된다면 어디라도 따라가리라 결심 했다.

그러나 복도 모퉁이를 돌아 검은 새 같은 아내의 모습을 눈 으로 확인하자 나도 모르게 발길을 돌려 도망치고 싶은 충동 이 생기는 걸 부인하지 못하겠다. 멀찌감치 떨어져 생각할 때 는 배려심이 넘쳐나 그냥 지켜보기로 마음먹지만, 막상 가까이 다가가서 아내가 의혹과 질투를 불태우며 어두운 얼굴과 불길 한 날개로 몸을 감싸고 있는 모습을 보면 내 여생은 꼼짝없이 그 날개에 안겨 끝나버릴 것 같아 그대로 용인할 수 없어진다. 세상은 더 넓은 곳이고 아직 나는 거기로 나갈 자격까지 잃지는 않았다. 아내가 불현듯 창틀에 올라가서 밖으로 몸을 날려 추락사한다면 적어도 참기 힘든 정체감은 종식될 것이다. 그런 무시무시한 생각이 내 몸에서 스멀스멀 기어 나온다. 반사적인 슬픔 저편에는 그에 대한 시간의 심판 비슷한 정리 절차가 있을지도 모른다. 내 신상에 생긴 일을 생각해봐도 너울거리는 시간의 파도도 머지않아 잔잔하게 가라앉을 것이다. 나만 이런 생각을 할 것 같지 않았지만 그렇다고 다른 사람의 마음을 확인해볼 수는 없다. 생각을 참고 있는 것도 신통했는데 결국은 신경이 슬쩍 끼어들어 아내가 자살한 뒤 찾아올 적요를 천연덕스럽게 모방했다. 비애의 독소가 가느다란 신경관에 과도하게 주입되니 터질 것 같다. 한도가 초과되면 미칠 것이다. 울렁거리는 가운데 한도가 초과되지 않도록 냉정을 잃지 말자고 나 자신을 타일렀음에도 스스로 통제할 수 없는 감정이 분출되기도 했지만, 한편으로는 남의 일인 양 관찰할 수 있었다. 그런 기이한 심리 상태였기에 대체 왜 아내는 더 이상 의미 없는 발작을 포기하지 않고 반복하는 걸까 절망적인 의문이 거듭거듭 생겼다.

아내가 가까이 다가와 나를 노려봤다. 내가 이렇게 지옥의 고통을 맛보고 있는데도 당신은 나를 떼어놓고 병원 구경이나 다니는 거냐며 책망의 눈길을 보내는 듯했는데, 아내는 가벼운 사시라 눈동자가 어디를 향하는지 확실치 않다. 아내는 실컷 울고 나자 공허한 나머지 얼이 빠진 것처럼 보였다. 하지만 나를 보자 다시 울음을 터뜨렸다.

"내 고통을 당신이 알 리 없겠죠. 그러니까 바로 내 곁을 떠났죠. 어떻게 그렇게 희희낙락한 얼굴이죠? 뭘 보고 온 거예요. 뭐 좋은 게 있었나 보죠? 나한테도 알려줘요. 당신이란 사람은 진짜. 내가 이렇게 괴로워하는데. 아, 무서워. 너무 무서워서 어쩔 줄 모르겠네. 걔 얼굴이 보여요. 고소하다, 그것 참 잘됐다, 입을 크게 벌리고 깔깔 웃으며 다가와요. 당신, 걔랑 만나고 온 거죠? 맞죠? 그러니까 그렇게 즐거운 얼굴이겠죠. 틀림없어요. 둘이 미리 짰으니 걔가 여기까지 왔겠죠. 우니마 같은 걔가 나를 죽이러 온 거네. 아, 무서워, 진짜 무서워."

아내는 고개를 들더니 눈물도 닦지 않고 계속 떠들어댔다. 이전처럼 맹렬하게 달려들기는 했지만 나를 추궁하는 말투에는 혼쭐을 내겠다는 기세가 느껴지지 않았고, 팔다리에 힘이 빠졌는지 자리에서 움직이지도 못했다. 얼굴은 눈물로 엉망이 된 채 이제는 습관처럼 되어버린 추궁을 멈출 이유를 찾지 못해 기계처럼 끊임없이 지껄이는 듯하다. 신경과 진료실 앞이라 지나가는 사람들도 딱히 호기심을 보이지 않는 건지 오히려 주위가 적막했다. 접수창구의 간호사도 이런 광경을 질릴 만큼 보았는지 우리 쪽은 쳐다보지도 않는다. 남에게 호소를 해봤자 도움을 받을 것도 없었지만 이 사태를 어떻게 끝맺을지 눈앞이 깜깜해져 볼썽사나운 태도를 취하고 만다. 제수씨처럼 이 병원 의사에게 수면제를 처방받아 복용하더라도 아내의 증상이 바로 없어질 거란 기대는 애초에 없었다. 그러기에는 공공연하게 너무 많은 일들을 경험했다. 그걸 한꺼번에 뒤집을 편리한 약이 있을 리 없다. 하지만 나 혼자 대처하기에는 속수무책이다. 만약 내 이해를 넘어선 힘이 작동한다면 하나의 계기가 마련

될지 모른다. 그 기대로 병원에 온 것이다. 암시에 약한 아내의 성격이 어쩌면 도움이 될지 모르겠다.

간호사가 이름을 불러 지시해준 방에 들어가니 의사가 고개를 숙이고 종이에 뭔가 쓰고 있었다. 의사의 무릎 건너편 의자에 아내를 앉힐지 망설였는데 의사가 계속 일만 하고 있어 일단 아내에게 거기 앉으라고 한 뒤 일이 끝나기를 기다렸다. 이야기를 어떻게 풀어가야 할까. 내 필요에 의해 상대방에게 정확히 내용을 전달해야 할 때는 항상 혀가 얼어붙는 것 같아 질색이다. 미리 요점을 정리하려 해도 머리가 돌아가지 않아 괴롭기만 할 뿐 결국은 준비되지 않은 상태에서 대면하게 된다. 이런 경우 상대방은 대부분 내용을 파악하는 데 열의가 없다. 이 의사도 역시나 불편한 심기를 드러내며 나를 쳐다봤다. 눈이 마주쳤을 때 고개 숙여 인사하는데도 본체만체한다. 쓸데없는 말은 생략하고 바로 본론으로 들어가라는 뜻 같기도 하고, 그런 어정쩡한 인사로는 어림없다고 일깨우는 것 같기도 했다.

"사실은요, 제 아내가 말입니다, 그러니까, 요즘, 그렇죠, (잠시 아내를 보고) 아마 9월 초인 것 같은데요, (아내가 미간을 찌푸리기에 얼른 건너뛰려는 생각에) 넉 달, 아니 다섯 달은 된 것 같은데요, 어쨌든 네다섯 달 전쯤부터요, 줄곧 심한 불면증에 시달려서……"

의사가 듣지 않는 것 같아 그냥 증상만 말할까, 아니면 거슬러 올라가 원인이 된 배경을 자세히 설명할까 망설이며 잠시 말을 멈췄다.

"그다음."

의사가 말을 재촉했다.

"그다음은, 그러니까 잠을 자지 못해서요. 본인도 괴롭고, 일상생활을 할 수 없을 정도로, 점점 안 좋아지고 있습니다. 한번 진찰해보면 적당한 수면제라도 받을 수 있지 않을까 해서요."

거기까지 이야기했다. 의사는 방약무인하게 아내를 바라보며 내 쪽은 쳐다보지도 않았다. 환자 본인의 설명이 아니라 흘려듣는 것 같았다. 역시 원인부터 말해야 우리가 처한 상황을 파악할 듯하다. 그러지 않으면 별것도 아닌데 과민하게 수선을 피우는 골칫덩이가 되고 만다. 어두운 집 안에서 나 홀로 망상에 빠진 거였나. 아니다. 우리 둘 다 죽을지도 모르는 사안이다. 다시 마음을 다잡았지만 이 기이한 상태를 의사한테 어떻게 이해시켜야 할지 막막했다. 부부 사이의 윤리나 심리적인 문제까지 다 이야기해야 할까, 이야기하더라도 과연 의사가 이해할 수 있을까 망설여졌다. 어림없을 것 같아 차라리 진찰받으러 오지 말 걸 그랬다는 생각도 들었다. 구태여 하지 않아도 될 이야기를 해야 한다 생각하니 수치감 때문에 눈앞의 의사가 증오스러웠지만, 결국 자초지종을 다 털어놓고 만다.

"외간 여자가 있어서."

그 대목에서 자세가 완전히 무너졌다. 지금까지 말을 하지 않아 지킬 수 있던 무언가가 산산이 깨진 기분이다.

"그런 이유로 사흘 내내 집에 없는 날도 있었기 때문에, 꾹꾹 참고만 있던 아내가 결국 어느 날 폭발해버렸습니다. 그날부터죠, 전과 달리 아내가 완전히 변해버린 게. 잠을 못 잤어요. 단순한 불면증이 아닙니다. 내가 그러지 말았어야 했는데, 아내가 내게 가지는 의혹을 불식시켜야 했었는데, 내가 그런 태도를 보이지 않아서요. 그건 말이죠…… 아내가 내 행동을 낱낱이 조사해서……"

그 이야기를 꺼내자 아내가 의자에서 벌떡 일어났다.

"부끄러운 줄 아세요!"

아내는 소리치더니 오른손을 들어 내 뺨을 때렸다.

"부끄러운 줄도 모르는 인간! 세상에, 부부간의 수치스러운 일을 자랑스레 떠들어대는 남자가 어디 있어요. 그런 머저리한테는 이럴 수밖에."

또 팔을 뻗었다.

"그만하세요."

의사가 강압적으로 말하자 아내는 소리 높여 울었다.

"난폭하게 굴면 안 돼요. 진찰을 할 수 없잖아요. 진정하세요. 아무리 그래도 남편을 치면 안 되지. 너무했군."

의사는 이상한 물건을 보는 듯한 눈길을 보냈다. 그런 태도는 나를 흥분시켰다. 그토록 참기 힘든 아내였지만 이 세상에 우리를 이해하는 사람은 우리 둘밖에 없다고 생각하니 문득 아내에게 가여운 감정이 든다. 아내는 눈을 치켜뜬 채 울음을 멈추지 않고 무슨 뜻인지 알 수 없는 말을 중얼거렸는데, 평소에도 하던 발작이다. 의사는 부연 설명을 했다.

"착란이네요. 조속히 병원에 입원하는 게 좋겠습니다. 부장님께서 진찰해보셔야 확실한 진단을 내릴 수 있으니 그때까지 잠시 복도에서 기다리세요. 당신도 참 힘들겠군요."

공교롭게도 이건 예진에 불과하고 그 윗급 의사가 진찰해야 진단을 내릴 수 있다는 걸 알게 되었다. 다시 이름이 불릴 때까지 복도 구석의 긴 의자에서 기다려야 했다. 아이들은 보이지 않았는데 계단을 오르내리며 노는 모양이다. 아내는 울음을 그치지 않았고 나는 꾹 참고 아내 곁에 앉아 있는데 이번에는 복도를 지나는 사람들이 이상하게 쳐다봤다. 대체 몇 번을 반복했는지 모르지만 아내가, 내가 집을 비우고 여자 집을 드나들 때 이야기를 지나가는 사람에게도 다 들릴 정도로 크게 떠들어댔기 때문이다. 말하는 중간에 확인을 하려는지 의문스러운 점을 묻기도 했는데 내가 대답하지 않더라도 전처럼 계속 추궁하는 것이 아니라 그 부분은 건너뛰고 다음으로 넘어갔다.

"당신 스스로 한 짓이니까 그렇게 남의 이야기인 양 혐오스러운 얼굴 하지 말아요. 귀담아 잘 듣고 가슴에 새겨둬야죠."

아내가 말했다. 아내의 목소리가 너무 커서 도망치고 싶었지만 꾹 참고 아내 곁에 묵묵히 앉아 있었다. 손목시계 바늘이 정오를 가리켰지만 점심 식사는 안중에 없었다.

마침내 호출을 받고 다른 방에 들어가니, 나이 든 의사가 흰 가운을 입은 실습생들에게 둘러싸여 몸을 뒤로 젖히고 의자에 앉아 있는 광경이 보였다. 실습생들 외에 간호사도 네다섯 명이나 대기 중이라 진찰실이 아닌 곳에 잘못 들어간 줄 알았다. 예진 때와 마찬가지로 의사와 독대하며 진찰받을 거라 생각했는데 낯선 사람들에 둘러싸이니 어디로 가야 할지 망설여졌지만, 가운데 앉은 의사가 아까 예진한 의사가 말해준 부장인 듯해서 주춤주춤 그 앞으로 다가갔다. 그는 내게 시선을 고정시킨 채 무슨 말인가 하고 있었다. 처음에는 내게 하는 말인 줄 알았는데 실습생들에게 뭔가 설명하는 중이었다. 나는 의사와 독대하며 심리적인 문제까지 자세히 털어놓을 작정이었으나 그 결심은 어느덧 무너지고 예기치 않게 큰 소리로 연설해야 하는 상황을 맞이한 것처럼 마음이 격해졌다. 증상을 정확히 전달하기 위해 사생활도 숨김없이 말하기로 마음먹지만 이렇게 무관한 사람들이 둘러싸고 있을 줄은 몰랐다. 이 사람들에게 이야기해봤자 아내의 치료에는 별 효과가 없을 듯해서 소극적인 태도를 취했지만, 이미 예진 때 말했던 내 과거를 여기서 또 말해야 했다. 전혀 다른 사람처럼 보였지만 예진 때 그 의사도 실습생들 틈에 있었는데, 아까 도박하는 마음으로 고백했던 말들은 전해지지 않은 듯했다. 의자에 앉은 부장에게도, 침묵하고 있는 실습생들에게도 전해지지 않을 하소연을 한 셈이라 그저 난감할 뿐이다.

"……"

같은 말을 또 해야 한다는 절망감에 무슨 말을 꺼내야 할지 갈피를 잡을 수 없었다. 결국 가장 하기 싫은 말을 또 했는데, 그 말을 입 밖에 내면 머릿속으로 생각했던 것보다 훨씬 추한 내용이 까발려지기에 몸 어딘가가 따끔따끔했다. 아내가 또 소리쳤다.

"거짓말, 거짓말이에요. 선생님! 이 사람이 하는 말은 다 엉터리예요. 모두 거짓말이라고요."

입술의 핏기마저 사라진 채 덜덜 떠는 아내의 모습을 보니 거기 있는 모든 사람이 적으로 보였다. 아내와 아이들까지 모두 힘을 합쳐 적과 맞서야 했지만, 적에게 패한 뒤 나 홀로 힘겹게 고전하며 엄호를 기다리는 심정이었다. 그런데 같은 편인 아내가 돌연 내 등에 총을 쏜 것이다. 나는 눈앞이 캄캄해 어떤 상황인지 분간이 되지 않았다.

"난 환자가 아니에요. 이 사람이 나를 속여 데려온 거죠. 난 아프지 않아요."

매서운 아내의 눈이 내 몸을 뚫는 듯했고, 현실은 산산조각 나 사방에 뿌려졌다. 매달리는 심정으로 적을 쳐다보지만 의사는 먼 곳에 있어 손이 닿지 않는다. 아내의 광란에 대해 의학적인 용어로 쐐기를 박은 뒤 아내를 가까이 불러 장엄한 진찰 의식에 착수할 거라 생각했지만, 의사는 팔짱을 낀 채 아내가 아니라 말없이 그를 둘러싸고 있는 실습생들에게 말했다.

"이것 봐, 전형적인 ……을 보이고 있어. 아까 설명했던 …… 와 잘 비교해봐. ……하고 있는 걸 주의하고."

독일어를 섞어 말해 의미는 알 수 없었지만, 그 말에 더 흥분한 아내는 내게 욕설을 퍼부으며 다가와 따귀를 때리려 했다. 나는 도망치는 와중에도 나를 보고 있는 사람들이 신경 쓰였다. 어떻게든 상황을 모면하려 했지만 뜻대로 되지 않았다. 신이치가 가만있지 못하고 장난을 치며 방해했다. 부모가 싸우면 신이치는 항상 그랬다. 신이치는 급기야 진찰대 위의 기구에도 손을 뻗었다.

"아이를 저쪽으로 데려가지 못해!"

의사가 간호사를 꾸짖는 바람에 나는 허겁지겁 신이치의 손을 잡았다. 여기서 흥분하면 꼴이 우스워질 거라 생각하니 나도 모르게 손에 힘이 들어가 신이치를 무자비하게 끌어당겼다. 신이치는 볼썽사납게 몸부림을 치더니 나를 흘겨보며 기구를 바닥에 내동댕이쳤다. 마야는 입가에 어른스러운 미소를 띠었는데, 울부짖는 엄마를 향해 "바바, 바바, 우리 엄마 미쳤지"라며 신나게 떠들고 다닐 것 같은 표정이었다. 두 간호사가 날뛰는 아내를 간신히 붙잡았다. 여기저기 불이 붙어 동시에 활활 타오르는 형국이라 수습이 되지 않는다.

"이래서야 어디 진찰할 수 있겠어? 저쪽으로 데려가. 완전히 ……다."

의사가 뒷말은 혼잣말하듯 중얼거렸다. 간호사는 아내를 붙들고 대기실 쪽으로 데려갔다. 불필요한 사람은 내보내고 친절히 환자와 독대하며 진찰해달라고 말하고 싶지만 차마 그 말은 할 수 없었다. 인사하고 진찰실을 나가려 아이들의 손을 잡았는데, 마야는 얌전히 있었지만 신이치는 매몰차게 내 손을 뿌리쳤다.

상황을 모른 채 복도로 나오니 직책 높은 간호사가 쫓아왔다.

"환자분은 진정되셨습니다. 하지만 좀더 안정을 취해야 해요. 저쪽 방에서 쉬고 계십니다."

"그럼 어떻게 된 겁니까, 진단은요?"

간호사가 건조한 목소리로 대답했다.

"아무래도 입원하는 게 좋겠다고 부장 선생님이 말씀하십니다."

"입원, 하라고요?"

나는 넋두리처럼 반문하고 나서 당황했다. 수면제를 받으러 왔을 뿐인데 생각지도 못한 입원이라니. 거스를 수 없는 흐름에 억지로 떠내려가는구나 생각하니 체념할 수밖에 없었다. 상황이 그러하다면 간호부장일지도 모르는 이 간호사에게 의지해야 했으므로 어떤 사람인지 살펴봐야 할 것 같았다.

"여기는 개방병동이라서요, 지금 M 병원 쪽에 문의하고 있습니다." 더 알쏭달쏭하게 말한다.

"잠깐만요, 무슨 말씀이신지요? 사실 입원할 거라고는 생각하지 못해서요. 그냥 약만 받아 갈 줄 알았죠. 전혀 준비가 안 되어 있어요. 꼭 그래야만 하는 겁니까?"

"부장 선생님이 조현병 증상이라고 하셨거든요. 여기 병동은 잠금장치가 없어 난동 부리는 환자분은 좀 힘듭니다."

눈앞에서 또 뭔가가 무너져 내린다.

"꼭 오늘이어야 합니까? 일단 오늘은 집에 돌아가고 2, 3일 후에 다시 오면 안 될까요?"

왠지 납득이 가지 않았지만, 아무래도 간호사의 말을 따라야 할 것 같아 은연중에 나약한 표정이 나오고 말았다. 진찰도 하다 말았는데 어떻게 병상을 알 수 있단 말인가. 어쨌든 의사에게 직접 진단 결과를 듣고 싶다고 정색하며 말했지만 의사와 나 사이에는 간호사의 존재가 있다. 상징적인 제복뿐 아니라 덩치 탓인지 상당히 위엄 있어 보였기에 갑자기 간호사가 어느 나라 사람인지 헷갈릴 정도라 의사는 더욱 범접할 수 없는 존재처럼 여겨졌다. 게다가 그 주위에 있던 흰옷 차림의 실습생들도 예진을 했던 의사처럼 각자 자신감 넘치는 용모로 압박을 가할 것이다.

"사정은 딱하지만 할 수 없습니다. 그런 환자분들은 곧바로 입원하시는 게 좋아요. 일단 집에 돌아가시면 다시 나오기 힘드니까요. 무척 애먹을 겁니다. 지금 수속해서 입원시키는 게 남편분한테도 훨씬 낫죠. 어차피 마찬가지니까요."

간호사의 말이 멀어지며 진실의 쐐기가 한 발씩 뇌리에 박힌다. 결단이 필요했지만 어쩌면 좋을지 몰라 마음만 조급해진다. 간호사가 말한 M 병원이 유명한 그 병원인가. 아내가 들으면 승낙하지 않으리라. 미지의 수속이 기다릴 텐데 좌충우돌하며 아내와 아이들을 데리고 또 병원에 가야 하다니 그 생각만 해도 눈앞이 캄캄해진다.

"일시적이라도 이 병원에 입원시켜주면 안 되겠습니까?"

"입원하셔도 되긴 하지만 여기는 개방병동이니까 무슨 일이 생겨도 책임질 수 없습니다. 다시 한번 부장 선생님께 말씀드려보죠. M 병원 쪽에 문의는 해놓았는데 어떤 답신이 올지 몰라요."

그렇게 말하고 간호사는 사라졌다. 친절한 사람일 수도 있다. 간호사가 사라지자 차라리 M 병원으로 갔으면 좋겠다고 생각했다. 아내를 쇠창살 있는 병실에 보낸 뒤 혼자 있을 걸 떠올리니 가뿐한 마음이 유혹의 표정을 지으며 뇌리에 스쳤다. 그 순간 몸이 붕 떠올라 쪼그라진 젊음이 갑자기 팽창하는 듯했다. 하지만 아이 같은 얼굴로 무심하게 허공에서 내 마음의 변화를 내려다보고 있는 아내의 모습도 떠올라 금세 정신을 차렸다. 이미 가뿐함은 사라지고 꽤 묵직한 무게감이 끼어든다.

날아오를 듯한 마음이 진정되지 않고 얼굴이 상기되어 주체가 안 되는데, 휴식을 취하던 아내가 방에서 나왔다. 아내는 볼에 홍조를 띠고 검정 코트의 칼라를 반쯤 세우고는 단추를 잠그지 않은 채 상처를 보듬는 듯한 모습으로 나를 응시하며 걸어왔다. 당황한 나머지 나는 천이라도 덮어 마음을 감추고 싶은 심정이었다.

"아, 이제 괜찮아졌네."

먼저 다가가서 물었더니 아내가 물었다.

"간호부장과 얘기했죠? 무슨 얘기 했어요?"

"아냐, 별말 안 했어. 그런데 어쩌면 입원을 해야 될지도 몰라."

나는 떠보듯 말했다.

"난 입원 안 할 거예요. 병이 아닌데 왜 입원을 시키려는 거죠? 당신 나한테서 떨어지고 싶어서 그러는 거죠? 날 미친 사람 취급해서 입원시켜 가두고 싶은 거네. 그러니까 선생님 앞에서 그런 부끄러운 말을 떠들어댔겠죠."

"아니야, 그런 게 아니라고. 정확히 말하면, 그런 말을 해야 선생님도 아실 테니까. 그런 생각이었던 거라고……"

점점 변명조가 된다.

"어쨌든 난 입원 안 해요. 그런데 어느 병동이래요?"

"여기는 사정상 안 되고 다른 병원에 가야 할지도 몰라……"

"M 병원요?"

"응, 그런 것 같아. 아직 확실하지는 않은데 그렇다고 들은 것 같아."

"거짓말 말아요, 당신이 부탁했잖아요. 그럴 줄 알았어. 난 싫어요, 절대 안 가요. 그런 곳에 가면 난 분명 죽을 거예요. 원숭이처럼 바짝 말라 죽는단 말이에요. 난 다 알아요. 당신, 설마 그런다고 한 거예요?"

"아냐, 아냐. 아직 확실히 정해진 건 없어. 간호사가 그렇게 말했을 뿐이지. 나는 그 병원으론 가고 싶지 않다고 말하긴 했어. 그래서 간호사가 선생님께 의논하러 간 거고."

"무슨 일이 있어도 난 집에 갈 거예요. 확실히 그러지 않겠다고 말해요. 내가 아까 소란을 피웠으니 그 선생님은 틀림없이 전기쇼크를 줄 거예요. 다 알아요. 전기쇼크는 절대로 안 돼요. 확실히 말해두는데 억지로 시키면 난 정말 죽어버릴 거니까 알아서 해요."

아내는 앞을 다 꿰뚫어 보고 대응하는데, 나는 그저 허둥거릴 뿐이라 꼴불견이었다. 간호사가 돌아와 내게 가까이 오라고 하더니 조그맣게 말했다.

"마침 연락이 왔어요. M 병원은 지금 힘들 것 같으니 일단 우리 병동에 입원하시라고요."

아내는 일부러 다소곳한 태도를 보이며 귀를 쫑긋 세우고 간호사에게 다가왔다.

"간호사님, 난 병이 아니에요. 그러니까 입원하고 싶지 않아요."

"괜찮아요. 환자분은 걱정하실 필요 없어요."

간호사는 아이를 달래듯 말했다.

"그리고 전기쇼크는 하지 말아주세요. 나, 전기쇼크는 너무 무서워요. 알아요. 내 친구가 받는 걸 봤거든요."

아내가 말했다.

"아내가 저렇게 말하는데 그건 안 하면 안 될까요?"

나도 중간에 끼어들어 부탁했다.

"부장 선생님께 말씀드려보세요. 선생님 방으로 가세요. 아, 남편분만요. 그래도 다행이에요, 마침 오늘이 부장 선생님 진료일이라."

다시 아까 그 진료실로 들어갔다. 이제 실습생들은 보이지 않았고 젊은 간호사만 혼자 뭔가 정리하고 있다. 책상 건너편에 앉은 의사가 나를 보더니 다짜고짜 물었다.

"어쩔 생각인가?"

"역시 입원을 해야 하는 건가요?"

"상태를 보니 그러는 게 좋겠네. 안 그러면, 무엇보다 당신이 힘들 테니."

"사람들 앞에서 아까처럼 엉망이 된 건 처음입니다. 역시 그, 조현병인 건가요?"

"검사를 좀 해봐야 확실히 알 수 있지. 뭐 꽤 의심스럽긴 하지만."

"여기 병동에 입원해도 될까요?"

"개방병동이라 좀 신경이 쓰이지만 당분간은 여기서 상태를 살펴보지."

"그럼 잘 좀 부탁드립니다. 오늘은 일단 집에 돌아가 준비를 해서 다시……"

그때 의사가 말을 끊었다.

"간호부장과 의논하게."

"그런데 전기쇼크를 무척 무서워해서요, 하지 않도록 좀 부탁드려도 될까요?"

질문을 하는데도 의사는 듣지 않겠다는 듯이 다른 차트를 본다. 더 이상 말을 붙일 수 없어 방에서 나오는데 아내가 따지고 들었다.

"선생님은 뭐라고 해요?"

때마침 간호부장이 불러준 덕분에 나는 아내에게서 벗어나 입원 문제를 상의했다. 여기는 완전 간호 체제가 아니므로 간병해주는 사람이 없으면 힘들다고 한다. 입원비나 간병에 지불되는 비용, 당장 쓸 침구도 걱정되었다. 귀찮은 수속이나 준비가 촘촘히 떼를 지어 기다릴 테고, 어느 하나라도 빠지면 목적지에 도달할 수 없을 것이다. 익숙하게 반복되는 일상에서 벗어난 일을 해야 할 때면 공허감이 밀려들어 온몸에 퍼진다. 공허감을 떨치려는데 나도 모르게 간호부장에게 아첨하는 말투가 된다. 아내는 같은 말을 자꾸 반복했다.

"간호사님, 전기쇼크는 하지 말아주세요."

"네, 알았어요. 그럼 주사만 맞고 돌아가세요."

간호사가 대답했다.

처방전을 받고 계산을 마친 뒤에는 알려준 대로 긴 복도를 나가 지하도를 통해 별관으로 가야 했다. 장소를 옮기려 하자 조금 전까지 모습을 보이지 않던 아이들이 어디에선가 나타나 부모의 손을 잡았다. 나는 왼손으로는 아이들의 손을 잡고 오른팔로는 아내를 감싼 채 또 살얼음판을 걷는다. 아내가 얌전하면 얌전한 대로 걱정이지만, 그렇다고 이전 상태로 되돌릴 수도 없다.

양쪽에 방이 죽 늘어선 복도로 가서 지정된 방에 노크를 하고 처방전을 건넸더니 복도 긴 의자에 앉아 기다리라고 해서 우리는 말없이 앉아 있었다. 잠시 후 흰옷 차림의 남자가 바늘이 위로 향하게 주사기를 들고 주사액이 흐르지 않도록 피스톤을 살짝 누르며 아내에게 다가와 아내의 팔을 잡고 말했다.

"소매를 걷어 꽉 잡고 계세요."

엉겁결에 그가 시키는 대로 하자 아내가 주사를 맞지 않겠다고 몸을 비틀며 저항해서 실랑이를 했다.

"안 돼요. 그렇게 움직이면 바늘 부러져요."

남자가 강하게 말하자 놀란 아내가 얌전해졌다. 남자는 그 틈에 재빨리 아내의 팔 근육에 바늘을 찔렀다.

피스톤을 누르자마자 눈 깜짝할 사이에 주사액이 들어갔다. 아내는 "아!" 하고 조그맣게 신음했다. 영문은 모르겠지만 '이때다!' 싶어 큰맘 먹고 아내의 얼굴을 들여다봤는데, 아내는 하려던 말을 끝맺지 못했다. "전⋯⋯"이라며 짧게 한마디 하고는 마치 툭 부러지듯 의식을 잃더니 인위적인 잠에 빠져드는 바람에 반사적으로 돌이킬 수 없는 초조함이 엄습해 왔다. 아내는 무슨 말을 하고 싶었던 걸까. 두려워하던 전기요법을 준비하기 위한 주사라는 사실을 깨닫고 단지 그걸 알리려는 건 아닌 듯했다. 순간 아내의 표정이 이상하게 밝아졌는데 다른 전달하고 싶은 말이 있는 것 같다. 아내는 뭔가 알아챈 듯했지만 이미 때는 늦었다. 생과 사의 경계를 지날 때 뭔가를 보고 의미를 깨닫지만 모든 것이 다 끝나 소멸하는 시점이 다가온다는 말을 전달하지 못하고 내게 동정 어린 눈빛을 남긴 건지도 모른다. 이상하게 밝은 표정이라 오히려 가슴이 에인다. 아내는 이렇게 되기 전의 시종일관 밝고 활기찼던 모습을 되찾아 온몸으로 드러내려 했던 걸까. 하지만 짧게 한마디만 남기고 의식의 지원이 끊겼기에 그 뒤에는 깊디깊은 침묵만 남았다. 그때 아내의 뒤틀린 신경이 치유되었는지 모른다. 남자는 주사를 놓은 뒤 힘이 빠져 스르르 무너져 내리는 아내의 몸을 안아 일으켜 아까 나왔던 방으로 데리고 들어갔다. 나도 얼떨결에 뒤따라 방에 들어가려 하자 남자가 뒤돌아보며 말했다.

"보호자는 들어오면 안 된다니까요."

나는 그 말을 들으면서도 내가 무슨 행동을 하는지 깨닫지 못했다. 움찔해서 멈춰 섰는데 왠지 억울한 감정이 혈관을 타고 온몸을 돌아다녔다. 마음을 가라앉히니 수치심이 눈언저리까지 올라온다.

간호사가 방에서 나와 말했다.

"저쪽 대기실에서 기다리세요."

아이들의 손을 잡고 간호사의 지시대로 넓은 방으로 갔다. 반은 다다미방이었는데 담요를 덮고 누워 있는 환자의 모습이 마치 뭍으로 올라온 해양 포유류 같다. 환자의 머리맡에 있던 보호자들은 눈을 감거나 멍하니 허공을 바라봤는데, 너무 걱정된 나머지 의식의 흐름에 따라 생각이 출렁이는 듯했다. 나도 언젠가 아내와 함께 이 같은 풍경 속에 놓인 적이 있었다. "싫어요. 싫단 말이에요." 그때 구석에서 기모노 차림의 젊은 여자

가 노래하듯 같은 말만 했다. "난 미치지 않았다니까요." 호명
된 환자는 옆방으로 갔다가 업히거나 안긴 채 돌아와 다다미에
누워 정신없이 잤다. 그 방은 첫내가 가득할 터이다. 남자는 붉
은 포대기를 동여매어 젖먹이를 등에 업고, 또 한 아이는 허리
춤에 붙어 있으라고 한 채 잠자는 아내를 물끄러미 바라봤는
데, 양복바지에 버선을 신고 있었다. 그 모습을 빤히 쳐다보던
아내가 내 귀에 입을 가져다 대고 말했었다. "내가 만약 미치
면 당신도 저렇게 간병해줄래요?"

몸집이 작은 간호사가 이동침대를 밀고 들어왔다. 이상이 생
겼을까 봐 걱정했는데 침대에 누워 있는 아내의 얼굴은 멀쩡했
다. 혈색도 좋고 피부에는 촉촉할 정도로 윤기가 흘러 오히려
더 젊어 보였다. 아내가 정신을 차리면 쇼크 후에 매우 아름다
웠다고 알려주고 싶었지만 깨어나면 다 소용없을 듯하고, 부피
가 커진 생각은 가슴에 잘 담기지 않으므로 근육에 쥐가 나고
아픔이 온몸으로 퍼진다. 빈자리에 살포시 아내를 눕히고 빌린
담요를 덮어준 뒤 머리맡에 쭈그리고 앉았다. 이곳에서는 나도
방관자가 아니라 같은 무리라는 안도감 때문인지 어깨가 가벼
웠다. 역시나 이상한 기운이 이쪽으로 휘몰아쳤고 공기가 후끈
달아오르는 듯했다. 갑자기 발생한 천재지변으로 폐허가 된 재
해 현장에 무수한 희생자를 덮은 열기가 출렁이는 가운데, 생
존자들은 아무 대책 없이 한데 모여서 오지 않을 구원을 기다
리는 형국이다. 지난 10여 년간 부부로 살면서 나는 충분히 이
해할 만큼 아내를 살핀 걸까. 아내의 얼굴을 물끄러미 바라보

고 있노라니 확신이 들지 않았다. 나는 지금까지 뭘 본 걸까. 내가 만약 미치면,이라고 아내가 말했을 때 주위에서 많은 징후를 감지할 수 있었는데도 나는 그걸 인정하지 않았다. 아내는 그때 자신의 미래를 예감하며 두려움에 떨었지만 나는 모르는 척 그냥 지나쳤다. 사실 모르는 척한 것이 아니라 아예 몰랐다. 이제 겨우 그 맥락을 파악했는데 이번에는 아내가 어둠 속에 숨어버렸다. 불그레하던 안색이 점차 가라앉고 넓은 이마도 희어지니 전반적으로 아내의 얼굴이 어려 보였다. 자꾸 입가에 게거품을 물기에 그때마다 조심스레 닦아줬다. 지금 아내의 두뇌가 어떻게 작동하고 있는지 모르지만, 결국 모든 생각이 이 작고 흰 이마 안에서 조합되었을 터인데 정신이 들면 왜 그런 지겨운 소동을 일으키는지 도통 모르겠다. 요만큼밖에 안되는 작고 좁은 부위를 누구도 지배할 수 없다는 사실이 채찍처럼 눈앞을 내리쳤다. 조용히 잠든 상태가 언제까지 지속될지 모르지만, 아내가 깨어나면 어떤 상태가 될지, 그리고 그 후에는 어떻게 집으로 돌아갈지 예측할 수 없었다.

아이들은 가끔 부모 곁에 다가와 의아한 표정으로 엄마의 잠든 얼굴을 들여다봤지만 금세 우리에게서 떨어져 자기들끼리 놀러 갔다. 신이치가 앞에 서고 마야가 그 뒤를 따르며 방 안을 뛰어다녔다. 의자 같은 것이 부딪치는 소리가 나서 돌아보니 어디서 주워 왔는지 신이치가 나무 막대기로 벽과 유리창을 탁탁 치면서 소리를 지르며 돌아다녔다. 마야도 오빠 뒤에 착달라붙어 흉내를 내며 따라갔는데, 기분이 거슬리는지 신이치가 짜증스럽게 소리를 빽 지른다.

"냥코, 그러지 말라니까."

울상이 된 마야가 내 옆으로 도망쳐 왔다.

"울지 마, 울 필요 없어. 이제 오빠 있는 데 가지 말고 여기 있자."

잠깐 내 곁에 머물던 마야는 금방 또 신이치 쪽으로 갔다. 속옷 자락이 바지 밖으로 삐져나와 있고, 복도에서 굴렀는지 옷에 모래 먼지가 잔뜩 묻어 있다. 코밑은 얼룩덜룩하고, 부드러운 다갈색 머리카락은 헝클어져 혹처럼 뭉쳐 있는데도 건사해줄 기력이 없다.

"신이치, 신이치."

불러도 대답을 하지 않는다.

"신이치, 잠깐 이리 와보라니까."

좀 엄하게 말했더니 신이치가 마지못해 내 옆으로 오긴 했지만 건성으로 흘려듣는 표정이다.

"신이치, 아빠를 봐. 냥코한테 잘해줘야지. 넌 오빠잖아. 그리고 저기를 봐, 아픈 사람들이 쉬는 곳이잖아. 그러니까 조용히 있어야 돼. 그 막대기는 버리고 얌전히 있어. 아빠는 엄마를 돌봐야 하니까, 알았지?"

그래도 말을 듣지 않고 연신 다른 쪽을 힐끔거렸다.

"신이치, 여길 봐. 아빠 말 모르겠어?"

"알았어, 알았다니까."

신이치는 눈을 위로 치켜뜨고 귀찮다는 듯이 저쪽으로 가더니 부스럭거리며 주위를 돌아다녔다. 예전에는 부모 말을 참잘 듣는 아이였는데 변했다. 신이치의 부산한 행동이 주위 사람들을 짜증 나게 한다. 살집이 좋은 신이치는 얼굴에도 밉살스러운 기색이 배어 나왔다. 부모의 어리석은 행위를 냉담한 시선으로 보는데 전과는 달리 엉큼하게 곁눈질도 했다. 거기에는 사방팔방 날뛰는 말을 어떻게 붙잡을지 난감해하는 내 모습도 있다.

이대로 아내가 깨어나지 않는다면 나는 곁에서 간호하면서 평온한 마음으로 아내와 자유로운 대화를 이어갈 수 있으리라. 아내는 약간 열기를 띤 체취를 풍기며 얌전히 자고 있었다. 언젠가는 깨어날 텐데 의식을 되찾은 뒤에는 어찌해야 할지 감이 잡히지 않아 더 두려웠다. 단 한 번의 전기요법으로 어떤 효과가 나타날까. 좋은 결과보다는 원치 않는 어두운 방향으로 예상이 기운다. 어떤 병이라도 각기 정해진 경과가 있기 때문에 의사나 약이 그 경로를 바꾸지 못할 것 같았다. 다만 일시적 위안을 위해 미약하지만 기회나 한번 만들어본 것에 불과하다. 아내가 깨어나면 그 시간은 점차 고통으로 변할 것이다. 아내가 눈을 뜨는 순간 어떤 모습을 할까. 쇼크 때 온몸에 엄청난 경련을 일으키는 것처럼 흥분을 연기해 보일까.

아내는 어떤 소동도 일으키지 않고 조용히 눈떴다. 그리고 내가 자신의 눈 가까이에 있는 걸 확인하자 앞뒤 기억이 연결되기를 기다리는 듯했다. 슬쩍 도망치고 싶었는데, 다음 순간 아내가 광기를 불러들이지 않으리라는 보장이 없다. 첫 전기요법인데 성급히 효력을 기대했는지 마음속에 초조함이 조금씩 쌓인다. 격렬한 운동을 한 것처럼 아내의 피부는 축축했고, 가습 주위에서는 금속성 냄새와 열기가 느껴졌다. 아내와 나 사이에 마음의 소통이 끊긴 건가. 설명하기는 힘들지만 상대방과 직접 교감하는 통로가 단절된 것 같아 늘 불안했다. 역시 무시무시한 불모의 세계에 교통이 가로막혔나 보다. 아내가 발작을 자제하지 못하게 된 뒤로 이따금 그런 단절감이 느껴졌지만 어느새 연결 지점을 되찾았으므로 여기까지 온 것이다. 하지만 지금은 밸브가 잠겨 가스불이 곤로 구멍을 빠져나오지 못하는 것처럼 아내의 뇌가 폐쇄되어 교통이 거기 갇혀버리지 않았나 하는 불안이 나를 위협한다.

"이제 돌아가요."

아내가 정상적인 목소리로 말하는 걸 보니 안정을 되찾은 듯했다. 안도감에 긴장이 풀렸지만 그 이면에는 어떤 상태도 믿을 수 없다는 의혹이 달라붙어 있다.

올 때의 노선대로 전철을 타면 간만에 찾은 균형을 깨뜨릴 수 있어 위험했다. 먼저 아내에게 말을 걸면 감춰놓은 지뢰를 일부러 파헤치는 격이라 입이 얼어붙어 말이 나오지 않았다. 어떤 말을 해도 오점으로 이어질 것 같다. 아내가 선택한 말이라면 가벼운 반응으로 끝날지 모르니까 내가 말을 걸지 말고 아내가 먼저 말하게끔 원격조작을 해야 한다. 온 길을 피하려면 반대 방향으로 가야 해서 많이 돌아야 한다. 숙부 댁에 갈때 하차하는 다바타역을 지나 아키하바라에서 환승해 고이와로 돌아가는 노선이 좋겠다. 매주 두 번 야간 고등학교에 출근할 때 숙부 댁에 들르는 코스인데, 아내와 아이들을 숙부 댁에 맡겨야 내가 학교에 출근할 수 있었다. 돌아오는 전철에는 승객이 별로 없어 우리 네 식구가 나란히 앉았다. 그 모습이 반대편 유리창에 비치고 그 뒤로 어두운 바깥 풍경이 흘러갔는데, 밖이 어두울수록 차창이 명경明鏡같이 선명해져 마치 남의 가족 보듯 무심코 바라봤다. 이제 저녁 시간이라 혼잡해질 텐데 혹시 인파에 시달리면 아내의 상태가 바뀌지 않을까 오로지 그것만 신경 썼다. 약효가 있으면 다행이지만 언제 또 발작할지 몰라 걱정되었다. 지친 아내는 쓰러져 자고 싶은데도 간신히 참는 듯했다. 전기충격 직후에 이런 혼잡한 곳에 오다니 너무 무모한 결정이었지만, 후회해도 별수 없었다. 의사 말대로 오늘 그냥 입원시켰으면 좋을 뻔했다. 집에 돌아간 뒤에는 어떻게 할지 막막했다.

"미호, 몸이 고되지? 조금만 참아. 집에 가면 바로 잘 수 있으니까."

위로의 말을 건네보지만 별 효과가 없다.

아내가 정신을 차릴수록 얼굴에는 점차 험악한 그늘이 드리워졌다.

제발, 집에 도착할 때까지만 참아줘, 제발. 기도하는 마음으로 겨우 집까지 왔다.

쓰러질 것 같은 피로와 탈진을 거스르며 아무렇지도 않은 척 이불을 깔고 아내를 눕히자 아내는 바로 잠이 들었다.

하지만 얕은 잠이었다. 그리 길지 않은 휴식을 취한 뒤 눈을 번쩍 뜬 아내는 모처럼 침착해진 상태를 획 뒤집더니 전보다 더한 심문 기계로 변신해 한층 거칠게 반응하며 요지부동이었다. 전기충격이 잠들어 있던 반응까지 끌어내 서로 감응을 일

으키니 더 강해진 듯했다. 먹고 싶다고 해서 된장국을 끓여줬
는데 그걸 내게 끼얹었더니 그릇과 젓가락까지 내동댕이치고 이
불 위에서 로나누시牢名主*처럼 분부를 내렸고, 눈은 엉뚱한 곳
을 두리번거리며 머리를 풀어헤친 채 억양 없는 어조로 끊임없
이 지껄였다. 아내는 지난 다섯 달 동안 끈질기게 해왔던 추궁
을 복습하듯 또 반복했는데, 이제는 내게 질문도 하지 않고 한
번 가동하면 멈춤 없이 돌아가는 기계처럼 피가 통하지 않게
철갑을 두른 듯했다. 이런 상태라면 어떻게 다시 병원에 데려
갈지 앞이 깜깜했다. 같은 말을 끊임없이 두뇌에 주입하니 나
까지 미쳐버릴 것 같아 결국 참지 못하고 큰길 약국에서 수면
제를 사 왔는데, 아내는 한바탕 소동을 피운 뒤에야 겨우 납득
하고 약을 복용했다. 어쩐지 아내에게 독이라도 마시게 한 듯
한 기분이라 침울함이 가시지 않았다. 아내가 가까스로 잠이
드니 이번에는 그 침묵이 죽음처럼 느껴져 공연히 쓸쓸했다.
차라리 실컷 떠들게 놔둘 걸 그랬다고 생각하는 순간, 사마귀
처럼 고개를 쳐들고 떠드는 아내의 모습이 망막에 눌어붙어 사
라지지 않는다.

아내는 사람도 짐승도 아닌 귀신이 되기로 자신의 거취를 정
한 듯했고, 요설과 침묵 사이의 깊은 균열이 눈앞에 어른거려
나를 미치게 했다.

---

* 에도 시대 동료 죄수를 단속하도록 선출된 고참 죄수.

제8장 아이들과 함께

뭔가 생각해내려 했지만 기억이 안 난다. 어두운 무의식의 심연에 잠들어 있던 생각이 밖으로 나오려는 걸까. 평소와 달리 뇌에 끈질기게 달라붙어 머리를 좌우로 흔들며 털어내려 했지만 소용없다. 나중에는 멀미가 날 것 같아 정신이 없었다. 의식이 바깥 네 귀퉁이에서 한없이 잡아당겨져 갈기갈기 찢기는 듯하다. 전에는 그런 적이 없어서 어떻게 멈춰야 할지 모르겠다. 불안했지만 내심 티끌 같은 안도감도 들었다. 이런 상태라면 아내의 뇌 주름에라도 들어가 그 괴로움을 함께할 수 있을 것 같기 때문이다. 그 점이 나를 다소 편하게 해준 탓인지 지독하게 친밀한 감정이 울컥 치밀어 멀미를 부추기는 듯하다. 과거에 경험했던 일에 대한 기억이 차차 떠올라 그 '지독하게 친밀한 감정'과 재회하자 뿔뿔이 흩어진 체험에 질서가 부여되고 의미가 드러나는 것 같다. 무슨 까닭인지 나를 억지로 운명적인 이야기 속에 끌어당기는 힘이 있다. 감정이 과잉되어 그런 스토리를 찾아내기 위해 내 생애가 소비되고, 그 의미를 알고 싶어 초조해하는 모습이 내 앞에 현현하는 듯하다. 지금이 좋은 기회니 그걸 확실히 기록해두자는 요량으로 머리를 숙인 채 시선을 고정하고 드러난 의미를 포착하기 위해 고심하지만 성공할 기미는 보이지 않는다. 단단한 핵이 되어 뇌 속에 던져진 순간 바로 건져내려 해도 어느덧 녹아내려 잔잔히 흐른다. 퉁퉁 불으면 의미도 모호해지므로 황급히 기록하려 했지만 그러는 사이 다음 핵이 던져지고 금세 녹아 바닥을 덮는다. 던져질 때의 선명한 윤곽은 눈 깜짝할 사이에 변하므로 실 한 가닥에 연결된 각각의 핵은 애초에 의미를 파악하지 못하면 그 운명적인 이야기를 인지할 수 없다. 이런, 낭패다. 초조함에 가슴이 답답해지자 숨쉬기도 힘들었다. 의식이 갈가리 찢기는 감각이 다시 돌아와 한계에 몰리면 이렇게 되는 듯하다. 이걸 못 버티면 방향이 확 바뀌어 반대로 가야 하므로 제각각 흩어져 버린다. 그렇게 된다면 앞으로 정상적인 상태를 회복하지 못할 수도 있다. 나까지 조현병에 걸리면 남은 아이들은 어떻게 될까 생각하니 평온했던 시절의 아내와 아이들의 모습이 눈앞에 선명히 떠올라 급격히 쓸쓸한 기분에 휩싸인다. 몸을 부딪쳐서라도 울부짖고 싶게 만드는 쓸쓸함이다. 돌이킬 수 없을 때가 오기 전에는 그 의미를 깨닫지 못하고, 현재는 언제나 뭔가를 찾느라 무아지경이다. 그렇게 과거가 증식하면 어느덧 죽음이 눈앞에 다가와 있다. 손으로 만져 확인할 수 있는 것은 무아지경에 빠진 현재뿐이지만 당장은 그 의미를 깨달을 수 없기에 매일같이 죽음의 몸을 어루만지는 셈이다. 곁눈질하지 않고 이대로 죽음 쪽에 바짝 다가서는가 싶었지만, 떨어져 나가지 않으려고 황급히 양손으로 다다미를 잡고 버텼다. 멀미를 떨치려

머리를 좌우로 흔들자 파악이 되지 않던 의미가 평퍼짐하게 무
해한 것으로 변하면서 그 위로 차곡차곡 쌓이더니 빛바랜 이야
기가 잠깐 뒷모습을 보인 뒤 깊은 어둠 속으로 사라진다.

"아빠."

그 소리에 정신을 차리고 고개를 들어보니 신이치가 이불 속
에서 휘둥그레진 눈으로 내 모습을 미심쩍게 쳐다보고 있다.

"무슨 일 있어?"

나는 어린 신이치를 안심시키려고 입가에 웃음을 지었다.

"아무것도 아니야."

"걱정이야. 엄마가 없으니 불쌍해."

"넌 그런 걱정 안 해도 돼. 아빠 걱정은 요만큼도 할 필요 없
어. 여기 좀 봐."

상체를 들고 양손으로 주먹을 쥐어 흔들었다.

"하지만 엄마가 없으니 역시 쓸쓸해. 엄마는 지금 병원에서
뭐 하고 있을까? 자고 있을까?"

신이치 옆에 나란히 깔린 작은 이불에는 볼이 발그레해진 마
야가 자고 있었다. 마야는 가끔씩 얼굴을 찡그리며 입을 삐죽
내밀고 기침을 했다. 고질이 된 듯 소리도 인후 안쪽에서 나는
듯했다. 메마른 기침 소리가 걱정되어 실비진료소에 데려갔는
데 의사는 등 쪽에 쌓인 가래가 원인이라고 했다.

"잠이 안 오는구나. 신이치, 아빠가 재워줄까?"

이불 속에 들어가 잠시 망설이다가 신이치를 끌어당겨 두 다
리로 신이치를 감싸며 안아주었다. 그러자 마음속에 담아둔 비
밀을 털어놓듯 신이치가 말했다.

"엄마랑 잘 때도 그랬어."

어둠 속에서 뭔가 몰캉한 것을 짓밟은 기분이었다. 갑자기 몸이 뻣뻣이 굳어 무심코 신이치의 얼굴을 쳐다보았다. 넓고 흰 이마와 입가, 붉은 입술이 아내를 쏙 빼닮았지만 아내와는 별개의 존재다. 오히려 딸인 마야가 엄마를 닮지 않았다. 아내가 만약 조현병이라는 확진을 받으면 앞으로 아내와 판박이인 신이치를 볼 때마다 어떻게 반응할까 생각하니 마음이 약해진다.

신이치는 꾹 참으며 봉사하는 마음으로 내게 안겨 있는지도 모른다. "오늘은, 나, 돗코짱 엄마와 오래 이야기를 했어. 가정 사정에 관해서 말했는데, 괜찮지? 그러는 게 좋을 것 같았어. 우리 집 가정 사정 말이야."

내 얼굴을 똑바로 쳐다보는데 눈이 부셔 바로 대답이 나오지 않았다. 나는 간신히 마음을 가다듬고 나서 말했다.

"이미 돗코짱 엄마한테 이야기한 건 어쩔 수 없지만 앞으로는 아무한테도 말하지 마. 우리 가정 사정은 아빠랑 엄마랑 신이치랑 냥코, 넷만의 소중한 비밀이야. 알겠지? 절대 다른 사람한테는 알려주지 않기다."

목소리가 떨렸다.

"밤이 늦었으니까 자고, 내일 다시 얘기하자. 자, 코하자."

떨리는 목소리를 감추려고 아내가 하는 것처럼 아이의 눈꺼풀을 내 집게손가락으로 쓸어내리며 노래를 불러줬다.

"눈을 감으면, 코 잠이 와!"

신이치는 작은 새처럼 눈꺼풀을 파닥이며 입을 꾹 다문 채 자려고 애썼다.

"내일은 냥코와 셋이 엄마한테 가자."

아내에게 면회 가는 것이 과연 치료에 좋을지 의문스러웠지만 주치의가 허락한다면 매일이라도 가야 한다. 아내는 외부에 보이는 모습으로 애정을 가늠하기 때문이다. 만약 애정이 있다면 매일같이 만나러 오고 매일같이 편지를 보낼 거라 믿어 의심치 않았다. 나 역시 하루라도 만나러 가지 않으면 아내의 고뇌가 변질될까 불안했지만 매일 병원에 가는 건 쉽지 않다. 하지만 정상적인 생활을 포기하니 병원에 가는 것 말고는 별다른 의욕이 생기지 않았다. 무슨 일에 착수한들 길게 지속할 수 없었기에 병원에 가는 것이 내 업무의 전부 같았다. 생활비를 벌기 위해 하는 일조차 내게는 고통이다. 일주일에 이틀만 나가는 야간 고등학교 수업이나 매문賣文을 위한 글쓰기도 빛이 바래고 마음이 떠나 어쩔 수 없이 대충 때울 뿐이다. 글 쓰는 일은 적극적으로 알아보지 않으면 꾸준히 일을 받을 수 없는데 지금은 그럴 여력이 없다. 원고 의뢰는 이미 한참 전에 끊겼지만 세상에 나가 새로운 관계를 맺는 것은 망설여진다. R쇼보에서 내주기로 한 단편집의 교정쇄가 나왔지만 출판사 방침 때문에 인세를 기대하기는 힘들었다. 입원비나 생활비 등 당장 형편이 어려웠지만 집이 팔리면 매매 대금으로 충당하면 된다고 생각해서인지 다른 생각을 할 여력이 없었다. 다만 집이 곧장 팔리지는 않을 것 같아 걱정되긴 했다. 전 소유자가 분쟁에 연루되어 행방을 감춘 탓에 등기가 불안정한 상태로 몇 사람의 손을 거쳤는데, 새로운 매수인이 거래할 때 그런 사정을 양해해줄지 걱정이다. 나는 지금 바다 한가운데의 난파된 배에서 노를 젓는 것이나 다름없다. 수영을 못하기 때문에 혹여 다시 해안 가까이 가더라도 배를 버리고 바다에 뛰어들 결심이 서지 않는다.

신이치의 단벌 외출복이 낡았는데도 새로 사주는 것이 내키지 않아 더러워진 신발만 역 앞에서 닦아줬다. 아내는 마야의 긴 머리를 매일 뿔처럼 땋아줬는데 나는 그렇게 못 할 것 같아 이발소에 데리고 가서 잘라줬더니 어른스러워 보이는 낯선 얼굴이 되었다. 간단히 입고 벗을 수 있는 벨벳 바지와 상의 한 벌도 사줬다. 아내에게 가져다줄 보따리를 왼손으로 들었기에 오른손은 마야의 손을 잡고, 신이치는 왼쪽 바지 주머니를 붙들게 했다. 나나 아이들이나 입을 꾹 다문 채 우울한 얼굴로 전철에 실려 병원에 갔다.

하루걸러, 때로는 매일같이 가는 길이지만 병원으로 향하는 발걸음이 가벼울 리 없었다. 아픈 사람 앞이라 표정 관리를 해야 할 뿐 아니라 아내가 내게 보이는 처사는 기쁨과는 거리가 멀었다. 지하실처럼 어두운 복도로 들어갔을 때, 눈앞에서 병실 문이 활짝 열리고 갑자기 새빨간 것이 튀어나오더니 곧바로 종종걸음 치며 다시 안으로 사라지는 바람에 당혹스럽고 괴이한 감정이 공기 중에 어지럽게 남았다. 분명 소녀 같았는데 짧게 머리가 깎여 있었다. 그 충격 때문인지 병실 문을 여는 것도 잠시 망설여졌다. 손잡이를 돌려 앞으로 당기니 침대에 누운 아내가 맥없이 축 처져 있는 모습이 한눈에 들어왔다. 발작을 할 듯이 잔뜩 어두운 얼굴로 의혹의 눈길을 보내며 나를 심판하기 위해 기다리는 모습을 예상했으나 아내는 작은 머리를 커다란 베개에 파묻고 마치 숨이 끊긴 사람처럼 누워 있었다. 햇볕을 쬐지 못해서인지 얼굴은 투명할 정도로 창백했고 눈가에 그렁그렁 눈물을 머금고 있었는데 힘이 하나도 없어 보였다. 확실히 아내의 얼굴은 평소와 달랐고, 남편과 아이들이 왔는데도 아무 반응 없이 이 세상 것이 아닌 사고를 좇는 것처럼 보였다. 결국 돌이키지 못할 지경에 이르렀나, 평소 우려하던 일이 벌어졌나 싶어 몸이라도 흔들어볼 요량으로 머리맡으로 다가갔다.

"미호, 미호." 이름을 불렀더니 가까스로 내 쪽으로 얼굴을 돌렸는데, 흐릿한 초점을 맞추려는지 잠시 멍하게 있다가 억양 없이 한 음절씩 천천히 말했다.

"당신 이제 안 올 줄 알았는데."

"왜 또 그런 말을……"

나는 말문이 막혔다.

"이렇게 왔잖아. 하루만 안 와도 나는 쓸쓸해서 못 견뎌. 마음이 갈기갈기 찢어지는 것 같아. 신이치와 냥코도 데리고 왔어."

아내의 생각이 발작 쪽으로 기울지 않도록 소용없더라도 속히 말해보는데, 아이들은 아랑곳하지 않고 침대 발치에 멀찍이 서서 이상한 눈초리로 바라볼 뿐 아내에게 다가오지 않는다.

"신이치, 냥코. 이리 와서 엄마한테 인사해."

아이들을 불러 손을 쥐여주려는데 아내의 손은 부드럽기만 할 뿐 힘이 전혀 느껴지지 않는다. 입원 전에 눈을 번뜩이며 사마귀처럼 마른 몸을 꼿꼿이 편 채 밤낮없이 진상을 규명하던 아내의 모습은 연상할 수 없을 정도였다. 머리를 땋아 늘어뜨린 모습 때문인지 번뇌를 견디지 못해 찌부러진 것처럼 아이 같은 무력함이 한층 배어 나왔다. 혹시, 하는 생각이 들었다. 전기쇼크 치료 때문에 감정의 뿌리가 꺾였는지도 모른다. 자신을 다 잃어버린 채 몸을 웅크리고 있는 아내의 시든 모습이 내 눈에 각인되는데 지금까지 아내에게서 보지 못한 아름다움이 느껴져 이상했다. 아내가 발작하지 않던 시절에도 보지 못한 아름다움이다. 딴 데 마음을 빼앗겨 집을 도외시하던 남편을 섬기며 어쩔 줄 몰라 굽신거리던 때의 여윈 모습과도 달랐다. 한동안 집안일에서 멀어진 아내는 아름답게 변해 있었다. 두 손 들고 아내에게 다가가고 싶다는 감정이 자연스레 들었다. 그런 마음도 꽤 오랜만이라는 걸 깨달았는데, 보상받을 길 없는 희생이 그 사이에 가로막고 있어 유감이다. 깨달음은 늘 청춘이 지나버린 뒤에나 도착해 쓸쓸히 회한에 둘러싸이는 것 같다. 아내도 나도 아직은 늙음을 이해할 수 있는 나이가 아닌데도 늘 만년晩年인 기분이라 요상하다.

"왜 며칠이나 안 왔어요? 당신이 너무 안 와서, 화가, 계속 화가 났었어요."

그 말을 들었을 때 나 자신을 용서하려던 마음이 돌연 쪼그라들어 평소처럼 방어 자세를 취했다. 나를 보자 복잡한 마음을 추스르지 못해 들이받을 대상을 떠올리고는 히스테릭하게 공격하기 위해 태세를 바꾸는 아내의 모습을 보았기 때문이다.

"오지 않은 건 어제뿐이잖아. 야간 학교에 출근하는 날이기도 했고, 빨래가 쌓여 있어 다 하고 나니 이미 저녁이었어. 매일 오면 오히려 병세에 안 좋을까 봐."

나도 모르게 변명을 하고 만다.

"이제 안 와도 돼요. 당신은 당신 길을 가요. 대체 이렇게 돈 많이 드는 병원에 왜 나 같은 사람을 집어넣은 거예요? 사실은 돈이 아까워죽겠죠? 솔직히 말해봐요. 이제 와서 쓸데없이 돈을 쓰는 속셈이 뭐예요. 난 혼자서 섬으로 돌아갈 생각이었어요. 여기는 미친 사람들 오는 병원인데도 열쇠를 채워놓지 않으니 언제라도 탈출할 수 있다고요. 아예 약을 마시고 죽어버릴까."

"그런 말 하지 마, 미호. 여기 선생님이 분명 예전처럼 낫게 해주실 거야."

"어머, 난 대체 무슨 병인 거죠? 난 병이 아니라고요. 당신이 불편하니까 이런 곳에 나를 가둬두고 집에 가서 제멋대로 살려는 거겠죠. 틀림없어요. 난 다 알아요. 당신, 우체국에는 왜 자꾸 가는 거예요? 그렇게 개랑 연락하고 싶어요?"

"우체국에 자꾸 가지 않아. 그냥 당신에게 오는 길에, 그 R쇼보 단편집 있잖아, 그 교정지를 편집자에게 보낸 거지."

"하지만 매일 밤 아방과 어멍이 와서 도시오는 무책임하게 거짓말하는 사람이니 조심하라고 알려준단 말이에요."

"그렇지 않대도."

"나한테는 고작 엽서밖에 안 보내잖아요. 그것도 내가 말해서 어쩔 수 없이 보낸 거죠."

"다음에는 편지를 보낼게."

"봐요, 내가 말을 해야 그런 대답도 하잖아요. 당신은 내가
말하지 않으면 자발적으로는 아무것도 안 하는 사람이죠. 이제
안 와도 돼요. 의무적으로 오는 거 보고 싶지 않아요. 오지 말
아요. 당신 얼굴 보기 싫어졌어요. 이제 됐으니 돌아가요."

얼굴을 붉히며 아내가 나를 노려봤다.

"그럼, 오늘은 돌아갈게. 내일 또 올 거니까. 또 필요한 거 없
어? 비누통이랑 탈지분유, 립스틱 같은 거 가지고 왔으니 여기
두고 갈게. 다른 것도 필요하면 말해."

나는 할 수 없이 그렇게 말하고 돌아가려 했다. 이대로 가면
아내의 기분이 괜찮아질 리 없겠지만, 곁에 있더라도 흥분을
가라앉힐 방법은 없다. 뒤에서 누가 머리채를 잡아당기는 것
같지만 담당 간호사에게 부탁하고 병원을 나왔다. 건물 뒤편을
통해 정문으로 나오니 넓은 구내를 따라 한쪽으로 나 있는 길
로 걸어야 했다. 반대편 절벽 아래 터널 앞에는 골짜기처럼 국
철 전용 철로가 있었다. 아까와 마찬가지로 흙먼지가 일어나
는 지루한 길을 한참 가야 했는데, 양쪽에 아이들을 하나씩 매
달고 걸으니 아까는 갇혀 있던 권태가 몸에 퍼지는 탓에 피로
가 확 몰려와 걷기도 싫을 정도로 수세적인 기분에 사로잡혔
다. 절벽 아래의 철로를 왕복하는 열차 바퀴 소리가 바닥부터
지축을 흔들어대며 울리는데 그 건실한 운행이 허탈하게도 오
히려 나를 밀어낸다. 마야의 손을 잡은 오른손도 신이치가 붙
잡은 왼쪽 바지 주머니도 송장을 끄는 것처럼 무거웠다. 다 떨
쳐버리고 큰 소리로 고함치며 혼자 아무도 모르는 곳으로 도망

치면 얼마나 편할까. 마음만 먹으면 언제라도 그럴 수 있다고 생각하니 이상하게 흥분된다. 하지만 그것도 잠시뿐, 나는 그런 생각도 지속할 수 없었다. 아직 어려서 의지할 데라고는 아빠밖에 없는 아이들의 꾀죄죄한 모습을 보니 마치 내 무능력을 눈앞에 끄집어내서 확인하는 기분이었다. 스스로 갈증을 해소하지 못하고 허우적대던 기나긴 옛 세월 때문에 이런 상황이 만들어진 것은 변함없는 사실이기에 드러난 죗값을 다른 사람에게 치르게 할 수는 없는 노릇이다. 하지만 혼자서 얼마나 견뎌낼 수 있을지 불안했다. 과거를 인정하고 변해야 하지만 어디로 고개를 돌린들 좌절한 얼굴밖에 보이지 않는 데다가 한술 더 떠 그 얼굴들이 나를 경멸하는 데 일조한다. 그 마음을 아무한테나 호소할 수도 없을뿐더러, 아무 걱정 없이 밖에 나다니며 대화를 나누는 세상 사람들을 도무지 이해할 수 없어 나도 모르게 깊은 한숨이 나오고 눈물이 뺨을 타고 흘렀다.

하다못해 집에 남은 세 식구만이라도 사이좋게 똘똘 뭉쳐 외부의 적에 맞서야 하지만 어린아이들은 전혀 개의치 않는다.

신이치는 마야 뒤에서 매달리다시피 하며 걸었다. 마야가 피하면 오히려 등을 밀어 넘어뜨리고는 미간을 찌푸리더니 입을 삐죽거리며 볼썽사나운 표정으로 말한다.

"왜 빨랑빨랑 안 걷는 거야."

마야는 잠시 뜸을 들이더니 소리를 빽 질렀는데, 그러면서도 도망가지 않는 걸 보니 일부러 신이치에게 달라붙는 듯하다.

"마야, 그런 이상한 소리 내지 마."

주의를 주는데도 또 새된 소리로 말한다.

"옵빠가 냥코를 때려."

"신이치, 냥코 때리지 마. 너보다 어린 여자아이를 괴롭히면 못써."

내가 말한다.

"냥코가 잘못했거든."

"너는 오빠잖아. 동생이 떼를 쓰더라도 네가 좀 봐줘야지."

"하지만 냥코가 잘못했어."

"냥코가 뭘 어쨌는데."

"내 구슬을 가져갔어."

"냥코, 오빠 구슬 가져갔어?"

"냥코는 돌려줘써."

"돌려줬다고 하는데?"

"던져버렸나 봐. 어디 숨었는지 구슬이 모자라."

"마야, 그런 거야?"

"쫌 빌려쩌."

사태가 예상치 못한 방향으로 진행되자 겁이 났는지 마야의 눈시울이 빨개졌다.

"그래, 알았어. 냥코, 말도 안 하고 다른 사람 물건을 빌리면 안 돼."

부드럽게 말했더니 마야가 얌전히 고개를 끄덕이며 수긍한다.

"알았지?"

"알아쩌."

"오빠한테 사과해."

"먄해."

마야가 금방 사과한다.

"신이치도, 그깟 일로 동생 괴롭히면 안 돼."

신이치는 여전히 입을 삐죽거리며 잠깐 나를 흘겨봤다.

서재에서 보다 만 교정을 이어서 보는데 마야가 또 찢어지는 듯한 소리를 낸다.

"신이치!"

나는 흥분해서 일어섰다.

"아빠가 아까 말했잖아. 생각 안 나?"

안방과 현관 사이의 작은방에서 신이치는 비틀고 있던 마야의 팔을 난폭하게 놓았다.

"마야도 참 마야다. 왜 그렇게 오빠한테 달라붙어. 곁에서 떨어져. 얼른 떨어지라니까."

나 자신도 거부감이 드는 거친 목소리로 그렇게 말한 뒤 억지로 마야의 팔을 잡아당겨 멀리 떼어놓았다. 위를 쳐다보고 있던 신이치는 한 바퀴 획 돌더니 허공만 보며 부루퉁한 모습을 보인다.

"신이치, 앉아. 아빠가 할 말이 있어."

그 말을 듣고도 신이치는 꼼짝하지 않았다.

"신이치, 착하지. 우리가 어떤 상황인지 넌 알잖아. 지금 중요한 건 모두 사이좋게 지내며 엄마의 병을 치료하는 거야. 그럴 마음으로 아빠도 이렇게 최선을 다하고 있어."

신이치는 말없이 계속 허공만 쳐다봤는데 얼굴에서 풍기는 인상이나 표정이 아내와 무척 닮아 기분이 이상했다. 얼굴의 예리한 각이, 아니 그보다는, 말로 표현하기 힘든데 하여간 내 형제의 얼굴을 볼 때도 들지 않는 감정이었다. 내게는 미지의 영역이라 당장 아내를 마주 보고 이야기해야 할 것 같았다. 그걸 신이치에게서 확인하고는 좀 흥분했다.

"너, 아빠가 이야기하는데 태도가 그게 뭐야, 똑바로 일어나서 들어."

눈을 부릅뜨고 말하는데도 신이치가 자세를 바꾸지 않기에 손이 가는 대로 목덜미를 잡아 억지로 일으켰지만 흐느적거리며 똑바로 서지 않았다. 급기야는 발작하는 것처럼 눈을 뜨는 바람에 기겁했다.

"신이치, 그게 무슨 흉내야. 너까지 그런 흉내를 내면 어떻게 해. 너, 그러면 아빠가 진짜로 화낸다. 그만두지 못해?"

그렇게 야단을 치는데 내 몸이 떨리는 게 느껴졌다. 왜 떨리는지는 알 수 없었지만 하여간 똑바로 서 있지 못할 정도로 부들부들 떨렸고, 멈추려 해도 멈춰지지 않아 섬뜩할 지경이다. 내가 뭔가 열심히 하려고 하면 상궤를 벗어나 영문 모를 곳으로 떨어지곤 한다. 이제 습관이 되었는지 힘만 주어도 근육에 쥐가 나는 것처럼 마음이 뒤집힌다. 그걸 막기 위해 마음을 편히 먹고 어깨에 힘을 뺀 뒤, 일부러 과거의 배신을 추궁당하고 아내에게 뺨을 맞던 내 볼썽사나운 모습을 떠올리며 양 손바닥을 얼굴로 가져가 아래로 쓸어내린다. 그렇게 쓸어내렸으니 이제 표정도 바뀌었으리라.

"이런 짓 이제 하지 말자. 신이치, 너도 제발 그만둬. 아빠가 부탁할게(신이치는 종종 아빠, 부타캐, 이제 **가정 사정** 같은 거

하지 말아줘,라고 말했다). 입을 내밀고 소란 피우는 건 하지 말
자. 그러니까 이제 그런 표정 짓지 마. 냥코도 이리 와봐."

미심쩍은 얼굴로 내 옆에 온 마야와 신이치를 안아주며 말
했다.

"알았지? 이제 매일 웃으며 사는 거야. 모두 사이좋게 지내
자. 아빠는 신이치와 마야를 혼내지 않을 테니 신이치는 동생
을 귀여워해줘. 냥코도 오빠 말 잘 듣고, 뭘 빌려 갈 때는 꼭
말해야 해. 우리 셋이 함께 엄마 병문안 가서 빨리 엄마 나으
시라고 하자."

마야는 즐겁게 웃었지만 고개를 돌리고 있던 신이치는 내 팔
에서 빠져나가고 싶은 모양이다. 어린 시절, 어느 날 어머니가
양동이에 소지품을 넣고는 당시 살던 고베 집 뒤편 창고 사이
의 좁은 골목으로 나가 혼자 시골로 도망치신 적이 있었다. 밤
이 되자 아버지가 남은 자식들을 끌어안고 우셨는데 그 장면이
떠올랐다. 그때 내가 아버지에게 느꼈던 것처럼 신이치도 자기
아버지의 이미지가 쪼그라드는 것을 환멸할 터이므로 품에 안
겨 있긴 해도 피부가 뻣뻣해져 주체하기 힘들 거라 생각했다.

서재 책상에 앉아 교정지를 펼쳐놓고 교정을 봤다. 내 소설
의 빈약함에 기운이 빠져 멍하니 있는데, 옆집 가네코네 마당
쪽에서 다급하게 뛰어오는 신이치의 발소리가 들렸다. 신이치
가 창밖에 멈춰 서서 말했다.

"아빠, 냥코가 코트를 버렸어!"

그렇게 외치고 달려가기에 창을 열고 신이치를 불러 세워 물

었다.

"신이치! 어디다 버렸는데?"

"몰라."

신이치는 시치미를 떼며 판자 울타리 쪽 골목으로 나갔다. 창을 통해 신이치가 가네코네 마당을 지나 놀이 친구가 있는 아오키네로 가는 모습이 보였다.

"마야, 마야."

마야를 불렀더니 집 뒤편 철공장 쪽에서 불쑥 나왔다. 바지는 흘러내려 배가 다 보이는 데다가 코 주위는 꾀죄죄하고 짧게 자른 머리는 빗질을 하지 않아 헝클어져 있다.

"마야, 이리 좀 와봐."

마야가 경계하듯 다가오는데 이미 눈시울이 붉어져 있다. 그런 모습을 보니 가슴이 저릿저릿하다.

"어디야? 아빠한테 말해줘. 코트를 버렸다며."

"멀라."

"모른다고 하면 안 되지. 오빠한테 들었어. 혼내지 않을 테니 어디에 버렸는지 말해줘."

"멀라."

"거짓말하지 말고, 제대로 말해. 버렸지?"

마야가 꾸벅 머리를 숙인다.

"어떤 코트?"

"멀라."

"아빠 화 안 낼게. 코트를 버리면 아깝잖아. 그러니까 아빠랑 같이 찾으러 가자. 어디다 버렸는지 기억하지?"

나는 마야를 데리고 골목으로 나갔다.

"버린 곳으로 아빠를 데려가줘. 어느 쪽이야?"

"쩌어기."

그렇게 말하고 걸어가는 마야의 뒤를 쫓아갔다. 문을 나가 활 모양으로 돈 뒤 골목 오른쪽 갈림길에서 또 오른쪽으로 돌아 영화관 뒷문을 지나더니 역 앞 큰길로 나간다. 자전거 거치대를 지나는데 가죽점퍼를 입은 남자가 가게 앞에 서서 멍하니 밖을 바라보고 있다. 그 길을 지날 때마다 어쩐 일인지 그 남자가 밖을 보고 있는 모습을 본 듯했다. 아내를 뒤쫓아 왔을 때도, 반대로 아내가 철로 옆에서 감정이 북받쳐 울던 나를 데리고 집에 돌아갈 때도, 그는 물끄러미 우리를 바라봤다. 이번에는 딸과 또 문제가 생겼군. 그런 생각을 하며 나를 바라보는 듯했는데, 마야가 그 앞에 멈춰 도랑을 가리켰다.

"요기."

하지만 아무것도 보이지 않았다.

"여기,라고 했지만 아무것도 없네. 정말 여기다 버린 거야?"

다시 물어보았더니 또 "쩌어기"라고 말하며 걸어간다.

역 앞 큰길에서 광장으로 나갔는데도 마야는 계속 걷기만 했다.

"냥코, 어디 가는 거야. 자꾸 저기, 저기 하며 거짓말하는 거 아냐? 대체 어디다 버린 거야?"

"요기."

"또 그렇게 말하네. 여기는 길 한복판이야. 이런 곳에 버릴 리가 없잖아. 어디다 버렸는지 제대로 기억하는 거야? 그렇게 엉터리로 말하면 아빠 정말 화낸다, 알겠어? 냥코랑 오빠 놔두고 아빠 어디 멀리 가버릴 거야."

그 말을 하고는 무심코 주위를 돌아봤다. 멀리,라는 단어 이면에 앙금처럼 과거의 기억이 남아 있어 무의식적으로 그런 말을 한 걸까. 그늘을 숨긴 채 끝까지 미소 짓는 얼굴로 배웅하던 아내의 형상이 검게 눈앞을 가려 해가 기운 줄 알았다. 말을 그렇게 했으니 마야에게 등을 돌려 역 쪽으로 걸어가지만 거기에도 영혼을 쉬게 해줄 장소는 없다. 잿빛 판자처럼 가는 길마다 인간관계의 두려움이 가로막고 있어 그쪽을 향해 터벅터벅 걸어가는 내 뒷모습이 확연히 보였다. 그런 내 등을 어린 마야도 봤을 것 같아 변명하려고 뒤돌아봤다. 울상을 지으며 따라올 줄 알았는데 마야가 보이지 않는다. 큰일이다, 아이가 없어졌다. 문득 불길한 생각이 들면서 방금 전까지 함께 있었던 사실조차 거짓 같다. 광장 한복판이라 어느 쪽으로 가더라도 눈에 띌 것이다. 순간 당황했으나 마음을 가라앉히고 조심스레 주위를 둘러보았다. 뜻밖에도 앞쪽 철로 변 길에서 연신 뒤를 돌아보며 상체를 구부린 채 열심히 도망가는 마야의 모습이 조그맣게 보였다. 언제 거기까지 갔을까. 집으로 가는 골목과는 반대 방향이었다. 왜 거기로 가려 한 걸까. 빠른 걸음으로 다가가니 마야가 깜짝 놀랐는데, 휘둥그레진 눈이 충혈까지 되어 있었다. 마야는 일단 재앙을 피하려는 듯 심각한 얼굴로 걸음을 재촉했다.

"냥코! 위험하니까 거기 서."

붙잡으니 겨우 포기하고 멈췄지만 남을 보듯 멍한 눈으로 쳐다봤다.

나는 충격을 받았다.

"냥코."

이름을 부르고 나니 더 이상 말이 나오지 않는다. 급히 뛰었더니 심장박동이 빨라져 진정시키려 호흡을 가다듬었다.

"냥코, 너 어디에 가려던 거야. 바보같이. 거기로 가면 아무 것도 없어."

마야는 침묵했다.

"그럼 집에 돌아갈까? 저쪽에 뭐가 있다고 생각했어? 엄마 있는 데 가려던 거야?"

마야는 대답을 못 하고 멍하니 서 있다. 스스로도 왜 도망쳤는지 모르는 게 분명하다. 내가 어디로 가버린다고 하니 그에 대한 반응으로 열심히 도망친 건가. 마야는 전에 아내에게 혼날 때도 엄마 바보, 엄마한테 이르꺼야,라고 말한 적이 있다. 마야는 나를 쫓는 대신 내가 도망치지 못하게 자신이 엉뚱한 방향으로 뛰어간 것이다.

나는 길 한복판에 주저앉아 마야에게 등을 내밀었다.

"자, 어부바."

마야는 얼른 내 등에 몸을 기댔다.

"마야, 아까는 말이야, 어디다 버렸는지 잊어버렸던 거지? 그러면 잊어버렸다고 말하면 되잖아, 어디 버렸는지 모르겠다고. 그랬으면 아빠는 요만큼도 혼내지 않았을 거야. 바보같이 왜 그랬어. 하지만 이제 됐어. 많이 놀랐지? 아빠도 깜짝 놀랐어. 마야가 계속 저기로 뛰어갔잖아. 그쪽에 뭐가 있어? 혼자서 가본 적 있어? 왜 집으로 돌아가지 않고 저기로 간 거야? 아빠가 무서워? 무섭지 않지? 정직하게 똑바로 말하면 아빠는 혼내지 않을 거야. 냥코가 엉터리로 말하니까 어디 가버린다고 한 것뿐이지. 미안해, 이제 아무 데도 안 가. 그런 말도 하지 않을게."

걸으면서 계속 등 뒤를 힐끔거리며 말을 시켜도 마야는 대답하지 않고 잠자코 있다. 나는 내 행동이 위험한 방향으로 치우치는 것 같아 불안하고 자신이 없어졌다. 가까스로 위험한 지점에서 멈췄지만 언제 제동을 걸지 못할지 알 수 없었다. 어딘가 어긋났는지 나는 정상적인 심성이 작동하지 않았다. 바르지 못한 내 생활이 아이들에게 악영향을 미쳤을 텐데 어떻게 그걸 찾아내서 바로잡을지 암담했다. 구부정한 자세로 뒤를 돌아보고 또 돌아보며 열심히 도망치던 마야의 조그만 모습이 눈앞에서 사라지지 않는다.

그날 밤, 신이치와 마야를 데리고 가까운 목욕탕에 갔다. 여탕 쪽에서 대야를 부딪치는 소리가 맑고 높게 천장에 튕겨 남탕 깊숙이까지 전달되는 바람에 전에 아내와 함께 왔을 때처럼 옆자리 주부들과 수다를 떠는 아내의 그늘지지 않은 목소리가 들리는 듯하다. 남의 소문이 아니라 상대방이 데리고 온 아이들에게 관심을 보이거나 등에 물을 끼얹어주고 목욕물 푸는 걸 도와주며 건네는 단편적인 말들에 불과했지만, 아내는 남탕까지 들리게 큰 소리로 말했다. 발작에서 헤어나지 못할 때조차 목욕탕에 오면 내게 그 소리를 들려주기 위해 늘 애썼다. 아내는 옆에서 도와주지 않으면 이웃들과의 교류도 서먹해할 정도였지만 나는 한참 동안 아내의 여린 성격을 깨닫지 못했기에 마음을 써주지 못했다.

먼저 아이들을 씻긴 뒤 내 몸을 씻고 있는데 역 앞 약국의 약사가 두 딸을 데리고 들어왔다. 그는 여느 때처럼 첫째 딸만 무릎에 앉히고 정성스레 비누질하며 씻겨줬다. 초등학생인 첫째는 제멋대로 떠들어대고 몸을 비비 꼬며 떼를 썼지만 다 씻길 때까지 그가 놓아주지 않았다. 아직 취학 전인 둘째 딸은 아버지에게 관심도 못 받았지만 옆에서 목욕물 푸는 것을 도와가며 틈틈이 자기 몸을 능숙하게 씻었다. 허옇게 살찐 약사 옆에 발육이 시작된 자매의 다부진 몸이 나란히 보여 눈을 돌렸다. 아내가 그랬듯 두 아이를 씻기느라 녹초가 되어 목욕탕을 나왔다. 아내는 아이들을 재우기 전에 뾰루지가 생기지 않았는지 알몸을 잘 살펴보며 보라색 물약을 발라줬다. 나도 아내처럼 불퉁이다,라고 말하며 약을 발라주고 있노라니 여기저기 아내가 걸어간 흔적이 보이는 듯했다.

아내의 조현병 여부를 확인하기 전에는 마음이 놓이지 않았다. 입원할 때 조현병이 의심된다고 주치의가 주의를 줬는데, 필요한 검사를 끝마쳐야 확실한 진단이 가능하다고 했다.

그동안 아이들을 데리고 여러 번 병원에 갔다. 어떤 때는 희망을 가져도 될 것 같았지만 어떤 때는 더 악화된 것처럼 보였기에 마음이 붕 떠 계획을 세울 수 없었다. 아내는 애써 평정을 유지하는가 싶다가도 마구 윽박지르며 힐책하기도 했다. 전처럼 남편에 대한 절대적인(아내는 늘 이 형용사를 써서 말했다) 신뢰는 가질 수 없으니 죽을 수밖에 없다며 그 말이 끝나기 무섭게 이미 셀 수 없을 정도로 많이 반복해온, 내 과거에 대한 심문을 시작했다. 아내는 예상했던 대답을 들으면 버럭 화를 내며 뺨을 때렸는데, 나는 피하지 않고 늘 왼쪽 귀를 맞았다. 고막이 안으로 함몰되어 아픔이 가시지 않았지만 과거를 잊지 않게 하려는 징표라 생각하기로 했다. 자르는 시늉만 했던 왼쪽 새끼손가락에 감긴 붕대도 내가 어떤 인간인지 잊지 않기 위해 남겨놓은 것이라 통증이 느껴지는 듯해서 풀 수 없었다.

아내는 간병을 담당한 간호사가 싫다며 일반 간병인으로 바꿔달라고 하소연했는데 간호사도 계약 해지를 원한다는 뜻을 비쳤다. 처음에는 환자를 위로하기 위해 자신도 남편에게 배신당했다고 거짓말했지만 더 이상 견디기 힘들뿐더러 환자와 성격이 안 맞아 일을 할 수 없다고 했다. 함께 찍은 스냅사진도 아내 쪽은 잘라버리고 자신이 찍힌 부분만 가지고 간 모양이다. 할 수 없이 계약을 해지했지만, 아내가 원하는 대로 간호사가 아닌 사람들 중에 적당한 간병인은 바로 구하기 힘들 듯했다.

입원한 뒤 열흘쯤 지났을 때 주치의는 조현병이라는 의심은 일단 거두고, 굳이 명명하자면 심인성 반응이라는 진단을 내렸다. 향후 치료 방침이 불분명한 데다가 호전되는 기미가 보이지 않아 실감되지 않았지만, 어쨌든 가장 두려워하던 상태는 아니었기에 답답한 가슴은 좀 풀렸다. 만약 조현병이라면 아내가 예전처럼 회복되지 못할 거라는 두려움이 있었다. 아내가 선천적으로 어떤 기질이든 아내를 위험한 곳에 내몬 내 행위는 속죄할 수 없겠지만 영겁의 형벌은 잠시 유예되었다. 어쨌든 내게는 아직 인내가 남아 있으니 시간이 아무리 오래 걸리더라도 아내에게 평범한 일상생활을 반드시 찾아줘야 한다. 그 때문에 앞으로의 삶이 의욕적으로 느껴질 정도였다.

다음 날 역 앞 공중전화로 Y 교수에게 연락했다. 친구 D의 스승인 Y 교수는 아내가 입원한 병원 의국에서 근무한 적이 있는데, D가 부탁했더니 병세의 경과에 대해 숨김없이 결과를 알려주기로 했다는 것이다.

"어쨌든, 분명히 말씀드리면, 당신 부인의 경우, 역시 의심이 됩니다." 수화기 속에서 들리는 Y 교수의 목소리는 부자연스러워 처음에는 의미가 잘 파악되지 않았다. 바로 어제 조현병이 아니라는 말을 들었다. 나는 당황해서 잘못 들은 건 아닌지 Y 교수에게 되물었다.

"의심이 된다고 하신 게, 조현병 말씀하시는 건가요? 그런 의심은 풀렸다고 들었는데요."

"그게 말이죠, 확정적인 진단은 반년 정도 상태를 지켜봐야 내릴 수 있습니다. 다만 신경과 소견으로는, 일단은 그렇게 봐도 무방하다는 거죠."

"역시 조현병인 건가요?"

나는 미련이 남은 말투를 숨길 수 없었다.

"그렇죠. 그러니까 지금 과감히 결정해야 합니다. 조현병은 말이죠, 기질적인 요소가 강합니다. 언제 발병할지는 찬스의 문제죠. 나중에 재발하는 케이스도 많습니다. 환자분에게는 안

된 일이지만 운명입니다. 어쩔 수 없어요. 그러니까 사고방식 자체를 바꿔야 합니다. 그러지 않으면 괴롭기만 할 뿐이죠. 그렇게 마음먹고 대처하는 것이 당신을 위해서도 좋을 겁니다."

나는 그의 말을 조용히 듣다가 인사를 한 뒤 수화기를 내려놓았다. Y 교수에게 전화를 하지 말 걸 그랬다는 생각이 자꾸 들었다. 부스를 나와서도 한참을 우두커니 서 있었다. 손가락 끝이 미세하게 떨리고 뭔가 잊어버렸는데 생각이 나지 않아 순서를 기다리는 기분이다. 하지만 이러고 있어도 뾰족한 수가 없기에 광장을 가로질러 집 쪽으로 걸었다. 영화관과 스시집, 장난감 가게가 시야에 들어왔고, 뒤돌아보니 옷깃이 올라온 로만 칼라에 차양 있는 모자를 쓴 역무원이 역 개찰구를 지나는 승객들의 표를 확인하는 모습이 보였다. 눈에 띄는 모든 것에 아내의 선한 얼굴이 겹쳐 보이는 통에 머리가 잘 돌아가지 않아 생각이 정리되지 않는다. 아내는 정말로 광인의 기질을 가진 건가. 살면서 언젠가는 발현될 병이었는데 때마침 내 행위로 어떤 계기가 생긴 건가. 아니, 그럴 리 없다. 계기가 주어진 게 아니라 아내를 막다른 골목으로 몰아간 건 나다. 가슴을 펴고 고개를 들어 주위를 돌아보는데 새삼 동네의 소음이 느껴졌다. 혹시 나는 지금 해방의 문턱에 서 있는 건가. 아니면 뭔가 걱정거리가 필요했나. 지금 같은 개방병동이 아니라 자물쇠를 채워 환자를 외부와 격리하는 전문 정신병원으로 아내를 옮기면 훨씬 편해질지도 모른다. 그 생각을 하니 분명 억지로 눌러뒀던 자아가 온몸에 되살아나 근질근질한 홀가분함이 느껴졌다. 또 다른 인생이 내 앞에 쉽사리 도로를 깔아주며 가는 곳마다 유혹하듯 길게 뻗어 있는 듯했다. 정말 한 끗 차이인가. Y 교수처럼 생각하지 않으면 이 세상은 사람들의 비정상적인 열기로 푹푹 찔지도 모른다. 상점가 앞의 큰길에서 뒷골목으로 빠져 모퉁이를 몇 번 돌아 집에 도착했다. 칠을 하지 않아 나무색 그대로 때가 묻고 빛이 바래가는 판자 울타리 너머로 방세 칸짜리 우리 집 유리창과 지붕 기와를 보니 그 생각은 곧바로 사라지고, 새삼 이 집에서 일어난 사건의 무게가 어마어마하게 느껴졌다. 결말을 보지 않으면 내게는 어떤 인생도 허락되지 않을 것이다. 혹시 그늘진 벽에서 염탐하던 죽음이 내 짧은 여생을 몰아내기 위해 얼른, 얼른 하고 재촉하지 않을까. 집으로 들어가자마자 나는 유일하게 잠금장치가 달려 있는 옷장 서랍을 열어 빨지 않은 잠옷과 속옷을 꺼내본다. 때 묻은 옷을 그대로 방치할 아내가 아닌데 실수로 거기 그냥 놔둔 것일까. 어쩌면 일부러 남겨놓았을지도 모른다. 그러자 그것들이 발작하지 않았던 시절의 아내로 모습을 바꿔 내게 말을 거는 듯하다. 처마 밑 대나무 건조대에는 깜빡 잊고 걷지 않은 양말이 걸려 있었는데, 처음에는 입원을 꺼리며 승낙하지 않던 아내가 입원하기로 결정하고 그 전날 밤 부엌에서 몰래 빨아 널어놓고 간 것이다.

그날 밤 나는 공연히 무서워져 혼자서는 잠을 이룰 수 없었기에 전등을 켜놓은 채 마야의 이불에 같이 누웠는데, 깜빡깜빡 졸다가 동이 터서 주위가 밝아질 때쯤 겨우 잠들었을 것이다. 밤새도록 이상한 소리가 많이 들렸다. 쥐가 놀랐는지 미친 듯이 덜그럭거리며 뛰어다니자 다마도 마루 밑에서 한 번 울더니 그 뒤로는 다시 울음소리를 내지 않았는데, 바람이 불지 않는데도 벽에 붙여놓은 부적이 떨어지기도 했다. 그 부적은 정초에 여자의 협박 전보를 피해 온 식구가 나리타에 갔을 때 사온 것이었다. 생각해보니 내가 입속에서 "스키조프레니아"*라고 연신 중얼거린 듯했다. 쇠창살이 있는 병실에서 누추하게 시들어가는 원숭이처럼 얼굴만 여윈 아내의 모습이 자꾸 떠올라 참을 수 없었다.

다음 날 아침 모퉁이 가겟집 아들이 나를 부르러 왔다. 병원에서 전화가 왔다고 해서 게다를 급히 걸쳐 신고 달려가 받았더니 평소와 다른 목소리로 아내가 다짜고짜 말했다.

"오늘 데리러 와도 돼요."

나는 무슨 말인지 알 수 없었지만 가슴부터 마구 뛰었다.

"데리러 와도 된다니, 퇴원해도 된대?"

흠칫거리며 물었더니 아무렇지 않게 대답한다.

"그래요."

"주치의 선생님이 그렇게 말하셨어?"

"그래요. 부장 선생님도 괜찮다고 하셨어요. 당신도 기쁘죠?"

"물론이지. 기뻐, 기쁘다마다. 하지만 오늘 퇴원이라니, 아닌 밤중에 홍두깨도 아니고."

"진짜로 그러셨어요. 당신이 기뻐할 줄 알았는데 깜짝 놀랐나 보네요. 이제 슬슬 퇴원해도 된다며 연습 삼아 2, 3일 집에

---

* schizophrenia: 조현병.

다녀와보라고 부장 선생님이 말씀하셨어요. 그러니 이제 안심할 수 있죠?"

"그래, 그렇군."

"그리고요, 부장 선생님이 당신을 꼭 만나야 한다고 하셨는데, 오늘 올 수 있어요?"

"응, 갈게."

그렇게 말하고 전화를 끊었는데 어떻게 된 일인지 도무지 종잡을 수 없다. 혹시 Y 교수가 다른 환자와 혼동한 것 아닐까. 조현병이 확실한 환자에게 퇴원해도 좋다고 암시를 주거나 연습 삼아 집에 다녀오라고 말하지는 않을 텐데. 어쨌든 병원에 가서 주치의와 부장을 만나본 뒤에 생각할 문제다. 마음이 초조해져 당장이라도 찾아가고 싶었으나 그날은 시모코이와 초등학교에 가야 했다. 4월에 입학하는 신이치의 신체검사일이기 때문이다. 이름을 확인한 뒤 몇 군데에서 검사 순서를 기다리라고 할 텐데, 지금 내 상태로는 그동안 잠자코 기다리지 못할 것 같다. 스즈키가 그 학교에 근무하니 그에게 부탁해봐야겠다. 스즈키는 가끔 동료인 이시가와와 함께 우리 집에 놀러 왔는데, 요전에 아내가 없어져 찾으러 갔을 때 이시가와에게는 집을 봐달라고 부탁한 적이 있었다. 바람이 불어 추웠기에 신이치에게 코트를 입힌 뒤, 코트를 잃어버린 마야에게는 내복을 든든히 입혀 학교로 갔다. 부모를 따라온 4월 입학생들이 많이 모여 있었다. 접수하는 곳에서 스즈키를 찾으니 수업 중인 교실로 안내해줬다. 유리창 너머의 나를 알아본 스즈키가 얼굴을 붉히며 복도로 나왔다. 이유를 말하고 부탁하니 그가 흔쾌히 승낙하며 반 학생들을 자습시키고 신이치와 마야 옆에 붙어 있겠다고 말한다. 가끔 살펴보기만 해달라고 부탁하는데도 스즈키는 괜찮아요,라고 우물우물 말해 그러려니 했다. 아내가 발작을 하게 된 이후 이시가와와 함께 집을 찾아왔을 때 늘 말없이 듣기만 하던 스즈키가 고개를 숙이며 "그런 상황에 처하셔서 어쩌죠. 이제 수시로 놀러 오려 했는데요"라고 불쑥 말하던 형상이 이상하게도 인상에 남아 있다. 그는 중증 결핵을 앓는 동료 여교사와 약혼을 한 상태라 병문안을 생활의 중심에 놓는 경향이 있었다. 신이치는 다른 아이들 틈에 섞여 있으니 어쩐지 거칠어 보였다. 아빠도 엄마도 기댈 수 없으니 자기 스스로 지킬 거라고 어린 마음에 굳게 다짐하는 듯한 면모가 엿보였다. 언젠가 한꺼번에 생각이 몰려드는지 신이치가 횡설수설 말한 적이 있었다.

"사이가 좋았을 때, 아빠가 없을 때, 엄마가 나한테 네가 아빠 대신이야,라고 말하고 막 술 마셨어. 엄마가 돌았을 때, 아빠도 엄마도 둘 다 돈 거 같진 않았어. 우리를 옆에 두고, 건넌방에 가서 바로 화해하잖아, 막 불쌍하다면서."

그렇게 단숨에 말한 뒤 신이치는 맑고 부드러운 목소리로 어른처럼 호탕하게 웃었다.

제9장 과월제過越祭*

언제 아내에게 전화가 걸려 와 가겟집 아들이 소식을 전하러 찾아올지 모른다. 마침 그때 집을 비워 내 부재가 전해진다면 아내의 망상이 어디까지 뻗칠지 눈에 선하다. 그걸 막기 위해 언제 올지 모를 전화를 기다리고 있다. 급히 골목을 뛰는 발소리. 가겟집 아들이다. 판자 울타리 문이 열리는 소리가 나더니 도호쿠 사투리가 남아 있는 목소리가 들린다. "병원에서 전화가 왔어요." 나는 고맙다고 말하며 허둥지둥 게다를 대충 신고 모퉁이 가게로 달려가 수화기를 들었다.

"나 누군지 알죠?"

수화기 너머에서 목소리가 들린다. 얼추 아내 같았지만 다른 때와는 좀 달랐다. 그 여자 전화인가. 그 생각이 얼핏 스치기만 했는데도 온몸이 뜨거워지고 수화기를 든 팔이 떨렸다. 안에서 가겟집 식구들이 듣는 것 같지는 않았지만 그래도 주위를 살

---

* 이스라엘 민족이 이집트에서 탈출한 날을 기념하는 축제일. 유월절의 가톨릭식 명명.

폈다.

"왜 그래요. 왜 대답을 안 하는 거예요." 수화기 안의 목소리가 또 재촉하며 물었다. "듣고 있죠? 뭐예요, 대답을 해요."

역시 아내가 틀림없다.

"응, 듣고 있다니까."

내 목소리도 거칠어졌다.

"난 잘, 아주 자알 생각해봤어요. 당신 마음을 확실히 알겠더군요. 그러니까 이제 더 이상 당신을 보고 싶지 않다고요."

수화기 속의 아내가 말했다.

"내 마음을 확실히 알겠다니, 난 아무 말도 안 했는데."

무심결에 그렇게 말했다.

"말을 하든 안 하든 그쯤은 다 알죠. 당신이 지금까지 한 말로도 충분해요. 내가 잠도 자지 않고 하룻밤 꼬박 생각했는데, 역시 당신은 믿을 사람이 못 되더군요. 당신 마음을 확실히 알았어요."

"잠깐 기다려. 미호, 듣고 있어? 전화로는 무슨 말인지 잘 모르겠어. 지금 거기로 갈게. 얘기 좀 해. 갑자기 그런 말을 하면 곤란하잖아. 왜 그래? 누구한테 무슨 말을 들은 거야? 무슨 일 있어?"

"아무 일도 없다니까요. 누구한테 들은 말도 없고, 난 혼자 결심했어요."

"어쨌든 지금 바로 갈 테니까 아무 데도 가면 안 돼. 바로 전철을 탈 테니까, 알았지?"

"이미 늦었다니까요."

"늦지 않았어, 괜찮아. 어쨌든 바로 갈게."

"그래봤자 소용없죠. 난 벌써 병원을 빠져나왔는데. 거짓말 같다면 지금 증명해 보이죠."

수화기 속에서 가볍게 실랑이하는 목소리가 들렸다. 전화 부스 안에 다른 사람도 있는 것 같았다. 받아봐요, 받아보라니까요. 강요하는 듯한 아내의 목소리에 이어 당황한 여자의 목소리가 들린다. 안 돼요, 그럼 제가 곤란해져요. 하지만 마음을 정했는지 여자가 전화를 받는다.

"실례합니다, 부인이 막무가내로 부탁하시니 좀 가여운 마음이 들어서요."

여자의 머뭇거리는 목소리가 들린다.

"아, 그러시군요. 지금 전화하시는 곳이 어디죠?"

"어딘지는 잘 모르겠어요. 제가 그러지 말라고 말리긴 했는데 도무지 듣지 않으셔서……"

"알았습니다. 실례 많았습니다. 다시 집사람 좀 바꿔주시겠습니까?"

그러자 아내가 기다렸다는 듯이 말했다.

"봐요, 거짓말 아니죠? 이번에는 협박이 아니에요. 지금부터 멀리멀리 갈 거예요."

"그런 말 하지 말고 당장 병원으로 돌아가."

"싫어."

아내는 아이 같은 말투로 말했다.

"있잖아요, 내가 재밌는 거 가르쳐줄까요?"

갑자기 심술궂게 놀리는 목소리로 변했다.

"사실은 저녁에 탈출할 생각이었는데 옆방 사람이 탈출해 선수를 빼앗겼지 뭐예요. 언제든지 쉽게 탈출할 수 있더라고요. 혼자서는 나오기 힘드니까 오늘은 옆방 아가씨에게 데리고 나와달라고 한 거죠. 이분은 아주머니의 간병인, 오사카에서 왔대요. 내가 아까 이세탄에서 주머니칼을 샀더니 무지 무서워하던걸요. 선생님한테는 말하면 안 돼요. 모두가 골치 아파지니. 병원에 못 있게 되니까 절대 말하면 안 돼요."

어딘지 모르게 평소와 상태가 달랐다. 수화기를 통해 느껴지는 낌새가 이상하다. 아내는 투지에 불탔고 목도 잠겨 있었다. 전화 부스에 같이 있던 옆 병실 여자의 기운이 보태진 탓인지 목소리가 젊게 들렸고 들뜬 기색마저 느껴졌다. 무의식중에 떠올렸던 일이 실제로 진행된다 생각하니 흥분된다. 앞이 깜깜했지만, 어쨌든 쓸데없는 말이라도 던지며 시간을 벌기로 했다.

"알았어. 어쨌든 얼른 병원에 돌아가."

"병원에 돌아가지 않을 생각인데요, 난 이제."

"그런 말 하지 말고 당장 돌아가라니까. 알았지? 나도 얼른 병원으로 갈 테니."

"선생님께 이르지 않겠죠?"

"응, 이르지 않을게."

"진짜?"

"진짜야."

"그럼 돌아가도 되겠네."

"꼭 돌아가야 해. 나도 곧 갈 테니."

"아이들도 데려와요?"

"시간 없어. 두고 갈 거야."

"아, 그래요? 오는 김에 5천 엔쯤 가져와요. 그 정도는 있겠죠?"

수화기를 내려놓으니 피로, 허탈함, 불안, 안도감이 한꺼번에 몰려와 잠시 자리에 멍하니 서 있었다.

전철 양쪽 창에 잠깐 밭이 펼쳐졌다. 곧이어 유리창 너머로 많은 공장들이 눈을 가로막더니 인가가 빽빽이 보였고, 선로가 고가로 바뀌자 전철이 운하 변의 터널로 들어갔다 노면으로 나갔다 하다가 병원 근처 역에 도착했다.

앞길을 가로막는 사태는 늘 새로운 탈을 쓰고 나타난다. "남편분이 매번 나중에, 나중에 하니까 부인이 먼저 치고 나가는 겁니다." 일전에 주치의가 그렇게 말했다. 이번 사태도 주치의에게 상담하지 않으면 수습할 방법이 없지만 그런 식으로 처리하면 선생님께 이르지 않겠다고 한 약속이 깨진다. 그걸 빌미로 내 과거의 잘못이 모두 들춰질 것이다. 그러면 또 아내는 발작을 일으켜 한참을 미쳐 날뛰고 이번에도 아내에게 앞길을 봉쇄당해 꼼짝하지 못할 것이다. 전철 안에는 승객이 많았고 길에도 지나다니는 사람이 많았다. 이제는 익숙해진 K 병원 별관의 지하실 같은 정신과 병동으로 들어가자 이미 사건이 벌어져 현장이 속수무책이 된 것 같은 망상에 시달린다. 아내와 의사 중 누구부터 만나야 할까. 마음을 정하지 못한 채 복도를 걷는데 뒤쪽 계단에서 갑자기 고함 소리가 들렸다.

"이것 봐요!"

무심결에 뒤돌아보니 아내가 계단참에 버티고 서 있었다. 찢어진 눈으로 노려보는 듯했는데 웃음을 참지 못해 볼 주위에는 여지없이 상냥함이 배어 나왔다. 평소 병실에서처럼 머리를 땋은 데다가 반소매 블라우스에 주름 스커트를 입고 있어 여학생이 지나가는 교사에게 장난치는 것처럼 보였다. 전화로 협박하던 수상쩍은 아내가 사라지니 아까 들은 소리는 환청 같았다. 나는 단단히 마음의 준비를 하고 아내를 똑바로 쳐다보면서 간호사실 쪽으로 걸어갔다. 아내는 나를 막지 않았다. 그리고 내 얼굴을 마주하니 온몸에 기쁨이 넘쳐 참을 수 없다는 듯 주치의로부터 2주간 면회와 서신을 금지당한 서운함을 숨김없이 드러냈다. 조금 전의 고함은 사람들 소리에 묻혀 사라졌지만 내 귀에는 여운이 남아 있었다. 아내는 얼굴이 여위어 눈이 더 커 보였는데 하소연하듯 두 눈에 눈물을 그렁그렁 머금었다. 발작이 끝났다는 신호로 여겨질 정도로 조심하며 반성하는 모습에 내 발걸음이 더뎌진다.

주치의는 만나주긴 했으나 굳은 표정을 풀지 않았다. 치료 방안도 없는 환자를 괜히 맡았다는 듯이 불쾌한 감정을 드러냈고, 허락도 없이 내가 병원에 왔다고 불만을 표했다. 나로서는 달리 방법이 없었지만 그 때문에 그의 치료 방침이 좌절되었다고 한다. 면회와 편지를 금지하고 일정 기간 아내 혼자 격리해 그 효과를 지켜보려던 계획이 엉망이 되었다는 것이다.

"일부러 그런 시도를 한 거였는데, 계획이 틀어진 이상 다른 방법을 생각해봅시다."

면회 금지가 풀리면 아내는 적어도 이틀에 한 번은 오라고 할 텐데, 그 요구는 거역할 수 없을 것이다.

"말하자면 히스테리의 뿌리가 계속 자라는 상황입니다. 그걸 잘라버려야 하는데 자를 수 있는 사람이 당신밖에 없습니다. 남편분이 제대로 하지 않으면 고치기 힘들어요."

"현실적인 문제인데요, 선생님. 아내가 입원하지 않으면 일상생활을 할 수 없습니다. 제가 강하게 나간 적도 있는데 그러면 바로 아내가 흥분하고 도저히 진정시킬 수 없는 상태가 됩니다. 죽으려 하기 때문에 잠시도 눈을 뗄 수 없어요."

나는 자포자기의 심정을 드러내고 말았다.

"아내분은 절대로 죽지 않습니다. 지금 상태라면 오히려 남편인 당신이 죽겠죠."

"그건 정말 저도 어쩌면 좋을지 모르겠는데…… 그러니까 아내의 상태는, 어떤가요? 의학적으로 병인 거죠?"

아내가 복도를 왔다 갔다 하며 틈틈이 진료실 안을 들여다봤다. 자신의 행동이 생각지 않게 엄중한 사안으로 발전한 걸 보고 스스로도 놀라 어쩔 줄 모르는 눈치다. 안으로 들어오지 않고 지나던 길에 무심코 본 척하지만 거짓인 게 금방 티가 났다. 가끔씩 멈춰 서서 나를 물끄러미 쳐다보자 의사가 소리를 낮춰 말했다.

"부인을 보시면 안 됩니다. 화난 얼굴을 하세요."

그리고 아내를 향해 엄한 목소리로 말했다.

"맘대로 돌아다니면 안 돼요. 병실로 가세요."

아내의 스커트가 나부껴 시야를 가리는데, 안을 들여다보려 안간힘을 쓰던 아내의 뜨거운 시선이 그 주변에 잠시 머물렀다.

"물론 병적인 요소가 전혀 없진 않습니다. 하지만 정상과의 경계를 구분 짓는 건 아주 어려운 일입니다. 누구에게나 이상 상태가 생기긴 하니까요. 다만 그 경우에는 오래 지속되지 않죠. 어느 정도 시간이 지나면 일상생활에 지장 없는 상태로 돌아갑니다. 그 기간이 길어질 때 우리는 일단 병적이라고 진단하는 거죠. 부인은 남편분 생각을 미리 읽고 남편분을 곤란하게 만듭니다. 하지만 병실에서는 얌전합니다. 그건 치료의 문제가 아니라 부부 사이의 인간관계와 관련되는 거죠. 남편분스스로의 문제입니다. 남편분이 부인을 완전히 제어할 수 있을 때 부인의 병이 나을 겁니다."

"그럼 아내와 같은 상태라면 치료 방법이 없는 건가요?"

"없지는 않지만, 뭐랄까 꽤 장기 작전이 필요하죠. 어쨌든 오늘은 치료를 해보죠. 그간 얌전해서 오랜만에 하는군요."

주치의가 말했다. 치료란 전기쇼크인 듯했다. 주치의의 말을 들으며 나는 안절부절못했다. 당장 치료 방법이 없다 해도 아내를 다시 집에 데려가면 전처럼 소동을 피워 일상생활은 물 건너갈 것이다.

의사는 입구까지 배웅해줬다. 내가 아내에게 붙들려 교묘한 계획에 끌려드는 것을 막기 위해서다. 의사가 옆에 있으니 아내는 별수 없이 나를 그냥 돌려보낼 것이다. 그리고 어딘가에서 내 행동을 바라보리라. 그 시선에는 인력을 넘어선 어떤 작용이 따르는 듯했다. 무슨 수를 써서라도 나를 붙잡기 위해 아내 혼자 계획을 가다듬는 모습을 떠올리니 아내의 얼굴 아래에는 또 다른 얼굴이 있을 것 같았다. 하지만 오로지 나만 바라보는 아내의 맥없는 눈동자는 아무리 털어내려 해도 내 마음에 달라붙는다.

다음 날, 또 병원에서 전화가 걸려 왔다고 가겟집 아들이 전하러 왔다. 전화를 받아보니 간병 간호사 M이 주치의의 허락을 받았으니 화병과 만요슈萬葉集,* 동화집을 가지고 와달라고 했다. 아내가 옆에서 전화를 바꿔달라고 가볍게 실랑이하는 소리가 들렸지만 M에게 차단당해 전화가 끊겼다.

이틀 뒤, 아내는 몰래 전화를 거는 데 성공했다.

"날 병원에서 꺼내줘요. 제발 부탁이에요." 아내가 말했다. "이제 절대 난동 부리지 않을 테니 집에 돌아가게 해줘요. 병원에 혼자 있으니 외로워서 견딜 수 없어요. 선생님한테 미움받아 무섭단 말이에요. 진짜예요, 집에 데려가줘요. 그러지 않으면 내 마음이 차갑게 굳어버릴 것 같아 너무 무서워요. 부탁이니 제발 날 병원에서 꺼내줘요. 그러지 않으면 죽어버릴 거니까."

대답할 말이 없어 그저 구슬픈 목소리만 듣고 있었다.

"아, 잠깐만요, 아직 할 말이 남았으니 전화 끊지 말아요. 아이들은 뭐 하고 있어요? 신이치와 냥코 얼굴이 보고 싶어요. 돌아가게 해줘요. 내 부탁을 들어주지 않으면 난 혼자서라도

---

* 일본에서 가장 오래된 시가집. 4세기에서 8세기까지 불렸던 약 4,500수의 시가가 수록되어 있다.

돌아갈 거니까."

귀에서 수화기를 떼니 아내의 목소리가 멀어져 저 뒤에서 속삭였다. 벌레 울음소리처럼 작아진 목소리가 수화기 속에서 끊임없이 들렸는데 애원이 멈출 것 같지 않아 나는 과감히 전화를 끊어버렸다. 하지만 아내의 목소리는 계속 귓가에 남아 생각에 잠기게 한다. 아내의 상태는 조금도 좋아지지 않았다. 주치의는 넌지시 퇴원 이야기를 했지만 집에 오면 어떻게 될지 전망이 서지 않았다. 나는 고타쓰에 엎드린 채 이 생각 저 생각 사념에 빠졌다. 팔려고 내놓은 집은 드디어 사겠다는 사람이 나타나 조만간 이사해야 했지만 어디로 갈지 계획도 세우지 못했다. 마음 같아서는 그만 도쿄를 떠나고 싶다. 도쿄는 과거의 기억으로 얼룩진 탓에 아내의 발작을 유도하지 않는 곳이 없었다. 소마의 오래된 무가저택이라도 빌려서 살까, 가고시마보다 더 남단에 있는 아내의 고향 섬으로 갈까, 도쿄라도 좀 시골 같은 교토쿠行德나 우라야스浦安로 가면 과거와 상관없이 살 수 있지 않을까. 그게 가장 먼저 떠오른 생각이고, 그다음은 불안정한 생활비가 문제였다. 야간 고등학교 비상근 근무도 3월 말에는 그만두어야 한다. 한 주에 이틀만 출근했지만 그간 매번 아내와 아이들을 학교에서 가까운 숙부 댁에 맡겨두고 근근이 수업을 했다. 학교까지 가는 길은 위험한 기억이 도사리고 있을 뿐 아니라 멀리 이사를 가면 근무가 불가능하다. 뜻을 두었던 문필 쪽 일은 원래도 벌이가 변변치 않았고 일감도 별로 없어 어쩌다 친구들이 구해주는 서평이나 수필 원고로는 어림도 없었다. 게다가 5년 만에 나오는 단편집은 검인을 마치고 곧 서점에 깔리겠지만 출판사에 인세를 기대할 수 없는 형편이다. 무엇보다 머지않아 퇴원할 아내의 발작은 어찌 대처할까. 이런저런 생각 때문에 좌절한 나머지 허무해져 다 관두고 싶었는데 집 앞에서 경적 소리가 들렸다. 자동차가 거의 드나들지 않는 좁은 골목이라 불현듯 어떤 예감이 몸을 관통했다. 저절로 이끌리듯 현관에 가서 문을 여니 병원에서 도망친 아내가 보였다. 아내는 슬리퍼를 신은 채 흰 환자복 위에 코트만 걸치고 서 있었다.

"부탁이니 날 돌려보내지 말아요."

아내가 애원하는 듯한 표정으로 말했다. 내 실책을 힐난할 거라 생각했는데 의외였다. 의사가 지시한 대로 면회도 가지 않고 아내가 고심 끝에 건 전화도 수동적으로 피했다. 하지만 아내는 쫓기는 두려움 때문에 내 약점을 묵인하는 건지 내 품에 몸을 던지고 울었다.

"무서워요. 날 떼어내지 말아요."

어렴풋이 젖내가 풍기는 듯했다. 계획은 침묵의 소리를 내며 무너진다. 분노가 그렇듯 발작의 싹도 어느 순간 꺾이길 바랐다. 하지만 내게 안긴 아내의 어깨 너머로 발작의 파도가 망망대해 저편에서 잇달아 밀려오는 모습이 보였다. 잠시 후 파도는 해안을 거슬러 곤두박질치더니 광란의 소용돌이 속에 나를 패대기친다. 병원에서 본 앳된 모습은 온데간데없고 급속히 나이가 든 것처럼 아내의 눈가와 뺨에 피로가 드러났다.

닥치기 전에는 두려웠던 아내의 탈주도 막상 닥치니 양상이 변해 도리어 마음이 확고해진다. 일단 병원에 연락하니 전화를 받은 간호사가 당황한 말투를 감추지 못하고 내일 꼭 병원으로 데려와달라고 하는데, 아내를 납득시키는 것도 일이었다. 아내는 병원에 돌려보내면 죽어버릴 거라고, 남편과 아이들과 떨어져 사는 게 얼마나 외로운지 아냐고 하소연하며 앞으로는 결코 열불을 내거나 구도마를 하지 않겠다고 맹세했다. "정말로 구도마를 안 할 수 있어?" 나는 부질없게도 스스로 발작도 진정시키지 못하는 아내에게 다짐을 받으려 한다. 아내의 고향 섬에서는 바위틈에 붙어 떨어지지 않는 조개를 구도마라고 불렀다. 원래는 아내의 발작에 반응해 음침하게 몸을 오그린 내 모습을 보고 아내가 구도마 같다며 웃었는데, 그 후 아이들이 엄마의 발작을 그렇게 불렀다.

"이제 구도마는 절대 안 해요." 아내가 말했다. "봐요, 이렇게 누그러졌잖아."

"그럼 이렇게 하자. 2, 3일 상태를 지켜본 뒤 선생님께 의논하는 게 어때?"

아내도 그러자고 했지만, 과거의 안 좋은 기억이 떠오르는 듯 자꾸 엉뚱한 곳만 쳐다봤다. 나는 얼른 아내를 끌어안고 등을 쓰다듬으며 주문을 읊을 수밖에 없었다.

"힘내, 좀 버텨봐. 구도마는 안 돼. 구도마는 절대 안 돼."

아내는 정신을 차리고 한숨을 쉬었다.

"아, 멍해. 그래도 화를 내지는 않았어요."

하지만 다음 날 아침 아내가 발작을 일으켰다. 아내가 앞에 있으면 집 안의 모든 것들이 흉기로 보인다. 예리한 모퉁이가 튀어나와 기억의 실마리를 늘어뜨리고 있는 듯했다. 아내의 시선이 어디로 향해도 모퉁이에 걸려 피가 흐르고, 그 상처에서 나온 기억이 필름 프레임에 걸려 연속된 이미지를 펼친다. 거기에 이러저러한 내 모습이 투사되는 바람에 나는 눈을 돌릴 수 없었다. 기억의 연쇄 속에서 아내는 내게 수첩 한 권을 보여달라고 했다. 나는 그걸 변소에 버렸다. 수첩 속 달력에 여자와 만난 날을 표시해놓았기 때문인데 아내는 그 사실을 알고 있었다. 만일 내 행적의 증거가 되는 수상쩍은 물품을 하나라도 빠뜨리면 아내는 그냥 넘어가지 않는다.

"지금까지 당신이 한 행동을 책망하는 게 아니에요. 그걸 숨기거나 대충 넘어가려는 행태를 용서할 수 없는 거죠."

아내의 불만은 점점 비대해지고, 나의 비소함은 회복되지 못한 채 영원히 고착되는 듯하다. 반응이 너무 날카로워 여유가 생기지 않는 가운데 아내는 어깨를 축 늘어뜨린 채 한없는 갈증에 시달리며 길을 떠난다. 우리는 둘 다 애가 타서 서로에게 덤벼들어 몸을 부대낀다. 실패를 두려워하면서도 어쩔 수 없으므로 몇 번이고 확인한다. 나는 이중의 기억 속에서 점점 힘을 잃어간다.

그날 오후, 아내를 병원에 데려다줬다. 일단은 성가시지 않게 잘 수습된 듯했지만 주치의의 마음이 더 공고해진 것은 부인할 수 없었다. 치료 계획이 완전히 무너졌기 때문에 방법을 바꿔야겠다고 말할 때 퇴원을 선고하리라 예감했다. 집이 팔려 새로운 주거지를 찾아야 하는 지금, 아내가 돌아오면 운신이 힘들어진다. 간병 간호사 M이 호의로 자신이 아는 무당에게 우리 이야기를 했더니 동남쪽의 부정한 말뚝을 제거하라고 했단다. 그 말을 들으니 나에게 쌓인 앙심을 풀기 위해 누군가 아내 머리맡을 향해 말뚝을 박으며 저주하는 형상이 눈앞에 어른거렸다. 앞으로는 병원에서 맡아주지 않는다니 이 세상에서 추방된 것처럼 공연히 쓸쓸한 마음이 들어 귀가 도중 친구 B가 근무하는 방송국으로 발길을 돌렸다. 학생 때부터 알던 사이라 그가 편했다. 도심의 거리는 번화했다. 점포가 즐비하고, 직장인들이 복장을 가다듬으며 포장된 길을 지나간다. 옆모습이 아름다운 엘리베이터 걸은 빌딩 승강기를 작동해 나를 위층으로 올려줬고, 하마터면 리놀륨이 깔린 복도에서 미끄러질 뻔하면서 접수 데스크로 가서 담당 여직원에게 방문을 알렸다. 넓은 사무실에는 책상이 많았는데 남녀 할 것 없이 의자에 앉거나 그 앞에 서서 수화기를 입에 대고 사무를 보는 정경이 나를 압도했다. B의 말소리가 들린다. 접수 담당이 귓속말을 하자 B가 입구 쪽을 돌아보더니 나를 확인하고는 손을 흔든다. 그를 기다리는 동안 복도 소파에 앉아 있는데, 소파에 몸이 푹 파묻혀 지나가는 사람들의 하반신이 커다랗게 눈앞으로 다가오는 듯해서 나는 그만 침착을 잃었다. 그를 둘러싼 모든 환경을 막연히 선망했지만 나는 의기소침한 모습에 뒤덮여 있었기에 무덤에 누워 이미 지나가버려서 더 이상 손이 미치지 않는 현세의 젊음을 바라보는 기분이다. 앞으로 내가 그 건물이나 사무실에서 활기차게 일하는 사람들과 관계를 맺을 방법은 없을 것이다. 아내와 아이들을 집에 남겨둔 채 이 활기찬 직장에서 하루 종일 시간을 보내도 다들 아무 지장이 없다니 기적같이 여겨졌다. B는 대역 배우를 보듯 상념에 빠진 눈으로 나를 보더니 고가 아래로 데려가 함께 술을 마셨는데, 그런 광경에 어울리지 않는 나 자신이 떠올랐다. 나는 전처럼 속 편히 그와 술을 마셔서는 안 된다. 숨겼던 여자와의 행위가 아내에게 발각되어 추궁 끝에 엎드려 사죄할 때의 모습이 눈앞에서 떠나지 않았고, 여자에게 협박 편지를 받은 뒤 대문에 못을 박아놓고 온 식구가 도망치던 나날도 잊히지 않았다. 아내는 나를 추궁했고 정신이 이상해져 틈만 나면 죽으려고 소동을 피우다가 결국 입원했다. 병세가 호전되지 않았지만 마땅한 치료 방법도 없이 퇴원하는 것이므로 내가 술이나 마실 계제가 아니었다. 하복부부터 따끔거리던 불안이 거무스름하게 퍼지는 것 같아 사실대로 말하고 그와 헤어졌다. 그러나 그날 밤 내 발길은 집이 아니라 F의 집으로 향했다. F는 내 작품을 인정해주는 친구였으므로 그 옆에 누워 상처를 치유받고 싶었던 걸까. 집은 스즈키에게 부탁해놓았고 아이들도 그를 잘 따랐기에 별 걱정은 없었다. 다만 요즘 습관처럼 집을 비우는 데 대해 죄책감이 가중되었다. 불안을 떨칠 수 없었지만 B와 함께 마신 술이 나를 대담하게 만들어줬다. 밝은 전철과 배처럼 흔들리는 철로 위에 잠시 몸을 맡기니 취기가 온몸으로 퍼졌다. L역에 내려 역 앞 큰길에서 어두운 언덕길로 들어서는데 밤하늘에 우뚝 서 있는 느티나무 고목이 보이는 듯했다. F의 집 현관을 열고 들어가 그가 집에 있는 걸 확인했을 때 이상하게도 내가 아직 살아 있다는 확신이 들었다. F의 아내가 준비해준 양주를 마시자 긴장이

풀려 말수가 많아지고, 하지 않기로 결심한 말까지 입에 담고
말았다. 예전의 내 모습이 이중으로 투사되어 몹시 꺼림칙했지
만 위축이 풀리는 쾌감도 부인할 수 없다. 적절히 농도가 조절
된 덕에 추궁을 피했던 희뿌연 세계가 적설積雪의 갈라진 틈으
로 빛의 화살을 던지자 점차 그 영역이 넓혀진다. 유혹의 마음
이 충만해지고, 그 와중에 상기된 주치의의 말이 결탁한다. 선
수를 쳐서 제어하세요, 선수를 치라고요. 취기 때문에 수상쩍
은 생각이 발전하니 뭔가가 거칠게 몸을 통과해 흉포해지라고
나를 압박했다. 그러나 그걸 그대로 노출시키기에는 아직 내게
수치심이 남은 까닭에 자제해야 한다는 의지가 작동했다.

"나는 이제 소설을 쓸 근간을 잃었어."

결국 그런 식으로 말할 수밖에 없었다.

"그러면 안 돼." 그는 바로 반박했다. "때려치우면 안 돼. 그
러면 자네가 지금까지 해온 일이 아무 소용 없어져."

나는 내 생각을 확실히 전달하기 위해 설명을 덧붙인다.

"지금까지 어떻게 소설을 썼는지 모르겠어. 그래도 혼돈이
존재하는 동안은 습작이라도 어느 정도 에너지를 담을 수 있었
던 것 같아. 하지만 이젠 그럴 이유를 잃어버렸어. 그러니까 앞
으로는 소설을 못 쓰지 않을까. 아내의 광기가 지속되는 동안
은, 언제가 될지는 모르지만, 반응이 좀 가라앉으면 아내의 고
향인 남쪽 섬에 가 있을 생각이야. 아무리 그래도 현대 의학이
간단한 히스테리 하나 고치지 못하다니. 병원은 아내를 맡을
수 없다더군."

"소설을 쓰지 않겠다는 생각은 역시 안 돼. 그러면 자네를

옹호해온 내가 뭐가 돼. 설 자리가 없잖아. 뭐, 그건 농담이지만 자네가 힘을 냈으면 좋겠어. 진심이야. 그런데 병원에서 부인을 맡지 않겠다니 정말인가?"

"주치의는 퇴원시키고 싶어 해."

"병은 좀 괜찮아졌고?"

"그게, 전혀 차도가 없어. 얼마 전에는 탈출해서 집에 돌아왔는데 발작 상태가 전과 다를 바 없어."

"그럼, 앞으로 어쩔 생각인데?"

"전과 같은 상태로 역행하겠지. 발작하면 둘이 맞붙어 싸워."

"I라는 정신병리학자 알아? I의 아버지거든." F는 친구 이름을 대며 말했다. "진찰을 한번 받아보면 어떨까?"

"진찰을 받아봐도 마찬가지일 것 같아. 결국 내게 원인이 있고, 내 태도의 문제라고 의사가 말했거든. 아예 문을 걸어 잠그는 병원에 입원시키는 방법도 있긴 하지. 하지만 아직 그렇게까지는 결심이 안 서."

"I에게 전화해보자."

F가 바로 일어섰다.

"잠깐 기다려."

나도 따라 일어섰다. 설사 그가 승낙한다 해도 아내를 그 앞에 데려가서 진찰을 받는 것이나 그 후에 처리할 일들을 생각하니 혼란스러워 참을 수 없었다.

하지만 F는 망설임 없이 수화기를 들더니 전화를 걸었다. 친구 I는 부재중이고 그의 아버지가 직접 받은 듯했는데 두세 마디 인사를 한 뒤에 내게 수화기를 떠넘겼다. 나는 당황해서 말

을 더듬으며 아들의 친구임을 밝힌 뒤 짧게 아내의 병세를 말
하고 진찰을 부탁했는데, 뜻밖에 그가 승낙해줬다. 면회 날짜
와 시간을 정하고 수화기를 놓은 뒤 나는 잠시 F의 얼굴을 쳐
다봤다.

"승낙해주셨어."

하나의 기준이 그때 생겼다. F가 나의 만류를 받아들여 문득
떠오른 생각을 포기했다면 나는 다른 운명을 걸었을 것이다. B
와 헤어진 뒤 왜 F를 방문했는지도 설명할 수 없다. 술기운에
자포자기의 마음이었지만 긴장이 몸을 조르며 나를 깨웠다. 새
로운 각오가 울컥 치미는 것 같아 곧장 F의 집에서 나왔지만
발길은 집으로 가는 전철역이 아니라 H의 집으로 향했다. 한
번 가본 적 있는 아스팔트 길을 걷다 보니 다 깬 줄 알았던 취
기가 다시 오르고 다리가 후들거렸다. 도로변에 다다랐는지 인
가가 드문드문 보이고 비탈도 심해졌는데 마치 산골 부락으로
들어가는 것 같았다. 어두운 밤이라 감각이 무뎌져 짧은 터널
로 들어갈 때는 길을 잘못 든 줄 알았을 정도다. 하지만 술기
운에 기분이 편해지니 한밤중에 군복 차림으로 시골 고갯길을
넘던 옛 기억이 떠올랐다. 거대한 손아귀 안에 들어가니 왜소
함이 실감되고 매일 꼼짝달싹 못 할 정도로 움츠리고 사는 모
습이 우스꽝스럽게도 저 멀리 보였다. 얍 하고 기합만 넣으면
바로 그 자리에서 아내의 엉킨 신경이 사라질 것 같은 경솔함
이 손을 뻗으면 닿는 곳까지 내려온 듯하다. 터널을 빠져나가
자 가로등이 시야에 현란하게 퍼지고 긍정적인 기운이 가슴까
지 차올라 곧장 거리로 나가니 인가는 문이 잠긴 채 잠들어 있

다. 남은 취기 때문에 H의 집으로 가는 내 발걸음을 단념시킬 수 없었는데 그가 사는 절의 산문山門을 통과해 넓은 경내가 펼쳐지니 다시 산속으로 들어온 것 같아 그곳이 마을의 일각으로 여겨지지 않았다. 감각의 질서가 덫에 걸린 탓에 권솔을 떠나 자유롭게 여행하는 듯한 착각에 빠졌다. 숲속의 이층집은 심야인데도 과감히 빛을 방출하며 목적지에 다다른 여행자를 안심시켰다. 넓은 현관 입구에서 방문을 알리니 H의 부인이 늦은 시간에 찾아온 방문객을 보고도 의아한 기색 없이 2층으로 안내해줬다. 넓은 다다미방에는 책이 빼곡히 쌓여 있었는데 책 더미 사이에서 일하던 H가 나를 보더니 한낮에 찾아온 방문객처럼 맞이해줬다. 그의 부인이 말없이 가져다준 맥주를 마시면서 나는 아내의 입원에 대해 말한 것 같다. 그러지 말아야지 생각했지만 그가 이야기의 실마리를 꺼내자 나도 모르게 말해버렸는데, 그러고 나니 가벼운 후회와 함께 돌아가야겠다는 생각이 들었다. B에게도 F에게도 결국 아내의 병에 발목 잡혀 꼼짝 못 하는 상황을 발설하고 말았다. 아무리 남의 이야기처럼 말했어도 푸념을 한 것 같아 꺼림칙했다. H의 부인이 아이들 선물로 준 조그마한 빨간색 나무 게다를 품에 안고 귀갓길에 올랐다. 가까스로 전철 막차를 타고 아키하바라에서 환승한 뒤 오차노미즈에서 고이와행 전철을 기다리는데, 내 모습이 여자의 집을 들락거릴 때나 다름없는 것 같아 이루 말할 수 없이 두려웠다. 마침내 고이와역에 도착해 과선교 계단을 두세 칸씩 급히 내려와 모두 잠든 고요한 역 앞 광장으로 나가니 안개가 자욱해 거리의 집들도 보이지 않고 창졸간에 황야에 내던져진 듯했다. 언젠가 그런 느낌을 받으며 돌아온 적이 있었다. 네온 사인 빛이 안개에 번지니 불길한 핏덩이가 연상된다. 나도 모르게 종종걸음으로 광장을 빠져나와 골목으로 들어가 모퉁이를 몇 번 도니 드디어 우리 집 판자 울타리가 보여 안도와 불안이 동시에 느껴지는 것도 그때와 마찬가지다. 다만 걱정 끝에 현관문을 열었더니 집을 봐주던 스즈키가 기다리다 지친 얼굴로 일어서는 것만 달랐다. 나를 맞이하는 그의 얼굴을 보자 마치 아내에게 하듯 사과하며 변명한다.

"늦어서 미안. 어쩌다 보니 F와 H의 집에 들렀다 오느라고. 그래도 덕분에 F에게 I 교수를 소개받았어. 어쨌든 그 교수에게 아내를 데려가보려고. 적당한 병원을 찾아주겠지."

다음 날은 비가 추적추적 내렸다. 숯 가게에 심부름을 보냈더니 신이치가 도랑에 빠져 하반신이 다 젖은 채 물에 빠진 생쥐 꼴로 돌아왔다. 나는 무너질 것 같은 무력감에 휩싸였다. 저녁에 약속대로 I의 집으로 가서 그의 아버지께 지난 반년간의 아내 상태를 말씀드렸다. I도 옆에 있었지만 원인까지 다 말했는데, 정신을 차렸을 때는 이미 바다 한가운데로 떠내려간 기분이다. 내 사생활은 숨기고 싶었지만 발뺌하려 해도 끝까지 숨길 여력이 없었다. 무슨 말이라도 하는 편이 아내의 치료에 도움이 될 것 같아 시궁창을 뛰어넘는 셈 치고 다 말하기로 했다. 하지만 그걸 말로 표현하다 보니 내 성격이 나오고 추악함이 구체적으로 드러나는 것 같아 입술을 깨물 수밖에 없었다. 심판의 순간에나 밝힐 내용인데 왜 가볍게 입을 놀렸을까. 내

약한 마음 때문에 희망을 잃자, 남의 꺼림칙한 사생활을 억지로 들어야 했던 불행한 사람에 불과한 그에게 아이러니하게도 증오심을 느꼈다. 그는 사이코세러피*가 적합할 것 같지만 직접 진찰해봐야 확실히 알 수 있다고 했다. 당장이라도 해보고 싶어 조바심이 났지만 우선 무엇을 해야 할지 알 수 없었다.

다음 날은 K 병원에 가서 주치의와 만났다. 그에게는 I 교수가 사이코세러피를 권했다는 말을 할 수 없었다. 그가 아내의 치료에 적극적이지 않은 건 분명했지만 확실히 그런 말을 하지는 않았다. 그날 주치의가 한 말을 요약하자면, 남편의 주체성 문제이니 그걸 회복할 수 없으면 아내의 병도 치유되지 않는다는 것이다.

"현실적인 문제인데요, 발작에 얽히면 일상생활이 불가능하거든요."

나는 그렇게 구시렁댈 수밖에 없었다. 아내의 상태가 병적이냐는 질문도 했지만, 그는 어느 쪽으로 받아들여도 무방한 대답을 했다. 결국 부부 사이의 문제이며 의사가 개입할 수 없다는 의미인 듯했다. 그는 이번 달 말에 퇴원하라고 했다. 아직 대엿새 남았지만 외부 적응을 위해 외박도 허락했다. 다음 날 오후에 아내를 데리러 갔는데, 우리를 배려해 일부러 고이와역까지 동행해준 간병 간호사 M이 전철에서 은밀히 고이와의 모처를 알려줬다. 전에 우리 집에 부정한 장소가 있다고 말한 무

---

* psychotherapy: 주로 전문가와의 대화를 통해 정신장애, 행동상의 부적응 등 정서적인 문제를 해결하는 치료법.

당과 관계된 듯했다. 나는 호시탐탐 아내에게 I 교수 이야기를 꺼낼 기회를 엿보느라 M의 말을 듣는 둥 마는 둥 했지만, 도착하는 즉시 그곳부터 찾아가기로 했다. 인력을 초월한 영역으로 관심을 돌리면 아내를 납득시킬 수 있을지도 모른다.

아내가 아는 길로 가다 보니 고이와 시내가 그리 넓지도 않고 익숙한데도 마치 낯선 동네를 헤매는 듯했다. 전에도 몇 번 그런 적이 있었다. 2년 넘게 살고 있는 동네지만 뭔가를 찾아 거리를 걷다 보면 다른 내부가 드러나는 것 같아 신기했다. 상점가는 역 광장에서 네 갈래로 갈라진 방사형이었고 그 사이의 구역이 찌그러진 부채꼴이라 도로가 습지에 난 길처럼 지그재그로 꼬였다가 갈라졌기 때문에 안쪽으로 들어가니 길이 헛갈렸다. 생각지 못한 방향에서 가까스로 상점가로 빠져나와 안도했지만 아까 들어간 길이 상점가의 어느 방향에 해당하는지 가늠할 수 없었는데, 그러는 새 우리는 어느덧 끝에 인가人家 부엌문이 보이는 막다른 골목에 이르렀다. 불시에 현장과 마주친 것 같아 주춤거리며 거기서 수다를 떠는 두 여자에게 M이 가르쳐준 이름을 물으니 거기가 바로 우리가 찾던 집이다. 양파 냄새가 섞인 시큼한 입김이 콧구멍을 스치며 마흔 넘은 여자들이 정신없이 떠들던 거침없는 말투가 귀에서 떠나지 않았다. 아마도 남의 소문이었을 거라 생각하니 세상이 거무죽죽하게 소용돌이치며 남몰래 내 등을 두들겨 패는 듯하다. 아내의 창백해진 얼굴이 시야에 잡히면서 인과응보다, 인과응보야,라고 속삭이는 으스스한 소리가 귓가에 맴돌았다. 우리가 찾아온 이유를 밝히자 시선을 발치에 떨어뜨리고 냉담하게 우리를 살펴보던 이웃 여자가 큰 소리로 어색한 인사를 남기더니 도랑을 덮은 판자를 밟고 돌아갔다. 그 집 여자는 몸 매무새를 가다듬으며 위엄을 되찾은 뒤 우리를 집으로 안내했다. 부엌과 붙은 다다미 여섯 장짜리 방 너머로 반쯤 열린 문을 통해 네 장짜리 곁방이 보이는데 창문 쪽 책상 위에 전기기술 교본이 놓여 있었다. 억측인지 모르지만 남편과 사별하고 전기기술자인 장남과 둘이 살 것 같다는 생각이 들었다. 이윽고 평정심을 찾고 보니 의외로 여자의 얼굴 생김새가 가지런한 데다 심지어 요염한 구석도 있었다. 남편과 사별했다고 멋대로 생각한 원인이 거기 숨어 있는 듯했다. 어쩐지 누추한 집과는 안 어울려 보였기 때문이다. 내 마음이 이상한 데로 향하는 것 같아 떨쳐버리려 하지만 성공하지 못한다. 수상한 기색을 느끼고 아내가 민감하게 받아들일까 괜스레 두려웠다. 마흔이 넘은 여자를 향한 아내의 혐오는 차츰 내게도 전이되고 그 반응이 그대로 전해져 나쁜 감정이 가슴에 맺혔다. 하지만 아내는 버선발을 비스듬히 한 채 고개를 숙이고 순순히 여자의 지시를 따랐다. 여자는 아내의 이름과 나이를 묻고 나를 아내 옆에 나란히 앉힌 뒤 우리 앞에 마주 앉아 경문을 빠르게 읊었다. 목소리가 단련되어 위태로운 망설임이 느껴지지 않았다. 여염집 여자 같은 일상의 자취는 사라지고 기적으로 안내해줄 초월적인 귀신과 교신할 수 있을 법한 기운이 맴돈다. 잠시 후 여자의 목소리가 매섭게 변하더니 한층 열중하는 모습을 보였다. 그 육체적인 피로가 내게도 전해져 상기된 여자의 얼굴이 아름다워 보였는데, 곧바로 그런 생각을 했다는 사실을 깨닫고는 공포를 느낀다. 아내의 민감한 반응은 그걸 허락하지 않을 터이므로 나는 볼썽사나운 예전 모습이 떠올라 몸을 단단히 무장한다. 그렇지만 아내는 줄곧 여자의 지배에 복속된 것처럼 보였다. 조건이 갖춰졌다고 반드시 반응을 일으키는 것이 아니라 때마다 아내의 기분에 따라 좌우된다면, 주치의의 말(**남편분 주체성**에 속하는 문제입니다)이 정확한지도 모른다. 여자는 상체를 구부려 몸을 둥글게 한 채 바닥에 머리를 문지르는 동작을 하며 중얼거렸다. 뜻 모를 말들 사이에 가끔 알아들을 수 있는 말도 나왔고, 그중에는 **제게 뭔가 알려주세요**,같이 반복적으로 하는 말도 있었다. 그때 문득 여자의 두뇌 구조를 알고 싶다는 생각이 들어 내 몸에는 간만에 예상치 못한 활기가 돌았다. 양장 차림으로 땀에 흠뻑 젖어 고개를 숙이고 있는 아내의 모습도 한층 생기 있게 보였다.

"방해물이 있어 잘 보이지 않아." 여자는 원래 자세로 돌아와 말했다. "저기까지 왔는데 내게 좀처럼 모습을 보여주지 않아. 아주 이상해. 저기에 솟은 게 뭔지 확실히 보이지 않아. 당신 집에 우물이 있지?"

"없습니다."

나는 밝은 목소리로 대답했다.

"그러면 이미 우물을 묻었든가, 한참 사용하지 않은 오래된 우물이 있든가 하겠지. 어쨌든 그런 장소가 있지?"

"오래된 우물까지는 잘 모르겠지만, 눈에 보이는 곳에는 없습니다."

나는 부정했다.

"남동쪽으로 부정한 것이 있어 방해를 하는데." 여자는 언젠가 M이 전해준 말을 또 반복했다.

"거기를 맑게 하지 않으면 안 돼."

그 말을 듣고 나는 허겁지겁 말했다.

"아, 생각이 났습니다. 그 방향으로 부엌이 있었는데 구조를 바꿔 반대쪽으로 부엌을 옮겼어요. 거기에 책을 쌓아놓고 서고로 씁니다."

"역시 그렇군, 틀림없어. 거기 방해물이 있어. 지금부터 내가 하는 말을 잘 기억해, 알았지? 향 한 묶음과, 소금을 손가락으로 조금만 집어 그곳에 두고 절을 해. 그걸 하지 않으면 아내의 병은 고칠 수 없어. 절을 한 뒤에는 향과 소금을 종이에 싸서 아무 데나 상관없으니까 근처 강으로 가서 뒤로 흘려보내. 알겠지? 그리고 집으로 돌아올 때까지 절대 말을 하면 안 돼. 말하면 공덕이 사라지니까. 한 번 더 말해두지만 무슨 일이 있어도 말을 하면 안 돼. 누가 말을 걸어도 절대 대답하지 마."

집으로 돌아오는데 여자가 접신하는 모습이 망막에 눌어붙은 듯 사라지지 않았다. 나는 더 후끈 달아올라 신들린 여자와 함께 우리도 열광의 도가니에 빠지는 걸 기대했다. 하지만 여자는 금세 평정을 되찾았다. 평소에는 그 틈을 어떻게 메꿀까. 외견상으로는 여염집 여자나 진배없었고 편집증적인 모습도 전혀 보이지 않았다. 몸집이 커서 그런지 고독한 총명함마저 느껴졌다. 한창 신이 올랐을 때 새된 소리로 윽박지르는 열정적인 모습이 그녀 내부에서 불균형한 파열음을 내며 인생의 상처를 노출시키는 것 같았다.

우리 집 판자 울타리가 눈에 띄자 나는 참지 못하고 I 교수 이야기를 꺼냈다.

"난 절대 가지 않을 거예요. 싫어요, 누가 당신한테 그런 걸 알려줬어요? 주치의 선생님도 내가 병이 아니니까 퇴원하라고 한 건데 왜 또 진찰을 받으라는 거예요." 아내는 험악하게 미간을 찌푸리며 차가운 시선으로 나를 바라봤다. "아하, 그렇군요. 슬슬 날 미치광이들 병원에 처넣을 생각인가 보네. 그렇죠? 틀림없어요. 싫어, 싫단 말이에요. 난 절대로 가지 않을 거예요."

나는 반사적으로 창을 거두고 화제를 돌리려 한다. 접신하던 무당과의 감응이 아내를 누그러뜨린 줄 알았는데 그다지 효과도 없고 오히려 악화된 듯하다. 헛된 노력인 줄 알면서도 간신히 쌓아 올린 희망은 토대부터 무너지고 그 타격에 휘청해 다시 쌓을 기력도 생기지 않는다. 어두운 혼몽昏懜의 경계에 아내를 끌어들이고 싶은 마음이 드는 걸 억제할 수 없었다. 거기서는 아내의 발작이 복잡한 반응을 주고받으며 서로 상쇄해 병적인 부분을 약화시킬지 모른다는 부질없는 기대가 사라지지 않는다.

집에 도착하자마자 우리는 향과 소금을 준비해 서재 안쪽의 어두운 구석으로 가서 책장 대신 쌓아놓은 상자 위에 올려놓고 함께 절을 했다. 아내가 그런 행위를 믿는 눈치라 미약하나마 격려가 되었다. 아내의 내면은 암시에 약하므로 어쩌면 발작의 뿌리에 괴저가 생겼을 수도 있다. 그걸 의식儀式으로 잘 포장하면 안정을 찾을 수 있을지도 모른다. 그러고 나서 향과 소금을 강에 흘려보내기 위해 아내와 함께 다시 집을 나섰다. 아내는 무당이 말한 대로 침묵을 지켰지만 그런 침묵이 지속되는 경우는 드물었다. 하나의 규칙이 작동되면 그걸 따르려는 아내를 이해할 수 없다. 아내는 정말 아픈 걸까. 또다시 의심스러운 마음이 드는데, 예전과는 완전히 다른 상태를 반년 가까이 유지할 줄 몰랐다. 도랑과 딱히 구별되지 않는 근처 시냇가를 아무 말 없이 빨리 걷다 보니 가끔씩 들던 생각이 또 머리를 쳐들었다. 갑자기 깔깔 소리 높여 웃고는 잠시 충동에 몸을 맡긴 아내가 이제 농담은 끝,이라 말하며 후련히 밝은 표정을 지어 보일 수는 없을까. 그러면 응어리가 모두 풀리고 우리 앞에 놓인 장애가 전부 없어질 수 있을 텐데. 하지만 아내는 검은 코트로 날개처럼 몸을 감싼 채 아무 소용 없는 추궁에 여념 없는 자세를 고수하려 한다. 나는 난폭하게도 그런 아내를 양손으로 잡아 격하게 흔들고 싶다는 생각이 불쑥 들었다. 아내의 저 작고 둥근 머릿속에서 뇌 조직 일부가 변형된 것 아닐까. 하지만 그건 아무도 모를 일이고, 설령 두개골을 빼내 손으로 쥐어본다 해도 알 수 있는 것이 아니었다. 그 조그마한 부위가 우주와 대립하는 세계를 품고 있다니 참으로 대단하다. 눈에 보이지 않을 정도로 미세한 상처지만 지저분한 현실의 자극에 시달리다 보니 치유할 수 없는 변형이 생겨 원상 복구는 용이치 않을 것이다. 내 눈에는 그 대단한 위력도 모른 채 위험하게 망가진 뇌를 몸 위에 올려놓고 부주의하게 난폭한 걸음으로 활보하는 사람들이 보인다. 그 모습을 보면 불안이 심해져 아무리 사소한 행위라도 큰 돌을 빼내는 것만큼이나 하기 싫은 일이 되고, 관자놀이 주변에 섬광이 교차하며 고약한 술기운이 올라온다. 어쩌면 인간이 아닌 존재로 변화하는 과정인지도 모른다. 잠시 후 두통이 목구멍으로 내려가자 위장 안의 물질이 역류하는 듯했다. 혹시 정신이 나가려는 징조라 생각하니 나 자신이 통제되지 않았다. 어디에 기대어야 할지 모르겠지만, 당장은 아내를 치료하고 조금이라도 이상 증상을 없애줄 의사와 병원을 찾는 수밖에 없다고 생각하니 겨우 정신이 돌아왔다. 집을 팔아치우면 살 곳이 없어지는 건 그다음 문제다. 주치의가 포기했으니 계속 입원해도 효과가 없을 터이므로 어떻게든 아내를 I 교수에게 데려가야 한다. 날이 저물면 네 식구가 좁은 집에서 이마를 맞대고 언제 시작될지 모르는 아내의 발작을 기다려야 한다. 그 생각만으로도 견딜 수 없어져 아내를 재촉해 스즈키의 하숙집으로 갔다. 한창 난폭하게 반응하다가도 손님이 찾아오면 발작은 저절로 아내의 몸에서 빠져나가고, 음산한 그늘로 얼어붙은 아내의 표정 아래에서 타고난 밝은 빛이 드러난다. 그 모습을 보면 조금 전까지 발작에 시달린 사람이라고는 생각할 수 없었다. 그걸 아는 아이들은 누가 찾아오면 기쁜 나머지 춤을 추며 방 안을 뛰어다닐 정도로 환영했고, 나도 걸신들린 사람마냥 애타게 손님이 오기를 기다렸다. 내방객이 누구라도 상관없지만 내 과거와 관계되지 않아 아내의 기억을 유도하지 않을 사람이어야 한다. 스즈키는 아내의 신경에 이상이 생길 무렵 친해졌기 때문에 걱정이 없었을 뿐 아니라 아내는 그가 입원 중인 약혼자에게 헌신적인 태도를 보이는 데 감동하여 그를 신뢰했다. 아이들은 집 안의 숨 막히는 공기를 쫓아 내줄 비장의 카드로 생각했고, 나는 그에게 무언의 양해와 격려를 받을 수 있었다. 아내의 발작을 견제하고 싶을 때마다 내 사적인 문제를 떠넘긴다는 수치심도 눈감은 채 그의 형편도 고려하지 않고 특별한 용무가 없는데도 시도 때도 없이 그를 집에 데려왔다. 또한 아내를 입원시킨 뒤로는 외출할 때 아이들을 맡기고 집을 봐달라는 부탁도 했다. 과거와 연루되는 걸 거부하는 아내의 결벽 때문에 오랜 친구들에게는 사정을 털어놓고 상담할 수 없었는데, 고베에 계시는 아버지의 경우는 말만 꺼내도 아내가 엄청난 반응을 보였다. 전후 사정이 어떻든 언제라도 기댈 수 있는 사람은 스즈키밖에 없었기에 그를 부당하게 우리의 운명에 끌어들이지 말아야 한다고 자각하면서도 그에게 의지할 수밖에 없었다. 내가 처한 상황에 대해 얼마만큼 이해할지 모르지만, 그는 지금 아내의 심인성 반응으로 일상을 잃어가는 30대 후반의 남자가 얼마나 비참한지 눈앞에서 보고 있는 것이다. 내 추악한 행위가 숨김없이 드러날까 봐 망설여지긴 했지만 그가 용인해주므로 나는 멈출 수 없었다. 어느 날 불쑥 동료인 이시가와와 함께 집에 찾아와「꿈속의 확신」이라는 제목의 내 단편소설에 대해 질문한 것이 스즈키와의 첫 만남이었다. 두 사람은 성격이 대조적이었는데, 처음에는 말수가 적은 스즈키보다 강단 있어 보이는 이시가와에게 마음이 기울었다. 우락부락하고 어깨가 발달한 체형의 이시가와는 역 앞 큰길의 약국 뒷집을 개조한 다세대 주택 방 한 칸에 세 들어 살았다. 천장이 높고 창이 작은 그의 방에는 물건이 별로 없었다. 책상과 작은 책장을 제외하면 벽을 향해 뒤집어 세워놓은 캔버스 몇 개, 출입구와 창문 없는 유럽식 집을 중후한 필치로 그린 유화 한 점, 그리고 화로가 전부였다. 책장에는 책들이 듬성듬성 있었는데 모두 커버가 씌워진 채 책등이 안 보이게 반대로 꽂혀 있었다. 이시가와는 엉뚱한 질문을 많이 해서 나는 무리하게 대답을 지어내야 했다. 스즈키에게서는 이시가와처럼 거칠거나 거북한 태도를 찾아볼 수 없었으며 그의 온건한 관용 저변에는 결의 같은 것이 느껴졌다. 스즈키는 동네 외곽 상가의 별채를 빌려 자취했다. 책이 빼곡히 꽂힌 그의 책장을 보니 정신병리학이나 철학에 관심이 많은 듯했다. 부탁을 하러 가도 이시가와는 집에 없을 때가 많아 자연스럽게 스즈키의 관용에 의지했다. 스즈키는 내 고통을 떠맡아주기라도 할 것처럼 고개를 갸웃하며 발그레한 얼굴에 미소를 가득 띠고 부탁을 들어줬기 때문이다.

그날 밤도 스즈키에게 빈집을 부탁하며 아이들을 맡겨놓고 아내를 I 교수의 집에 데려갔다.

처음부터 내키지 않아 하던 아내는 전철에 타자마자 옆의 여자가 개를 닮았다며 생트집을 부렸다. 몸을 떨며 차가운 눈초리로 나를 노려보더니 의혹과 불신의 개미지옥에서 기어 나오지 못하는 것처럼 초조하게 반응을 종용했다. 그리고 언제 끝날지 모를 심문에 돌입했는데 오히려 발작이 더 악화된 듯했다. 이럴 거면 왜 두 달씩이나 입원했는지 알 수 없을 정도였다. 지금까지 몇 번이나 반복했는지 모를 추궁은 내 귀와 피부를 거스르며 모두 튕겨 나갔다. 아내는 전과는 달리 사람들 앞에서 지켜야 할 체면도 잊은 채 주위의 호기심 어린 시선도 무시하며 목소리를 높여 격렬히 몰아쳤는데 그 모습이 심상치 않았다. 그 자리에 머무를 수 없기에 아내 곁에서 떨어져 열차 안을 걷자 아내가 집요하게 따라온다. 참자, 참자. 내 마음은 그렇게 명령하지만 감각은 뒤틀리기 일쑤고 혐오와 공포로 차게 식는다. 전철에서 내려 옥신각신 승강이를 하는 동안 타야 할 버스도 놓쳤다. 몇 번이나 다 포기하고 싶었으나 되돌아간들 발작과 동행하며 고생하는 건 마찬가지다. 가까스로 I의 집에 도착해 구석까지 환히 밝혀진 응접실로 들어가 I 교수에게 지금까지의 경과를 이야기하던 중 아내가 내 뺨을 사정없이 때리더니 미친 듯이 날뛰었다. 비참함에 눈앞이 캄캄해져 무심코 앞을 보니 그 광경을 냉정히 관찰하는 교수의 시선과 마주쳤다. "30년 묵은 여자의 무서움을 알겠지?" 누군가 그렇게 말하는 소리가 귓가에 울렸다. "미호! 그만둬." 나는 당황해 거칠게 소리치며 제지에 나섰지만 타인 앞에서도 발작을 누그러뜨리지 않는 아내의 증상 때문에 나락으로 떨어지는 기분을 맛봤다. 적절한 사이코세러피 의사를 소개해주겠다는 말을 듣고 우리는 황망히 I의 집을 떠났다. 나는 줄곧 앞장서서 걸었다. 버스가 와도 아내를 챙기지 않고 나 혼자 타버리자 아내도 할 수 없이 뒤따라 탄 듯했다. 검은 코트를 걸치고 움푹 들어간 눈으로 태도가 달라진 나를 탐색하는 아내의 모습이 마치 상처 입은 갈까마귀 같았다. 전철에 탈 때도 나는 개찰구에서 일부러 발걸음을 재촉해 과선교 판자 계단을 올라가는데 뒤에서 울음을 터뜨릴 듯이 나를 부르는 아내의 목소리가 가느다랗게 들렸다. "S 씨, S 씨." S라고 성을 부르는 걸 보니 분노가 극단에 이르렀나 보다. 뒤돌아보니 아내가 까치발로 주춤주춤 내려오는데, 절망에 떨다가 얼어붙은 아내의 낯익은 얼굴이 저 멀리 둥둥 떠 있는 것처럼 보였다. 내가 다시 계단을 올라가 가까이 다가서니 아내가 물었다. "우산을 잊어버리고 그냥 왔죠?" "우산 같은 건 아무래도 상관없어." 될 대로 되라는 말투로 받아치며 아내의 팔을 잡으니 체취가 가볍게 코끝에 스친다. "당신은 정말 무서운 사람이에요." 아내가 힘없이 계단을 내려가며 말하기에 나도 대답했다. "그래, 당신이 말한 그대로야." "난 살아 있을 가치가 없으니까 어디 먼 데 가서 죽어버릴 거예요." "그렇게 죽고 싶다면 어서 죽으면 되잖아. 나한테 보고하지 말고." 나는 계단을 내려오며 기어이 그 말을 했다. 그리고 아내를 놔두고 먼저 플랫폼으로 걸어갔다. 우리 외에는 아무도 없었고, 철로 건너편에는 높은 돌담이 어둠 속에서 시커멓게 공간을 가로막고 있었다. 외등 몇 개만 밝혀진 플랫폼은 심야의 바닷가에 삐죽 튀어나온 제방 같다. 잠시 후 점차 가까워지는 열차 바퀴 소리가 들리고 온몸에 전율이 퍼졌다. "지금이야. 뛰어들어!" 내가 명령을 내리면 아내는 순순히 철로로 빨려 들어갈 것 같았다.

그날 밤, 나는 스즈키에게 자고 가라고 무리하게 부탁했다. I의 집을 방문하고 돌아오는 사이 아내의 마음은 더 악화되어 혼자서는 풀어줄 수 없을 것 같았기 때문이다. 아이들은 축제일이 온 것처럼 깡충깡충 뛰어다니며 기뻐하더니 어느새 곤히 잠들었고, 아내도 체념했는지 소동을 피우지 않고 그냥 잠들었다.

제10장 한참 뒤

이사한 사쿠라佐倉 마을의 집은 건물이나 마당이 우리에게는 너무 넓었다. 당연히 집이 넓으면 생활하기 편하지만 지금 내 처지로는 힘에 부친다. 고이와 집이 팔려 다른 곳으로 이사해야 했기에 역 앞 부동산에서 소개받아 이곳으로 옮겼는데, 도쿄에서 멀리 떨어진 곳이라 환경은 더 바랄 게 없었다. 도쿄에서는 아무리 사소한 사물이라도 곧바로 우리의 기억에 들러붙어 아내의 발작을 부추겼다. 도쿄 어디로 이사하더라도 과거의 기억에서 벗어날 수는 없지만, 낯선 장소라면 기억과 현실이 직결되어 서로 소통하는 정도가 훨씬 줄어들 것이다. 이 집을 빌리기로 했을 때는 벼랑까지 몰린 상황이었으나 한편으로는 활로가 열리는 기분이었다. 넓은 평야 가운데 불규칙하게 주름진 습곡, 말 등처럼 높이 솟은 산 위에 펼쳐진 사쿠라 마을에는 에도 시대 작은 번藩의 성시 같은 분위기가 남아 있었다. 평야에서 뻗어 나온 흰 도로가 완만한 언덕길로 이어지고 그 앞에서 약간 안으로 돌아 들어가면 이제는 구舊도로가 된 길을 따라 허름한 돌담이 보이는데, 우거진 나무들에 가려진 그곳이 바로 성터다. 신작로는 마을 초입의 가이린지海隣寺 언덕과 연결되어 그 길을 따라가면 양쪽에 집이 즐비한 산 위의 마을로 바뀐다. 그 일대가 이른바 성시 마을로, 말 등을 관통하듯 나 있는 큰길 사이사이로 실뿌리처럼 샛길이 갈라져 있고 절과 오래된 무가저택의 모습도 보였다. 샛길 중 어디로 들어가더라도 작은 골짜기 사이로 산길이 나 있어 기슭 아래로 내려갈 수 있었는데, 번화한 큰길 바로 뒤에 그런 산길이 있으리라고는 전혀 생각하지 못했다.

우리가 이사한 집은 가이린지 언덕을 넘어가면 나오는 곳으로, 절의 산문이 보이는 된장 가게 모퉁이에서 샛길로 빠지는 막다른 골목 끝에 있었다. 집 옆에 울창한 대숲이 언덕을 따라 경사져 있어 시야가 확 트이지는 않았으나 산기슭부터는 논이 펼쳐졌다. 격자 대문 양옆으로는 샛길을 따라 산울타리가 길게 늘어서 있고, 대문에서 현관문까지 같은 간격으로 징검돌이 놓여 있었다. 삼나무와 동백나무 몇 그루를 심어놓은 앞마당은 우거진 잎 때문에 낮에도 어둑어둑할 정도라 축축한 흑토에는 푸른 이끼가 잔뜩 끼어 있었고, 뒷마당에는 석가산石假山과 연못 주위에 이름 모를 나무가 잎을 드리우며 뒤편 밭까지 죽 이어졌다. 썩어가는 판자 울타리를 경계로 이웃이라고는 단 한 집밖에 없었는데, 들어오고 싶으면 어디로든 쉽게 잠입할 수 있는 구조였기에 영 불안했다. 현관 옆에는 나중에 증축된 듯한 목조 양옥 건물이 있었는데, 지붕 높은 이 양옥을 제외하고는 낡은 저택이 무거운 기와에 눌려 바닥에 넙죽 엎드리고 있는 형상이었다. 집 전체가 어두운 그림자로 덮여 있는 데다가 양옥 창의 밝은 색유리 때문에 본채의 음침함이 더 두드러졌지만, 처음 봤을 때부터 이 집을 빌리고 싶었다. 낡은 기운이 온통 이 언덕 마을을 뒤덮고 있어 왠지 모르게 기분이 들떴기 때문이다. 지금까지는 가짜 삶이었으니 이제부터라도 낯선 마을에서 새 출발을 해보자고 결심했지만 아내의 의혹과 불안 때문에 궁지에 내몰린 내게 전망이 있을 리 없다. 이제라도,라고 각오했던 기세는 금세 시들해졌다. 밖에서 볼 때는 지붕 기와에 눌려 천장이 얕을 줄 알았는데, 안에 들어가니 모든 방에서 언월도偃月刀*를 휘둘러도 될 정도로 천장이 높아 희한했다. 왜 그런지 모르지만 방구석에 숨어 있는 정체감에서 광채가 났다. 연못 옆에 있는 다실풍의 별채에는 젊은 여자가 혼자 살았는데, 우리가 집을 보러 가던 날은 집주인인 오빠가 일부러 도쿄에서 내려왔다. 스즈키도 동행한 것은 아내의 발작을 조금이라도 줄여보려는 목적도 있었지만 그와 함께 살 생각도 있었다. 누군가 다른 사람이 있으면 아내의 발작이 한풀 꺾이니 나는 어떻게든 그런 상황을 만들려 했다. 스즈키는 우리의 과거와 무관해 확실히 발작을 약화시키는 힘이 있다. 내 입장에서는 당연히 그를 놓치고 싶지 않았고 스즈키도 거처를 옮겨도 된다고 했기에 그의 마음이 변치 않는 이상 이사하는 집에서 우리와 함께 살 계획이었고, 아내도 그러기를 원했다. 비록 아래위 한 벌은 아니었지만 미제 중고 양복을 입고 간 나와 스즈키는 집주인 앞에서 나름 격식을 차리려 했으나, 아내는 어깨에 검

---

* 초승달 모양으로 생긴 큰 칼로, 길이는 2미터 정도다.

은 코트를 걸쳐 입은 채 사람들이 보기 싫다는 이유로 쓰기 시
작한 선글라스도 벗지 않았다. 대면 분위기가 어색해 거절당할
줄 알았는데 집주인이 집을 빌려주었다. 양옥까지 다 써도 된
다고 부엌이 보이는 방에서 말했는데, 아마도 거기가 식모방인
듯했다. 그의 엉거주춤한 자세가 나중까지 인상에 남았지만,
실제로는 자세가 엉거주춤하지 않았던 것 같다. 3월 말일이었
지만 손끝 발끝은 아직 추위가 느껴지는 날씨였는데 다른 방에
는 전혀 온기가 없었고 그 방에만 화로가 있었다. 어쩌면 그는
약속 시간이 지났는데도 코빼기도 보이지 않는 우리를 기다리
느라 초조했을 수도 있다. 다다미 열 장짜리 안방의 장식단에
는 죽은 노인의 사진 앞에 제물로 준비된 과일과 향이 놓여 있
었다. 부친이 그 방에서 돌아가셨기에 49일 동안 그냥 거기에
제단을 모셨으면 좋겠다고 집주인이 말했다. 병약한 누이동생
이 부친 사후 이 큰 집에 혼자 있으면 너무 외로울 것 같다며,
집세가 목적이 아니라 오히려 적당히 집에 함께 있어줄 사람을
원했다는 것이다.

이사 날짜까지 정하고 돌아온 다음 날, 흉부에 이상이 발견
되어 스즈키가 병석에 눕는 바람에 그와 함께 살기로 한 계획
은 포기해야 했다. 망연자실한 상태에서 이삿날이 돌아왔고,
가끔 도와주러 왔던 아내의 사촌 K코를 붙잡아 그대로 머물게
했다. 다 함께 커다란 안방에 나란히 누워 있는데 변소를 가려
는지 발소리를 죽이고 뒷마당과 붙은 복도를 지나는 별채 여자
의 기척이 아내를 불안에 빠뜨렸다. 여자는 폐병을 앓고 난 뒤

요양 중인 것 같다며 부엌 구석에서 파스* 빈 깡통 여러 개를 봤다고 아내가 허망한 표정으로 소리 낮춰 말했다. 변소 작은 창 너머로는 동백나무가 보였는데, 누가 가지에서 비틀어 따기라도 한 듯이 꽃 서너 송이가 댕강 잘린 목처럼 이끼 덮인 흙 위에 떨어져 있는 모습이 눈에 띄었다. 다다미 열 장짜리 방이나 그 옆의 여덟 장짜리 방은 물론, 현관 옆에 붙은 넉 장짜리 방과 첫 대면 때 이용했던 여섯 장짜리 부엌 옆방까지, 방들이 지나치게 넓다는 생각을 떨칠 수 없었다. 마루가 깔린 부엌만 해도 충분히 사용 가능한 방을 하나 더 만들 수 있을 정도로 컸으며, 부엌과 연결된 봉당 옆에는 욕실과 창고도 있었다. 욕실에는 오래된 나무 욕조도 있었고, 판자문을 조금만 열면 시야 끝까지 대나무 숲이 펼쳐져 있었으며, 아래로는 나무 뚜껑에 못을 박아 막아놓은 낡은 우물이 내려다보였다. 사망한 부친 사진을 자신들의 거처로 옮겨 가지 않고 왜 양옥 장식단에 그대로 놔두는지, 젊은 여자가 별채에서 혼자 살면 밤에 무섭지는 않은지 차츰 수상쩍은 생각이 든다. 막 이사한 집이라 익숙지 않은 탓인지 구석구석에서 적요함이 배어 나와 K코가 합류했는데도 전혀 활기가 느껴지지 않았다. 아무리 애써봐도 간간이 발생하는 아내의 발작을 막을 묘안이 없었기에 내 몸은 예민해지고 점점 겁쟁이가 되었다. 마음속으로는 줄곧 아내의 발작으로부터 도망칠 생각만 하지만 정작 도망치지 못한다. 고이와에서 사쿠라로 어떻게 이사했는지도 모르겠다. 반복되는

---

* PAS: 파라아미노살리실산para-aminosalicylic acid. 결핵·치료제.

발작으로 차질이 생겨 절망을 거듭하며 겨우 짐 꾸리기를 마치고 난 뒤에는 신기하게도 아내가 예전처럼 똑 부러지는 사람으로 돌아와 하나하나 꼼꼼히 챙겨가며 뒷마무리를 했다. 트럭한 대분의 짐이 어디 들어갔는지 알 수 없었지만 이 방 저 방에서 미처 확인하지 못했던 것이 튀어나와 이 집의 무거운 과거가 우리를 짓누를 것 같았다.

이사 당일, 길게 뻗은 대로를 따라 시청과 교육위원회를 더듬더듬 찾아가서 주민등록과 신이치의 전학 수속을 마쳤다. 아내는 대충 옮겨만 놓은 짐을 정리하며 각 방에 배치했고, 아이들은 전과는 비교가 되지 않을 정도로 넓어진 마당에서 어떤 코스로 자전거를 타볼까 잠시 고민하는 듯했다.

"미호, 괜찮아?"

나는 발작이 걱정되어 아내의 얼굴만 살필 뿐, 어떻게 도와야 할지 몰라 우왕좌왕하느라 피로만 깊어졌다.

목욕물이 끓었으니 욕조에 들어가라고 K코가 재촉하기에 마음속으로 아내의 사촌이 일을 도와주러 온 집의 가장인 양 내 모습을 그려봤지만, 저녁 식사를 기다리며 여유 있게 목욕하는 정경이 현재의 상황과 너무 달라 위화감만 들었다. 판자문을 열고 밖을 내다보니 밤의 장막으로 둘러싸인 대숲 위에 조각달이 걸려 있고, 개구리 울음소리가 사방에서 파도처럼 귀를 압박해오는데도 연기처럼 자욱하게 시골 마을의 적막한 정취가 피어나는 걸 보니 옛 성시 마을 한구석의 호젓한 삶을 바로 눈앞에 두고도 받아들일 수 없는 나 자신이 비참했다. 오랫동안 욕조를 사용하지 않아 나무가 바짝 말랐는지 물이 새는

데다 전혀 따뜻하지도 않았다. K코가 아까부터 불을 피운 보람도 없이 미지근하게 찬기만 느껴져 그대로 있기 힘들었다. 모처럼 마련된 기회라 아쉽지만 목욕을 단념하려는데 어둑어둑한 창고와 부엌 네 귀퉁이, 달빛 비치는 바깥 대숲 할 것 없이 여기저기서 나를 엿보는 듯했고, 어느덧 개구리 울음소리조차 멈췄다는 걸 깨달았다. 엉덩이가 들썩거려 참을 수 없었기에 허겁지겁 욕실에서 나와 저녁이 준비되어 있는 안방으로 갔다. 맹장지와 장지, 복도 밖의 빈지문까지 문이 다 닫힌 가운데 풍로 위의 전골냄비에서 고기와 야채가 보글보글 끓고 있는 정경을 보니 온화한 일상을 확인한 듯했다. 하지만 아이들은 의심스러운 눈으로 우리 눈치를 살폈다. 지금 아무리 평온한 분위기라도 엄마의 변덕스러운 기분에 따라 상황은 언제든지 바뀔 수 있다는 걸 알기에 '일상'의 영속을 믿지 않는 것이다. 그 기분은 내게도 전염되어 아직은 낯선 옆방에서 정체 모를 악의가 맹장지를 향해 밀어닥치는 것 같아 두려웠다. 그날 밤, 아내는 발작하지 않았다. 별채 여자의 병에 마음을 빼앗겨 두려움이 밑도 끝도 없이 깊어진 탓인지 내게 매달리기도 했다. 옛날 사람들처럼 나병이나 폐병에 대한 공포가 회생했는지 아무리 달래도 소용없었다. 아내가 그토록 두려워하는 것은 아이들에게 전염될 수 있기 때문이리라. 이렇게 여의치 않은 환경에 내몰린 건 모두 내 책임이라고 추궁할 줄 알았지만 당장은 그러지 않았다. 대신 아이들을 이 집에서 멀리 떼어놓아야겠다며 어둠의 소리라도 들은 듯한 눈빛을 보이더니 곧바로 대책을 생각해보자고 했다. 이사 오자마자 다음 계획을 세우려니 온몸에 힘이 다 빠지는 듯했으나 한번 정한 생각을 번복할 아내가 아니다. 아내는 방 안에 놋대야를 준비해놓고 밤에는 거기서 용변을 해결하고 크레졸액을 희석해 손을 씻자는 아이디어도 냈다. 하지만 변소 문과 벽, 덮개 같은 곳에 결핵균이 붙어 있어 근본적으로 번식하기 좋은 환경을 없애는 것이 불가능했으므로 결국 아이들은 남쪽 섬의 숙모께 맡기기로 하고 당분간은 K코의 하숙에서 지내게 하는 것으로 일단락 지었다.

K코가 마야와 한 이불에서 자면 그 옆에 신이치를 재우고 나는 다른 한쪽에서 아내를 돌볼 수 있었다. 아내와 둘만 다른 방에서 따로 자지 않는 것은 발작을 하면 구제할 방법이 없을뿐더러 아직 집이 낯설어 적적함이 느껴졌기에 자연히 그렇게 되었다. 나는 K코의 마음까지 배려할 여력이 없었다. K코가 옆에 있으면 신이치와 마야는 신나게 떠들다가 금세 잠들었지만, K코가 무슨 생각을 하는지는 알 수 없었다. 넓은 이마와 짙은 눈썹, 광대뼈 등 아내와 많이 닮은 K코는 감정을 잘 드러내지 않았고 남에게 상냥한 태도를 보이는 걸 수줍어하는 편이었다. 돌이켜보니 K코와 차분히 이야기를 나눈 기억이 없다. K코는 고향 섬을 떠날 때도 친척들에게 자기 생각을 털어놓지 않았고, 지금도 무슨 일을 해서 생계를 꾸리는지 확실히 모른다. 가끔 고이와 집에 들러 자고 가긴 했으나 아내와 둘만 따로 이야기했고, 발작에 시달리게 된 뒤로는 K코를 집에 부르지 않았다. 아내가 K 병원 신경과에 입원해 있는 동안, K코가 일요일 낮에 우리 집에 찾아와 부엌일이나 빨래를 해주고 돌아갔지만 하숙집이 어딘지 알려주지 않았다. 딱 한 번 가겟집으로 전

화를 했다기에 허겁지겁 달려가 수화기를 들었더니 평소와는
달리 활기차게 내 이름을 부르는 K코의 목소리가 들렸다. 입원
중인 아내의 상태를 묻는 전화였는데 K코가 내 이름을 부른
건 그때가 유일했던 것 같다. 이번에도 이삿날 도와주러 온 그
녀를 새집까지 데려와 지금까지 머물게 한 것이다. 스즈키와도
함께 살 수 없어진 형편이라 K코의 사정이 어떻든 그녀가 계
속 같이 있어줬으면 좋겠다.

아내가 잠들었다는 신호를 보내듯 손끝 발끝의 가벼운 경련
을 내게 전달하면 결박된 시간이 풀리고, 아무런 구속 없이 혼
자 여행을 떠날 때의 친숙한 감정이 돌아와 신기하게도 과거
의 일들이 어떤 의미였는지 이해될뿐더러 무엇이든 다 받아들
일 수 있을 것만 같다. 도저히 참을 수 없던 발작조차 가련한
마음이 앞서고 아내가 곤히 자는 모습에도 몹시 애착이 느껴
진다.

초등학교는 큰길을 지나 마을 중심부에서 더 들어가는 곳에
있었는데 한 20분쯤 걸리는 듯했다. 신이치는 시모코이와 초등
학교에 입학했지만 사흘도 못 다니고 전학해야 했다. 자기에게
닥친 혹독한 시련을 피하지 못하고 전부 받아들이려는 결의가
어린 얼굴에도 다 드러났다. 새 옷과 장화가 몸에 비해 너무
컸지만 신이치는 투정 부리지 않았다. 큰길은 비포장도로라 비
가 오면 나리타 부동존 쪽으로 가는 버스 행렬과 트럭이 더러
운 흙탕물을 튀기며 지나갔기에 길가의 가게들은 낮에도 문을
닫아놓았는데, 꼭 그런 날이 아니라도 대대로 물려받은 가게

라 자리를 잡아서 아무 때나 문을 닫아도 되는 모양이었다. 비가 내려 질척이는 그 길을 장화가 벗겨질까 봐 구부정하게 몸을 숙이고 한 걸음 한 걸음 조심스레 걷는 신이치의 모습을 보니 마치 우산과 장화만 걸어 다니는 듯했다. 첫날만 학교까지 데려다주고 하교 시간에 맞춰 데리러 가기만 했는데, 신이치가 얼빠진 얼굴로 실내화가 없어졌다고 말했다. 신이치의 등하굣길이 걱정되긴 했지만 아내를 K코에게만 맡겨둘 수 없었다. 만약 망상을 못 이겨 뛰쳐나가기라도 하면 K코 혼자서는 아내를 제어할 수 없기 때문이다. 아내 곁에 붙어 있어야 한다는 건 알지만 간혹 상태가 좋아지면 아내의 명랑한 목소리에 이끌려 약간 긴 용무를 보러 외출한다. 도중에 참을 수 없는 초조함에 시달릴지라도 그 유혹을 피할 수 없다. 혼자 바깥을 걷다 보면 해방감에 활력이 생기고, 눈앞에 보이지 않으니 아내의 병도 잊을 수 있다. 아내 역시 내가 늘 옆에 붙어 있으니 숨이 막힌다고 했다. 그러면 안 된다고 늘 결심하면서도 왜 자꾸 그 결심을 깨는 걸까. 그때도 기분 좋게 탈지면을 사러 나갔으나 돌아오는 길에는 어두운 불안이 단단하게 뭉치는 것 같아 집으로 마구 뛰어가는데 외출복을 갖춰 입은 아내가 샛길 반대편 모퉁이를 도는 모습이 보였다. 나를 본 아내는 검은 코트 자락이 휘날릴 정도로 줄행랑쳤지만 얼마 못 가 내게 붙잡혔다. 아내가 달리기 시작했을 때 얼핏 본 옆얼굴이 눈꺼풀에 눌어붙으니 어쩐지 친밀한 관계가 환기된다. 그때 나는 분명 사색이었을 텐데 붙잡힌 아내는 뺨이 상기되어 있었다. 땀이 송골송골 맺힌 넓은 이마에 머리카락이 엉겨 붙어 수심 어린 표정을 지

으며 부드러운 목소리로 피곤을 호소하던 모습이 내 가슴에 스
민다. 정말 도망칠 생각이었다면 나를 완전히 따돌리고 도망쳤
을 테고, 내가 조금만 꾸물거렸으면 손바닥에서 나비가 날아가
듯 모든 것이 끝장나지 않았을까. 그 생각만 해도 어둡게 포개
진 나뭇잎 사이로 별안간 햇볕이 내리쬐어 눈이 부실 때처럼
아찔하다. 나는 정신없이 쫓아가 아내를 붙잡는다. 숨을 헐떡
이며 뛰어가는 아내 뒤를 바짝 뒤따라가 매달리듯 붙잡았는데,
아내는 그때의 충만한 감촉을 잊지 못해 붙잡힐 정도로만 도망
치기를 반복하는 듯하다. 하지만 아내의 모습이 보이지 않으면
내가 견디기 힘들어져 결국에는 어디를 가더라도 함께 움직이
게 되었다.

　내 충실함의 증거라는 듯이 나는 사람들과의 교류를 끊는 모
습을 아내에게 보여주려 했다. 머지않아 그 행위에는 쓰라린
쾌감이 수반된다는 걸 깨달았다. 사쿠라로 이사한 뒤로는 더
강하게 나갈 수 있었지만 세간의 작용을 완전히 거부할 수는
없었다. 사람들과 접촉하면 애써 마련한 환경이 흐트러지고 마
음의 동요로 새로운 발작의 계기가 생기는 듯했으나 그 덕분에
가까스로 생활을 유지할 수 있었다. 생활비를 벌려면 어떻게든
세상과 연결되어 있어야 한다. J가 왜 내게 일과 관련된 귀띔
을 해주는지 몰라 의외였지만 한편으로는 안도했는데, 그 덕분
에 한동안은 희망을 유지할 수 있는 힘이 생겼다. 당장은 고이
와 집을 매도한 돈으로 버틸 수 있더라도 그게 전 재산이라 작
은 모래성이 맥없이 무너져가는 것이나 다름없었기에 도저히
피할 수 없도록 서서히 다가오는 공포가 거기 숨어 있었다. 그

돈으로 앞으로 몇 년을 버틸지 모를뿐더러 당장 아내의 치료비가 눈앞을 가로막는다. 일단 I의 아버지께 소개받은 의사를 찾아가 사이코세러피를 받을 생각부터 해야 하지만, 1년은 고사하고 당장 내일, 모레의 일조차 예측할 수 없었다. 내가 확실히 실감할 수 있는 건 아내의 발작뿐이다. 그 틈을 누비며 멀쩡한 얼굴을 한 일상이 옆모습 내지는 뒷모습을 보이며 빠져나가고, 무성영화 속에 어쩌다 발성 부분이 삽입된 것처럼 세상 사람들의 육성이 난데없이 귓가에 파고든다. 일단 아내의 추궁이 시작되면 아무리 사소한 것이라도 내 과거는 모두 되살아나 현재와 연결되므로 나는 감당이 되지 않는다. 날마다 과거를 끊어낸다고 생각해야 매일 삶이 유지될 수 있지만, 지금 우리에게는 과거의 인연 하나하나가 현재와 연결된 상태로 눈앞을 지나가기에 곧장 우리의 노출된 신경과 합선되어 창백한 불꽃을 뿜는다. 언제 걷잡을 수 없는 불덩이가 되어 타오를지 예측조차 할 수 없었다. 늘 발작과 함께하다 보니 오히려 발작이 수그러든 동안 죽음의 향기가 기습했다. 어떤 발작이라도 닥치고 받아들일 수만 있다면 더 이상 무엇을 바라겠는가! 그런 생각도 싹텄지만 이루어질 리 없으므로 나도 아내와 비슷하게 발작하고 만다. 매일 발작에 내몰리니 결국 발작하는 매 순간이 내 일상의 전부였다. 이사한 다음 날, M 신문사에서 서평 도서를 상의하기 위해 속달을 보냈다. J가 연결시켜준 일이었는데, J는 따로 전보도 보냈다. 일자리가 있으니 M 신문사 편집부로 연락을 달라는 내용이었다. 내심 기대는 했지만 일이 구체화되어 눈앞에 보이니 묘하게 권태가 밀려와 내빼고 싶었다. 하지만 잠시 후 문 앞에서 주뼛거리다 들어오는 Q지 편집자의 모습을 발견하자 기분이 이상하리만치 들떴다. 왜 일은 늘 한꺼번에 들어올까 생각하는 사이, 아내가 정말 쏜살같이 밖으로 나가더니 위스키를 사 와 술상을 준비했는데 그 행동이 도저히 발작에 시달리는 사람이라고는 상상할 수 없을 정도였다. 편집자는 고이와 집을 가봤더니 이미 이사한 뒤라 F에게 물어봤다고 했다. 이사 소식은 당장 일 때문에 연락을 주고받아야 했던 M 신문사를 제외하고는 다른 곳에 알리기 전이라 F도 M 신문사나 J를 통해 알았을 텐데 모든 것이 그들의 격려처럼 여겨졌다. 세상이 넓어 보여도 결국 손바닥 안이라 도망칠 수 없을 듯했다. 하지만 그 편집자가 가지고 온 일은 맡을 수 없는 종류의 것이었다. 규모가 큰 전기회사의 르포르타주를 써야 했는데, 사업 관련 지식이 전혀 없는 데다가 취재 때문에 며칠씩 집을 비워야 해서 지금으로서는 상상도 할 수 없는 일이다.

신이치와 마야를 돌보려면 K코가 일을 그만두어야 했기에 그 절차를 밟고 사전 준비를 하기 위해 이케부쿠로의 하숙집으로 돌아갔다. K코가 없으니 넓은 집에서 견디기가 더 힘들었다. 이사가 피곤했는지 신이치가 학교를 파하고 돌아오면 다 함께 낮잠을 자는 일이 많았다. 아내는 망상을 떨친다며 식사 준비도 어두운 부엌을 피해 밖에서 했고, 마야와 함께 대문부터 현관 앞까지 마당에 난 잡초를 열심히 뽑았다. 종종 초조한 기색을 보였으나 어떻게든 기분 전환을 시도해 빠져나왔다. 밤에도 그럭저럭 잠을 잘 수 있었고, 좀 이상한 것 같으면 바로바로 처방받은 수면제를 먹고 잠들었다. 자극을 피해 이대로 잘 유지하면 상태가 진정되지 않을까. 아련한 희망이 생겨 한번 확인해볼 요량으로 일요일에 온 식구가 가까운 인바印幡 늪으로 외출했다. 샛길을 나와 큰길에서 한두 번 오른쪽으로 꺾으니 금세 가이린지 언덕이다. 거기서는 언덕 아래의 숲에 가려 옛 성터는 보이지 않지만 앞이 뻥 뚫린 평지라 복판에 흰 줄처럼 나 있는 길을 중심으로 전원 풍경이 조망되었다. 여기 오니 오래된 마을의 거미줄 같은 얼개에서 겨우 벗어나 너른 창공으로 날아오를 수 있을 것 같은 마음이 들었는데 어쩐지 한 방 맞은 기분이었다. 집안 문제 때문에 잔뜩 움츠리고 있는 동안에도 밖에는 이런 탁 트인 전망이 존재하지만 나는 하루 종일 티끌만 한 시간조차 내 맘대로 쓸 수 없는 것이 아이러니했다. 그 절망감에 몹시 광폭해졌으나 그 마음을 부드럽게 씻어주며 어쨌든 뭐라도 해야 한다고 유혹하는 존재가 있었다. 나는 이 기분을 잊지 말고 아내의 발작을 온전히 받아들이기로 결심하지만, 눈앞의 풍경이 사라지면 날아오를 것 같은 이 너른 마음도 깡그리 잊혀져 다음에 여기 다시 올 때까지 되살아나지 않으리라. 그렇지만 이 언덕에 오면 머릿속에서 항상 들리지 않을 정도의 선율과 속삭임이 서로 공명해 어렴풋하게 빛을 발산한다는 것이 확실히 상기되고 뭔가와 결부되어 의미가 드러난다. 지평선 주위에 띠 모양으로 어렴풋이 빛나는 것, 화창한 날에는 흡사 유리창처럼 반사되지만 구름에 덮이면 흐릿해져 보이지 않는 것. 그건 바로 땅을 길게 가로지르는 인바 늪이다. 그게 늪이라는 건 금방 알 수 있었지만 정말로 늪인지는 의문이 남는데, 날씨에 따라 때로는 위태로울 정도로 높이

떠 있어 마치 신기루처럼 보이기 때문이다. 늪 표면의 어렴풋
한 반사광이 의식 속에 끼어들어 그 선율의 여운이 끊어지지
않도록 마을을 지켜보는 역할을 하는 듯했다. 비가 오거나 바
람 부는 날에도 늪 표면이 빛을 흡수하지 않고 묵묵히 세상을
비춰내는 듯했다. 언덕을 내려가면 왼쪽에 성터가 보이는데,
그 반대 방향으로 언덕 자락을 돌아 규모가 작은 사철私鐵 역에
서 전철을 탔다. 늪 근처에 내린 우리 네 식구는 모래 먼지를
써가며 오랜 세월 사람들의 발에 밟혀 굳어진 길을 말없이 걸
었다. 오래전부터 길이 난 흔적인지 낡은 농가나 케케묵은 소
나무 가로수들이 도중에 보여 기분을 북돋았지만, 내가 직시해
야 하는 것은 오래 걸으면 피곤해하는 아이들의 표정이나 발작
과 종이 한 장만큼 떨어져 어두운 투쟁을 벌이는 아내의 모습
이다. 덜컥 하는 소리가 들릴 정도로 부자연스럽게 나를 향해
고개를 돌려 그늘진 얼굴로 나를 뚫어지게 바라보는 행동. 밑
도 끝도 없이 울부짖더니 가던 길을 멈추고 결국 내게 비난의
시선을 보내는 의문 가득한 눈. 아내가 과거 어느 때의 기억을
떠올리더라도 그 때문에 내 걸음은 꼬이고 내 모든 경험이 역
류해 꺼림칙한 취기가 퍼진다. 그러면 나 역시 언제 폭발할지
모르는 미심쩍은 상태가 되고 아이들도 민감하게 반응하는데,
아무렇지도 않은 척하지만 혼이 빠져 걷고 있을 것이다. 신이
치와 마야가 자주 목마름을 호소했기에 준비해 간 물통의 차는
이미 바닥난 상태라 길가의 가게에서 청량음료를 발견하고 사
주려 했지만, 아내가 사지 못하게 막는 바람에 모두들 짜증이
쌓이고 무엇을 위한 피크닉인지도 까먹는다. 누가 늪에 가자고

했을까. 아내도 언덕에서 늪이 반짝거리는 모습에 뭔가를 느꼈으니 바로 눈앞에서 보고 싶다고 생각했을 터이다. 막상 가까이 다가가면 심술궂게 사라지는 아지랑이 같겠지만, 나는 일부러 즐거운 척 힘내라고 아이들을 북돋우면서 한편으로는 살얼음판을 디디듯 아내 눈치를 살피며 겨우 늪에 도착했다.

걸어가는 동안 길가에는 사람들이 살아온 오랜 연륜이 스며들어 있으므로 도착하면 길 위의 연륜을 완전히 내 것으로 만들 수 있을 거라 기대했지만, 뒷사람에게 떠밀려 비틀거리며 간신히 발을 디디고 보니 그저 물가에 불과했다. 길은 거기서 끝나지 않고 둔치를 따라 계속 이어졌지만, 우리가 걸어온 길은 그 늪에 가로막혀 단절된 느낌이었다. 늪이라는 단어에서 연상되는 음습함이 전혀 없을 뿐 아니라 건너편 둔치가 어렴풋이 보일 정도로 넓은 호수에 물이 가득 차 있었다. 가로막힌 것 없는 공간을 오가는 바람에 잔물결이 일고 있는 수면을 보니 바다다,라고 외치고 싶을 정도다. 건너편 둔치로 넘어가는 나루터 같은 곳에는 휴게소도 없이 좁다란 간이 다리만 호수 가운데를 향해 삐죽 튀어나와 있고, 둔치를 따라 늘어선 갈대가 산들거렸다. 평지 가운데 이렇게 물을 가득 채운 넓은 호수가 있다니 이해할 수 없다. 아무래도 물이 계속 넘쳐흘러 주위가 온통 물에 잠길 것 같았다. 호수 건너편 물가에 집들이 낮은 지붕을 맞대고 있는 부락이 보여 상투 튼 농부들이 뭔가 불온한 사건에 벌벌 떨며 마을 안을 돌아다니는 정경을 떠올려봤지만, 현실은 그저 평범한 호숫가의 살풍경한 풍광일 뿐이다. 우리는 둔치에 끌어올려진 작은 배의 그늘에서 어깨를 맞대고 집에서 싸 온 빵과 과일을 먹었다. 가이린지 언덕에서 바라볼 때는 수상한 반사광의 정체에 대해 생각하지 않았지만, 눈앞에 드러난 실체를 보니 바람에 갈대를 산들거리게 하면서 드러난 만큼만 내주고 사라졌나 할 때쯤 공중으로 끌어올려져 안에 품고 있던 수상한 빛을 방출했다. 싸 온 것을 다 먹고 나서도 계속 둔치에 있을 수는 없었기에 왔던 길을 되돌아가 전철을 탔다. 아이들 등에 배낭을 지워주니 불현듯 햇볕에 익은 얼굴들이 눈에 띈다. 피곤해 넋 놓고 있는 가족 단위의 행락객들을 보니 갑자기 우리도 나들이를 마치고 돌아가는 기분이라 아, 햇볕이 초여름 같다,라고 외치며 주위를 둘러보고 싶었다.

날마다 쓰는 식료품이나 일용품은 가급적 한꺼번에 사려 해도 계속 필요한 것이 생기므로 결국 물건을 사러 여러 번 나가야 했다. K코도 없는 집에 아내만 혼자 놔둘 수 없어 아무리 사소한 물건이라도 함께 사러 나갔다. 아내의 낯가림은 점점 심해져 늘 잊지 않고 선글라스를 썼다. 얇은 검정 외투는 칼라를 세우고 사기 브로치로 가슴을 여미니 중국풍으로 보였고, 즐겨 신는 빨간 구두와의 밸런스가 아직 옛 관습이 많이 남은 시골 마을에서는 너무 튀었다. 게다가 그런 옷차림을 한 아내와 내가 팔짱을 끼고 다니니 더욱 이질적으로 보이는 듯했다. 물론 대놓고 뚫어지게 쳐다보지는 않았지만 사람들의 시선이 피부로 느껴져 마을의 공기에 부유하는 이물질 같았다. 피넛버터를 덜어 파는 가게는 처음 방문했는데도 우리가 어디 세 들어 사는지 알고 안주인이 자연스레 그릇까지 빌려줬으며, 정육점 주인도 길 복판까지 나와서 말했다. "얼마 전에 이사 오셨죠? 된장 가게 건너편에요. 그 집이 꽤 오래 비어 있었거든요."
옆집에 주민등록을 접수한 시청 여직원이 살았는데, 귀띔해준
사람과 함께 이웃에 인사 다닐 때 그 사실을 알게 되었다. 그
런 것들이 외지인을 배척하기 위해 조용히 포위망을 좁히려는
정체불명의 의지처럼 느껴진다. 만약 우리 가정의 내막을 알게
되면 그들이 어떤 태도를 보일지 예측할 수 없었지만, 별안간
끼어든 우리에게 이 질서정연한 마을에서 살아갈 자격이 주어
질 리 없었다. 하나밖에 없는 옆집 문패에 적혀 있는 성이 과
거에 관계했던 여자 중 하나와 같다는 사실을 발견했을 때는
갑자기 해가 기운 것처럼 눈앞이 캄캄해져 꼼짝할 수 없었다.
결국 가장 피하고 싶었던 장소에 떠밀려 온 것인지도 모르기에
단단히 각오해야 한다. 신변의 안전을 도모하러 도망친 마을이
건만 나를 돌아보는 얼굴들은 모두 과거에 대한 불평불만으로
가득 차 있어 도저히 안온을 기대할 수 없었다. 문패의 글자
가 눈에 띄지 않아 아내는 아직 모르는 듯했으나 언젠가는 알
게 되리라. 그때가 되면 또 한바탕 몰아칠 집요한 발작이 벌써
부터 체감되었다. 곳곳에 묻힌 지뢰를 피해 지나갈 수 없다. 틈
만 보면 달려들어 짓밟으면서도 나를 떠나지 않는 아내와 어린
아이들을 끌어안고 도망칠 곳이 없었으며, 가는 곳마다 고약한
귀신들이 한가득인 데다가 쉽게 과거에 들러붙어 내부를 붕괴
시키려는 악의만이 내게 몰려든다.

　욕조가 제구실을 못 해 마을에 딱 하나 있는 목욕탕에 가려
고 큰길 건너까지 멀리 찾아갔건만 공교롭게도 휴일을 알리

는 표지판이 걸려 있었다. 아침부터 내리던 비는 안개처럼 흩날렸는데 질퍽해진 땅을 생각하면 아내와 아이들을 데리고 그 길을 다시 걸어 돌아가고 싶지 않았다. 둘씩 나뉘어 목욕을 하는 동안 보장될 휴식을 빼앗긴 듯한 아쉬움에 마음이 우울했지만, 그런 내색을 했다가는 아내가 곧바로 반응할 것이다. 정신을 차려보니 안개비가 더 이상 오지 않았다. 구름의 흐름도 빨라지고 비는 아까부터 그쳐 있었다. 샛길에서 일단 산 아래 철로 쪽으로 내려갔다가 가이린지 언덕을 다시 올라 집으로 돌아가기로 하고 아내를 향해 애써 밝은 표정을 지으며 말했다.

"잘됐네, 함께 산책이나 하자."

앞으로 갈 길이 멀지만, 되도록 가족끼리 우리만의 새로운 과거를 만들어야 한다. 내게 남은 유일한 수단은 시간을 내 편으로 만드는 것이다. 지금이라도 열심히 새로운 과거를 만들면 그게 쌓여 머지않아 낡은 과거를 꼼짝 못 하게 압박해주리라. 기대했던 목욕을 하지 못해 기분이 찜찜하겠지만 아내가 산책에 찬성하자 아이들도 어쩔 수 없이 부모를 따라온다. 가까운 샛길로 들어가니 제법 오래된 마을의 초등학교 분위기가 느껴졌다. 학용품을 손에 든 아이들뿐 아니라 부모와 조부모도 다같이 지나가는 학교 주변을 걷다 보니 길에서 표류하는 각 세대의 소리 없는 웅얼거림이 귓가에 몰려와 시간의 흐름을 정지시키는 광경을 직접 목도한 기분이다. 오래된 문방구를 보니 뜬금없이 하카마袴* 차림에 책보를 비스듬히 메고 아이처럼 머

---

* 통이 넓은 바지로 메이지 시대에는 여학생의 교복이었다.

리를 묶은 어머니가 갑자기 떠올랐다. 어린 어머니는 부모들끼리 정혼한 사촌이 앞에서 친구와 뭔가 열심히 논쟁하며 느릿느릿 걷고 있어 그 옆을 지나가지 못한다. 작은 시냇가를 따라 난 길, 흐르는 물 위를 날던 검물잠자리, 길가의 풀, 흙다리, 대숲, 동백나무, 철로 제방, 철교 등 어렸을 적 시골에서 지냈던 내 유년 시절 기억의 단편들이 어린 어머니를 둘러싼 가운데, 사촌과 한마디도 하지 않고 자랐던 어머니의 사연이 끼어들었다. 열이 날 때처럼 의식이 점점 멀리 도망쳤다가 급히 돌아오기를 반복하지만 안으로는 들어오지 못한 채 귓가에서 그게 아니야,라든가 또는 그래그래,라고 속삭이는 듯했다. 지금 나는 자연스레 회상에 젖어들기를 거부하고 있기 때문에 저항하는 무언가가 열을 밖으로 끄집어냈는지도 모른다. 교문에서 나오는 젊은 여자가 신이치의 담임교사라는 사실을 깨닫자 현실적인 수치심에 저만치 이탈했던 의식이 제자리로 돌아왔다. 전학 첫날 교무실에서 만났을 때와 달리 그 나이대의 설익은 젊음이 느껴졌는데, 처음 대면하는 아내가 선글라스를 쓴 채 내 팔짱을 끼고 있고 아이들이 저만치 떨어져 걸어오는 모습이 반사작용을 하는 바람에 중간에서 주눅이 들었지만 나는 황급히 공손한 자세를 취하며 좀 전의 모습을 지우려 애썼다. 신이치를 잘 부탁드린다고 말하자 아내도 선글라스를 벗고 내 말의 그늘에 숨어 평범한 어머니처럼 담임교사에게 인사했다. K코가 돌아오면 신이치는 내일이라도 여기를 떠나 K코 하숙 인근의 초등학교로 전학 가야 해서 그 말을 해야 하나 망설이고 있는데, 위엄을 되찾은 교사가 격려의 의미로 신이치의 인상을 좋게 이야기해줬다. 나와 아내가 공손한 자세였던 건 확실했지만 신이치는 어땠는지 생각나지 않는다. 교사와 헤어진 직후 다소 들떠 보이던 아내는 내리막길로 접어들어 나무 그늘과 작은 골짜기를 지날 때쯤은 원래대로 괴로운 표정으로 돌아왔다. 아내의 표정이 어떻든 신경 쓰이기는 매한가지라 나는 그 움직임에 힘겨울 정도로 민감하게 반응한다. 아내의 표정에 약간이라도 밝은 기색이 돌면 나는 안도의 꿀통에 빠진 기분이고, 반대 경우는 죽음과 이웃이 된 심정이다. 괴로운 표정은 내 소원을 들어줄 수 없어 사죄의 마음을 표현하려는 것 같기도 하고, 자신의 의지와는 반대로 엉뚱한 방향으로 끌려가는 곤혹함을 애처롭게 토로하는 것 같기도 하다. 아직은 발작에 들어가지 않았지만 발작을 피할 수는 없는 상태가 된 것이다. 폭포가 떨어지는 용소 앞쪽의 완만한 소용돌이처럼, 그 주변에 파릇파릇한 풀로 덮인 작은 섬이 있다 해도 멈추지 못하고 그냥 흘러가는 물을 보는 듯했다. 그 표정 바로 뒤에는 여자의 근성이 응어리져 있었는데, 언제 활처럼 뒤로 젖혀져 강인한 짜증으로 표출될지 모르지만 그 덕분인지 피부가 촉촉해져 꾸미지 않은 맨얼굴인데도 충분히 아름다웠다. 하지만 나는 그 모습을 힐끔 보고 지나칠 수밖에 없었다. 멈춰 서서 손을 뻗으면 표정이 돌변해 발작의 낌새를 풍길 것이다. 그러면 나는 차분히 아내를 지켜보지 못하고 뭔가에 감응해 꼭두각시처럼 소동을 일으키는 나 자신을 통제하지 못하리라. 안 돼, 발작하면 안 돼. 그런 생각이 오히려 반작용을 야기한다는 걸 알지만 나는 그런 생각에서 헤어날 수 없다.

얕은 골짜기 길이 끝나면 산기슭의 습곡을 벗어나 넓은 평야의 어귀에 서게 된다. 빠져나온 사쿠라 마을의 분위기가 오히려 산 위에 남아 있어 납득되지 않았다. 새의 시점으로 허공에서 한눈에 조망하지 않는다면 간토關東 평야의 퇴적토에 조성된 마을의 형태가 완전히 파악되지 않을 것이다. 번화한 중심부, 언덕, 골짜기, 대숲 등 각 부분이 각기 다른 인상이라 지나갈 때만 뚜렷한 인상을 받을 뿐 그 후에는 잊히므로 제각기 다른 모습으로 기억의 주름에 흡수된다.

사철 선로는 마을을 품은 낮은 산줄기와 같은 방향으로 나란히 놓여 늪 쪽에서 넓은 평야 복판을 가로지르는데, 역명이 마을 이름과 같은 작은 역에서는 마을의 형태가 보이지 않는다. 시야에 넓게 펼쳐진 논을 등지고 개찰구를 나오면 관목으로 우거진 숲이 앞을 가로막고 있기 때문이다. 철로와 산자락 사이에는 작은 골짜기를 따라 곳곳에 샛길이 나 있어 산 위의 마을로 올라갈 수 있었는데, 그 샛길 중 하나를 통해 초등학교 쪽에서 내려와 철로 변 길을 통해 인적 드문 역 앞을 지날 무렵 저녁노을이 주위를 에워쌌다. 하루 종일 비가 내려서인지 안개가 자욱했는데, 빗물을 빨아들여 퉁퉁 부은 대나무들이 살아 있는 생물처럼 산자락에서 휘청거리는 모습이 마치 우리에게 이리 오라고 손짓하는 듯했다. 산 쪽에서 들려오는 두부 장수의 나팔 소리가 어쩐지 어릴 적 들었던 소리와 오버랩되고, 시간 가는 줄도 모르고 놀던 나는 어두워진 걸 깨닫고 깜짝 놀라 어머니께 꾸중 들을까 걱정하며, 돌이킬 수 없지만 지금이라도 빨리 집에 돌아가야겠다고 생각한다. 현재의 나를 소년 시절

돌아가신 어머니께서 기다리고 계실 리 없지만 그 분위기가 아내와 비슷해 분간이 되지 않았다. 아내는 언제 들이닥칠지 모르는 발작과 거의 분리할 수 없는 한 몸이 되어 내 곁에서 걷고 있다. 설령 여기서는 참는다 해도 집이라는 제한된 공간에 갇히는 즉시 발작이 분출되면 아무 소용 없기에 나는 서둘러 집에 돌아가는 대신 영원히 바깥 공기에 젖어 있고 싶어진다. 밖에 나오면 늘 집 안에서 뭔가 기다리고 있을 것 같다는 생각이 들지만, 그렇다고 밖에서 계속 떠돌 수는 없는 노릇이라 산기슭을 돌아 가이린지 언덕과 연결된 신작로를 걷는다. 흙을 쌓아 만든 둔덕으로 경사가 완만해진 긴 언덕길을 올라가다가 자연스레 뒤를 돌아보니 눈앞에 광활한 늪이 보이는 듯했다.

"봐봐, 저기가 인바 늪이야."

아이들에게 그렇게 외치긴 했지만 이미 땅거미가 지고 있어 늪 비슷한 것도 보이지 않았다. 아이들은 대답 없이 싸늘한 표정만 지었다. 특히 신이치는 사쿠라에 이사 온 뒤로 활기찬 모습을 보이지 않는다. 아마 이사 준비가 한창일 때 고이와에서 일어난 사건 때문인지도 모른다. 그때는 아직 시모코이와 초등학교에 입학하기 전이었다. 가재도구를 꾸리다 보니 집 안이 더욱 어수선해 보였는데 그 안에 배어 있던 과거가 얼굴을 드러내자 아내가 자꾸 반응해 수시로 일이 중단되었다. 발작이 일어나지 않을 때는 아내도 부지런히 일했지만, 그런 양지의 상태와 모든 것을 내팽개친 채 어두운 망상에 빠져 침체된 상태를 급격히 오갔는데 나는 그 상황을 잘 받아들이지 못했다. 발작이 오면 힘들게 정리한 짐을 닥치는 대로 뒤엎으며 어떻게 되든 상관없다고 자포자기에 빠졌지만, 진정되면 부둥켜안고 서로 사과하며 무너진 돌을 다시 쌓아 올리듯 짐을 꾸렸다. 나는 아내가 왜 분노로 날뛰는지도 모른 채 건설적으로 생각하라고 애원했으며, 무엇 때문에 나를 책망하는지도 모르면서 그래봐야 어떤 생산적인 결과도 안 나올 거라고 절규했다. 하지만 스스로 통제되지 않아 발작하는 아내에게 대답을 들을 리는 만무했다. 아내가 괴롭다는 말만 반복하다가 표정이 어두워져 엉뚱한 곳을 응시하면, 나 역시 목을 매달 거야!라고 빽빽 소리치기를 반복했다. 다다미 여섯 장짜리 안방과 넉 장 반짜리 서재, 그리고 두 장짜리 작은방이 고작인 작은 집이지만 장지를 떼고 벽장문도 다 열어놓은 채 짐들이 여기저기 흩어져 있으니 황량하기 그지없었다. 짐 사이에 이불을 깔고 불안정하게 잠을 청한 지도 벌써 여러 날이 지났다. 아이들도 편할 리 없었고, 뭔가에 쫓기는 작은 짐승이 분별없이 돌아다니는 것 같았다. 집에 돌아오더라도 부모의 위태로운 균형 대신 참을 수 없는 고요와 마주치거나, 그게 아니면 발작하며 서로 붙들고 싸우는 부모를 볼 뿐이라 금세 뛰쳐나갔다. 밖에서는 신이치와 마야가 함께 노는지도 알 수 없었다. 혹시 동네 아이들에게 엉뚱한 화풀이를 하는 건 아닐까. 어쩌면 따돌림을 당해 난폭하게 돌을 던질지도 모른다. 무슨 낌새가 느껴지는지 때때로 집으로 헐레벌떡 들어와 우리가 있는 걸 확인한 뒤 뒤돌아서 고꾸라질 것처럼 급히 뛰어나갔다. 나는 아이들도 보살피지 않고 아내의 발작에만 민감하게 반응했다. 이제 또 시작이겠지! 그런 생각이 들면 가만있을 수 없다. 언제 발작하나 기다리는 것보다 차

제10장 한참 뒤   417

라리 얼른 발작하기를 바라는 마음이다. 그런 탓인지 신이치가 나를 조금도 겁내지 않고 흘겨보는 것이 느껴졌다. 무슨 계기로 그랬는지 생각나지 않지만 나는 녹색 벨벳 멜빵바지의 어깨끈을 잡고 신이치를 공중에 들어 올렸다.

"아빠 죄송해요,라고 말해."

"싫어."

신이치는 거부했다. 도끼눈을 뜨는 것은 어느 정도 익숙했지만 저렇게 내 말을 거스른 적은 없었다. 신이치는 온몸으로 혐오감을 분출하며 나에게서 도망치려 했다.

"아빠가 무섭지 않아?"

공중에 들어 올린 채 물었지만 신이치는 히스테릭하게 외쳤다.

"무섭지 않아."

"그럼 아빠의 진짜 모습을 보여주지."

지난 초가을부터 지금까지 반년 이상 아내에게 용서를 구걸하는 모습만이 내 뇌리에 남아 있었다. 한번 패배하면 그 파장이 어디까지 퍼질지 모른다. 신이치는 그걸 똑똑히 봤을 것이다. 나는 감정이 거칠어져 왼팔로 신이치를 안고 오른손으로는 엉덩이를 힘껏 때렸다. 나는 신이치의 희고 말랑말랑한 몸이 좋았고, 신이치도 나를 좋아하니 이런 폭력도 틀림없이 용서해주리라. 아직은 아이인지라 울음을 터뜨리는 바람에 엉덩이를 때리던 내 손은 자연스레 멈췄다. 안일하게도 내 양해가 통했다고 생각했지만, 나는 거칠게 날뛰는 신이치를 봐야 했다. 신이치는 도망치기는커녕 덤벼들듯이 사정없이 힘을 주더니 내게 팔을 휘두르고 발길질을 했다. 당황한 나는 눈앞이 캄캄해져 신이치를 강제로 꿇어앉히고 따끔한 맛을 보여주려 했다. 그러다가 나도 모르게 힘이 들어갔는데, 심상치 않은 신이치의 눈초리와 마주치자 감정이 쓸데없이 격해졌다. 어디 한번 미쳐보자는 생각에 멜빵바지를 찢어발기고 내복 셔츠와 바지도 갈가리 찢어 알몸으로 만들었다. 신이치의 희고 통통한 살이 드러나자 우유 냄새가 풍기는 것 같아 증오와 애착이 뒤범벅된 이상야릇한 감정을 느꼈다. 신이치는 눈을 치켜뜨고 비명에 가까운 괴성을 지르며 경기를 일으켰다. 뇌에 피가 몰릴지도 모른다. 위험하다. 생각은 그렇게 했지만 기세가 붙으니 멈춰지지 않았다. 알몸의 신이치를 때리려는데 아내가 몸을 던져 신이치를 감쌌다.

"당신이라는 인간은."

아내가 잠시 나를 응시하더니 조용히 말했다.

"정말 비겁해."

아내가 발작 놀이를 끝낸 걸까. 흥분한 내 머릿속에 불현듯 그런 생각이 스칠 정도였다. 나는 다 잃었지만 혹시 발작의 원인이 아내에게서 떨어져 나간 걸까. 하지만 그럴 리 없었다.

"자신의 추악한 죄 때문에 괴로운 거면서 아이에게 분풀이하는 사람이 대체 어디 있어."

아내는 새파랗게 질린 입술을 부르르 떨었고, 그 발치에서 신이치는 무릎을 꿇고 조용히 찢긴 멜빵바지를 개고 있었다. 나는 옆에서 멍하니 서 있기만 했다. 그때 신이치의 내부에서 뭔가 잘못된 걸까. 아침에 등교할 때마다 신이치는 기특하게도 교과서와 학용품을 챙기고, 커다란 모자를 쓰고, 헐렁한 옷도 입고, 실내화 주머니를 들고 문을 나섰다. 그 쓸쓸한 뒷모습에는 아버지를 흘겨보며 홀로 동네 아이들을 쫓아버리던 고이와 시절의 모습이 전혀 보이지 않았다.

집에 도착하니 집 뒤편 밭 너머로 두부 장수의 나팔 소리가 가까워졌다 멀어졌다 하며 계속 들린다. 아까 산기슭에서 들었던 나팔 소리는 이미 귀에서 떠났지만, 먼 길을 돌아 언덕 위로 올라오는 귀갓길에서도 또 들렸다. 그 음색에서 벗어날 수 없는 걸 보니 눈에 보이지 않는 끈이 자꾸 잡아끄는 듯했다. 그걸 부는 자의 모습을 보지는 못했지만, 왠지 보행도 비행도 자유자재로 할 수 있는 자가 어떤 이를 색출하기 위해 몇 개의 길고 완만한 능선과 산기슭을 따라 늘어선 집들을 집집마다 끈질기게 찾아다니는 것 아닌가 의심하게 된다. 부드럽게 스며들듯이 그리움을 가장한 음색에 쇠약한 마음을 들키니 부스러질 것 같은 나약함이 마구 횡행했다. 이 상태가 아내에게 전염될까 두려웠지만 다행히 그 전에 저녁 식사를 마쳤다. 하지만 요를 깔 때쯤 안절부절못하던 아내가 눈을 가늘게 뜨자 의심 가득한 눈매가 더 짙어지는 것을 보고 일찌감치 수면제를 먹여 재웠다. 아내가 자면 나는 정상을 되찾을 수 있다. 그때만은 아내를 확실히 지배할 수 있으니 긴장을 풀고 평온한 상태에 한없이 녹아들게 된다. 아내가 깨어나 어떤 행동을 하더라도 이상하게 이제는 용인할 수 있을 것 같았다. 내 귀에는 두부 장수 나팔 소리의 여운이 끊이지 않는다. 환청인지 모르지만 아직도 어두운 마을을 돌아다니고 있는 듯하다. 그럴 리는 없겠지만 그 소리가 멀어졌다 가까워졌다 하며 확실히 들리는 듯했다.

다음 날, 나는 아내를 어떻게 설득하고 도쿄에 갈까 속을 끓였다. 아내와 아이들을 집에 두고 나가도 안전하다고 확신할 수 있을까. 물론 확신할 수 없었지만 매일 드는 비용을 생각하니 조바심이 났다. 당분간은 집 매도 대금이 있어 괜찮았지만 그다음은 폭포수처럼 추락할 일만 남았기에 손 놓고 기다릴 수 없었다. 우선 M 신문사에 가보면 서평 일과 J가 말한 일자리에 관해 알아볼 수 있다. 신이치는 아침에 혼자 등교했는데, 내 귀에는 신이치의 말소리가 남아 있지 않다. 책가방을 등에 지고 말없이 나가던 잔상만 남아 있을 뿐이다. 마야는 오빠의 세발자전거를 맘대로 탈 수 있어 즐거운지 앞마당에서 쉴 새 없이 대문과 현관 사이를 오갔기에, 자전거 바퀴와 페달이 회전하는 금속성 소리가 끊이지 않고 들렸다.
나는 이사 소식을 알리는 엽서를 10여 통 썼다. 세상과의 연줄은 이것뿐이라고 생각하니, 유사시 요행을 기원하며 병에 편지를 넣고 예측 불가능한 미래를 향해 망망대해로 띄워 보내는 무인도의 표류자가 된 심정이다. 하지만 나는 실상 모든 걸 거부하며 사람들과 교류의 끈을 하나씩 끊고 나서 진공상태로 빨려 들어가는 기분이었다. 다 발작 때문이니까. 요즘 모든 걸 체념하고 발작을 막기 위해 아내의 기분을 먼저 생각하는 것도 내 무의식의 상태를 감추려는 구실인지 모른다. 은연중에 세상과 차단하고 스스로 배양 실험의 재료가 되어 그걸 지켜보는 제스처를 취하고 싶어 하는 내 모습을 종종 발견한다. 하지만 현실에 대한 미련 때문에 자꾸 주정을 부리다가 좌절과 실수에 발목 잡혀 거기서 빠져나가려 허우적댄다. 그때도 그런 상태였으므로 내가 도쿄에 가는 것은 순전히 아내와 아이들 때문이라고 구슬렸지만 아내가 말했다.

"오늘은 가지 말아요. 왜 오늘이 아니면 안 되는 건데요."

"왜 오늘이 아니면 안 되냐고? 그럼 언제 갈지 당신이 정해 줘. 나도 마냥 좋아서 놀러 가는 거 아니니까. 지금 나는 무리해서라도 일을 부탁해야 하는 형편이야. 상대편도 그런 처지를 다 아니까 내 맘대로 할 수 있는 게 아니라고. 웃고 싶지 않아도 웃어야 돼. 지금 의지할 건 그 일밖에 없어. 이 연줄마저 끊기면 어쩔 건데. 집을 판 돈도 곧 바닥날 텐데. 모처럼 J가 일자리를 알아봐준 거라고. 그것도 지금 우리 형편에 무리일지 모르지만, 일부러 그렇게 말해준 게 어디야. 이런 판국에 우리를 돌봐주는 사람이 몇 명이나 될 것 같아? 되도록 빨리 연락해야 해. 어쩌면 집에서 할 수 있는 일인지도 모르니까."

"내일로 미루면 안 돼요?"

아내가 그렇게 말했다.

"내일이라고? 말은 그렇게 해도 내일이면 확실히 된다는 보장도 없잖아. 당신이 또 울컥하면 그걸로 끝이야. 절대 그러지 않겠다고 약속하는 게 가능하다면 또 모르겠지만."

"그런 걸 약속할 수 있으면 내가 이렇게 괴롭지 않죠."

"그런 식으로 나올 거야? 그럼 J와 M 신문사에는 어떻게 연락을 취하라는 거야."

가슴 한편이 근질거렸기에 내일이라고 사정이 나아질 건 없다며 거칠게 몰아붙였다. 그러자 아내의 얼굴에 바로 그늘이 드리워졌다.

"당신, 가정이 가장 소중하다고 맹세했잖아요. 그런데 어떻게 한 입으로 그런 말을 할 수 있죠?"

아내는 나지막한 목소리로 호되게 나무라듯 쏘아붙였다. 그걸 예상하면서도 멈출 수 없었기에 별안간 물벼락을 맞은 것이나 다름없었다. 심상치 않은 발작의 향기가 무려無慮한 기억을 불러들여 부풀어 오를까 두려워, 원래 하려던 말을 다급히 뒤집었다.

"알았어, 알았다고. 미호 말대로 할게. 언제라도 상태 좋을 때 가기로 하지."

"당연한 거 아녜요?"

아내는 입을 삐죽 내밀었지만 그늘은 사라진 듯했다. 일단은 수습이 되었다.

점심은 무슨 생선인지 알 수 없는 것을 간장구이로 먹었다.

"아빠, 도쿄에 다녀와도 돼요. 이제 괜찮아요."

아내가 밝은 얼굴로 말했다. 설령 다음 순간 손바닥 뒤집듯 상황이 악화된다 하더라도 일단 밝은 모습을 보였다면 그건 거짓이 아니다. 과거를 떠올려봐도 아내가 기분을 추스른 척하거나 거짓으로 표정을 꾸며낸 적은 없다.

"당신을 곤란하게 해서 미안해요. 어떻게든 일은 해야죠. J 씨 이야기도 잘 알겠으니 무조건 거절하지 않아도 돼요."

아내가 말했다. 그 역시 아내가 나를 시험하려고 하는 말은 아닌 듯했다.

"그래도 걱정이 되는걸."

내가 걱정을 하니 아내가 말했다.

"걱정할 필요 없어요. 봐요, 이렇게 멀쩡하잖아요. 가끔 구도
마가 되는 건 어쩔 수 없죠. 일부러 그러는 게 아니라고요. 하
지만 이렇게 심기일전하면 **건강백배**(라고 마야의 말을 흉내 냈
다)니까 **아무쪼록**(섬에서 쓰는 사투리로 말했다) 당부할게요, 도
쿄에 가서 일 얘기 잘하고 와요. 신이치도 돌아왔고, 마야랑 셋
이 저녁을 준비하며 당신을 기다릴 테니."

오히려 내가 마음을 정하지 못하고 망설이자 아내가 말했다.

"당신은 나와 아이들을 위해 생계를 책임져야 하니까 확실히
해요. 난 정말 괜찮으니까. 울컥하지 않을게요. 구도마도 안 될
거예요. 자, 새끼손가락."

아내는 손가락까지 내민다. 나는 여전히 망설여졌지만 아내
의 부드러운 손가락에 내 손가락을 걸고 믿을 수 없는 약속을
한다.

"내 당부, 알죠?"

나를 올려다보던 아내의 눈이 희고 넓은 이마에 가렸는데 장
난처럼 온화해져 있었다.

"응, 알아."

"그럼 오늘, 도쿄에 가요."

"응."

대답은 했지만 이상하게 찜찜함이 가시지 않았다.

집을 나선 때가 2시쯤이었나. 종점인 우에노에 도착할 때까지 차 안에서 『정신분석』이라는 제목의 신서판 번역서를 읽었다. 내가 그 책을 읽어봐야 별수 없을 테고 오히려 같은 총서 중 『의지』라는 제목의 책을 읽어야 했다. 전철 창 너머로 스쳐가는 나무와 변화무쌍한 지세가 시야를 호강시켰지만 자연은 내 곤혹감 따위는 관계없이 자기 멋대로 과시하는지라 무력감만 들었다. 연선沿線은 높은 산에 가로막히지 않은 너른 평야로, 그 꾸밈없는 유연함이 열차 바퀴 소리와 공명했다. 혹시라도 적이 공격해 오면 몸을 숨길 곳이 없어 모두 죽음을 맞든지, 아니면 숲길을 걸어 야트막한 산에서 뒹굴 수도 있으리라. 그렇게 이상한 생각을 떠올렸다가 흘려보내기를 반복했다. 집을 떠나면 몸과 마음이 가벼워져 마치 검은 옷을 발끝까지 늘어뜨린 마녀의 손아귀에서 벗어난 듯한 해방감을 만끽한다. 우습지만 『정신분석』이라는 책이 그런 확신을 가지게 도와줬다. 어렵고 낯선 용어가 많았지만 그것이 나와 아내 사이의 썩은 살을 모두 제거해준 덕에 멀리 떨어진 곳에서 나를 조망할 수 있었다. 전철에서의 한 시간 반이 오히려 너무 짧을 지경이었다. 이제 곧 사람 냄새 나는 도시의 긴밀한 관계 속으로 들어가게 되면, 그때는 언덕 위의 대숲과 산울타리에 둘러싸인 오래된 무가저택에서 마땅히 마음 기댈 곳도 없이 아이들과 셋이 있을 아내가 생각날 것이다. 의심할라치면 한없이 수상한 남편의 행동을 추측하고 망상을 뿌리치며 남편이 귀가할 때까지 기다리고 있을 아내의 뒷모습이 떠오르자 어디 가지 말고 이대로 집에 돌아가고 싶은 충동이 치밀었다. 다른 아내와 남편도 광기의 구렁과 마주해야 할 텐데 모두들 아무 근심 없이 거리를 활보하는 것을 이해할 수 없었다.

　마음을 단단히 먹고 M 신문사로 갔다. 하지만 편집부에 도착하기도 전에 안내 데스크와 엘리베이터, 그리고 긴 복도를 지나가는 동안 내가 여기에 온 이유가 시들해지고 말았다. 간신히 담당자를 만났지만 왠지 바빠 보여 내 상황이나 희망을 말하기 망설여졌다. 다음 서평 도서 이야기도 뒤로 미루더니 나온 김에 자료용 증명사진을 찍어두라고 해서 뜨거운 광선 아래에서 점잖은 표정을 지으며 사진 두세 장을 찍고 촬영실에서 나오니 마침 J가 보였다. 그는 편집부 의자에 편한 자세로 앉아 있었는데 나를 보고도 안경 뒤로 눈만 반짝 알았다는 시늉을 할 뿐이었다. 원고를 손에 들었다 놓았다 하는 걸 보니 언제 끝날지 몰라 담당자에게만 인사를 하고 돌아가려는데 J의 목소리가 들렸다. "금방 끝나니까 잠시만 기다려주지 않겠나." 사쿠라로 이사한 뒤 가장 먼저 그의 전보가 도착했을 때는 그를 만나면 와락 달려들고 싶을 줄 알았는데, 그 감정을 지금 이 상황과 어떻게 연결시킬 수 있을까. 넓은 사무실은 책상으로 꽉 차 있고 기자들이 모두 서서 바쁘게 일하는 걸 보니 아내의 발작 때문에 무너져 내린 남자에게는 용건이 없을 것 같았다. J도 자기 삶의 문제를 잔뜩 짊어지고 있을 것이다. 그는 아내의 발작을 유발하지 않는 문학 그룹의 동인이었는데 모임 때마다 만나긴 했어도 둘만 따로 이야기를 나눈 적은 없다. 내게 특별히 호의를 보인 것도 아내가 발작한 이후로, 그 이유는 알 수 없다. 둘만 있으니 이상하리만치 화제가 빈곤했지만 역시 이유를 알 수 없다. 그는 폐 수술 후유증으로 앙상한 어깨를 부자연스럽게 펴고 다녔는데 그 뒷모습이 내가 그에 대해 가진 인상의 전부라 할 수 있다. 그가 하던 일을 일단락 지은 뒤 함께 유라쿠초有樂町역 쪽으로 가면서도 아무 이야기도 나누지 않았다. 나는 왜 그가 어느 술집으로 나를 데려가 대작이라도 하면서 중요한 이야기를 꺼낼 거라 생각한 걸까. 30분 정도라면 함께 이야기하며 그에 대한 감정을 숨김없이 털어놓을 수 있을 텐데. 나는 걸으면서 그런 생각을 했다. 하지만 그는 불쑥 생각났다는 듯이 전보로 말한 일자리는 어떤 출판사의 회계 일이라고 말했다. 하루 종일 집을 떠나 있어도 되는 형편이라면 그 일에 흥미를 느꼈으리라. 하지만 내 눈에는 직장 다니는 사람들이 서로 부부가 아닌데도 나란히 길을 걷고 책상을 같이 쓰며 일을 하는 상황이 너무 비정상적으로 보일 지경이라 그런 일은 생각조차 할 수 없었다. 아무리 긴장해도 생길 수밖에 없는 야릇한 교류를 어떻게 받아들이고 처리할 수 있을지 알 수 없었다. 저항하기 힘든 유혹이 자꾸 그런 환경으로 불러들이지만 나는 결코 그런 일을 잘해낼 수 있는 사람이 아니다. 고작 두세 시간 외출하는데도 가슴에 번지는 불안을 완전히 불식할 수 없다. 지금 내 상황으로는 그 일자리를 받아들일 수 없을 것 같다고 사정을 이야기했다. J가 알겠다며 자신은 용무가 있다고 말해 우리는 멋쩍게 헤어졌다. 내심 그와 천천히 이야기하고 싶었기에 그를 떠나보내고도 인파 속에 섞여 사라져가는, 오른쪽 어깨가 올라간 그의 뒷모습을 보며 나는 잠시 그 자리에 서 있었다. 혹시 그가 뒤돌아보고 급히 되돌아오지는 않을까 생각했지만 그런 일은 생기지 않았다. 그의 모습이 보이지 않자 그가 남긴 적막감만 깊어진다. 하지만 오랜만의 외출이므로 일감을 구하러 좀더 다녀봐야겠다고 생각했다. 민영방송국에 있는 B에게는 얼굴만 비치다 말았고, 믿었던 S지의 편집자는 다른 부서로 이동했다. 특별한 용건도 없이 불쑥 방문하니 꾸어다 놓은 보릿자루같이 영 어색했다. 모두 바쁘니까. 내 일상과는 전혀 다른 일터의 모습에 난타를 당한 뒤 스스로를 다독이며 귀갓길에 올랐다. 전철이 늪 근처에 접어들자 마음이 두근거리면서 나를 자꾸 좁은 곳으로 몰아넣던 징계가 드디어 풀린 듯했다. 하지만 여자의 익사체가 늪의 갈대 밑동에 잠겨 흔들거리는 형상이 뇌리에서 좀처럼 사라지지 않았다.

가이린지 언덕 기슭에서 K코를 만나 함께 돌아가게 되었다. 물론 우리 집으로 갈 테지만 새삼 "어디 가?"라고 물어보고 싶을 정도로 몸이 가벼워 보였다. 집에서는 수수해 보이던 그녀가 밖에서 보니 아름답게 느껴진 탓인지 고독한 시의猜疑의 거미줄을 치고 있는 사촌 집에 가는 것처럼 보이지 않았다. 마음의 두근거림을 확실히 제거해야 한다. 아내의 이상감각에 포착되면 어떤 망상으로 변할지 모른다. K코는 억지로 이야기를 꺼내며 어색해했고, 나도 그녀와 약간 떨어져 걸으며 집으로 돌아갔다. 아내가 도망가버려 집에 없다! 외출 때마다 그런 생각이 내게 엉겨 붙어 떨어지지 않았다. 그런 까닭에 아내가 어떤 상태라도 일단 집에서 보이기만 하면 내 몸에는 기쁨이 넘쳤다. 집을 비운 동안 아내는 정리를 새로 했는지 잘못 본 게 아닌가 싶을 정도로 방이 깔끔하게 단장되어 있었다. 고이와 서재에서 쓰던 침대를 옮겨놓고 양탄자도 깔아놓았는데, 이제부터는 식사도 여기서 할 거라고 했다. 천장과 벽 세 면의 창에 끼워진 색유리 때문인지 방이 이상하리만큼 밝았기에 죽은 노인의 사진이 있는 안방이나 부엌이 보이는 작은방에서보다 훨씬 기분이 밝아진 듯했다. 아내는 장선長線* 한 군데가 떨어져 마루가 빠질 것 같다고 말했다. 원래 부지런했던 아내이니 이런 상태가 희망의 전조일지도 몰라 덩실덩실 춤이라도 추고 싶을 정도다. 부엌 옆 마당의 빨래 건조대에는 세탁한 옷이 잔뜩 널려 있었다.

"K짱도 돌아왔고 오늘 저녁은 고기를 먹자."

나는 아이들을 돌아보며 외쳤는데 아내도 그러자고 했다.

하지만 어디서 꼬였는지 식사가 끝날 때쯤 아내의 상태가 갑자기 나빠졌다. 어디서,라고 생각하는 것이 무색할 정도로 그 이유는 도처에 널려 있었다. 호시탐탐 폭발할 계기를 기다리고 있었으므로 당연한 귀결이긴 했지만 당장 그 계기가 원망스러웠다. 아내가 침착하게 무관심한 척하기에 나는 바로 알아채고 끈질기게 물었다.

"왜, 대체 왜 그러는 건데?"

"아무것도 아니에요."

아내는 새삼 차갑게 말했다.

"아무것도 아닌 게 아니잖아. 아무것도 아니면 그런 식으로 이상한 태도를 보일 리 없겠지."

---

* 마루 밑을 일정한 간격으로 가로로 대어 마루청을 받치게 만든 나무.

"내가 뭘 어쨌다고요. 당신한테 뭐라고 했어요? 이러고 가만 있었을 뿐이잖아요. 정말 아무것도 아니에요."

"아무것도 아니라니까! 아무것도 아니라고!"

아내 흉내를 내며 나도 같이 미쳐간다.

"당신은 내가 아무것도 아니라는데, 왜 뭔가 있을 거라며 자꾸 묻는 거죠?" 아내는 그렇게 말했지만, 자연의 이변을 감지하고 동요하는 짐승처럼 내가 아내의 변화를 모를 리 없었다. 그날 밤 결국 아내는 흥분하고 날뛰며 스스로를 통제하지 못했다. 발작 때 아내가 요구하는 건 오직 하나, 내게 과거 행위를 확인시키고 자세히 설명하도록 종용하는 것뿐이지만 매번 그걸 반복하다 보면 나도 나 자신을 통제할 수 없어진다. 추궁을 피하면 아내는 어디까지라도 쫓아와 종국에는 단도나 끈을 들고 자살하는 시늉을 하고 서로 먼저 죽겠다며 엉겨 붙어 싸우게 된다. 하지만 그날은 K코도 있어서 거기까지 가지는 않았다. 우리는 티 나지 않게 은밀하게 말을 주고받으며 집 안에서 이리저리 악착같이 쫓아다녔다. 어렴풋이 짐작이야 하겠지만 자세한 사정을 모르는 K코에게는 영락없이 치정 싸움으로 보일 것이다. 얼마 전까지 K 병원 정신과에 입원한 걸 보면 상태가 안 좋은 건 확실했지만 아내는 혹시 나를 응징하기 위해 과도하게 연극을 하는 것 아닐까. 중요한 순간에는 금세 아무렇지도 않은 얼굴로 그 전까지 벌이던 소동을 거짓말처럼 옆으로 쓱 치웠으니까. 하지만 그날의 소동은 영원히 끝날 것 같지 않았다. 신이치는 가방에서 교과서를 꺼내 공부를 할 생각이었는지 펜을 끄적거리며 정신을 집중하려 애썼지만, 결국 오랜만에 애어른 같은 말을 했다.

"이런 가정생활은 진절머리 나. 아아아, 이제 나한테는 즐거운 집 같은 건 없나. 이런 식이면 난 내일 학교도 가고 싶지 않아."

마야는 어쩔 줄을 모르며 방구석에서 훌쩍훌쩍 울었다. "미호 언니, 별것 아닌 일로 소동 그만 피워." K코도 말렸지만 그 말에 그만둘 아내가 아니었기에 별수 없었다. K코는 직장에 사의를 표했을 때 사장의 떨떠름한 표정도 떠오를 테고, 정체에 빠진 듯한 자신의 미래가 영 미덥지 않을 것이다. 직장은 월급이 자꾸 밀린다고 했으니 그만둬도 큰 미련이 없겠지만, 다다미 석 장도 안 되는 좁은 하숙방에서 어떻게 신이치와 마야를 데리고 생활할까. 동생 U코가 마중 나온다지만 섬까지는 기차와 연락선을 갈아타야 하는데 어린아이들을 데리고 그 먼 길을 어떻게 갈까. 이 생각 저 생각 하다 보면 분명 이상한 기분에 빠질 것이다. K코의 이불에는 마야가 함께 잤는데, 혼자 저만치 떨어져 웅크리고 자는 모습이 이 가정의 비정상성을 암시하는 듯했다. 그때 아내가 이불에서 벌떡 일어나 말했다.

"난 부끄러워서 이렇게는 한순간도 가만 못 있겠어."

목소리를 들어보니 한참 생각에 잠겨 있었던 모양이다.

나는 당황해 아내를 다시 재우려 하지만 발작의 기미가 보이면 의외로 힘이 세져 웬만해서는 통제가 되지 않는다. K코가 옆에 있으니 진상을 그대로 말하지 못하고 그저 자라고 권할 뿐이다. 또 뭔가 과거의 기억이 앞뒤가 안 맞는다는 의심이 생겨 나를 추궁하고 싶은 모양인데, 밑도 끝도 없이 그 말부터

할 수 없으니 우선 생트집을 잡아 떠보려는 것이다. 하지만 나는 신경이 그대로 노출되어 어떤 상처도 견딜 수 없었다. 처음에는 발작을 다른 데로 돌리려 애원해보지만 성공하지 못할 것 같으면 오히려 될 대로 되라는 마음에 더 난폭해졌다. 얼른 발작이 끝나 아내의 상냥하고 부드러운 몸으로 돌아오면 좋으련만, 고압적인 내 태도는 수그러들지 않았다.

"뭐가 부끄러운지 확실히 말해줘."

또 그렇게 으름장을 놓았다. 자그마한 가정 하나 스스로 지키지 못해 아이들을 숙모 댁에 맡기려 하는 데다가 사촌 K코의 일자리까지 희생시킨 나를 비난하고 싶겠지만, 아내가 그 말을 해버리면 사정이 왜 이렇게 되었는지 K코가 확실히 알게 될 것이다. K코도 대충 짐작은 했겠지만 지금까지 아내는 절대 남에게 그런 말을 하지 않았다. 따라서 부끄러운 이유를 말하라고 하면 아내를 궁지에 몰아넣는 것이나 다름없었기에 두려우면서도 좀 시원했다.

"그만하고 잠이나 자지, 이제."

K코가 참지 못하고 한마디 하자, 벌떡 일어난 아내가 현관 옆방을 통해 복도로 나가 양옥 방에 들어갔다.

내가 낮에 일할 서재를 만들어주려고 책상 놓을 자리를 마련하고 침대를 준비하는 아내의 모습이 눈앞에 선했지만, 마음을 닫은 아내는 소름 끼칠 정도로 불길한, 커다란 검은 새나 다름없었다. 방이 밝은 것은 채광창 때문일 테지만 정체 모를 것들이 떼로 몰려와 천장 유리에서 밀담을 나누며 안을 들여다볼 것 같았다. 아내가 발작에 돌입하면 눈에 보이는 것은 모두 악의로 뭉쳐져 왜곡된다. 나는 두려운 나머지 겁쟁이가 된다. 이쯤에서 아내와 멀리 떨어지는 것이 낫지 않을까. 금방 검은 날개를 펴고 침범할 것이 분명한데. 아내는 둘만 있을 때까지 기다릴 수 없었는지 또 내 과거의 배신을 일일이 열거하며 확인했다. 그 작업이 시작되면 아내의 눈빛은 맑아지고 얼굴의 이목구비 하나하나가 위엄을 갖추게 되어 내가 용서받을 장소는 모두 사라진다. 심판자의 무결한 기운이 넘치는 모습을 보면 도저히 내 아내 같지 않다. 눈도 눈썹도 입술도 코도 엄청난 압력에 찌부러질 것 같다. 그래도 나는 살아 있다. 갑자기 그런 생각이 북받쳐 나도 모르게 큰 소리로 외쳤다.

"아아—악."

아내는 이런 늦은 밤에 미친 사람처럼 소리를 지르는 것은 몰상식하다고 꾸짖으며 원위치로 돌아왔기에 심문은 언제 끝날지 가늠할 수 없었다. 결국 동틀 무렵, 나는 참다못해 아내를 내버려둔 채 잠자리로 돌아와 이불을 파고들었다. 혼자 남겨진 아내는 밖으로 뛰쳐나갈까, 아니면 칼을 휘두를까. 도망치고 싶으면 도망치고, 칼로 찌르고 싶으면 찌르라며 끊임없이 같은 말을 되뇌다가 나도 모르게 잠이 들었다.

복도 빈지문 틈으로 들어오는 새벽녘의 기운에 눈을 떴다. 주위를 둘러보니 K코와 아이들은 아직 자고 있다. 큰일이다, 후회가 몰려들어 허겁지겁 양옥으로 갔다. 아내는 침대에 누워 한군데만 바라보고 있었는데 얼굴이 경직되어 그런지 생김새가 달라 보였다. 내가 무슨 행동을 하든 사태는 악화될 뿐이라 자포자기의 심정을 주체할 수 없어 거칠게 말하고 말았다.

"그런 데서 뭘 하고 있는 거야."

"사람이 한숨도 못 자서 이렇게 움직이지도 못하고 괴로워하는데도, 당신은 속 편히 코까지 골면서 잘 자던데요."

아내는 할 수 없다는 듯 맥없이 대답했다.

"거기서 조금도 안 움직인 거야?"

다시 확인했다.

"그래요."

아내가 대답했다.

"거기서 조금도 안 움직였다면서 내가 속 편히 잘 자는지 어떻게 알아."

말을 하고 나니 좀 우스웠다. 아내도 그걸 바로 눈치챘다.

"그게 뭐가 우스워요. 난 어디 있어도 당신에 대해서라면 다 알아요."

"내가 어떻게 하고 있는지 틈틈이 보러 왔겠지."

"난 멀리 도망쳐버릴까 했어요."

"그러지 그랬어."

"아이들은 어떻게 하고요."

"내가 키울게."

"당신, 혼자서는 아무것도 못 하는 주제에. 못 하나 박을 때도 다치잖아요."

"알았어, 알았으니까, 당신 이제 좀 자는 게 어때."

이야기를 나누다 보니 분위기가 누그러졌다.

"난 밤을 새웠더니 배가 고파지네요."

아내도 장난치듯이 말했다.

"그래, 배고프겠네. 그럼 양갱 갖다줄게."

아내가 좋아해 집에 사놓는 양갱을 얼른 가져와 마음이 변하기 전에 먹이고 싶었다. 아내는 양갱을 자르지도 않은 채 끄트머리를 쥐고 맛있게 먹었다.

"차."

아내는 거만하게 명령조로 말했다.

"네네."

나는 아주 순종적인 자세로 전열기에 물 끓일 준비를 하면서 발작이 끝나 다행이라고 가슴을 쓸어내렸다.

양갱을 다 먹고 차까지 마신 뒤 아내는 피로하다는 듯이 침대에 들어가 그대로 잠들었다. K코가 아침을 차려 와 아내는 자게 놔두고 넷만 식사를 했다. 신이치는 어젯밤 한 말을 지키겠다는 듯이 학교도 가지 않고 말없이 현관 옆에서 신발을 천천히 닦았다.

그날 오후, 나는 아내를 D 병원에 데려갔다. 병적인 상태는 아니라는 진단을 받고 K 병원에서 퇴원했지만 이대로는 일상생활을 지속할 수 없었다. 당장 기댈 곳은 D 병원의 L 교수뿐이다. 사이코세러피가 효과가 있을지도 모른다며 I 교수가 소개해줬는데 그 요법에 경험이 많은 의사라고 했다. 만약 효과를 기대할 수 없다 해도 다른 방법은 없다. 처음에는 떨떠름한 반응을 보이던 아내도 진찰을 받기로 했다. K 병원에 입원했을 때만 해도 "난 병이 아니에요"라고 했지만, 요즘은 "나 병인가

봐"라고 말한다. 과연 L 교수가 담당해줄지 알 수 없었지만 어쨌든 전철을 타고 D 병원이 있는 D초로 갔다. 우리가 외출한 동안 K코가 초등학교와 시청, 교육위원회에 가서 신이치의 전학 수속과 가족들의 전출 신청을 해준다고 했다.

L 교수와의 첫 면접은 간단히 끝났다. I 교수의 소개 덕분인지 예진도 없이 간단한 문답만 나누었다. K 병원에서는 예진 때부터 아내가 이미 흥분했고, 교수가 진찰할 때는 나를 때리며 울부짖는 바람에 간호사들이 진정시키느라 진땀을 뺄 정도라 진찰도 제대로 받을 수 없었다. 그 후 본의 아니게 전기쇼크도 받게 되었다. 하지만 이번에는 진찰받을 때까지 접수 절차도 많이 필요하지 않았다. 어지간히 주의해서 말을 골라 하지 않으면 아내의 흥분을 피할 수 없지만 그렇다고 요점을 흐리게 되면 진찰이 무의미해질 텐데 어느 쪽이건 괴롭게 심판받는 심정은 매한가지다. 하지만 L 교수는 그에 대해 끝까지 파헤치지 않았고, 나만 따로 불렀을 때도 잘될지는 모르겠지만 어쨌든 사이코세러피를 해보려는데 어떻게 생각하느냐며 재차 확인하는 데 그쳤다. 입원이 치료에는 좋지만 여유가 생길 때까지 좀 기다려보자는 말을 들었을 때는 눈앞에 낀 안개가 말끔히 사라지는 듯했다. 몇 달이 걸리더라도 포기하지 않고 계속 진찰해줄 의사만 있으면 방향키를 잃은 내 생활에 그 이상의 지침은 없을 것이다. 아내도 희망을 얻었는지 돌아오는 전철 안에서 문고본으로 된 와카야마 보쿠스이* 시가집을 읽었고, 눈빛이 이상해지지도 않았다.

다음 날은 모두 9시까지 잠을 잤다. 이사 무렵에는 궂었던 날씨도 4, 5일 후부터 내리 맑았다. 늦은 아침을 먹은 뒤 아내와 K코는 아이들의 이사 준비를 하며 옷과 이불부터 골라냈다. 아내는 종종 부엌에서 별채 여자와 마주치면 죽이 맞아 신변 이야기를 나누는 듯했다. 그 말을 전해 듣고 발작을 유발할 수 있는 계기가 언제 표면에 드러날지 몰라 걱정스러웠다. 그녀가 하루 종일 틀어박혀 있는 별채 방에서 희미하게 들려오는 물건 부딪치는 소리나 화장실에 갈 때 복도를 지나는 조용한 발소리가 아니면 그 존재를 의식하지 않는 나와는 달리, 아내는 그녀의 폐질환이 한순간도 머리에서 떠나지 않는 모양이다. 부엌과 화장실을 함께 사용하는 것을 지나치게 두려워한 나머지 모처럼 친해진 그녀와 거리를 두려는 태도를 유별나게 드러냈다. 막 전학한 신이치나 아직 어린 마야를 부모 곁에서 떼어내 K코의 하숙에 살게 하는 것도 마음에 걸렸다. 세발자전거를 탄 신이치는 그냥 피해 가면 되는데도 울퉁불퉁한 징검돌을 굳이 힘겹게 지나갔는데 신이치가 떠나고 나면 아마 그 모습이 자꾸 떠오를 것 같다. 신이치가 말을 떠듬떠듬할 때쯤 혼자 기차놀이를 하곤 했는데 그때 외치던 문구가 지금도 귀에서 떠나지 않는다.

"찜, 찜, 노처따, 차지 마라요."

---

* 若山牧水(1885~1928): 1904년 『신성新星』에 작품을 발표하며 등단했으며 1910년 자연주의 사조에 영향을 받은 가집 『별리別離』로 일약 문단의 주목을 받았다. 여행과 술을 사랑하는 가인으로 유명하며 『노상路上』『산벚의 노래山櫻の歌』등의 가집을 남겼다.

장난감 기차를 꾹꾹 눌러가며 역무원 흉내를 내고는 자그마한 몸으로 있는 힘껏 발차를 알리는 기적 소리를 외쳤다.

"삐익."

끝이 높이 올라간, 신뢰로 똘똘 뭉친 힘찬 소리였는데, 그다음에는 전동차 굉음으로 바뀐다.

"철커덕철커덕 철컥철컥."

점차 템포가 빨라지고 잠시 후 온 힘을 모아 "삐익" 하고 한 번 더 기적 소리를 내면 기차놀이가 한 회 끝나는 것이다. 요즘 부쩍 말이 없어진 신이치는 끝장을 보겠다는 듯이 시도 때도 없이 세발자전거를 타고 다닌다. 그 소리가 주위에 요란하게 울려 퍼지는데 요란할수록 더 쓸쓸하게 들렸다.

마야는 아내와 K코 옆에서 노래를 부르고 있다.

"마야, 「노래 삼세판」 불러봐."

누군가 주문하면 마야는 정중히 인사한 뒤 라디오 방송으로 유명한 「노래 삼세판」을 시작한다.

"노오래 산세빤이에요, 당신도, 나도, 바알께 노래 부러요."

여기까지 부르면 더 이상 이어가지 못하고 처음으로 돌아가 같은 구절 부르기를 반복해서 나도, 아내도, K코도 웃음을 참지 못한다.

"마야, 이번에는 「새까만 달님」 불러봐."

그렇게 부추기면 다시 정중히 인사를 하고 열심히 노래를 부른다.

"떠따, 떠따, 달이, 까아마케 까아마케 새까아마케."

한번 잘못 외우면 나중에 아무리 바른 가사를 알려줘도 또

438

틀린다는 것을 K코는 알고 있는 모양이다.

오후 2시쯤, 아내와 나는 K코를 따라가는 신이치와 마야를 배웅하기 위해 사철 사쿠라역까지 갔다. 흰색 피터 팬 칼라 통학복을 입고 새 란도셀을 등에 진 신이치와 작은 배낭을 메고 베레모를 쓴 마야가 부모의 말을 거역하지 않으며 플랫폼 철책에 기댄 채 전철을 기다리는 모습을 우리는 조용히 바라보고 있을 수밖에 없었다. 날씨는 화창했지만 공기는 차서 으스스했다. 얼굴에는 핏기가 사라지고 입술은 바싹바싹 마르는데, 아이들은 K코를 따라가버렸다.

아무도 없는 집에 돌아가면 이제 방해자도 없을 텐데 그 넓고 침울한 방에서 아내가 본성을 있는 대로 드러내며 나를 처단하려 들지 않을까. 그런 망상이 떠오르는 바람에 억지로 적당한 말을 찾아내 아내의 기분을 밝은 쪽으로 유도하다가 오히려 분위기가 어색해졌다. 그렇다고 입을 다물고 있으면 언제 상황이 돌변할지 모른다. "아—악" 하는 소리가 들려 고개를 돌리면 마주치는 아내의 얼굴. 마음속에 그 모습이 정확히 그려지지는 않았지만 그만큼 공백이 남아 오히려 가능성으로 선명하게 채워진다. 불과 2, 3일 전 끝내 아무 말도 하지 않던 아이들과 함께 봤던 풍경은 지금도 여전하지만, 그때는 왜 비를 머금은 대나무의 흐느적거리는 모습만 보이고 산기슭에 여기저기 꽃을 피운 동백은 눈에 띄지 않았을까. 지금 그 모습을 보니 화장실 작은 창 아래 뚝 떨어진 동백꽃이 떠올라 견딜 수 없었다.

현관 옆 나무 그늘에는 신이치가 타던 세발자전거가 쓰러져 있고, 안방 귀퉁이에는 마야가 놔두고 간 인형이 똑바로 누워 있다. 대문을 열고 들어오면 보이는 밝은 양옥 건물이 다른 곳과 어울리지 않아 왠지 꺼림칙했으나 아내에게는 그런 말을 하면 안 된다.

둘만 남으면 어떻게 시간을 보낼지 슬슬 당황스러워졌다. 저녁이 가까워지자 아내가 부엌에서 식사 준비를 하는 걸 보고 그 뒤에 서서 습격으로부터 아내를 지켜줘야겠다고 생각했다. 공기가 정체되어 곰팡내 나는 양쪽 다다미방, 사용하지 않는 욕실과 그 옆의 어두운 창고, 자물쇠가 고장 난 출입구, 그리고 바깥으로 전망이 보이지 않게 대숲이 펼쳐져 있는데, 대나무 마디를 누비고 지나가듯 두부 장수의 나팔 소리가 들려왔다. 그 소리는 내게 현기증을 일으킨다. 모든 걸 내던지고 과거로 도망가고 싶지만 그게 가능할 리 없을뿐더러 바로 앞에서 고민에 빠진 아내가 야윈 뒷모습을 보이며 묵묵히 저녁 식사를 준비하고 있다. 지금 아내는 무슨 생각을 할까,라고 생각을 하니 나는 소름이 끼쳤다.

"미호, 괜찮아?"

쓸데없는 말이라도 하지 않으면 못 견딜 것 같다.

"괜찮아요."

대답을 들어도 의심스러웠다.

"정말로 괜찮은 거야? 숨기는 거 아니야? 말로는 괜찮다고 해놓고 갑자기 또 발작하고 그러는 거 아니야?"

나는 아내를 자극하는 말을 하고 말았다.

"아이들이 없으니 좀 쓸쓸하지만 둘만 있는 것도 과히 나쁘지 않네."

침묵을 깨려 엉뚱한 말도 해보는데, 발작하는 얼굴로 언제 돌아볼지 모른다고 생각하니 참을 수 없다. 차라리 빨리 발작을 했으면 좋겠다. 저녁을 다 먹으면 자야 하는데 별채의 기척마저 끊기면 사방에서 정적이 밀려와 고막에서 무음의 소리가 만들어질 것이다. 그날 밤 아내는 온화한 얼굴을 유지했다. 아내의 발작이 차차 약해지면 몸 안에서 희미하게 힘이 생기지 않을까. 그런 생각을 하니 내 몸에도 힘이 전해지는 듯했다. 이불을 깔고 첫 발작 이후 생겨난 습관대로 서로 꼭 끌어안고 있으면 아내는 몸으로 시험하려 든다. 나는 시험 앞에 노출되지만, 반응이 서로 얽혀 들다 미묘하게 흩어지므로 어지간히 잘 맞아떨어지지 않으면 반응은 연쇄적으로 경련을 일으킨다. 그러면 결코 잦아들 것 같지 않은 두려움을 견뎌가면서 제발 충족감을 달라며 빌고 싶어지는 나 자신을 발견하게 된다.

다음 날 아침, 무심코 뱉은 가래에 피가 섞여 있었다. 나는 일부러 가래를 싼 휴지를 펼쳐 아내에게 보여줬다. 폐질환이 재발해 입원이나 수술을 해야 한다면 자유로운 장소로 도망칠 수 있다고 생각한 걸까. 양심의 가책과 낙담에도 불구하고 휘파람이 나올 것 같은 시원함을 맛봤다. 아내는 눈 가까이 휴지를 대고 꼼꼼히 살펴보더니 말없이 뭉쳐버렸다. 예전에는 내가 가벼운 기침만 해도 화들짝 놀라 미간을 찌푸리며 걱정하던 아내였건만. 우리는 간단히 아침을 먹은 뒤 누가 먼저랄 것도 없이 다시 이불로 들어갔다. 머릿속 어딘가에서 혈담, 혈담 하며 속삭이는 소리가 들렸다. 나는 아내의 시험에 중독되는 걸 깨닫는다. 위장하는 건가. 어쩌면 몸이 순응해가는 건지도 모른다. 그동안 떨떠름했던 기분만 완전히 몰아내면 아내의 발작이 바로 소멸할 것 같아 보여도, 그건 노력이나 단련으로는 속죄할 수 없으리라는 절망감이 머릿속에서 떠나지 않았다. 아내는 금세 잠들었고 나도 그 후 한 시간 정도 잔 것 같다. 엇비슷하게 잠에서 깨어나 우동을 삶아 점심을 때웠다. 아내는 낮에도 화장실 가기를 두려워하며 방구석에 놓인 놋대야를 썼는데 그것도 내 불안의 씨였다. 아내는 아이처럼 변기에 걸터앉아 나를 돌아보고 말했다.

"그러니까 화장실은 그 사람 결핵균이 여기저기 묻어 있겠죠."

밖이 흐려서인지 실내도 더 어두침침한 것 같아 의욕이 생기지 않았다. 같이 있던 아내의 기색이 좀 이상해 앞마당에 데리고 나가 잡초를 뽑았더니 좀 진정된 듯하다. 세발자전거가 쓰러져 있는데도 좀처럼 세워놓을 마음이 들지 않았다. 풀을 뽑으며 아내가 돌아가신 장인어른 이야기에 몰입하기에 나도 맞장구를 쳐가며 들었다. 마치 할머니의 옛날이야기를 듣는 손자 같았지만, 아내의 이야기는 어린 시절 도호쿠에서 들었던 것처럼 은유적인 대신 흰 태양 아래 그늘 한 점 없는 남쪽 섬의 노골적인 감정이 느껴진다. 발작이 생기고 나서 아내는 부쩍 장인어른을 그리워했는데 그건 내 추악함을 들춰내는 일화일 뿐이다. 그날 아내는 발작을 하지 않았다. 제초 작업이 적당한 운동이 되었는지 혼자 침대로 가서 곤히 잤다. 나는 그 옆에 놓인 책상에서 요즘 통 읽지 못한 신문이나 잡지를 맘껏 뒤적였는데 기분 좋게 산책을 하듯 시간 가는 줄 몰랐다. 주위가 어두워져 방에 전등을 켠 뒤에도 아내가 자게 한참 내버려뒀다. 아내의 잠자는 얼굴을 보니 발작에 시달리는 사람 같지 않았다. 볼살이 빠졌지만 얼굴이 둥글고 이목구비가 큼직해서인지 의심을 몰랐던 처녀 때의 일편단심이 얼굴에서 느껴져 지금이라도 내게 말을 걸어올 것 같다는 착각이 들었다. 눈 주위에 명암이 뚜렷하고 눈매가 깊어 남쪽 섬 태생임을 숨길 수 없었는데 왜 처음 만났을 때 강하게 끌렸던 그 모습이 보이지 않을까. 어쩌면 지금 다시 보인다 해도 사정이 돌변해 내가 못 받아들이는지도 모른다. 잠 때문에 아내의 의식이 안으로 숨었기에 반응을 생각지 않고 처녀 때처럼 몰래 입을 맞출 수도 있었다. 한밤중에 부대를 빠져나와 높은 곳을 건너 부락에 와서 툇마루에서 자고 있던 아내에게 입술을 맞출 때의 감촉이 되살아났다. 강아지에게 다가갈 때처럼 설레고 작은 새의 부드러운 머리를 양손으로 꼭 끌어안는 기분이라 아내에게 나는 내음이 모든 사태가 생기기 전의 다정한 상태로 데려가줄 것만 같았다.

　쌀이 떨어져 함께 어두워진 거리로 나가 식빵과 우동, 그리고 날치를 사 왔다. 날치를 석쇠에 구웠는데 냄새가 익숙지 않아 먹지 않았다. 하루 종일 잠을 잔 덕분인지 아내의 표정은 평온했다. 아이들 이야기를 하니 더욱 온화해진 상태에서 잠자리에 들었고, 그 후 깊은 잠에 빠졌다.

다음 날 아침 우리는 전철을 타고 D 병원에 갔다. 아침이라 차 안에는 빗살 문양의 가스리 기모노 차림을 한 농촌 아낙네들이 많이 타고 있었다. 머리에 수건을 두르고 야채가 든 사각 바구니를 등에 짊어진 그들 사이에서 선글라스를 쓴 아내는 튀어 보일 수밖에 없었다. 사무실이나 첫 면접을 했던 진료실은 새 단장을 한 앞쪽 건물에 있었지만, L 교수가 말해준 신경과 병동은 복도에서 여러 번 좌우로 돌아 건물 연결부 밖으로 나가야 했다. 목조 부분이 많아지고 흔들림도 심한 연결부를 지나니 그 끝의 막다른 곳에 건물이 있었는데, 마치 도심에서 수풀이 무성한 교외로 나온 분위기였다. 철거를 기다리는 폐건물이 간신히 버티고 있는 듯한 신경과 병동은 원래 육군 병영이었던 장방형 막사로, 해마다 새로 단장하는 종합병원 맨 끄트머리에 버려진 듯 서 있었다. 복도로 연결된 긴 길을 지나니 인공적인 광택과 조명으로 빛나던 본관의 인상은 싹 사라지고 들판의 외딴집에 끌려온 듯했다. 더 앞으로는 갈 수 없고 거기를 넘어가면 사람이 살지 않는 곳으로 빠져나갈 것 같았는데, 아마 콘크리트가 둘러진 네모난 인공 연못을 사이에 두고 창이 없는 회색 건물이 시야를 가로막고 있기 때문이리라. 건물 앞쪽으로 돌면 쇠창살로 막힌 병실 창이 보이고, 더 안쪽에 있는 몇 개 병동은 출입을 거부하듯 불투명한 분위기가 느껴졌다.

아내는 병영 시절 당직실이었을 작은 치료실 침대에 똑바로 누워 있었는데, 나는 복도 맞은편 간호사실에 있었기에 내 귀에는 하소연하는 듯한 아내의 가냘픈 목소리만 들렸다. 평소와는 달리 웬지 무대에서나 들을 법한 가성으로 실을 뽑아내는 누에처럼 끊임없이 소리를 뱉어냈다. 혹시 내 행실의 세부가 드러나거나 내가 모르는 아내의 과거 행적이나 생각이 밝혀질까 골치 아팠다. 교수는 아내와 얇은 커튼을 사이에 두고 의자에 앉아 미동도 없이 이야기를 들었는데 지금껏 이름도 기억할 수 없는 많은 환자 중 한 명이었으면 좋겠다. 하지만 그 숫자가 아무리 늘어나더라도 환자 하나하나를 다 기억할 것 같아 이상하게 질투심이 가라앉지 않았다. 치료 시간이 오래 걸리기에 나머지 처리는 간호사에게 부탁하고 나는 긴 복도를 따라 내과로 가서 진찰을 받았다. 내 차례가 돌아와 의사와 간호사에게 증상을 설명하던 중 아내와 떨어진 장소에 오니 내가 다시 팔팔해진 것을 느꼈으나, 어느 부위에선가 아버지와 비슷한 냄새가 나는 걸 보니 아내가 알면 곤란할 것 같다. 안락함 저변에는 조금씩 불안이 높이 쌓여가므로 시간이 길어지면 점점 참을 수 없을 테지만 그렇게 되기 전에 아내가 나왔다. 치료가 끝나니 가슴속의 답답함이 게워졌는지 아내의 얼굴이 상쾌해 보였다.

아직 내 흉부 뢴트겐촬영이 남아 있어 아내와 함께 촬영실로 갔다. 촬영을 마친 뒤에도 아내는 여전히 기분이 좋은지 바로 사쿠라로 가지 말고 고이와에 들르자고 했다. 이사하느라 경황이 없어 이웃들에게 변변히 인사도 못 하고 떠난 걸 줄곧 마음에 걸려 했다. 한번 신경을 쓰면 그 원인이 제거될 때까지 집착을 버리지 못하고 눈을 반짝이므로 그렇게 되지 않도록 내가 도와야 한다. 이사할 때 찍은 트럭 운전사 사진도 가지고 왔는데, 앞으로 볼 일이 없으니 꼭 전해주고 싶다고 했다. 아내의 생각이 그렇다면 아내가 하자는 대로 따라야 한다. 고이와역에 내렸을 때는 정오가 지난 시간이라 역 앞 스시집에 들어가 스시를 먹었다. 고이와에 오면 지뢰가 여기저기 묻혀 있는 적지에 온 것 같다. 어떤 장소에 가더라도 내 흔적이 눌어붙어 있기에 과거를 끌어낼 단서가 너무 많아 눈을 둘 곳이 없었다. 아내가 니기리 스시와 지라시 스시 외에 맥주도 주문했는데 차근차근 책임을 추궁하기 전에 잠시 몸보신을 시키는 것 같아 기분이 이상했다. 이삿짐센터에 가서 운전사에게 사진을 건네주고 나서 전에 점친 적이 있는 무당을 찾아갔다. 아내는 지난 번에 감사했다고 인사한 뒤 오늘은 39세 남자에 대해 여쭤볼 게 있다고 했다. 혈담이 신경 쓰여 내 나이를 무당에게 말했을 것이다. 전에는 무당의 어디가 요염하다고 느꼈는지 기억해내려 했지만 성공하지 못했다. 이 모든 게 아내가 차려놓은 밥상이니 될 대로 되라는 마음으로 아내와 나란히 무당 앞에 앉아 있었다.

"남묘, 호렌, 게쿄."

그녀가 몇 번이나 주문을 외치며 몸을 뒤로 한껏 젖혔다 구부리는 동작을 반복하더니 나를 보며 말했다.

"의사가 기관지가 나쁘다는 말을 하더라도 걱정할 건 없어. 다만 걸리적거리는 게 있을 뿐이지. 이미 당신 병이 아니고, 이 사람도 완전히 나았어."

그렇게 말하는데 여우에 홀린 기분이다.

"이번 집에도 사용하지 않는 우물이 있을 텐데."

무당이 지적하자 대숲 옆의 오래된 우물이 살아 있는 생물처럼 부풀어 오르는 모습이 눈에 보이는 듯했다.

"그게 좀 걸리적거리니까 전에 알려준 방법으로 액을 씻어. 그러면 걱정할 게 아무것도 없으니까. 이제부터는 점점 하늘로 뻗어 갈 거요."

아내의 걸음이 가벼운 것 같아 나도 기세가 누그러지는 듯했다. 전에 살던 집을 보고 싶다기에 그렇게 했고, 옆집 아오키네를 비롯해 이웃들에게 인사하러 가고 싶다기에 집집마다 방문한 뒤에 하쌍네 가게에서 탈지분유까지 사서 전철을 갈아타고 집에 돌아왔더니 거의 해 질 녘이었다. 그날 밤 아내는 오래된 우물에 대해 언급하지 않은 채 평온하게 잠들었다. 머리맡의 자명종이 어느새 또 이상해졌다. 움직이는가 하면 멈추고, 잊힐 만하면 또 움직이는 식이라 몇 시간을 잤는지 알 수 없었다. 한잠 자다가 아내 때문에 잠이 깼는데, 몇 시인지 모르겠지만 아직 날이 밝지 않은 듯했다. 아무래도 못 자겠어. 아내가 그렇게 말하며 내 등을 어루만졌다. 손바닥의 온기가 등에 닿으니 꼭 어머니의 손길 같았다. 졸음이 와서 꾸벅꾸벅 졸다 보니 달짝지근한 기분에 마음이 느슨해졌다. 하지만 느낌이 이상해 군대에서 집합할 때처럼 즉시 차렷 자세로 일어섰다. 그러자 한창 발작이 진행된 아내가 멍하게 서 있는 나를 보며 말했다.

"거짓말쟁이."

얼어붙은 말 한마디가 내 숨통을 끊고 과거의 모든 것을 끌어들여 나를 옭아매는 바람에 움직일 수 없었다. 진짜처럼 굴던 기억도 갑자기 빛이 반사되니 그 실체가 사라져버려 모두 거짓 같았다. 대꾸할 말이 있을 리 없었기에 위엄을 더해가는 아내의 얼굴만 바라봤다. 발작이 진행되면 아내의 얼굴은 윤기를 잃고 투명해져 눈앞에 있지만 닿을 수 없는 곳까지 높이 끌어올려지는 듯했고, 계속해서 무슨 말인가 하지만 내 귀는 그 의미를 파악하지 못했다. 귀뿐 아니라 몸도 아내의 말을 튕겨내며 경직되고 정체 모를 떨림 때문에 도망갈 구멍만 찾았다. 아내가 한동안 입에 올리지 않았던 여자의 이름을 말했을 때, 나도 모르게 벌떡 일어나 바지를 입고 상의를 아무렇게나 걸치며 현관으로 달려갔다. 어디 갈 곳도 없었지만 박차고 일어나니 기세가 붙어 뒤로 물러날 수도 없었기에 마구 소리라도 지르고 싶은 걸 가까스로 참는다. 아내는 맹수 같은 향을 풍기며 쫓아와 현관에서 게다를 찾던 나를 덮쳤다. 잠시 몸싸움을 하다가 두꺼운 현관 유리문을 열고 나가니 밖에는 바람이 불고 보슬비가 내렸다. 엉기는 아내를 몸에 매단 채 마당 징검돌을 요란하게 밟아가며 대문을 열고 밖으로 나갔다. 드문드문 있는 외등 불빛이 어슴푸레 길을 비추고 있었지만 비구름이 하늘을 덮었는지 암흑과도 같았다. 비에 젖은 나무 내음을 맡으니 아내의 고향인 남쪽 섬의 부락이 떠올랐다. 아내의 내음이 나를 부드럽게 감싸고 내게 닿은 보드라운 팔꿈치가 수다스레 말을 걸어온다. 하지만 한번 붙은 기세가 꺾이지 않아 발길 가는 대로 어둠 속을 마구 걷다 보니 금세 가이린지 언덕이 나왔다. 인적이 끊긴 큰길을 지나 집으로 돌아와 잠옷으로 갈아입은 뒤 누가 먼저랄 것도 없이 서로 꼭 끌어안았다. 시험을 해보고 싶어도 치료를 위한 마음가짐 때문인지 아직 내게 충족감은 허용되지 않는다.

날이 밝았다. 비바람은 더 기세등등해진 듯하다. 아내는 잠이 부족해 보였지만 나는 깊은 권태에서 빠져나올 수 없었다. 잠자리에서 일어나자 아내에게 이끌려 뒷마당의 뚜껑 덮인 우물로 가서 고이와 집에서처럼 그 위에 소금과 향을 올려놓았다. 아침으로 간단히 식빵을 먹은 뒤 아내는 집 청소를 했는데, 일상의 리듬이 가동하는 것 같아 상쾌했다. 그동안은 나도 혼자 일을 할 수 있다. 지속이 필요한 일은 물론 힘들었지만 관심 있는 문예동인지 정도는 잠시 틈을 내서 읽을 수 있었다. 몇 달 간격으로 보내온 것, 어쩌다 한 권 보낸 것 등 종류가 다양했는데, 잡지를 펼치면 평소 입는 양복에 게다를 신고 변두리 골목을 돌아다니는 기분이다. 외부의 관계 속에 들어가는 대신 글자가 만든 골목에서 관계를 맺는 식으로 말이다. 아내가 청소를 끝내니 벌써 정오 가까운 시간이라 어제저녁에 남긴 고기야채조림을 먹었다. 오후에는 가까운 절에서 열리는 정신 강좌 모임에 함께 갈 예정이었다. 술렁이는 바깥 날씨 때문에 마음이 동했고 뭔가 현실과 동떨어진 말을 듣고 싶었기 때문이다. 마음을 쥐고 흔들며 연상을 유도하지 않는 단단한 막대기처럼 추상적인 말에 감화되면 어떤 작용이 일어날 수도 있다. 아내도 그럴 생각이었지만 외출 준비 중에 상황이 돌변했다. 속옷을 갈아입던 중에 발작이 머리를 쳐들자 아내는 여자에게 선물한 속옷 색상을 빠짐없이 다 말하라고 다그치는데 내가 그런 선물을 한 적이 있었는지조차 생각나지 않았다. 열두 가지 색 팬티 세트를 사서 보내는 것을 봤다는데 이상하게도 전혀 기억이 없었다. 아내는 K 병원에서 전기쇼크도 몇 번 받았고 약도 먹는데 어째서 여자와 관련된 기억은 전혀 쇠하지 않았을까. 다른 기억은 흐려져도 오히려 그 부분은 더 선명해진 듯하다. 생각이 안 난다고 항변해도 아내는 듣지 않으며 어떻게든 생각해내라고 나를 닦달했다. 실상 색깔이야 아무래도 상관없지만, 아무리 사소한 것이라도 절대 거짓말하지 않기로 내가 맹세했으니 그 충실함의 증거를 확보하고 싶은 거라고 했다.

"울컥한 거 아니에요. 난 나 자신을 잃어버린 것 같다는 거죠. 부탁이니 생각해내요."

아내가 매달리듯 말했다. 하지만 그런 사실이 없는데 아무 색이나 말할 수도 없는 노릇이다. 어떻게든 생각을 다른 데로 돌리려 해도 아내는 거기에만 집착하며 꼼짝하지 않았다.

"말하지 않고 그렇게 버티면 당신이 생각해낼 때까지 기다릴 거예요. 언제까지고."

그 말을 들었을 때 익숙한 장소에 왔다고 각오해야 했다. 아내가 몇 가지 색을 대며 나를 유도했는데 그것들이 내 입술에 엉겨 붙는 바람에 그 이름이 더욱 입 밖으로 나오지 않았다. 선명한 색상의 여자 속옷들이 계속 겹치며 눈앞에서 어지럽게 날아다니는 걸 보니 역겨운 혐오가 치민다. 심한 수치와 좌절감이 들어 강좌를 들으러 갈 계제가 아닐뿐더러 이대로 둘이서 밤을 맞으면 발작을 끝낼 계기를 찾지 못할 것 같았다. 현관에서 누군가 찾아온 기척이 느껴져 이제 살았다고 생각하며 나가

보니 모르는 중년 남자가 혼자 있었는데, N 신문사의 통신원이라고 자신을 소개한 뒤 본사에서 연락을 받고 내 사진을 받으러 왔다고 방문 이유를 밝혔다. 이사하기 바로 전에 출간된 R 쇼보의 『귀택자의 우뇌』에 관해 서평을 쓰기로 했다는 것이다. 그 책은 고이와에 있을 때 받았는데 책을 읽은 아내가 그날 밤 발작을 일으켰다. 내가 가정을 도외시하며 여자의 집에 드나들 때 쓴 단편들이 수록되어 있었기 때문이다. 피하려고 어지간히 주의했는데도 자꾸 눈앞에서 과거 소식을 맞닥뜨리니 속수무책이다. 하지만 아내는 통신원을 본 순간 정상으로 돌아왔다. 『귀택자의 우뇌』와 관련된 용건이라 염려했지만 아내는 오히려 진심으로 반가워하며 그를 대접했다. 그대로 진정되는 줄 알았을 정도다. 하지만 그를 배웅한 뒤 문을 잠그고 방에 들어와보니 아내는 잠시 중단했던 발작을 다시 시작했다. 두세 마디 나누다가 결국 큰소리가 나자 아내는 별채에서 다 들릴 거라며 양옥으로 자리를 옮겼다. 내가 열두 가지 색을 정확히 생각해낼 때까지 계속 이렇게 마주 보고 있을 생각인가 보다. 잡지를 손에 집었더니 진지하게 생각하라며 내게서 잡지를 빼앗았고, 내가 피곤한 기색을 보이자 대충 넘어갈 생각이라면 자신도 생각해둔 게 있다며 어두운 눈매를 했다.

"나도 죽기 전에 그런 색색들이 팬티 좀 입어보고 싶네."

위와 뇌 속에 이물질을 채워 넣고 대충 꿰맨 것처럼 몸 상태가 안 좋았다. 위와 뇌를 갈라 피범벅이 된 광경이 머리를 스치자 내가 왜 참고 있는지 의아해졌다.

"계속 그런 난잡한 생각을 하는 사람은 당신이잖아."

내 말에 아내는 눈을 치켜뜨며 잠시 숨을 멈추더니 무시무시한 침묵에 빠졌다. 그 침묵의 바퀴가 스르르 움직이며 내게 휘감겨 옥죄어올 때 뇌 속에서는 말도 못 하게 간지러운 조직 교체가 일어나는 듯했다. 하면 안 되는 말을 내뱉고 나니 후회가 밀려왔지만 반대급부로 나도 미쳐버릴 수 있겠다는 생각이 들어 이상한 구원이 생긴 듯했다.

대문 앞에서 우리를 부르는 젊은 남자의 목소리가 들렸다. 아까부터 들린 것 같기도 해서 반사적으로 엉거주춤 일어나 대문 건너편의 양옥 문을 열고 댓돌에 놓인 게다를 대충 걸쳐 신고서 마당으로 나갔더니 밖에는 안개비가 내리고 뜨뜻미지근한 공기가 볼에 스쳤다. 바람도 온화한 남풍으로 바뀐 듯하다. 어디 가요,라고 들은 것 같은데, 아내도 그 남자의 목소리를 못 들었을 리 없다. M 신문사에서 전보가 왔나 보다 생각하며 대문 쪽으로 가니 격자를 붙들고 대문 안을 들여다보던 청년이 물었다.

"S 씨시죠?"

내가 맞는지 확인했다. 그렇다고 대답하자 내게는 용건이 없다는 듯 뒤돌아서 대여섯 걸음쯤 걷더니 말했다.

"계시네요."

그 말을 들으니 다른 사람과 같이 왔나, 의문이 들어 문을 열려고 걸쇠를 만지작거렸다.

"S 씨."

주변도 아랑곳하지 않는 여자의 목소리에 나도 모르게 걸쇠에서 손을 뗐다. 그리고 발길을 돌려 얼른 아내가 있는 방으로 돌아가려 했다.

"S 씨, 기다리세요. 할 이야기가 있어요."

여자의 목소리가 나를 쫓아왔다. 이 사태를 어떻게 하면 좋을까. 생각이 떠오르지 않았다. 불시에 맞닥뜨린 새로운 현실을 판단할 수 없어 머리가 깨질 것 같았다. 남풍이 불고 비가 온 뒤라 밤공기는 부드러웠는데, 새싹을 틔운 초목의 내음이 따뜻해진 공기에 스며든다.

"S 씨."

여자의 목소리가 한 번 더 들렸다. 그 목소리는 이미 쫓아냈다고 생각했던 과거의 무게를 일깨웠다. 나를 도망치게 한 또 다른 내가 문을 열고 여자에게 가는 것 같아 아찔했다. 여자가 난폭한 불량배들을 데리고 왔을지도 모르고, 무엇보다도 아내의 반응이 걱정되어 부들부들 떨렸지만 간신히 두 발을 내디뎠다. 드디어 심판인가. 그런 엉뚱한 생각도 들었는데 고양이처럼 어둠 속을 살피던 아내가 물었다.

"걔?"

비교적 침착한 목소리였다.

"응."

내 대답에 맨발로 마당에 뛰어나온 아내가 대문 쪽으로 달려가며 소리쳤다.

"빨리 와, 빨리. 도망가버리면 안 돼, 잡아야 해."

대문에 가보니 여자의 모습이 보이지 않았다. 아내는 재빨리 잠긴 문을 열더니 큰길 쪽으로 뛰어갔다.

"미호, 가지 마. 돌아오는 게 좋겠어. 그렇게 쫓아가면 안 돼.”

소리쳤지만 아내는 듣지 않고 계속 전진했다. 당황하면 안
된다, 당황하지 말자. 스스로 타이르면서 나도 아내 뒤를 쫓아
갔다.

“○○ 씨, ○○ 씨.”

아내가 여자의 이름을 불렀다.

“네.”

대답하는 여자의 목소리가 들렸다. 전혀 긴박한 기색이 느껴
지지 않고, 마치 오랜만에 만난 친구들끼리 대화를 나누는 듯
하다. 이윽고 질척거리는 발소리가 뒤엉키더니 점점 가까워졌
다. 아내에게 한쪽 팔을 붙잡힌 여자가 주춤주춤 이쪽으로 오
는 것이 보였다. 그 외에는 따라오는 사람이 없는 듯했다.

“도시오도 같이 붙잡아줘.”

나를 본 아내가 말했다.

“뭐 하시는 거예요. 난 도망 같은 거 안 가요. 이 팔, 놓아주
세요.”

여자가 말했다. 두 사람이 나란히 서니 아내가 훨씬 커 보였
다. 방 안으로 들어온 아내는 여자가 코트를 벗기도 전에 추궁
을 시작했다.

“왜 온 거예요?”

“Z 씨 부탁으로요.”

여자는 말하면서 보자기를 풀고 작은 과자 상자를 꺼냈다.
포장 끈에 봉투가 끼워져 있는 것이 보였다.

“뭐예요, 이건.”

"Z 씨가 위로금을 모아줘서 내가 대표로 병문안을 왔어요."

"위로금요?"

아내의 목소리에는 흥분이 그대로 드러났다.

"당신들한테 그런 걸 받을 이유가 없잖아요."

"하지만 모두 의논해서……"

"그냥 가지고 돌아가세요, 그런 구린 물건. 한 가정을 엉망으로 만들어놓고 지금 위로금이라는 말이 나와요?"

"하지만 일부러 가져온 거니까."

여자가 내 모습을 살폈다. 이 상황을 수습하지도 못하는 내가 할 말이 있을 리 없다. 그래서 잠자코 서 있었는데 아내의 상태가 심상치 않다.

"알았다, 그렇구나. 그렇게 적당한 구실을 만들어 우리를 협박하러 온 거였네. 고이와에서도 이상한 편지를 던져놓고 가더니 그걸로 부족해서 이번에는 내가 미친 걸 보러 온 거네. 맞아, 틀림없어."

여자는 엉거주춤 일어나려 했다.

"내가 왜 그런…… Z 씨와 동료들 부탁으로 온 것뿐인데……"

여자는 말하면서 앉은걸음으로 출구 쪽을 향해 갔다.

"병문안을 왔다는 사람이 아까는 왜 도망친 거죠?"

"도망친 거 아니에요. 댁에 안 계신 줄 알았죠."

"거짓말 말아요. 도시오, 붙잡아. 도망치지 못하게."

나는 출구를 막아서듯 일어서서 여자를 붙잡았지만, 우리 둘 사이에 촉감이 교차하는 바람에 힘이 들어가지 않았다. 하지만 살살 잡으면 여자가 도망치게 도와주는 것처럼 보일까 봐 세게 붙잡았는데 그 모습이 아내를 더 자극한 듯했다.

"도시오, 나를 진짜 사랑해?"

아내에게 느닷없는 질문을 받는 순간, 좋지 못한 예감이 섬광처럼 스쳐 지나갔다.

"사랑해."

대답을 했더니 또 추궁한다.

"저 여자는? 사랑해? 안 사랑해?"

이번에는 여자의 눈을 보며 낮은 목소리로 대답했다.

"안 사랑해."

그러자 아내가 말했다.

"그럼 내가 보는 앞에서 쟤를 마구 때려봐. 얼른."

시험은 겹겹이 쳐진 올가미였다. 어떻게 대답해도 아내의 반응이 매한가지일 거라 생각하니 도망갈 문이 점점 좁아지는 듯했다. 나는 맘먹고 여자의 뺨을 때렸는데 여자의 피부 밑으로 핏줄이 선 것이 보였다.

"힘이 약해. 더 힘껏 쳐."

아내 말을 거역하지 못하고 일부러 손을 크게 휘두르며 뺨을 한 번 더 때렸다. 여자는 경멸의 눈초리로 나를 봤다.

"고작 그 정도로 내 미친병이 낫겠어?"

아내는 여자를 붙잡더니 방 안쪽으로 끌고 갔다. 여자는 두려운 얼굴로 말했다.

"나를 어쩔 셈이에요?"

아내는 여자를 벽 쪽으로 끌고 가 머리카락을 잡더니 벽에 여자의 머리를 사정없이 부딪쳤다.

"아, 아파요. S 씨, 도와줘요. 아파요."

여자가 내게 호소하니 아내는 힘을 더 주는 듯했다.

"그러다가 머리라도 깨지면 어쩌려고."

내가 제지했더니 아내가 눈을 치켜뜨고 말했다.

"그래, 알았어. 나보다 얘가 중요하구나."

그런데 기세는 좀 꺾였는지 적당히 하는 것이 보였다. 여자
는 완전히 기가 죽어 아내에게 몸을 맡기고 겨우 소리만 질
렀다.

"도와주세요."

하지만 여자는 빈틈을 찾았는지 아내의 손을 뿌리치고 도망
치려 했다. 여자는 마루의 장선이 약해진 부분을 세게 밟아 꺼
지게 하고는 고꾸라질 듯한 자세로 비틀거리며 마당으로 나갔
다. 맨발로 대문을 향해 뛰어갔으나 민첩하게 바로 쫓아가는
아내를 뿌리치지 못한다.

"도시오, 빨리 문을 걸어 잠가."

아내의 외침에 나는 문을 잠그러 갔다. 잠시 상황을 지켜볼
수밖에 없을 듯했다. 아내는 발을 걸어 여자를 넘어뜨린 뒤 오
른손 손가락에 여자의 머리카락을 휘감아 얼굴을 땅바닥에 문
지르며 여자의 자유를 박탈했다.

"내가 정신병원에 입원해서 집에 없는 줄 알고 왔나 본데 그
러면 못쓰지. 언젠가는 올 줄 알고 잔뜩 벼르고 있었어. 그런데
도망치겠다고?"

"Z 씨한테 부탁받은 게 있어 온 거라고 했잖아요. 그것만 전
해주고 돌아갈 생각이었어요."

"이렇게 늦은 시간에 이런 시골까지 무슨 이유로 찾아왔을지, 그 정도는 나도 똑똑히 알고 있어."

아내가 왼팔로 여자의 목을 조르자 목이 메는지 여자가 간신히 외쳤다.

"숨이 막혀요, 살려줘요."

비가 와서 질척이는 흑토 위에서 엎치락뒤치락한 터라 둘 다 몰골이 형편없을 것이다. 어두워서 확실히 보이지는 않았지만 뺨과 이마에 묻은 진흙이 마치 끈끈한 피 같았다. 여자를 거칠게 제압했지만 아내도 숨이 차는 모양이었다. 여자가 움직이면 아내도 같이 끌려갔으므로 어느새 둘 다 옆집과 경계를 이루는 울타리 부근까지 가 있었다. 그동안 나는 우두커니 서서 팔짱을 끼고 잠자코 보고만 있었다.

"S 씨, 도와주세요. 왜 가만히 보고만 있는 거예요."

여자가 그렇게 말하는데 나는 대답이 안 나왔다.

"S 씨가 이렇게 만든 거잖아요. 똑똑히 보세요. 당신은 두 여자를 죽게 내버려둘 작정인가요."

여자가 말하는데, 아내는 미친 사람처럼 난폭하게 여자의 머리를 바닥에 내리찧었다.

"살려줘요."

여자는 또 비명을 질렀다. 그리고 두 다리에 힘을 주고 몸을 젖혀 반격에 나섰는데, 스커트가 뒤틀어져 흰 속옷과 낯익은 다리가 보였다.

"도시오, 애 다리 좀 꽉 붙들어. 손가락이 말을 안 들어. 손이 잘 안 움직인다고. 그런데 당신, 설마 애 편을 드는 건 아니겠지?"

아내의 말에 몸을 숙였지만 막상 다리를 붙들려 하니 마음이 껄끄러웠다. 아내의 뜻을 거스를까 잠시 망설이다가 결국 마지못해 여자의 두 다리를 붙잡았는데, 손대지 말아야 할 것을 만진 듯한 쾌감이 느껴져 안절부절못했다. 얼마 남지 않은 버팀목마저 무너진 것처럼 위태로운 감정이 들었다.

"그래, 얘 스커트도 팬티도 모두 벗겨버려. 도시오, 얼른."

아내는 진지하게 말하는데 내 귀가 그 말을 멋대로 날조하는 듯했다.

"뭘 꾸물거려. 얘가 그렇게 좋은 거야?"

아내가 재촉하는지라 어쩔 수 없이 여자의 허리에 손을 뻗었다. 속옷 아래쪽에서 뭔가 단단한 것이 손가락 끝에 닿았다고 생각했는데, 실상은 여자에게 사정없이 걷어차인 것이었다. 나는 여자가 그대로 당하고 있을 줄 알았기에 여자가 나를 걷어차고 그 반동으로 아내의 손아귀에서 빠져나와 이미 일어서 있는데도 사태가 파악되지 않았다. 나는 아내의 타박을 듣고 나서야 여자를 겨우 바닥에 쓰러뜨렸다.

"다치기라도 하면 나중에 귀찮아져. 이쯤에서 돌아가라고 하면 어떨까."

그렇게 말해보지만 아내가 들을 리 없다.

"이런 애는 바닥에 질질 끌고 다녀주지."

아내는 여자의 한쪽 다리를 붙잡더니 내게 나머지 한쪽을 들라고 했다. 그렇게 2, 3미터쯤 끌고 가는데 이상하리만치 무거워 잘 움직이지 않았다. 아내는 다시 여자의 머리카락을 손가락으로 움켜잡고 바닥에서 못 움직이게 했다.

"죽여버릴 거야."

아내가 말했다. 우리는 둘 다 지쳐 움직임이 둔했고 호흡도 거칠었다. 여자도 뜨문뜨문 외쳤다.

"살려줘요."

"이러다 사람 죽어요."

"이웃에 누구 계시면 살려주세요."

현관 앞 삼나무 밑에서 사람 기척이 느껴져 돌아보았더니 별채 여자가 가슴 언저리에 양손을 대고 서서 말했다.

"난 사정을 몰라 누구 말이 맞는지 모르겠어요. 하지만 이런 야만스러운 행동은 아무한테도 용서받지 못할 거예요. 부탁이니 제발 그만두세요."

"이러다 사람 죽어요."

여자가 또 외쳤다.

대문 주위에서 뭔가 움직임이 느껴져 살펴보니 격자 쪽에 몇 명인가 모여들어 안을 들여다보고 있었다. 여자의 비명을 듣고 왔을 텐데 말없이 은근한 웃음만 띤 채 술렁일 뿐이었다. 그 와중에 키 큰 남자가 문을 흔들었다. 덜컹거리기만 하고 열리지 않자 그가 말했다.

"문 좀 여시지 않겠습니까, 경찰입니다."

그 소리를 듣고 대문으로 가서 걸쇠를 푸니 두 남자가 들어왔다. 어두워서 얼굴이 잘 보이지 않았는데 키 큰 남자는 땅바닥에서 뒤엉켜 싸우는 두 사람을 보며 말했다.

"경찰에 신고가 들어왔는데 무슨 일이십니까?"

"집안일입니다. 싸움이 붙었어요."

내가 대답했다.

"하지만 사람 죽는다고 외치는 소리가 여러 번 들렸다던데."

"한쪽이 과장해서 말한 거죠."

"어쨌든 그만하세요."

그렇게 말하기에 내가 대답했다.

"있죠, 제 아내가 지금 정신병원에서 치료를 받고 있어요. 그런데 아까 아내가 싫어하는 여자가 찾아와서 이렇게 된 겁니다. 발작이 심해 진정시킬 수 없었어요."

키 작은 남자는 마당으로 들어와 사람들을 저지했다.

"안에 들어오면 안 돼요."

키 큰 남자가 말했다.

"하여간 그만하십시오."

나는 뒤엉켜 있는 두 사람에게 가까이 다가가 말했다.

"미호, 경찰이 보고 있어. 말로 해."

그 말을 듣자마자 아내는 순순히 손을 놓고 일어났다. 하지만 여자는 바로 일어나지 못했다. 키 작은 남자가 가까이 다가왔는데 제복 차림이었다.

"어디 다친 데는 없나?"

그는 그렇게 말하며 여자 옆으로 가서 일어나는 걸 도와줬다. 그리고 아내에게 말했다.

"그렇게 난폭하게 굴면 안 돼요."

"잘못한 사람은 저 여자예요. 쟤가 멋대로 남의 집에 들어와서 나를 협박하니까 무서워서 그런 거죠."

아내는 어리광 부리는 듯한 목소리로 말했다.

키 큰 남자가 불빛이 비치는 양옥 쪽으로 나를 데려갔다. 수첩을 꺼내더니 이름과 직업, 이 집으로 이사 온 시기, 여자와의 관계 등을 물어봐서 간단히 대답하니 뭔가를 받아 적었다.

"아내는 지금 정신병원에서 정신분석 치료를 받고 있어요. 그 때문에 사소한 일에도 흥분해서 발작을 일으킵니다. 저 여자를 특히 미워해서 일이 이렇게까지 커진 거죠."

나는 확인하듯 또 한 번 말했다.

"이런저런 사정이 있겠지만 폭력도 있었으니까요."

그는 처리 방법을 생각하는 듯했다. 여자는 다리를 살짝 절면서 흐트러진 몸을 가다듬더니 제복 차림의 남자에게 방에 벗어놓은 코트와 신발을 가져다달라고 부탁했다. 그리고 사복 차림의 남자에게 몸이 닿을 정도로 가까이 다가가 무슨 말인가 했는데, 여자의 키가 작은 탓에 그가 몸을 구부리고 위에서 감싸는 듯한 자세로 이야기를 들었다. 불현듯 아내에게 고독의 그림자가 짙게 드리우는 것 같아 어깨를 꼭 잡아주는데 바르르 떨리는 살의 온기가 손바닥에 느껴졌다. 사복 차림의 남자가 가까이 와서 말했다.

"오늘은 밤이 늦었으니 일단 철수하죠. 여자분은 경찰에서 보호하겠습니다. 이런 행색으로는 돌아갈 수 없을 테니까요. 나중에 경찰서에 출두하시면 사정을 듣게 되겠군요."

아직 신발 한 짝을 못 찾았는지 그도 합세해 허리를 굽히고 신발을 찾았다. 잠시 후 두 남자가 양쪽에서 여자를 부축하고 나간 뒤에도 사람들은 돌아가지 않고 대문 앞에서 서성이기에 가까이 다가갔더니 다들 뒷걸음을 쳤다. 문을 단단히 잠그고 집 안으로 들어가려는데 별채 여자가 아까처럼 현관 옆 삼나무 옆에 서 있었다.

"밤늦게 소란을 피워 정말 죄송합니다."

내가 그렇게 말하고 아내도 함께 사과했지만 그에 대해서는 대답하지 않았다.

"당신 같은 사람들이 이런 소동을 일으키다니."

잠시 부르르 떨더니 별채 여자가 말을 이었다.

"부탁합니다. 두 번 다시 내 집에서 이런 일이 일어나지 않 게 해주세요."

간만에 맺은 관계가 또 끊어지는 것 같아 이루 말할 수 없이 적적한 감정을 느끼며 아내와 함께 집으로 들어갔다. 맨손으로 공격에 맞서는 형국이라 철저히 문단속을 하고 들어와 안방에 이불을 깔고 아플 정도로 서로를 꼭 끌어안으니 고독이 더 절 실히 느껴져 아까 아내의 발작으로 고민하던 때와는 다른 시 간이 흐른다는 걸 알 수 있었다. 비정상적인 흥분이 온몸을 활 보하는데도 유독 머리만 맑았다. 기존 방식 그대로라면 한 걸 음도 나아가지 못할 것이다. 지금까지는 아내가 아무리 끔찍한 발작을 해도 경계심을 풀 여지가 있었지만 이제는 그럴 수 없 을 듯하다.

"무서워!"

아내가 불쑥 흘리듯이 외마디 소리를 질렀을 때 지금까지 경 험하지 못한 공포의 표정과 마주한 것 같았다. 당황해서 그 얼 굴을 떨쳐버리려고 강한 어조로 말했다.

"뭐가 무섭다고 그래. 무서운 건 보이지 않을 때지. 언제 찾아올까, 전전긍긍할 때가 훨씬 무섭다고. 오늘도 일단 닥쳐보니 별거 아니라는 걸 알게 되었잖아. 어때, 전혀 무섭지 않았지? 당신이 그렇게 용기 있게 나오니까 걔는 생쥐처럼 도망치려 하던데. 뭐랄까, 미호는 지금 분노가 가라앉은 듯 산뜻한 얼굴이야. 오늘 밤 사건으로 더 이상 발작은 안 일어날 수도 있겠네. 이제 무서워할 건 아무것도 없어. 우리 둘이 힘을 합친다면 무슨 일이 닥치더라도 두려워할 필요가 없어."

"하지만 경찰에 출두해야 하잖아요."

"가정일 뿐인데, 설사 유치장에 들어간다 해도 말이지, 이왕 이렇게 된 거, 오히려 확실한 거 아닐까? 공포의 뿌리가 뽑힌 거잖아. 별일 아닐 거야."

"왜 우리가 유치장에 들어가죠? 들어가야 하는 건 걔예요. 걔가 우리를 협박했죠. 게다가 주거침입죄도 저질렀잖아요."

"그런 말이 아니라, 최악의 경우에 그렇다는 거지. 어떤 역경이 닥쳐도 둘이 마음만 합치면 전혀 두려워할 게 없잖아."

"난 유치장에 들어갈 일 없어요."

"알았어, 알았다고. 그런 말이 아니잖아. 당신 꽤 싸움 잘하더라, 다시 봤어. 걔는 새파랗게 질렸더라고. 아마 두 번 다시 찾아올 생각 못 할 거야."

"다음에 오면 정말로 죽여버려야지. 그래도 정신병자는 죄가 안 되겠죠?"

"어쨌든 이제는 건설적으로 새로운 생활을 해보자. 당신 발작만 떨어져 나간다면 이 이상 기쁜 일도 없잖아. 일종의 쇼크

요법인 거지. 틀림없어, 이제 발작은 일어나지 않을 거야."

"아빠, 걔 편을 들 생각은 전혀 없었던 거죠?"

"물론이지. 잘 생각해봐. 모두 당신이 시키는 대로 했잖아."

"그런데 왜 가만히 보고만 있었어요? 어째서 나와 함께 걔를 해치우지 않았죠?"

"나중에 일이 너무 커질까 봐 그랬지. 봐, 결국 경찰이 왔잖아. 상해죄가 성립될 조건을 만들어놓았으면 큰일 날 뻔했지. 당신이 조금이라도 불리해지면 내가 언제든 도우려고 대기하고 있었어. 지금 생각해보면 결과적으로 다행인 거 아냐? 걔가 경찰에서 무슨 말을 한다 해도 우리가 불리해질 일은 하나도 없으니까."

아내나 나나 논리가 좀 이상하다는 건 알았지만 뭐라도 지껄이지 않으면 몸이 와르르 무너질 것 같았다. 내 말 한마디 한마디에 추악함이 더해지고 끝없이 서로 공명한다. 실제로 내 모습은 어땠을까. 떠들어대는 혀 밑으로 불신감이 퍼져 스스로는 알 수 없었다. 결국 내 행위를 아내에게 납득시키기 위해 둘러대는 저의가 빤히 보였지만 할 수 없었다.

나는 비늘로 덮인 피부를 뒤집어쓴 것처럼 기분이 이상했지만, 바짝 다가온 뭔가에, 아니 아무것도 없는 공허에 지면 안 되기에 계속 지껄여댔다. 신기하게도 입 밖으로 술술 말이 나왔다. 만약 말이 끊겨 침묵이 이어진다면 겨우 진정된 아내의 발작이 다시 도지고, 나도 정신이 이상해져 의식이 혼탁해진 장소로 옮겨 갈 것 같았다. 이 사건이 일어난 것이 아내에게는 오히려 다행이라 생각하고 싶었고 실제로 그런 기색도 보였지만, 언제든지 원위치로 돌아갈 수 있는 용수철이나 다름없었다. 중요한 건 언급하지 않고 자꾸 다른 말만 했는데 둘 다 그런 줄 알면서도 일부러 속는 듯했다. 귀찮은 형사사건에 휘말릴지도 모른다고 걱정했으나 그럴 만한 요소도 없었고, 반쯤 포기하면서도 바라마지않던 발작의 종언이 어쩌면 현실이 될지 모른다고 생각하니 열이 오를 정도로 이런저런 번뇌가 끊이지 않았다. 하지만 한편으로는 머릿속이 차갑게 얼어붙어 도무지 잠을 이룰 수 없었다. 고독이 자꾸 눈에 띄는 바람에 어쩔 수 없이 뭔가에 홀린 듯 계속 떠들었더니 마치 넓은 빈 방에 두 귀신 소리가 뒤엉키는 듯했다. 아내가 한 차례 감정을 추스를 때쯤 날이 완전히 밝았고 마당에는 새벽 기운이 감돌았다. 작은 새의 지저귐이 들리자 구덩이에 빠지듯 갑자기 잠이 몰려와 우리는 일단 깊은 잠에 몸을 맡겼다.

제11장 이사

아침은 반드시 돌아왔고 언젠가 눈을 떠야 한다. 그렇기에 일단 유혹에 빠지듯 깊은 잠에 빠져들었지만 금방 끌려 나와 눈을 떴다. 잠깐 졸았다고 생각했는데 꽤 많이 잔 모양이다. 해는 이미 중천에 떠올라 뒷마당의 나무와 연못까지 밝았는데 기분 탓인지 작은 새의 지저귐에서조차 피로가 느껴졌다. 이유는 모르겠지만 큰일 났다는 생각이 들어 옆에서 자는 아내를 들여다봤다. 더 이상 평안은 기대할 수 없었으므로 눈을 뜰 때의 무게는 각오하고 있었다. 그러나 어제 일어난 사건의 피로가 아직 처리되지 않고 나를 짓누르기에 더욱 의욕이 떨어졌다. 요즘 일상의 평온을 잃어버린 생활을 하고 있지만 오늘은 특히 고약한 뒷맛이 가시지 않았다. 심지어 형사가 조만간 경찰서에 출두하라고 말했다. 그것도 꺼림칙하지만 당시 내 태도를 떠올리면 머리가 어질어질하다. 그때까지 가까스로 유지해온 평형이 낭떠러지를 헛디딘 것처럼 가치 기준 없는 다른 세계로 점점 추락하는 기분이다. 마치 중력 없는 우주 공간을 끝없이 유영하듯 말이다. 메스꺼움 비슷한데 몸이 마디마디 쑤시고 열이 오르는 비정상적인 상태였다.

숙면을 취하길 바라면서 아내를 가만히 살피니, 아내는 눈을 뜬 채 조용히 천장을 바라보고 있었다. 가슴이 덜컥 내려앉아 숨죽이며 발작이 시작된 건 아닌지 걱정했지만 다행히 그건 아니었다. 그저 힘없이 뭔가를 바라보고 있었는데, 엄청난 힘에 의해 내동댕이쳐져 일어나지 못하는 것처럼 보이기도 했다. 어젯밤 받은 충격이 워낙 커서 아내도 꾹 참고 있는 것이 틀림없었다. 심지어 아내는 몸싸움을 해서 여자를 굴복시켰다. 나는 거기에 기대를 걸며 그 충격이 아내의 마음을 뒤흔들고 변용시켜 제발 원래 상태로 돌아오기를 간절히 바라긴 했다. 사실 그렇게 될 거라고 어느 정도 기대했을 것이다. 한편으로는 내 간절한 바람과는 달리 그런 건 어불성설이라고 각오했지만, 그래도 그 충격이 조금이라도 아내의 병소를 허물어뜨리는 데 도움이 되었을 거라 생각하고 싶었다. 그러지 않으면 공포가 부풀어 올라 견딜 수 없었다. 보이지 않던 공포의 대상을 두 눈으로 똑똑히 확인했을 뿐 아니라 자기 손으로 때려눕히기까지 했는데 어떻게 아무 효과가 없다고 믿겠는가.

"어쩐지 무서워."

아내가 맥없이 혼잣말을 하기에 내가 말했다.

"뭐가 무섭다는 거야. 보지 못했을 때야 두려움 때문에 견디기 힘들다 해도 일단 보니 별거 아니잖아. 심지어 당신은 걔를 혼내줬어. 거봐, 그토록 두려워하던 개가, 실제로는 자그마하고 약해빠져 단번에 해치울 수 있었잖아. 완전히 애와 어른이 싸우는 것 같았어."

일부러 거친 표현을 썼지만 곧 위험한 장소로 유인당할 듯한 위태로움을 느낀다. 자그마하다는 둥 여자의 몸매를 말하는 건 금기였다. 둘을 비교하면 곧장 생각이 그 방면으로 통한다. 다행히 아내는 발작을 일으키지 않았다. 아내는 틀림없이 불안을 느낄 것이다. 눈을 떠보니 주위가 온통 푸른 해원처럼 보일 정도로 돌변한 상황을 겪은 뒤로는 분명 과거의 자신과 달라진 듯한 불안을 느낄 것이다. 스스로를 진정시키려고 애쓰는 모습이 예전에 남편을 성실히 뒷바라지하던 때의 안절부절못하는 태도와도 비슷했다.

"어쩐지 분노가 떨어져 나간 것 같아요. 오늘부터는 예전처럼 부지런히 일할 거예요."

밝은 표정을 보이며 빗자루를 들고 방 청소를 했지만 그래도 맥없는 기색이 배어 나오는 듯했다.

나는 마음이 뒤숭숭했으나 아내와 보조를 맞춰 아무렇지 않은 척하며 청소를 도우려는데, 바깥 격자문 쪽에서 어떤 남자가 몇 번씩이나 우리 이름을 부르는 소리가 들렸다.

지금은 어떤 방문도 허심탄회하게 받아들일 수 없다. 게다가 거리낌 없이 남의 이름을 부르다니 그 목소리가 수상하게 여겨진다. 사쿠라에 이사 온 지 얼마 안 되어 이 마을에서 사귄 친구도 없으니 아마 전부터 알던 사람일 것이다. 어젯밤 일도 있고 또 성가신 방문 아닐까 하는 생각이 들었다.

어쨌든 나가보니 전혀 안면이 없는 초로의 남자가 격자문 틈으로 안을 들여다보고 있었다. 평상복 차림에 게다를 신고 온 걸 보면 이 마을 사람일 것이다. 튼튼한 골격에 얼굴이 우락부

락할 뿐 아니라 굉장히 사내다운 목소리로 경찰에서 출두하라
는 전화가 왔다고 전하는 걸 들으니 왠지 집 주위가 포승줄로
포위되는 느낌이었다. 남자는 된장 가게 주인이라는데, 가게는
여기서 채 50미터도 떨어지지 않은 곳에 있다. 성가신 기색을
보이면서도 눈빛에 호기심이 가득한 걸 보면 어젯밤 문 앞에
몰려든 사람 중 하나인지도 모른다. 경찰은 왜 다른 사람을 통
해 출두 명령을 전한 걸까. 이런 식이 아니라도 새로 이사 온
외지인 일가의 추문은 온 마을로 대번에 다 퍼질 텐데.

　모처럼 회복의 조짐을 보였지만 겉보기와 달리 상처의 뿌리
가 깊은 건 당연했다. 곧바로 해소되리라 기대하지는 않았지만
그 뿌리가 꺾인 것 같지 않아 공연히 쓸쓸했다.
　아내도 빗자루를 든 손을 멈추더니 불안한 시선으로 잠시 다
다미 바닥에 가만히 서 있었다.
　"괜찮아, 걱정 없어. 경찰도 일단 우릴 불러야 수습할 수 있
을 테니까. 어쨌든 가봐야지. 빨리 결말을 짓고 우리 생활이나
확고히 다지자."
　되도록 아무렇지도 않은 척 밝은 표정을 지으며 외출 준비를
한 뒤 집을 나섰다.
　검게 칠해진 된장 가게 창고 벽이 갑자기 거대해 보이고, 가
게 안에서 종업원들이 속닥거리며 우리를 힐끔힐끔 보는 듯
했다.
　아내와 나는 방어되지 않는 적나라한 마음을 품은 채 가이린
지 언덕 꼭대기에서 산등성이처럼 뻗은 완만한 커브 길을 걸어

마을 중심부 쪽으로 갔다. 뒤숭숭한 마음만큼이나 땅이 솟아오르는 것 같아 형장에 끌려가는 한 쌍의 죄인처럼 꼬인 발걸음으로 목조 가겟집들이 많은 거리를 걸어야 한다.

삼거리에서 왼쪽으로 돌아 번화한 중심지로 접어들자 경찰서에 가까워질수록 아내의 표정이 어두워졌다. 무슨 말이든 발작을 유발할 수 있으므로 입안에 납이 채워진 듯했다. 아내는 앞으로 어떻게 될지 걱정하는 것처럼 보였는데, 여자가 유치장에 들어가야 옳지 왜 우리까지 부르는지 모르겠다며 불안해했다. 조리 있게 설명해도 납득하지 않았고 자신을 힘들게 하는 사람은 모두 적으로 돌린다. 내가 사리를 강조하면 여자 편을 들어 자신을 우습게 만든다고 받아들이므로 얼굴에 피가 몰릴 것 같아도 입 다물고 있을 수밖에 없었다.

경찰서는 길에서 좀 들어가야 하는 곳에 있었다. 관청이나 초등학교를 연상시키는 구식 목조건물이었는데, 위엄이 드러나는 표식이 외관에 보이지 않았는데도 차가움이 느껴져 마음이 가라앉았다.

안에는 사무용 책상이 띄엄띄엄 배치되어 있을 뿐 아니라 제복 순경은 몇 없고 사복 차림의 남자들이 각자 책상 앞에서 사무를 보고 있어 예전의 시골 관청이 연상되었다. 그래도 경찰서인지라 언제 상황이 돌변할지 모르는 불확실성이 숨어 있기에 앞질러 와 있던 두려움이 피부에 엉겨 붙는다.

입구 가까이 앉은 사람에게 전화 연락을 받고 출두했다는 용건을 말하니 안쪽 자리에 있던 남자가 그 말을 듣고 일어섰다. 키가 크고 어깨가 넓었는데, 우리를 알아보며 안으로 들어오라고 했다. 얼굴 생김새가 날카롭고 중학교 체조 교사 같은 인상이라 마치 예전부터 알던 사람인 듯했다. 어제는 어두운 밤이라 그 사복형사가 맞는지 확실치 않았지만 아마 맞는 듯했다. 어쩐지 그가 일하다가 선배를 만나러 온 나를 보고 일어나 응대하는 것 같아 묘하게 뭉클한 느낌이 들었다. 봉당 사이의 낮은 문을 열고 아내와 함께 안으로 들어가려는데 그가 아내 앞을 막아서더니 긴 의자에 앉아 기다리라고 했다.

"흠, 어느 방이 좋을까."

결국 열려 있는 작은 방으로 안내받았다.

"거기 앉으시죠."

나는 의자에 앉았다. 역시 어젯밤의 사복형사였다. 다짜고짜 심문하는 말투가 아니라서 나도 마음이 좀 편해졌다. 그는 사정이 딱하다는 듯이 말했다.

"그 가여운 사람을 한번 만나봐요. 당신도 죄 많은 사람이야. 지금 와서 그런 말을 한들 소용없을 테지만 어쨌든 한번 만나봐요. 몹시 만나고 싶어 하니까."

기분이 좀 이상했다. 어젯밤 어둠 속에서 형사에게 바짝 다가가 뭔가 말하던 여자의 모습이 떠올랐다. 키가 큰 형사는 몸을 구부리고 여자의 호소를 경청했다. 보호받는 동안 여자는 형사에게 무슨 이야기를 어떻게 한 걸까. 여자에게 동정적인 형사의 말투가 점점 이상하게 느껴졌다.

"만나고 싶지 않습니다."

나는 그렇게 말할 수밖에 없었다.

"그런 말 말고 한번 만나봐요. 부인은 내가 지키고 있을 테니 걱정 말고. 어쨌든 몹시 만나고 싶어 하니까."

"그 사람이 무슨 말을 했는지 모르지만 더 이상 만날 필요가 없습니다."

나는 필사적으로 최후의 보루를 지키듯 버텨야 한다.

"하지만 당신은 분명 그 사람과 깊은 관계였잖소. 나도 사정을 들었는데 딱 한 번이면 된다던데. 뭔가 할 말이 있는 것 같으니 한번 만나봐요."

"성가시게 해드려 죄송합니다. 전 더 이상 그 여자를 만나고 싶지 않아요. 제 아내는 보시다시피 정신질환을 심하게 앓고 있어요. 더 이상 착란을 일으키게 하고 싶지 않습니다."

형사의 보호 아래 정말 잠깐만 만나면 아내는 모를 수도 있다. 마음이 무너져 내릴 것 같았지만 가까스로 추스르며 완강히 버텼다.

"잠깐 만나기만 하는 건데 그게 어떻다고. 뭐, 정 그러시다면 ○○ 씨에게는 내가 잘 말해두죠. 그래도 잠깐 만나는 게 낫지 않겠어요?"

형사는 경멸하는 듯한 시선을 보내며 말했다.

"어쨌든 상처를 꽤 입혔기 때문에 피해자가 마음만 먹으면 일이 아주 골치 아파지는 상황이라서. 하긴 ○○ 씨는 일을 크게 만들고 싶지 않다고 했으니. 그래도 옷이 다 찢어졌고 얼굴도 긁혀 그대로 밖에도 나갈 수 없는 상태잖습니까. 상처 치료비 겸 배상금으로 2천 엔 정도 내면 어떨까 싶은데요. 그렇게 이 사건을 해결하는 걸로 합시다. ○○ 씨도 받아들인다고 했으니."

그의 말에 나는 말없이 동의의 의사를 표했다. 우습게도 파도가 바다 한가운데로 밀려 나가듯 내 마음에서 뭔가 스르르 빠져나간다. 그러면서도 마음속으로는 옆방에서 갑자기 여자가 "S 씨!"라고 외치며 달려오는 것 아닐까 하는 기대가 떨쳐지지 않았다.

결국 경위서를 내라는 명령을 받고 나는 아내와 자리를 바꿨다. 아내는 매달리는 듯한 눈초리로 나를 쳐다보며 형사의 지시에 따라 내가 나온 방으로 들어갔다.

사무실에는 아무도 나를 쳐다볼 사람이 없었지만, 마치 그들의 등이 우리의 추문에 호기심을 보이며 입을 여는 것만 같아 고압적인 전화 응대 말투가 위협적으로 느껴졌다. 아내가 곧 돌아왔기에 우리는 곧장 경찰서를 나와 귀갓길에 올랐다.

돌아오는 길에 아내는 형사가 내게 무슨 말을 했는지 집요하게 추궁했다. 발작을 유발할 수 있는 부분은 빼고 합의금 명목으로 2천 엔을 내야 한다는 점을 강조했는데, 아내는 도저히 감정을 억누를 수 없는 모양이다. 고요한 삶을 침범당한 건 우리인데 돈까지 빼앗길 이유가 없다며 그 돈은 우리가 받아야 한다고 아내가 말했다. 어쨌든 여자를 바닥에 끌고 다니며 상처를 입혔기 때문에 2천 엔으로 정리할 수 있다면 오히려 우리한테 유리한 셈 아니냐며 설득했지만, 아내는 왜 개 편을 드는 거냐, 개한테 돈을 주고 싶은 거냐고 흥분했다. 아내는 자신이 불리하다는 걸 알고 그 결말이 두려웠기에 불안을 주체하지 못하고 내게 자꾸 엉겨 붙는 것이다. 나도 그걸 알지만 뭔가 불합리한 뭉텅이가 밑에서 치받는 듯한 압박감이 들어 이상하게 초조했다. 쉽게 체념하지 못하는 두 사람의 의지가 뒤엉키니 점점 상황이 꼬이고 악화된다. 고집을 부릴 때 아내는 아예 입을 다물어버리거나 과거의 무수한 행위와 생각들을 내 입으로 모두 말하게 함으로써 나를 공격했다. 나는 구역질이 나서 도망치려고 고압적인 반응을 보인다. 그러면 도망치거나 자살하는 시늉을 하며 옥신각신하고 몸싸움을 벌이다가 결국 또 서로 부둥켜안는데, 분노가 떨어져 나갈 때까지 몇 번이고 반복하는 그 우둔한 짓을 멈추지 못하고 계속한다. 그 와중에 그날 밤 사건 현장에 있었던 또 한 명의 순경이 가이린지 근처에 사는 이웃이라는 걸 알게 되었다. 와이셔츠를 사 들고 그 집에 사과하러 찾아가기도 했는데, 형사가 아니라 순경을 택한 것은 아내의 의사를 따랐기 때문이다. 아내는 형사와 대면했을 때 그가 여자에게 호의를 품은 걸 눈치챈 걸까, 아니면 그저 주소를 물어볼 기회를 놓친 걸까. 어쩌면 근처에 사는 순경과 친해 놓으면 여자가 다시 복수하러 찾아와도 의지가 될 거라고 생각했을 수도 있다. 나는 현관 앞의 좁은 다다미방에서 무릎을 꿇은 채 대충 사정을 말했는데, 지난밤의 우스꽝스러운 현장에 대해 양해를 구하려는 의도였다. 평상복을 입고 편히 쉬던 순경의 모습에는 가난이 올곧이 드러났다. 안방에서 아기 울음소리가 들리는데도 그의 아내가 무표정하게 차를 타서 내놓는 상황을 어떻게 받아들여야 할까. 아무래도 비밀이 발각되어 갈팡질팡하는 중년 남자의 추악한 모습만 그 집에 두고 나온 기분이다. 순경이 보인 순박한 동정에는 호기심도 섞여 있었으므로 일의 진행에 따라 어디로 풍향을 바꿀지 모른다. 어느 쪽이건 이제 이 마을에서 우리 부부의 동태는 그들의 눈을 피해 갈 수 없으리라.

타인과 같이 있는 동안은 긴장하여 아내의 발작도 일시적으로 억제되지만, 둘만 남으면 바로 제 궤도를 찾는다. 그날 밤도 끝내 갈등이 풀리지 않았고, 나는 노예처럼 비굴하게 굴었다. 태도만큼은 순종적인 모습을 보였지만 가슴의 응어리가 부풀어 올라 도저히 수그러들지 않았기에 아내를 응접실에 남겨놓고 안방으로 갔다. 이불 속에 파고들어 몸을 웅크리는데 오늘이 내 생일이라는 사실이 비로소 떠올랐고, 어느새 스르르 잠이 들었다.

별것 아닌 소리에 조짐이 이상해 부리나케 일어났는데, 무거운 현관문을 열고 밖으로 나가는 아내의 뒷모습이 보였다. 다급히 뛰어가 양어깨를 붙잡고 방으로 데려오긴 했으나 어찌하면 좋을지 모르겠다. 바깥에 비가 내려 기분만 더 우중충했기에 오전 내내 둘 다 아무 말 없이 우울한 시간을 보냈다. 아내가 우울에 빠지면 분위기를 누그러뜨릴 방법이 없기에 집 안이 얼어붙는다. 하지만 아내의 상태가 풀리면 방금 전까지 공기가 얼어붙어 있었다는 사실이 믿기지 않았다. 어떤 계기 때문인지는 모르지만 정오 무렵 아내의 상태가 완화되는 기미가 보였고, 점심 식사를 마친 뒤에는 완전히 괜찮아진 듯했다. 그걸 보니 까닭 없이 눈물이 날 것 같아 응접실 침대에서 서로 꼭 끌어안은 채 잠들었다.

3시쯤 잠이 깨어 갈고리 모양으로 구부러져 있는 중심가에서 좀 떨어진 목욕탕까지 갔는데(도중에 경찰서가 보였다!) 문이 닫혀 있었다. 문을 열려면 아직 한 시간 정도는 남았기에 다시 한참 길을 걸어 집에 돌아왔다. 도중에 서점에서 새로 나온 M 주간지를 들춰보니 『귀택자의 우뇌』 서평이 실려 있었다. 응어리진 마음이 투영된 탓인지 글이 마음에 들지 않고 자꾸 초조한 마음만 불거지는데 목욕탕 시간을 맞추지 못한 낭패까지 더해져 계속 뒤끝이 찜찜했다.

아내는 할 수 없이 저녁을 준비하다가 갑자기 이마를 찡그리더니 소리를 질렀다.

"아악."

그리고 마구잡이로 현관으로 뛰어가 문을 발로 차며 부쉈다. 우니마가 왔다! 아내가 그렇게 외치는데, 아내의 뇌 속이 어떤 구조로 되어 있는지 도무지 알 수 없었다.

저녁 식사를 하고 나면 또 밤이 온다고 생각하니 참을 수 없었다. 아내가 밤에만 발작을 일으키는 건 아니었지만 취침 전의 의식은 훨씬 참기 힘들다. 내가 신이치와 마야 사진을 보고 눈물을 흘리자 아내는 냉담한 얼굴로 고개를 돌린 채 못 본 척했다. 빨리 입원시키면 좋겠지만 병원 사정상 당장은 힘들다. 하지만 우리의 곤혹은 당면한 문제다.

그날 밤 사건 때문에 이 집에서도 나가야 했다. 이사를 하려면 보통 때도 골치 아픈데 나는 지금 집을 구하러 다닐 수 없는 형편이다. 이왕 엎질러진 물, 차라리 다 내팽개치고 행방을 감출까. 부인과 아이들을 버려둔 채 실종된 고이와 집 전 주인도 떠올랐는데, 이상하게도 그가 몹시 부러웠다.

아내가 뜬금없이 단 화과자가 먹고 싶다고 했다. 하지만 나는 실종에 대해 생각하던 중이라 아내의 얼굴을 똑바로 쳐다볼 수 없었다.

"함께 사러 가자."

겨우 마음을 다잡고 애서 쾌활한 척했다.

골목을 지나 큰길 가까이 있는 과자 가게는 어두컴컴하고 흙바닥이 그대로인 구식 점포로, 도로 쪽 유리창 너머로 생과자가 나란히 놓인 진열장이 보였다. 아내는 매일 양갱을 먹게 해주는 사람에게 시집갈 생각이었다고 말하곤 했는데, 그런 아내가 단 생과자가 먹고 싶다는 걸 보니 상태가 괜찮아졌나 보다. 돌아오는 길에는 요즘 감정이 들쭉날쭉해 병일지도 모른다는 자각이 든다고도 했다.

"그런 생각을 하는 거 보면 이미 병이 나은 거나 다름없어. 다행이야. 정말 다행이야."

"구도마는 결코 하지 않을 생각이어요. 만일 발작이 일어나면 용서해주시와요. 곧 나을 테니까." 아내는 스스로 이렇게 편지를 써서 내게 건네줬다. 아, 꽤 괜찮아졌나 보다. 오늘 밤은 느긋하게 잘 수 있겠다고 생각했지만 안심할 단계는 아니었다. 과연 그런 기적이 일어날까. 이부자리를 깔아놓은 뒤 일기장을 펴고 엉거주춤한 자세로 후닥닥 일기를 쓰는데 화로 곁에 서서 몸을 녹이던 아내가 갑자기 응접실로 뛰어들어 갔다. 이크, 가슴이 서늘했다(아내 앞에서 일기를 쓰면 안 된다!). 쫓아가니 뒤돌아 창백한 이마 너머로 나를 노려보며 외쳤다.

"오지 말아요, 오지 말라니까요."

야간 고등학교 시간강사 일은 3월로 그만뒀다. 계속할 수 있
는 상황이 아니었기에 내 쪽에서 먼저 사직 절차를 밟아달라고
서무에게 부탁했다. 내 당면 과제는 오직 아내의 발작을 없애
는 것이지만 구체적인 해결책이 없었다. 최근 수요일과 토요일
주 2회 D 병원에 가서 L 의사에게 치료를 받는 것이 유일한 구
명줄이었다. 하지만 K 병원처럼 치료를 포기할 가능성도 배제
할 수 없었고, 계속 다니면 좋아질지 확실히 예측할 수 없었다.
조현병 의심은 사라졌다 하더라도 이 요상한 증상이 정말 완화
될 수 있을까. 세월이 약이라고 생각하지만, 아무래도 전에 다
니던 K 병원 주치의가 말한 대로 치유 여부는 남편의 태도에
달렸다는 것이 진실 같았다. 결국 내 성격이 완전히 바뀌지 않
는다면 원상 복귀는 기대할 수 없으리라.

수요일 치료는 L 의사의 개인 사정 때문에 오후로 연기되어
내가 내과 진료를 받기로 했다. 사쿠라로 이사한 지 얼마 안
되었을 때 가래에 피가 섞여 나온 적이 있는데 그 원인을 검사
하려는 것이다. 혈담을 볼 때는 아무 관심도 보이지 않던 아내
지만 진찰받는 것은 찬성했다. 지난번 외부 진찰 때는 별다른
이상이 없어 다음 주에 가래 검사를 하기로 했다.

오후에 아내의 자유연상 치료가 끝난 뒤 나는 여자가 찾아왔
던 그날 밤 사건과 경찰서에 출두한 이야기를 L 의사에게 했으
나 그는 그저 듣기만 했다.

그날, 우리는 불길함이 깃든 집에서 도망치듯이 이케부쿠로로 가서 K코의 하숙집에서 묵었다. 사쿠라 집이 온통 수상하고 어두운 그늘로 덮여 있는 것 같아 화장실 창 밑에 뚝 떨어진 동백꽃이나 별채에서 혼자 사는 폐병 환자의 무기력한 모습이 끔찍하게 눈앞에 떠오른다. 뒷마당 대숲이나 뚜껑을 덮어 막아놓은 오래된 우물도 마찬가지다. 그 집으로 돌아가면 잡아먹힐 것만 같아 두렵다. 돌아갈 생각만 해도 집 안에 한가득 있는 귀신들은 우리를 들어가지 못하게 막고, 나머지 귀신들은 집 주위를 에워싸고 있는 모습이 연상되었다. 이끼가 자란 축축한 마당 흙이 왠지 뭔가의 표피처럼 느껴지기도 했다. 내 은신처를 확실히 알아버린 여자가 복수를 하러 와도 우리는 전혀 방어할 준비가 되어 있지 않았다.

아내가 아이들 얼굴이 보고 싶다는 말을 꺼냈을 때 나는 그런 마음이었다. 그래서 아내의 말을 듣고 마음이 밝아져 흔쾌히 거기로 가자고 대답했다.

거기서 사흘 밤을 지내다 보니 어느새 토요일이 돌아와 D 병원에 치료받으러 가야 했다. D 병원은 이케부쿠로에서 사쿠라로 가는 길 중간에 있어, 닛포리역에서 전철을 갈아탄 뒤 사쿠라 방면으로 가는 길목인 D역에서 하차해 버스를 한 번 더 타면 병원에 갈 수 있다. 그날은 아침부터 아내의 상태가 이상했다. 전철 안에서 생트집 잡는 눈초리로 나를 쳐다보더니 결국 거미줄 치듯 의혹을 쏟아내며 불신의 불길을 활활 태웠다. 입을 앙다물고 있던 여파로 볼에 경련이 일어나 어린애 같은 잔영도 보였는데, 왜 무모한 발작을 반복하는지 도무지 이해할 수 없다는 생각이 울컥 들었다. 눈 주위가 움푹 꺼져 왠지 가부키 배우의 과장된 분장이 연상된다. 꿈에 누군지 확실치 않은 사생아가 자꾸 보인다며 내 아이 아니냐고 추궁하는데 대답이 나오지 않았다. 뻔히 꿈이라는 걸 알면서도 여자와의 사이에 아이가 태어난 걸 숨기고 있을지 모른다고 의심했다. 아내와 나 사이에 긴장된 공기가 서려 있었지만, 나는 주변을 아랑곳하지 않고 잔뜩 화가 난 얼굴로 아내와 앞서거니 뒤서거니 하며 병원에 도착했다.

진료를 기다리는 동안에도 우리는 좁은 대기실에서 서로 노려봤다. 급히 아내 곁을 떠나 콘크리트로 만들어놓은 중정 용수지 가장자리에 쭈그리고 앉아 혼탁한 수면을 멍하니 바라보자니 마음이 너무 답답했다. 앞날을 전망할 수 없으니 현기증이 날 것 같았다. 걱정이 되었는지 출입구 쪽으로 따라온 아내는 어두운 표정으로 핸드백을 들고 서 있었는데, 얼굴을 보고도 모른 척하니 문 뒤로 쏙 모습을 감췄다. 아내는 쓸쓸해서 도저히 못 견딜 지경이라도 나를 보기만 하면 의혹과 불신 때문에 자신을 통제하지 못한다.

진료 차례가 와서 아내가 치료실 침대에 누워 있는 동안은 자유의 세계다. 나는 해방감을 느끼며 연못 건너에 있는 병동 쪽으로 발길을 돌렸다. 목조 병실에는 '용무 외 접근 금지'라고 쓰인 팻말이 붙어 있을 뿐 아니라 창문에 튼튼한 쇠창살도 설치되어 있어 다른 병실과는 딴판이었다. 은근히 다가가기 힘든 장막이 느껴졌지만 무엇에 이끌리듯 한 병실로 다가갔는데, 철창을 양손으로 꼭 붙들고 나를 물끄러미 바라보던 젊은 여자와 시선이 마주쳤다. 무심결에 말랑한 것을 짓밟은 듯한 기분이 들어 몸이 경직되는데 여자는 말없이 유혹의 시선을 보내며 미소 지었다. 슬며시 다가오는 내 모습을 보고 기다렸던 걸까. 얌전히 묶은 머리와 볼록한 볼을 보니 입원한 지 얼마 안 되는 환자 같았는데 화사한 무늬의 기모노 차림이 왠지 튀었고, 눈웃음을 치며 끈질기게 달라붙는 눈에는 먹이를 발견하고 숨죽여 덮칠 때의 긴장감이 엿보였다. 나무로 된 간이침대에 누워 치료를 받고 있을 아내 역시 이런 쇠창살이 설치된 병실에 들어가겠구나. 곧바로 그 생각이 떠오르는 바람에 나도 모르게 발길을 돌리고 두 번 다시 그 여자 환자 쪽을 돌아보지 않았는데, 어째서 마음을 열고 그 웃음에 호응하지 않은 걸까.

치료가 끝나면 사쿠라 집에 돌아가야 한다. 돌아오는 전철 안에서도 마음이 풀리지 않은 채 기와지붕이 보이는 격자 대문 앞에 겨우 도착하니 사흘이나 부재했던 집 안에는 온갖 귀신들이 득실대고 마당 어딘가에는 여자가 숨어 있을 것 같다. 천장이나 상인방上引枋*이 저렇게 높은데도 지붕은 눌린 것처럼 왜 이리 낮아 보일까. 자물쇠를 열고 안으로 들어가니 두려움은 어느 정도 수그러들었다. 별채 여자가 있는 방에서 떠들썩한 이야기 소리가 들렸다. 예상대로 집주인 부부가 와 있었는데, 우리가 집에 돌아온 걸 보자 의논하고 싶은 것이 있다고 했다.

---

* 창문 위 또는 벽의 위쪽 사이에 가로지르는 인방. 창이나 문틀 윗부분 벽을 받쳐준다.

역시나 밤에 여자가 와서 시끄러웠던 일을 문제 삼으며 동생이 겁에 질려 있다고 말한다. 당신 같은 사람이 어쩌다 그렇게 되었냐고 묻는데 나는 대답할 수 없었다. 어쨌든 마을이 좁은 데다가 병 때문에 요양 중인 동생이 불안해한다는 구실로 계약을 해지하자고 하니 별수 없었다. 어차피 나도 그럴 생각이었기에 순순히 동의했다. 언제가 될지 기약 없었지만 L 의사에게 부탁해 빨리 입원시키는 것이 최선책이라 생각했다. 그 후 아내의 고향인 남쪽 섬에 가는 것이 좋을 듯했다. 신이치와 마야를 언제까지고 K코에게 돌봐달라고 할 수 없기에 조만간 섬에 계신 숙모께 맡길 계획이니 지금 내 형편에도 맞는 방법이다. 집주인에게 더 이상 집을 빌려줄 수 없다는 말을 들은 순간, 아내도 나도 그런 생각이 강하게 들었다. 따라서 이번 이사 때는 그것까지 요량해서 짐을 싸야 했는데, 우리는 일단 K코의 하숙에서 같이 살 생각이다. 무엇부터 손을 대야 할지 모르겠고 어쩐지 나른한 기분이 들었으나 아내의 독촉에 못 이겨 해 질 녘에 함께 국철 사쿠라역 앞의 일본통운을 찾아갔다. 섬으로 짐 부치는 절차를 확인해보고 싶었기 때문이다.

삼거리의 모퉁이를 돌아 큰길을 벗어나 언덕길로 곧장 내려가면 사쿠라 마을 같지 않게 넓은 조망이 펼쳐지는데, 땅거미가 진 광활한 평지를 걷다 보니 유년 시절 달콤했던 기억이 회한처럼 떠올랐다. 두부 장수의 나팔 소리. 집 앞에서 정신없이 놀던 아이들. 논 주위에 흔들거리던 저녁 안개의 내음. 아니, 그건 저녁 밥상에서 모락모락 피던 김이었는지 헷갈리지만 어쨌든 먼 옛날 놓쳐버린 행복처럼 우리 부부를 애달프게 둘러쌌다.

너무 쓸쓸해서 또 이케부쿠로에 가서 며칠 머무른 뒤 수요일에는 K코와 신이치, 마야도 모두 데리고 D 병원에 치료받으러 갔다. 사쿠라로 돌아가 이사 준비를 해야 한다고 생각하니 피로가 앞선다. 일손이 모자라 K코의 동생 T도 학교를 쉬게 하고 함께 갔다.

그날, L 의사는 치료 방침에 대해 말한 뒤 당분간은 외래로 치료하고 차차 입원을 생각해보자고 했다. 어떤 결정을 내리건 그에게 매달릴 수밖에 없었다. 당장 입원할 수 있으면 이사도 함께 할 수 있어 좋지만 의사의 판단과 형편에 따를 수밖에 없다. 상황이 어떻게 되든 짐은 대부분 섬에 보내려 한다. 아내의 치료가 어떻게 전개될지, 과연 나을 수 있을지조차 예측할 수 없었지만 도쿄 근방에서 생활하는 것은 불안했다. 숙모도 그렇게 생각하셨는지 아이들을 먼저 보내면 K코의 동생인 U코가 마중 나갈 거라고 했다. 나중에는 숙모께 기대어 섬에서 사는 수밖에 없을 것이다. 시오도메역의 일본통운에서 이삿짐에 대해 알아보니 도쿄항에서 선적해 보내준다고 한다. 당장 생활에 필요하지 않은 것은 통산성에서 근무하는 아내의 손위 사촌에게 맡기면 되겠다는 생각이 들어 근무처로 찾아가 부탁했는데 흔쾌히 승낙해줬다. 이제 짐만 꾸리면 된다고 생각하니 몸도 마음도 가벼워졌지만, 실상 무엇 하나 정리되지 않은 상황이라 지금부터 해야 할 것투성이다.

다음 날부터 이사 준비를 시작했는데 아내의 상태가 안 좋아지면 작업은 바로 중단되었다. 우선 섬에 보낼 것과 사촌에게 맡길 것을 분류해야 했는데, 옷 정리가 우선이라 일의 진척은 거의 아내의 기분에 달려 있었다. 살이 쪘다느니 말랐다느니 하는 말이 나와 기분이 상하기도 했고, 여자에게 받은 편지 다발이 나오자 분위기가 싸해져 집 안이 얼어붙는 듯했는데, 아내는 그걸 숨기고 내놓으려 하지 않았다. 아이들은 즉각 반응했고, 은연중에 상황을 눈치챈 K코나 T도 버리자고 했지만 아내는 눈을 이상하게 뜨며 허락하지 않았다. 엄마, 이상한 거, 버리면 되잖아. 마야가 말했다. 하지만 공교롭게도 그때 배달된 사촌의 속달 편지에는 맡길 짐의 수를 줄여야 한다는 내용이 쓰여 있었다. 편지를 읽은 뒤 더 괴팍해지는 아내를 보니 나까지 사면초가에 빠진 기분이었다. 애초에 허락해준 호의는 생각하지 않고 점점 원망스러운 마음만 커져 통제되지 않았다.

K코와 T가 함께한 덕분인지 약간 기복은 있었지만 아내의 상태는 대체로 순조로운 편이었다. 어린 시절부터 친하게 지내던 사촌지간이라 편하게 농담조로 이야기하다 보니 아내는 예전의 밝음을 되찾은 듯했다. 어딘지 모르게 젊어진 것 같기도 했다. 아내는 K코와 옷 정리를 하느라 여념이 없었고, 집 안에 활기가 도는 것이 오랜만이라 신이치도 신바람이 났는지 우리를 돕는다고 낡은 사과 상자 뚜껑에 박힌 못을 열심히 뺐다. 마야는 경대 옆에 앉아 있었는데 볼에 온통 립스틱을 칠해 긴 타로* 같았다.

---

* 일본 설화 속에 등장하는 붉은 얼굴의 천하장사 소년.

나는 우선 책 정리부터 해야 했다. 어느새 먼지처럼 책이 수북이 쌓여 있었다. 아내가 K 병원에 입원했을 때 불필요하거나 발작을 유도할 만한 책들은 몰래 헌책방에 팔거나 스즈키와 이시가와에게 주기도 하고 F에게도 맡겼지만 아직 적지 않은 책이 남아 있다. 이제는 책들도 다 귀찮아져 신변에서 멀리하고 싶었지만 교사 일을 하는 데 필요할지 몰라 역사책은 사쿠라에 챙겨 왔다. 하지만 이렇게 된 이상 그것도 섬에 보내는 게 나을 것이다. 아내는 내가 몰래 처분한 책에 집착하며 사흘이나 난리를 쳤지만 그것도 그럭저럭 가라앉았다. 아무리 하찮은 의혹이라도 납득이 갈 때까지 다 파헤쳐 가슴에 저장해두어야 비로소 종결되므로 가령 책 한 권을 버리는 데도 아내의 허락이 필요했다.

그다음 날도 계속 짐을 쌌는데 일이 순조롭지 않았다. 발작의 씨앗은 언제라도 굴러 들어올 수 있다. 한 문학 그룹의 정기 모임 통지 엽서가 도착했을 때만 해도 아내는 눈가가 누렇게 뜰 정도로 심하게 화를 냈다. 그 근원을 따라가보면 여자와의 관계가 있었으므로 아무리 사소해도 그걸 연상시키는 것은 피해야 했다. 일단 발작에 돌입하면 진정될 때까지 모든 일이 중단된다. 다행히 둘만 있는 게 아닌 데다가 이사 준비를 해야 한다는 긴장감이 아내를 버티게 해주어, 상태가 이상해지더라도 마음을 다잡고 정상 상태로 돌아오곤 했다. 옆에서 계속 힘내라고 격려해주면 억지로 웃음을 띠며 발작을 가라앉히려 애썼다.

오전에는 날이 맑았지만 오후부터는 비가 내렸다. "도시오, 얼른 이것 좀 빼줘, 얼른." 아내가 발을 내미는데 발바닥에 가시가 박혀 있었다.

"그렇게 도시오라고 부르는 거 정말 안 좋아 보여. 안 그러면 안 될까."

T의 말을 들으며 아내의 부드럽고 조그만 다리를 겨드랑이에 끼고 가시를 빼느라 땀을 뻘뻘 흘리는데, 아내가 아무렇지 않은 얼굴로 말했다.

"뿌리를 남기지 말고 확실히 빼야 해."

그 후로도 아내는 여학교 때 배운 노래를 부르며 기분이 들떠 있었다.

"건강하게, 건강하게, 오늘 밤도 건강하게 자자. 그랬으면 좋겠네. 괜찮을 거야, 최선을 다하고 있으니까. 부탁할게."

내가 몇 번이고 부탁했지만 얼마만큼 효과가 있을지 모르겠다.

쓸쓸한 마음에 안방 다다미 위에 이불을 깔고 다 같이 자려는데, 어느새 아내가 다나카 히데미쓰*의 단편집을 가지고 와 머리맡에서 읽었다.

"읽지 않는 게 나을 텐데."

---

* 田中英光(1913~1949): 와세다 대학 재학 중 로스앤젤레스 올림픽에 조정 선수로 출전. 이때 일을 소재로 『올림포스의 과일』(1941)을 써서 이케타니상을 받았으며, 일제강점기 조선의 청춘 군상을 묘사한 「취한 배」(1949)도 남겼다. 무뢰파 작가 중 한 명으로 존경하던 다자이 오사무의 죽음에 충격을 받아 방탕한 생활을 하다가 다음 해 그의 묘 앞에서 자살했다.

내가 주의를 주는데도 아내는 한 귀로 흘려버린다.

"그걸 읽으면 반드시 구도마가 될 거야."

나도 모르게 목소리가 커지는 걸 멈출 수 없었다.

"이렇게 부탁하잖아, 제발 그만둬."

결국 소리를 지르고 만다. 사고를 쳤다고 생각했지만 이미
때는 늦었다. 아내가 미간을 찌푸리며 책을 거칠게 내던졌다.
애써 유지했던 상태는 완전히 무너졌다.

다음 날, 치료받으러 가는 날이라 8시 반쯤 집을 나섰다. 비
는 그쳤지만 아내는 어젯밤의 안 좋은 상태 그대로 전철 안에
서 또 히데미쓰 책을 읽었다. 그 책을 가지고 나온 것은 알았
지만 여전히 응어리가 남아 될 대로 되라는 마음이기도 했고,
한편으로는 오히려 면역이 생기지 않을까 바라기도 했다. 그와
는 반대로 책을 낚아채 읽지 못하게 하고 싶은 마음도 주체할
수 없었다. 그런데 아내가 돌연 책을 바닥에 집어던지고 발작
이 시작된 눈으로 나를 뚫어지게 쳐다보기에 반사적으로 내가
아내에게서 떨어져 천천히 책을 주워 문 쪽으로 걸어가자, 이
돌발 상황이 무슨 영문인지 궁금해 우리를 돌아보는 사람이 적
지 않았다. 아내의 병세는 조금씩이라도 나아지고 있는 걸까.
일단 절망이 앞을 가로막는다. 하지만 아무리 견디기 힘든 상
황이라도 시간이 지나면 사태가 완화되고, 다음 국면이 펼쳐지
면 이미 지나간 괴로움은 형태가 왜곡되고 만다. 버스 안에서
라도 사람들의 시선을 아랑곳하지 않고 아내가 하품을 한다면,
그건 발작이 가라앉았다는 암시이므로 아무렴 어때, 정말 다행

이야,라며 손을 꼭 잡아주고 싶을 것이다.

아내가 치료받는 동안 나는 내과 진찰실로 갔다. 그저 가래를 제출하는 절차에 불과했지만 차례가 돌아오는 동안 히데미쓰의 단편집을 읽었더니 모든 구절이 조바심을 불러내는 통에 전전긍긍했다. 그 책이 내 안에서 잠자던 언어를 흔들어 깨웠는지 가슴 언저리에서 날갯짓을 한다. 아내가 발작을 일으킨 것도 당연하다고 생각하니 기분이 나빠져 책을 덮었다. 가래를 제출하고 서둘러 신경과 치료실로 돌아가 침대에 누워 있는 아내의 얼굴을 보자 비로소 눈이 녹아내리듯 안도감에 감싸이는 듯했다.

보통은 연상되는 대로 떠드는 아내의 말에 맞장구를 치며 간혹 다음 이야기를 해보라고 하거나 짧은 질문 정도만 했던 L 교수가 오늘은 아내에게 이런저런 말을 해줬다고 한다. 심인성 반응은 아닌데 드디어 알 것 같다, 거의 똑같이 끈질기게 반복되는 것이 있는데 그게 무엇인지 꼭 밝혀내고 싶다, 남편에 대한 의혹이 잔뜩 뒤덮고 있는데 인간은 약하다고 여기고 용서할지 말지 양자택일을 해야 하는 상황이다 등등. 하지만 무슨 병이라고 확실히 알려준 건 아니라고 한다.

D역 부근에서 소바와 우동을 먹고 양갱과 긴쓰바야키,* 여름귤과 야채를 사서 전철을 탔다. 아내를 앉히고 그 앞에 섰는데 무릎이 살짝 스치자 아내는 둘둘 뭉친 레인코트로 자신의 무릎을 감싸며 피한다. 나도 즉각 반응을 보이고는 암담해진

* 팥소를 네모난 모양으로 뭉친 뒤 밀가루 반죽을 입혀 철판에 구운 화과자.

다. 또 무모한 반복이다. 머릿속으로는 그렇게 생각했지만 멈출 수 없다. 집에 돌아가도 응어리는 풀리지 않았고, 아내가 발작하기 전에 내가 먼저 조바심이 나서 이사 준비 따위는 그만 둬도 상관없다며 마구 화풀이를 했다. 아내는 어두운 표정으로 가만있었다.

마당 대숲 근처에 파놓은 구덩이에 닥치는 대로 폐휴지를 넣고 태우는데 아내가 밖으로 나가는 모습이 눈에 띄었다.

"어디 가."

바로 쫓아가 물었더니 아내가 말한다.

"두부 사러 가요."

두부 가게는 언제 발견한 걸까. 옥신각신하며 멀리 사철 사쿠라역까지 걸어갔는데 두부 가게는 휴무였다. 큰길을 벗어나면 뒷골목은 경사가 꽤 있고 외진 골짜기들도 나왔기에 마을 같지 않다.

철로 옆길로 돌아오는데 논 옆에 넝마장수가 앉아 있었다. 아내는 밝은 목소리로 이삿짐을 싸고 남은 것들이 있으니 사러 오라고 했다. 가이린지 언덕에서는 아내가 갑자기 뛰는 바람에 나도 질세라 쫓아갔다. 아내를 따라잡자마자 뒤에서 아내의 허리를 밀어주며 한달음에 뛰어 올라가던 참이었다.

"이제 다 나았다."

아내가 뒤돌아보며 웃었다. 그걸 계기로 어젯밤부터 지속되던 발작은 완전히 가라앉았고 응어리도 단숨에 날아갔다. 돼지고기를 산 꾸러미를 들고 우리가 웃는 얼굴로 돌아오자 K코가 먼저 기쁜 얼굴을 보인다. T는 짐을 넣은 나무상자의 뚜껑에 못을 박고 있었으며, 신이치는 판자 조각으로 개집 같은 것을 만들어놓고 그 안에 들어가 한바탕 웃겼다. 우리는 간만에 일상으로 돌아와 저녁에는 돼지고기 스키야키를 먹으며 떠들썩한 시간을 보낼 수 있었다.

비가 온 다음 날은 우울해져 일하고 싶지 않았다. 아내는 순조로운 상태를 유지했다. 나는 마음이 느슨해져 응접실 침대에서 선잠을 잤다. 눈을 뜨니 비는 그치고 모두 일을 하고 있었다. 그래서 저녁까지는 얼추 일을 끝낼 수 있었다.

어두워진 뒤에는 머리가 희끗희끗하고 목면 솜옷을 입은 노인이 거만한 태도로 집에 들어오더니 자신이 고물상 주인이라며 책상, 찬장, 도끼, 빨래 광주리, 화로, 박쥐우산, 절구, 호스, 책장을 둘러보며 마구잡이로 싼 가격을 매겼다. 그럴 바에야 거저 주는 게 나을 듯해서 그렇게 말했더니 약점 잡았다는 듯이 정떨어지는 대답만 돌아와 그냥 그 가격에 넘겨주기로 했다. 측은지심 따위는 없을 듯한 노인의 상판을 보니 역으로 일신의 외로움이 앞서 견딜 수 없었다. 하지만 일상의 비만을 다 떨궈버린 듯해 일말의 쾌감은 있었다.

그다음 날 일어나자마자 고물상 노인이 또 솜옷 차림으로 찾아온 걸 보니 귀찮아하던 태도와는 달리 나쁘지 않은 장사였나 보다. 그러나 그는 레코드에는 전혀 관심을 보이지 않았다. 집주인이 와서 보증금을 돌려주며 남자에게 일을 빼앗으면 안 된다는 말을 했는데도 아내는 꾹 참았다. 이불만 자루에 넣으면 나머지는 모두 일본통운에서 운반해줄 것들이라 전화를 걸었더니 꽤 나이 든 인부가 와서 짐 상자를 하나하나 노끈으로 묶었다. 아내는 며칠 상태가 괜찮았는데 그러면 그런 대로 또 걱정이 되었다. 필요한 수속을 해두기 위해 관청에 가는 길에 아내는 응접실 문 걸쇠를 말끔하게 교체해놓자고 했다. 그래서 이번에는 마을 외곽의 철물점에 갔지만 예전 걸쇠를 보지 않으면 알 수 없다고 해서 그 길을 한 번 더 왕복해야 했다. 걸쇠가 언제 어쩌다가 떨어졌는지 기억이 나지 않는데 아마도 여자가 찾아왔을 때였던 것 같다. 피로가 누적되어 상태가 나빠진 듯했는데 아내는 결국 돌아오는 길에 가타오카 미치라는 여자를 아냐고 물었다. 너무 갑작스러워 잘 모른다고, 잘 모를 뿐 아니라 전혀 기억에도 없는 이름이라고 대답했다. 한동안 쉬었는데 또 발작의 싹이 나오는 건가. 이건 화를 내는 게 아니에요, 의혹에 지나지 않으니 함께 영화를 보고 차를 마신 여자 이름을 모두 기억해내세요, 언젠가 사진처럼 은근슬쩍 감추면 불신의 뿌리만 깊어질 테니, 제발 부탁이에요, 모두 당신 입으로 말했으면 좋겠어요. 아내는 애원조로 말했다.

저녁은 일본통운의 나이 든 인부와 함께 먹었다. 위스키도 곁들여 대접했는데 식사 후 아내가 「검은 백합의 노래」를 불러 화가 벌컥 치밀었다. 의혹을 푸는 질문이라면 솔직히 대답하면 되지만 단순히 그런 것이 아니기에 뭔가 자꾸 목에 걸리는 것처럼 껄끄러웠다. 한동안 참았는데 그날 밤은 온 집 안에서 추격전을 벌이며 2시까지 소동을 피웠다.

다음 날도 맑았다. K코와 T도 졸린 눈을 부릅뜨고 우리 부부는 대체 왜 그러는지 모르겠다고 말했다. 아내는 그들 앞에서 구체적인 말은 한마디도 하지 않으며 암호 같은 말로 내 추악함을 찔러댔다. 이거 원, 이참에 둘 다 개명하지 그래? 나민폐 씨와 나분통 부인으로. 둘이 엉겨 붙어 싸우는 걸 혹시 즐기는 거야? T가 말했다.

어제 왔던 인부가 아침 일찍부터 장롱을 싸기 시작했고, 삼륜 오토바이도 와서 사촌 집에 맡길 것을 싣고 갔다. 불필요한 것들을 태우면서 히데미쓰의 단편집도 불에 던지려는데, 아내가 당신 일에 필요할지 모르니 남겨두라고 해서 어리둥절했다. 그러면서 완전히 과거가 되살아난 것 같다며, 다짜고짜 당신 과거와 중첩되는 히데미쓰의 소설을 왜 다시 읽으려 하냐고 물었다. 나는 대답이 나오지 않았다. 문학과 삶은 별개냐고 추궁하는데도 납득시킬 말이 생각나지 않았다. 저녁 무렵 비가 와서 난처했는데 한 시간쯤 지나니 개었다. 요란스러운 소리를 내며 트럭이 도착했고 일곱 명의 인부가 눈 깜짝할 새에 짐을 실었다. 아내와 함께 트럭에 동승해 역까지 가서 운임을 계산해보고 귀갓길에 오르는데 이미 밤이었다. 정말 서로 이해하자고요. 아내는 그 말을 몇 번이나 반복했다. 중간에 빵을 사서 돌아가니 가재도구 하나 없는 집이라 썰렁했다. 왠지 전등까지 어슴푸레해진 것 같아 으스스했지만 이제 K코의 다다미 석 장짜리 좁은 하숙방으로 우리 네 식구가 몸만 달랑 들어간다 생각하니 후련한 기분이 들기도 했다.

사 온 빵으로 간단히 저녁을 때우자 별채 여자가 양갱과 차를 들고 들어왔다. 곧 이별을 앞둔 탓인지 신이치와 마야를 보는 눈이 매우 상냥했다.

잡동사니를 정리한 뒤 방에 비질을 하고 집을 나오는데 별채 여자가 마당 앞까지 배웅해줬다. 완전히 어두워진 가이린지 언덕을 내려가다 보니 멀리 있는 인바 늪의 기운이 느껴져 가슴이 죄어오는 듯했다.

T는 횃대와 큰 트렁크를 들고, K코는 라디오와 보자기를 안고 있었다. 아내는 등에 배낭을 메고 손에는 작은 트렁크를 들었으며, 나는 보자기와 양동이를 들었다. 신이치는 학용품을 넣은 가방 두 개를 들고, 마야도 커다란 핸드백을 들었다. 여섯 명이 모두 연장 일체를 갖춘 듯한 차림으로 전철에 타니 우리 주위에만 이상한 공기가 감도는 것처럼 다른 승객들이 뚫어져라 쳐다봤다. 네댓새 연속 힘쓰는 일을 했더니 다들 피곤했는지 전철이 움직이자 꾸벅꾸벅 졸았고, 아내도 내 무릎을 베고 가벼운 숨소리를 내며 잤다. 아무리 이상해 보여도 이게 우리 가족의 모습이다. 그런 생각에 사로잡혀 여러 번 환승한 끝에 이케부쿠로에 도착하니 역 앞 도로에 비가 추적추적 떨어졌다.

제12장 입원까지

　신이치의 학교 소풍 당일은 아침부터 비가 오락가락했다. 아마 취소될 것 같았는데 확실치 않았다. 학교가 근처라 확인하러 갔더니 역시 취소되었다고 한다. 학교 입학 후 첫 소풍이라 도시락 외에 과자도 준비해놓고 잔뜩 기대하던 신이치는 평소 같은 등교는 하고 싶지 않은지 비옷이 이상해서 입고 가기 싫다며 늑장을 부렸다. 비닐로 된 간이 비옷이라 안이 다 비쳐 좀 튀어 보이긴 해도 비를 막을 수 있으니 입혀 보내려는 건데 막무가내로 거부했다. 평소에는 그런 적이 없어 의아할 따름이었다. 사쿠라로 이사 가기 직전 고이와 집에서 내가 멜빵바지를 찢어발기며 때릴 때부터 신이치는 반항기를 보였는데 이유가 확실한 만큼 초조했다. 나 역시 초등학교 운동회 날 운동복을 입고 등교하지 않겠다며 완강히 저항한 적도 있고, 칼라가 넓은 흰 셔츠를 입기 싫다고 거부하기도 했다. 어린 마음에 도저히 수용할 수 없는 옷이 있다는 건 이해하지만, 아이가 막무가내로 자신의 뜻을 관철하려 하면 결말이 썩 유쾌할 리 없다. 게다가 아내도 입혀 보내자고 했으므로 여기서 꺾이면 교육상

으로도 좋지 않을 듯했다. 또 이런 곤궁에 처했다! 나는 신이
치를 비스듬히 안아 손바닥으로 엉덩이를 때렸다. 드세게 저항
하는 신이치의 탄력 있는 몸을 잡고 있으니 어디로 향하는지
모를 증오가 북받쳐 현관에 있던 나무 막대기까지 동원해 때
렸더니 손목이 아팠다. 벌써 두번째니 신이치는 나를 용서하지
않을지도 모른다. 적개심을 드러내던 신이치는 란도셀을 내팽
개쳤다. "이제 학교 같은 건 안 갈 거야." 그래서 나도 말했다.
"가기 싫으면 가지 마." 방에 들어온 K코가 신이치를 겨우 달
래 학교에 데려갔다. 1교시 수업 시간이 꽤 지났다. K코가 같
이 가서 해명해주지 않으면 교실에 들어가지도 않으리라. 신
이치는 비옷을 입고 그 위에 란도셀을 메고 말없이 나갔다. 부
모 대신 돌봐줬기 때문에 K코의 말이라면 신이치도 잘 들었
다. "너희 엄마는 젊어서 누나 같아." 친구가 그렇게 말해도 굳
이 사정을 설명하지 않는 듯했다. 신이치는 비밀스러운 모험을
하는 기분으로 어린 마음을 지탱하고 있는지도 모른다. 부모가
발작하느라 학교 일은 전부 K코에게 맡겼으므로.

두 사람이 나간 뒤에야 겨우 안도하는데 이번에는 아내가 흐
느껴 울며 신이치가 너무 가엽다고 했다. "당신 옆에 두면 무
서운 일이 생길 것 같네요. 신이치와 다른 데 가서 둘이 살아
야겠어요." "그럼 마야는 어쩌고." "마야는 당신이 돌봐요." 그
런 말을 들어도 확신할 수 없었다. 이대로라면 신이치나 나
나 증오가 더 쌓일지도 모른다. "내 잘못인 것 같아요." 돌아
온 K코까지 그런 말을 하며 울었다. "아니야, 결코 그런 게 아
냐." 달래도 납득할 것 같지 않았다. "당신, 모두에게 부끄러운

줄 알아요." 아내가 나를 노려보고 있었다. 밖으로 나가 길 건너편 콘크리트 벽 쪽으로 걷는데 언뜻 넓은 중학교 교정이 보였다. 비는 아직도 내리고 있고, 교정에는 학생들의 모습이 하나도 보이지 않는다. 설사 보인다 해도 내 눈에는 그저 사물이 움직이는 것이나 다름없기에 어떤 감정의 움직임도 없을 것이다. 위에서 떨어지는 빗방울이 머리와 옷에 깊이 스며드는데도 이상하게 여기저기 튀는 듯하다.

이틀 뒤 밤중에 갑자기 신이치에게 열이 나서 아내가 밤새 간호하며 상황을 두고 봤다. 그런 줄도 모르고 정신없이 자고 있는 내 얼굴을 밤새 아내가 지켜본 듯하다. 다음 날 아침에 잠에서 깨어났을 때 나는 아내가 대체 무슨 소리를 하는지 알 수 없었다.

"그 여자 때문에 당신은 집을 잃고 아이를 병들게 했어요."

체온계는 38도 4분을 가리켰다. 설마 큰 병은 아니겠지만 예측할 수 없는 상황이었다. 할 수 있는 일이라고는 고작 차가운 물수건을 이마에 대고 열이 내리게 하는 것밖에 없다. 급한 대로 타이아신을 먹이자고 아내가 대응책을 내놓아 얼른 사다 먹였더니 신이치는 깊이 잠들었다. 변이 좀 무를 뿐 소화는 괜찮은 듯했다. 해 뜨는 걸 기다리지 못하고 가까운 소아과에 데려갔더니 감기라는 진단을 받아 그날은 학교를 쉬게 하고 하루종일 재웠다. 하지만 밤부터 목에서 쌕쌕 소리가 나고 열도 다시 올라 병원에 데려가니 홍역일지 모른다고 했다. 그 후로도 기침을 하며 목이 아프다고 괴로워했다.

K코의 셋방은 현관 옆의 다다미 석 장짜리 방이었기에 다 같이 붙어서 잘 수밖에 없었는데, 열이 난 신이치를 따로 재우려다 보니 나머지 사람들의 잠자리는 더 비좁아졌고 부족한 이불은 방석으로 때워야 했다. 당장 쓸 이불은 사쿠라에서 가까운 T의 하숙으로 미리 보냈지만 아직 도착 전이었다. 마야는 K코와 출입문 옆에서 잤고, 나와 아내는 방 안쪽에 바짝 붙어 자야 했다. 아내는 신이치의 간호에 열중하느라 발작을 멀리하는 것처럼 보였으나 그 상태가 그리 오래 지속되지는 않았다. 서로 바짝 대고 있던 몸을 갑자기 떼더니 아내가 내 얼굴을 찬찬히 바라보며 벌떡 일어났다가 다시 이불에 앉아 입을 꾹 다물고 완강히 버텼다. "무슨 일 있어?" 아무리 물어도 아내는 대답하지 않았다. 물론 곧 발작을 일으킬 조짐이 보였지만, 나는 요즘 참을성이 없어졌다. 조바심이 일어 가만있을 수 없는 데다가 피부에 소름이 끼칠 정도로 끔찍한 기분이 들어 그러면 안 된다고 생각하지만 거친 태도가 나오곤 했다. "이봐, 무슨 일이야." 결국 이런 빤한 질문이나 끈덕지게 할 수밖에 없었다.

"또 의문이 생겨 잠을 잘 수 없으니까요. 당신을 깨우면 안 될 것 같아 이러고 있는 거예요."

말은 그렇게 했지만 아내는 가만있지 않았다. 일부러 이불 위에 손을 내팽개치기도 하고 한숨을 깊이 내쉬며 은근히 도발했다. 날개를 다쳐 날지 못하는 갈까마귀가 주변을 버스럭거리며 기어 다니는 것 같아 나도 질세라 일어나 온 힘을 다해 아내를 눕히고 나서 "나야말로 깨어 있었어"라며 일어나려는 아

498

내의 몸을 눌러 꼼짝 못 하게 했다. 파닥파닥 움직이는 작은 새를 움켜쥔 것 같아 기분이 이상했다. 평소의 아내 같지 않은 강한 힘은 어디서 나오는 걸까. 내가 지금 왜 이러는지 알 수 없지만 멈출 수 없었다. 손이 자꾸 미끄러져 머리카락에 손가락을 감아 못 움직이게 했더니 "앙문당한 것 같아"라고 말했다. 아내 고향 사투리로 앙갚음을 뜻하는 말이었는데, 그러고 나니 힘이 빠지는지 부드러운 기색이 느껴졌다. 나도 웃고 싶어지는 바람에 마음이 누그러졌다. 발작은 변덕이 심해 붙잡을 수 없고 휘둘리면 너덜너덜해지지만, 싱겁게 끝나버리면 한시름 놓으면서도 한편으로는 의지가지없는 마음이 된다. K코도 우리가 다투는 걸 당연히 알겠지만 몸 한번 뒤척이지 않고 가만있었다. 아내는 한차례 고된 일을 끝마친 듯이 가벼운 숨소리를 내며 잠들었지만 그 뒤를 내가 바로 쫓아갈 수 있는 건 아니다. 잠이 오지 않아 앞이 보이지 않는 허탈함 속에서 아주 잠깐 휴식을 취할 뿐이다.

날이 밝자 밖에는 부슬비가 내렸다. 그동안 연기했던 소풍이 오늘이라고 K코가 학교에서 소식을 듣고 왔다. 하지만 신이치는 가지 못하고 열과 기침으로 괴로워했다. 의사는 홍역 증상이 확실하다고 했다.

그날은 마침 아내가 치료받는 날이라 신이치를 K코에게 부탁하고서 오전에 우산을 쓰고 집을 나갔다. 우선 이삿짐 운임 계산서를 정산하기 위해 시오도메역 앞의 일본통운에 들렀다. 사쿠라에서 철수할 때 당분간 필요치 않은 물건은 아내의 사촌 집에 맡기고, 가구와 책은 대부분 섬에 계신 숙모께, 그리고 당장 쓸 침구와 신변용품들은 자루 한 개에 담아 T의 하숙에 보내기로 하고 모두 일본통운에 위탁했다. 담당자에게 송장과 선적보험계약 인수증을 받고 나니 만반의 준비를 마치고 슬슬 여행길에 오르는 듯한 착각에 여정旅情이 날갯짓을 하는 듯했다. 하지만 실상 중요한 건 하나도 해결되지 않았고 치료 결과에 따라 앞으로의 생활조차 예측할 수 없는 상황이었다. 여행은커녕 치료를 막 시작했을 뿐이다. 국철로 우에노까지 가서 게이세이京成 전철로 환승했는데 어디 구간에서인지 사람이 치였다며 한 승객이 창가에 기대 밖을 내다보면서 소리쳤다. 충격이 차 안을 덮는 바람에 숨 막힐 듯 더운 공기가 흘렀다. 차창 밖을 내다보고 싶지 않았고 그저 목 안으로 시큼한 것이 흘러 들어온 듯했다. 모든 현상이 내 몸에 덧씌워지는 것 같았는데 살이 산란하는 듯한 음침한 감촉이 몸 구석구석에 스며들며 퍼졌다. 차에 치이고 나서 시간이 얼마 지나지도 않았는데 차에 치이기 전과 후 그 사람의 상태에는 돌이킬 수 없는 단절이 생겼다. 이후의 양상에 비한다면야 차에 치이기 전의 어떤 비참한 상태도 다 참을 만하겠지만, 아마 그 사람도 그 일이 다 끝날 때까지는 용서받지 못한 것이 틀림없다. 문고판『여우가 된 부인Lady into Fox』*을 읽고 있던 아내가 차 안의 소동에 별반 반응을 보이지 않은 것은 천만다행이었다.

---

* 주로 기이하고 동화 같은 세계를 그린 영국 소설가 데이비드 가넷의 데뷔작.

L 의사의 정신분석 치료는 꽤 많은 시간이 필요해 두 시간 이상 소요된 적도 있다. 아내는 칸막이로 나뉜 방에서 커튼을 치고 자유연상을 했는데, 여느 때처럼 복도 너머의 간호사 대기실에서 기다리던 내 귀에도 아내의 목소리가 들렸다. 치료가 끝나기 전에 지난번 제출한 가래 검사의 결과를 들으려고 자리에서 일어나 긴 복도를 걷는데, 내가 지금 잘못된 행동을 하고 있는 건 아닌가 하는 불안이 즉각 따라붙었다. 아내가 시야에서 보이지 않자 곧바로 가느다란 애원의 목소리가 귓가에 맴돌며 사라지지 않았다. 참을 수 없던 발작의 언동이 모두 꾸미지 않은 의지 덩어리로 변용되어 내게 손을 내민다. 얼른 아내가 있는 곳으로 되돌아가지 않으면 진창에 삼켜져 돌이킬 수 없는 적막에 짓눌릴 것 같았다. 내 흉부의 경미한 이상이 사라지고 음성이라는 말도 들었지만 아무 감정도 생기지 않았다. 다만 아내가 침대에 똑바로 누운 채 허공에 떠 있는 모습이 눈앞에 선명히 보일 뿐이다. 잰걸음으로 신경과로 돌아가 아직 치료가 끝나지 않은 걸 보고 안도했다. 간호사 대기실까지 들리는 아내의 목소리는 의미를 파악할 수 없었지만 부드럽게 내 불안을 풀어준다. 하지만 그건 분명 아내가 내 과거의 행적을 무섭도록 면밀하게 재현하는 소리일 것이다. "열심히 말하는데 선생님이 주무셨어!" 아내가 그렇게 말한 적도 있지만, L 의사는 긴 상담 시간 동안 잠든 듯한 자세로 아내의 망언을 견디며 환자의 무의식에 잠재한 무언가를 찾기 위해 귀 기울여 아내의 말을 추려내고 있다. 때로는 한 귀로 흘린 채 꿈과 현실의 경계를 오가기도 할 터이다. 첫 진찰 때 발병의 대체적인 경위

를 말해준 뒤로 내게는 별말 안 했지만, 내가 더 이상 사쿠라에 있을 수 없게 된 사정이나 발작의 파고가 전혀 약해지지 않는다는 말을 전달했을 때는 조속히 입원시키는 걸 고려 중이라고 대답했다. 자유연상을 하는 동안 그가 끼어드는 경우도 있는 모양인데, 아내에게 이제 뭔가 좀 알겠다는 말을 했다고 한다. 외동딸로 자란 아내에게는 어린 시절 질투와 증오에 대한 훈련이 결락되었다. 이제야 비로소 그걸 알게 되었지만 이번에는 용서와 증오 사이의 딜레마에 봉착해 둘 중 하나를 결정해야 하는 혼란에 빠졌기에 해결을 서두른 나머지 무리하게 감정을 억누른 듯하다고도 말한 모양이다. 그래도 아내는 이 세상에서 자신을 이해하고 사랑해주는 사람은 부모님을 제외하고는 남편밖에 없다고 L 의사에게 대답했다고 한다.

치료가 끝나자 L 의사는 현안인 입원 날짜가 다음 주에는 정해질 거라고 알려줬다. 우리는 그 말을 듣고 한시름 놓았다. 아내뿐 아니라 간병인 자격으로 나도 함께 입원하는 것이 바람직하다고 L 의사가 판단을 내렸기 때문이다. 그래야 발작 때에도 적절한 처치가 가능하고 아내나 나나 치료에 한 걸음 더 나아가는 생활을 기대할 수 있다는 것이다. D 병원 정문 앞은 식당이나 각종 점포로 둘러싸인 광장이 있어 몬젠마치처럼 시끌벅적했는데, 정문 옆에 오두막처럼 설치된 정류소에서 버스를 기다리는 동안 아내의 표정에는 이미 그늘이 드리웠다. 아내야말로 무모한 발작에서 벗어나고 싶겠지만 그럼에도 불구하고 확연히 우울이 드리우고 작은 움직임이 반복되다 보면 마침내 큰 발작을 이끌어낸다. 겉으로 보이는 변덕스러운 모습은 예고편에 불과하다는 걸 깨달았지만, 발작의 뿌리는 내 과거와 얽혀 있으므로 그 벽 앞에서 내 모든 행동은 끊겨버린다. 과거를 반복적으로 문제 삼으면 내 몸이 견뎌낼 수 없는 상태가 되리라는 건 자명했다. 과거가 속속들이 드러나면 우선 근육이 참을성 없는 반응을 보이고 조금이라도 현실에서 멀어지기 위해 발버둥 친다. 그런 행위는 아내를 더 도발하게 만들기에 결과적으로 사태가 악화되리라는 것을 뻔히 알지만 조용히 참고 지나가지 못한다. 그럴 때는 "살려줘!"라고 외치고 싶어 내가 먼저 선수 치며 무너진다. 어차피 나는 그것밖에 안 되는 보잘것없는 인간인데 그게 뭐 어떻다고! 하지만 그런 어두운 기분은 아주 잠깐 지속될 뿐, 결국 나는 아내에게 퍼부은 말을 주워 담아야 한다.

그런데 요즘 들어 그 반복이 빈번해진 것은 무슨 징후일까. 공격을 하는 아내는 진격 코스를 선택할 자유가 남아 있지만, 방어해야 하는 나는 사방팔방 허점투성이라 어찌할 도리가 없다. 이리저리 억측을 해봐도 끝이 없고, 앞을 내다보려 해도 발작을 촉발하는 발원지에 둘러싸인 듯했다. 지나갈 때까지 눈을 감고 기다리면 다른 질서 체계로 도망칠 수 있을지도 모른다고 잠시나마 생각하기도 했으나 그런 곳에 간들 내가 새로운 세계에 적응할 것 같지도 않다. 나는 부지불식간에 시간의 경과에 의탁하는 것밖에는 방법이 없음을 깨닫는다. 에둘러 암시를 주는 아내의 말에 초조해진 나는 그 창끝을 피하기 위해 허공을 쳐다보고 대답하다 보니 주위는 아랑곳하지 않고 큰소리를 내고 말았다. 그러자 오히려 아내 쪽에서 볼썽사나운 나를 침착하게 타이르는 역할로 돌아왔다.

가는 길마다 밀물 썰물이 교차해가며 마음을 복잡하게 했다. 그래도 일용품을 사고 아이스크림도 먹으며 아이들에게 줄 파인애플과 과자까지 사서 귀가했더니 신이치의 침상에서 떨어진 구석에서 K코와 마야가 조용히 이른 저녁을 먹고 있었다.

우리는 방에 들어갈 때 "엄마 아빠 다녀왔어!"라고 외치며 밝게 인사할 수 없었다. 그래서 "선물을 사 왔어"라고 말해보지만 내 목소리에는 금세 그늘이 드리운다. 열 때문에 벌게진 신이치의 얼굴을 보자 마야도 전염될까 걱정되어 마야를 둘러 업고 의사를 찾아가 예방주사를 맞혔는데 그래도 안심할 수 없었다. 돌아오는 길에 등에 업혀 내 머리카락과 귀를 만지작거리는 마야의 작은 손이 몹시 애처로웠다. 부모에게 뭘 요구해도 얻을 수 없으니 불만이 비뚤어지게 발현되는 듯했지만 마땅한 방법이 없었다. 2, 3일 전에 나는 밖에 나왔다가 우연히 마야가 이웃 남자애들 두세 명에게 둘러싸여 맞고 있는 모습을 봤다. 몸집만 보면 마야가 더 컸지만 상대는 다부진 체격의 심술궂은 아이들이라 당황한 마야는 부은 것처럼 얼굴이 벌겋게 상기되어 경황이 없었다. 그래도 울지는 않으며 "우리 엄마, 힘이 세다니까. 우리 엄마, 힘이 아주 세다고"라고 힘없이 중얼거렸다. 현관문이 열리는 소리를 듣고 내게 얼굴을 돌린 마야가 "바바" 하며 자신이 거짓말을 하지 않았다는 것을 상대에게 보여주려 애썼다. 하지만 마야는 반쯤 포기한 태도였는데 아버지인 내가 별 도움이 안 된다는 걸 예상하는 눈초리였다. 나를 본 아이들은 재빨리 도망쳤다. "마야, 뭐 하고 있어?" 내가 말을 걸어도 마야는 뽀로통한 얼굴로 침묵했다. 마야는 아내에게 혼나면서 "엄마 바보, 엄마한테 이를 거야"라고 말한 적도 있었다.

추워하는 신이치에게 이불을 더 덮어주니 다른 사람 몫의 이불이 부족했다. 밖은 이미 어두워졌지만 아내와 함께 T의 하숙에 가봤다. 사쿠라에서 보낸 이불 꾸러미가 도착해 있었으나 막상 풀어보니 이삿짐센터에서 착오가 있었는지 섬으로 가야 할 물건이 나왔다. 이상하리만치 낙심했으나 손쓸 방법이 없었다. 운이 없을 때는 계획에 무슨 차질이 생길지 알 수 없다. 아내의 얼굴이 어두워지는 걸 보니 모두 내 탓 같았다. 둘 다 입을 꾹 다물고 밤길을 걷는데 불빛이 안에 숨겨진 가정집에도, 조명을 점포 바깥쪽으로 환히 켜놓은 상점가에도 적막감이 감도는 듯했다.

그날 밤은 할 수 없이 내가 신이치와 자고, 아내와 마야는 K코의 이불을 같이 덮고 잤다. 신이치는 추워, 추워, 하면서도 식은땀을 흘렸기에 나는 몇 번이나 일어나 속옷을 갈아입혔다.

"저리 가."

그렇게 말하면서도 내 간호를 꺼리는 기색을 보이지는 않았다. 나는 내심 나무 막대기로 때린 행위를 벌충할 생각이었나. 홍역이라고 하지만 발진은 그다지 눈에 띄지 않았다. 열이 높았는데 가끔 무슨 생각이 떠오른 듯 아기처럼 맑은 목소리로 잠꼬대를 했다.

"아빠가 해줘, 난 못하니까."

무슨 꿈을 꾸고 있는 걸까. 밑도 끝도 없이 아버지와 아들이 초봄 시냇물에 맨발로 들어가 낚시를 하는 정경이 떠올랐다. 신이치는 분명 지금 나에게 어리광을 부리며 무언가를 해달라는 꿈을 꾸고 있으리라. 현재 우리 생활은 아이들이 견딜 수 있는 한계를 넘어섰는지도 모른다. 신이치가 고이와의 골목에서 이웃 아이들에게 돌을 던지며 독불장군처럼 거친 행동을 하던 모습이나 사쿠라 거리에서 란도셀을 등에 지고 커다란 장화를 신은 채 갓 전학 온 초등학교를 향해 한 걸음 한 걸음 힘을 주면서 걸어가는 뒷모습이 눈에 선했다.

다음 날 아침, 아내가 이불을 못 덮고 자서 감기에 걸렸다고 코맹맹이 소리로 말했다. 나는 신이치를 간호하느라 잠을 설치다가 날이 밝은 뒤에야 깊이 잠들었다. 정신을 차려보니 아내가 나를 부르고 있다.

"S 씨, S 씨, 일어나지 않을래요?"

아내가 남처럼 내 성을 부르는 걸 들으니 차가운 손바닥으로 목덜미를 잡힌 기분이었다. 나는 황급히 일어나 자꾸 어긋나기만 하는 내 행동을 만회할 생각으로 일본통운에 전화를 걸었다. 착오로 섬으로 가는 짐에 섞인 이불 보따리를 찾아달라고 요청하기 위해서다. 하지만 이미 선적을 했을뿐더러 그 배는 오늘 정오에 출항을 대기하는 중이라 이런 경우 그 짐 하나만 찾아내는 건 거의 불가능하다는 답변이 돌아왔다. 상황이 그러하니 단념할 수밖에 없었지만 뭐라도 해야겠다는 생각이 들었다. 그래서 집 가까이 있는 초등학교에 가서 신이치의 담임인 젊은 교사를 만나 신이치의 용태를 말하고 왔다. 아내는 아무 말 없이 현관 앞에 양동이를 꺼내놓고 더러워진 옷을 빨고 있었다.

저녁에 신이치를 진찰하던 의사가 합병증으로 폐렴도 발생했다고 말해 처치 주사를 맞혀 귀가했다.

K코는 시부야의 친척 집에 가고 없었다. 여동생인 U코가 섬에서 오기도 했지만 우리가 K코의 하숙을 차지하고 있기 때문에 K코가 친척 집에서 묵는 것이다. 유람버스로 도쿄 구경을 한 뒤 남동생 T도 합류해 닛코日光에 간다고 했다. 원래대로라면 U코는 신이치와 마야를 데리고 섬에 돌아갈 예정이었지만 신이치가 아파서 그럴 수 없었다. 직장에서 휴가를 받아 도쿄에 왔기 때문에 신이치가 언제 나을지 모르는데 그때까지 마냥 기다릴 수는 없었다.

그래서 좁은 하숙방에 또 우리 네 식구만 남았다. 서향 햇살이 정면으로 내리쬐니 지붕이 낮은 방이라 온실같이 더웠지만 신이치 때문에 창문을 닫아뒀다. 하긴 창문 밖이 바로 도로여서 평소에도 창을 열어놓고 지내지는 않았다. 가족들이 모두 병에 지친 가운데 어린 마야만 앞뒤 분간 못 하고 떠들썩하게 돌아다니는 모습이 아슬아슬하면서도 한편으로는 든든해 보였다. 마야는 그 나이에 흔한 칭얼거림 한번 보이지 않았다.

신이치의 열을 재던 체온계가 41도 1분을 가리키는 걸 보자 아내는 갑자기 마음을 새로 먹은 듯한 얼굴로 말했다. "내 병

은 이제 다 나았어요." 그리고 고열로 의식이 가물가물한 신이
치의 손을 잡고 말했다.

"엄마 병은 이제 다 나았어. 지금 확실히 알게 되었어. 언제
까지 이럴 순 없잖아! 신이치, 미안해. 엄마가 무슨 생각이었던
건지. 하지만 이제 다 나았으니까 괜찮아. 신이치도 힘내서 빨
리 나아줘."

뒤로 갈수록 울먹이는 목소리다. 아내의 진심은 확인할 수
있었지만 그렇다고 발작이 이대로 해결되지는 않으리라. 하지
만 기적은 예고 없이 평범한 얼굴을 하고 나타날지 모른다는
생각도 얼핏 들어 더욱 안절부절못하며 아내의 얼굴을 바라
봤다.

밤중에 신이치가 보챌 때마다 일어나긴 했지만, 이마의 물수
건을 갈아줄 뿐 잠자코 지켜보는 것 외에는 더 이상 할 수 있
는 일이 없었다. 참을성이 강한 아이라 평소라면 어지간해서
는 괴롭다는 말을 하지 않기에 오히려 더 가련한 마음이 들었
는데, 생각할수록 무력한 내 모습만 의미심장하게 부각될 뿐이
다. 아내가 깊이 잠들어 그나마 평온한 건지도 모른다.

꾸벅꾸벅 졸다가 가위에 눌려 화들짝 눈을 떴다. 미간이 찌
푸려졌으나 여전히 얕은 잠에서 헤매는 신이치의 모습을 보고
안심했다. 그렇게 자다 깨다 반복하는 동안 날이 밝아왔다.

그날 아내는 오후에 바느질을 시작해 저녁까지 내 잠옷을 두
벌이나 완성했다. 입원을 기다리며 단벌로 견디는 생활이라 여

508

분의 잠옷을 준비하지 못했는데, 아쉬운 대로 그냥 넘어가지 않고 자진해서 바느질하는 걸 보니 본인이 선언한 대로 발작에서 완전히 벗어났는지도 모른다고 생각했을 정도다. 바느질하는 모습을 보면 정상인 것 같아 나는 잠시 모든 것이 끝났다고 착각했다. 이런 회복을 손에 넣기 위해 지금까지 참아왔나보다. 신이치의 얼굴에도 고열이 좀 내린 기색이 돌아 안도한 나는 그만 잠이 들고 말았다. 눈을 떠보니 주위에 땅거미가 지고 집 안이 어두웠다. 바느질을 끝낸 아내는 오랜만에 일을 너무 열심히 해서 피로해진 탓인지 얼굴 표정이 좋지 않았다. 큰일이라 생각했지만 이미 늦었다. "상태가 안 좋은 거야?" 그렇게 물어도 입으로는 "아무것도 아니에요"라고 하는데 이미 발작에 들어갔음을 알 수 있었다. 이제 병이 다 나았다고 단호히 선언한들 그게 말처럼 될 리 없었다. 약간이나마 기대를 가지면 그만큼 실망이 더 큰 법이다. 그래도 미련을 버리지 못한 채 아까 바느질하던 자세가 문제인지 모른다고 생각했다. 오로지 바늘만 쳐다보니 생각이 점점 안으로 말려들어가 발작의 원인에 다가간 것 아닐까. 그러다가 어느 한 군데서 주춤하자 차츰 연쇄반응이 일어나고 수습이 불가능해졌을 것이다. 최근 아내에게는 발작을 예고하는 조짐이 몇몇 보였다. 비록 일시적으로 잠잠했으나 그 에너지는 소멸한 것이 아니라 신이치의 고열에 충격을 받고 잠시 가라앉은 것에 불과했다. 아마도 뭔가 떨떠름하게 마음에 부대끼는 것과 맞닥뜨리고도 그걸 완전히 발산하지 못한 채 일시적인 소강상태로 공중에 매달려 있는 셈인지라 한창 바느질에 열중하다 보니 생각이 중추 부분에 응집된

듯했다. 매사에 후회가 겹겹이 쌓여 공격해 왔지만 그렇다고
그걸 방어할 수단이 내게 있는 건 아니다.

그때 의사가 왕진을 오지 않았더라면 아내는 발작에 빠졌을
것이다. 타인이 끼어들면 거짓말처럼 어둠이 걷혔지만 그 사람
이 가면 주저 없이 발작을 이어갔다. 만약 그 발작을 잠시라도
사라지게 하려면 곪아터진 내 과거의 상처를 몇 번이고 다시
헤집어야 한다. 나는 왜 그걸 그토록 못 참는 걸까. 가급적 손
을 대지 않고 무마하기 위해 추하게 도망만 다녔다.

의사는 신이치의 팔에 주사를 놓았으나 세 번이나 실패했다.
정맥을 찾기 위해 바늘을 자꾸 찔러대는 바람에 연약한 팔이
부어올라 가슴이 아파서 똑바로 쳐다볼 수 없었다. "이런, 어쩌
나." 그런 말이나 중얼거리는 의사 때문에 더 부아가 났다. 주
삿바늘이 정맥을 잘 찾아가기를 숨죽여 염원하면서도, "선생
님, 그만 좀 하세요"라는 말이 튀어나오려는 걸 겨우 참았다.
의사는 네 번 만에 간신히 손등에 주삿바늘을 꽂았다. 아내는
의사에게 허겁지겁 물이 담긴 놋대야와 비누를 가져다줬지만,
그가 돌아가자마자 얼어붙은 표정으로 발작을 이어가며 한층
더 나를 무시하는 태도를 보였다. 모두 예정대로였다. 완전히
힘이 빠진 아내는 졸리다는 말만 반복했다.

"왜 그래?"

아무리 물어도 대답은 마찬가지였다.

"아무것도 아니라니까요."

"아무것도 아닌데 왜 그렇게 매가리가 없어."

"가끔 피곤하면 매가리가 없을 때도 있죠. 당신 하는 말을

듣자니 난 피곤도 느끼면 안 되는 것 같네요."

"그런 게 아냐. 왠지 이상한 것 같아 걱정되어 물은 거지."

"이상할 것 없어요. 당신 생각이 지나친 거죠. 아니면 나한테 또 뭔가 숨기고 나쁜 짓을 했나 보죠?"

"아니라니까. 또 뭔가 궁금한 게 생겨 그런 거 아냐? 그런가 보네. 왜 끊임없이 그러는 거야. 아까 다 나았다고 했잖아."

머리로는 그러면 안 되는 건 알지만 자꾸 아내의 발작을 자극하게 되는 걸 멈출 수가 없다. 마치 피하려다가 도리어 더 위험한 곳에 끌려 들어가는 형국이다.

"그만둬, 그만두라고."

신이치가 소리쳤다. 거친 목소리가 예사롭지 않아 나도 모르게 숨을 멈췄다.

"그만둬, 그만두라고. 나 머리가 돌아버렸나 봐."

신이치는 엉뚱한 곳을 노려보고 있는데 눈에는 기백이 넘쳤다. 착란일지도 모른다. 나는 무슨 어리석은 짓을 반복하고 있는 건가. 아내의 치료에 내 모든 삶을 걸었는데도 왜 정말 사소한 것도 버티지 못하는 걸까.

아내도 뭔가 느낀 바가 있었는지 조용히 요를 깔고 이불 속에 들어가 잤다. 가벼운 숨소리를 내면서 자는 아내를 보니 찰랑찰랑 슬픔이 차오른다. 나는 그날 밤도 잠들 수 없었다. 어두운 구름에 가로막혀 미래의 전망 따위는 상상조차 할 수 없었다. 과거의 혼돈만이 엄청난 압력을 가해오는지라 마치 불안, 불안, 하고 외치는 것처럼 심장이 계속 쿵쾅거렸다. 얕은 잠을 자던 신이치가 간간이 잠꼬대를 했다. 걱정이 되어 숨소리를 들어보니 잠이 깬 것 같지는 않다. 순간순간 가슴을 쓸어내리며 나는 또 새벽을 맞았다.

그다음 날도 아내는 거듭 졸리다는 말만 할 뿐 어둡고 음울한 표정이 사라지지 않았다. 아무래도 내게 질문을 퍼부으며 한바탕 소동을 치러야 수습되겠지만, 신이치의 고열이 마음에 걸려 연막만 피우는 듯했다. 우리가 입을 열면 어떤 말을 해도 순조롭게 대화하지 못하고 곧장 꼬일 것 같았는데, 신이치가 민감하게 냄새를 맡고 소리쳤다. "시끄러워, 시끄럽단 말이야. 바보 같아." 발작을 억누른 아내는 "식사 준비가 하기 싫어졌어요. 당신이 신주쿠에 가서 스시나 샌드위치를 사 와요"라고 말하더니 금세 또 주춤한다. "이러다가는 돈이 점점 없어질 테니 이제 내가 일을 구해야겠네."

다음 날부터 신이치의 열이 좀 내렸다. K코와 U코는 돌아갈 채비를 하느라 분주했다. 그 덕에 아내의 상태가 정상으로 돌아와 K코에게 신이치를 맡기고 아내가 좋아하는 우에노역 근처 백화점에 갔다. 섬에 돌아가는 U코 편에 보낼 선물과 신이치가 갖고 싶어 하던 전기기관차를 사기 위해서였다. 우리는 큰맘 먹고 신이치에게 튼튼한 대형 기관차를 사주기로 했다. 한참 전부터 갖고 싶어 했는데 사주지 못했다. 아내는 백화점에 데려갈 때 아이들에게 장난감은 보기만 하는 거라고 미리 체념시켰다. 가끔은 얼마까지 사준다고 금액을 정하고 그 이상은 결코 허용하지 않았다. 그걸 아는 신이치는 마음에 드는 전기기관차 진열대 앞에서 당연하다는 듯이 "엄마, 보는 건 되지?"라고 물은 뒤 주저앉아 유리 케이스에 손을 대고 실컷 봤다. 그러고 나서 "이제 됐어"라고 단념하듯 혼잣말을 하고 자리를 뜰 뿐 떼쓰고 조른 적이 없었다. 드디어 자신의 머리맡에 둘 수 있는 전기기관차를 선물받자 신이치는 만족스러운지 줄기차게 바라봤다.

다음 날 K코 삼 남매는 에노시마江の島에 갔다. U코의 귀향이 어느덧 다가온 것이다. 집에 남겨진 우리 네 식구는 피곤해서 오전 중에는 일단 잤다. 하지만 눈을 뜨고 보니 아내의 발작이 확실히 매듭지어지지 않아 두려움에 떨어야 했다.

신이치는 열이 내렸기에 좁은 방이지만 다다미 바닥에서 기관차를 가지고 놀아도 된다고 허락해줬다. 가끔 얼굴이 홍조가 되어 괴롭게 기침을 하는데 그 나이대 특유의 아이다운 표정이 드러나 부서질 듯이 연약해 보였다. 아직 회복기라 걱정이 되어 아내와 함께 의사를 찾아가 왕진을 부탁하고 돌아오는 길에 전병을 사 먹으면서 걷는데 아내의 상태가 좀 이상했다. "나 말고 전에 누구랑 함께 걸으며 전병을 먹은 적 있죠?"

단순한 질문이 아니었다. 아내의 뇌리에는 이미 내가 여자와 그런 모습으로 어느 거리를 걷는 추악한 모습이 떠오른 듯했다. 나는 어떻게 대답할지 알 수 없었다. 난데없이 목에 이물질이 걸린 것처럼 기분이 나빠져 온몸에서 혐오가 분출된다. 어느덧 가슴이 땀으로 젖었다. 아내 곁에서 무조건 도망치고 싶은 충동을 가까스로 억제하며 상황을 살폈다.

"당신은 간사해."

아내가 확인 사살하듯 말했지만 실제는 좀 다른 말을 하고 싶었던 것 같다. 그게 뭘까 짐작할 수 없었지만 아내의 마음속에 처리해야 할 것이 싹튼 것이리라. 그래서 어떻게 하면 가급적 내 반응을 축소시키고 그 말을 전달할 수 있을까 고민하는 것이 틀림없다. 아내는 그 목적을 위해 마음을 숨긴 채 뱀의 혀처럼 날름날름 발작의 그림자를 발산하는 것이다. 뭐든 숨김 없이 대답하라고 하지만 그 말을 곧이곧대로 따를 수 없다. 당신이 좋아하는 타입이 되고 싶으니 여자가 해줬던 걸 전부 알려줘요. 그런 말을 들으면 나는 흥분하게 되고, 대답하다 보면 고함을 지르게 되므로 절대 대답하면 안 된다고 스스로 타이를 수밖에 없다. 그러면 아내는 더욱 끈덕지게 의심 어린 눈동자를 들이대며 내 얼굴을 싸늘하게 쳐다본다.

부탁받은 의사가 왕진을 와서 아직 신이치의 왼쪽 폐에서 이상음이 들린다며 특효약을 주며 마야에게는 예방주사를 놓아주고 돌아갔다. 신이치가 저녁을 잘 먹어 일단은 안도했다. 하지만 아내가 우울하게 계속 다른 곳만 쳐다본다면 이 가족에게 평온한 일상이 돌아올 리 없다.

"계속 그런 무모한 행동 하지 말고 마음을 좀 추슬렀으면 좋겠어."

그렇게 말해도 전혀 효과가 없었다. 그래도 K코 남매가 돌아와 기념품으로 사 온 소라 쓰보야키*를 펴놓고 에노시마 관광 이야기를 하자 아내는 거리낌 없이 대화에 끼어들었지만, 나는

---

* 소라껍질에 데친 소라를 잘게 썰어 양념을 넣고 구운 요리.

자꾸 기분이 가라앉아 기운이 나지 않았다. 이러면 곤란하다고 생각했으나 눈앞이 캄캄해 기력이 나지 않았다.

하숙집으로 돌아가는 T를 따라 나도 조용히 밖으로 나갔다. 웅어리진 마음이 풀리지 않아 목욕이나 다녀올 생각이었다. 함께 있던 K코와 U코가 아내를 지켜볼 테니 안심할 수 있어서 말도 하지 않고 그냥 나왔다. 무엇보다 아내의 우울증을 넌지시 비난하며 원망하고픈 뒤끝도 남아 있었다. 아무리 그래도 목욕탕에 다녀온다고 확실히 말하고 나오는 편이 나았을 거라고 후회하며 어두운 초등학교 담장 밑을 걷고 있는데 뒤에서 게다 소리가 작게 들렸다. 마야가 쫓아오는 눈치다. 아내가 따라가보라고 시켰는지 모른다 생각하니 마음이 놓여 뒤를 돌아보는데 마야가 공포를 올곧이 드러내며 뛰어온다.

"괜찮아, 괜찮아. 아빠는 목욕탕에 다녀오려는 거야. 엄마한테 그렇게 말해."

알아듣게 잘 타일러 마야를 돌려보냈다.

비좁은 방에서 바짝 붙어 자는 아내와 사촌들의 얼굴을 보니 괴롭고 덧없는 감정이 들어 가슴이 메었다. 내 마음의 경미한 병과 피로가 주변 사람들을 모두 그로테스크한 얼굴로 만든다. 그 자체로는 아무 변화도 일으키지 않지만 내게는 창백하고 어두운 그림자가 보인다. 그 결과 만들어진 것이 바로 고장나고 삐뚤어진 아내의 마음이지만, 생각해보면 이제 아내도 언제까지고 얽매여야 할 상황 같은 건 없다. 그런데도 아내가 오히려 거기 걸려들어 앞으로 나아가려 하지 않는 이유는 무엇일까. 괴롭히려고 일부러 그런다고 생각할 수밖에 없었는데, 그 신비한 마음의 작용에 나는 절망한다. 대체 왜 그렇게까지 해야 할까! 아내의 잠든 얼굴을 물끄러미 바라보니 천진하고 구김살 없는 아이 같은 표정이라 한번 결정하면 바꾸지 않는 아내의 외곬 기질만 확인할 뿐이다. 그러고 보니 깨어 있을 때의 발작이 혹시 환각 아닐까 하는 생각도 들어 나는 왜 그걸 참지 못하는지 이해할 수 없었다. 참을 게 아니라 내가 마음을 열고 아내의 발작을 이해해줘야 하는 문제 아닐까. 그런데도 발작만 더 부추겨 아내의 상태를 더 꼬이게 만든 내 좁아터진 마음이 한심할 따름이다. 저녁에 의사가 주고 간 2회차 약을 신이치에게 먹이려고 새벽 1시까지 기다리며 이런저런 상념에 젖었는데, 오히려 지금이 행복할지 모른다는 괴이한 생각이 들어 기분이 이상했다.

아침이 되자 마야에게 열이 난다는 사실을 알게 되었다. 마야만 혼자 활기차게 돌아다녔는데. 나는 내심 마야는 병에 걸리지 않을 거라고 생각했던 것 같다. 마야도 나름 마음을 다쳤는지 병든 작은 새처럼 무기력해 보였다. 본능적인 발육 능력이 마야의 작은 몸을 지탱하고 있어 괴로울 틈이 없을 줄 알았는데 열이 심하게 올라 긴타로처럼 빨개진 마야의 얼굴을 보니 전염된 것 같아 기운이 빠졌다. 불가피한 일들이 겹치면 하나도 생략되지 않고 확실히 전진해 온다. 왕진 온 의사는 마야에게도 홍역이 전염되었다고 한다. 신이치는 이제 괜찮아진 듯하다. 이유는 모르겠지만 어쩐지 마야는 잘 이겨낼 것 같아 그리 걱정되지 않았다.

하지만 아내는 날이 갈수록 우울에 빠지는 정도가 심해졌고, 그다음 날에는 일어나자마자 발작을 했다. 신기하게도 마야의 열이 내렸다. 그날은 진찰받는 날이라 도중에 실랑이를 벌이더라도 일단 밖으로 나가야 했다. U코가 귀향을 내일로 미뤘고 도쿄에서 일하는 친구도 집에 와 있어 신이치와 마야를 맡기고 정오 무렵 아내와 함께 집을 나섰다. 다른 사람이 있는데도 전혀 밝은 표정을 보이지 않던 아내는 밖에 나오자마자 의심의 눈초리를 보냈다. 마치 남을 보듯 힘없이 나를 바라보면서 뭔가 캐묻고 싶어 참을 수 없는 기색을 감추지 않았다. 아내가 알고 싶은 건 오로지 여자와의 관계겠지만, 그 심문은 1년 전 가을 그날 이후 대체 몇 번이나 반복했는지 셀 수도 없을 정도였다. 그동안 내가 할 수 있는 말은 전부 다 한 셈이었다. 내 마음은 음영 한 점 없는 투명한 오징어 같다는 생각이 들 정도였다. 이미 속에 있는 걸 다 게워낸 위장과도 같아 '어서 게워내!'라는 자극이 오면, 기다리지 못하고 마음만 초조해져 무조건 아내 곁을 떠나고 싶어진다. 역 플랫폼에서는 약간 거리를 둔 채 걸었고, 전철에 타서는 두드러진 움직임 없이 나란히 손잡이를 잡고 있었다. 그런데 느닷없이 "걔한테 복수하고 싶어"라는 말을 들으니 할 말이 없었다. 음울하게 떠 있던 낮은 구름이 더 이상 버티지 못하고 비가 된 듯 차창 밖으로 비스듬히 내리는 빗방울이 보였다. 다시 한겨울인가 싶게 기온도 내려가 기분이 더 울적했다. 왜 여자가 일부러 사쿠라까지 쳐들어온 걸까요? 아내가 묻기에 그건 여자한테 물어봐야 알겠지,

라고 말하지만 대답이 되지 못한다. 결국 우리가 여자에게 복수를 하지 않으면 이 사건은 결말이 나지 않는다고 아내가 단정적으로 말하는 바람에 나는 새파랗게 질려 할 말을 잃었다. 어떤 형태의 복수라 해도 관계를 더 깊게 만들 뿐이니 무시하고 멀리하는 것이 최상의 방법이라고 아내를 설득하고 싶지만 내 능력으로는 도저히 불가능하다. 지금 아내의 감정을 거스르면 무조건 여자 편을 든다고 할 텐데, 결국 그 말을 하고 싶어 계속 사소한 발작을 일으키는 건가 싶어 아연실색했다. 심지어 그건 내가 감당할 수 있는 일이 아니기에 눈앞이 캄캄하고 어지러워 꼼짝할 수 없었다. 어쨌든 그동안 병소를 하나하나 제거하기 위해 꾸준히 노력하며 위기를 극복했다고 생각했는데 그 세월이 요란한 소리를 내며 무너져 내리는 듯했다. 곧 환승역인 닛포리역에 도착할 테지만 일어나기도 싫어 남의 일인 양 문만 멀뚱멀뚱 쳐다봤는데 그다음은 어떻게 처리할지 판단이 서지 않았다. 우에노역에서 하차해 게이세이 전철로 갈아탔지만 나란히 앉아 있는 것조차 힘들었다. 어떻게든 참고 견딘 상처였지만 일정 시간이 지난 뒤 마치 공든 탑이 무너지듯 보이지 않는 의지로 인해 무자비하게 헤집어진 형국이라 희망의 등불이 보이지 않았다. 공포와 혐오 때문에 증오심까지 생겨 아내가 무슨 말을 하더라도 받아들이지 않으려고 단호한 태도를 보이는 나 자신을 발견한다. 추하다는 생각이 들지만 멈출 수 없다. D 병원에 도착했는데 L 의사의 사정으로 한참 기다려야 했다. 그사이에 석양이 질 때처럼 날이 어두워지더니 돌연 번개가 치며 우박이 섞인 비가 내렸다. 아내는 핏기 없이 냉랭한 얼굴로 간호사 대기실 의자에 어깨를 움츠리고 앉아 있었는데, 옆에 있어주기를 바란다는 걸 알았지만 나는 일부러 복도에 선 채 가까이 가지 않았다. 옆에 붙어 있어봤자 또 무의미한 질문만 퍼부을 테고, 이미 아내의 표정에는 병적인 완고함이 확연히 드러나 속수무책이었기 때문이다. 하지만 그 눈이 나를 맥없이 좇는 걸 보니 연민과 허무감에 무너질 것 같았다. 치료하러 온 병원에서조차 아무 처치도 기대할 수 없는 병이란 대체 뭘까. 의사나 간호사는 그건 명백히 당신 책임이지 당신 외에 누가 책임질 사람이 있겠느냐고 물으며 아무도 관여할 수 없다고 말할 것 같다. 더 이상 못 참겠는지 아내가 벌떡 일어나 다가오기에 내가 노골적으로 혐오의 감정을 얼굴에 드러내며 다가온 만큼 멀찍이 도망쳤더니, 아내는 포기하고 물러났다가 다가오기를 반복한다. 그러는 동안 끔찍한 기분이 증폭되는 바람에 심술궂은 표정만 가면처럼 덧씌워지는 듯하다. 아내는 분노를 내뿜듯 강렬한 얼굴로 나를 노려봤다. 뒤뜰 연못의 수면에 튕기는 빗발도 초조한 감정을 분출하는 듯했다. 뭔가 명확하게 일단락 짓는 방법이 없을까. 병소를 깔끔하게 도려내는 방법은 없을까. 설사 있다고 해도 내가 그걸 할 수 있을까. 이런저런 벽에 부딪히자 결단을 내리지도 못하고 급속도로 마음이 위축되었다.

 L 의사는 5시쯤 치료실에 왔다. 두 시간 정도 걸리는 정신분석 치료를 그 시간부터 할 것 같지는 않았다. 결국 치료는 취소되었으나 입원에 대해 진전된 이야기들을 들려줬다. 정신과

병동 이전 계획이 발표되었는데 실행 시기가 빨라지면 1인실을 확보하기가 훨씬 용이해진다는 것이다. 하지만 당장 실행되는 것이 아니라서 정신과 병동 1인실이 나기를 계속 기다리는 수밖에 없을 듯했다. 결국 또 한참을 기다려야 하는 것이다. 여자 병동은 여유가 있었지만 남자인 내가 간병인으로 함께 입실해야 하므로 여자 병동에 입원시킬 수는 없는 모양이었다. 그리고 입원하면 바로 수면요법을 처치할 예정인데 두 달 정도 소요되는 치료라고 했다. 언젠가 그 요법으로 한 달이나 잤는데 단 하루만 잔 것 같았다는 어느 환자의 체험 수기를 읽은 적이 있었다. 아내가 그 치료에 들어가면 그 긴 시간은 아내의 추궁으로부터 벗어나리라. 상상만으로도 몸이 날아갈 듯한 자유가 물씬 느껴져 당장이라도 입원하고 싶어졌다.

돌아오는 길에도 둘 다 감정이 풀리지 않은 상태였는데 아내는 U코 편에 보낼 숙모 선물을 사 가야 한다며 양보하지 않았다. 지금 그럴 때가 아니기에 내 마음은 차갑게 식는다. 걔와 닮은 기분 나쁜 여자가 있어! 그렇게 외치고 반대편으로 가는 지하철에 타버리는 등 영문 모를 행동을 반복했다. 아내는 포기하지 않고 열심히 선물을 찾았지만 적당한 물건을 발견할 수 없었다.

집에 오니 10가 넘었는데, T가 와 있었다. 아직 저녁을 먹지 못했지만 가슴이 답답해 먹고 싶지 않았다. 그러면 자기도 먹지 않겠다며 아내가 버텼다. 너무 피곤해 하숙으로 돌아가는 T를 따라 집을 나섰다. 그의 하숙에서 묵을 생각이었지만, 조용히 잠든 거리를 걷다 보니 이상하게 하복부에 불안이 쌓여 참기 힘들었다. 여기가 고비인가 생각하니 견딜 수 없어져 집으로 돌아갔다. 결국 아내 곁을 떠나지도 못할 거면서 매번 시도하는 나 자신이 한심했다.

아내는 굳은 얼굴로 이불 위에 책상다리를 하고 앉아 있었다. 그런 자세로 앞을 가로막고 있으니 좀 우스꽝스러웠다. 뭐 하냐고 물어도 "밤새도록 깨어 있을 거예요"라고 대답할 뿐이다. 그만 자라고 여러 번 권했지만 아내는 들은 척하지 않고 큰 눈으로 나를 응시하며 입을 굳게 다문 채 고집을 부렸다.

맘대로 하라며 나는 자리에 누웠다. 마야의 열이 또 높아졌는데 약 기운인 듯했다.

"모기 아파, 모기."

마야가 울먹이면서 그 작은 손으로 내 몸을 몇 번이나 치며 깨웠다.

"알았어. 괜찮아, 금방 좋아질 거야."

그렇게 말하며 여기저기 쓰다듬어주는 것밖에 달리 방법이 없었다. 아내는 자세를 허물지 않고 계속 책상다리를 한 채 일부러 마야 쪽을 쳐다보지 않으려는 듯 허공만 노려보고 있었다.

새벽녘이 되어 아내가 내 옆에 꼭 붙어 자고 있는 걸 발견했다. 어느새 깊은 잠에 빠졌는지 아내가 언제 어떻게 내 옆에 왔는지도 몰랐다.

섬에 돌아가는 U코에게 숙모께 드리라고 선물 대신 저금 1만 엔을 찾아서 줬다. 아내가 그렇게 하자고 했다. 통장 잔액이 10만 엔 정도지만 어쩔 수 없었다. 앞으로 입원비며 생활비며 그 돈에 맞춰 써야 하는데 미래의 일을 확실히 예측할 수도 없었으며 생각하고 싶지도 않았다. 소설을 쓰지 않으면 돈이 들어올 곳이 없지만 이런 상태라면 그조차 불안했다.

신이치와 마야는 집에 남겨두고 오후에 아내와 함께 U코를 배웅하러 도쿄역에 갔다. 발차 직전에 K코가 가고시마까지 배웅하겠다며 함께 열차를 타고 갔다. 또 우리 식구만 남는 건가. K코의 돌발적인 행동이 원망스러웠고, 어떻게든 말리고 싶었지만 염치없이 그런 행동을 할 수 없었다.

집에 돌아와 빵으로 점심을 때우고 나니 마땅히 할 일도 없어서 우리 네 식구는 낮잠을 잤다. 방해하는 사람도 없으니 아내의 발작이 서서히 이빨을 드러낼 텐데 나를 먹잇감 삼아 달려들 걸 생각하니 불안해서 견딜 수 없었다. 내가 먼저 일어나 『근대문학』을 대충 훑어보고 있는데 어느새 일어난 아내가 자신도 보겠다고 해서 나는 앞질러 방어 태세를 취했다.

"연쇄반응을 일으키니 보지 않는 게 나을 거야."

"내가 보면 안 되는 걸 썼어요?"

"아니야, 그럴 리 없잖아. 조금이라도 관련된 걸 보면 억제하지 못할 거야. 자극받을 일을 일부러 골라 할 필요는 없잖아."

"당신이 뚫어져라 보고 있으니 나도 잠깐 보고 싶어지잖아요."

"뚫어져라 보지 않았어."

"하여간 잠깐만 보면 되잖아요."

"그냥 보지 않으면 될 텐데 대체 왜 그렇게 기를 쓰고 보겠

522

다는 거야?"

나도 그 잡지를 보여주지 않으려 기를 썼다.

"뭐야, 그런 거예요? 그런가 보네. 당신은 나한테 뭐든지 숨기려 하잖아요. 이제 안 봐도 상관없어요. 당신이 진짜로 날 싫어한다는 건 확실히 알았으니까."

서향 햇빛이 정면으로 들어 다다미 석 장짜리 방이 푹푹 쪘는데, 잠시 후 납빛 구름이 하늘을 덮더니 거짓말처럼 공기가 식었다. 아내가 일어나 저녁 준비를 하러 갔다. 나도 화로에 불을 피우고 같이 도와야 했지만 언제 창끝을 내게 겨눌지 몰라 전전긍긍했다. 결국 나는 아내의 공격을 피하지 못했다.

"당신은 오기노법을 연구하고 있었네요."

그렇게 말하는 아내의 표정에는 이미 발작의 증후가 보였다.

"내게도 그 피임법을 알려줘요. 나도 당신한테 그런 거 배우고 싶으니까."

나는 얼굴이 창백해지고 몸이 와들와들 떨렸다. 이런 대화의 종착지가 어디일지는 명백할 테니까.

T가 예고 없이 나타나 나도 모르게 소리 내어 웃을 뻔했다. K코와 U코가 모두 도쿄를 떠나 쓸쓸한 마음에 들른 것이겠지만, 나는 사막에서 예기치 않은 오아시스를 만난 것이나 다름없었다. 기다렸다는 듯이 T에게 집을 봐달라 부탁하고 소아과 의사에게 왕진을 부탁하러 갔다. 신이치는 이제 걱정하지 않아도 되지만 대신 마야가 가벼운 폐렴인 것 같다고 의사가 말하는데도 믿기지 않았다.

T를 붙잡아 함께 저녁 식사를 한 뒤로는 아내가 제대로 행

동하는 걸 보니 정상으로 돌아온 듯했다. 친동생처럼 허물없이 지내는 T 앞이라 예전 같은 모습을 보이고 싶은 모양이다. 그 여파인지 아내는 자신의 마음을 확인하기 위함이니 T도 함께 들어달라고 양해를 구한 뒤 이야기를 꺼냈다. 입원하면 곧바로 수면요법에 들어갈 텐데 그 전에 미리 마음의 정리를 해두려는 것이라고 했다. 요컨대 아내는 미련이 없는 상태에서 치료받기를 원한다는 것인데, 내 구체적인 과거에 대해서는 T에게도 털어놓지 않았기에 아내는 자신의 결심을 추상적으로 돌려 말해야 했다. 그런데 잘 들어보니 아내의 결심이라기보다는 내 마음가짐에 대한 요구 사항이다. 즉, 과거를 하나도 숨기지 말고 속속들이 밝힐 것, 진심으로 가정의 행복을 생각한다면 아내를 방치하면 안 된다는 것, 그러기 위해 아내가 마음을 정리할 수 있게 협조할 것 등등. 아내는 고민을 털어놓는 여학생처럼 열심히 말하고, T도 적극적으로 맞장구치며 우리를 격려해줬다. 지금 같은 상태라면 눈사태 나듯 가정이 붕괴될 테니 우리가 당면한 현실을 좀더 넓은 시야로 바라봐야 한다는 그의 충고에 아내는 수긍하는 듯했다. 마음을 정리하기 위해 확실히 결심했다고, 아내는 몇 번씩이나 마음의 정리라는 말을 강조했는데, 할 말을 다 끝낸 뒤 후련하다는 듯한 표정을 짓는 걸 보니 다시 예전처럼 상냥한 얼굴로 돌아온 듯했다.

그날 밤은 T가 자고 가기로 해서 긴장이 풀린 나는 마야에게 약을 먹여야 하는 새벽 3시 넘어서까지 자지 않고 혼자 『근대문학』을 읽었다.

다음 날에는 마야의 미간에 초승달 모양의 점이 생겼고, 홍역 발진이 시작되었는지 변도 묽어졌다. 아내가 어젯밤 이야기를 나눈 뒤 마음의 응어리가 풀렸다고 했지만 그것도 단 하루뿐이었다. 이튿날 치료받으러 가서는 그 귀중한 균형도 무참히 깨졌다. 아내의 자유연상 치료가 끝난 뒤 L 의사는 내게 의논하고 싶은 것이 있다고 했다. 신경과 병동의 이전 시기가 뒤로 많이 밀렸다는 통고를 한 뒤 의사가 말한 내용은 마음의 정리에 관한 것이었다. 구체적으로 말한다면, 아내는 입원 전에 내가 여자 앞으로 보냈던 편지를 여자에게 모두 돌려받기를 원한다는 것이다. 편지가 자꾸 마음에 걸리므로 모두 없애 마음을 정리하고 싶으니 그 점을 나와 의논해달라고 L 의사에게 부탁했다고 한다. 아내는 지금 나를 완전히 지배하고 있는데 아직도 그런 걱정을 하다니 믿기지 않았다. 요즘 좀처럼 잦아들지 않는 발작이 그 때문이라고 내게 확실히 알리고 싶은 건가. 왜 내게 직접 말하지 않았을까. 잘은 모르지만 내가 또 볼썽사나운 반응을 일으킬까 봐 그랬나. 아니면 내가 여자에게 아직 마음이 남아 있을까 봐 두려웠나. 어느 쪽이든 이해가 가지 않았는데, 치료실에 들어가기 직전 애원하듯 나를 보던 아내의 누그러진 눈초리가 떠올랐다. 얼마나 황당한 생각인가. 거의 반사적으로 눈앞이 캄캄해졌다. 대체 왜 가장 혐오하는 여자의 집에 남편을 한 번 더 보낼 생각을 하는 걸까. 아내의 성격이나 지금 병적인 집착에 함몰된 상태를 생각하면 그 의지를 꺾을 수 없을 것 같아 절망스러웠다. 여자에게 복수하자고 수상쩍게 나를 교사하려 할 때 이미 그 계획은 뿌리를 내렸을 것이다.

귀가하는 내내 아내는 편지를 돌려받으라고 더 노골적으로 우겨댔다. 구체적으로 어떻게 돌려받을 수 있을지 전혀 가망이 없으며 그 과정이 위험할뿐더러 성공할 것 같지도 않다고 아무리 설명해도 아내는 수긍하지 않았다. 설사 방법이 있다고 해도 도중에 아내의 발작을 유발할 만한 위험한 조건이 넘쳐났다. 폭발물이 널려 있는데 그 속에 불씨를 안고 들어가는 것이나 다름없다. 내가 찬성하지 않자 아내의 태도는 돌연 딱딱해졌지만 그 생각을 버리려 하지 않았다. 다시 여자에게 돌아가는 척 접근해 편지를 돌려받은 뒤 도망치라는 속삭임을 들으니 불쑥 다른 세상을 들여다본 듯 혼미해졌다. 그런 세상이 없지는 않겠지만 내게는 너무 강렬한 자극이었다. 결론을 내지 못한 채 한밤중까지 입씨름을 했는데 마야의 병세까지 악화되는 통에 나는 그날 밤도 거의 잠을 잘 수 없었다.

날이 바뀌어도 상황은 마찬가지였다. 아내가 마음을 바꾸고 집착을 버리면 사태는 아무렇지 않게 수습될 텐데 왜 외곬처럼 그 생각만 비대하게 키워 혼란을 일으킬까. 내 불만도 점점 뿌리 깊어졌다. T가 찾아오자 아침부터 꼬여 있던 아내가 어느새 발작의 낌새를 벗어던지고 멀쩡한 얼굴로 돌아오는 걸 보니 마치 마술사 같았다. 신이치와 마야를 T에게 부탁하고 아내와 함께 목욕탕에 가는데 그런 나 자신이 우스꽝스러웠다. 미리 약속을 하고 기다리다가(그보다는 내가 빨리 몸을 씻고 먼저 나와 카운터 근처에서 아내가 나오기를 기다리는 것이지만) 집으로 돌아가던 중, 아내가 "개랑 같이 목욕도 했어요?"라고 물어 나는 욱하고 말았다.

"언제까지 구시렁구시렁 그런 말이나 할 거야. 진심으로 정상적인 생활을 하고 싶긴 한 거야? 이미 다 지난 일을 대체 언제까지 들춰낼 거냐고. 당신이 하자는 대로 다 하고 있는 걸 모르겠어? 당신이 그런 마음이라면 내게도 다 생각이 있어. 내가 뭘 어쨌다고. 그렇게 마음에 안 들면 죽든지 어쩌든지 하면 되잖아."

히스테릭하게 내뱉은 뒤 나는 들고 있던 박쥐우산을 초등학교 콘크리트 담벼락에 탕탕 쳐서 우산살을 다 부러뜨려 도랑에 던져버렸다. 비가 추적추적 내리는데, 입고 있던 다갈색 미제 중고 상의를 벗어 오른손에 들고 질척거리는 길바닥에 질질 끌며 걸었다. 그래도 흥분이 가라앉지 않아 기물을 마구 파괴하고 싶어졌다. 하지만 남의 물건에 손을 댈 수는 없는 노릇이라 내 몸에 걸친 걸 파손할 수밖에 없었다. 나는 바지를 벗어 상의와 함께 길 위에 내팽개쳤다. 비에 흠뻑 젖어 속옷만 입은 우스꽝스러운 꼴을 한 채 빠른 걸음으로 앞장서서 걸었다. 아내는 뒤에서 묵묵히 상의와 바지를 줍고 있었다.

마치 내 격앙된 감정이 투영된 것처럼 마야의 열이 심해졌기에 다급해진 나는 우산도 쓰지 않고 의사를 부르러 갔다. 열은 높지만 폐렴은 아니라는 진단이 내려져 한시름 놓았다. 의사는 홍역 증상을 가볍게 하기 위해서라며 신이치의 피를 뽑아 마야에게 주사해주고 돌아갔다. 나는 목욕하고 돌아오는 길에 뒤틀렸던 감정이 풀리지 않아 부루퉁하게 누워 있었다. 마야가 물

을 마시고 싶어 했는데 이번에는 아내가 밤새 간호를 하는 듯
했다.

아내의 상태는 날이 갈수록 이상해지는데, 나는 어떻게 대
처해야 할지 모르겠다. 다정하게 위로하기는커녕 나까지 어리
석게 소동을 피워 사태를 점점 더 꼬이게 했고, 그런 태도에서
헤어날 수 없었다. 입원할 때까지 조금만 견디면 되는데 왜 그
걸 참지 못할까. 오로지 입원할 날만 기다릴 뿐, 하루하루 허물
어지는 생활을 주체할 수 없었다.

아내가 때 묻은 옷들을 산처럼 쌓아놓고 빨기에 나도 도울
요량으로 현관 앞에 대야를 꺼내놓고 빗길에 내팽개쳐 진흙 범
벅이 된 상의와 바지를 비벼 빨고 있는데, 결석한 신이치의 용
태를 살피러 담임교사가 방문했다. 젊은 교사의 눈에 이 가정
이 어떻게 비쳤을까. 아내의 계속되는 발작에 시달리던 나는
그런 걸 따질 계제가 아니었다. 아내는 내 수첩을 보기만 해도
발작했고, 둘 중 하나가 죽었을 때 사망 소식을 누구에게 알릴
지 고르다가도 발작하는 등 진정될 기미가 보이지 않았다. 심
사가 뒤틀린 내가 방구석에 드러누워 식사를 거부하면 아내는
억지로라도 먹이겠다고 귀찮게 했다.

내가 젓가락도 들지 않으려 하자 아내는 나를 없는 사람 취
급하며 말했다.

"신이치 씨, 엄마가 만든 밥 좀 먹어줄래요?"

아내는 점점 사태를 악화시켰다.

"그럼 나도 먹지 말아야지."

그러자 신이치까지 이렇게 말했다.

"난 아무래도 상관없어."

열이 있는 마야만 내가 먹여주는 대로 열심히 먹었다.

"오늘 밤은 내가 자지 않고 간호할게."

내 말을 듣고 아내가 말했다.

"내가 있으니 당신은 잠이 안 오나 봐요. 내가 없으면 잘 자겠네."

그리고 신이치를 불러 밖에 나가려 했다.

"엄마도 자."

신이치가 말했다. 그래도 마야의 열이 좀 내리는 것 같아 천만다행이었다. 마야는 몸이 가렵고 목이 아프다고 고통을 호소했다. 괴로워 잠을 못 이루는지 칭얼거리는 소리를 내고 신음을 하다가 잠꼬대를 한다.

"아빠, 뱅글이 무서. 체온계 무서. 모기 아파."

"당신은 왜 그렇게 금방 화를 내는 거예요?"

피곤해진 아내가 차분하게 말하는데 발작하는 사람 같지 않았다. 새벽에 마음이 풀렸는지 곁으로 다가왔지만, 아이들이 깨면 안 된다고 응하지 않았더니 갑자기 조류가 변했다. 그러면 내가 바로 반응을 보이게 되므로 아내도 모처럼 풀린 마음을 또 단단히 닫을 것이다. 아침을 먹고 있는데 U코를 배웅하러 가고시마까지 갔던 K코가 돌아왔다. 여행 이야기로 긴장이 좀 느슨해졌지만 그날도 하루 종일 실랑이를 해서 녹초가 되었다. "당신한테 오지 않는 게 나았을 거예요. 고쿠라의 신이치로 씨에게 돌려보내주세요." 아내는 예전 약혼자의 이름을 입에 올리더니 이렇게 말했다. "걔한테 편지를 돌려받아야 마음을 정리하지, 아니면 수면요법을 받아도 소용없을 거예요. 아마 내 병은 평생 낫지 않겠죠."

다음 치료받는 날에는 사태가 더 악화되었다. D 병원으로 가는 도중, 닛포리역 플랫폼에서 아내에게 뺨을 맞자 나도 모르게 아내의 뺨을 치고 말았다. 게이세이 전철로 환승하고도 다른 승객의 존재가 더 이상 눈에 들어오지 않았다. 아내가 곁에 오면 겁먹은 얼굴로 도망치려 했다. 차 안을 허둥지둥 돌아다니며 아무 데서나 미호, 미호, 이름을 부르며 오라고 손짓했다. 오히려 아내가 승객을 의식하고 별수 없이 억지 미소를 지었는데 그 모습이 애처로워 보이기도 했지만 한편으로는 남의 일처럼 여겨져 나 자신을 추스를 수 없었다. L 의사에게 대충 상황을 피력하며 입원 날짜를 앞당겨달라고 부탁할 수밖에 없었다. 하지만 의사에게 아무리 사실을 전달하려 해도 중요한 부분이 자꾸 누락되는 바람에 과장된 넋두리 같아져 조금만 참으면 별일 아닌 상황처럼 보였다. 하지만 아내와 둘만 있으면 또 빠져나올 수 없는 지옥이 나타날 것이 분명했다. 아내는 결국 편지 이야기를 매듭짓고 마음의 정리를 하지 않으면 절대 낫지 않을 거라 우기며 양보하지 않았다. 미끼를 던져서라도 꼭 편지를 찾아오라고 억지를 부려 진퇴유곡에 빠진 나는 두 주먹을 쥐고 번갈아가며 내 얼굴을 몇 번씩이나 때렸다. 온 힘을 다해 때리니 무자비한 마음이 들어 나중에 어떻게 될지는 생각할 여유가 없었다. 내출혈 때문에 눈가와 광대뼈 주위가 부어오르는데도 그 멍청한 행위를 멈출 수 없었다. 아마 나도 어딘가 이상해진 듯했다. 나는 주변을 배려하는 마음이 흐려지고 토라져 눕는 경우도 많아졌다. 아내도 K코가 옆에 있을 때는 결코 입에 올리지 않던 여자 이야기까지 노골적으로 하게 되었다. 자고 있는 걸 흔들어 깨워 이미 몇 번이나 했는지 모를 추궁을 또 반복하는 바람에 나는 발끈했다. 어깨가 들썩일 정도로 연속해서 세 번이나 때렸더니 아내는 아무것도 먹지 않고 굶어죽든지 밖에 나가 죽든지 할 거라고 으름장을 놓고는 밤낮없이 식사를 거부하며 요지부동이었다. 아내는 몸이 뻣뻣해졌고 표정도 심상치 않았다. 하는 수 없이 K코에게 상의해 아이들이 하르방 집이라고 부르는 하야시초林町의 숙부 댁에 전보를 쳤다. "*미호가 보고 싶다고 함. 들러주시길.*" 다음 날 아침, 걱정하며 찾아오신 숙부를 보자 멀쩡한 얼굴로 돌아온 아내가 생글생글 웃는데 그 모습이 오히려 섬뜩했다. 아내와 아이들을 맡기고 야간 고등학교로 수업하러 갈 때는 숙부께 사정을 털어놓지 않았고, K 병원에 입원했을 때 대략적인 증상을 알린 뒤로는 연락을 취할 여유가 없었다. 최근 2, 3일 사이에 특히 악화되었다는 이야기를 하는 숙부와 함께 D 병원에 찾아가서 L 의사에게 입원을 앞당겨달라고 사정했다. 그 결과, 다행히 이틀 후인 월요일에 입원하게 되었다. 일요일에는 입원 준비를 했는데 아내가 보기 드물게 온순했다. 편지에 대해서도 말하지 않았다. 마야도 열이 거의 내려 정말 다행이었다. 나와 아내가 입원하면 가까운 시일 내에 K코가 신이치와 마야를 데리고 먼저 섬에 가 있을 것이다. 월요일, 아내와 나는 아침을 먹고 간단한 일용품을 보자기에 싸서 집을 나왔다. 신이치와 마야는 서운한 기색을 보이지 않았다. 허탈하게도 엄마와 아빠가 함께 입원하는 것을 충분히 이해하는 듯했다. 병원에 가는 차 안에서 둘 다 넋이 나간 것처럼 끝내 아무 말도 하지 않았다. 아내는 긴장을 유지하지 못하면 오히려 얼빠진 모습이 되는 듯했다. 병원에 도착하자마자 신경과 간호부장의 안내로 정신과 병동으로 이동했는데, 멀찌감치 서서 바라볼 때는 짙게 감돌던 이상한 기운이 느껴지지 않아 오히려 맥이 빠질 지경이었다. 병영 같은 구조의 오래된 목조건물로 들어가 어둑어둑한 판자 복도를 잠시 걸었는데 복도 끝의 문 앞에서 간호부장이 기둥에 붙은 벨을 누르니 안에서 우리 쪽으로 다가오는 발자국 소리가 들렸다. 장선이 헐거워진 판자 바닥이 삐걱거릴 정도로 힘찬 발소리가 금속 부딪치는 요란한 소리와 뒤섞여 들리니 마치 당직 장교가 대검 소리를 내며 걸어오는 듯했다. 금속음이 나는 묶음에서 열쇠 하나를 골라 구멍에 넣자 찰칵 소리와 함께 문이 열렸고, 장교가 아니라 간호사가 굳은 표정을 풀지 않은 채 우리를 응시하며 서 있었다. 신경과 간호부장은 인수인계를 마치자마자 나와 아내를 남겨놓고 어딘가로 사라졌다. 안에 있던 간호사는 우리가 들어오기를 기다렸다가 문을 닫았고 또다시 열쇠 잠그는 소리가 들렸다. 복도가 병동 안쪽까지 뻗어 있는 것이 보였다. 왼쪽의 간호사 대기실에는 아무도 없는 듯했다. 그 앞쪽에도 복도가 있었다. 드디어 정신병동의 내부에 들어왔다 생각하니 일종의 안도감과 함께 묘한 긍지가 느껴졌다.

좀더 굳건한 철문을 상상했는데 낡은 목조건물이라 다소 실망하기도 했다. 훨씬 견고한 감옥처럼 자물쇠로 칭칭 감아 폐쇄시킨 석조건물을 생각했던가. 어쩌면 바깥과는 아무 상관 없는 차단된 격리실을 내심 바랐는지도 모르겠다. 간호사의 안내로 우리가 배정받은 병실로 갈 때까지 아무도 없어 마치 텅 빈 무인 병영을 지나는 듯했다. 병실 안에는 침대가 두 개 있었는데, 하나는 매트만 깔려 있을 뿐 이불이 없었다. 침대 양쪽 머리맡에 각각 놓인 작은 테이블 외에는 아무 집기도 없이 텅 비어 있었다. 굵고 튼튼한 나무 격자가 박힌 창 너머로 판자 담장이 보이고 그 건너에는 잡초가 무성한 공터가 펼쳐져 있었다. 우리는 살풍경한 모습에 불안을 느꼈다. 침대에 앉았는데도 마음이 전혀 안정되지 않았고, 겁먹은 아내는 생기를 잃은 것처럼 얼굴이 하얗게 질렸다. 간병인이 사용할 이불은 각자 준비하라고 해서 이케부쿠로의 K코 하숙에 다녀와야 했다. 할 수 없이 병실에 아내만 홀로 남겨놓고 다시 병원 밖으로 나왔는데, 길을 걸을 때도 전철을 탈 때도 몸이 가벼워져 날아갈 것처럼 자유가 물씬 느껴졌다. 경치도 사람들도 생기가 넘쳤고 삼라만상 모두 평소의 명확함과 친근함이 느껴져 몸에 힘이 불끈 솟아 일이 하고 싶고 마음이 가벼워져 펄쩍펄쩍 뛰고 싶었다. 하지만 출입문에 자물쇠가 채워진 병실 침대에 앉아 쓸쓸함을 억누르며 매달리는 듯한 시선을 보내는 아내의 모습이 망막에 깊이 각인되어 사라지지 않았다. 세상에서 가장 믿었던 내게 배신당해 적막한 나락에 빠진 아내의 환영이 내 혼을 완전히 거머쥔 채 날아가려는 내 몸을 끌어당기며 놓아주지 않았다. 아내는 정신병동 안에서 내가 돌아오기를 기다리고 있다. 그런 아내와 함께 그 병실 안에서 사는 것만이 내가 할 수 있는 일이다. 병원 밖에서 자유의 방종을 맛보니 양심의 가책이 들었다. 나는 이불만 가지고 얼른 병실로 돌아가야 한다. 아내를 두고 나왔지만 정신병동이라 마음대로 탈출할 수 없다고 생각하니 지금까지 경험하지 못한 안도감도 느껴져 신기할 따름이었다. 이케부쿠로의 하숙에 가보니 K코와 신이치, 마야가 서로 머리를 맞대고 각자 다다미 위에 펼쳐진 책을 보며 조용히 과자를 먹고 있었는데, 그 모습에서 폭풍 후의 고요 같은 평온한 안정감이 느껴졌다. 신이치와 마야도 이불을 개켜놓고 K코 옆에서 편히 쉬는 것처럼 보였다. 문득 내가 괜한 침입자 같다는 생각이 들 정도였다. 나는 급히 필요한 침구를 챙겨 가져갈 수 있는 크기로 동여매고 다시 전철에 탔는데, 시간이 너무 더딘 것같아 답답했지만 별수 없었다. 잠시 아내 곁을 떠난 것뿐인데도 불안감에 가슴이 술렁거려 마음을 가라앉힐 수 없었다. 아무리 발작에 휘말린다 해도 빨리 아내의 얼굴이 보고 싶어 견딜 수 없다. 또한 열쇠로 인해 세상과 차단된 병동 안에서라면 새 삶을 살 수도 있겠다는 생각이 들었다. 다만 편지를 돌려받으라고 하는 아내를 어떻게 단념시킬지 그 방법이 생각나지 않아 두려움이 어둡게 그림자를 드리우고 있지만 말이다.

옮긴이 해설

'나는 왜 소설을 쓰는가'에 대한 고백

죽음과 죄의식 극복으로서의 문학

한국 독자들에게는 다소 생소한 이름일지 모르지만, 시마오 도시오島尾敏雄는 '제3의 신인'으로 분류되는 일본 전후문학의 대표 작가다. 시마오 도시오 외에도 여기 속하는 작가들로는 요시유키 준노스케吉行淳之介, 쇼노 준조庄野潤三, 고지마 노부오小島信夫, 엔도 슈사쿠遠藤周作, 야스오카 쇼타로安岡章太郎 등이 있다. 1, 2차 전후파 작가들이 이념적으로 전쟁을 비판하면서 작품 세계를 구축한 데 비해 '제3의 신인' 작가들은 패전 후의 혼란을 보다 일상적인 차원에서 그려냈다는 평가를 받는다. 이들은 주로 자신의 체험을 기반으로 소설을 썼기에 사소설 경향의 작품들이 많은 것이 특징으로, 그중에서도 특히 살면서 여러 차례 극한의 상황을 겪은 시마오는 자신의 내재화된 경험을 문학의 근간으로 삼을 수밖에 없었다.

징집 대상자였던 시마오는 1943년 해군 예비학생을 지원, 이듬해에 특공 어뢰정 훈련을 받고 가고시마현 아마미 군도 가케

옮긴이 해설   535

로마섬에 해군 소위로 부임한다. 그리고 1945년 8월 13일 특공전이 발동되어 출격 명령을 받지만 대기하던 중 전쟁이 끝난다. 패전으로 숙명이라 생각했던 죽음은 더 이상 기다릴 수 없어졌고 갑자기 다시 살아가야 할 운명에 처한 것이다. 그는 이때의 경험을 「고도몽」(1946), 「출고도기」(1949), 「전투에 대한 두려움」(1955), 「출발은 끝내 오지 않고」(1962), 『어뢰정 학생』(1985) 등을 통해 꾸준히 작품화했으며, 한편으로는 「꿈속에서의 일상」(1948), 「아스팔트와 거미 새끼들」(1949), 「귀신 떨궈내기」(1954) 등을 통해 전후의 불안을 드러냈다고 평가받는 초현실주의적 소설들을 썼다.

시마오 도시오의 평전을 쓴 고노 겐스케紅野謙介는 "전쟁 말기 어뢰정에 몸을 싣고 출격 훈련을 반복했던 것은 자신의 신체를 일종의 자살 기계로 만드는 과정과 다르지 않다"고 설명한다. 시마오는 현실에서 죽음을 맞이하지는 않지만, 그 경험 때문에 인간으로서의 '나'를 완전히 회복하지 못하는 것이다. 그는 다시 삶을 살아야 하지만 기계로 무생물화된 신체는 꿈과 무의식의 영역에 잠입하게 되고 현실에 대한 두려움과 종잡을 수 없는 감각 안에서 흩어진다. 시마오에게 소설이란 바로 이 신체의 단편을 언어를 통해 한데 그러모음으로써 자신의 체험을 의미화하는 과정이라 할 수 있다는 것이다. 첫번째 전쟁소설인 「고도몽」에서 어뢰정의 체험이 꿈의 방식을 통해 서술된 것도, 초현실주의적 경향의 소설들에 악몽처럼 죽음의 그림자가 드리운 것도 우연이 아니다.

그런데 여기에 돌연 아내의 광기까지 들어오게 된다. "나의 전후는 아내 미호와의 결혼으로부터 시작되었다"라는 말처럼 출격 명령을 기다리며 죽음의 예행연습을 거듭했던 그에게 가케로마섬에서 만난 아내 미호는 말 그대로 생의 연속을 의미했지만 그의 외도로 아내가 정신병에 걸린다. 그로 인해 다시 한번 전도된 세상을 맞이하게 된 그는 그 지옥과도 같은 현실을 기록해나간다.

사소설 『죽음의 가시』의 딜레마

시마오 도시오의 대표작인 『죽음의 가시』는 1954년 10월부터 1955년 6월까지 그의 가정에서 실제로 일어났던 일들을 다룬 사소설이다. 남편의 불륜을 감지하고 있던 아내가 어느 날 남편의 일기를 발견한 이후 끊임없이 남편을 심문한다. 순종적이었던 아내가 완전히 변모하자 자신의 죄를 인정한 남편은 자신이 변할 것을 약속하며 외부와의 관계를 끊은 채 철저히 가족 중심의 생활을 하려 한다. 하지만 점차 안정을 찾아 예전과 같은 생활로 돌아가리라는 기대와는 달리 아내의 신경증은 더 심해지고 점점 일상이 무너져간다.

마치 일기 같은 형식으로 일상을 촘촘히 기록한 장편 『죽음의 가시』는 1960년부터 1976년까지 여러 문예지에 발표한 12편의 단편 연작으로, 사건이 일어난 지 5년가량 경과한 후부터 집필을 시작해 완성할 때까지 무려 17년의 세월이 소요되었다. 장편으로 출간되기 전에 1, 2장인 「이탈」과 「죽음의 가시」가 단편집『죽음의 가시』(1960)에 수록되어 호평을 받았고, 4장인「하루하루」까지는 쇼분샤에서 출간된『시마오 도시오 작품집』제4권(1963)에, 9장「과월제」까지는 제5권(1967)에 수록되면서 '처절한 인간 기록'으로서 다시 한번 화제를 낳았으며, 작가 미시마 유키오三島由紀夫는 다음과 같은 감상을 남기기도 했다.

이렇게나 심각한 주제에 대해 너무 신중치 못한 견해일지 모르지만 이 주인공은 어쩌면 파우스트의 끝없는 탐구욕과 메피스토펠레스의 냉혹한 객관성을 한 몸에 지닌 존재 아닐까. 하지만 우리는 전자에 가담할 때 그 마적인 충동을 악마의 영향이라 여겨 마침내 그 인간성을 구출할 수 있다. 그리고 후자에 가담하면 결코 사랑할 수 없는 속성에 따라 객관적이고 냉혹한 예술의 논리를 구출할 수 있는데, 이 두 가지를 한 몸에 갖추면 속수무책이다. 우리는 이토록 무시무시한 작품들에서 인간성을 구해야 할까, 아니면 예술을 구해내야 할까. 사소설이란 이처럼 절망적인 질문을 부추기는 골치 아픈 존재라는 것을 이만큼 명확하게 증명하는 작품이 있을까? (미시마 유키오,「마적魔的인 것의 힘」)

특이한 것은『죽음의 가시』가 파멸적인 인생의 궤적을 담은 신변소설이든 작가 개인의 내면을 소설의 무대로 삼은 심경소설이든 사소설이라는 범주를 떠나서는 이야기할 수 없는 작품임에도 불구하고 이를 통념적인 사소설과 구분하려는 시도들 역시 적지 않았다는 점이다. 대표적으로 오쿠노 다케오奧野健男는 시마오 도시오를 사소설 작가라는 굴레로부터 구출하려 한 평론가였다.

나는 시마오 도시오의 소설이 드디어 많은 사람들에게 읽히고 칭송받는 것을 오랜 팬의 한 사람으로서 기쁘게 생각하면서도 사소설 작가, '가정 사정' 소설로만 평가받는 데 불만이 있다. 시마오 도시오는 단지 사소설 작가가 아니다.「꿈속에서의 일상」을 비롯한 초현실주의적인 작품을 가진, 일본에서도 가장 전위적인 작가라고 알려주고 싶은 기분도 든다. (오쿠노 다케오,『시마오 도시오 작품집』제4권 해설)

한편, 이소가이 히데오磯貝英夫는『죽음의 가시』가 꿈의 방법에서 기존 사소설적 기법으로 후퇴했다는 비판에 반대한다. 그는『죽음의 가시』가 사소설이라고는 하지만 연작 전체를 통해 사실성이 극도로 결여되어 있다는 점을 지적한다. 일상 차원의 세계는 가급적 소거되고 악몽과 같은 이상 공간이 그림자를 드리우고 있어 꿈과 유사한 구조라고 주장한다.

사람들은 시마오 도시오의 과거 대담한 현실 변형의 수법, 즉 초현실적 방법이 후퇴했다고 비판한다. 하지만 그런 변신담보다도 더 뚜렷한, 아내의 돌발적인 변모를 앞에 두고 대체 어떤 다른 현실 변형이 필요하겠는가. 그는 아마 과거에 환각의 형태라고 미리 느끼고 표현한 것의 현전화現前化를 거기서 본 것이 틀림없다. 그가 다루었던 테마 자체가 기묘한 운명으로 인해 현실로 드러난 것이다. (이소가이 히데오, 「시마오 도시오론—「죽음의 가시」의 관점으로」)

그는 신변의 사실을 쓰는 것이 곧 사소설적 악습이라는 관념은 기묘한 주술이나 다름없다고 말한다. 따라서 시마오 도시오의 꿈 소설과 병처病妻 소설 사이에는 이렇다 할 이질성도 단절도 느낄 수 없는데 소재의 사실성을 문제시하는 것이 대체 어떤 의미가 있는지 물으며 진부함은 오히려 평론가들의 관념에 있다고 한다. 타자의 부재라는 측면에서 시마오의 문학은 처음부터 사소설적이었다는 것이다. 시마오 도시오 소설은 언제나 작가의 내면이 그 무대였다는 것을 생각할 때 일면 타당한 지적이다.

이와 관련해 시마오도 1969년 하리우 이치로針生一郎와의 대담에서 사소설에 대한 자신의 입장을 다음과 같이 밝힌다.

사소설이란 지극히 현실적이라 초현실적이지는 않습니다. 하지만 우리가 살아가는 삶 자체가 어떤 각도에서 보면 상당히 초현실주의적이지 않을까, 그러니까 사소설도 끝까지 파고든다면 '나'라는 말을 쓰더라도 그건 이른바 작가인 내가 아니라 나를 꿰뚫고 나가 일종의 투명한 존재가 되므로 눈에 비치는 것이 지극히 리얼하다 할지라도 그걸 쓰면 뭔가 그로테스크한 세계를 보여줄 수 있지 않을까, 그런 생각이 들었습니다. 그러니까 사소설이란 말을 들어도 상관없으니 사소설의 기법으로 써보자고 생각했죠. 그래서 일종의 철수 작전이라고 했습니다. (시마오 도시오, 「『죽음의 가시』의 토대」)

왜 고백은 불가능한가

이렇듯『죽음의 가시』에는 일상을 훌쩍 뛰어넘어 초현실적이라 할 수 있는 지점이 분명 존재한다. 하지만 사소설『죽음의 가시』의 딜레마는 그런 초현실적인 수법을 넘어서 좀더 본질적인 차원에서 발견된다. 작가의 의도대로 이 소설이 지극히 리얼하지만 뭔가 그로테스크한 세계를 보여주는 것은 일정 정도 사소설의 독해 방식과 관련된다. 사소설에서 작가 자신에 대한 불명예스러운 고백이야말로 문학적인 진정성을 획득하는 수단이었다는 점을 고려할 때『죽음의 가시』에는 사소설의 근간이라 할 수 있는 고백 자체를 문제시하고 있는 지점이 있기 때문이다.

아내의 발작으로 하루하루 붕괴되어가는 일상을 쌓아 올리듯 진행되는 이 소설의 중심에는 집요하게 반복되는 아내의 추궁이 있다. 아내는 주인공 '나'에게 여자와 있었던 일들에 대해 끊임없이 심문하며 고백을 종용한다. 과거를 솔직히 다 털어놓으라고 추궁하는 아내 앞에서 '나'는 과거를 전부 고백하는 것은 불가능할뿐더러 거짓을 토대로 한 과거를 아무리 추궁한들 썩어빠진 거짓말밖에 나올 것이 없다며 과거는 그만 잊어달라고 하지만, 추궁은 거기서 멈추지 않기에 '나'는 결국 실성한 척하거나 도망치려 한다. 이러한 추궁은 소설 전편에 걸쳐 일정한 패턴으로 무수히 반복되는데, 아내는 자신의 어디가 마음에 안 드는지, 급기야는 여자를 만족시켜줬는지 묻는 데까지 이른다.

"……"

"말해봐요."

"몰라."

"거짓말, 거짓말, 거짓말. 진짜 거짓말쟁이네."

자전거를 타고 가던 점퍼 차림의 청년이 우리를 돌아봤다. 우리는 빵집을 지나쳐 어느새 상점이 즐비한 큰길을 건너 집 반대쪽 외곽으로 가고 있었다. 같은 모양의 신축 주택들이 죽 늘어선 모습이 눈에 띄었다. 빠져나갈 수 없는 막다른 골목에 몰린 것처럼 옴짝달싹할 수 없었다.

"대답을 듣기 전에는 용서하지 않을 거예요."

"미호, 그건 아주 개인적인 거잖아. 그리고 난 그 정도로 냉정하지도 않아."

"거짓말. 왜 나한테만 말을 못 하는 건데요. 당신 이상한 책 많잖아요. 그건 다 어떻게 하고. 누구랑 연구했죠? 나하고는 그런 연구 못 하나 보죠? 다 알아요. 당신은 내 몸이 싫은 거잖아요. 그러니까 난 당신을 믿을 수 없는 거고. 숨기지 말고 사실대로 말해봐요. 뭐든지 당신이 내게 숨기는 거 못 참겠어요. 거짓말은 정말 지긋지긋하니까. 당신이 거짓말하는 버릇 고칠 때까지 난 절대로 당신을 용서하지 않을 거예요."

동네 외곽 쪽으로 왔나 보다. 더 이상 집들은 보이지 않고, 폭이 5미터 정도 되는 강이 흐른다. 다리 건너로는 시모코이와下小岩 초등학교 분교 교문이 보이고, 별로 넓지 않은 운동장에서 아이들이 놀고 있었다.

"얼른 말해요. 정직하게 대답하면 이런 쩨쩨한 말싸움 같은 건 그만둘 테니. 사실대로 말하지 않으면 내가 마음을 정할 수 없으니까. 정말 말하지 않을 거예요?"

아내의 목소리는 점차 떨렸고, 얼굴은 고치를 만들기 전의 누에처럼 투명해졌다. 공포에 질려 나도 모르게 큰 소리로 외쳤다.

"아아아아악."

실성한 척하면 아내의 발작을 잠재울 수 있지 않을까. 마음 한구석에 그런 마음이 들어 정신 나간 사람처럼 냅다 소리를 지르니 저절로 감정이 북받쳐 나는 또 포효하는 사자처럼 소리를 질러댔다. 분교에서 놀던 두어 명의 아이들이 그 소리를 듣고 "어이" 하고 맞받아쳤다. 하지만 곧바로 분위기가 심상치 않은 걸 눈치챘는지 자기들끼리 어색하게 농담을 주고받으며 이쪽 낌새를 살피는데, 마치 의사소통이 불가능한 사물을 바라보는 눈길이다. 아무래도 이대로는 수습이 어려울 것 같아 강에 뛰어들 생각으로 강을 쳐다봤다. (제3장 「벼랑 끝」, 144~46쪽)

주인공 '나'는 이번에도 대답할 수 없다고 항변한다. 그리고 비록 제스처에 불과하더라도 자살을 연출해 보인다. 죽음에 대한 유혹은 짜릿하게 묘사되지만, 자살은 상대방에 대한 위협일 뿐 열차에 뛰어들 수 없는 인간이라는 건 스스로가 잘 안다. 자살 시도는 한 편의 역할극처럼 끝나고 자신의 비열함에 비애감을 느끼며 통곡하는 것으로 이 난관은 마무리된다. 이 장면은 추궁에서 자살 시도로 귀결되는 무수한 심문 과정 중 하나이지만, 아내의 발작을 기술하는 데 치중하는 이후의 장면들에 비해 고백 대신 죽음으로 도피하는 과정을 보여줌으로써 이 소설이 기술하지 않으려 하는 것이 무엇인지 짐작하게 한다.

그날 밤도 또 목을 매겠다고 위협하며 알몸으로 대치하던 중 아내가 작년 8, 9월 무렵 내가 쓴 일기의 사본을 가지고 왔다. 일기장은 변소에 버렸어도 어느 틈엔가 그 부분을 베껴 써놓은 모양이다. 함께 읽어보자고 해서 거부했으나 아내의 요구는 강경했다. 하는 수 없이 고타쓰에 나란히 앉아 읽었는데 아무래도 내가 쓴 것 같지 않았다. 지금과 전혀 다른 마음인 데다가 자극적인 표현이 적나라하게 쓰여 있었다. 아내의 추궁에 내가 완강히 부인했던 내용도 거기 확실히 적혀 있었는데 정말 내가 쓴 것인지조차 기억이 나지 않았다. 읽는 중간에 아내가 옆에서 내 얼굴을 힐끔힐끔 쳐다보는 바람에 두려움과 혐오로 몸이 근질근질해져 나도 모르게 "으악" 하고 소리 지를 뻔했다. 아내는 자신이 베껴 써놓은 말을 내가 다 읽었는지 확인한 뒤 말했다.

"잘 기억해요. 이건 모두 당신이 쓴 거니까. 모른다고 하면 안 돼요. 당신이 얼마나 파렴치한 내용을 써놓았는지 똑똑히 봤죠? 내가 이렇게 된 것도 무리가 아니잖아요.”

나는 할 말이 없었다. 근간부터 무너져 내리는 것처럼 현기증이 났다. 어느새 비가 오는지 마당의 점토질 흙 위에 부슬부슬 빗방울 떨어지는 소리가 들렸다. (제4장「하루하루」, 207~08쪽)

주인공이 앞서 고백할 수 없다고 거부했던 '그 파렴치한 내용'은 주인공의 일기에는 적혀 있지만 소설에는 그 내용이 기술되어 있지 않다.『죽음의 가시』에서 이러한 고백의 내용이 배제되는 것은 이 소설을 통해 고백하고자 하는 것이 과거의 행위가 아니기 때문이다. 대신 작가가 기술하고자 하는 것은 '현재의 시간'이다. 하지만 현재의 시간은 주인공의 과오 때문에 과거에 저당 잡혀 있다. 앞으로 흘러가는 시간 속에서 삶을 유지하기 위해서는 이미 지나간 과거는 적당히 끊어내야 하지만, 아내의 추궁과 함께 과거는 늘 되살아나 현재를 파고든다. 그래서 작가는 그 절망의 시간을 기록함으로써 시간을 자신의 편으로 만드는 선택을 한다. 지금이라도 열심히 새로운 과거를 만들면 그게 쌓여 머지않아 낡은 과거를 꼼짝하지 못하게 압박하리라는 데 실낱같은 희망을 걸고 그 시간을 견뎌내려 하는 것이다. 이는 작가가 택한 속죄의 방식이기도 하지만, 작가가 소설 속에서 고백하고자 하는 것이 '쓰고 있는 현재의 나'이기 때문이다.

소설 쓰기에 대한 소설

"나는 이제 소설을 쓸 근간을 잃었어."

아내가 병원에 입원한 동안 주인공은 친구를 찾아가 더 이상 소설을 쓰지 못할 것 같다고 토로한다. 아내의 병세가 전혀 차도가 없음에도 의사가 치료를 포기해 추궁과 발작이 일상의 전부인 생활로 돌아가야 하는 주인공으로서는 더할 수 없이 절망적인 상황인 것이다. 하지만 삶이 파탄에 처하고 자기 자신이 붕괴하여 살 의지를 잃어버릴 때 작가가 자기를 구제하기 위해 불가피하게 선택하는 것은 역시 소설 쓰기이다.

뭔가 생각해내려 했지만 기억이 안 난다. 어두운 무의식의 심연에 잠들어 있던 생각이 밖으로 나오려는 걸까. 평소와 달리 뇌에 끈질기게 달라붙어 머리를 좌우로 흔들며 털어내려 했지만 소용없다. 나중에는 멀미가 날 것 같아 정신이 없었다. 의식이 바깥 네 귀퉁이에서 한없이 잡아당겨져 갈기갈기 찢기는 듯하다. 전에는 그런 적이 없어서 어떻게 멈춰야 할지 모르겠다. 불안했지만 내심 티끌 같은 안도감도 들었다. 이런 상태라면 아내의 뇌 주름에라도 들어가 그 괴로움을 함께할 수 있을 것 같기 때문이다. 그 점이 나를 다소 편하게 해준 탓인지 지독하게 친밀한 감정이 울컥 치밀어 멀미를 부추기는 듯하다. 과거에 경험했던 일에 대한 기억이 차차 떠올라 그 '지독하게 친밀한 감정'과 재회하자 뿔뿔이 흩어진 체험에 질서가 부여되고 의미가 드러나는 것 같다. 무슨 까닭인지 나를 억지로 운명적인 이야기 속에 끌어당기는 힘이 있다. 감정이 과잉되어 그런 스토리를 찾아내기 위해 내 생애가 소비되고, 그 의미를 알고 싶어 초조해하는 모습이 내 앞에 현현하는 듯하다. 지금이 좋은 기회니 그걸 확실히 기록해두자는 요량으로 머리를 숙인 채 시선을 고정하고 드러난 의미를 포착하기 위해 고심하지만 성공할 기미는 보이지 않는다. 단단한 핵이 되어 뇌 속에 던져진 순간 바로 건져내려 해도 어느덧 녹아내려 잔잔히 흐른다. 퉁퉁 불으면 의미도 모호해지므로 황급히 기록하려 했지만 그러는 사이 다음 핵이 던져지고 금세 녹아 바닥을 덮는다. 던져질 때의 선명한 윤곽은 눈 깜짝할 사이에 변하므로 실 한 가닥에 연결된 각각의 핵은 애초에 의미를 파악하지 못하면 그 운명적인 이야기를 인지할 수 없다. 이런, 낭패다. 초조함에 가슴이 답답해지자 숨쉬기도 힘들었다. 의식이 갈가리 찢기는 감각이 다시 돌아와 한계에 몰리면 이렇게 되는 듯하다. 이걸 못 버티면 방향이 확 바뀌어 반대로 가야 하므로 제각각 흩어져버린다. 그렇게 된다면 앞으로 정상적인 상태를 회복하지 못할 수도 있다. 나까지 조현병에 걸리면 남은 아이들은 어떻게 될까 생각하니 평온했던 시절의 아내와 아이들의 모습이 눈앞에 선명히 떠올라 급격히 쓸쓸한 기분에 휩싸인다. 몸을 부딪쳐서라도 울부짖고 싶게 만드는 쓸쓸함이다. 돌이킬 수 없을 때가 오기 전에는 그 의미를 깨닫지 못하고, 현재는 언제나 뭔가를 찾느라 무아지경이다. 그렇게 과거가 증식하면 어느덧 죽음이 눈앞에 다가와 있다. 손으로 만져 확인할 수 있는 것은 무아지경에 빠진 현재뿐이지

만 당장은 그 의미를 깨달을 수 없기에 매일같이 죽음의 몸을
어루만지는 셈이다. 곁눈질하지 않고 이대로 죽음 쪽에 바짝
다가서는가 싶었지만, 떨어져 나가지 않으려고 황급히 양손
으로 다다미를 잡고 버텼다. 멀미를 떨치려 머리를 좌우로 흔
들자 파악이 되지 않던 의미가 평퍼짐하게 무해한 것으로 변
하면서 그 위로 차곡차곡 쌓이더니 빛바랜 이야기가 잠깐 뒷
모습을 보인 뒤 깊은 어둠 속으로 사라진다. (제8장「아이들과
함께」, 333~35쪽)

아내가 입원하고 없는 집에서 두 아이들과 함께 생활하는 모
습을 그린 제8장의 도입부로, 다소 길지만 주인공의 '의식의 흐
름'을 그대로 인용한 것은 이 소설에서 과거가 어떤 의미화 과
정을 통해 현재와 관계를 맺으며 기술되는지 자세히 묘사되어
있기 때문이다. 이것이 바로『죽음의 가시』의 기술 방식으로,
소설에서 과거는 왜 고백의 대상이 아니라 기억 속의 이미지와
소리로 남을 수밖에 없는지, 그리고 그것이 왜 의식 밖으로 표
출될 때는 풍경을 매개로 할 수밖에 없는지 말하고 있다.

　내 소설은 내 체험을 되돌아보는 것이 기점입니다. 하지만
단지 과거를 확인하는 것은 아닙니다. 과거의 기억을 되돌아
보는 내 시점은 현재이기 때문에 작위가 더해집니다. 당시의
감정과 기억을 되살려 현재의 감정을 교차시키면서 쓰는 이
상, 과거 그대로 재현되거나 기록되지 않습니다. 내가 그런 방
법을 사용하는 이유는 현재의 나를 확인하고 싶다는 욕구가

근간에 있기 때문입니다. (시마오 도시오, 「기억과 감정 사이」)

　그런 점에서 『죽음의 가시』는 '나는 왜 소설을 쓰는가'에 대한 고백이다. 자신의 발치에서 오열하는 아내의 작은 몸에서 자신이 통과해온 더할 나위 없이 소중한 이력을 본 것처럼, 시마오 도시오의 문학 편력이 고스란히 담긴 작품이면서, 그 기술 방식을 통해 사소설의 독해 방식을 재고해볼 수 있는 자기 반영적인 소설이라 할 수 있다.

작가 연보

1917 4월 18일 견직물 수출상인 아버지 시마오 시로와 어머니 도시의 3남 2녀 중 장남으로 요코하마시 도베에서 출생. 양친 모두 후쿠시마현 소마군 오다카마치 출신.

1924 4월 요코하마 진조 소학교에 입학.

1929 가을 고베시 후키아이구로 이주. 고베 진조 소학교로 전학.

1930 4월 효고 현립 제일고베 상업학교에 입학.

1933 6월 『와카쿠사若草』에 수필 「쓰루기산의 추억剣山の想ひ出」 당선.

1934 11월 어머니 도시 사망.

1936 4월 나가사키 고등상업학교 입학. 나카기리 마사오가 창간한 『LUNA』동인 참가.

1938 2월 동인지 『14세기』창간. 「오키이의 정조와 마코おキイの情操とマコ」를 발표하지만 판매를 금지당하고, 나가사키 경찰서에서 취조받음.

1939 3월 나가사키 고등상업학교 졸업. 같은 학교 1년 과정의 해외무역과에 잔류.
      여름 마이니치 신문사의 필리핀 파견학생 여행단에 참가. 루손섬을 비롯하여 상하이와 타이완도 여행.

8월『과학지식』의 소설 현상공모에서「오기이お紀枝」당선.

동인지『고오로こおろ』(이후 제호를 'こをろ'로 변경) 창간.

1940   4월 규슈 제국대학 법문학부 경제학과에 입학.

『고오로』에 여행기「루손 기행呂宋紀行」연재.

1941   4월 경제학과를 자퇴하고 같은 법문학부 문과에 재입학.
동양사를 전공.

여름 펑톈으로 시집간 동생 요시에와 함께 만주 여행.

1942   초여름 고향으로 돌아오는 요시에를 마중하러 조선을 여
행. 한 학년 아래로 들어온 쇼노 준조와 만남.

1943   9월 대학을 조기 졸업. 졸업논문은「원대 위구르인 연구
제1절」.

자비출판으로『유년기幼年記』70부를 간행.

10월 해군 예비학생을 지원. 일반 병과에 채용되어 뤼순
해군 예비학생 교육부에 입학.

1944   2월 제1기 어뢰정 학생으로 요코스카 해군수뢰학교에서
훈련.

5월 해군 소위로 임관. 특공병기 '신요' 배치 결정.

11월 아마미 군도 가케로마섬 노미노우라 기지에 부임. 중
위 임관.

오히라 미호와 만남.

1945   8월 13일 출격 준비 명령을 받음. 최종 명령은 내려지지
않은 채 15일 일본의 패전을 맞이함.

9월 6일 소집 해제로 고베의 아버지 집으로 돌아감.

1946   3월 오히라 미호와 결혼.

5월 쇼노 준조, 하야시 후지마, 미시마 유키오 등과 동인지
『고요光耀』 창간.

창간호에 특공 기지에서 썼던 「해변의 노래はまべのうた」
발표.

「고도몽孤島夢」(『고요』) 발표.

1947 5월 고베 야마테 여자전문학교 비상근 강사로 근무.

7월 고베 시립 외무전문학교 조교수로 임용.

10월 『VIKING』에 「단독여행자單獨旅行者」 연재.

1948 1월 「섬의 끝島の果て」(『VIKING』) 발표.

5월 노마 히로시 소개로 『예술藝術』에 「단독여행자」 발표.

「꿈속에서의 일상夢の中での日常」(『종합문화綜合文化』) 발표.

6월 『근대문학近代文學』 동인으로 참가.

7월 장남 신조 탄생.

아프레게르 신인창작선 중 한 권으로 『단독여행자』(신젠비
샤) 출간.

1949 3월 단편집 『격자의 눈格子の眼』(젠코쿠쇼보) 출간.

7월 「아스팔트와 거미 새끼들アスファルトと蜘蛛の子たち」
(『근대문학』) 발표.

11월 「롱 롱 어고ロング・ロング・アゴウ」(『인간人間』) 발표.

「출고도기出孤島記」(『문예文藝』) 발표.

1950 2월 「출고도기」로 제1회 전후문학상 수상.

4월 장녀 마야 탄생.

5월 「시시한 아방튀르ちっぽけなアヴァンチュール」(『신일본문
학新日本文學』) 발표.

9월 고베 외국어대학 조교수로 임용.

12월 첫 장편소설『가짜 학생贋學生』(가와데쇼보) 출간.

1951 7~8월 병 치료차 가고시마현 온천에서 체류.

12월「시골뜨기いなかぶり」(『근대문학』) 발표.

1952 2월「여행은 처자를 데리고旅は妻子を連れて」(『개조改造』),「밤의 향기夜の匂い」(『신일본문학』) 발표.

3월 도쿄도 에도가와구 고이와로 이사. 도립 무코가오카 고등학교의 야간부 시간강사로 근무.

7월「징후兆」(『신일본문학』) 발표.

9월「귀갑의 균열亀甲の裂け目」(『근대문학』) 발표.

'현재의 회現在の會'(아베 고보, 마나베 구레오 등), '이치니회一二會'(쇼노 준조, 요시유키 준노스케, 야스오카 쇼타로, 고지마 노부오, 오쿠노 다케오 등), '신일본문학회' 등에 참가.

오사카 ABC 방송국 라디오 프로그램을 위해 1954년까지「유리창의 실루엣硝子障子のシルエット」등 약 12편의 장편掌篇을 집필.

1953 4월「사인의 방문死人の訪れ」(『신초新潮』) 발표.

10월 '이치니회' 해산 이후 요시유키 준노스케, 쇼노 준조, 야스오카 쇼타로, 엔도 슈사쿠, 아가와 히로유키 등과 '구상의 회構想の會'에 참가.

1954 2월「봄날의 그늘春の日のかげり」(『고코로노토모心の友』) 발표.

3월「언덕길 위에서坂道の途上で」(『신일본문학』) 발표.

4월 「귀소자의 우울歸巢者の憂鬱」(『문학계』) 발표.

6월 오쿠노 다케오, 요시모토 다카아키 등과 『현대평론現代評論』에 참가.

「귀신 떨궈내기鬼剝げ」(『현대평론』) 발표.

10월 아내 시마오 미호의 조현병 발병.

1955 1월 「전투에 대한 두려움戰鬪への恐れ」(『메이소明窓』) 발표.

3월 단편집 『귀소자의 우울』(미스즈쇼보) 출간.

아내 치료 때문에 사쿠라와 이케부쿠로로 이사. 이치카와시의 고노다이 병원에 입원.

10월 아마미 군도 오시마 나제시로 이주.

12월 단편집 『내 깊은 심연에서われ深いきふちより』(가와데쇼보) 출간.

1956 4월 가고시마 현립 오시마 고등학교, 현립 오시마 실업고등학교 시간강사로 근무.

9월 단편집 『꿈속에서의 일상』(겐다이샤) 출간.

12월 나제시의 성심교회에서 가톨릭 세례를 받음.

1957 2월 「나제 통신名瀬だより」(『신일본문학』) 연재.

7월 파토리아 신예작가총서로 『섬의 끝』 출간.

아마미 일미日米문화회관에 관장으로 취임.

1958 1월 '아마미 향토연구회' 조직, 회보를 발간.

3월 오시마 고등학교를 퇴직.

4월 가고시마 현립도서관 아마미 분관이 설립되어 관장으로 취임.

1959 2월 『현대비평現代批評』(이노우에 미쓰하루, 오쿠노 다케오,

554

요시모토 다카아키 등)에 참가.

10월 「집 안家のなか」(『문학계文學界』) 발표. 『죽음의 가시』
연작을 쓰기 시작.

1960 봄부터 넉 달간 십이지장궤양 때문에 오시마 병원에 입원.

9월 제1장 「이탈離脫」과 제2장 「죽음의 가시死の棘」(『군조群
像』) 발표.

10월 단편집 『죽음의 가시』(고단샤) 출간.

12월 제3장 「벼랑 끝崖のふち」(『군조』) 발표.

1961 2월 제4장 「하루하루日は日に」(『신초』) 발표.

3월 단편집 『죽음의 가시』로 제11회 예술선장選奬(문예 부
문) 수상.

7월 쇼분샤에서 『시마오 도시오 작품집』(전 5권) 출간 시작.

1962 5월 단편집 『섬으로島へ』(신초샤) 출간.

6월 『비초현실주의적인 초현실주의의 비망록非超現實主義的
な非超現實主義の覺え書』(미라이샤) 출간.

9월 「출발은 끝내 오지 않고出發は遂に訪れず」(『군조』) 발표.

1963 4월 제5장 「흘려보내다流棄」(『소설중앙공론小說中央公論』)
발표.

미국 국무성 초대로 미국 푸에르토리코, 하와이를 두 달
정도 여행.

5월 제6장 「매일의 의례日々の例」(『신초』) 발표.

1964 2월 제7장 「오그라든 하루日のちぢわり」(『문학계』) 발표.

단편집 『출발은 끝내 오지 않고』(신초샤) 출간.

오키나와, 이시가키섬, 미야코섬을 여행.

9월 제8장「아이들과 함께子と共に」(『세계世界』) 발표.

1965   5월 제9장「과월제過ぎ越し」(『신초』) 발표.

9월 모스크바에서 열린 소일 문학 심포지엄에 참가. 다음 달까지 소련, 폴란드를 여행.

10월 단편집『오그라든 하루』(신초샤) 출간.

1966   7월 단편집『섬에서島にて』(도주샤) 출간.

11월 제25회 니시니혼 문화상(사회문화 부문) 수상.

1967   6월 제10장「한참 뒤日を懸けて」(『신초』) 발표.

8월「그 여름의 지금은その夏の今は」(『군조』) 발표.

가을부터 겨울까지 소련 등 동유럽을 단독으로 여행.

1968   3월「동유럽으로의 여행東歐への旅)」(『문예』) 연재.

7월 단편집『한참 뒤』(주오코론샤) 간행.

1969   2월 자전거 사고로 장기 입원.

1970   2월 가고시마 준신 여자단기대학 시간강사 근무.

5월 아내 미호가 심장발작으로 쓰러져 병상 생활.

11월 아시아·아프리카 작가회의를 위해 소련과 인도를 여행.

1971   11월『꿈의 계열夢の系列』(주오대학출판부) 출간.

1972   2월 제26회 마이니치 출판문화상 수상.

4월 제11장「이사引っ越し」(『신초』) 발표.

6월「시간의 경과日の移ろい」를『우미海』에 연재.

11월 난카이니치니치 신문사의 제1회 난카이 문화상 수상.

1973   1월『기몽지記夢志』(메이소샤) 발간.

2월 도주샤에서『시마노 도시오 비소설 집성』(전 6권) 발간 시작.

1974 7월 아내 시마오 미호가 『해변의 생과 사海邊の生と死』(소주샤) 출간.

1975 3월 『꿈의 그늘을 찾아夢のかげを求めて』(가와데쇼보) 출간.

4월 나제시에서 이부스키시로 이사.

가고시마 준신 여자단기대학 교수 임용. 도서관장 겸임.

1976 10월 제12장 「입원까지入院まで」(『신초』) 발표.

11월 『귀신 떨궈내기』(주세키샤), 『시간의 경과』(주오코론샤) 출간.

1977 9월 장편 『죽음의 가시』(신초샤) 출간.

10월 『시간의 경과』로 다니자키 준이치로상 수상.

1978 5월 『꿈일기夢日記』(가와데쇼보) 출간.

『죽음의 가시』로 요미우리 문학상, 일본문학 대상 등을 수상.

1979 1월 어뢰정 학생 시절을 그린 연작을 쓰기 시작.

1980 5월 쇼분샤에서 『시마오 도시오 전집』(전 17권) 출간 시작.

1981 6월 일본예술원상 수상.

1983 3월 「만 안쪽 후미에서灣内の入江で」(『신초』) 발표.

1985 3월 단편집 『꿈가루夢屑』(고단샤) 출간.

8월 단편집 『어뢰정 학생魚雷艇學生』(신초샤) 출간.

1986 8월 『속續 시간의 경과』(주오코론샤) 출간.

11월 10일 뇌출혈로 쓰러짐.

11월 12일 오후 10시 39분 출혈성 뇌경색으로 사망.

기획의 말

세계문학과 한국문학 간에 혈맥이 뚫려, 세계-한국문학의 공진화가 개시되기를

21세기 한국에서 '세계문학'을 읽는다는 것은 무엇을 뜻하는 가? 자국문학 따로 있고 그 울타리 바깥에 세계문학이 따로 있다는 말인가? 이제 한국문학은 주변문학이 아니며 개별문학만도 아니다. 김윤식·김현의 『한국문학사』(1973)가 두 개의 서문을 통해서 "한국문학은 주변문학을 벗어나야 한다"와 "한국문학은 개별문학이다"라는 두 개의 명제를 내세웠을 때, 한국문학은 아직 주변문학이었다. 한데 그 이후에도 여전히 한국문학은 주변문학이었다. 왜냐하면 "한국문학은 이식문학이다"라는 옛 평론가의 망령이 여전히 우리의 의식을 장악하고 있었기 때문이다. 그렇게 생각하고 그렇게 읽고, 써온 것이었다. 그리고 얼마간 그런 생각에 진실이 포함되어 있는 것도 사실이었다. 그러나 천천히, 그것도 아주 천천히, 경제성장이나 한류보다는 훨씬 느리게, 한국문학은 자신의 '자주성'을 세계에 알리며 그 존재를 세계지도의 표면 위에 부조시키고 있었다. 그런 와중에 반대 방향에서 전혀 다른 기운이 일어나 막 세계의 대양에 돛을 띄운 한국문학에 위협적인 격랑을 밀어붙이고 있었다. 20세기 말부터 본격화된 '세계화'의 바람은 이제 경제적 재화뿐만이 아니라 어떤 나라의 문화물도 국가 단위로만 존재할 수 없게 하였던 것이니, 한국문학 역시 세계문학의 한 단위라는 위상을 요구받게 되었던 것이다.

그러니 21세기 한국에서 세계문학을 읽는다는 것은 진정 무엇을 뜻하는가? 무엇보다도 세계문학이라는 개념을 돌이켜 볼 때가 되었다. 그동안 세계문학은 '보편문학'의 지위를 누려왔다. 즉 세계문학은 따라야 할 모범이고 존중해야 할 권위이며 자국문학이 복종해야 할 상급 문학이었다. 그리고 보편문학으로서의 세계문학의 반열에 올라간 작품들은 18세기 이래 강대국의 지위를 누려온 국가의 범위 안에서 설정되기가 일쑤였다. 이렇게 해서 세계 각국의 저마다의 문학은 몇몇 소수의 힘 있는 문학들의 영향 속에서 후자들을 추종하는 자세로 모가지를 드리워왔던 것이다. 이제 세계문학에게 본래의 이름을 돌려줄 때가 되었다. 즉 세계문학은 보편문학이 아니라 세계인 모두가 향유할 수 있도록 전 세계 방방곡곡에서 씌어져서 지구적 규모의 연락망을 통해 배달되는 지구상의 모든 문학이라고 재정의할 때가 되었다. 이러한 재정의에는 오로지 질적 의미의 삭제와 수량적 중성화만 있는 게 아니다. 모든 현상학적 환원에는 그 안에 진정한 가치를 향해 나아가고자 하는 지향성이 움직이고 있다. 20세기 막바지에 불어닥친 세계화 토네이도가 애초에는 신자유주의적 탐욕 속에서 소수의 대국 기업에 의해 주도되었으나 격심한 우여곡절을 겪으며 국가 간 위계질서를 무너뜨리는 평등한 교류로서의 대안-세계화의 청사진을 세계인의 마음속에 심게 하였듯이, 오늘날 모든 자국문학이 세계문학의 단위로 재편되는 추세가 보편문학의 성채도 덩달아 허물게 되어, 지구상의 모든 문학들이 공평의 체 위에서 토닥거리는 게 마땅하다는 인식이 일상화까지는 아니더라도 최소한 정당화되고 잠재적으로 전망되는 여건을 만들어내게 되었던 것이다.

또한 종래 세계문학의 보편문학적 지위는 공간적 한계만을 야기했던 게 아니다. 그 보편문학이 말 그대로 보편성을 확보했다기보다는 실상 협소한 문학적 기준에 근거한 한정된 작품 집합에 머무르기 일쑤였다. 게다가, 문학의 진정한 교류가 마음의 감동에서 움트는 것일진대, 언어의 상이성은 그런 꿈을 자주 흐려왔으니, 조급한 마음은 그런 어둠 사이에 상업성과 말초적 자극성이라는 아편을 주입하여 교류를 인공적으로 촉진시키곤 하였다. 이제 우리는 그런 편법과 왜곡을 믹기 위해서, 활짝 개방된 문학적 관점을 도입하여, 지금까지 외면당하거나 이런저런 이유로 파묻혀 있던 숨은 걸작들을 발굴하여 널리 알리고 저마다의 문학을 저마다의 방식으로 감상할 수 있는 음미의 물관을 제공해야 할 것이다. 실로 그런 취지에서 보자면 우리는 한국에 미만한 수많은 세계문학전집 시리즈들이 과거의 세계문학장을 너무나 큰 어둠으로 가려오고 있었다는 것을 절감한다.

이와 같은 인식하에 '대산세계문학총서'의 방향은 다음으로 모인다. 첫째, '대산세계문학총서'의 기준은 작품의 고전적 가치이다. 그러나 설명이 필요하다. 이 고전은 지금까지 고전으로 인정된 것들에 갇히지 않는다. 우리가 생각하는 고전성은 추상적으로는 '높은 문학성'을 가리킬 터이지만, 이 문학성이란 이미 확정된 규칙들에 근거한 문학성(그런 문학성은 실상 존재하지 않거니와)이 아니라, 오로지 저만의 고유한 구조를 통해 조직되는데 희한하게도 독자들의 저마다의 수용 기관과 연결되는 소통로의 접속 단자가 풍요롭고, 그 전류가 진해서, 세계의 가장 많은 인구의 감성을 열고 지성을 드높일 잠재적 역능이 알차게 채워진 작품의 성질을 가리킨다. 이러한 기준은 결국 작품의 문학성이 작품이나 작가에 의해 혹은 독자에 의해 일방적으로 결정되는 것이 아니라, 세 주체의 협력에 의해 형성되며 동시에 그 형성을 통해서 작품을 개방하고 작가의 다음 운동을 북돋거나 작가를 재인식시키며, 독자의 감수성을 일깨워 그의 내부에 읽기로부터 쓰기로의 순환이 유장하도록 자극하는 운동을 낳는다는 점을 환기시키고 또한 그런 작품에 대한 분별을 요구한다.

이 첫번째 기준으로부터 두 가지 기준이 덧붙여 결정된다.

둘째, '대산세계문학총서'는 발굴하고 발견한다. 모르거나 잊힌 것을 발굴하여 문학의 두께를 두텁게 하고, 당대의 유행을 따라가기보다는 또한 단순히 미래를 예측하기보다는 차라리 인류의 미래를 공진화적으로 개방할 수 있는 작품을 발견하여 문학의 영역을 확장할 것을 목표로 한다. 이는 또한 공동선의 실현과 심미안의 집단적 수준의 진화에 맞추어 작품을 선별한다는 것을 뜻한다.

셋째, '대산세계문학총서'가 지구상의 그리고 고금의 모든 문학작품들에게 열려 있다면, 그리고 이 열림이 지금까지의 기술 그대로 그 고유성을 제대로 활성화시키는 방식으로 진행되는 것이라면, 이는 궁극적으로 '가장 지역적인 문학이 가장 세계적인 문학'이라는 이상적 호환성을 추구한다는 것을 가리킨다. 이는 또한 '대산세계문학총서'의 피드백에도 그대로 적용될 것이다. 즉 '대산세계문학총서'의 개개 작품들은 한국의 독자들에게 가장 고유한 방식으로 향유될 터이고, 그럴 때에 그 작품의 세계성이 가장 활발하게 현상되고 작용할 것이다.

이러한 기준들을 열린 자세와 꼼꼼한 태도로 섬세히 원용함으로써 우리는 '대산세계문학총서'가 그 발굴과 발견을 통해 세계문학의 영역을 두텁고 넓게 하는 과정 그 자체로서 한국 독자들의 문학적 안목과 감수성을 신장시키는 데 기여할 것을 기대하며, 재차 그러한 과정이 한국문학의 체내에 수혈되어 한국문학의 도약이 곧바로 세계문학의 진화로 이어지게끔 하기를 희망한다. 이는 우리가 '대산세계문학총서'를 21세기의 한국사회에서 수행하는 근본적인 소이이다. 독자들의 뜨거운 호응을 바라마지않는다.

'대산세계문학총서' 기획위원회

대산세계문학총서

001-002 소설 **트리스트럼 샌디**(전 2권) 로렌스 스턴 지음 | 홍경숙 옮김

003 시 **노래의 책** 하인리히 하이네 지음 | 김재혁 옮김

004-005 소설 **페리키요 사르니엔토**(전 2권)
호세 호아킨 페르난데스 데 리사르디 지음 | 김현철 옮김

006 시 **알코올** 기욤 아폴리네르 지음 | 이규현 옮김

007 소설 **그들의 눈은 신을 보고 있었다** 조라 닐 허스턴 지음 | 이시영 옮김

008 소설 **행인** 나쓰메 소세키 지음 | 유숙자 옮김

009 희곡 **타오르는 어둠 속에서/어느 계단의 이야기**
안토니오 부에로 바예호 지음 | 김보영 옮김

010-011 소설 **오블로모프**(전 2권) I. A. 곤차로프 지음 | 최윤락 옮김

012-013 소설 **코린나: 이탈리아 이야기**(전 2권) 마담 드 스탈 지음 | 권유현 옮김

014 희곡 **탬벌레인 대왕/몰타의 유대인/파우스투스 박사**
크리스토퍼 말로 지음 | 강석주 옮김

015 소설 **러시아 인형** 아돌포 비오이 까사레스 지음 | 안영옥 옮김

016 소설 **문장** 요코미쓰 리이치 지음 | 이양 옮김

017 소설 **안톤 라이저** 칼 필립 모리츠 지음 | 장희권 옮김

018 시 **악의 꽃** 샤를 보들레르 지음 | 윤영애 옮김

019 시 **로만체로** 하인리히 하이네 지음 | 김재혁 옮김

020 소설 **사랑과 교육** 미겔 데 우나무노 지음 | 남진희 옮김

021-030 소설 **서유기**(전 10권) 오승은 지음 | 임홍빈 옮김

031 소설 **변경** 미셸 뷔토르 지음 | 권은미 옮김

032-033 소설 **약혼자들**(전 2권) 알레산드로 만초니 지음 | 김효정 옮김

034 소설 **보헤미아의 숲/숲 속의 오솔길** 아달베르트 슈티프터 지음 | 권영경 옮김

035 소설 **가르강튀아/팡타그뤼엘** 프랑수아 라블레 지음 | 유석호 옮김

036 소설 **사탄의 태양 아래** 조르주 베르나노스 지음 | 윤진 옮김

037 시 　시집 스테판 말라르메 지음 | 황현산 옮김

038 시 　도연명 전집 도연명 지음 | 이치수 역주

039 소설 　드리나 강의 다리 이보 안드리치 지음 | 김지향 옮김

040 시 　한밤의 가수 베이다오 지음 | 배도임 옮김

041 소설 　독사를 죽였어야 했는데 야샤르 케말 지음 | 오은경 옮김

042 희곡 　볼포네, 또는 여우 벤 존슨 지음 | 임이연 옮김

043 소설 　백마의 기사 테오도어 슈토름 지음 | 박경희 옮김

044 소설 　경성지련 장아이링 지음 | 김순진 옮김

045 소설 　첫번째 향로 장아이링 지음 | 김순진 옮김

046 소설 　끄르일로프 우화집 이반 끄르일로프 지음 | 정막래 옮김

047 시 　이백 오칠언절구 이백 지음 | 황선재 역주

048 소설 　페테르부르크 안드레이 벨르이 지음 | 이현숙 옮김

049 소설 　발칸의 전설 요르단 욥코프 지음 | 신윤곤 옮김

050 소설 　블라이드데일 로맨스 나사니엘 호손 지음 | 김지원·한혜경 옮김

051 희곡 　보헤미아의 빛 라몬 델 바예-인클란 지음 | 김선욱 옮김

052 시 　서동 시집 요한 볼프강 폰 괴테 지음 | 안문영 외 옮김

053 소설 　비밀요원 조지프 콘래드 지음 | 왕은철 옮김

054-055 소설 　헤이케 이야기(전 2권) 지은이 미상 | 오찬욱 옮김

056 소설 　몽골의 설화 데. 체렌소드놈 편저 | 이안나 옮김

057 소설 　암초 이디스 워튼 지음 | 손영미 옮김

058 소설 　수전노 알 자히드 지음 | 김정아 옮김

059 소설 　거꾸로 조리스-카를 위스망스 지음 | 유진현 옮김

060 소설 　페피타 히메네스 후안 발레라 지음 | 박종욱 옮김

061 시 　납 제오르제 바코비아 지음 | 김정환 옮김

062 시 　끝과 시작 비스와바 쉼보르스카 지음 | 최성은 옮김

063 소설 　과학의 나무 피오 바로하 지음 | 조구호 옮김

064 소설 　밀회의 집 알랭 로브-그리예 지음 | 임혜숙 옮김

065 소설 　붉은 수수밭 모옌 지음 | 심혜영 옮김

066 소설 　아서의 섬 엘사 모란테 지음 | 천지은 옮김

067 시 　소동파사선 소동파 지음 | 조규백 역주

068 소설 　위험한 관계 쇼데를로 드 라클로 지음 | 윤진 옮김

069 소설 　거장과 마르가리타 미하일 불가코프 지음 | 김혜란 옮김

070 소설 　우게쓰 이야기 우에다 아키나리 지음 | 이한창 옮김

071 소설 　별과 사랑 엘레나 포니아토프스카 지음 | 추인숙 옮김

072-073 소설 　불의 산(전 2권) 쓰시마 유코 지음 | 이송희 옮김

074 소설 　인생의 첫출발 오노레 드 발자크 지음 | 선영아 옮김

075 소설 　몰로이 사뮈엘 베케트 지음 | 김경의 옮김

076 시 　미오 시드의 노래 지은이 미상 | 정동섭 옮김

077 희곡 　셰익스피어 로맨스 희곡 전집 윌리엄 셰익스피어 지음 | 이상섭 옮김

078 희곡 　돈 카를로스 프리드리히 폰 실러 지음 | 장상용 옮김

079-080 소설 　파멜라(전 2권) 새뮤얼 리처드슨 지음 | 장은명 옮김

081 시 　이십억 광년의 고독 다니카와 슌타로 지음 | 김응교 옮김

082 소설 　잔지바르 또는 마지막 이유 알프레트 안더쉬 지음 | 강여규 옮김

083 소설 　에피 브리스트 테오도르 폰타네 지음 | 김영주 옮김

084 소설 　악에 관한 세 편의 대화 블라디미르 솔로비요프 지음 | 박종소 옮김

085-086 소설 　새로운 인생(전 2권) 잉고 슐체 지음 | 노선정 옮김

087 소설 　그것이 어떻게 빛나는지 토마스 브루시히 지음 | 문항심 옮김

088-089 산문 　한유문집—창려문초(전 2권) 한유 지음 | 이주해 옮김

090 시 　서곡 윌리엄 워즈워스 지음 | 김숭희 옮김

091 소설 　어떤 여자 아리시마 다케오 지음 | 김옥희 옮김

092 시 　가윈 경과 녹색기사 지은이 미상 | 이동일 옮김

093 산문 　어린 시절 나탈리 사로트 지음 | 권수경 옮김

094 소설 　골로블료프가의 사람들 미하일 살티코프 셰드린 지음 | 김원한 옮김

095 소설 　결투 알렉산드르 쿠프린 지음 | 이기주 옮김

096 소설 　결혼식 전날 생긴 일 네우송 호드리게스 지음 | 오진영 옮김

097 소설 　장벽을 뛰어넘는 사람 페터 슈나이더 지음 | 김연신 옮김

098 소설 　에두아르트의 귀향 페터 슈나이더 지음 | 김연신 옮김

099 소설 　옛날 옛적에 한 나라가 있었디 두산 코바체비치 지음 | 김상헌 옮김

100 소설 　나는 고故 마티아 파스칼이오 루이지 피란델로 지음 | 이윤희 옮김

101 소설 　따니아오 호수 이야기 왕정치 지음 | 박정원 옮김

102 시 　송사삼백수 주조모 엮음 | 이동향 역주

103 시 　문턱 너머 저편 에이드리언 리치 지음 | 한지희 옮김

104 소설   **충효공원** 천잉전 지음 | 주재희 옮김

105 희곡   **유디트/헤롯과 마리암네** 프리드리히 헤벨 지음 | 김영목 옮김

106 시   **이스탄불을 듣는다**
오르한 웰리 카늑 지음 | 술탄 훼라 아크프나르 여·이현석 옮김

107 소설   **화산 아래서** 맬컴 라우리 지음 | 권수미 옮김

108-109 소설   **경화연**(전 2권) 이여진 지음 | 문현선 옮김

110 소설   **예피판의 갑문** 안드레이 플라토노프 지음 | 김철균 옮김

111 희곡   **가장 중요한 것** 니콜라이 예브레이노프 지음 | 안지영 옮김

112 소설   **파울리나 1880** 피에르 장 주브 지음 | 윤 진 옮김

113 소설   **위폐범들** 앙드레 지드 지음 | 권은미 옮김

114-115 소설   **업둥이 톰 존스 이야기**(전 2권) 헨리 필딩 지음 | 김일영 옮김

116 소설   **초조한 마음** 슈테판 츠바이크 지음 | 이유정 옮김

117 소설   **악마 같은 여인들** 쥘 바르베 도르비이 지음 | 고봉만 옮김

118 소설   **경본통속소설** 지은이 미상 | 문성재 옮김

119 소설   **번역사** 레일라 아부렐라 지음 | 이윤재 옮김

120 소설   **남과 북** 엘리자베스 개스켈 지음 | 이미경 옮김

121 소설   **대리석 절벽 위에서** 에른스트 윙거 지음 | 노선정 옮김

122 소설   **죽은 자들의 백과전서** 다닐로 키슈 지음 | 조준래 옮김

123 시   **나의 방랑—랭보 시집** 아르튀르 랭보 지음 | 한대균 옮김

124 소설   **슈톨츠** 파울 니종 지음 | 황승환 옮김

125 소설   **휴식의 정원** 바진 지음 | 차현경 옮김

126 소설   **굶주린 길** 벤 오크리 지음 | 장재영 옮김

127-128 소설   **비스와스 씨를 위한 집**(전 2권) V. S. 나이폴 지음 | 손나경 옮김

129 소설   **새하얀 마음** 하비에르 마리아스 지음 | 김상유 옮김

130 산문   **루테치아** 하인리히 하이네 지음 | 김수용 옮김

131 소설   **열병** 르 클레지오 지음 | 임미경 옮김

132 소설   **조선소** 후안 카를로스 오네티 지음 | 조구호 옮김

133-135 소설   **저항의 미학**(전 3권) 페터 바이스 지음 | 탁선미·남덕현·홍승용 옮김

136 소설   **신생** 시마자키 도손 지음 | 송태욱 옮김

137 소설   **캐스터브리지의 시장** 토머스 하디 지음 | 이윤재 옮김

138 소설   **죄수 마차를 탄 기사** 크레티앵 드 트루아 지음 | 유희수 옮김

139 자서전 **2번가에서** 에스키아 음파렐레 지음 | 배미영 옮김

140 소설 **묵동기담/스미다 강** 나가이 가후 지음 | 강윤화 옮김

141 소설 **개척자들** 제임스 페니모어 쿠퍼 지음 | 장은명 옮김

142 소설 **반짝이끼** 다케다 다이준 지음 | 박은정 옮김

143 소설 **제노의 의식** 이탈로 스베보 지음 | 한리나 옮김

144 소설 **흥분이란 무엇인가** 장웨이 지음 | 임명신 옮김

145 소설 **그랜드 호텔** 비키 바움 지음 | 박광자 옮김

146 소설 **무고한 존재** 가브리엘레 단눈치오 지음 | 윤병언 옮김

147 소설 **고야, 혹은 인식의 혹독한 길** 리온 포이히트방거 지음 | 문광훈 옮김

148 시 **두보 오칠언절구** 두보 지음 | 강민호 옮김

149 소설 **병사 이반 촌킨의 삶과 이상한 모험**
블라디미르 보이노비치 지음 | 양장선 옮김

150 시 **내가 얼마나 많은 영혼을 가졌는지**
페르난두 페소아 지음 | 김한민 옮김

151 소설 **파노라마섬 기담/인간 의자** 에도가와 란포 지음 | 김단비 옮김

152-153 소설 **파우스트 박사**(전 2권) 토마스 만 지음 | 김륜옥 옮김

154 시, 희곡 **사중주 네 편 T. S. 엘리엇의 장시와 한 편의 희곡**
T. S. 엘리엇 지음 | 윤혜준 옮김

155 시 **귈뤼스탄의 시** 배흐티야르 와합자대 지음 | 오은경 옮김

156 소설 **찬란한 길** 마거릿 드래블 지음 | 가주연 옮김

157 전집 **사랑스러운 푸른 잿빛 밤** 볼프강 보르헤르트 지음 | 박규호 옮김

158 소설 **포옹가족** 고지마 노부오 지음 | 김상은 옮김

159 소설 **바보** 엔도 슈사쿠 지음 | 김승철 옮김

160 소설 **아산** 블라디미르 마카닌 지음 | 안지영 옮김

161 소설 **신사 배리 린든의 회고록** 윌리엄 메이크피스 새커리 지음 | 신윤진 옮김

162 시 **천가시** 사방득, 왕상 엮음 | 주기평 역해

163 소설 **모험적 독일인 짐플리치시무스** 그리멜스하우젠 지음 | 김홍진 옮김

164 소설 **맹인 악사** 블라디미르 코롤렌코 지음 | 오원교 옮김

165-166 소설 **전차를 모는 기수들**(전 2권) 패트릭 화이트 지음 | 송기철 옮김

167 소설 **스너프** 빅토르 펠레빈 지음 | 윤서현 옮김

168 소설 **순응주의자** 알베르토 모라비아 지음 | 정란기 옮김

169 소설　오렌지주를 증류하는 사람들 오라시오 키로가 지음 | 임도울 옮김

170 소설　프라하 여행길의 모차르트/슈투트가르트의 도깨비

　　　　에두아르트 뫼리케 지음 | 윤도중 옮김

171 소설　이혼 라오서 지음 | 김의진 옮김

172 소설　가족이 아닌 사람 샤오훙 지음 | 이현정 옮김

173 소설　황사를 벗어나서 캐런 헤스 지음 | 서영승 옮김

174 소설　들짐승들의 투표를 기다리며 아마두 쿠루마 지음 | 이규현 옮김

175 소설　소용돌이 호세 에우스타시오 리베라 지음 | 조구호 옮김

176 소설　사기꾼—그의 변장 놀이 허먼 멜빌 지음 | 손나경 옮김

177 소설　에리옌 항타고드 오손보독 지음 | 한유수 옮김

178 소설　캄캄한 낮, 환한 밤—나와 생활의 비허구 한 단락

　　　　옌롄커 지음 | 김태성 옮김

179 소설　타인들의 나라—전쟁, 전쟁, 전쟁 레일라 슬리마니 지음 | 황선진 옮김

180 자서전　자유를 찾은 혀—어느 청춘의 이야기

　　　　엘리아스 카네티 지음 | 김진숙 옮김

181 소설　어느 페르시아인의 편지 몽테스키외 지음 | 이자호 옮김

182 소설　오후의 예항/짐승들의 유희 미시마 유키오 지음 | 박영미 옮김

183 소설　왕은 없다 응우옌후이티엡 지음 | 김주영 옮김

184 소설　죽음의 가시 시마오 도시오 지음 | 이종은 옮김